헨리 제임스 단편집

헨리 제임스 학회 옮김

헨리 제임스 서문

헨리 제임스는 20여 편의 장편과 1백20편에 이르는 단편, 그리고 서간문, 평론집, 기행문 등 실로 방대한 양의 글을 남겼으나 생전에는 물론 사후에도 그의 명성은 그리 높지 못했다. 작품의 결말이 애매모호하고, 문체 또한 길고 복잡해서 마치 실타래가 둘둘 말려 있는 느낌이 들어 독서에 방해가 많았기 때문이다. 생전에 독자들의 사랑을 받지 못한 그는 "훗날 매장된 나의 모든 산문은 묘비를 한꺼번에 걷어차고 말리라!"라고 장담했다. 그의 예언은 적중했다. 2차 대전 후 많은 사람들이 그의 문학의 복잡성과 깊이를 차츰 이해하기 시작하게 되었다. 그러나 그의 작품은 영미 독자들까지도 접근을 꺼리는 작가의 한 사람이다.

헨리 제임스는 평생 독신으로 살았기 때문에 실제 인생에 대한 경험은 제한되고 특수화하여 있다 하겠다. 그러나 그의 작품은 사랑, 결혼, 질투, 사회개혁 등 인생의 보편적인 소재를 폭넓게 다루고 있다. 그는 뛰어난 통찰력과 세련된 감각으로 현대생활의 혼돈상태를 예술로 형상화시킨 현대 심리소설의 창시자라 해도 지나침이 없다. 제임스가 평생 동안 다룬 주제는 크게 두 가지로 나눌 수 있다.

헨리 제임스 서문

첫째, 소위 '국제 주제'로 신대륙 미국의 순진성과 구대륙 유럽의 지식 및 전통과의 문화적 갈등에 관한 것과 둘째, 예술에 관한 것으로 삶과 예술의 갈등이 그것이다.

한국 제임스 학회는 그간 얕은 독자들에게 별로 친숙하지 않은 위대한 대가의 진면목을 소개하게 되어 뿌듯한 보람을 느낀다. 그의 수많은 단편 중에서 여기에 옮긴 작품은 초기에서부터 중기, 후기에 이르는 그의 문학 경력상 주요한 작품을 고른 것이다. 「진짜」, 「정글의 야수」, 「융단 속의 무늬」 등은 세계 단편 문학사에 길이 빛날 주옥 같은 작품이다. 독자들의 이해를 돕기 위해 서두에 각 작품의 간단한 해설을 덧붙였다.

출판사 재정에 결코 보탬이 되지 않을 것을 뻔히 알면서도 이 출간을 결단해 주신 현민의 관계자 여러분께 고마움을 꼭 전하고 싶다. 아울러 강의나 각종 연구에 바쁜 시간을 쪼개어 번역에 참여해 주신 교수, 그리고 관심을 가져주신 학회 회원들과도 이 출간의 기쁨을 함께 나누고 싶다.

1995년 6월
한국 헨리 제임스 학회 편집위원 일동

헨리 제임스 차례

서문

실수의 비극 / 이정희 7
A Tragedy of Errors, 1864

어느 헌 옷가지에 얽힌 로맨스 / 함연진 39
The Romance of Certain Old Clothes, 1868

「벨트라피오」의 저자 / 조재진 73
The Author of Beltraffio, 1884

브룩스미스 / 최경도 145
Brooksmith, 1891

헨리 제임스 차례

진짜 / 여경우 175
The Real Thing, 1892

사자들을 위한 제단 / 원유경 217
The Altar of the Dead, 1895

융단 속의 무늬 / 윤기한 269
The Figure in the Carpet, 1896

정글의 야수 / 장왕록 337
The Beast in the Jungle, 1903

— 차례는 제임스의 작품 발표 연대순임. —

1
실수의 비극
A Tragedy of Errors

이정희

실수의 비극 작품해설

　이 작품은 제임스의 처녀작으로 1864년 2월 뉴욕의 『콘티넨털 먼슬리 Continental Monthly』지에 익명으로 발표하였다. 제임스의 유명한 다른 많은 장단편으로 인해 자칫 소홀하기 쉬운 이 작품은 제임스 문학의 첫번째 작품이라는 것만으로도 관심을 가질 필요가 있다.
　이 소설은 한 사악한 여인의 살인 미수를 다룬 작품이다. 남편 샤를 베르니에가 사업차 2년 동안 해외에 가 있는 사이에 부인 호르탄스는 비콩트 루이 드 메이로와 부정한 관계를 맺게 된다. 남편이 돌아온다는 소식을 듣게 되자 자신의 부정이 탄로날까 두려워서 남편을 살해하기로 음모를 꾸민다. 마침 선원 하나를 만나게 되어 거액을 주기로 약속하고 청부살인을 부탁하게 된다. 그러나 살인계획에 차질이 생겨 남편 대신 정부인 메이로가 죽게 되고 죽은 줄만 알았던 남편이 살아서 돌아오자 전율에 떤다는 것이 전체 내용이다.
　이 작품은 프랑스의 해안에 자리 잡은 작은 읍소재지의 우체국 앞에서 남편의 귀가소식이 담긴 편지를 받는 장면으로부터 시작된다. 이때 자신의 부정을 두려워한 나머지 정부인 메이로와 의논하지만 이기적인 그는 냉담할 뿐이다. 그러나 메이로는 샤를을 찾아 아흐모리크 호에 가지만 샤를은 이미 떠난 뒤였다. 이때 청부살인을 맡았던 선원이 메이로가 샤를인 줄로 착각하고 일을 저지르게 된다.
　James의 처녀작인 이 작품 역시 그의 모든 작품에서 드러나는 기법상의 특성과 도덕주의에 대한 관심을 잘 보여주고 있다.
　즉 소설의 기법 면에서 간접소설로 이야기해 가는 제임스 특유의 Point of View 수법을 볼 수 있고 주제 면에서 부도덕한 악에 대한 도덕성을 엿볼 수 있다 하겠다.

실수의 비극

1

　천천히 달리던 영국식 사륜마차가 프랑스 항구 도시의 한 우체국 문 앞에서 멈춰 섰다. 마차 안에는 한 부인이 베일을 쓴 얼굴을 양산으로 바짝 가린 채 앉아 있었다. 이 이야기는 한 신사가 우체국에서 나와 그녀에게 편지를 건네주는 데서부터 시작된다.
　신사는 마차에 오르기 전에 잠시 마차 옆에 서 있었다. 그녀는 신사에게 양산을 받쳐들도록 하고 나서 베일을 걷어올렸는데 대단히 아름다웠다. 이 두 사람은 지나가는 행인들에게 퍽 흥미 있게 보였다. 행인들 대부분이 그들을 빤히 쳐다보면서 서로 의미 있는 눈길을 주고받았다. 그렇게 잠시 동안 그들을 지켜보던 행인들은 편지를 읽어 내려가는 동안 그녀의 안색이 창백해지고 있는 것을 알 수 있었다. 그녀 옆에 서 있던 신사도 그녀의 안색이 변하는 것을 깨닫고는 곧바로 그녀의 옆자리에 올라앉아 말고삐를 잡고 시내 중심가를 달려서 항구를 지나 바다를 감싸고 있는 길로 재빨리 마차를 몰았다. 여기에서 신사는 속도를 늦추었다. 여자는 다시 베일로 얼굴을 가린 채 뒤로 기대고 있었고 편지는 개봉된 채 그녀의 무릎 위에 놓여 있었다. 그녀의 태도로 보아서 거의 정신을 잃고 눈을 감은 채 기대 있는 것을 눈치챈 신사는 만족한 듯이 서둘러 편지를 집어 읽어 내려갔는데 그 내용은 다음과 같았다.

18××년 7월 16일 서댐튼에서

내 사랑하는 오르탄스에게.

당신이 이 편지에 찍힌 우체국 소인을 보면 내가 지난번에 썼을 때보다 수천 리나 더 집 가까운 곳에 있다는 것을 알 수 있을 것이오. 하지만 지난날 일어난 변화를 설명할 시간이 없구려. M.P.는 나에게 전혀 예기치 못했던 이별을 가져다 주었소. 몇 개월만 더 헤어져 있으면 몇 주일쯤은 함께 지낼 수 있을 듯하오. 하나님을 찬양하시오! 우리는 오늘 아침에 뉴욕에서 이 곳으로 왔소. 그리고 운 좋게도 아흐모리크라는 배를 타게 되었는데 곧장 출항한다는구려. 우편물은 곧장 출발시켰지만 조류 때문에 우리는 몇 시간 더 머물러야 할 것 같소. 그래서 이 편지는 내가 도착하기 하루 전에 도착할 것이오. 선장은 우리가 목요일 아침 일찍 도착할 것이라고 말하더군. 사랑하는 오르탄스! 기다리는 시간이 얼마나 지루할까? 만 3일이오. 내가 뉴욕에서 편지를 쓰지 않는 것은 내가 감히 희망하는 바이지만 당신에게 기다림의 지루함을 주고 싶지 않기 때문이오. 그럼 만날 때까지 안녕!

당신의 사랑하는 C.B.로부터

편지를 다시 그녀의 무릎에 놓았을 때 신사의 표정 역시 그녀처럼 창백해졌다. 잠시 동안 그는 멍하니 뚫어지게 앞만 쳐다보았다. 그리곤 반쯤 억눌린 입에서 저주의 말이 흘러나왔다. 그리고 나서 그녀에게 시선을 돌렸다. 잠시 머뭇거린 후에 말이 천천히 걸어가도록 말고삐를 느슨하게 하고 그는 그녀의 어깨 위에 살며시 손을 올려놓았다.

"여, 오르탄스. 웬일이야, 잠이 들었나?"라고 매우 유쾌한 어조로 말했다. 오르탄스는 살며시 눈을 떴다. 그리고 그들이 시내를 빠져나왔다는 것을 알고 베일을 걷어올렸다. 그녀의 모습은 두려움으로 굳어 있었다.

"읽어보세요." 그녀는 개봉된 편지를 건네주면서 말했다. 신사는 편지를 받아들고 다시 읽는 체했다.

"아, 베르니에가 돌아오는군. 기쁜 일이야!" 하고 그는 외쳤다.

"기쁜 일이라구요?" 오르탕스가 물었다. "이보세요. 우리는 이 심각한 위기를 농담으로 흘려서는 안 돼요."

"물론, 엄숙한 만남일 거야. 2년 동안의 여행은 정말 길거든." 상대방은 말했다.

"오, 하나님! 그이를 마주 대할 수가 없어요." 눈물을 흘리면서 오르탕스는 소리쳤다.

그녀는 한 손으로 얼굴을 가리고 다른 한 손을 그에게 내밀었다. 그러나 그는 깊은 공상에 빠져 있었으므로 그녀가 손을 내민 것도 알아채지 못했다. 그리고 갑자기 공상에서 깨어난 그는 그녀의 흐느낌 소리에 벌떡 일어섰다.

"진정해요." 그는 다른 사람을 의심스러운 위험 속으로 빠뜨리고 싶은 듯한 투로 말했다. 그는 베르니에의 무관심한 태도를 보기 전에는 안심할 수 없을 것이다. "그가 온다고 어떻게 되겠어? 그는 아무것도 알 필요가 없어. 그는 잠시 머물렀다가 예기치 않고 온 것처럼 다시 항해를 떠날 텐데."

"아무것도 알지 못할 거라구요! 날 놀리시는군요. 단지 인사를 하러 온 사람들은 남의 비행을 실컷 떠들어댈걸요."

"흥! 당신이 상상하는 만큼 사람들은 우리 사이를 알지 못할 거요. 솔직히 말해 그렇잖소? 우리는 이웃사람의 결점에 대하여 관심을 가질 겨를이 없소. 그러니까 다른 사람들도 우리와 마찬가지요. 바다에서 배가 난파될 때 떠오르는 나무판자에 올라타려고 안간힘을 쓰는 불쌍한 사람들은 그 옆에서 파도와 싸우는 다른 사람들에게 그다지 주의를 주지 않는 법이오. 그들은 해안선만을 쳐다보면서 자신들의 안전에만 관심을 가질 뿐이지. 인생행로에서 우리 모두는 성난 파도 위에 떠 있는 부초에 불과하오. 돈과 사랑과 휴식을 얻기 위해서 어떤 피안의 세계를 향해서 고전분투하고 있는 것이오. 우리가 헤치고 나온 파도의 굉음과 우리 눈에 부딪치는 물보라는 우리를 귀 먹고 눈멀게 해서 옆사람들의 말과 행동을 듣지도 보지도 못하게 한다오. 우리가 높은 뭍에 올라가 있다고 가정해 봅시다. 대체 사람들을 위해서 무얼 할 수 있겠소?"

"하지만 우리가 그 곳에 있지 않다면요? 우리 자신의 희망을 잃었을 때 다른 사람을 끌어들이려 하죠. 그래서 다른 사람들의 목에 무거운 돌을 매달아 가장 더러운 웅덩이에 밀어버리는 거예요. 그 돌이 그들을 꼼짝 못하게 하는 거구요. 여보세요. 비난의 화살은 당신을 겨냥하는 것이 아니라 나를 향한 것이에요. 마을 사람들이 수군거리는 것도 당신이 아니라 나에 대해서죠. 어떤 친절한 손길이 그녀를 저지할 시간도 없이 가엾은 여인은 파도에 몸을 던지고, 드디어 물 위로 떠오른 그 여인의 시체는 온 세상 사람들이 다 보게 되겠죠. 사람들이 수군거리는 소리를 남편이 알았을 때 아내의 죽음에 관한 소식을 그에게 알릴 사람이 없다고 생각하시나요?"

"물에 뜰 정도로 가볍다면, 오르탄스. 그녀는 익사했다고 할 수 없소. 사람들이 그녀를 건져올리는 것을 포기할 때는 오직 그녀가 사람들의 시야에 보이지 않도록 먼 바다에 빠졌을 때뿐이라오."

오르탄스는 눈물이 글썽이는 눈으로 바다를 바라보면서 잠시 침묵을 지켰다.

"루이"하고 부르면서 마침내 침묵을 깨고 그녀가 입을 열었다. "우린 지금 너무 비유해서 말하고 있어요. 글자 그대로 투신자살이라도 하고 싶은 심정이에요."

"말도 안 돼!" 루이가 대답했다. "피고는 자신의 무죄를 주장하며 감옥에서 목을 매거든. 그럼 신문은 무어라고 쓸까? 사람들은 또 얼마나 떠들어댈까? 당신은 사람들이 말할 수 있는 만큼 말할 수 없을까? 여자는 입 다물고 다툼을 거부하는 순간부터 어려움에 빠지게 된다구. 당신이 자주 그렇게 하듯이 손수건을 꺼내 눈물을 닦는 것은 항상 다툼을 포기하는 표시야."

"나도 확실히 모르겠어요." 오르탄스는 냉담하게 말했다. "아마 그럴지도 모르죠."

우리를 곤경에 빠지게 하는 원인들이 서로 이질적인 것으로 관계가 없는 것처럼 보일 때 슬퍼지는 법이다. 그녀는 여전히 말없이 바다쪽을 응시하고 있었다. "오, 가엾은 샤를! 도대체 당신은 어떤 보금자리로 돌아오시려는 겁니까!" 그녀는 마침내 침묵을 깨고 조용히 입을 열었다.

"오르탄스." 그는 제삼자에게 말하듯이 했지만 마치 그녀가 말한 것을 듣지 못한 것처럼 말했다. "나는 우리의 비밀을 누설할 일이 생기지 않을 것이라는 것은 말할 필요가 없다고 생각해요. 하지만 베르니에가 집에 머무르는 동안 아무도 그 일에 대해서 한마디도 하지 않을 것이라고 믿소."

"그게 어떨 거라구요?" 오르탄스는 한숨을 내쉬었다. "그 사람은 나하고 10분만 함께 있어도 눈치챌 텐데요."

"그런 일에 관한 한 그건 당신 자신의 일이야." 그 사람은 냉담하게 말했다.

"메이로!" 그 여인은 소리 질렀다.

"그와 같은 장담을 하는 것이 내가 할 일이지." 그 남자는 계속했다.

"그게 당신의 역할이라구요!" 오르탄스는 흐느끼며 말했다.

메이로는 대답이 없었다. 대신 도로를 따라 달리는 말에게 채찍을 세차게 가했다. 그리고는 더 이상 말이 없었다. 오르탄스는 마차 안에 기대어 앉아서 손수건으로 얼굴을 푹 가린 채 흐느끼고 있었다. 남자는 이맛살을 찌푸리고 입을 꽉 다문 채 앞을 쳐다보면서 꼿꼿이 앉아 있었다. 그리고 이따금씩 가혹한 채찍질을 하여 말이 맹렬하게 달려가도록 했다. 행인들은 그를 저항하느라 지쳐버린 피해자를 데리고 도망치는 강탈자쯤으로 여겼을지도 모른다. 그는 그들을 알고 있는 행인들 중에서 우연히도 이 사건의 내용을 눈치채고 있을지도 모른다고 생각하여 우회하여 마을로 돌아갔다.

오르탄스는 집에 도착해서 2층의 작은 침실로 올라가 문을 잠가버렸다. 이 방은 그 집의 뒤편에 있었다. 그 순간 조그만 보트를 탈 수 있는 부두가 있는 길을 따라 길게 뻗어 있는 정원을 걷고 있던 하녀는 오르탄스가 외투를 입고 모자를 쓴 채로 문발을 내리고 방 안을 어둡게 하고 있는 것을 보았다. 그리고는 두어 시간 동안 그녀 혼자 있었다. 하녀가 보통 안주인에게 드레스를 입혀주기 위해서 호출되는 5시경에 오르탄스의 방을 노크하고 시중을 들어주었다. 안주인이 편두통이 있을 때는 안에서 큰 소리로 불렀으며 그때는 옷도 입지 않은 상태로 앉아 있곤 했다.

"마실 것 좀 드릴까요? 따뜻한 약차나 한잔 드릴까요?" 하고 조세핀느는 물었다.

"아니, 그만둬."

"저녁 식사를 올릴까요?"

"싫어."

"뭘 좀 드시고 나가시는 게 좋겠어요."

"와인이나 한잔 줘. 아니, 브랜디로."

조세핀느는 시키는 대로 했다. 하녀가 브랜디를 가지고 왔을 때 오르탄스는 문간에 서 있었고 열린 문틈으로 그녀의 모자가 소파 위에 던져져 있었으나 외투는 그대로 놓여 있는 것을 볼 수 있었다. 그리고 그녀의 얼굴은 매우 창백해 보였다. 조세핀느는 동정이나 질문도 하지 말아야 한다고 느꼈다.

"마님! 더 시키실 일 없으신가요?" 쟁반을 받쳐들고 힘을 내서 물었다.

그녀는 머리를 흔들고는 문을 닫고 잠가버렸다. 조세핀느는 순간 난처하여 머뭇거리며 서 있었다. 그녀는 아무 소리도 듣지 못했다. 마침내 하녀는 심사숙고한 끝에 몸을 구부리고 열쇠구멍에 눈을 가까이 댔다.

다음은 그녀가 목격한 것이다.

그녀는 열린 창문으로 가서 바다를 내려다보면서 문을 등진 채로 서 있었다. 그녀 옆으로 관심 없이 늘어져 있는 손에는 술병이 들려 있었고 다른 한 손에는 반쯤 채워진 물잔이 들려 있었다. 그리고 그 옆 탁자에는 개봉된 편지가 놓여 있었다. 조세핀느가 기다림에 지칠 때까지 그렇게 서 있었다. 그러나 하녀가 호기심에 만족할 수 없어 자포자기하고 막 일어서려고 할 때 그녀는 술병과 잔을 들어올려 잔을 가득 채웠다. 조세핀느는 보고 싶은 충동이 더욱 간절했다. 오르탄스는 순간 불빛에 잔을 들어올려 쭉 들이켰다.

조세핀느는 무심코 휘파람을 불었다. 그러나 그녀가 술을 두 잔째 마시는 것을 보고 놀라움이 경악으로 바뀌었다. 그러나 브랜디를 반쯤 마신 뒤에 잔을 내려놓고 갑자기 무슨 생각이라도 난 듯이 서둘러서 방을 가로질러 걸었다. 그녀는 캐비닛 앞에서 몸을 구부리고 조그마한 쌍안경을 꺼냈다. 창가로 나온 그녀는 쌍안경을 눈에 대고 바다 쪽을 내려다보면서 시간을 보냈다. 조세핀느는 마님의 이런 행동을 도대체 이해할 수가 없었다. 그녀가 볼 수 있었던 것은 마님이 갑자기 쌍안경을 탁자에 내려놓고 안락의자에 풀썩 주저앉아 두 손으로 얼굴을 감싸는 것이었다. 조세핀느는 더 이상 놀라움을 억제할 수 없었다. 그녀는 서둘러 주방으로 내려갔다.

"바랑틴느"하고 그녀는 요리사를 불렀다. "도대체 우리 마님에게 무슨 일이 생겼니? 저녁도 안 잡수시고 브랜디를 잔째로 마셨어. 조금 전에 쌍안경으로 바다를 내려다보더니 지금은 무릎에 편지를 놓고 공포에 질린 듯이 울고 있어."

요리사는 감자껍질을 벗기다가 의미 있게 윙크를 하며 올려다보았다.

"주인님이 돌아오는 것 외에 뭐가 있겠어?" 하고 그녀는 말했다.

2

여섯시까지 조세핀느와 바랑틴느는 바랑틴느가 예감했던 일이 어떻게 일어났는지 또 어떻게 될 것인지에 대해 얘기하면서 앉아 있었다. 그때 갑자기 베르니에 부인이 벨을 울렸다. 조세핀느는 기쁜 듯이 재빠르게 대답했다. 그녀는 머리를 빗고 외투를 입고 베일을 쓰고 내려오는 주인마님을 맞이하였다. 그런데 마님은 아무런 동요의 흔적은 없으나 얼굴은 매우 창백해 보였다.

"나 외출 좀 하겠어." 베르니에 부인이 말했다. "만일 비콩트 씨가 오면 시어머님 댁에 있을 거라고 전해줘요. 그리고 내가 돌아올 때까지 기다리시라고 말씀드려요."

조세핀느는 문을 열고 그녀가 나가도록 했다. 그러고 나서 그녀가 정원을 지나가는 것을 바라보고 서 있었다.

"시어머님 댁에 간다구? 뻔뻔스럽군!" 하고 하녀는 중얼거렸다.

오르탕스가 큰길가에 다다랐을 때 그녀는 시내로 가는 길이 아니라 전혀 다른 방향인 옛날 부인인 시어머니가 살았던 고풍스런 구역으로 통하는 길을 택하였다. 그녀는 주로 어부와 뱃사람들이 붐비는 곳이 나타날 때까지 항구 옆으로 나 있는 선창가 길을 따라 걸었다. 여기서 그녀는 베일을 걷어올렸다. 황혼이 지고 있었다. 그녀는 가능한 한 남의 눈에 띄지 않도록 걸었으나 사람들이 쳐다보고 있다는 것을 알게 되었다. 그녀의 옷차림은 너무 평범해서 시선을 끌 만한 것은 못 되었다. 그러나 어떤 이유에서든 어떤 사람이 그녀를 알아보게 된다면 그녀가 만나는 모든 사람마다 너무나 유심히 쳐다보는 것 때문에 놀라지 않을 수 없었다. 그녀의 태도는 군중 속에서 오랫동안 잃었던 친구를 찾거나 또는 오랫동안 찾아다닌 적을 발견한 듯한 것이었다. 마침내 그녀는 항구의 양쪽으로 승객을 실어 나르는 6척의 보트가 사용하는 부두의 아래쪽 층계 앞에서 멈췄다. 때때로 올렸다 내렸다 하는 다리는 뱃길을 막았다. 그녀가 서 있는 동안 다음 장면을 목격하게 되었다.

    붉은 모직으로 된 어부용 모자를 쓴 한 남자가 계단 꼭대기에서 바다를 향해 앉아서 담배꽁초를 빨고 있었다. 그 남자가 뒤를 돌아보았을 때 주전자를 들고 가까이 있는 우중충한 다세대 아파트 쪽으로 선창길을 따라 바쁘게 가고 있는 어린아이에게 눈이 멈췄다.

    "안녕, 꼬마야! 거기서 뭘 하니? 이리 와" 하고 그 남자는 소리쳤다.

    그 아이는 뒤돌아볼 생각은 하지 않고 발걸음을 재촉할 뿐이었다.

    "귀신이 붙잡아 간다. 이리 와!" 그 남자는 화가 나서 다시 소리쳤다. "아저씨 말 안 들으면 가냘픈 네 목을 비틀어버릴 거야."

    아이는 멈춰 섰다. 그리고는 어떤 권위에 호소하듯이 집 쪽을 몇 차례 쳐다보면서 친척들이 있는 방향으로 가엾게 발걸음을 옮겼다.

    "임마, 빨리 와. 안 오면 잡으러 갈 거야" 그 남자는 재촉했다.

    아이는 여섯 계단을 올라와 주전자를 바싹 끌어안고 그 남자를 주의 깊게 보면서 서 있었다.

"이리 와, 이 거지 같은 놈아. 바짝 오란 말이야."

아이는 둔감한 침묵을 지키며 조금도 움직이지 않았다. 갑자기 자칭 아저씨란 사람은 앞쪽으로 상체를 굽히고 팔을 뻗어 햇볕에 그을리지 않은 아이의 손목을 낚아채듯 휙 잡아당겼다.

"부를 때 왜 오지 않는 거야?" 그는 다른 한 손을 아이의 더러운 더벅머리에 얹고 아이가 비틀거릴 정도로 흔들면서 물었다. "왜 안 오는 거야? 이놈아! 응?" 말할 때마다 머리를 흔들어댔다.

아이는 대답이 없었다. 아이의 목을 비트는 것은 쓸데없는 일일 뿐만 아니라 오히려 그 집에 구조요청을 전하는 것이나 다름없는 것이다.

"자, 고개 들고 날 쳐다봐. 그리고 대답해. 주전자에 뭐가 있니? 거짓말하면 안 돼!"

"우유."

"누구 줄 거냐?"

"할머니."

"할머니는 교수형으로 죽었잖아."

그 남자는 손을 떼고 아이가 연약하게 쥐고 있는 주전자를 뺏어서 불빛에 기울여보더니 입에 대고 모두 마셔버렸다. 아이는 비록 풀려나긴 했으나 돌아가지 않았다. 그 남자가 다 마시고 주전자를 내려놓을 때까지 쳐다보고 있었다. 그러고 나서 그와 눈이 마주쳤을 때 아이는 말했다.

"그 우유는 애기 줄 거였어요."

그 남자는 잠시 망설였다. 그러나 아이는 부모님의 꾸지람을 예상하는 것처럼 보였다. 왜냐하면 말이 끝나자마자 주전자를 낚아채 가지고 도망치듯 달아나버렸기 때문이다. 아이가 시야에서 사라지자 그는 다시 바다를 향해서 오만상을 해가지고 이빨로 담뱃대를 물고 베르니에 부인이 들을 만한 소리로 중얼거렸다.

"저놈의 목을 조여버렸어야 하는 건데."

오르탕스는 이 단막극에서 말없는 관객이었다. 극이 끝나자 그녀는 돌아서서 머리에 손을 얹고 20야드쯤 걸어갔다. 그러고 나서 곧바로 다시 돌아와서 그 남자에게 말을 걸었다.

"멋쟁이 양반, 이 배의 선주이신가요?" 그녀는 매우 상냥한 목소리로 물었다.

그는 그녀를 쳐다보았다. 순간 물고 있던 파이프를 손에 들고 히죽이 웃었다. 그리고 손에 모자를 들고 일어섰다.

"부인께서 원하신다면 태워드리지요."

"저를 저쪽으로 건네주시겠어요?"

"배는 필요 없지요. 가까이에 다리가 있으니까요." 그 남자의 친구 하나가 다리 쪽을 쳐다보면서 말했다.

"알아요. 하지만 묘지에 가려고 하거든요. 배로 가면 반 마일을 걷지 않아도 되니까요."라고 베르니에 부인은 말했다.

"이 시간에는 묘지 문이 닫혀요."

"아롱, 부인을 그냥 둬. 부인! 이쪽으로 가시죠"라고 처음 말을 건넸던 남자가 말했다.

오르탕스는 배 끝 쪽에 앉았다. 그 남자는 노를 저었다.

"곧장 건널까요?" 그 남자는 물었다.

오르탕스는 주변을 둘러보았다.

"참 산뜻한 저녁이군요." 그녀는 말했다. "등대 바깥으로 갔다가 돌아오면서 묘지 가까운 곳에서 내려주세요."

"좋지요. 요금은 15전이오." 선원은 대답하고 활발하게 노를 저었다.

"자, 후하게 드리지요." 부인은 말했다.

"15전이면 돼요"라고 그 남자는 고집스럽게 대답했다.

"구경만 잘 시켜줘요. 그러면 100전을 드리지요." 오르탄스는 말했다.

그 선원은 아무 말도 하지 않았다. 그는 분명 그녀의 말을 듣지 못한 것처럼 보이고 싶었다. 침묵은 농담으로 여길 수 없는 약속을 받아들이는 가장 위엄 있는 태도이다.

가까운 해안과 근처의 배에서 들려오는 소리와 노에서 물이 떨어지는 소리 이외에 얼마 동안 침묵은 계속되었다. 베르니에 부인은 선원의 용모를 꼼꼼히 관찰하고 있었다. 선원의 나이는 35세 정도였고 얼굴은 완강하고 사납고 무뚝뚝했다. 이런 표현은 아마도 그의 행동의 단조로움 때문에 과장되었을 것이다. 그가 매우 열성적으로 서비스를 제공할 때 그의 눈은 교활해 보이지 않았다. 얼굴은 그나마 차라리 나았다. 말하자면 악덕이 무식보다 나은 것처럼 말이다. 사람들의 얼굴은 단지 작은 미소로도 환해진다. 그리고 진실로 그렇게 순간적인 빛은 어두운 방에서 우리 영혼의 어두운 구석에 한줄기 빛을 뿌려준다. 일반적으로 가난한 남자의 용모는 거의 변화가 없다. 운명이 단조로운 표정의 변화를 제한하거나 오히려 하나의 단조로운 표정을 지닌 인간으로 제한하는 광범위한 인간계층이 있다. 아! 나는 어떠한가. 아무것도 걸치지 않았거나 아니면 넝마를 걸친 얼굴이다. 그들의 휴식은 부패이고 활동은 악행이다. 그들에게 최악의 상태는 무지이고 최상의 상태는 악명 높은 것이다.

"너무 힘들게 노를 젓지 말아요." 오르탄스는 말했다.

"만약에 시간제로 했다면 빈둥거리게 놔두지 않으실걸요." 심술궂게 히죽 웃으면서 말을 덧붙였다.

"너무 힘들어하고 있잖아요." 베르니에 부인은 말했다.

그 남자는 머리를 약간 저었다. 마치 그의 노동의 한계를 이해하려는 어떠한 노력도 부당하다고 암시하듯이.

"아침 4시에 일어나서 부두에 있는 짐짝과 상자를 나르며 배를 운행했지요. 단 5분도 안 쉬고 일하기 때문에 땀이 많이 납니다. 그래서 가끔 땀에 젖은 몸을 식히려고 세숫대야에 뛰어들고 싶다고 친구한테 말하곤 합니다. 하하하!"

"그래도 돈은 조금밖에 못 버는군요." 베르니에 부인은 말했다.

"아예 없는 것만 못하죠. 먹고사는 데 겨우 허기를 면할 정돕니다."

"뭐라구요. 끼닛거리도 없이 사신다구요?"

"끼닛거리 정도는 약과죠. 부인께서는 별것 아니게 생각하시겠지만요. 아무것도 없는 데서는 그것도 사치스런 것이랍니다. 저는 바람을 들이마시는 것으로 끼니를 대신할 때도 있지요. 내 스스로 그 공기조차 버릴 수 없는 것은 내 힘으로는 어쩔 수 없는 일이지요."

"그렇게 가엾은 일도 있나요?"

"내가 오늘 무얼 먹었는지 말씀드릴까요?"

"어디 말해 봐요." 베르니에 부인은 물었다.

"흑빵 한 덩어리하고 절인 청어가 12시간 동안 제 입에 들어간 전부지요."

"왜 더 좋은 일자릴 구하지 않지요?"

"오늘 밤 내가 죽는다면 나를 묻기 위해 무엇이 남아 있겠습니까? 내가 입은 이 옷들이 나를 묻어줄 긴 관을 살 수 있을지도 모르지요. 내가 입으면 1년도 견디어낼 수 없는 이 낡고 보잘것없는 옷이 천 년 동안 닳지 않을 관을 구할 수 있겠지요. 아주 좋은 생각이지요!" 뱃사공은 질문에는 무관심한 듯 자신에 대한 연민을 쫓아가는 힘이 이미 위안의 깃발을 통과해 버린 사람처럼 이야기했다.

"왜 돈을 더 많이 주는 일자릴 찾지 않나요?" 오르탄스는 반복했다.

그 남자는 노를 물에 담갔다.

"돈 많이 주는 일이요? 일을 위해서 일을 해야만 하니까요. 나는 또 벌어야 살지요. 일하는 것이 바로 돈이니까요. 토요일 밤에 벌 수 있는 가장 좋은 수입은 다음주에 일할 약속을 받아내는 것입니다. 배에서 창고로 굴러 들어가는 50개의 통은 두 가지 뜻이 있어요. 다음날 통을 굴리고 받을 수 있는 돈이 30전이냐 50전이냐이죠. 그리고 뭉개진 손과 뻔 어깨 때문에 약값으로 20프랑이 들고 내 일한 몫으로는 그만이지요."

"결혼하셨나요?" 오르탄스는 물었다.

"아니오. 고맙게도 그와 같은 운명의 축복에는 저주받지 않았지요. 그러나 나는 늙은 어머니와 여동생과 세 명의 조카가 있어요. 그런데 그들은 나를 후원자로 여기지요. 어머니는 너무 늙어서 일할 수 없지요. 여동생은 너무 게으르고 조카들은 너무 어리구요. 그러나 늙거나 어리다고 해서 굶을 수는 없지요. 그러니까 내가 그들에게 가장이 아니었다면 나는 교수형을 당했을 것입니다."

잠시 말이 멈췄다. 그 남자는 노 젓기를 다시 시작했다. 베르니에 부인은 옆에 있는 그 선원의 인상을 관찰하면서 조용히 아무런 동작도 하지 않고 앉아 있었다. 그의 얼굴에 부딪치는 저녁 노을은 붉은빛으로 그의 얼굴을 감싸고 있었다. 서쪽 하늘과 등져 있는 어두워진 그늘에 가린 그녀의 모습과 그들의 방향은 뱃사공과 분별할 수 없었다.

"왜 그 곳을 떠나지 그러세요?" 그녀는 마침내 물었다.

"떠난다구요! 어떻게?" 그와 같은 유의 사람들이 그들의 이익과 관련된 제안을 받아들일 때와 같이 아주 탐욕스럽게 쳐다보면서 거래할 때 자신의 이득을 지키라고 배운 경험에서 나온 그런 의심스러운 열정으로 가장 박애스러운 제안에 손을 내밀었다. 그것은 단지 그녀가 그들을 잘 알고 있었다는 태도의 제안이었다.

"어디 다른 곳으로 가세요." 오르탄스는 말했다.

"어디로요? 예를 들어서!"

"미국 같은 새로운 나라지요."

그 남자는 크게 웃음을 터뜨렸다. 베르니에 부인의 얼굴은 조롱하는 듯한 빛으로, 당황하는 것보다 더 흥미 있는 듯한 모습을 하고 있었다.

"아, 여기에 한 숙녀의 계획이 있군요! 만일 당신이 아파트를 계약한다면 나는 더 이상 바랄 게 없어요. 그러나 어둠 속에서 어떤 비약도 없지요. 미국과 알제리는 당신이 한가하게 햇빛 속을 거닐고, 당신이 담뱃대에 담배를 말아놓고 담배 연기가 당신 머리 주위를 맴돌게 할 때에 당신의 빈 위장을 꽉꽉 채울 수 있는 매우 환상적인 단어입니다. 그러나 그러한 생각은 돼지고기 안주와 포도주 앞에서는 사라져버립니다. 땅이 그렇게 부드럽고 공기가 선명해서 당신이 저쪽 부두에서 미국 해안을 볼 정도가 될 때 그때 나는 큰돈을 벌 수 있을 거요. 아니 그 전에라도 말이오."

"어떤 위험을 무릅쓰는 것을 두려워하나요?"

"아무것도 두렵지 않소. 그러나 난 바보가 아니오. 내가 한 켤레의 신발을 확신할 때까지 나는 나막신을 차버리려 하지 않지요. 나는 맨발로 올 수 있어요. 땅을 기대하는 곳에서 물을 찾지는 않지요. 미국에 관해서라면 이미 다녀왔구요."

"아! 다녀오셨다구요."

"아시아도 다녀온걸요."

"네에."

"중국과 인도도 갔다 왔지요. 세상을 다 보았습니다! 희망봉은 세 번이나 다녀왔지요."

"그때도 선원이었나요?"

"부인, 물론이죠. 14년 동안이나."

"그럼 어떤 배를 탔나요?"

"글쎄, 50여 척은 될걸요."

"프랑스 배도 탔나요?"

"프랑프, 영국, 스페인 배를 탔지요. 대체로 스페인 배였죠."

"아하."

"나는 정말 바보였소."

"왜죠?"

"아 글쎄, 그건 개 같은 삶이지요. 나는 내가 보아온 그런 비열한 속임수를 조금만이라도 쓰는 개는 모두 물에 빠뜨리고 싶거든요."

"그리고 당신은 당신 몫을 갖지 못했군요?"

"실례, 나는 내가 얻은 것을 희생한 거죠. 나는 선량한 스페인 사람이었소. 그리고 어느 누구 못지 않게 악마 같은 인간이었습니다. 나는 칼을 지니고 다녔지요. 그리고 재빨리 꺼내서 깊숙이 박히도록 던지기도 했지요. 결국 나는 흉터만 남았지요. 당신이 숙녀가 아니었다면 말이오. 나는 수십 명의 스페인계 사람들 속에서도 당신에게 친구를 찾아줄 수 있지요."

그는 회상하면서 새로운 활기를 끌어낸 듯이 보였다. 잠시 침묵이 흘렀다.

"그렇게 생각해요." 베르니에 부인은 말했다. 잠시 후에 "전에 사람을 죽여본 일이 있습니까?"

순간적으로 뱃사공은 노 젓는 속도를 죽이고 그 부인의 얼굴을 날카롭게 쳐다보았다. 그런데 그 부인의 얼굴은 자신의 그늘에 가려져 있어서 얼굴의 표정을 알아볼 수 없었다. 그 부인의 질문하는 어감은 단순한 호기심일 뿐이었다. 그는 잠시 주저했다. 그러고 나서 의식적이고 조심성 있게, 그러나 모호한 미소를 지었다. 그것은 진실이나 또는 범죄에 대한 부인이라기보다는 범죄를 더욱 추측케 하는 것이었다.

"부인!" 크게 어깨를 으쓱하면서 "질문이 있는데요!…… 물론 까닭 없이 살인한 게 아니지요"라고 그는 대답했다.

"물론 그렇겠지요." 오르탄스는 말했다.

"남미에서는 이유가 있었지만!" 뱃사공은 덧붙였다. "뭐, 이유랄 게 되나요."

"나는 그렇지 않다고 생각해요. 무슨 이유였나요?"

"발파라이소에서 사람을 죽였다면 — 내가 그랬다고 말할 수는 없지만 — 그것은 내가 가지고 있는 칼이 내가 생각했던 것보다 훨씬 깊이 들어갔기 때문이지요."

"그러나 왜 칼을 쓰셨지요?"

"나는 칼을 사용한 게 아니지요. 만일 내가 칼을 사용했다면, 그것은 상대가 내 칼에 와서 찔린 것이지요."

"그가 왜 그렇게 했을까요?"

"제기랄! 항구에 배가 많이 있듯이 여러 가지 이유겠지요."

"예를 든다면요?"

"에, 그가 취직하려고 하는 선박회사에 내가 취직신청을 했던 것 같아요."

"그런 일로 그럴 수 있을까요?"

"아, 아주 사소한 일 때문이지요. 한 소녀가 그에게 주기로 약속했던 여남은 개의 오렌지를 나에게 주었거든요."

"이상하기도 하군요." 날카로운 웃음소릴 내며 베르니에 부인은 말했다. "당신에게 이렇게 아까워하는 것을 빚진 남자가 방금 와서 당신에게 상처를 입히려 하고 있어요. 나는 상상하고 있어요. 그것도 별것 아니라고 생각하나요?"

"정확하게, 당신 칼집에서 칼을 뽑으시오. 맹세하면서, 그리고 칼로 수박이나 자르시오. 5분 후에 노래를 부르면서."

"그리고 어떤 사람이 두려워하거나 부끄러워하거나, 또는 어떤 면에서 스스로 복수할 수 없을 때 그는 — 또는 여자일지라도 — 어떤 사람이 그녀를 위해서 그 일을 해줄 수 있을까요?"

"물론이지요! 그런 일을 경계하는 가련한 악마가 길모퉁이에 서 있는 수위처럼 남미의 해안에는 충분히 많지요."

그 뱃사공은 숙녀가 악명 높은 화제에 매력을 느끼고 있는 것을 알고 매우 놀라고 있었다. 그러나 독자 여러분이 보시는 대로 선원의 즉각적인 대답은 그녀에게 정보를 줄 수 있다는 것과 함께 그 자신이 점점 위대하게 들릴 수 있다는 즐거움이 있었다. "그리로 내려가시오." 그는 계속했다. "그들은 결코 원한을 잊지 않지요. 만일 어떤 사람이 어느 날 당신을 섬기지 않는다면 그는 다른 사람을 섬기게 될 것입니다. 스페인 사람의 증오는 잠을 잃은 것과 같지요―사람은 한동안 잠을 연기할 수 있지요. 그러나 그것은 결국 사람을 고통스럽게 합니다. 악한들은 항상 자신들의 약속을 지키지요……. 배에 타고 있을 때는 아주 즐거워들 하지요. 그것은 들판에 매여 있는 황소와 같지요. 사람은 벽에 기대지 않고는 30초도 견딜 수 없는 것이지요. 그는 당신과 친구가 되었을 때조차도 그의 호의는 미심쩍답니다. 그와 함께 식사를 하는 것은 놋쇠잔으로 술을 마시는 것과 같죠. 그리고 어디에서든 그래요. 한번 스페인의 길을 횡단토록 해보시오. 만일 당신이 어디에서든지 살아 있지 않다면 악당들은 자동적으로 유럽의 도시를 저주하지요. 당신은 남미의 항구에서 일어나는 사정을 상상하지 못할 거요―반쯤 남은 사람들이 모퉁이에서 다른 반쯤의 사람을 기다리지요. 그러나 나는 여기가 훨씬 더 좋다고 생각하지 않아요. 왜냐하면 어느 곳이나 스파이들이 있기 때문이지요. 거기서는 항상 살인자를 만나게 되지요. 여기에서 순경을 보듯이 말이오……. 어쨌든 그쪽의 생활은 그 어느 것보다 얕은 해협에서의 항해를 상기시켜 주지요. 거기에서 당신은 미친 듯한 록음악이 무엇을 의미하는지 모르실 겁니다. 모든 사람들은 이웃과 거래를 하고 있지요. 부인들에게 호별 방문하는 상인이 있듯이 말입니다. 그리고 맹세코 그들은 거래를 청산하거든요.

산티아고의 주인들은 우리가 헤어질 때 그의 뒤에 올라온 멋진 이름에 대하여 나에게 보상을 하지요. 그러나 결코 임금을 지불하진 않아요."

스페인의 미덕에 대한 설명 후에 잠시 말이 중단되었다.

"그래 당신은 사람을 이 세상 밖으로 보낸 일이 없나요?"라고 오르탄스는 계속했다.

"오, 물론이지요!…… 무서우신가요?"

"전혀, 그런 일은 가끔씩 정당화한다는 걸 알죠."

남자는 잠시 말이 없었다. 아마도 놀란 듯이. 왜냐하면 그가 말한 다음의 일 때문이었다.

"부인께서는 스페인 사람인가요?"

"아마 내가 살아 있는 이유로"라고 오르탄스는 대답했다.

다시 그녀의 동행인은 말이 없었다. 말의 중단은 더 지속되었다. 베르니에 부인이 똑같은 연속적 생각을 하고 있음을 보여주는 질문에 침묵은 깨어졌다.

"이 곳에서 한 남자를 죽이는 데 충분한 근거는 무엇인가요?"

뱃사공은 물 위로 큰 웃음을 웃었다. 오르탄스는 외투를 끌어당겼다.

"거기엔 아무도 없겠지요."

"정당방위의 권리도 없습니까?"

"물론 있지요 — 그것은 내가 알아야 할 것이지만요. 그러나 그것은 파리에 있는 남자들이 재빨리 처리하는 것이지요."

"남미와 그들 나라에서는 어떤 남자가 생활을 견뎌낼 수 없게 할 때 당신은 어떻게 하겠어요?"

"아이고! 나는 그 남자를 죽여버릴 겁니다."

"그럼, 프랑스에서는요?"

"자신을 죽이겠지요. 하! 하! 하!"

이때 그들은 큰 방파제 끝 쪽에 도달했다. 등대도 불 비치기를 끝내고 내항의 한쪽만 비치고 있었다. 해도 졌다.

"등대로 왔군요"라고 남자는 말했다. "날이 어두워지는데 돌아갈까요?"

오르탄스는 그 자리에서 잠시 일어섰다. 그리고 서서 바다를 내려다보았다. "그래요." 그녀는 마침내 말했다. "돌아가도 좋아요 — 천천히." 배가 돌려고 할 때 그녀는 그녀의 자리에 앉았다. 그리고 뱃전을 손으로 붙잡고 배가 움직일 때 한 손으로 물을 튀기면서 긴 잔물결을 물끄러미 바라보았다.

마침내 그녀는 동료로서 뱃사공을 올려다보았다. 그녀는 서편의 꾸물대는 저녁 노을을 보고 있었기 때문에 그녀의 얼굴이 몹시 창백한 것을 볼 수 있었다.

"당신은 세상살이가 힘든 것처럼 보이는군요." 그녀는 말했다. "내가 당신을 도울 수 있다면 좋겠어요."

그 남자는 노를 저으면서 잠시 쳐다보았다. 그것은 이 말이 그녀의 눈에서 식별할 수 있는 표정을 가리고 있었기 때문이었다. 그 다음 그는 손을 모자에 얹었다.

"부인께서는 친절하시군요. 무얼 하시겠습니까?"

베르니에 부인은 그를 돌아다보았다.

"나는 당신을 믿고 싶어요."

"아!"

"그리고 보답하고 싶군요."

"뭐라구요? 부인께서 나에게 시킬 일이 있으시다구요?"

"일이지요." 오르탄스는 고개를 끄덕였다.

그 남자는 분명히 어떤 설명을 기다리면서 아무 말도 하지 않았다. 그의 얼굴은 어리둥절함을 느끼게 하는 짜증난 표정이었다.

"용기는 있으신가요?"

이 질문에 빛이 스며드는 듯 보였다. 그의 얼굴이 빠르게 변하는 것은 그 일에 응답하는 것인 듯했다. 그와 당신을 분리하는 장애물을 희생시키는 일 외에 시시한 일은 손댈 필요가 없다. 불평등한 신분을 가려내는 생각과 감정과 번쩍임과 생각의 예시 같은 것이 있었다.

"나는 아주 용감합니다." 뱃사공은 대답했다. "부인께서 나에게 원하는 어떤 일에도 말이오."

"범죄를 저지를 만큼 용감하단 말인가요?"

"아무것도 아니죠."

"만일 나를 위해서 당신의 개인적 안전을 무릅쓰고 당신에게 평화로운 마음을 위태롭게 한다면 그것은 확실히 호의만은 아니지요. 당신의 도덕심이 내 일로 하여 더욱 무거워진다면 열 갑절이나 대가를 치러드리겠어요."

그 남자는 흐릿한 불빛을 통하여 오랫동안 열심히 그녀를 쳐다보았다.

"나는 부인께서 나에게 무엇을 시키려는지 알겠소" 하고 마침내 그는 말했다.

"좋아요." 오르탄스는 말했다. "해보시겠습니까?"

그는 계속 쳐다보았다. 그녀는 감출 것이 더 이상 아무것도 없는 여인처럼 그의 눈과 마주쳤다.

"실례를 들어주시지요."

"아흐모리크라 불리는 기선을 아시나요?"

"물론이지요. 그것은 서댐튼을 운행하는 배가 아닙니까?"

"그 배가 내일 아침 일찍 도착할 거예요. 배를 붙잡아매는 쇠격자를 없애줄 수 있겠어요?"

"안돼요. 정오까지는 어렵습니다."

"나도 그럴 거라고 생각은 해요. 그 대신 사람은 어떻겠어요?"

베르니에 부인은 계속할 수 없는 것처럼 보였다. 마치 그녀의 목소리가 달아나버린 것처럼.

"뭐라구요?" 하고 그 뱃사람은 말했다.

"그는 사람이에요." 그녀는 다시 멈추었다.

"어떤 사람입니까?"

"내가 없애고 싶은 사람이지요."

한동안 아무 말이 없었다. 뱃사공은 먼저 말을 시작했다.

"어떤 계획이 있으신가요?"

오르탄스는 고개를 끄덕였다.

"들어봅시다."

"문제는." 베르니에 부인은 말한다. "정오가 되기 전에 상륙하는 것을 참을 수 없어요. 그가 돌아갈 집은 만일 배가 정박한다면 배에서 보일 거예요. 만일 그가 보트를 탄다면 확실히 해안선에 도착하겠지요. 이해하시겠죠?"

"아하! 내 배 말인가요?"

"제발!"

베르니에 부인은 자리에서 벌떡 일어섰다. 그녀는 팔을 뻗으며 얼굴을 무릎에 파묻고 다시 주저앉았다. 그 뱃사공은 서둘러 그의 노를 배에 얹었다. 그리고 그녀의 어깨에 손을 얹었다.

"자, 그러면 갑시다. 악마의 이름으로. 울지 마십시오." 그는 말했다. "우리는 서로 이해짐에 도달할 수 있을 것도 같군요."

배 바닥에 무릎을 꿇고 그가 부축하여 지탱해 줌으로써 그녀의 머리는 아직도 수그러져 있었지만 그녀 스스로 일어서도록 했다.

"보트에서 그를 처치하는 일을 끝내버릴까요?"

아무런 대답이 없었다.

"그는 늙은 사람인가요?"

오르탕스는 힘 없이 고개를 저었다.

"제 또래쯤 됐나요?"

그녀는 고개를 끄덕였다.

"빌어먹을! 쉽지도 않겠군."

"그분은 수영을 못해요." 오르탕스는 쳐다보지도 않고 말했다. "그이는 절름발이거든요."

"신의 이름으로!"라고 하면서 뱃사공은 손을 놓았다. 오르탕스는 힐끗 쳐다보았다. "수신호를 알고 있습니까?"

"신경 쓰지 마십시오." 드디어 그 남자는 말했다. "사인으로 유용할 것입니다."

"물론이지요. 그 외에도 그는 큰 부두에 붙어 있는 연못 뒤에 있는 베르니에 씨 집으로 데려다 달라고 요구할 거예요. 자, 이제 여기서 그 집을 볼 수 있을 겁니다."

"그 곳을 압니다." 뱃사공은 말했다. 마치 질문을 받고 그 질문에 답하듯이 말이 없었다. 오르탕스는 그가 그녀를 막으려고 할 때 그가 따르려고 하는 행동을 염려하여 그의 생각에 끼어들려고 하고 있었다.

"내 일에 대해 어떻게 확신할 수 있죠?" 그는 물었다.

"보상 말인가요? 나도 생각해 뒀지요. 이 시계가 후에 당신에게 기꺼이 보상하겠다는 서약이에요. 그 케이스 속에는 2천 프랑 가치의 진주가 들어 있어요."

"값을 정하시지요" 하고 시계는 손도 대지 않고 그 남자는 말했다.

"그것은 당신이 결정할 일이지요."

"좋소. 아다시피 많은 금액을 요구할 권리가 있지요."

"물론, 말해 보세요."

"부인의 제의를 생각하면 많은 금액이 되리라고 생각됩니다. 생각해 보시오. 제게 살인을 요구하고 있으니 말이오."

"값 — 값이라구요?"

"자." 그 남자는 계속했다. "밀렵은 항상 값이 비싸지요. 그 시계 속에 들어 있는 진주는 사치스럽지요. 왜냐하면 그것은 진주를 가지고 있는 사람의 생명의 가치가 있기 때문이지요. 당신은 내가 당신의 진주 채취자가 되기를 원하고 있소. 그렇지요. 당신은 나를 안전한 상속인으로 보장해야만 하오. 아시다시피 상속인이오. 나에게 안전한 갑옷을 제공해야만 하오. 내가 작업을 진행하는 동안 숨쉴 작은 틈을 말이오 — 나폴레옹의 번득이는 생각을 모자 가득히요!"

"내 친절한 분! 말하고 싶지 않아요. 또한 어떤 농담도 듣고 싶지 않아요. 단지 값만 알고 싶어요. 닭 두어 마리 사는 게 아니지요. 값을 말해 보세요."

뱃사공은 이때 자리로 돌아가 노를 집어들었다. 그는 길게 천천히 뻗었다. 그리고 그 부인의 얼굴에 자신의 얼굴을 바짝 대었다. 이 위치에서 그는 몸을 앞으로 굽혀서 베르니에 부인의 얼굴을 뚫어지게 쳐다보았다. 그는 잠시 동안 그렇게 있었다 — 그것은 전에도 그녀의 목적에 자주 도움이 되었다 — 그녀가 아름다웠던 것은 그녀의 목적을 달성하는 데 다행스러운 것이었다. 솔직한 얼굴은 협상의 매우 불쾌한 본성을 강조하고 있을지도 모르는 것이었다. 갑자기 빠르고 충격적인 움직임으로 그 남자는 노 젓기를 끝냈다.

"그렇게 어리석지 않지요! 스스로 제안해 보시죠."

"좋아요." 오르탄스는 말했다. "만일 원한다면 내가 할 수 있는 모든 걸 드리겠어요. 나는 1만 5천 프랑의 값이 나가는 그 보석이 당신에게 난처하다면 그 값만큼 돈을 드리지요. 집에 천 프랑의 금화가 들어 있는 상자가 있어요. 그것도 드리지요. 미국에 가는 여권도 준비해 드리구요. 그리고 뉴욕에는 친구가 있어요. 내가 그 친구에게 당신의 일자릴 구해주도록 편지도 써드리죠."

"그리고 당신은 세탁물을 내 어머니와 여동생에게 주시오. 하! 하! 1만 5천 프랑 값어치의 보석이라! 또한 천 프랑의 금화라! 미국으로의 여행 — 그것도 일류로 — 5백 프랑, 일자리 — 그게 도대체 무얼 뜻하는 거요?"

"당신의 성공에 필요한 모든 것이지요."

"내가 암살자로 기록되는 걸 부정합니까? 맹세코, 그 인상을 지우지 않는 게 더 좋겠군요. 적어도 바닷가에서 나의 운명이 바뀌는군요. 2만 5천 프랑을 주시오."

"좋아요. 그 이상은 일 전도 안 돼요."

"당신을 믿을까요?"

"내가 당신에게 미덥지 않습니까? 내가 하는 모험을 스스로 생각하지 않도록 하는 것이 당신에게 좋지요."

"아마도 우리는 똑같소. 우리들 중 어느 누구도 확실한 가능성을 생각할 수 없지요. 아직도 난 당신을 믿소." 뱃사공은 덧붙였다. "자, 부두 가까이에 왔소." 조롱하듯 엄숙하게 모자를 들고, "부인께서는 공동묘지를 방문하시겠습니까?"

"빨리 내립시다." 베르니에 부인은 성급하게 말했다.

"우리는 유행 뒤에 죽은 사람들 사이에 있지요." 뱃사공은 그녀와 악수를 하면서 말했다.

3

베르니에 부인이 집에 도착했을 때는 8시가 조금 지나서였다.

"메이로 씨가 여기에 왔었나?"라고 그녀는 조세핀느에게 물었다.

"예, 마님. 부인이 외출했다는 걸 알고 그는 쪽지를 남겨놓았어요."
오르탄스는 남편의 옛 서재에 있는 책상 위에서 봉인된 편지를 발견했다. 그것은 다음과 같이 씌어 있었다.

나는 당신이 외출한 걸 알고 쓸쓸했소. 당신에게 할말이 있소. 나는 좋아 보인다고 생각되는 곳에서 밤을 지내도록 저녁 초대를 받았소. 같은 이유로 나는 뿔이 달린 황소를 데려오기로 결심했소. 그리고 베르니에 씨 집에서 쓰도록 돌아올 때 배에 실었소—내 옛 친구의 특권이지요. 나는 아흐모리크가 새벽에 배를 고정시키는 꺾쇠를 풀어놓는다고 들었소. 어떻게 생각하오? 그러나 너무 늦어서 내게 알릴 수 없었겠지. 나의 수완을 인정하시오. 아무튼 당신은 결국에 환영할 것이오. 당신은 일이 어떻게 평온하게 될 것인지 알게 될 것이오.

그녀가 편지를 읽었을 때 "어쩌나! 어쩌나!" 하고 부인은 소리를 내었다. "정말 죽을 지경이군!" 그녀는 몇 차례 방을 올라갔다 내려갔다 했다. 그리고 마침내 사람들이 강한 감정에 사로잡혔을 때 하는 것처럼 "체! 그러나 새벽까지 도착도 못했을걸. 늦잠 자느라고 말이야. 특히 저녁 만찬을 한 후에는. 다른 사람들이 그보다 앞서서 올 텐데…… 아, 내 가련한 머리. 너무 괴로워서 결국 실패하고 말았군!"
조세핀느는 주인마님의 짐을 치우기 위하여 다시 나타났다. 그녀 자신을 안심시키려는 소망으로 요즈음에 일어난 일을 물었다.
"비콩트 씨 혼자였어?"
"아니요, 마님. 다른 신사분이 같이 오셨어요. 솔즈 씨라고 생각돼요. 온통 찌그러진 가방 두 개를 가지고 오셨어요."
필자는 소설의 근거를 파헤치는 과장된 두려움으로부터 지금까지 아주 잘 판단해 왔지만 그녀가 무엇을 생각하고 있었는지보다 차라리 무엇을 하고 무엇을 말했는지에 대해 이야기하기 위해 여인의 마음에 무엇을 지니고 있는지 폭로해야 할지도 모르겠다.

"그는 겁쟁이인가요? 나를 떼어놓으려 하던가요? 또는 그는 장난으로 술 마시면서 이 마지막 시간을 보내려 하는 걸까요? 나와 함께 지낼지도 모르지요. 아아! 나의 친구 당신은 나를 위해 아무것도 한 일이 없군요. 당신을 위해 누가 그렇게 많이 할까. 누가 살인을 하지? 그리고 ─ 하나님이 돕겠지! ─ 당신에게 자살을!…… 그러나 나는 그가 가장 잘 알고 있다고 상상하고 있지. 결국 그는 그 날 밤을 지냈을 거야."

요리사가 그 날 밤 늦게 왔을 때 자지 않고 있던 조세핀느는 말했다.

"당신은 주인마님이 어떻게 보이는지 아무런 생각도 못하고 있어. 마님은 오늘 아침에 10년은 더 늙어 보여. 성모 마리아여! 그 날은 그 여인에게 어떤 날인가!"

"내일까지 기다려요." 바랑틴느는 말했다.

후에 여인들이 다락방으로 자러 갔을 때 그 여인들은 오르탄스의 문 아래 켜져 있는 등불을 보았다. 마님의 위층에 방이 있던 조세핀느는 밤새도록 잠도 자지 않고 아래층에서 움직이는 소리를 들었다. 그것은 주인마님이 그녀보다도 더 잠을 못 이루고 있었다는 사실을 말해 준다.

4

그녀가 그 다음날 이른 새벽에 H항구 밖에 정박해 있을 때 아호모리크 호 근처는 상당히 소란했었다. 외투를 입은 한 신사가 지팡이를 짚고서 작은 여행가방을 들고 조그마한 고깃배를 따라서 왔다. 그리고 승선하기 위해서 떠났다.

"베르니에 씨가 여기 있습니까?" 그는 첫번째 만난 관리에게 물었다.

"그분은 해변으로 가셨다고 생각하는데요. 몇 분 전에 그분을 묻는 뱃사공이 있었지요. 뱃사공이 그분을 싣고 갔다고 생각하는데요."

메이로 씨는 잠시 생각하였다. 그때 그는 육지를 쳐다보면서 배의 다른 쪽 위로 건너갔다. 성채 위에 기대서서 그는 텅 빈 배가 배 옆으로 통해 있는 사닥다리에 묶여 있는 것을 보았다.

"저것은 도시의 배지. 그렇지?" 그는 한쪽 손을 세우고 말했다.

"예, 선생님."

"주인은 어디에 있소?"

"생각건대 잠시 전에 여기에 있었는데요. 방금 전에 관리하고 얘기하는 걸 보았는데요."

메이로 씨는 사닥다리를 내려왔다. 그리고 배의 선미에 앉았다. 말을 걸어온 선원이 그의 가방을 내려놓고, 붉은 모자를 쓰고 있는 사람은 성채 위를 쳐다보았다.

"여보시오!" 하고 메이로는 소리 질렀다. "이것이 당신의 배요?"

"예, 당신의 마음대로"라고 사닥다리 꼭대기로 올라오고 있는 붉은 모자를 쓴 사람에게 대답하였다. 그리고 그 신사의 지팡이와 가방을 뚫어지게 쳐다보았다.

"새 부두의 끝에서 나를 시내 베르니에 부인에게 데려다 주시겠소?"

"물론이죠, 선생님." 사닥다리를 허둥지둥 내려가면서 뱃사공은 말했다. "선생님은 내가 찾고 있던 바로 그 신사이시군요."

*

한 시간쯤 후에 오르탄스 베르니에는 집에서 나왔다. 그리고 정원을 지나 바다가 보이는 테라스 쪽으로 천천히 걷기 시작했다. 하인들이 이른 시각에 나왔을 때 그녀가 일어나 옷을 입고 있는, 아니 오히려 분명히 옷을 갈아입지 않은 것을 발견했다. 왜냐하면 그녀는 전날 밤과 똑같은 옷을 입고 있었기 때문이다. 그녀를 본 다음에 조세핀느는 소리를 질렀다. "마님은 어제 10년은 더 늙으셨어요. 밤새 10년이 지나갔어요." 베르니에 부인이 정원 가운데쯤 갔을 때 발걸음을 멈추었다. 그리고 움직이지도 않고 서서 듣고 있었다. 그 다음 그녀는 커다란 울음을 터뜨렸다. 왜냐하면 그녀는 테라스 아래로부터 어떤 사람이 나타나 팔을 쭉 뻗어 쳐들고 그녀 쪽으로 절룩거리며 오고 있는 것을 보았기 때문이었다.

2
어느 헌 옷가지에 얽힌 로맨스
The Romance of Certain Old Clothes

함연진

어느 헌 옷가지에 얽힌 로맨스 작품해설

　이 작품은 18세기 중반 매사추세츠 지방을 배경으로, 한 남자를 사이에 두고 두 자매가 벌이는 암투를 다소 그로테스크하게 그리고 있는 일종의 유령소설이다.
　버나드는 옥스퍼드 대학에서 유학을 마친 후 영국인 친구 아더 로이드와 매사추세츠로 귀향한다. 이때부터 그의 두 누이동생 바이올라와 퍼디타는 훌륭한 가문에다 출중한 외모를 겸비한 로이드의 사랑을 쟁취하기 위해 암중모색한다. 결국 로이드가 동생 퍼디타를 결혼 상대로 택하자 바이올라의 시기와 질투가 불타오르게 된다.
　로이드와 퍼디타는 보스턴에서 행복한 신혼생활을 보낸다. 그러던 중 버나드의 결혼식에 참석하기 위해 로이드는 윌로우비 부인의 집에 들르게 된다. 바이올라는 기회다 싶어 로이드를 유혹하고 로이드 역시 그녀의 매력에 이끌린다. 로이드는 퍼디타가 난산 중에 있다는 소식을 듣고 급히 집으로 돌아간다. 퍼디타는 자기가 엄청난 고통에 신음하고 있을 때 남편이 바이올라와 함께 있었다는 사실에 충격을 받고 세상을 떠난다.
　임종 순간 퍼디타는 자기 입었던 옷가지들을 다락에 있는 옷궤짝에 고이 간직해 줄 것을 남편에게 유언한다.
　그 후 로이드는 바이올라와 재혼하기에 이른다. 탐욕스러운 바이올라는 집요하게 로이드를 유혹하게 되고 결국 로이드는 옷궤짝의 열쇠를 내던지고 만다. 바이올라는 열쇠를 가지고 다락방으로 올라간 채 더 이상 모습을 드러내지 않는다. 로이드는 불길한 예감이 들어 다락방에 올라간다. 아니나 다를까, 문이 열린 옷궤짝 앞에서 바이올라는 한 손으로 가슴을 누른 채 뒤로 나자빠져 있고, 공포로 얼룩진 그녀의 얼굴과 이마에는 복수심에 불타오르는 무시무시한 유령의 손톱자국들이 선명하게 이글거리고 있었다.
　이 작품의 마지막 무서운 장면은 결국 자신의 행복을 찬탈해 간 바이올라에 대한 퍼디타의 혼령이 무자비한 복수를 감행하였음을 강하게 암시한다. 이 작품의 서사기법과 주제는 이후에 나타나는 그의 문학적 면모, 즉 세밀한 심리묘사와 도덕 주제에 깊이 천착하는 일련의 문학적 틀거리와 관련지어 볼 때, 헨리 제임스의 문학적 발전 과정을 살피는 데 좋은 단초가 되고 있다.

어느 헌 옷가지에 얽힌 로맨스

　18세기 중반 무렵 매사추세츠 지방에 자식을 셋 둔 한 교양 있는 미망인이 살았다. 그녀의 이름이 무엇인지는 그다지 중요하지 않다. 그러므로 나의 재량껏 그녀를 월로우비 부인이라 칭하기로 하겠다. 그것은 그녀 본래의 이름처럼 어딘가 모르게 꽤 덕망 있는 느낌이 드는 이름이기 때문이다. 그녀는 결혼한 지 6년 만에 그만 남편을 잃고 난 뒤 줄곧 자식들을 돌보는 일에만 열중해 왔었다. 그녀의 자식들은 이러한 어머니의 따뜻한 보살핌에 보답하고 그녀의 애틋한 소망을 충족시켜 주기라도 하려는 듯 마음씨 곱게 성장하였다.
　첫아이는 아들이었는데 그녀는 남편의 이름을 따서 그를 버나드라 이름지었다. 나머지 자식들은 모두 딸로서 각기 삼 년의 터울을 두고 태어났다. 출중한 외모는 이 가문의 내력인지라, 이 젊은이들 역시 그러한 내력을 시들게 하지는 않으려는 듯싶었다. 그 아들은 그처럼 빼어난 용모를 지닌데다가, 혈색이 좋은 얼굴과 운동선수 같은 체격을 갖추고 있어 (지금도 마찬가지이긴 하지만) 그 당시에는 순수 영국인 혈통의 징표, 즉 솔직 담백하고 다정다감한 젊은이로서 으뜸 가는 아들이자 오빠, 그리고 꿋꿋한 친구로서의 면모를 유감 없이 발휘하고 있었다. 하지만 그는 그다지 총명한 편은 아니었다. 그것은 그 가문의 이지력이 주로 그의 누이들에게 유전되었던 터였기 때문이었다. 윌로우비 씨는 작은 응접실에서의 연극을 후원하는 것조차 상당한 용기가 필요했던 사회에서, 그것도 그러한 집념 자체가 지금보다도 월등한 통찰력을 내포하고 있었을 당시에 이미 셰익스피어의 열렬한 애독자였었다. 때문에 그는 자기가 가장 애독하는 연극 작품들로부터 자기 딸들의 이름을 지어줌으로써 대시인에 대한 그의 열광을 기록으로 남기고 싶어했었다. 그리하여 그는 큰딸에게는 바이올라라는 매력적인 이름을, 그리고 작은딸에게는 보다 의미심장한 퍼디타라는 이름을 붙여주었는데, 이는 태어난 지 몇 주 되지 않아 세상을 떠난 귀여운 가운데 딸아이를 기념하기 위해서였었다.

버나드 윌로우비가 열여섯 나던 해 그의 어머니는 용단을 내려 남편의 마지막 청원을 실행에 옮길 채비를 했다. 이는 적당한 나이가 되면 자기 아들을 영국으로 보내어 자신의 연구의 본거지였던 옥스퍼드 대학에서 교육을 끝마치게 해달라는 간곡한 탄원에 의한 것이었다. 윌로우비 부인은 두 딸을 합친 것보다 세 배나 많게 아들을 애지중지하였던 터이지만 그녀 남편의 소망에 더 큰 가치를 두고 있었다. 그리하여 그녀는 눈물을 머금고 아들에게 트렁크와 그의 간단한 시골의 여행용품을 준비시켜 그로 하여금 바다 건너 장도에 오르게 했다. 버나드는 자기 아버지가 다니던 대학에 입학하여 월등한 성적을 얻지는 못했지만 별다른 불명예 없이 상당히 만족스럽게 영국에서 오 년을 보냈다. 대학을 마치자마자 이내 그는 프랑스로 여행을 하였다. 그 후 스물세 살 되던 해, 그는 보잘것없고 도저히 참을 수 없는 거주지였던 자그마한 뉴잉글랜드(당시 뉴잉글랜드는 매우 협소했다)를 찾아갈 채비를 갖추고 고국행 배에 몸을 실었다. 그러나 고국에서는 버나드의 관념에서뿐만이 아니라 실제로 적지 않은 변화가 있었다. 그는 자기 어머니의 집이 꽤 살 만하다는 사실과 더불어, 자기 누이들이 젊은 영국 여인의 소양과 우아함, 그리고 그것이 어떤 소양은 아니라 하더라도 적이 우아함 그 이상이라 할 수 있는 일종의 자생적인 온화한 매정함과 야성마저 지닌 채, 매우 매혹적인 젊은 처녀로 성장해 있는 모습을 발견하게 되었다. 버나드는 자신의 누이들이 영국에서 가장 품위 있는 처녀들과도 충분히 필적할 만하다는 사실을 그의 어머니에게 은밀히 확신시켜 주었고, 그 결과 월로우비 부인은 자신의 딸들에 대해 적이 자부심을 갖기에 이르렀다. 버나드의 견해가 그러했다면, 아더 로이드 씨의 견해는 열 배나 더 높이 그러했다. 내가 성급히 덧붙이는 이 신사는 버나드의 대학 동창으로서, 명망 있는 가문 출신의 젊은이로 선량한 성품과 더불어 상당한 유산의 소유자였다. 그는 이 유산을 미국에서의 무역업에 투자할 준비를 하고 있었다. 그와 버나드는 절친한 친구사이였던 터라, 그들은 함께 대서양을 건너오게 되었고, 이 젊은 미국인은 그 참에 그를 그의 어머니 집에 데리고 와 인사를 시켰으며, 이 집의 식구들에게 그 친구는 지금껏 그가 받아왔었고 또한 내가 방금 암시를 준 바 있는 그런 좋은 인상을 심어주었었다.

   이즈음에 두 자매는 발랄한 젊음이 한껏 피어오르고 있었다. 이들은 물론 각기 가장 잘 어울리는 면모로 이러한 꾸밈 없는 광채를 발하고 있었던 것이다. 하지만 그들은 외모나 성격에 있어서 한결같이 상이했다. 언니인 바이올라는 ― 현재 스물두 살이 되었는데 ― 키가 크고 아리따웠으며, 잔잔한 회색 눈동자와 황갈색 머리카락을 지니고 있었다. 이는 다소 거무스름한 피부를 지니긴 했지만 가냘픈 형체에 가장 부드럽고 멋진 감성으로 가득 차 있다고 상상되는(개인적인 판단이긴 하지만) 셰익스피어의 희극에 나오는 바이올라와 어렴풋이 닮은 데가 있었다. 윤택하고 깨끗한 피부와 아름다운 팔, 장대한 키, 그리고 느린 말씨를 지닌 월로우비 양은 어떤 모험가다운 면모는 없었다. 그녀는 남자의 재킷이나 바지를 결코 입으려 하지 않았다. 그도 그럴 것이 매우 풍만한 미모를 지녔기 때문에 그녀가 원치 않은 것도 어찌 보면 당연한 듯싶다. 퍼디타 역시 그녀의 외양이나 성향에 합치되는 그 무엇보다도 그녀의 이름에 담겨 있는 감미로운 우수를 당연히 택했을는지 모를 일이다. 그녀는 뚜렷하게 거무스름한 피부에다 작은 키, 경쾌한 발걸음, 그리고 열정과 생기로 가득 찬 암갈색 눈동자를 지닌 여자였다. 어린 시절부터 그녀는 늘 미소와 쾌활함을 잃지 않는 존재였다. 그래서 잘생긴 그녀의 언니가 예사롭게 그렇게 하듯 상대방의 말에 대한 대답을 기다리게 만드는(다소 차가운 잿빛 눈으로 상대를 응시하면서) 것과는 딴판으로, 그녀는 상대방이 채 말을 끝내기도 전에 상대의 제안에 이어지는 어절에 의해 암시되는 여섯 개 정도의 선택안을 제시해 주곤 했었다.

  이 젊은 처녀들은 그들의 오빠를 다시금 보게 되어 매우 기뻤다. 그러나 그들 오빠 친구의 선의에 대해서는 쓸데없는 말을 삼갈 수 있음을 곧 알아차렸다. 식민지의 미남들로서 그들의 친구이거나 이웃사촌인 젊은 청년들 가운데에는 뛰어난 친구들도 많이 있었고 헌신적인 시골 멋쟁이도 여럿 있었으며, 또 누구에게나 매력을 풍기고 정복하는 데 있어 명성을 누리는 이들도 두셋 있었다. 그러나 순진한 이들 젊은 식민지인들의 세련되지 못한 기교와 여성들에 대해 다소 요란스러운 듯한 행동거지들은 아더 로이드 씨의 출중한 외모와 멋들어진 옷차림, 그리고 예의바른 친절에다 완벽한 기품, 더 나아가 그의 박식함에 의해 완전히 무색해지고 말았다. 실제에 있어서 그는 그리 일품은 아니었다. 단지 그는 정직하고 단호하며 총명한 젊은이로서 영국 금화와 그의 건강, 그리고 마음 편한 소망들, 아울러 아직 투자되지 않은 애정이라는 약간의 밑천이 있을 따름이었다. 하지만 뭐니 뭐니 해도 그는 신사였다. 그는 잘생긴 얼굴을 지닌데다 공부와 여행도 많이 했으며 불어를 잘 구사하고 게다가 플루트를 잘 연주하며 상당히 멋들어지게 큰 소리로 시를 읊조리곤 했다. 윌로우비 자매가 그들의 남자친구를 선택함에 있어서 당장에 까다로워지게 된 데에는 여러 가지 이유가 있었다. 여성의 상상력은 정중한 사회의 다양하고 사소한 관습들과 신비스러움들에 특히 잘 적응하게 마련이다. 로이드 씨는 우리의 조그만 뉴잉글랜드 처녀들에게 유럽의 수도들에 사는 상류계급 사람들의 삶의 방식이나 풍습에 관해 자신이 마음먹고 있었던 것보다 훨씬 더 많이 들려주었다. 그와 버나드의 곁에 앉아서 그들이 보았던 멋진 사람들과 멋진 일들에 관해 그들이 풀어대는 담론을 듣는 것은 즐거운 일이었다. 그들은 차를 마신 후 징두리 벽판에 붙어 있는 응접실 — 당시에는 경제적인 이유, 그리고 무늬가 찍힌 벽지와 색실로 짠 주단을 절약하려는 의도말고는 그림같이 아름다워 보이게 한다든가 아니면 여타 다른 의도가 전혀 없었는데 — 에서 모두들 난로 가에 둘러앉곤 했으며, 그럴 때면 이 두 젊은 청년은 으레 양탄자를 가로질러 이런저런, 그리고 여타 다른 모험담을 서로에게 상기시켜 주곤 했다. 바이올라와 퍼디타는 종종 그것이 어떠한 모험이었고, 어디에서 일어났으며, 거기에는 누가 왔고, 또 그 여인네들은 무슨 옷을 입고 있었는지 정확히 알기 위해 귀를 쫑긋 세우곤 했었다. 그러나 그 당시에 요조숙녀라면 스스로 자청해서 대화 도중에 끼어들거나 지나치게 많은 질문을 하도록 되어 있지 않았다. 그러므로 보잘것없는 처녀들은 그들 모친의 다소 열의 없거나, 혹은 더욱 진중한 호기심 뒤꼍에서 떨리는 가슴으로 앉아 있곤 하였다.

  두 자매가 모두 정말로 멋진 처녀들이란 사실을 아더 로이드는 이내 알아차렸다. 그러나 그가 그녀들의 균형잡힌 매력에 관해 스스로를 만족시키는 데는 다소 시간이 걸렸다. 그는 자기가 그녀들 중 한 사람과 결혼할 운명이라는 강렬한 육감 — 일종의 불길한 예감이라 일컫기에는 전적으로 너무나 기분 좋은 그런 종류의 감정 — 을 지니고 있었다. 하지만 그는 자기가 어느 쪽을 더 선호하는지 결정내릴 수가 없었다. 더구나 그러한 자신의 소망을 달성하기 위해서는 로이드가 제비뽑기에 의해서든지, 사랑에 빠져버리는 지고의 기쁨에 넘어가고 만다든가 해서라도 둘 중 어느 하나를 선택해야 한다는 생각으로 자신을 달래기에는 너무나 젊은 나이의 청년이라는 점을 감안하면, 어느 한쪽을 골라야 하는 것은 필요불가결한 일이었다. 그는 문제를 쉽게 받아들이기로 작정하고 자신의 마음이 내키는 대로 내버려두기로 마음을 먹었다. 그러자 그의 발걸음이 한결 경쾌해졌다. 윌로우비 부인은 그의 그러한 의중에 위엄 있는 무관심을 표하고 나섰다. 그러나 그것은 자기 딸들의 체면에 대해 무신경한 처사라든가, 아니면 로이드로 하여금 태도를 분명히 언명케 하도록 하는 무서운 민활함과는 거리가 먼 것이었는데, 로이드로서는 자산가라고 하는 그의 특성 때문에 고국 섬나라의 품위 있는 귀부인들에게서도 이런 태도를 너무나 자주 직면했던 터였었다. 버나드의 입장에서 그가 요구했던 바는 자신의 친구가 자기 누이동생들을 친동생처럼 대해주어야 한다는 것이 전부였다. 그리고 아름다운 두 자매들 입장에 대해 말하자면, 그들 각자는 아무리 로이드 씨의 관심을 독점하고자 은밀히 바랐을지는 몰라도, 겉으로는 매우 품위 있고 겸손하며 만족스러워하는 품행을 준수했다.

그러나 서로서로에 대해서 그들은 다소간 좀더 공격적인 자세를 취하고 있었다. 이들 사이에서 질투의 씨앗이 싹을 틔워 열매를 맺기까지는 하루 이상이 걸릴 정도로 그들은 멋진 자매로서의 우의를 간직하고 있었다. 그런데 이 젊은 처녀들은 그 씨앗이 바로 로이드 씨가 그 집에 들어온 당일에 뿌려졌다고 느꼈던 것이다. 그래서 그녀들은 각각 만일 자신이 홀대를 당한다 하더라도 그 슬픔을 말없이 감내할 것이며, 둘 중 어느 누구 한 사람도 더 잘난 체해서는 안 된다고 마음먹었다. 그것은 그들이 엄청난 사랑을 품고 있는 만큼 그에 못지 않은 커다란 자존심 또한 지니고 있었기 때문이었다. 그럼에도 불구하고 각자는 기실 자신에게 그 영광이 찾아와주기를 남 몰래 기도했다. 그래서 그들은 상당한 인내와 자제력, 그리고 위선을 필요로 했다. 그 당시에는 요조숙녀라면 결코 먼저 말을 걸 수가 없었고, 실제로 상대방이 건네온 말에나 겨우 답변할 수 있었던 것이 고작이었다. 그런 나머지, 양탄자에 눈을 내리깐 채로 조용히 의자에 앉아서 신비의 손수건이 떨어지게 될 지점을 응시하고 있는 태도만이 격에 맞는 모습이었다. 가련한 아더 로이드는 징두리 벽판이 붙여진 자그마한 응접실에서 윌로우비 부인과 그녀의 아들, 그리고 장차 그의 처형 내지 처제가 될 사람이 보는 앞에서 그의 구혼을 시도해야만 할 형편이었다. 하지만 젊음과 사랑이란 너무나 교묘한 것이어서 백 개나 되는 자그마한 신호나 표식들이 이리저리 오갈 수도 있으며, 따라서 세 쌍의 눈 중에서 어느 하나도 그것들이 오가는 모습을 간파하지 못할 수도 있는 법이다. 이 두 처녀들은 한방에서 그것도 같은 침대를 쓰고 있던 터여서, 오랜 시간 동안 그녀들은 서로서로를 직접 감시할 수가 있었다. 그러나 자신이 감시를 당하고 있다는 사실을 서로 알고 있었음에도, 그런 사실이 이들이 서로서로에게 해주는 자질구레한 일상사에 있어서나, 혹은 그들이 공동으로 맡아 하고 있는 잡다한 집안일들을 수행함에 있어서 눈곱만큼의 차이도 보여주지 않았다. 더구나 서로서로의 물끄러미 쳐다보는 두 눈동자 밑에서도 누구 하나 겁먹고 물러서거나 당황하는 기색을 보이지도 않았다. 그들의 일상적 습관에 있어서 유일하게 생긴 뚜렷한 변화는 그들이 서로에게 건네는 말수가 훨씬 적어졌다는 사실뿐이었다. 로이드 씨에 관해서는 입 밖에 내지도 못했고, 그 밖에 다른 일에 관해서 이야기하는 것도 우스운 꼴이 되고 말았다. 다만 암묵적인 합의하에 그들은 가장 멋들어진 옷들을 있는 대로 다 차려입고, 또 의심할 여지 없는 정숙함을 시인하는 리본이나 머리 매듭, 그리고 주름 장식의 방식으로 교태스러운 소장신구들을 고안해 내기 시작했다. 그들은 이러한 미묘한 문제들에 관해서도 똑같은 묵시적인 방식으로 작으나마 서로에게 진실로 대해주자고 하는 약속을 이행하였다. "이게 더 낫지 않아?" 바이올라가 한 뭉치의 리본을 그녀의 가슴에 대보면서 거울로부터 돌아서며 묻곤 하였다. 그러면 퍼디타는 하던 일을 멈추고 진중하게 올려다보며 그 장식을 점검하곤 했다. "내 생각엔 거기에 고리를 하나 더 매는 것이 나을 듯싶은데" 하며 퍼디타는 매우 엄중하게, "내 체면을 생각해서라도 말이야"라는 의미를 담은 시선으로 언니를 쏘아보며 말하곤 했다. 그래서 끊임없이 그들은 웨이크필드 교구 목사 댁의 숙녀들처럼 그들의 페티코트를 꿰매고 손질하며, 그들의 모슬린을 다림질하고 또 세정제라든가 연고, 화장품들을 고안해 내고 있었다. 그 후 서너 달가량이 지났다. 이윽고 한겨울이 되었으나, 아직까지는 퍼디타가 자기보다 자랑할 게 더 이상 없는 한 그녀와의 경쟁으로부터 두려워할 게 별로 없다고 바이올라는 믿고 있었다. 그러나 이때쯤 해서 퍼디타, 곧 매력 있는 퍼디타는 그녀만이 지니고 있는 비밀이 자기 언니의 것보다도 열 배나 값진 것으로 성장했다고 느꼈다.

어느 날 오후 윌로우비 양은 그녀의 화장대 거울 앞에 혼자 앉아서 그녀의 긴 머리를 빗어내리고 있었다. 그러나 날이 너무 어두워져 잘 보이지가 않았다. 그래서 거울틀 위의 초꽂이에 꽂힌 두 개의 초에 불을 붙이고 난 후, 커튼을 내리기 위해 창가로 다가갔다. 때는 어두운 섣달 어느 날 저녁이었다. 창 밖의 풍경은 을씨년스럽고 황량하였으며, 하늘에는 눈구름이 무겁게 걸려 있었다. 그녀의 창문에서 내다보이는 기다란 정원 끝에는 샛길로 나아가는 자그마한 쪽문이 나 있는 벽이 있었다. 몰려오는 어둠 속에서 겨우 희미하게 보일 뿐이었지만, 그 문은 살짝 열려 있었고 앞뒤로 느리게 움직이고 있었는데, 이는 마치 누군가 밖으로 나 있는 샛길에서 그 문을 흔들고 있는 것만 같았다. 그렇다면 그것은 하녀일 것임에 틀림없었다. 그러나 그녀가 커튼을 막 내리려고 할 무렵, 바이올라는 그녀의 동생이 정원 안으로 발을 들여놓고 집을 향해 허겁지겁 통로를 따라 들어오는 것을 보았다. 그 순간 그녀는 눈으로 내려다볼 수 있는 틈새만을 남긴 채 커튼을 모두 내렸다. 정원 길을 올라오면서 퍼디타는 손안에 있는 뭔가를 눈에 가까이 댄 채 물끄러미 쳐다보고 있는 것 같았다. 집에 다다르자 그녀는 잠시 멈추어 서더니 그 물건을 열심히 쳐다보고는 그것을 그녀의 입술에 갖다 대는 것이었다.

가엾은 바이올라는 천천히 의자로 돌아와 거울 앞에 앉았다. 만일 그녀가 덜 멍하니 거울을 바라보았더라면 그녀의 잘생긴 얼굴이 질투로 서글프게 일그러져 있는 모습을 보았을지 모른다. 잠시 후 그녀 뒤에서 문이 열리더니 그녀의 동생이 차가운 바깥바람에 뺨이 벌겋게 달아서 방으로 들어왔다. 퍼디타가 움찔하며 "아, 난 언니가 엄마와 함께 있는 줄 알았는데"라며 먼저 말을 건넸다.

부인네들은 티파티에 가기로 되어 있었는데, 그런 행사가 있을 경우 젊은 처녀들 중 하나가 어머니의 몸치장을 도와주는 것이 예사였기 때문이다. 퍼디타는 들어오지 않고 문간에서 망설이고 있었다.

"들어와, 들어오라구." 바이올라가 말했다. "아직 한 시간 이상 남았으니까 내 머리를 좀 매만져주었으면 좋겠어." 그녀는 자기 동생이 자리를 물러나고 싶어하는 눈치를 알아챘고, 또 그녀가 하는 모든 움직임을 거울로 볼 수 있으리라 생각했다. "아니, 그냥 내 머리 손질 좀 도와주란 말이야." 그녀가 말했다. "그럼 내가 엄마한테 가볼 테니까."

퍼디타는 썩 마음에 내키지 않는 듯 들어와서 브러시를 집어들었다. 그녀는 거울 속으로 자기 언니의 시선이 자기의 두 손에 곧바로 고정되어 있음을 보았다. 그녀가 겨우 세 번 정도 빗질을 하기가 무섭게, 바이올라가 오른쪽 손으로 문득 왼손을 찰싹 때리며 깜짝 놀라 의자에서 일어났다. "그거 누구 반지니?" 그녀는 동생을 환한 불빛으로 이끌며 격렬하게 소리쳤다.

젊은 처녀의 세번째 손가락에 두 개의 작은 루비로 장식된 자그마한 금반지가 반짝였던 것이다. 퍼디타는 내심으로 더 이상 비밀을 간직할 필요가 없다고 느꼈으나, 그녀는 짐짓 그녀의 공언에 넉살 좋은 표정을 띠어야 한다고 생각하고, "이건 내 거야"라며 자랑스럽게 말했다.

"누가 준 거냐 말이야?" 바이올라가 소리쳤다.

순간 퍼디타는 머뭇거리며 말했다. "로이드 씨가."

"로이드 씨가 갑자기 관대해지신 모양이군."

"아, 그렇지 않아." 그녀는 활기차게 소리쳤다. "갑자기 그런 게 아니라구. 벌써 한 달 전에 나에게 주었는걸."

"그렇다면 너는 한 달 동안이나 그걸 달라고 졸라대었단 말이니?" 작은 반지를 바라보며 바이올라가 말했다. 그것은 비록 그 지방에 있는 보석상이 제공해 줄 수 있는 최상의 것이기는 했지만 실제로 특별하게 우아하지는 않았다. "나 같으면 두 달도 채 안 돼서 그것을 받지는 않았을 거야."

"문제는 반지가 아니야." 퍼디타가 말했다. "실은 그게 무얼 의미하느냐 하는 것이지."

"그건 바로 네가 정숙한 처녀가 못 된다는 뜻이야." 바이올라가 소리쳤다. "그런 너의 행실에 대해서 엄마가 알고나 계시니? 버나드도 알고?"

"엄마는 언니가 방금 말한 나의 '품행'을 용인하신 셈이야. 로이드가 나의 손을 잡으려 하자 엄마는 내 손을 내밀어주셨거든. 언니, 언니는 로이드 씨로 하여금 언니에게 마음을 쏟게나 했을까?"

바이올라는 격렬한 시샘과 설움으로 가득 차 한참 동안 동생을 바라보았다. 그런 후 그녀는 그녀의 창백한 뺨 위에 속눈썹을 내리깔고는 얼굴을 돌려버리고 말았다. 퍼디타는 그것이 그리 아름답지는 못한 광경이었다고 생각했지만 어디까지나 그것은 언니의 잘못이었다. 그러나 손위 처녀는 재빨리 자존심을 되찾아 다시금 "너는 내가 가장 소망하는 바로 그걸 갖고 있구나." 그녀는 점잖지 못한 어투로 말했다. "그래, 너 혼자 온갖 행복 다 누리고 오래오래 살려무나." 퍼디타는 쓴웃음을 지어 보였다. "그런 어조로 얘기하지 말어." 그녀가 대꾸했다. "차라리 난 언니가 날 노골적으로 저주하는 게 속 시원하겠어. 이봐, 언니." 그녀가 덧붙였다. "어차피 그분이 우리 두 사람 모두와 결혼할 수는 없는 일이잖아."

"너나 실컷 재미 보렴." 바이올라는 다시 의자를 향해 앉으며 기계적으로 반복했다. "그리고 오래오래 살고 애들도 많이 낳으시지."

이런 말의 느낌 속에는 퍼디타의 취향과는 전혀 맞지 않는 그 무엇이 있었다. "최소한 나에게 일 년만 여유를 주겠어?" 그녀는 말했다. "일 년이 지나면 귀여운 사내아이를 낳을 수 있을 테니까 말이야. 아니면 최소한 귀여운 딸아이라도 낳을 수 있겠지. 브러시나 다시 건네줘. 머리를 매만져줄 테니까."

"고맙구나." 바이올라가 말했다. "너는 엄마한테나 가보는 게 좋겠다. 약혼자가 있는 젊은 숙녀님께서 이렇다 할 짝도 없는 일개 처녀의 시중이나 들어서야 되겠니."

"글쎄." 퍼디타가 썩 기분이 좋아서 말했다. "나야 시중 들어줄 아더 씨가 있잖아. 내가 언니의 시중을 필요로 하기보다는 언니가 내 시중을 더 필요로 할 텐데."

그러나 바이올라는 그녀에게 물러나라는 몸짓을 했고, 그녀는 곧 방을 떠났다. 그녀가 가고 나자 초라해진 바이올라는 화장대 앞에 무릎을 꿇은 채 그녀의 팔에 머리를 파묻고 하염없이 눈물을 쏟아내며 흐느끼는 것이었다. 이처럼 슬픔을 발산하고 나니 그녀는 훨씬 더 기분이 좋아졌다. 동생이 다시 돌아오자, 이제는 그녀에게 옷을 입는 일이며 그녀의 가장 어여쁜 장식들로 치장하는 일들을 도와주도록 졸라댔다. 그녀는 자기의 조그마한 레이스를 동생이 받아줄 것을 강요하면서, 그녀가 결혼하기로 예정된 이상 그녀 애인의 선택에 값할 수 있도록 보이기 위해서 최선을 다해야 한다고 언명했다. 그녀는 이러한 호의를 단호한 침묵으로 이행하였다. 하지만 실상에 있어서 그들은 사과와 보상의 뜻으로 그들의 의무를 이행할 수밖에 없었던 것이다. 그녀는 결코 어떠한 다른 변명도 하지 않았다.

로이드가 가족들에 의해 허락받은 구혼자로서 받아들여지고 나자 이제 결혼식날을 정할 일만이 남아 있을 뿐이었다. 결혼식 날짜는 돌아오는 사월로 정해졌고, 그 사이에 정성으로 결혼식 준비가 이행되었다. 로이드 쪽에서는 상업상의 정리, 그리고 영국에 있었을 당시 그가 소속해 있던 커다란 무역상사와의 교신으로 분주한 나날을 보냈다. 따라서 그는 그가 조심스럽고도 이렇다 할 결정을 내리지 못하고 있던 기간 동안만큼도 윌로우비 부인 댁에 자주 방문하지는 못했고, 그로 인해서 초라해진 바이올라도 젊은 연인들이 서로 열애하는 광경에 대해 애초 그녀가 지녔었던 두려움보다는 덜 고통스러웠다. 미래의 그의 처형을 접촉함에 있어 로이드는 완벽하도록 깨끗한 양심을 견지했다. 그들 두 사람 사이에 발설된 감정은 일점도 없었으며, 따라서 그는 그녀가 그의 우애적인 관심 이상의 그 어떤 것을 턱없이 탐내고 있다고는 추호도 의심하지 않았다. 그는 마음이 매우 홀가분하였다. 그도 그럴 것이 그의 삶이 가정적으로나 재정적으로 모두 전망이 밝았기 때문이었다. 혁명의 짙은 구름들은 아직 이십 년이나 수평선 아래에 머물러 있었고, 게다가 그의 결혼의 행복이 비극적으로 급선회하지 않을까 우려하는 것은 부조리하고도 불경스러운 일이었던 것이다. 그러는 사이 윌로우비 부인 집에서는 비단천이 살랑살랑 스치는 소리 하며, 그리고 바늘이 날듯이 움직이는 소리들이 그 어느 때보다도 더 요란했다. 윌로우비 부인은 그녀의 돈으로 장만할 수 있는 한, 혹은 그 고장에서 구할 수 있는 가장 우아한 혼수품을 그녀의 딸이 집으로부터 실어 나가야 한다고 마음속으로 별러왔던 터였다. 그 고장의 모든 현명한 부인들이 총동원되어 그들의 합치된 취향이 퍼디타의 의상에 모아지고 있었다. 이러는 사이 바이올라의 처지는 분명 부러워할 만한 처지가 못 되었다. 이 가엾은 처녀는 옷에 대한 과도한 애착과 더불어 세상에서 가장 멋진 취향을 지니고 있었고, 더구나 이러한 사실을 그녀의 동생은 너무나 잘 알고 있었다. 바이올라는 키도 후리후리한데다 풍만하고 품위가 있어 부잣집 아내의 몸단장에나 어울리는 빳빳한 비단에다 다량의 무거운 레이스를 걸치고 다닐 몸매였다. 그러나 바이올라는 그녀의 모친과 동생, 그리고 전술한 바 있는 존경할 만한 부인네들이 방대한 양의 자재에 압도되어 그들의 옷감에 대해 걱정하고 놀라는 동안에도 그녀의 아름다운 팔로 팔짱을 끼고 고개를 돌린 채 멀찌감치 앉아 있을 뿐이었다. 어느 날에는 신랑이 몸소 보낸 하늘색과 은색으로 수놓인 비단 한 필이 들어왔는데, 그 당시에는 남편감으로 간택된 사람이 신부의 혼수를 기부해야 한다는 사실이 그리 언짢게 생각되지 않았을 때였다. 퍼디타는 휘황찬란한 그 옷감에 충분히 값할 수 있는 도안과 장식을 상상하느라 어찌할 바를 몰랐다.

"언니, 파란색은 나보다 언니가 좋아하는 색인데"라며 그녀는 호소하는 눈빛으로 말을 건넸다. "그게 언니한테 온 게 아니라 안됐어.

그걸 가지고 어떻게 해야 할지 언니는 알 텐데 말이야."

바이올라는 자리에서 벌떡 일어나 의자 뒤에 늘어뜨려져 놓여 있는 눈부신 옷감을 바라보았다. 그러고 나서 그녀는 그 옷감을 손으로 집어들고—퍼디타가 바라볼 수 있도록 애정 어린 몸짓으로—그것을 바라다보았다. 그리고는 그것을 가지고 거울을 향해 돌아섰다. 그녀는 그 옷감이 발끝까지 흘러내리게 한 뒤, 다른 쪽 끝을 그녀의 어깨에 걸치며 그녀의 흰 팔이 팔꿈치까지 드러나도록 한 채 허리 주위로 끌어안았다. 그녀는 머리를 뒤로 젖힌 채 그녀의 모습을 바라보고는 치렁치렁한 적갈색 머리카락을 화려한 비단천 위로 떨어뜨리는 것이었다. 순간 눈부신 그림이 연출되었다. 주위에 서 있던 여인네들이 작은 소리로 '아' 하며 찬사를 연발했다. "정말로 그렇군." 바이올라는 나지막이 말했다. "역시 푸른색은 내가 어울려." 그러나 퍼디타는 이윽고 바이올라의 감상안이 발동되어 곧 작업에 착수함으로써 그들이 비단을 가지고 어찌할 바를 모르는 난제들을 풀어주리라는 사실을 알고 있었다. 아닌게 아니라, 언니가 옷감에 대해 탐욕스러운 애착을 지니고 있다는 사실을 알고 퍼디타가 막 이야기를 꺼내려는 참에 그녀는 얌전히 처신했다. 그녀의 입술에서 단 한마디의 질투도 흘러나오지 않은 채 멋들어진 비단과 새틴, 그리고 모슬린, 벨벳, 레이스가 그녀의 솜씨 있는 손끝을 스쳐갔다. 그녀의 노고 덕택에 결혼식날이 다 가왔을 때 퍼디타는 지금껏 뉴잉글랜드 목사의 신성한 축복을 신청했었던 그 어느 훨훨 나는 젊은 신부보다도 더욱 허영에 찬 삶을 받아들일 채비가 되어 있었다.

젊은 부부는 외곽으로 나가 로이드의 절친한 친구로서 상당한 지위에 있는 한 영국 신사의 전원 주택에서 그들의 첫 신혼생활을 보낼 계획으로 되어 있었다. 그는 미혼이었다. 그래서 그는 일주일 동안 그들이 애정을 나눌 수 있도록 자신이 물러나서 배려를 하겠노라고 자청했던 것이다. 교회에서 예식이 끝난 후—이 예식은 한 영국인 신부에 의해 치러졌는데—젊은 로이드 부인은 결혼예복을 승마복으로 갈아입기 위해 자기 모친의 집으로 서둘러 돌아갔다. 바이올라는 그들이 서로 다정한 자매로 지냈던 작은 오래 된 방 안에서 퍼디타가 변화된 모습을 연출할 수 있도록 도와주었다. 퍼디타는 바이올라를 뒤따라 오게 내버려둔 채로 곧 어머니에게 작별인사를 하러 급히 달려갔다. 작별인사는 짤막했다. 말들이 문간에 준비되어 있었고 아더는 곧 출발하고 싶어 안절부절못했기 때문이었다. 그러나 바이올라는 뒤따라 오지 않았었다. 그래서 퍼디타는 그녀의 방으로 급히 되돌아가 불쑥 문을 열어제꼈다. 바이올라는 예전과 다름없이 거울 앞에 있었으나, 그녀의 자세를 목격한 퍼디타는 깜짝 놀라 꼼짝없이 서 있었다. 그녀는 퍼디타가 벗어놓은 면사포와 화관을 몸소 차려입고, 그녀의 목에는 젊은 신부가 결혼예물로 남편으로부터 받았던 무거운 진주목걸이가 걸쳐 있었던 것이다. 이 물건들은 시골에서 주인이 돌아오면 그 주인이 적절히 처분할 수 있도록 하기 위해 급히 따로 치워졌던 것들이었다. 이러한 부자연스러운 복장으로 치장을 한 채 바이올라는 거울 앞에 서서 거울 깊숙이 기다란 시선을 빠뜨리며 아무도 흉내낼 수 없는 오만한 광경을 상상해 내고 있었다. 퍼디타는 커다란 충격을 받고 괴로워했다. 그것은 예전의 그들의 경쟁을 다시금 소생시키는 섬뜩한 모습이었다. 그녀는 그 면사포와 꽃을 끌어내리려는 듯이 언니 곁으로 한 발자국 다가섰다. 그러나 거울 속에서 그녀의 시선을 목격하고 그만 걸음을 멈추고 말았다.

"잘 있어, 바이올라." 그녀가 말했다. "언니는 적어도 내가 집 밖에 나갈 때까지는 기다릴 수 있었을 텐데." 그녀는 황급히 방을 빠져나갔다.

로이드 씨는 보스턴에 집을 한 채 구입해 두었었는데, 이 집은 당시의 취향으로는 놀라울 정도로 우아하고 안락한 집으로 생각되었다. 그는 곧 이 곳에서 그의 젊은 부인과 더불어 살림을 차렸다. 이렇게 해서 그는 그의 장모의 거처로부터 이십 마일의 거리를 두고 떨어져 살게 되었다. 도로와 교통수단이 원시적이기 이를 데 없던 시절에 이십 마일이란 거리는 지금의 백 마일이나 다를 바 없었다. 그래서 윌로우비 부인은 자신의 딸이 결혼한 후 첫 열두 달 동안은 그녀를 거의 만날 수가 없었다. 딸이 곁에 없음으로 해서 그녀는 적지 않게 고통을 당했다. 그녀의 심적 고통은 바이올라가 생기가 없고 기운이 없는 상태에 빠져들었고, 바로 이 점이 그녀의 회복에 꼭 필요했던 현장과 분위기에 일말의 변화를 야기시켰다는 사실 때문에 더구나 감소되지 않았다. 젊은 처녀의 낙담에 관한 진짜 이유에 대해 독자가 수상히 여기는 데는 그리 오랜 시간이 걸리지 않을 것이다. 윌로우비 부인과 그녀의 말벗들은 그러나 그녀의 불만을 순전히 그녀의 신상문제로만 파악하고, 그녀가 방금 언급했던 치료요법으로부터 위안을 얻게 되리라는 사실을 의심하지 않았다. 그녀의 어머니는 따라서 자기를 대신하여 뉴욕에 정주하고 있는 친가 쪽의 몇몇 친척들을 방문할 것을 제안하였다. 그들은 뉴잉글랜드에 사는 사촌들을 거의 볼 수가 없다고 오래 전부터 불만을 터뜨려왔던 터였기 때문이었다. 바이올라는 적합한 수행원의 호위하에 이 마음씨 좋은 사람들에게 급파되어 여러 달 동안 그들과 함께 지냈다. 그 사이에 법률 공부를 시작했던 그녀의 오빠인 버나드는 부인을 맞을 결심을 하고 있었다. 바이올라는 오빠의 결혼식에 참여하기 위해 집으로 돌아왔는데, 그녀의 얼굴에는 순진하고도 꽃다운 혈색이 돌았고 입술에는 자신만만한 미소마저 머금고 있어 겉으로 보기에는 그녀가 지녔던 심적 고통이 치유된 것처럼 보였다. 아더 로이드는 자기 처남의 결혼식을 보기 위해 보스턴으로부터 내려왔지만 부인을 대동하지는 않았다. 부인은 머지않아 곧 해산

할 예정이었기 때문이었다. 딱히 그 이유를 모르지만 그녀는 퍼디타가 내내 집에 머물러 있었다는 사실에 대해 반가워했다. 아더는 행복해 보였으나 결혼 전보다는 훨씬 진지하고 엄숙했다. 그녀는 그가 '흥미 있어' 보인다고 생각했다. 왜냐하면 비록 현대적 의미에 있어서의 그 말이 그때에는 창안되지 않았어도 우리는 그 개념이 그러했다고 확신할 수 있기 때문이다. 사실인즉, 그는 단순히 자기 부인의 상태에 대해 정신이 팔려 있었다. 그럼에도 불구하고 그는 결코 바이올라의 미모와 화려함, 그리고 그녀가 초라하고 자그마한 신부를 얼마나 무색하게 만들고 있는지를 놓치지 않고 관찰했다. 퍼디타가 그녀의 옷을 사는 데 즐겨 썼던 용돈이 이제는 그녀의 언니에게도 건네졌기 때문에, 바이올라는 그 돈을 확실하게 최대한으로 유용하게 하였다. 결혼식이 끝난 후 어느 날 아침, 그는 시내로부터 그와 동행했던 하인의 말 위에다 여성용 안장을 몰래 놓게 하고 그 젊은 처녀와 승마를 즐기기 위해 밖을 나섰다. 날씨가 매섭고 맑게 갠 정월달 아침이었다. 그래서 땅은 다 드러나 보였고 단단하였으며, 말들도 건강이 좋은 상태였다. 바이올라는 말할 것도 없었다. 그녀는 모자와 깃털 장식, 그리고 모피로 치장된 암청색 승마복을 입은 모습이 퍽 매력적이었다. 그들은 오전 내내 승마를 즐기다 그만 길을 잃고 말았다. 하는 수 없이 그들은 한 농가에 말을 멈추어 저녁을 먹었다. 초겨울 땅거미가 지고 나서야 그들은 집에 도착했다. 윌로우비 부인이 시무룩한 얼굴로 그들을 맞았다. 로이드 부인으로부터 정오에 한 사자(使者)가 도착하였는데, 그녀가 막 진통이 시작되어 남편이 급히 돌아와주기를 소원하고 있다는 것이었다. 그 젊은이는 자신이 여러 시간을 허비했고, 따라서 부지런히 말을 타고 달려갔더라면 지금쯤 자기는 이미 부인 곁에 있게 되었을는지도 모른다고 마음속으로 단언하고 있었다. 그는 가까스로 저녁 한술을 뜨기 위해 머무는 데 동의하였을 뿐, 이내 사자의 말에 올라타고 전속력으로 출발하였다.

한밤중에야 그는 집에 도착하였다. 그의 부인은 귀여운 딸아이를 분만한 뒤였다. "아, 어째서 당신은 내 곁에 없었지요?" 그가 그녀의 침대 곁에 다가가자 그녀가 말했다.

"사자가 당도했을 때 나는 집 밖에 있었소. 바이올라와 함께 있었소." 로이드는 솔직하게 말했다.

로이드 부인은 작은 신음소리를 내며 돌아누웠다. 그러나 그녀는 계속해서 건강의 차도를 보였고, 일주일 동안 그녀의 건강증진은 중단되지 않았다. 그러나 마침내 다소 과도하게 식사를 하고 지나치게 바깥바람을 쐬는 바람에 회복이 억제되었고, 그 가엾은 여인의 병세는 급속히 악화되었다. 로이드는 그만 절망에 빠지고 말았다. 병이 도지면 치명적이라는 사실이 곧 명백해졌던 것이다. 로이드 부인은 다가오는 자신의 종말을 예감하고 이제 자신은 죽음을 감수하고 있다고 공언하였다. 급작스런 변화가 일어난 후 사흘이 지난 저녁에 그녀는 자신이 그 날 밤을 넘기지 못할 것이라는 느낌을 남편에게 전했다. 그녀는 하인들을 물러가게 하고, 그녀의 어머니한테도 — 윌로우비 부인은 바로 전날 당도하였었는데 — 나가 있으라고 간청했다. 그녀는 침상에서 어린아이를 곁에 뉘어 아이를 가슴에 안은 채 남편의 손을 붙잡고 누웠다. 야간등이 침대에 달린 무거운 커튼 뒤에 가려졌으나, 방 안은 벽난로에서 타 들어가는 통나무의 가대한 불꽃으로부터 빨간 불빛으로 밝혀져 있었다.

"저런 불꽃 옆에서 죽어가는 게 이상하게 보여." 젊은 부인이 힘없이 애써 미소를 지으며 말했다. "내 핏줄 속에 저런 불꽃이 조금이라도 있었으면! 하지만 난 그것을 죽을 수밖에 없는 운명의 보잘것없는 불꽃에다 주고 말았으니." 그녀는 시선을 어린아이에게 떨구었다. 그러고 나서 다시 눈을 들어 한참 동안 예리한 시선으로 남편을 바라보왔다. 그녀의 가슴속에 머무르고 있는 마지막 감정은 불신의 그것이었다. 그녀는 자신이 진통을 겪고 있던 시간에 남편이 바이올라와 함께 있었다고 말함으로써 아더가 그녀에게 던져준 충격으로부터 회복하지 못하고 있었던 것이다. 그녀는 남편을 사랑했던 만큼 거의 다름없이 그를 신뢰하고 있었다. 그러나 이제 그녀가 영원히 떠나게 된 지금, 그녀는 언니에 대해 차가운 공포감을 느꼈다. 그녀는 마음속으로 바이올라가 자신의 행복한 운명에 대한 시기를 결코 멈추지 않았다고 생각했다. 결국은 무사히 행복하게 지냈던 일 년간의 세월조차도 자신의 결혼예복을 차려입은 채 승리감을 마음속에 그리며 미소 짓던 바이올라의 영상을 지워버리지는 못했던 것이다. 이제 아더가 혼자 남게 되는 마당에 바이올라가 무슨 일인들 못하겠는가? 그녀는 아름다운데다가 또한 애교가 있었다. 그러니 그녀가 그 어떠한 술책을 마다할 것이며, 젊은 남자의 우울한 가슴에 그 어떤 인상인들 남기려 하지 않을 것인가? 로이드 부인은 말없이 그녀의 남편을 바라다보았다. 그의 지조를 의심한다는 일은 결국은 어렵게만 보였다. 그의 멋진 두 눈은 눈물로 가득했고, 그의 얼굴은 흐느낌으로 경련이 일고 있었으며, 게다가 잡고 있는 그의 손은 따뜻하고 열정적이었다. 그는 얼마나 기품이 있어 보였는지 모르며, 또한 얼마나 유순하며, 얼마나 신실하고 헌신적으로 보였던가! '안 돼.' 퍼디타는 마음속으로 생각했다. '그분은 바이올라와 같은 인물의 상대가 아니야. 그분은 결코 날 잊지 않을 거야. 바이올라도 진정으로 그이를 사랑하고 있지는 않아. 그녀는 단지 허영과 멋진 옷가지, 그리고 보석 따위나 맘에 들어하거든.' 그러자 그녀는 남편의 관대함 덕분에 온통 반지로 뒤덮여 있는 그녀의 흰 손 위와, 그리고 그녀의 잠옷 가장자리를 수놓고 있는 레이스 주름 위에 시선을 떨구었다. '그녀는 내 남편보다는 내가 차고 있는 이 반지들과 내가 입고 있는 레이스들을 탐내고 있는 거야.'

바로 이 순간, 언니의 탐욕에 대한 생각이 미치자 그녀와 의지할 데 없는 모습의 귀여운 딸 사이에 마치 어두운 그림자가 던져지고 있는 것 같았다. "아더." 그녀가 입을 열었다. "당신은 내 반지를 모두 빼셔야 해요. 난 반지를 낀 채 묻히지 않을 테니까요. 언젠가 먼 훗날 내 딸이 그것들 — 내 반지며, 레이스, 그리고 비단 옷들을 입을 수 있도록 해 주세요. 나는 오늘 그것들을 몽땅 가져오라 해서 나에게 보여달라고 했었어요. 정말로 멋진 의상이에요 — 이 지방에서는 그런 옷을 찾아볼 수가 없거든요. 이제 그 옷들을 다 처분하고 난 마당에 조금도 보탬 없이 난 그렇게 말할 수 있어요. 내 딸이 자라서 성숙한 여성이 되면, 그것은 그녀에게 위대한 유산이 될 거예요. 거기에는 두 배의 값을 주고도 살 수 없는 물건들이 있어요. 만일 그것들을 잃어버리게 된다면, 그와 같은 것들을 다시는 결코 보지 못하게 될 거예요. 그러니 잘 간수하도록 하세요. 바이올라에게는 수십 개의 물건을 남겨주었어요. 어머니에게 그것들을 낱낱이 일러드렸구요. 언니에게는 저 푸르고 은빛 나는 옷을 주었어요. 그 옷이 그녀에게 잘 어울렸기 때문이었죠. 나는 그것은 단 한 번밖에 입어보지 않았어요. 그것을 입고 보니까 내가 병자인 것처럼 보였거든요. 하지만 나머지 것들은 이 귀엽고 순진한 아이를 위해서 성스럽게 보관해야만 해요. 그 아이가 나와 같은 피부색을 지니게 된 것은 분명 하나님의 섭리라고 생각돼요. 그러니 내 아기는 이 가운들을 입을 수 있을 거예요. 그 아이는 자기 엄마의 눈빛을 지녔으니까요. 같은 유행이 이십 년마다 돌아온다는 걸 당신도 알고 있겠죠. 그러면 그녀가 고스란히 내 가운들을 입을 수 있을 거예요. 그것들은 그 아이가 자라서 그 옷들이 몸에 맞을 때까지 얌전히 기다리게끔 거기에 놓여 있는 거예요 — 장미와 장미 잎사귀들에 싸여 달콤한 향기가 감도는 어둠 속에서 변색되지 않는 채로 말이죠. 그녀는 검은색 머리카락을 지닐 테고, 나의 담홍색 새틴을 입게 될 거예요. 약속하시는 거죠, 아더?"

"약속하라니, 뭘 말이오, 여보."

"당신의 가엾고 보잘것없는 부인의 오래 된 가운들을 보관하겠노라고 나에게 약속하세요."

"당신은 내가 그것들을 팔아버릴까 걱정이 돼서 그러오?"

"그건 아녜요. 하지만 그것들이 뿔뿔이 흩어질까 봐 겁이 나서 그래요. 어머니가 그것들을 알맞게 싸놓으실 테니까 당신은 이중으로 자물쇠를 걸어 보관하시면 돼요. 다락방에 있는 쇠테가 둘러진 커다란 서랍장 아시죠? 거기에는 한도 끝도 없이 집어넣을 수 있다구요. 어머니와 가정부가 그 일을 하시도록 하고 당신은 그 열쇠를 보관하세요. 그리고 우리 아이 이외에는 절대로 누구한테도 그것을 주어서는 안 돼요. 약속하시는 거죠."

"아, 이제야 알았소. 약속하겠소." 로이드는 자기 부인이 매우 강렬하게 이런 생각에 집착하고 있는 것으로 보이는 점에 적이 당혹하여 말했다.

"맹세하시겠어요?" 퍼디타가 거듭 물었다.

"그렇소. 맹세하오."

"그럼 당신을 믿어요 — 당신을 믿겠다구요." 가엾은 부인은 만일에 그가 그녀의 막연한 불안감을 의심하기라도 했다면, 그는 확신이나 다름없는 일말의 애원을 읽어낼 수 있었을지도 모른다는 눈초리로 남편의 눈을 바라다보며 말했다.

로이드는 차분하고도 남자답게 부인과의 사별을 참아냈다. 그런데 부인이 세상을 떠난 지 한 달 후, 무역업무를 처리하던 중에 그에게 영국에 갈 기회를 마련해 준 상황이 일어났다. 그는 그 기회를 자신의 슬픔에 대한 완충장치로서 받아들였다. 그는 거의 일 년간 출타해 있었고, 그 기간 동안 그의 귀여운 딸은 그녀의 할머니가 정성껏 보살피고 양육해 주었다. 그는 귀국하자마자 그의 집을 다시금 활짝 열어놓고, 부인이 살아 있을 당시와 똑같은 상태로 유지시키려는 의사를 공표하였다. 이윽고 그가 곧 재혼할 것이라는 예측이 생겨났고, 실제로 수십 명의 젊은 여인들이 있었는데, 그가 귀국한 후 육 개월 동안 그런 예측이 실현되지 않은 것은 결코 그녀들의 책임이 아니라고 말할 수 있을 것이다.

이 기간 동안 그는 여전히 자신의 귀여운 딸을 윌로우비 부인의 손에 맡겨두었는데, 이는 그렇게나 유순한 나이에 거처를 옮길 경우 아기의 건강이 위험하게 된다는 윌로우비 부인의 설득 때문이었다. 그러나 마침내 그는 그의 마음이 귀여운 피조물의 존재를 그리워하고 있고, 또 그 아이는 도시에서 양육되어야 한다고 언명하기에 이르렀다. 그는 그의 마차와 가정부를 보내어 그 아이를 집으로 데려오도록 했다. 윌로우비 부인은 그 아이를 데려가는 도중에 혹시 그녀에게 무슨 일이 일어나지 않을까 두려워했다. 그러자 이러한 염려에 부응해서 바이올라는 그녀와 함께 타고 자기도 따라 나서겠다고 자청했다. 바로 다음날 돌아올 수 있을 테니까 말이다. 이렇게 해서 그녀는 귀여운 질녀와 함께 도시로 올라갔다. 로이드는 그녀의 친절에 압도되기도 하고 고맙기도 해서 그의 집 문간에서 그녀를 맞이해 주었다. 바이올라는 다음날 돌아오지 않고 그 주 내내 머물렀다. 그리고 그녀가 다시 나타났을 때에는 그녀의 옷을 가지러 왔을 뿐이었다. 아더는 그녀가 그녀의 집으로 돌아간다는 말을 들으려 하지 않았고, 아이 역시도 그러했다. 그 아이는 바이올라가 그녀를 떠나기만 하면 울면서 슬퍼했다. 그리고 그 아이의 슬픔을 보다 못해 아더는 제정신을 잃어버리고 그녀가 곧 죽게 되리라고 단언하기조차 했다. 결국 그들에게 있어서는 그 작은것이 자라서 낯을 익힐 때까지만 바이올라가 머물러 있도록 하는 것 이외에 별다른 도리가 없었다.

이러한 소망이 성취되기까지는 꼬박 두 달이 걸렸다. 왜냐하면 이 기간이 지나서야 비로소 바이올라가 아더의 집을 떠날 수 있었기 때문이었다. 월로우비 부인은 자기의 딸이 집을 비운 사실을 두고 초조해 하기도 하고 애를 태우기도 했었다. 그도 그럴 것이 월로우비 부인은 그런 모양이 어울리지도 않을뿐더러 장안의 화젯거리가 될 것이라고 단언했기 때문이었다. 그녀는 단지 바이올라가 아더의 집을 방문한 사이에 가족들은 전례 없이 평화로운 기간을 향유할 수 있다는 이유 때문에 그런 사실을 감수해 왔었을 뿐이었다. 버나드 월로우비는 그의 부인을 집으로 데려와 살고 있었는데, 그의 부인과 시누이 사이에는 늘 심한 적대감이 도사리고 있었던 터였다. 바이올라가 아마도 천사는 아니었다 하더라도 일상생활 속에서 보면 그녀는 충분히 선량한 처녀였고, 그래서 설사 그녀가 버나드 부인과 다투는 경우에 있어서도 거기에는 물론 그녀를 흥분하게 만드는 자극이 전혀 없었던 것이 아니었다. 그러나 그녀는 그녀의 적대자뿐만 아니라 이런 끊임없는 언쟁을 지켜보는 두 사람의 구경꾼들마저 상당히 난처하게 만들 정도로 싸우곤 했었다. 그러나 바이올라가 아더의 집에 머물러 있었던 일은 그것이 단지 집에서 그녀가 반감을 느끼는 대상과의 접촉을 그녀로부터 제거했다는 이유만으로도 매우 반가운 일이었을 것이다. 그것은 두 배나—아니 열 배 정도—즐거운 것이었다. 로이드 부인이 생전에 했던 추측은 사실과는 훨씬 못 미치는 것이어서 그녀 남편에 대한 바이올라의 연정만을 건드리는 정도에 불과했었다. 처음에 그것은 하나의 열정이었는데 줄곧 일말의 열정 — 로이드 씨의 미묘한 감정 상태에 알맞게 완화된 채 그가 곧바로 영향력을 느낄 수 있을 정도의 번쩍이는 열기의 열정으로 줄곧 남아 있었다. 전에도 말했듯이 로이드는 그리 모범적인 남편감은 아니었다. 그는 천성적으로 이상적인 지조를 행사할 인물이 아니었다. 처형과 함께 집에 며칠 머무르지 않아서 그는 그녀야말로 당시의 말로 하자면 지극히 악마처럼 멋진 여자라는 사실을 스스로 확인하기 시작했다. 그녀의 여동생이 그녀에게 전가시키고 싶어했던 그런 간사스러운 기교들을 바이올라가 정말로 행사했는지에 관해서는 물어볼 필요가 없다. 단지 그녀는 최고로 돋보이게 하는 수단을 찾아냈다고 말할 수 있을 뿐이다. 그녀는 아침이면 으레 식당에 있는 커다란 벽난로 앞에 앉아서 귀여운 질녀로 하여금 제 발로 서서 카펫 위가 아니면 그녀의 옷자락 위에서 장난하게 놔둔 채, 그리고 털실로 만든 공을 갖고 놀게 한 채, 주단에 수를 놓고 있었다. 만일 로이드가 이런 매력적인 그림이 주는 짙은 암시에 무감각한 채로 있었다면 그는 매우 어리석은 친구였을 것이다. 그는 그의 귀여운 딸을 무척이나 사랑했기 때문에 결코 지루해 하지 않고 그녀를 팔에 안고 다니기도 하거니와, 그녀를 갑자기 위로 쳐들어 올렸다가 내리기도 하며 그녀가 기뻐서 까악 소리 지르게 만들기도 했다. 그러나 너무 자주 그 어린것이 받아들일 준비도 채 갖추기 전에 위험을 무릅쓰고 지나친 행동을 보임으로써 그 아이는 그녀의 불안감을 큰 소리로 외쳐대곤 했다. 그럴 때면 바이올라는 으레 그녀의 바느질감을 떨어뜨리고 젊은 처녀의 심각한 미소를 머금은 채 그녀의 아름다운 손을 내밀곤 했는데, 그녀의 처녀다운 상상 속에는 온통 어머니가 아이들을 치유하는 모든 기교들이 드러나 보였던 것이다. 로이드가 어린아이를 넘겨줄라치면 그들의 시선이 서로 마주치고 때로는 서로의 손이 맞닿기도 했으며, 그럴 때마다 바이올라는 그녀의 가슴을 가로질러 접혀 있는 하얀 목도리로 눈물을 닦아주며 울음을 그치게 하곤 했다. 그녀의 품위는 완벽했고, 그녀가 로이드의 환대를 받아들이는 예의는 더할 나위 없이 얌전하였다. 아마도 그녀의 겸손함 속에는 엄격한 그 무엇이 있었다고 말할 수 있을 것이다. 로이드는 그녀가 집 안에 있으면서도 좀처럼 접근할 수 없다는 사실에 대해 약오르는 느낌을 지니고 있었다. 기나긴 겨울 저녁이 막 내려앉을 무렵, 저녁식사를 마친 후 반시간이 지나면 그녀는 으레 촛불을 켜놓고 그 젊은 남자에게 허리를 굽혀 공손하고 깍듯한 인사를 한 후 곧장 침대로 달려가곤 했다. 만일 이러한 모습들이 그녀의 술책이었다고 한다면, 바이올라는 대단한 책략가인 셈이었다. 그러나 그 효과가 너무도 온화하고 점진적이었으며, 또한 그것들은 너무도 멋지게 가려진 채로 점차 강하게 젊은 홀아비의 상상을 자극하도록 계산된 것들이었다. 그래서 독자가 보았다시피 몇 주일이 채 지나기도 전에 바이올라는 자신이 받을 답례금이 그녀의 지출액을 충당할 수 있으리라고 확신하기 시작했다. 도의적으로 이러한 사실이 확실해지자, 그녀는 트렁크를 챙겨서 그녀의 모친 집으로 돌아갔다. 그녀는 사흘 동안을 기다렸다. 그러다가 나흘째 되던 날, 로이드 씨는 정중한, 그러나 열렬한 구혼자로서 그 모습을 드러내고야 말았다. 바이올라는 밖에서 매우 부끄러워하며 그의 말을 듣고 난 후, 지극히 얌전하게 그의 청혼을 받아들였다. 로이드 부인이 그녀의 남편을 용서했었어야 한다고 상상하기란 어려운 일이다. 하지만 만일에 그 어떤 것이 그녀의 분노를 제거할 수 있었다고 한다면, 그것은 이런 면담이 갖는 의례적인 절제였을 것이다. 바이올라는 그녀의 연인에게 단지 짧막한 유예기간만을 강요했을 뿐이었다. 그들은 그렇게 하는 게 적절하다 싶어 아주 은밀하게 — 거의 비밀리에 — 그 당시에 우스꽝스럽게 언급되었듯이 타계한 로이드 부인도 그 사실에 관해 얘기를 듣지 못하리라는 소망하에 결혼하였다.

　그 결혼은 어느 모로 보나 행복한 결혼이었고, 양쪽에서 공히 각자 원했던 바를 얻은 셈이었는데 — 로이드 입장에서는 '악마처럼 멋진 여자'를 얻었고 바이올라 역시도 그러했다. 그러나 독자가 관측했을 터이지만 바이올라의 욕망은 상당한 미스터리로 남아 있었다. 그들의 행복 위에는 실제로 두 가지의 오점이 있었지만 그러나 아마도 시간이 지나게 되면 그것들은 지워지게 마련이다. 결혼 후 삼 년이 지나도록 로이드의 새 부인은 아기를 갖지 못했고, 아울러 그녀의 남편 쪽에서는 막대한 금전적 손실을 겪게 되었다. 이 후자의 상황은 그의 소비지출 면에서 물질적인 긴축을 강요했고, 바이올라는 필연적으로 생전의 그녀의 여동생에게도 미치지 못하는 귀부인이 되고 말았다. 하지만 그녀는 시종일관 우아한 여인의 품위를 유지하기 위해 안간힘을 썼다. 비록 그렇게 하기까지에는 여러분의 진정한 귀족적 평안에 수반되는 것 이상의 명민함이 발휘될 필요가 있음을 고백하지 않을 수 없지만 말이다. 그녀는 자신의 여동생이 지녔던 엄청난 의상들이 그녀의 딸을 위해서 가처분되어 있고, 그것들이 지저분한 다락방 속에 생색나지 않는 어둠 속에서 시들해진 모습으로 틀어박혀 있다는 사실을 오래 전부터 확인해 왔던 터였다. 이러한 영예스러운 옷들이 높은 의자에 앉아서 나무 스푼으로 우유에 적신 빵이나 먹고 있는 어린 딸아이의 명령만을 기다리고 있어야 한다는 사실은 생각만 해도 역겨운 일이었다. 바이올라는 그러나 모양새 좋게 수개월이 지나기까지 그 문제에 관해 일언반구도 꺼내지 않았다. 그러다가 마침내 그녀는 매우 조심스럽게 그 일에 관해 남편에게 운을 떼고야 말았다. 그렇게나 많은 화려한 옷들을 잃어버린다는 것은 유감천만한 일이 아닌가?—그도 그럴 것이 색상도 바랠뿐더러, 나방들이 그것을 먹어치울 테고, 또 유행도 바뀌게 될 텐데 그렇게 되면 결국 그것들을 잃어버리게 될 터이니 말이다. 그러나 로이드는 그녀의 의문에 너무도 무뚝뚝하고 단호하게 부정했던 나머지, 당분간 그녀의 시도는 별 소득이 없으리라고 생각했다. 하지만 육개월이 지나자, 그들에게 새로운 요구와 새로운 상상이 새삼 발동하였다. 바이올라의 애정어린 생각들이 그만 동생의 유물 주변에 다시 맴돌았던 것이다. 그녀는 다락에 올라가 그것들이 감금되어 있는 옷장을 바라보았다. 세 개의 커다란 맹꽁이 자물쇠들과 쇠테 속에는 음울한 저항감이 감돌고 있었는데, 오히려 그것들은 그녀의 욕망을 재촉할 뿐이었다. 매수할 수 없는 그것의 부동성 속에는 뭔가 사람의 속을 애태우게 만드는 분위기가 서려 있었다. 그것은 마치 한 가문의 비밀을 두고 입을 굳게 다물고 있는 무서운 백발의 늙은 집안 종복과도 같았다. 뿐만 아니라 외관상 상당한 양의 내용물이 들어 있는 것으로 보였고, 또한 바이올라가 그녀의 자그마한 슬리퍼의 앞부리로 그 측면을 차보았을 때에도 안에 물건이 빽빽이 가득 차 있는 듯한 소리가 났었는데, 이 때문에 그녀의 얼굴은 당혹스러운 갈망으로 더욱 달아오르기도 했다. "말도 안 돼." 그녀가 소리쳤다. "그건 타당치가 않아, 고약한 일이라구." 그녀는 그 즉시로 남편에게 다시 한 번 달려들기로 마음먹었다. 다음날, 저녁을 끝낸 후에 마침 식탁에서 그가 술도 한잔 곁들인 터라 그녀는 용감하게 그 문제를 꺼내기 시작했다. 그러나 남편은 매우 단호하게 그녀의 말을 가로막았다.

"바이올라, 마지막으로 경고하는데 말이지." 그가 말했다. "그건 불가능한 일이야. 만일 당신이 그 문제를 다시 거론한다면 나는 심히 불쾌할 거요."

"좋아요." 바이올라가 말했다. "당신이 나에 대해 갖고 있는 평가치를 알게 되어 기쁘군요. 세상에 이럴 수가!" 그녀가 소리쳤다. "난 행복한 여자예요. 자기 자신이 허튼 약속 따위에 희생당한다고 생각하니 즐거운 일이지 뭐예요!" 그녀의 눈가에는 노여움에 겨운, 그리고 실망에 찬 눈물이 가득 맺혔다.

로이드는 부인이 흐느껴 우는 모습에 대해 자상한 남편이 갖는 일종의 공포감을 느꼈던 나머지 해명하려고 애를 썼다 — 아니 자신을 굽혀 해명하였다고 말할 수 있을 것이다. "그건 한낱 허튼 약속이 아니오, 여보. 그건 굳은 약속이란 말이오." 그가 말했다. "맹세란 말이오."

"맹세요? 맹세에 관한 문제란 말씀이시군요? 누구에 대한 맹세인가요?"

"퍼디타에 대한 맹세요." 젊은이는 잠시 시선을 치켜올리고는 이내 떨어뜨리며 말했다. "퍼디타라—아, 퍼디타란 말씀이시군요!" 이 말이 떨어지기가 무섭게 바이올라의 눈가에서는 눈물이 쏟아지기 시작했다. 그녀의 가슴은 걷잡을 수 없는 흐느낌—여동생의 약혼 사실을 알게 되었던 날 밤 그녀가 지나칠 정도로 격렬하게 복받쳐 울던 모습이 오랫동안 유보되어 온 채 새삼스럽게 복제된 그런 흐느낌으로 들먹거렸다. 그녀는 좀 기분이 나아진 순간에 자신의 질투심이 사라져버렸으면 하고 바랐었다. 그러나 이 순간 그 질투심이 어느 때 못지않게 사납도록 다시금 복받치는 것이었다. "헌데 무슨 권한으로." 그녀가 소리쳤다. "퍼디타가 나의 미래를 처분이라도 했단 말인가요? 무슨 권리로 그녀가 당신을 옭아매어 이리도 천하고 잔인하게 만들었을까요? 아, 나는 고귀한 자리를 차지하고서 아주 멋진 모습을 드러내고 있는 셈이군요! 난 퍼디타가 남겨놓은 것을 기꺼이 받아들이기나 하고 말이에요! 그런 그녀가 내게 남겨준 것이 뭐죠? 나는 그게 얼마나 보잘것없는 것인지 아직껏 모르고 있었어요! 아무것도 없어요, 아무것도, 아무것도 없단 말이에요!"

그녀의 항변은 별다른 설득력을 지니고 있지는 못했으나, 그 열정만큼은 대단한 것이었다. 로이드는 부인의 허리에 팔을 두르고 키스를 하려 했으나, 그녀는 당당하게 경멸적으로 그를 뿌리치고 말았다.

가엾은 사람 같으니! 그는 '악마같이 멋진 여자'를 탐했었고, 그래서 그 여자를 얻었거늘, 그녀의 경멸은 참을 수 없을 정도로 대단하였다. 그는 귀가 윙윙거려—정신이 산만해진 채 우물쭈물하면서—그 자리를 피하고 말았다. 그의 앞에는 그의 비밀서랍장이 놓여 있었는데, 그 속에는 그의 손으로 직접 삼중으로 된 자물쇠를 채워놓았었던 열쇠가 들어 있었다. 그는 그리로 성큼성큼 다가가서 그것을 열고, 비밀서랍에서 그 신성한 열쇠를 꺼냈는데, 그 열쇠는 틀림없는 그와 문장(紋章)으로 봉인된 자그마한 다발로 싸여 있었다. 그 문장에 붙은 제명은 테네오― '내가 성실하게 지키고 있다' ―라고 씌어 있었다. 그러나 그는 그것을 다시 갖다 놓기가 부끄러웠다. 그래서 그는 그의 부인 옆에 있는 책상 테이블 위에다 그것을 내던지고 말았다.

"계속 갖고 계세요!" 그녀가 소리쳤다. "나는 그걸 원치 않아요! 싫다구요!"

"나는 이제 그것에 손을 대었소." 그녀의 남편이 소리쳤다. "하나님, 저를 용서하십시오."

로이드 부인은 화가 나서 어깨를 한 번 움츠려 보이고는 당당하게 그 방을 빠져나갔고, 한편 그 젊은이는 또 다른 문을 통해 물러나고 말았다. 십 분 후 로이드 부인이 되돌아와 보니, 그 방 안에는 그녀의 어린 의붓딸과 보모가 들어와 있었다. 테이블 위에 있던 열쇠가 없어졌던 것이다. 그녀는 어린아이를 흘겨보았다. 바로 그 어린아이가 그 열쇠다발을 손에 쥔 채 의자에 앉아 있는 게 아닌가. 그녀는 이미 그녀의 자그마한 손으로 그 봉인을 뜯은 후였다. 로이드 부인은 재빨리 그 열쇠를 가로챘다.

여느 때와 같은 저녁시간에 아더 로이드는 그의 회계사무실에서 돌아왔다. 때는 유월이라 저녁식사가 어둡기 전에 차려졌다. 음식이 테이블 위에 차려져 있었건만 로이드 부인은 나타나지 않았다. 로이드가 그녀를 부르러 보낸 하인은 그녀의 방에 아무도 없다는 사실을 확인하고 돌아왔. 게다가 하녀들이 점심 이후 줄곧 그녀가 보이지 않았다고 그에게 일러주었다. 그들은 실제로 그녀가 눈물을 흘리고 있는 모습을 목격했었고, 그래서 그녀가 문을 닫아버린 채 그녀의 방에 있는 줄만 알고 그녀를 방해하지 않았던 것이다. 그녀의 남편은 집안 구석구석을 다니면서 그녀의 이름을 불러댔으나 아무런 대답도 없었다. 마침내 그는 다락방으로 나 있는 통로를 따라가면 혹시 그녀를 찾을 수 있을지 모른다는 생각이 떠올랐다. 그런 생각이 미치자 그는 이상야릇한 불안감에 휩싸이고 말았다. 그래서 그는 그의 추적에 증인을 남기고 싶지 않아 그의 하인들을 뒤에 남아 있으라고 명령했다. 그는 꼭대기 층에 이르는 계단 발치에 다다라, 계단 난간에 한 손을 얹은 채 서서 부인의 이름을 불렀다. 그의 목소리는 떨리고 있었다. 그는 다시 한 번 좀더 큰 소리로, 그리고 보다 단호하게 불러보았다. 쥐죽은듯 고요한 적막을 깨는 유일한 소리는 그의 목소리가 남긴 어렴풋한 메아리뿐이었고, 그것은 커다란 처마 밑에서 그의 물음을 되풀이하고 있었다. 그럼에도 불구하고 그는 이제 더 이상 어쩔 수 없음을 느끼고 그 계단을 올라가기 시작했다. 그 계단은 널따란 복도로 터져 있었고, 그 복도에는 나무로 만든 찬장들이 죽 세워져 있었으며, 복도 끝에는 서쪽으로 나 있는 창문이 있어 하루의 마지막 햇볕이 새어들고 있었다. 바로 그 창문 앞에 커다란 옷장이 놓여 있었다. 그런데 그 옷장 앞에서 그의 부인이 무릎을 꿇고 앉아 있는 게 아닌가. 그 젊은이는 놀라움과 공포감에 휩싸인 채로 그녀의 모습을 바라보았다. 순간 그는 어안이 벙벙하여, 그 옷장과 부인 사이를 가로질러 지나쳤다. 옷장의 뚜껑은 열려 있었고, 방충제가 뿌려진 냅킨 사이로 그 속에 들어 있는 귀중품들과 보석들이 드러나 보였다. 바이올라는 무릎을 꿇은 자세에서 한 손은 그녀의 가슴을 누르고 있는 채로 뒤로 나자빠져 있었다. 그녀의 사지는 송장이 되어 뻣뻣하였고, 희미한 햇볕 속에 그녀의 얼굴에는 죽음보다 더 무시무시한 공포가 서려 있었다. 그녀의 입술은 애원과 두려움으로, 그리고 고뇌에 찬 모습으로 벌어져 있었으며, 그녀의 핏기 없는 이마와 뺨 위에는 복수심에 불탄 유령의 두 손아귀로부터 입은 열 개의 무시무시한 상처자국들이 빨갛게 불타오르고 있었다.

3
「벨트라피오」의 저자
The Author of Beltrafio

조재진

「벨트라피오」의 저자 작품해설

이 작품의 화자인 '나'는 「벨트라피오(Beltrafio)」의 저자이자 유명한 작가인 앰비언트(Ambiont)의 집에 초대받아 이틀간 머문다. 그가 머무는 동안 앰비언트와 그의 부인은 어린 외아들 돌시노(Dolcino)를 둘러싸고 심한 갈등을 드러낸다. 앰비언트 부인은 남편의 작품이 사악하다고 생각하여 그것을 읽지 않는 것은 물론, 남편이 아들을 만지는 것조차 싫어한다. 마침내 앰비언트 부인은 돌시노가 병에 걸리자 그 애가 살아서 남편의 부도덕한 책의 영향을 받느니보다 차라리 죽는 것이 낫다고 생각하여 의사의 치료를 거부하고 죽게 내버려둔다.

이 작품은 두 사면, 즉 앰비언트와 그의 예술작품을 증오하는 그의 부인 사이의 갈등과 그들의 갈등으로 인한 아들 돌시노의 희생으로 구성되어 있다. 이 작품을 예술 지상주의자인 앰비언트와 속물주의자인 그의 부인 사이의 갈등으로 볼 수도 있다. 또한 에델(Edel) 교수의 주장처럼 제임스 작품에서 돌시노를 비롯한 어린 주인공들의 노래하는 목소리는 어른들의 시각에는 악한 행위로 비친다. 그래서 어린아이들은 사악한 어른들의 자기 중심적인 정당성이나 간섭행위에 의해 희생당하고 만다는 제임스의 도덕관에 비추어 이 작품을 해석할 수도 있다.

「벨트라피오」의 저자(著者)

1

 그를 몹시 만나고 싶었으나, 나는 소개장을 지갑 속에 넣어둔 채 그대로 3주를 보냈었다. 나는 그를 만나는 일에 과민하고 소심해졌는데, 그것은 내가 나의 나이 어림과 세상 물정에 어두움을 의식한데다가 그가 낯선 방문객, 특히 나와 같은 나라에서 온 사람들에게 시달렸으리라는 확신이 들었으며, 또 그가 눈부신 재능 못지 않게 성마른 일면도 가지고 있으리라는 의구심을 떨쳐버릴 수가 없었기 때문이다. 게다가, 만남이 정말 이루어진다면(왜냐하면 나는 만남이 눈앞에 다가왔다는 것을 거의 믿을 수 없었기 때문에) 그 기쁨은 너무나 클 것이므로 나는 그 기쁨을 미리 한 번 음미해 보기를 원했으며, 그것이 내 주머니 속에 들어와 있다는 것을 만져서 느껴보고 싶었고, 또 그것을 보다 더 피상적이고 평범한 즐거움들과 섞어버리고 싶지가 않았었다. 나의 순진한 머리로 벌이고 있는, 새로운 감흥을 주는 작은 한 카드 게임에서 나는 「벨트라피오」의 저자에 대한 나의 방문을 비장의 수로써 간직하고 싶기도 하였다. 그때는 그 매혹적인 작품이 나온 지 3년이 되던 때였으며 나는 그때 이미 그것을 다섯 번 이상 읽었었고, 지금 조금은 더 성숙해진 안목으로도 전에 못지 않게 여전히 그것을 칭찬해 마지않는 바이다. 3년이 되었다는 것은 독자들에게 나의 영국 땅에 대한 그

최초의 방문(기간이 얼마이든 간에) 날짜를 알려주는 셈이 되는데, 왜냐하면 여러분들이 마크 앰비언트의 걸작이 불러일으킨 그 동요 — 나는 그것을 소동이라고까지 말한다 — 를 아직도 잊지 않고 있기 때문일 것이다. 그것은 예술이라는 복음으로 만들어진 것들 중 가장 완벽한 표현이었으며, 일종의 심미적 함성이기도 하였다. 사람들은 그들 양복소매의 재단이나 구레나룻의 모양을 다듬는 데 있어서 '진리'에 되도록 가까이 가려고 애써 왔으나, 그때까지의 영국 소설 중에서 그처럼 아름다운 솜씨나 가치 있는 주제를 보여주는 예는 일찍이 없었다. 그 분야에서 예술을 위한 예술의 관점에서 행해진 것은 아무것도 없었다. 예술을 위한 예술이란 스물다섯 살 되던 해의 나 자신의 견해이기도 하였다. 그 생각이 지금은 바뀌었는지의 여부에 대해서는 말하지 않겠는데 — 특히 분별 있는 독자라면 스스로의 힘으로 판단할 수 있을 것이기 때문이다. 나는 내가 이제 이야기하려고 하는 때의 열두 달 이전에 이미 영국에 갔던 적이 있었으나 그때는 앰비언트가 멀리 외지에 나가 있다는 소식을 들었는데 — 동양으로 상당히 오랫동안을 여행 중이라는 것이었다. 그래서 내가 다시 런던을 방문하게 될 때까지 소개 편지를 가지고 있는 수밖에 달리 도리가 없었다. 그의 부인은 영국을 떠나지 않았으며, 그리고 그들의 유일한 혈육인 어린 아들과 더불어 남편이 출타 중인 동안을 — 꽤 여러 달을 — 그들이 써리에 가지고 있는 자그마한 저택에서 보내고 있는 중이라는 풍문을 듣는 것도 내겐 별 소용없는 일이었다. 그들의 런던 집은 세낸 집이었다. 이런 사실과 함께 앰비언트 부인이 매혹적인 여성이라는 이야기도 들었으나(내게 소개 편지를 써준 미국 시인인 내 친구도 그녀를 본 적은 없었는데, 그 저자와 오직 편지만 주고받는 관계였기 때문이다), 그녀가 비록 장미꽃 같은 그분의 가까이에서 살아왔어도 「벨트라피오」를 쓴 사람은 아니며, 그래서 나는 그녀를 방문하러 써리로 내려가지 않았다.

나는 대륙으로 건너가 그 해 겨울을 이탈리아에서 보내고 이듬해 5월에 런던으로 돌아왔다. 이탈리아 방문은 내게 많은 것들에 대해 눈뜨게 해주었으나, 그것들은 마크 앰비언트의 작품 속의 몇몇 페이지들의 아름다움에는 미치지 못하는 것들이었다. 나는 그의 작품 모두를 여행가방 속에 넣어두고 있었으며 — 잘 알다시피 그것들은 많지 않은 숫자이나, 그는 그 중의 더없이 아름다운 몇 작품으로써 「벨트라피오」의 전조가 되게 하였었다 — 그것들을 저녁때 여관방에서 찬찬히 읽어보곤 하였다. 나는 혼잣말로 그와 같은 인물들을 그려내는, 그리고 그와 같은 문체로 글을 쓰는 사람이라면 자신이 보았던 것을 잘 이해하고 또 자신이 하고 있는 것이 무엇인지 잘 아는 사람이리라고 말하곤 했다. 이것이 내가 이탈리아에서 보낸 겨울에 대해 언급하는 단 하나의 이유이다. 그는 그 전에 이탈리아에 여러 번 갔었으며, 소위 화가들이 말하는 그 고전적인 땅의 '정취'에도 푹 젖어보았던 사람이다. 그는 타스카니 지방의 오래 된 구릉 도시들의 매력과 과거에는 인생 살아가는 소리들이 울려퍼졌을, 풀로 뒤덮인 쓸쓸한 곳들의 정경에 대해서도 이야기했다. 그는 위대한 예술가들을 이해하고 르네상스의 정신을 이해하고 그리고 모든 것들을 이해하고 있었다. 그의 초기 작품 중 하나의 무대는 로마였고 다른 하나는 플로렌스였으며, 나는 이 도시들을, 마크 앰비언트가 그처럼 확고히 두 발로 서도록 생생한 인물로 창조해 놓았던 그의 작품 속의 인물들과 벗하여 옮겨 다녔다. 이 점이 바로 그와 사귈 수 있다는 가능성에 대해 내가 전보다 훨씬 더 행복해 했던 이유이기도 하다.

사귈 가능성이라는 그 특권을 혼자 즐긴 후에 나는 마침내 그 미국인 시인의 소개장을 급히 그에게로 보냈다. 그는 이미 그 도시를 빠져나가고 없었는데, 런던의 사교 시즌의 괴로움으로부터 몸을 피해 6월 초가 되자마자 떠나버리는 것이 그의 상례였다. 더구나 그 해는 그가 동양에서 느낀 인상들을 잘 짜넣게 될 새 작품에 몰두하고 있던 참이어서 조용한 분위기 이상으로 그가 바라는 것은 없다는 이야기를 들었던 참이었다. 그러나 그 같은 사실도 내가 친구의 소개장을 동봉한 편지를 보내는 것을 막지는 못했으며 — 그 나이는 막무가내인 때이다 — 그 편지 속에서 나는 앰비언트가 지정하는 날짜에 내가 그를 찾아가서 한두 시간 만나는 것을 허락해 주도록 요청하였다. 이 같은 요청에서 나는 나의 심정을 솔직하게 드러내었는데, 그 결과 그 유명한 분에게서 가능한 가장 친절한 초대장을 받아내게 되었다. 그는 기꺼이 나와 만나겠으며, 특히 그 다음 토요일 오후에 와서 월요일 아침까지 머무를 수 있다면 더 좋겠다고 하였다. 그는 우리가 써리 공원을 지나서까지 산책을 할 예정이라고 말하고, 산책할 동안 내게 또 다른 한 유명한 분인 미국에 있는 그의 친구에 관해 이야기해 달라는 것이었다. 그는 가장 좋은 열차 편을 가르쳐 주었는데, 그 토요일 오후에 내가 워털루 역에 정시에 도착했는지의 여부는 독자들께서도 충분히 짐작할 것이다. 심지어 그는 내가 내리게 될 작은 그 역으로 마중 나오는 호의까지 보여주었으며, 내가 챙 넓은 중절모를 쓴 그의 잘생긴 얼굴을 보았을 때 내 가슴은 마구 뛰었다. 나는 그의 얼굴을 벽난로 선반에 오래 전부터 모셔놓은 그의 사진으로 잘 알고 있었는데, 바로 그 얼굴이 기차가 승강장에 도착할 때 객차 창문을 찬찬히 살펴보고 있었다. 그는 내가 그를 알아본 만큼이나 틀림없이 나를 알아보았으며, 그는 심미적 성향을 가지고 있는 한 미국인 젊은이가 그를 만났을 때, 열렬하게 대해야 할지 혹은 조심스럽고 겸손해야 할지의 사이에서 혼란되어 있을 때의 모습이 어떠한지 본능적으로 알고 있는 것처럼 보였다. 그는 내 손을 잡고 미소를 지으며, "아마도 내 생각에 바로 당신이 틀림없겠지요!" 하고 말하고는 자신의 집까지 몇 분밖에 걸리지 않으니 걸어가도 괜찮겠느냐고 물어왔다. 나는 그가 내 가방의 운반에 관해 일일이 지시를 해준 것은 그의 특별한 친근감의 표시였다고 생각했던 것, 그리고 서로 매우 즐겁고 유쾌하였으며 역사를 빠져 나오면서 그가 내 어깨에 손을 얹었을 때 거의 황홀한 기분이 들었음을 지금도 기억한다. 둘이서 같이 걸을 때 나는 곁눈질로 그를 살펴보았다. 나는 이미 — 정말 그 즉시 — 그가 유쾌한 사람이라는 것을 알았던 터였다. 그의 얼굴은 잘 알려져 있기 때문에 그것을 새삼 묘사할 필요는 없을 것이다. 그는 영국 신사인 동시에 천재적인 사람처럼 보였고, 나는 신사적 기질과 천재의 결합이 복된 결합이라는 생각이 들었다. 그의 외모에는 단지 약간의 보헤미안적인 요소만이 있었는데, 그가 예술가와 문인의 길드에 속한 사람임은 누구라도 쉽사리 추측해 볼 수 있었을 것이다. 그는 벨벳천으로 된 재킷과 퀼런, 느슨한 셔츠 칼라와 조금 더부룩해 보이는 옷차림 등을 선호하고 있었다. 그의 이목구비는 반듯하기는 하나 전적으로 균형 잡히지는 않은 모습으로서 그의 초상화에도 그것이 잘 드러나고 있다. 그러나 내가 본 그 어떤 초상화도 그의 표정은 담아내지 못하고 있다. 그 표정 속에는 너무나 많은 것들이 들어 있었는데, 그것들은 드러난 혹은 드러나지 않은 표정 속에서 서로가 서로를 뒤쫓고 있는 듯하였다. 나는 진지한 표정에서 재빨리 들뜬 표정으로 바꾸는 사람은 보았으나, 마크 앰비언트는 한꺼번에 진지하고도 들뜬 표정을 지을 수 있는 사람이었다. 그의 약간 시들고 지친 듯한 얼굴에는 그 밖에도 이상한 상반되고 모순된 요소들이 들어 있었다. 그는 젊고도 또한 늙었으며 또 근심하는 듯하면서도 무관심하였다. 그는 분명 활기찬 과거를 보냈으며 그것은 호기심을 불러일으키나, 또 그의 미래에 관해서도 더 많은 호기심이 생기지 않기도 불가능한 일이었다. 그는 키가 크다고 할 수 있을 정도의 중키 이상이었으며, 옆에서 보면 다소 마르고 긴 모습이었다. 그의 태도는 더할 나위 없이 친근하고 솔직하였으나, 또 나는 그가 수줍기도 함을 알 수 있었다. 「벨트라피오」가 출판될 무렵 그의 나이는 서른여덟이었다. 그는 미국에 있는 그의 친구에 관해서, 영국에서 내가 얼마나 머물지에 관해서, 런던 소식과 내가 그 곳에서 만났던 사람들에 관해서 질문을 했다. 그리고 나는 그가 묻는 질문들 속에서 그의 천재성을 드러내 주는 무언가가 있는지 찾으려 했으며 — 그것을 찾았다고 생각했던 기억도 난다. 그의 목소리는 무척 듣기 좋았다. 그의 집에 도착했을 때, 내 생각에는, 집에도 그의 천재성이 깃들인 것 같았다. 카펫과 커튼, 그림과 장서들, 집 뒤편의 뜰에도 예술적 상상력이 깃들여 있었으며, 그 뜰에는 오래 된 갈색 벽돌담이, 마치 라파엘 전파의 걸작품들 중의 하나로부터 그대로 본떠온 듯한 짙은 덩굴 식물들로 뒤덮여 있었다. 본떠온 듯하다는 것은 바로 그 당시 영국에서 많은 것들이 내게 와 닿던 느낌과 꼭 같았는데, 그건 마치 그것들이 원래 예술이나 문학 속에 존재하던 어떤 것들의 복제품 같아 보인다는 점이었다. 그림이나 시나 소설의 한 페이지가 어떤 것을 본뜬 것이 아니라 오히려 원본이었으며, 그리고 행복한 유명인들의 삶은 그러한 것들의 이미지에 맞추어 형성되어 있다는 것이다. 마크 앰비언트는 그의 집을 오두막집이라 불렀고 나는 그 뒤에 그 표현이 맞다는 생각이 들었는데, 왜냐하면 그것이 오두막집이 아니었다면 틀림없이 큰 저택이었을 것이고, 저택이란 적어도 영국에서는 그가 편하게 여기리라는 생각이 드는 곳이 못 되었기 때문이다. 그러나 내 생각에 그것은 영예스럽게 되고 변형된 오두막이었다. 그것은 약간 축소된 규모의 예술의 전당이었고 — 옛 영국식의 영지(領地)였다. 그것은 모여 있는 거대한 너도밤나무 숲 아래에 보일 듯 말 듯 자리 잡았고, 늘어진 담쟁이덩굴로부터 열리는 듯한 혹은 그 덩굴 속으로 열리는 듯한 삐걱거리는 작은 격자창과 박공들, 오래 된 붉은색 타일들과, 또 마치 그림물감으로 채색되었으며 그 속에 사는 사람들의 삶도 책의 한 장(章)씩 혹은 한 권씩의 단

위로 넘어갈 것 같은 전체적인 겉모습 등을 지닌 집이었다. 잔디밭은 무척 넓어 보였고 정원을 둘러싼 담장들은 잴 수 없는 높이를 가진 듯 했으며, 전체적인 분위기는 즐거움을 담은 듯한 고요함 그리고 은밀함이었고, 그 분위기는 그 집의 겉모습과 잘 어울리는 것이었다. 집 안으로 들어서면서 마크 앰비언트는 "집사람이 어딘가에 있을 거요" 하고 말했다. "아마 곧 나타날 테지요. 저녁때까지 한 시간가량 남았는데, 아마 그녀는 정원에 있을 겁니다. 제집이나 구경시켜 드리지요."

우리는 집 안을 지나서 뜰로 들어섰는데 그것은 뜰이라고 불러야 마땅할 것으로, 집 뒤쪽으로 뻗어 있었다. 그것은 3~4에이커에 불과했으나, 그 집과 마찬가지로 매우 오래 되고 구부러져 있었고 오랫동안 사람들이 거주했던 흔적으로 가득 차 있었는데, 뜰의 높이가 다른 부분들과 그것들을 서로 이어주는 평평한 작은 계단들의 이끼 덮이고 갈라져 있는 표면의 우둘투둘한 기복 같은 것들이 그것이었다. 그 뜰의 경계는 드러나지 않게 잘 감추어져 있었고, 짙은 초목에 묻혀 있었다. 그것은 내 기억으로는, 제일 끝 부분이 일종의 커튼처럼 되어 있었는데, 말하자면 그 커튼의 접혀 있는 부분처럼 된 곳에서 우리는 곧 한 무리의 사람들을 발견하였다. "아, 저기 있었군! 그애도 데리고 있군요" 하고 마크 앰비언트는 말하였다. 그는 마지막의 이 말을 여태까지 했던 것과는 약간 다른 어조로 이야기했다. 그 당시에는 그것이 다르다는 사실을 미처 깨닫지 못했으나, 그 어조는 귓가에 계속 맴돌아서 뒤에 가서 그것을 알아차리게 되었다.

"아드님입니까?" 나는 그 질문이 별로 재치 있는 것이 못 되리라고 생각하며 물었다. "그래요, 애라고는 단 하나뿐입니다. 언제나 제 어머니 치맛자락에 싸여 있지요. 집사람이 애를 너무 어르는 것 같아요." 이 말을 하는 그의 태도도 그 이후에야 그 기억이 되살아났다. 그 말은 화가 난 것 같지는 않았으나, 그 속에는 갑작스런 차가움과, 습관적인 굴복 같은 것이 들어 있었다. 우리는 몇 발자국 더 나아갔으며, 그는 갑자기 멈추어 서서 계속 손짓을 하며 그애를 불렀다.

"돌시노, 아빠에게 와보렴!" 멈추어 서서 기다리고 있는 그의 태도에는 그가 고의로 그렇게 하고 있다는 생각이 들게 하는 뭔가가 있었다. 앰비언트 부인은 그녀의 팔을 그애의 허리에 두르고 있었으며, 그애는 그녀 무릎에 기대어 서 있었다. 그러나 그애가 아버지 목소리가 나는 쪽으로 쳐다보았지만, 그녀는 그를 풀어놓을 기미를 보이지 않았다. 이웃 사람인 듯한 한 부인이 그녀 곁에 앉아 있었으며, 그들 앞에는 정원용 탁자가 있었고, 그 위에는 차 도구가 놓여 있었다. 마크 앰비언트는 다시 한 번 불렀고 돌시노는 어머니로부터 벗어나려고 몸을 움직여보았으나 너무 단단히 안겨 있어서, 두세 번 소용없는 노력을 해본 후에는 갑자기 뒤돌아 서서 그의 어머니의 무릎에 깊숙이 얼굴을 파묻어버렸다. 그 장면에는 뭔가 어색한 점이 있었다. 나는 앰비언트 부인이 그녀 남편에게 그처럼 주의를 기울이지 않는다는 것이 이상스럽게 여겨졌다. 그러나 나는 그 같은 머리 속의 생각을 밖으로 드러내지 않았으며, 그것을 드러내지 않으려고 정원에서 차를 마시는 것은 아주 멋진 일임에 틀림없으리라고 한마디 건넸다. "집사람은 도무지 저애를 놓아주려 하지 않아요!"라고 마크 앰비언트는 한숨을 쉬며 말했다. 이어서 우리는 두 부인께로 가까이 다가갔다. 그는 그의 부인에게 내 이름을 말했고, 나는 그가 부인에게 "여보"라고, 아주 상냥하게, 그 아이를 붙들고 있었던 것에 대한 노여움의 흔적 같은 것은 전혀 없이 말을 거는 것을 목격하였다. 그의 이 같은 재빠른 감정의 변화는 내 스스로에게 그가 혹시 바가지를 긁히고 있는 사람이 아닌가 자문해 보도록 만들었으나 — 그것은 아주 어이없는 추측이었기 때문에 나는 재빨리 머리 속에서 그것을 지워버렸다. 앰비언트 부인은 그의 부인이면 그러하리라고 기대될 만한 바로 그런 사람이었다. 그녀는 호리호리하고 아름다우며, 긴 목과 매력적인 눈, 그리고 매우 세련된 몸가짐을 가지고 있었다. 그녀는 약간 쌀쌀하고 수줍었으나 또한 아주 상냥하였으며, 좋은 가문 출신인 듯한 외모를 가졌는데, 나는 뒤에 그녀가 두세 개의 훌륭한 가문과 '연고가 있다'는 사실을 알았다. 나는 시적 상상력을 만족시켜 주리라고는 전혀 생각할 수 없는 여성들과 결혼한 시인들을 본 적이 있는데—그들 여성들은 우둔해 보이는 얼굴과 점착질의 마음씨를 가지고 있었으나 또한 훌륭한 아내들이기도 하였다. 그러나 마크 앰비언트의 결혼 생활에는 눈에 드러나는 불화는 없었다. 예민하고 조용하며, 흰 드레스를 입고 그 예쁜 어린이를 옆에 데리고 있는 앰비언트 부인은 「벨트라피오」처럼 뛰어난 작품의 저자를 남편으로 삼을 만한 사람이었다. 그녀는 목 주위에 검은 벨벳천의 리본을 달고 있었는데, 그 긴 끝 부분은 서로 묶인 채 등뒤로 늘어뜨려져 있었고, 그 위, 그녀 앞쪽에는 어린 아들의 소형 초상화가 매달려 있었다. 그녀의 부드럽고 빛나는 머리카락은 그물망으로 묶여 있었다. 그녀는 내게 아주 유쾌한 듯한 인사를 해왔으며, 돌시노는—나는 애정 어린 이 이름이 듣기 좋다는 생각이 들었는데—그녀가 일어서는 것을 이용해 그녀의 품에서 빠져나와 그의 아버지에게 다가갔으며, 그는 아무 말 없이 그애를 붙들고는 높이 들어올려서 몇 번인가 입맞춤을 하는 것이었다. 나는 즉시, 겨우 일곱 살쯤 되어 보이는 그애가 매우 아름답다는 것을 관찰할 수 있었다. 그는 천사와 같은 얼굴을 가지고 있었는데—두 눈과 머리카락, 시들고 말 꽃송이 이상의 어떤 것들, 천진한 미소 등이었다. 그의 아름다움에는 사람을 감동시키면서도 걱정스럽게 만드는 무엇인가가 있었고, 그것은 이 세상에서 숨쉬기에는 너무나 아름답고 순결한 어떤 요소들로써 이루어져 있는 것 같았다. 내가 그에게 말을 걸자 그는 다가와 손을 내밀고는 내게 미소를 지어 보였는데, 나는 마치 그가 고아이거나, 요정이 바꿔친 아이거나 혹은 어떤 사회적 치욕에 낙인 찍힌 아이인 양 갑자기 불쌍하다는 느낌이 들었다. 사실은 그와 같은 불행들로부터 이 아이만큼 벗어나 있기도 드물 것이었으나, 누구든 그에게 입맞춤을 할 때면, 이 순진한 어린것에게 왜 그와 같이 말해야 하는지 알 수는 없지만 여하튼 "불쌍한 어린것!" 하고 중얼거리지 않을 수 없었다. 나는 그가 이 세상을 살아가기에는 너무나 아름답다는 생각이 들었고 동시에 왜 그의 양친들이 그 점을 깨닫지 못했는가 하는 것, 그리고 그에 상응한 슬픔과 절망감에 빠져 있지 않은가 하는 것을 이상하게 생각했다. 나로서는 그의 덧없는 소멸을 믿어 의심치 않았는데, 왜냐하면 그 아이에게 마치 사형 집행서와도 같은 아름다움이 있음을 이미 목격했기 때문이다. 앰비언트 부인과 함께 앉아 있던 그 부인은 쾌활하고 혈색 좋은 사람으로 벨벳천과 나긋나긋한 깃털로 장식된 옷을 입고 있었으며, 내 생각으로는 아마도 교구 목사의 부인인 듯했는데 — 안주인이 미처 소개하지 않았다 — 그녀는 즉시 앰비언트 씨에게 국화에 관한 이야기를 하기 시작했다. 이것은 무난한 화제였으나, 「벨트라피오」의 저자가 영국 국교회와 피상적이라 할지라도 그러한 친교관계를 맺고 있음을 발견한다는 것은 좀 놀라운 일이었다. 그의 저술들은 그가 교회로부터 초연함을 암시하고, 매우 불경스러운 인생관, 말하자면 매우 독자적인 인생관을 드러내며 전체적으로 보아 신앙심을 갖게 하는 것과는 전혀 관계가 멀기 때문에, 나는 그가 목사들이나 그들의 부인들에게는 혐오의 대상 — 그의 편에서는 그 혐오감에 대해 사람 좋은 그러나 재치 있는 조롱으로 응수하는 그러한 혐오감의 대상이리라 기대했었다. 이는 내가 그때까지 마크 앰비언트의 가정 내의 어떤 불가사의함뿐만 아니라 영국 사람들과 또 그들의 예의를 지키는 뛰어난 능력에 대해 얼마나 모르고 있었는지를 입증해 주었다. 나는 그 후에 그가 그의 서재에서 담배연기 속에서 미소를 지으며 성직에 있는 그의 이웃들에 대해 재미있는 평을 하는 것을 본 적이 있다. 그러나 한편 국화에 관한 화제는 분위기를 잘 조화시켜 주었는데, 왜냐하면 그와 교구 목사 부인 둘 다 꼭 같이 국화를 좋아했기 때문이며, 나는 그들이 이 식물에 대해 갖고 있는 지식에 놀랐다. 그 부인의 방문은 아마도 오랜 시간이 지난 것 같았으며, 곧 그녀는 일어서서 가봐야겠다고 말하고는 앰비언트 부인에게 키스를 하였다. 마크는 돌시노의 손을 잡고 뜰의 문께로 그 부인과 함께 걷기 시작했다.

"여기 있으렴, 애야." 앰비언트 부인이 그애에게 말하였는데, 그애는 막 그의 아버지와 함께 걸어가려던 참이었다.

마크 앰비언트는 그 소리에 별 주의를 기울이지 않았으나 돌시노는 고개를 돌려 수줍게 애원하는 듯한 눈으로 그의 어머니를 쳐다보았다. "아빠와 함께 가면 안 돼요?"

"여기 있으라고 이미 네게 말했으니 안 돼."

"그럼 그렇게 말하지 말아요, 엄마." 그애는 깨끗하고 낯선 듯한 목소리로 말했다.

"내가 너를 원하고 있으니 그렇게 말하지 않을 수 없어. 이리로 와, 애야"라고 말하고는 앰비언트 부인은 다시 자리에 앉아서 그녀의 길고 가느다란 손을 뻗었다.

그녀의 남편은 등을 그녀에게로 향한 채 멈추었으나, 그애를 놓지 않은 채로였다. 그는 여전히 목사 부인과 이야기하는 중이었으나, 이 사람 좋은 부인은 그녀의 대화의 맥락을 잃어버린 것 같았다. 그녀는 앰비언트 부인과 돌시노를 쳐다보고, 그리고 다시 나를 쳐다보고는, 매우 경직되어 있는 일부러 지어낸 듯한 명랑한 표정으로 가까스로 웃음을 보내왔다.

"아빠, 엄마가 아빠와 함께 가지 말라고 해요." 그애가 말했다.

"그애는 매우 지쳐 있어요 — 종일 뛰어다녔어요. 이제 잘 때까지 조용히 있어야지 그렇지 않으면 잠을 이루지 못할 거예요." 선언하는 듯한 말이 앰비언트 부인의 입에서 계속적으로 그리고 엄숙하게 쏟아져나왔다.

그녀의 남편은 여전히 몸을 돌리지 않은 채로 그애 위로 몸을 굽혀서 그애를 말없이 쳐다보았다. 목사 부인은 상냥하나 분위기와는 어울리지 않게 소리 내어 웃으며 귀여운 어린것이라고 말하였다. "그애더러 결정하도록 합시다"라고 마크 앰비언트는 말하였다. "얘야, 아빠와 같이 가련, 아니면 엄마와 함께 있고 싶니?"

"그 참 난처한 일이네요!" 목사 부인은 더욱 들떠서 외쳤다.

"아빠, 난 결정하지 못하겠어요." 그애는 목소리를 낮추어 속마음을 터놓듯이 말했다. 순간 그는 "그러나 오늘 엄마와는 종일토록 같이 있었잖아요"라고 덧붙였다.

"아빠와는 거의 같이 못 있었지! 얘야, 너 이제 결정을 내렸구나!" 마크 앰비언트는, 되풀이하나 알아듣기 힘든 나의 동료 방문객의 말과 더불어 애를 데리고 걸어가 버렸다.

그의 부인은 다시 자리를 잡고 앉았으며, 땅을 향한 그녀의 고정된 눈은 잠시 동안이나마 너무나 큰 무언의 동요를 나타내었기 때문에 나는, 내가 어떤 말을 그녀에게 해주더라도 적절하지 못할 것이라는 생각이 들었다. 그러나 앰비언트 부인은 재빨리 자세를 가다듬고 내게 공손히 말하기를, 역에서부터 그 곳까지 걸어온 것에 대해 크게 개의치 마시기 바란다고 하였다. 나는 전혀 아무렇지 않다고 대답하였고, 그녀는 계속해서 말하였다. "우리는 당신에게 보낼 수 있는 마차가 있었는데, 남편이 가도록 명령을 내리지 않으려 했답니다."

"덕분에 그분과 즐겁게 걸을 수 있었습니다." 나는 대꾸했다.

그녀는 잠시 조용해지더니 다시 말하였다. "제가 알기로는 미국인들은 많이 걷지 않는다던데요."

"그렇습니다. 우리는 걷지 않고 언제나 뛰지요" 하고 나는 웃으면서 말했다.

그녀는 나를 심각하게 쳐다보았으며, 나는 그녀의 아름다운 눈에서 어떤 차가움 같은 것을 느낄 수 있었다. "거리가 꽤 멀었을 텐데요."

"멀긴 해도 우리는 행진해 나갔지요! 내가 여기 있는 것이 얼마나 큰 즐거움인지 이루 다 말씀드릴 수가 없군요." 이어서 나는 "저는 앰비언트 씨를 더없이 숭배하지요" 하고 덧붙였다.

"그도 좋아하실 겁니다. 그이는 숭배 받는 것을 좋아하니까요."

"그렇다면 그분은 틀림없이 행복하실 겁니다. 그분에겐 많은 숭배자들이 있지요."

"맞아요, 저도 그분들 몇몇을 본 적이 있어요" 하고 앰비언트 부인은 말하더니, 나로부터 멀리 떨어진 곳을, 마치 그 순간 그녀 앞에 숭배자들이 있기나 한 것처럼 고개를 돌려 쳐다보았다. 그녀의 어조는 그 자들이 전혀 쓰잘데없다는 것을 나타내는 듯했고, 나는 즉시 그녀가 「벨트라피오」의 저자에게 전혀 호감을 갖고 있지 않다고 추측했다. 나는 그것이 이상하다고 생각했으나, 어떻든 나 자신의 열광에 들떠서 그것을 대수롭지 않게 여겼다. 그것은 오히려 나로 하여금 내 열광을 더 분명하게 나타내기를 원하게끔 만들었다.

"제게는, 아시다시피, 그분은 생존해 있는 최고의 작가입니다."

"저로서는 잘 알 수가 없지요. 물론 또 그이는 매우 유능한 분이고요." 앰비언트 부인은 약간 웃으면서 말했다.

"앰비언트 부인, 그분은 대단한 분이에요! 그분의 모든 책들 속에는, 그 책들을 이 세상의 최고의 것들과 나란하게 만드는 완벽한 몇몇 페이지들이 있답니다. 그렇기 때문에 제가 이처럼 허물 없이 — 그가 현재 살고 있는 그대로 — 그분을 뵐 수 있고, 그리고 예술가로서의 그분 못지 않게 유쾌한 한 인간으로서의 그분을 발견한다는 것이 얼마나 사실 같아 보이지 않는지, 또 그것이 내게 얼마나 큰 특권인지 다 말씀드릴 수가 없군요." 나는 내가 조금 지나치게 지껄였다는 것을 알았으나, 나는 그렇게 지껄이지 않을 수 없었으며, 내가 그렇게 말한 것도 내가 느끼던 것에는 훨씬 못 미치는 것이었다. 나는 그와 같은 말을 앰비언트 자신에게는 감히 할 수 있으리라고 확신할 수가 없었으며, 그리고 그것을 그의 부인에게 말해 버리니 후련한 면도 있었는데, 그 후련함은 부인으로서는 그녀가 좀 특이해 보인다는 사실에 영향을 받은 것은 아니었다. 그녀는 다시 심각한 표정으로 그리고 입술을 굳게 다문 채 내 말에 귀를 기울였는데, 마치 그녀의 남편이 물론 탁월한 인물이기는 하나, 동시에 그 모든 것에 대해 그녀는 이미 전에 이야기를 다 들은 것이어서 그다지 흥미를 기대할 수 없다는 듯한 태도였다. 더구나 그녀의 태도는 내가 아직 어리며, 사람들이란 으레 그 같은 일을 곧 잊어버리게 된다는 것을 희미하게 암시하는 듯하였다. "분명히 말씀드리자면, 제게는 오늘 같은 날이 기념할 만한 날입니다" 하고 나는 덧붙였다.

그녀는 아무런 대꾸도 없었으며, 잠시 후에 주위를 둘러보면서 부드럽게, 그러나 불쑥 말하였다. "올해 우리들은 저 아이에 대해 많은 걱정을 하고 있지요."

나의 눈길은 이끼 끼고 얼룩덜룩한 반점이 있는 정원의 울타리 쪽으로 향하였는데, 그 곳에서는 자두나무와 배나무들이 빛 바랜 벽돌들 위로 돋보이게끔 고정되어 있어서, 마치 팔을 여러 개 가진 채 십자가에 못 박혀 있는 사람들의 모습 같아 보였다. "열매가 많이 맺히지 않을까요?" 하고 나는 물었다.

"그렇지 않아요. 나무들이 통 생기가 없어요. 너무 늦게 서리가 내렸지요."

또 잠시 대화가 끊겼다. 앰비언트 부인은 뜰 반대편 쪽에 시선을 고정시키고 있었는데, 마치 그녀 남편이 애를 데리고 돌아오는지를 살피는 듯했다. 나는 "앰비언트 씨께서 정원 가꾸기를 좋아하십니까?"라고 묻고 싶은 생각이 들었는데, 화제를 어쩔 수 없이 그에 관한 것으로 돌리지 않을 수 없다는 느낌이 들었기 때문이다.

"그이는 자두를 매우 좋아하지요" 하고 그의 부인이 말했다.

"아, 그렇다면 수확이 걱정하시는 것보다 더 나아진다면 좋겠습니다. 정말 좋은 곳이군요." 나는 계속해서 말했다. "이 곳의 전체적인 특징은 그분께서 묘사하고 있는 어떤 장소와 같다는 점입니다. 이 집은 바로 그분이 기술한 것들 중의 하나와 같아 보입니다."

"좋은 곳입니다만, 이와 같은 곳은 수백 개도 더 될 겁니다."

"아니, 이 곳은 그분과 같은 분위기를 가졌어요" 하고 웃으면서 나는 말했으며, 앰비언트 부인이 그녀의 평범한 집에 대한 나의 평가 속에서 나의 경험이 제한되어 있다는 사실을 눈치 채는 것 같아서 더더욱 나의 논지를 고집해 보았다.

내가 지나친 주장을 했음이 분명하였다. "그의 분위기라고요?" 하고 그녀는 흘끗 나를 쳐다보고, 약간 얼굴빛이 밝아지며 반복하였다.

"분명 그분은 분위기가 있지요, 앰비언트 부인."

"아 그래요, 분명히 그렇지요. 그러나 저는 조금도 내가 그의 작품들 중의 하나 속에서 살고 있다고는 생각지 않아요. 나는 그와 같은 것은 전혀 좋아하지 않습니다." 그녀는, 나의 다소 날카로운 항의성 주장을 초점에서 벗어난 농담으로 바꾸어버리는 효과를 가지는 미소를 띠면서 말했다. "저는 문학에는 그다지 조예가 없어요. 그리고 예술적이지도 않고요."

"저는 부인께서 어리석지도 또 편협하지도 않으리라 확신하지요" 하고 나는 과감하게 대답해 봤는데, 대답한 즉시 내가 친근한 동시에 좀 생색을 내듯이 굴었다는 느낌이 들었다. 유일하게 위안이 되는 점은, 그 같은 화제를 먼저 시작한 것이 내가 아니라 바로 그녀였다는 생각 정도였다. 그녀는 그녀의 특이한 개성들을 논의의 대상으로 만들었다.

"글쎄요, 제가 무엇이건 간에 저는 남편과 아주 다릅니다. 만약 당신이 그를 좋아하신다면 당신은 저를 별로 좋아하시지 않을 겁니다. 더 이상 말하실 필요는 없습니다. 당신이 절 좋아하신다는 것은 전혀 필수적인 것이 아니니까요."

"너무 그렇게 제 말을 꼬투리 잡지는 마세요!" 하고 나는 외쳤다.

그녀는 마치 내 말을 듣지 않은 것 같아 보였으며, 그렇게 하는 것이 그녀로서는 최선이었을 것이다. 우리는 별말이 없이 얼마 동안 앉아 있었다. 앰비언트 부인은 조마조마해 하지 않고서도 말없이 앉아 있을 수 있는 그 부러운 영국인의 특질을 분명 가지고 있었다. 그러나 마침내 그녀는 입을 열었다. 그녀는 시내에 사람들이 많이 있었는지 내게 물었다. 나는 그 점에 대해 만족스런 대답을 해주었고, 우리는 런던에 관해서, 또 한 해의 이맘때쯤 그 도시가 드러내는 상황들에 관해서 이야기하였다. 이야기 끝에 나는 또 어쩔 수 없이 마크 앰비언트에 관한 화제로 되돌아갔다.

"그분은 지금쯤 런던에 있고 싶어하지 않으세요? 제 생각에 그분은 그의 일에 적합한 조용함을 찾지 못한 것 같습니다. 아마 그의 저술들은 대부분 매우 고요한 곳에서 씌어졌다고 생각합니다. 그것들은 일종의 소동에 뒤이어 일어나는 큰 정적을 암시해 주는데 ─ 그렇게 생각하지 않으세요? 나는 런던이 깊은 인상을 받기에는 더없이 훌륭한 곳이나, 그 인상을 정리해 내는 데는 이 곳과 같은 시골의 은신처가 틀림없이 훨씬 더 좋으리라 생각합니다. 부인께서도 그분이 런던에서 많은 인상들을 얻으리라고 생각하십니까?" 나는 이 심술궂은 질문들을 조목조목 해나갔는데, 그것은 단순히, 아마도 나를 매우 주제넘고 말 많은 젊은 친구라고 생각할 이 여주인께서 이야기할 시간을 주었기 때문이다. 왜냐하면 내가 말을 멈추었을 때—나는 말을 멈추었음을 분명히 드러내지도 않았는데—그녀는 눈길을 이리저리로 계속 돌렸으며, 그녀의 긴 아름다운 손가락으로 그녀 목에 걸린 메달을 만지작거렸기 때문이다. 그러나 내가 완전히 말을 멈추었을 때, 그녀가 뭔가 말해야만 하였고, 그녀가 말한 것은 남편이 인상을 받은 것에 대해서 자신은 전혀 아무런 생각도 들지 않는다는 것이었다. 이 같은 말은 내게 순간적으로 그녀가 매우 까다롭다는 생각, 또 섬세하고 매우 특이하며 기품 있는 냉담한 기질이라는 생각이 들게 만들었다. 그러나 나는 조금 후에 그 같은 생각을 잊어버렸거나 혹은 그 생각에 의해 더 이상의 공격적인 말을 하도록 자극받았음에 틀림없는데, 왜냐하면 내가 그녀에게, 앰비언트가 글을 쓰기에 좋은 기분인지의 여부와 언제쯤이면 그가 지금 작업하고 있는 책이 출판될 것으로 기대해야 할지를 물어봤던 것을 기억하기 때문이다. 나는 그녀가 십중팔구 나를 정나미 떨어지는 사람으로 여겼으리라 생각한다.

그녀는 다음과 같이 말하면서 이상스런 가냘픈 미소를 지어 보였다. "제 생각에 당신은 제가 남편에 대해서 지금 알고 있는 것보다 훨씬 더 많이 알고 있으리라 생각하실지 모르겠습니다만, 저는 그가 하는 일에 대해서는 조금도 모르고 있지요." 이윽고 그녀는 여태와는 약간 다른, 말하자면 조금 더 해명하는 듯한 말투로 덧붙였는데, 그것은 마치 그녀 자신이 어느 정도는 그녀의 고백이 엄청남을 인식하고 있는 것 같았다. "저는 그이가 쓰는 것은 읽지 않아요!"

그녀는 그 말이 내게 끔찍하고 소름 끼치는 것이 아닌 것으로 들리도록 만드는 데 성공하지 못했다(그리고 그녀가 몹시 애를 썼더라도 성공하지 못했을 것이다). 나는 그녀를 뚫어지게 바라보았으며, 내 얼굴이 붉어지는 것을 느꼈다. "당신은 그의 재능을 숭배하지 않으세요? 당신은 「벨트라피오」를 숭배하지 않나요?"

그녀는 잠시 머뭇거렸으며, 나는 대체 그녀가 어떻게 말할 것인가가 궁금했다. 그녀는 — 나는 알 수 있었는데 — 그녀 입술에 맨 먼저 떠오른 말을 이야기하지 않았고 얼마 전에 했던 말을 되풀이했다. "아, 물론 그는 매우 유능하지요!" 이 말과 더불어 그녀는 일어섰는데, 그녀의 남편과 그애가 다시 나타났기 때문이었다. 앰비언트 부인은 내 곁을 떠나 그들을 맞으러 다가갔다. 그녀는 멈춰 서서 남편과 몇 마디 주고받았는데, 그 말을 나는 알아듣지 못했으며 이어서 그녀는 그 애 손을 잡고서 집 쪽으로 되돌아갔다. 잠시 후 그녀 남편은 나와 합세하였으며, 내가 보기에는 전혀 이쪽 사정을 의식하거나 어색해 하지도 않는 것 같았고, 내게 자기와 같이 집 안으로 들어가 내가 묵게 될 방을 같이 보자고 말하였다. 내가 그를 방문한 이 같은 첫 순간들을 지금 회상해 보니, 내가 처음부터 그의 사정을 잘 이해하고 있는 듯이 행동하는 잘못을 범하지 않았던 것, 그리고 그에게서 그 이후에야 알게 된 사실들의 징후들을 알아채게 된 점들이 매우 중요하다는 것을 알겠다. 그에게서 어떤 징후를 보았다는 것은 그 이후에 일어난 일들을 잘 이해할 수 있게 하고 그리고 내가 지금 말하려고 하는 이때에 있어서만은(바로 그 첫날 오후를 뜻한다) 마크 앰비언트가 내게 행복한 사람으로 생각되었다는 것을 잊어버리게 만들었다. 이를 고려해서 생각해 볼 때 나는 우리가 집으로 걸어 돌아갈 때에 그가 — 비록 그의 아들과 관련한 나의 말에 대한 그의 대답을 지금도 잘 기억하기는 하지만 — 말이 없고 무표정했었다는 생각이 든다.

"당신의 그 아인 정말 유별나더군요" 하고 나는 말했다. "그와 같은 아이는 본 적이 없습니다."

"왜 그 아이를 유별나다고 하십니까?"

"그앤 정말 아름답고 — 정말 매혹적입니다. 그애는 마치 작은 예술 작품과도 같아요."

그는 재빨리 몸을 돌려 즉시 내 손을 붙잡았다. "아니 그애를 그렇게 부르지 말아요, 그렇지 않으면 당신은 그애를…… 그애를……!" 그는 내가 놀라는 데 대해 웃음을 지으며 그러나 주저하면서 불쑥 이야기를 했다. 그는 곧 다음과 같이 덧붙였다. "당신은 그애의 장래를 매우 어렵게 만들 거예요."

나는 내가 그애의 자그마한 장래를 분별 없이 다루는 일은 결코 하지 않을 것이라고 단언하였는데 ─ 아이의 장래는 그처럼 미묘한 줄 끝에 매달려 있는 것만 같았다. 그애의 장래를 함부로 다루지는 않지만 그것이 어떻게 되는지 지켜보는 것에는 큰 흥미를 가지고 있다고나 할까. "당신들 미국인들은 매우 예민해요"라고 앰비언트는 말했다. "당신들은 우리들보다 더 많은 것들에 주목하지요."

"아니, 만약 당신께서 당신께 감동을 받지 않을 방문객을 원하신다면, 저를 이 곳에 초대하지 말았어야 했지요!"

그는 나의 방을 보여주었는데, 무명천으로 장식한 작은 내실로서 열려 있는 창문 밖은 온통 초록색이었는데, 방을 나서기 전 그는 엉뚱하게 한마디하였다. "그 어린애는, 당신도 잘 아시다시피, 그애 문제를 잘 처리할 수 있기 이전에 우리 둘 사이에서 죽어버리게 되고 말 거요!" 그리고 그는 이 말을 그의 잘생긴 근시의, 표정이 풍부한 눈으로 나의 눈을 똑바로 쳐다보며, 농담의 기미 없이, 마치 진짜로 그렇게 믿고 있다는 듯이 이야기하였다.

"그애를 버릇없는 아이로 망치게 되어서 그렇다는 말입니까?"

"아니, 그애를 놓고 둘이서 싸움으로 인해서지요!"

"그애를 제게 맡기는 게 낫겠습니다" 하고 나는 말했다. "제가 불화의 씨앗을 없애보지요."

물론 나는 웃으며 말했으나 그는 매우 심각했다. "그렇게 할 수만 있다면 그야말로 최고지요. 곧 그렇게 하도록 준비해 보겠습니다."

"저를 그렇게 믿어주셔서 정말 고맙습니다."

마크 앰비언트는 주머니에 손을 찌른 채 그 곳에서 잠시 머뭇거렸다. 나는 순식간에 내가 마치, 정신적인 면에서, 그에게 몇 발자국 더 가까이 다가선 것 같은 생각이 들었다. 마침 나를 쳐다보는 그는 지쳐 보였고 뭔가에 정신이 팔려 있는 듯했으며, 마치 누구든 그를 위해 할 수 있는 일이 있는 듯이 보였다. 나는 내 능력의 한계를 너무나 잘 알고 있었으나, 다른 사람이 할 수 있는 것이 무엇이 될지 궁금했으며 — 마음속 깊숙한 곳에서는 내가 그를 위해 할 수 있는 유일한 것은 그를 좋아하는 것이라고 느끼고 있었다. 나는 그도 이러한 내 마음을 짐작하였고, 나의 마음에 대해서 고맙게 여기고 있었으리라 생각하는데, 왜냐하면 그는 곧 계속해서 말했기 때문이다. "저는 미국인이라는 이점을 가지고 있지 않습니다. 그러나 저 역시 조금 목격한 바가 있기 때문에 제 생각은……." 여기서 그는 웃음을 띠고 그의 손을 내 어깨에 얹었다. "당신과 같은 국적이 아니더라도 지성이 결핍되지 않았다는 것입니다! 제가 당신을 알게 된 지 30분밖에 되지 않았어요, 그러나……." 그리고 여기서 그는 다시 머뭇거리더니 말했다. "당신은 결국 너무 젊어요."

"그러나 제가 당신을 이해할 수 있다고 생각하셔도 될 겁니다!" 하고 나는 말했다. 그는 저녁 식사를 위해 옷을 갈아입으려고 내게서 떠나기 전에 그렇게 생각하겠다는 실질적인 약속을 하였다.

내가 객실로 내려갔을 때 — 정확히 시간에 맞추어 — 나는 안주인도 바깥주인도 아직 나타나지 않았다는 것을 알았다. 그러나 한 여성이 소파에서 일어나, 내가 다소 놀란 표정으로 그녀를 쳐다보고 있을 때 내게 고개를 숙였다. "아마 절 잘 모르시겠지요" 하고 그녀는 신식 웃음을 띠며 말했다. "저는 마크 앰비언트의 누이동생입니다." 나는 그녀와 악수를 하고 — 그녀에게 허리를 깊이 숙여 절을 하였다. 그녀의 웃음은 매우 신식이었는데 — 신식이란 말로 나는 그 웃음이, 객실에서 처음 만나는 사람 사이의 사교상의 불가해한 점들에 대한 해결책, 즉 사람들의 관계를 부드럽게 풀어주는 수단인, 약간 상기된 목소리로 구성되어 있음을 의미한다. 그러나 그녀의 외모는 — 그것을 뭐라고 해야 마땅할까? — 중세적이었다. 그녀는 창백하고 말랐으며, 길고 여윈 얼굴에 슬픈 듯한 검은 눈과, 금빛 머리끈과 이상스런 사슬줄로 동여맨 검은 머리칼을 갖고 있었다. 그녀는 색이 바랜 벨벳천으로 된 옷을 입었는데, 그 옷은 그녀가 움직일 때면 몸에 찰싹 들러붙었고, 목과 소매 부분에 이르기까지 옛 베니스인들과 플로렌스인들의 옷처럼 만든 것이었다. 그녀는 그림 속의 인물 같았고 울적해 보였으며, 내가 — 내 무지의 소치로 — 사라져버렸다고 생각한 유령의 이미지와 너무나 흡사해서 그녀가 내 눈앞에 서 있는 동안 나는 마치 유령을 만난 것만큼이나 깜짝 놀랐다. 나는 그후 앰비언트 양이 그녀 자신이 남에게 주는 인상으로부터 스스로 즐거움을 이끌어낼 수 있다는 것을 느꼈는데, 나는 이와 같은 내 생각이, 좌석에 주저앉을 때의 그녀의, 고풍스런 방식으로 무릎을 감싸 안고 있는 길고 가는, 그러나 흉하지는 않은 팔과, 그리고 또 앞으로 필연적으로 내게 지우게끔 되어 있는 어떤 부담의 조짐이라고 할 집중적인 응시로 나를 쳐다보는 슬픔에 잠긴 듯한 두 눈과 관련되어 있었다는 생각이 든다. 그녀는 특이하고, 내향적이며, 부자연스런 데가 있었으며, 따라서 나는 그녀의 진의와 비밀스러움을 반도 이해하지 못했다. 그러나 나는 단 하나는 확신하였는데, 그것들이 그녀의 외모가 나타내는 것보다는 덜 특별난 것이라는 점이다. 앰비언트 양은 안절부절못하고 뭔가를 갈망하는 듯한 여성으로서 미켈란젤로식 행동거지와 신비한 의상에 몰두해 있었다. 그러나 나는 그녀가, 그녀를 처음 알게 되었을 때 두 눈 속에서 내다보고 있는 듯하였으며, 또 알 수 없는 언행을 재촉하는 듯하던, 말로 형용하기 어렵던 사고의 심연 같은 것은 천성 속에 가지고 있지 않았던 것을 분명코 확신한다. 그 특징들은 잘못된 결론으로 이끄는 웅변과도 같았으며, 또 그것들은 멀리 떨어져 있는 것들의 흐릿함이나 좌절당한 동정의 분위기로 다가오는데, 그 동정은 그 같은 특징을 소유한 자들의 정신을 이해할 수 있는 열쇠가 언제나 되는 것은 아니었다. 그리고 나는 한 젊은 여성이 양심의 가책으로 수척해질 만한 죄도 짓지 않았고 또 온전한 정신으로는 마음속에 품어볼 수 없는 희망을 포기했던 적이 없음에도 앰비언트 양과 같은 정도로 낙담하고 환멸에 차 있다는 것은 있으려야 있을 수 없는 일이라고 생각한다. 그녀는 내 생각에 저속한 충동들에 대한 통상적인 용인의 마음을 가지고 있었으며, 다른 사람이 주목해 주기를 바랐고, 결혼하기를 원했으며, 자신이 독창적이라고 남이 생각해 주기를 바랐다. 마크 앰비언트의 누이에 대해 이처럼 불손한 태도로 말한다는 것은 어떤 대가를 치러야 할지 모르나, 나는 나의 작은 일화를 끝내기 전에 말할 더욱더 불유쾌한 것들이 있으며, 더구나—고백컨대—나는 그 젊은 숙녀에게 일종의 원한을 가지고 있다. 그녀 얼굴의 그 이상한 생김새는 제쳐두고라도 그녀는 예술적 성장을 할 수 있을 만한 타고난 적성이 전혀 없었으며—참다운 이해력도 거의 없었다. 그러나 그녀의 가식적인 태도는 그녀 오빠의 명성에 편승해서 그럭저럭 지탱되었으며, 그를 전적으로 불찬성하는 사람이 많을수록 그에 비례해서 그들은 그의 누이를 그의 영향을 받아 만들어진 사람으로 쉽게 손가락질하였다. 그녀는 어떤 전조와도 같은 인물이었고, 세상 일반에 대해 그리고 그를 위해 거의 도움이 되지 못했다. 그는 독창적인 사람이었고, 그녀는 어쩔 수 없는 모조품이었다. 나는 그녀가 만들어낸 인상을 그가 거의 알지 못하였다고 생각한다—그녀가 바로 로세티 형제와 꼭 같은 한 팀을 구성하고 있다는 일반적인 사실 그 이상으로는 말이다. 그는 그녀에게 습관처럼 되어 있었으며, 그는 그녀를 딱하게 여기고 있었고 — 그녀가 결혼이라도 했으면 하고 바라나 그녀가 그렇게 하지 않으리라는 것을 알고 있었다. 분명 나는 그녀를 너무 심각하게 생각하였는데, 왜냐하면 그녀는 내게 아무런 해도 끼친 바 없었기 때문이다 — 비록 내가 그녀를 오직 반 정도밖에 설명할 수 없다는 것을 덧붙이지 않을 수 없지만 말이다. 그녀는 겉보기만큼 그렇게 신비스럽지는 않았으나, 특이하고 솔직하지 않으며, 대하기 거북하고 사람을 당혹하게 만드는 인물이었다. 내 이야기는 기껏해야 독자들에게 혼자 풀어봐야 할 수수께끼 같은 것은 거의 제공하지 않을 것이기 때문에, 나는 앰비언트 부인이 그녀의 시누이를 증오한다고 말하는 것을 늦춤으로써 독자의 호기심을 오히려 자극하도록 바랄 필요는 없을 것이다. 이 사실을 나는 뒤에 가서야 알아냈는데, 그때는 다른 몇 사실들도 알게 되었을 때이다. 그러나 나는 즉시 그 사실을 털어놓으니, 왜냐하면 만약 독자들이 그것을 곧 추측하게 될 것이다라고 말하면 내가 독자들의 상상력을 동원하는 것에 지나치게 기대하는 것처럼 보이게 될 것이기 때문이다. 앰비언트 부인은 양식 있는 여성이었고, 그녀의 시누이에게 예의 바르게 행동하려고 노력하였으며, 그녀의 시누이는 일 년에 두 번 정도 한 달씩 그녀와 같이 지냈었다. 그러나 그 두 여성이 서로 매우 다르게 빚어졌다는 것, 그리고 통상적인 여성적 겉치레들이 그녀들 양쪽 편에게 보통의 노력 훨씬 이상을 요구할 것임에 틀림없다는 것을 발견하는 데는 별다른 통찰이 필요한 것이 아니었다. 앰비언트 부인은 부드러운 머릿결, 가는 입술을 가졌으며 언제나 신선한 느낌을 주는 여성으로서, 그녀의 시누이를 케케묵은 우스갯소리와도 같은, 구겨지고 단정치 못한 방문객으로 간주했음이 틀림없다. 그녀 자신은 로세티(단테 가브리엘 로세티. 1828~1882. 영국의 화가, 시인. 단테의 시나 중세 로맨스, 그리스 신화 등에서 제재를 취하여 섬세한 여성상을 서정적으로 묘사함)가 그린 인물이 아니라, 게인즈버러(토머스 게인즈버러. 1727~1788. 18세기 영국 회화의 대표적인 초상화가 겸 풍경화가)나 로렌스(토머스 로렌스 경. 1769~1830. 그의 시대에 가장 보편적인 유행을 좇던 영국 초상화가)가 그린 인물 같은 사람이었으며, 외모도 차가운 숙녀다운 솔직성과 풀을 잘 먹인 모슬린천으로 된 드레스 이상의 어떤 낭만적인 요소도 갖고 있지 못하였다.

내가 앰비언트 양과 몇 마디 주고받고 있을 때 바로 그와 같은 옷차림에 그와 같은 표정을 하고서 그녀가 들어왔다. 곧 이어 그녀 남편도 따라 들어왔으며, 다른 사람은 더 없었으므로 우리는 곧장 저녁 식사를 하러 갔다. 그 식사에서 받았던 나의 인상을 나는 지금도 잊지 않고 있다. 그 일행들에게는 이상한 면모들이 있기는 하였으나, 그 요소들은 막연하고 겉으로 드러나지 않았으며, 내 즐거움을 방해하지도 않았다. 내가 들어본 이야기 중 가장 재치 있고 재미있는 것은 물론 앰비언트가 하는 이야기 속에 있었다. 나는 그가 바다 건너에서 온 이 어린 순례자를 눈이 휘둥그레지도록 하기 위해 자신을 펼쳐 보였는지는 알 수 없으나, 그것은 별문제가 되지 않는 것이니, 왜냐하면 빼어난 사람으로 보이게 하는 것은 그에게는 손쉬운 일이었기 때문이다. 그는 작가로서보다는 대화자로서 더 뛰어났는데, 말하자면, 몇몇 사람들이 주장해 왔듯이 그의 산문의 특이한 마무리 손질이 진정 그의 결점이 될 경우에 말이다. 그러나 그는 아주 친절했기 때문에 나는 그 친절성이 내가 예상했던 대로 내가 그의 앞에 입을 벌린 채로 앉아 있는 것을 쳐다보고 있도록 만들었으리라고 틀림없이 믿는다. 그러나 두 여성은 그렇지 못하였다. 이들은 식사 시간 처음부터 끝까지 거의 말이 없었을 뿐 아니라, 재치와 지식을 과시하는 그 같은 이야기에 전혀 감동받는 기미를 보이지도 않았다. 차분하고도 초연한 앰비언트 부인은 나의 눈과도 남편의 눈과도 마주치지 않았다. 그녀는 식사에 임하여 하인들을 지켜보거나, 드레스의 주름을 매만지거나, 어쩌다가 그녀 시누이와 한두 마디 주고받을 뿐이었으며, 다음 코스의 식사가 준비되는 동안 흰 손을 천천히 매만지며 창 밖으로 막 어두워지기 시작하는 땅거미를 내다보았고—6월의 긴 하루 해는 우리가 촛불 없이도 식사를 할 수 있게 하였다. 앰비언트 양도 그녀 오빠 이야기에는 별다른 주의를 기울이지 않는 것 같았으나, 반면에 그 이야기가 내게 미치는 효과를 지켜보는 데는 열심이었다. 그녀의 광택 없는 눈동자들이 계속해서 나의 안색을 살피고 있었으며, 그것들이 성가시다는 느낌을 막아주는 것은 오직 다른 시대에 속해 있는 듯한 그녀의 태도 때문이었다. 그녀는 시대를 가로질러서 나를 쳐다보는 것 같았으며, 그 사이의 세월의 간극이 쳐다보는 그 행위의 현실성을 감소시키고 있었다. 그것은 마치 그녀 자신, 그녀 오빠가 이야기를 잘하는 것은 틀림없으나, 그녀 자신도 많은 생각들을 가지고 있기 때문에 그 이야기들을 귀담아 들을 필요는 없다는 것을 알고 있어서, 젊은 미국인이 고매한 심미적 열기에 지배당할 때 어떻게 되는가를 자유로이 지켜보고 있는 것 같았다. 분명 그 열기는 심미적이었으나 내가 바라던 것보다는 덜하였는데, 왜냐하면 앰비언트로 하여금 자신에 관해서 이야기하게 만들려는 시도들이 성공하지 못했기 때문이다. 나는 그로 하여금 자신의 저술에 관한 화제를 택하게 하려고 애썼으나, 매번 그는 내 손가락 사이를 빠져나가 그의 동시대인 중의 한 사람에 관해 이야기하는 것이었다. 그는 발자크와 브라우닝에 관해, 해외에서 행해지고 있는 일들에 관해, 그의 최근의 동양 여행에 관해, 그리고 동양에서 그가 보았던 특이한 삶의 형태들에 관해 이야기하였다. 나는 그가 문학에 관해 장광설을 늘어놓기를 원치 않는 어떤 이유들이 있다는 것을 알아채고는 그가 사교상의 화제들에 관해 이야기하는 것을 그냥 그대로 참고 있었고, 이들 화제들을 그는 그의 책 속에서 많이 볼 수 있는, 특이한 유머와 아이로니컬하게 묘사하는 능력을 끊임없이 드러내는 특징과 더불어 이야기했다. 그는 냉소주의라고 비난받을 것을 두려워하지 않아도 되는 관찰자에게 드러나는 그대로의 런던의 그 기벽들을 강요하는 기간에 —4월에서 7월까지 — 관해 이야기할 것이 무척 많았다. 그는 많은 그의 동포들의 피상적인 도락과 그것을 얻기 위한 필사적인 수고에 관해, 꾸며낸 것을 진짜처럼 만들고 진짜를 꾸며낸 것처럼 만드는 솜씨를 과시하였는데, 그들 동포들 중에는 분명 그가 좋아하지 않는 적지 않은 유형들이 있었다. 런던은 그를 넌더리 나게 만들었으며, 그는 런던을 멋지게 웃음거리로 만들었다. 내가 기억하는 한 그 자신의 작품에 대한 그의 유일한 언급은 그가 언젠가는 런던 사교계에 대한 거대한 그로테스크풍의 서사시를 쓰려고 하고 있다는 말이었다. 앰비언트 양의 끊임없는 응시는 내게 다음과 같이 말하는 것 같았다. "우리가 얼마나 예술적인지 당신은 이해하겠어요? 솔직히 말해 이보다 더 예술적인 것이 가능할까요? 우리가 남다르다는 것을 분명 부인 못하실 겁니다." 나는 그녀가 사용하는 '우리' 라는 복수 대명사에 짜증이 났는데 왜냐하면 그녀가 그녀 오빠와 짝을 지을 아무런 권리도 없었기 때문이다. 물론 앰비언트 부인도 그 속에 포함시킬 수가 없었다. 그러나 바로 그 점 때문에 그들 모두가 특이한 사람이었음에 분명하며, 모든 것을 고려할 때 나는 그들처럼 예술적인 사람들도 일찍이 본 적이 없었다. 마크 앰비언트의 대화는 지식과 취미의 거의 전 영역에 걸친 것이었고, 이것이야말로 마침내 진정한 대화요 바로 탁월함과 교양과 경험이라는 생각이 들도록 만들었다.

 여자들이 자리를 뜬 후에 그는 담배를 피우기 위해 그의 서재로 나를 데려갔고 이 곳에서 나는 그가 자신에 관해 자유로이 잡담을 하도록 유도하였다. 나는 내가 그의 이야기를 들을 만한 가치가 있는 사람임을 입증하려고, 또 내가 얼마나 완벽하게 저녁 식사 이전에 그가 내게 말해 준 것을 이해하였는지를 보여줌으로써 그에게 보답하려고 열심히 애썼다. 그는 말하기를 즐겼고, 자신의 생각을 변호하기를(내가 그것들을 공격해서가 아니라) 즐겼고, 아마도 젊은 마음을 깜짝 놀라게 하고 그것의 찬탄과 지지를 느껴보기를 — 그것은 관대하게 보아 줄 수 있는 약점이었다 — 좋아하였다. 고백하지만 나의 젊은 마음은 그가 한 말들에 적잖이 놀랐으며, 그는 나를 놀라게 하고 움찔하도록 했다. 그는 자신이 정통한 유파와 내가 얼마나 직접적인 접촉이 없었는가 하는 사실을 너그러이 보아넘기지 않을 수 없거나, 혹은 그 사실조차 알 수가 없었을지도 모른다. 그는 내가 단번에, 말하자면, 그 유파의 가장 내밀한 비밀을 알도록 재촉하였다. 나의 놀라움은 한편 즐거움이기도 하였다. 놀라움은 바로 내가 가장 바라는 것들이었으며, 그것들의 유일한 흠은 너무 빨리 사라져버린다는 것이었다. 왜냐하면 내가 모든 일들에 있어 얼마 지나지 않아 마크 앰비언트의 견해를 곧 파악해 버렸기 때문이다. 그 견해는 인간의 모든 에너지의 발현이 가슴 설레는 장관이 되며, 자신의 삶의 경험을 문학적 표현 형식으로 변형시켜 내려는 욕구를 느끼고 있는 한 예술가의 견해였다. 표현 형식에 대한 열망이라는 이 문제 — 완성을 향한 시도요, 그것의 탐색은 그에게 있어서는 바로 성배의 탐색이라고 할 그 문제에 관해서 그는 가장 흥미롭고도 자극적인 것들을 이야기하였다. 그는 그것들을, 자신의 삶이나 그가 알고 있는 다른 삶, 그리고 역사와 소설로부터, 또 무엇보다도 모든 시대를 넘어서 자신에게 가장 소중한 시대 — 이탈리아의 16세기 — 의 연대기 등으로부터 따온 무수한 실례들과 혼합하였다. 나는 그가 책 속에서 그의 생각의 오직 절반만을 말했으며, 말하지 않고 지니고 있는 것이 — 후에 내가 그것을 알고 나서 유감스럽게 생각했던 그 이유들 때문에 — 더욱더 값진 것들이었다. 수많은 사람들에게 충격을 준 것이 그가 성공한 점이라고 할 것이나, 그의 페이지들 속에 허세의 기미라고는 조금도 없으며(비록 때로 부정하기도 하지만 나는 언제나 그것을 주장해 왔었다), 그리고 그 가련한 분은 철두철미한 예술가이자 완벽의 결여를 범죄로 간주하는 자로서 내심에는 자신에 대한 험담에 대해 극도의 두려움을 가지고 있었다. 그 경지에까지 이르렀기 때문에 그가 더 이상 나아가지 못할 것이라고 애석해 하는 사람이 있으나 나는 아무것도 애석해 하지 않는데(내가 좀 전에 언급했던 두세 개의 이유들은 제쳐두고서라도), 왜냐하면 그는 이미 완벽에 도달했기 때문이며, 완벽 이상 더 나아갈 수는 없기 때문이다. 그의 서재에서 보낸 시간들은 ― 이 최초의 시간과 뒤이은 몇 시간, 결국 그 시간들은 그다지 많지 않았는데 ― 지금 회고해 보니, 부분적으로는, 우리가 앉아서 담배를 피웠으며, 차양으로 가린 촛불 아래 값비싼 장서들의 거무스름하고 정교한 장정으로 호화롭던 그 오래 된 갈색 방의 분위기와 더불어 백열처럼 타오르는 듯하고, 또 부분적으로는, 그의 목소리와 같은 색조로 타오르고 있는 듯한데, 그 목소리는, 그의 명령에 따라 눈앞에 나타나던 여러 영상들이 가득 실린 채로 여전히 내 귀에 울리고 있는 듯하다. 객실에 다시 돌아갔을 때 우리는 앰비언트 양 혼자만 그 곳에 있음을 발견했고, 그녀는 그녀 올케가 15분 전쯤에 돌시노를 보살피도록 간호사에 의해 불려갔다고 알려주었으며, 그애는 열이 약간 있는 듯하다는 것이었다.

"열이라고! 도대체 그애가 왜 열이 난다는 거야?" 하고 앰비언트는 물었다. "오후까지만 해도 멀쩡했는데."

"베아트리체 말로는 오빠가 그애를 너무 걸렸다는군요 ― 그애를 초주검이 되도록 만들었다고 해요."

"베아트리체가 즐거워하겠군 ― 승리할 기회가 왔으니까!" 마크 앰비언트는 그 신랄함이 옆에서도 느껴질 수 있는 웃음을 지으며 말했다.

"어린애가 아픈 판인데 그럴 리야 있겠어요." 나는 앰비언트 부인을 변호하는 입장에서 과감하게 말해 봤다.

"젊은이, 당신은 아직 결혼하지 않았지요 — 당신은 마누라들의 속성을 아직 잘 몰라요!" 하고 그는 외쳤다.

"아마 잘 모르겠지요. 그러나 저는 어머니의 속성은 잘 알고 있습니다."

"베아트리체는 어머니로서는 완벽하지요." 앰비언트 양이, 손가락을 수놓은 무릎 위에서 깍지를 끼면서, 땅이 꺼져라 한숨을 쉬며 말했다.

"올라가서 애를 한 번 봐야겠어" 하고 그녀의 오빠는 계속했다. "그 애가 잠이 들었을까?"

"베아트리체가 그애를 보지 못하게 할걸요, 마크" 하고 그 젊은 여인은 그녀 오빠에게 이야기했으나, 시선은 내 쪽으로 향한 채였다.

"그렇게 하는 것이 어머니로서 완벽한 것인가?" 하고 앰비언트는 물었다.

"그래요, 그녀의 견해로는."

"망할 놈의 견해라니!" 하고 「벨트라피오」의 저자는 고함을 질렀다. 그는 그 방을 나갔으며, 우리는 그가 계단을 올라가는 소리를 들을 수 있었다.

나는 앰비언트 양과 같이 약 10분 정도 그 곳에 앉아 있었으며, 그리고 자연스럽게 이야기를 하기 시작하였는데, 그 대화는, 지금 생각하니, 그녀의 올케의 견해가 대체 어떤 것인가를 내가 물음으로써 시작되었다.

"아, 그건 매우 유별난 것이지요"라고 그녀는 말했다. "그러나 우리 모두가 유별나답니다. 우리가 그렇다는 걸 발견 못했습니까? 우리는 많은 시간을 해외에서 살았지요. 미국에도 우리 같은 사람이 있습니까?"

"당신들 모두가 서로 같지는 않습니다, 분명히. 그래서 저는 당신이 묻는 것을 잘 이해할 수가 없습니다. 당신 오빠 같은 분은 다시없어요―그렇게까지 말할 수 있으리라 봅니다."

"그의 부인과 같은 사람은 아마 미국에 많겠지요" 하고 앰비언트 양은 웃으면서 말했다.

"그녀의 견해가 어떠한지 이야기해 주시면 그 점에 대해 더 잘 대답해 드릴 수 있습니다."

"좋아요, 좋아. 그런데 그녀는 남편의 생각들을 좋아하지 않아요. 그 어린애 때문에 그것들을 좋아하지 않지요. 그녀는 그것들이 바람직하지 않다고 생각합니다."

나는, 마크 앰비언트의 비밀스러움에 대해 곰곰이 생각해 본 지 얼마 되지 않았던 때이므로, 특히 그와 같은 선언에 대해 올바르게 판단해야 할 입장에 있었다. 그러나 그 말의 영향으로 나는 (잠시 동안 그녀를 바라본 후에) 웃음을 터뜨리게 되었는데, 위에 아픈 아이가 있다는 것을 기억하고는 즉시 웃음을 억제하였다.

"그애와 그의 생각들이 무슨 상관이 있어요?" 하고 나는 물었다. "분명 그애는 아직 뭐가 뭔지 모를 거예요. 그애가 아버지의 소설을 읽은 적이 있는가요?"

"그애는 매우 조숙하고 예민하여, 그애 어머니는 그애를 일찍부터 보호할수록 더 좋다고 생각한답니다." 앰비언트 양의 머리는 한쪽 편으로 약간 수그러졌으며, 그녀의 두 눈은 미래의 어떤 일들에 고정되어 있었다. 그러자 갑자기 그녀의 얼굴은 이상하게 변하였다. 그녀는 그녀의 엄숙한 표정보다 더욱더 즐거움이 결여된 미소 ― 의식적이고 무성의한 웃음을 띠었으며, 이어서 "아이를 가지고 있을 때는 무엇을 쓴다는 것이 큰 책임이지요" 하고 덧붙였다.

"어린애들은 대단한 비평가들입니다." 나는 대답했다. "내겐 애가 없는 것이 다행이랍니다."

"그러면 당신도 글을 쓰세요, 그것도 제 오빠와 꼭 같은 스타일로요? 그 스타일을 좋아하세요? 그리고 미국에 있는 사람들은 그것을 제대로 알아줍니까? 저는 쓰지는 않지만, 그것을 감지할 수 있다고 생각합니다." 그 젊은 여성은 이러한 질문들과 다른 여러 소견들로써 내게 응대하였고, 마침내 우리는 그녀 오빠의 발자국 소리를 홀에서 다시 들었으며, 곧 그는 다시 나타났다. 그는 상기되고 심각해 보였으며, 나는 그가 아들의 용태에서 그를 걱정시키는 뭔가를 목격하였을 것이라 생각하였다. 그의 누이는 명백히 다른 생각을 가지고 있었다. 그녀는 마치 그가 수평선 위에서 불붙고 있는 배라도 되는 양 잠시 바라보더니, "가엾은 마크!" 하고 중얼거렸다.

"크게 염려하지 않으셨으면 합니다만." 나는 말했다.

"염려하지 않지만, 실망했지요. 그녀는 나를 들여보내려고 하지 않습니다. 문을 걸어잠가 버려서, 시끄럽게 소동을 일으킬 수도 없고." 나는 그 같은 고백에는 좀 우스꽝스런 뭔가가 있었을지도 모른다고 지금 생각하고 있으나, 내 새로운 친구를 너무 좋아하였기 때문에, 내게는 그것이 그의 품위를 떨어뜨리지 않는 것이었다.

"그녀는 문 뒤에서 애가 더 악화되면 알려주겠다고만 하는군요."

"그건 잘하는 일이네요" 하고 앰비언트 양은 말했다. 나는 마크와 눈짓을 주고받았는데, 그는 아마도 그 눈짓 속에서, 그가 왜 나의 표정 따위에 신경 써야 하는지 알 수는 없었어도 여하튼 그에게 향한 내 연민의 감정에 경멸감은 섞여 있지 않다는 것을 읽어낼 수 있었을 것이다. 그리고 곧 그의 누이가 일어나서 침실용 촛대를 손에 쥐었으므로, 그는 함께 서재로 돌아갈 것을 내게 종용했다. 우리는 서재에서 자정 지난 후까지 머물렀다. 그는 슬리퍼를 신고, 낡은 벨벳천 재킷을 걸치고, 고풍스런 파이프를 붙여 물었는데 여느 때보다 훨씬 말수가 적었다. 우리들의 대화는 꽤 오래 끊겼으나, 그것은 오히려 우리가 더욱 친근해졌다고 느끼도록 만들 뿐이었다. 또한 그것은, 나의 친구가 처한 개인적 상황을 내가 이해하는 것, 또 그 상황이 가능한 가장 행복한 것이 전혀 아니라는 점을 내가 인지하는 데 도움을 주었다. 그의 얼굴에는 조용할 때면 희미한 근심의 표정이 스쳤다. 그것은 내게, 그에게 있어 삶이란, 다른 많은 재능 있는 사람들에 있어서 그랬던 것처럼 투쟁임을 알려주는 듯하였다. 마침내 내가 그의 곁에서 물려나려고 준비를 하는 바로 그때, 이루 말로 표현할 수 없으리만치 기쁘게도, 그는 내게 곧 출판되어 나오게 될 그의 책의 교정쇄의 일부를 주었는데—그 책은 아직 완성되지 않은 것이었으나, 그는 그것을 한 장(章) 한 장씩 '짜나가는' 즐거움, 세심한 작가들에게는 너무나 소중한 것인, 그 즐거움에 빠져 있던 터이며—그는 그의 상상력의 새로운 결실인 그 작품의 첫 부분, 즉 프랑스인들이 말하는 '첫 물'을 내 방으로 가져가 한가한 시간에 내가 훑어볼 수 있도록 주었다. 내가 막 그에게서 물러나려고 할 때 그의 서재문이 소리 없이 열리고 이어서 앰비언트 부인이 우리 앞에 서 있었다. 그녀는 촛불을 손에 쥔 채 잠시 이쪽을 쳐다보았으며, 그리고는 그녀 남편이 아직 잠들지 않았으리라 생각하고서, 돌시노가 잠잠해졌고 다음날 아침이면 더 괜찮으리라는 것을 전해주러 왔노라고 말했다. 마크 앰비언트는 아무런 대꾸도 않았고, 단순히 그녀 곁을 도망치듯 지나 문간께로 향했는데, 마치 그녀가 길을 막을까 두려워하는 듯하였으며, 그 아이의 상태를 직접 판단하기 위해 이층으로 뛰어 올라갔다. 앰비언트 부인은 약간 어리둥절해 보였으며, 잠시 동안 나는 그녀가 남편을 뒤쫓아가리라 생각하였다. 그러나 그녀는 한숨을 내쉬며 그것을 포기하였고, 그러는 동안 그녀의 눈은 램프가 켜져 있는 방 안을 살폈는데, 그 방에는 내가 들여다보고 있던 여러 가지 책들이 책장에서부터 뽑혀져 나와 있었고, 담배연기가 공중을 떠돌고 있었다. 나는 그녀에게 잘 주무시라고 인사를 했는데, 그때 별다른 의도는 없이, 어떤 필연이랄까, 혹은 그녀 남편의 업적에 관해 그녀와 이야기하도록 부당하게 내게 강요하던 옹고집 같은 것에 의해, 나는 앰비언트가 내게 맡겼으며, 내 팔에 끼고 있던 그 소중한 교정쇄에 관해 언급을 하였다. "이게 바로 그의 새 책의 첫장이지요" 하고 나는 말했다. "이것을 제 방으로 가지고 가도록 허락받은 제 기쁨을 생각이나 한번 해보세요!"

그녀는 몸을 돌렸으며, 내가 그 홀 안의 테이블에서 촛대를 가지고 가도록 나 혼자 남겨두었다. 그러나 우리가 헤어지기 전에 그녀는, 그 같은 경우 그녀에게 공감을 호소하는 것이 적절치 못하다는 것을 단호히 알려줄 수 있다는 — 왜냐하면 내가 그 집 주인과 너무 '허물 없어' 지기 시작하는 것처럼 보였을 것이므로 — 좋은 기회라고 생각하고서, 내게 재빠르고 거리낌 없고, 예의 바르게 한마디하였다. "당신께서는 제가 전혀 가지고 있지 않은 생각을 가진 것처럼 이야기하시는군요. 저는 제 남편의 교정쇄에 대해 흥미를 갖고 있지 않아요. 나는 그의 저술들을 가장 불쾌한 것이라고 생각합니다!"

2

나는 다음날 아침 식사 전에 뜰을 거닐고 있는 앰비언트 양을 발견하고서 그녀와 좀 이상한 대화를 하였다. 그 곳은 지저귀는 새소리들 속에 신선하고 잘 손질되어 있는 것처럼 보였는데, 마치 한 시간 전에, 하녀들이 쓰레받기와 깃털로 만든 빗자루를 들고 다녀간 것 같았다. 나는 담뱃불 붙이기도 주저하다시피 하였는데 막상 불을 붙였을 때, 그녀가 유령처럼 기이하게 내 앞에 서 있다는 것을 갑자기 알아차리고는 매우 놀랐다. 아마도 그녀는 사진 찍기 위해 포즈를 취하고 있었을지도 모르겠다. 그녀의 칙칙한 색깔의 옷은 그녀의 발 아래에 뱀처럼 구불구불하게 접혀 있었고, 그녀의 손은 아무렇게나 그녀 앞에 모아져 있었고, 턱은 16세기식 목 주름깃 위에 놓여 있었다. 그녀에게 아침 인사를 한 후에, 내가 했던 제일 첫 말은 그녀의 조카에 관한 소식을 물은 것이었는데 — 그애가 좀 나아졌다는 소식을 들었기를 바란다고 말하였다. 우리는 같이 관목 숲 사이로 걸어갔으며, 그녀는 그녀 오빠의 가정 생활에 관해 많은 정보를 내게 제공해 주었고, 이에 나는 그녀의 올케가 그 전날 밤 그의 작품들을 못마땅하게 생각한다고 내게 말했던 것을 언급할 기회가 있었다.

"그녀는 보통 때는 그처럼 빨리 그 말을 털어놓지는 않아요." 앰비언트 양은 나의 앰비언트 부인에 대한 뒷공론에 응하여 말하였다.

"딱하게도 그녀는 절 광신자로 생각하겠군요."

"그래요, 그녀는 바로 그 점 때문에 당신을 좋아하지 않을 겁니다. 그러나 오빠와 저는 당신을 좋아하고 있으니 개의치 말아요! 베아트리체는 예술 작품이 어떤 '목적'이 있어야만 한다고 생각하지요. 그러나 그녀는 매혹적인 여성이에요. 그렇게 생각하지 않으세요? 그녀는 세련된 귀부인의 전형입니다."

"그녀는 매우 아름다워요." 나는 대답했다. 그러는 동안 나는 마크 앰비언트가 분명 부인을 잘못 만난 것이 사실이기는 하지만, 그의 누이동생에게서도 불성실한 점이 눈에 띈다고 생각하였다. 그녀는 내게 말하기를 그녀 오빠와 올케가 한 가지를 제외하고는 별 차이점이 없는데, 그것은 그녀 올케가 그의 저술을 부도덕하고 그 영향이 사악하다고 생각한다는 점이라고 하였다. 그녀 올케가 그것들을 아이 때문에 두려워하는 것은 고정된 관념이었다. 나는 그것이 — 즉 한 여성이 그녀 남편의 정신을 부패의 근원으로 간주하는 것 — 예사로운 것이 아니라고 답하였다. 그리고 그녀는 나의 발언이 색다른 것에 적지 않게 놀란 것 같았다. "그러나 결혼한 사람들 사이에 자주 있는 분쟁은 그들 사이에서는 없었지요"하고 그녀는 말했다. "제 생각에는 당신께서도 베아트리체가 전혀 — 뭐랄까, 한 여성이 버릇없이 굴 때 사람들이 갖다 붙이는 것 같은 그런 여자는 아니라고 판단하시리라 생각합니다만. 그리고 마크도 다른 여성과 염문을 뿌리는 것도 아니고요. 오빠가 그럴 사람은 아니지요! 그래도 역시 그녀는 그녀의 관점에서 보아 그 아이에 대한 오빠의 영향에 대해 두려워합니다 — 그애의 성격이나 기본 자질의 형성에 있어서의 영향 말입니다. 그애 아버지가 그 애에게 키스하거나 무릎에 안고라도 있을 때면 그녀는 마치 그것이 모르는 사이에 몸에 퍼져버리는 독이나 혹은 전염병, 혹은 그애 살갗을 문질러 벗겨지게 할 어떤 것이기나 한 듯이 대하지요. 할 수만 있다면 그녀는 마크가 그애를 만지는 것조차 못하게 할 거예요. 모든 사람들이 그 사실을 알고 있고 손님들도 모두 말 안해도 알고 있어서 이제 당신에게 그것을 털어놓아도 별 지장이 없어요. 그것 참 정말 이상한 일 아니에요? 그렇게까지 된 것은 베아트리체가 너무 독실해서 지나치게 윤리적이거나 하는 데서 기인하지요. 물론 우리는 다음 사실을 잊지 말아야 합니다만." 하고 그녀는 뜻밖에 덧붙였다. "마크의 생각들 중 일부는……뭐랄까 정말……다소 기이하다는 사실이지요!"

나는 앰비언트가 아침 식사용 테이블 위에 「옵서버」지를 펼쳐놓고 있는 집 안으로 들어가면서 그들 어느 누구도 앰비언트 양만큼은 기이하지 않으리라는 생각이 들었다. 앰비언트 부인은 아침 식사에 모습을 드러내지 않았는데, 지난 밤 돌시노를 돌보느라 피곤하기 때문이라는 것이었다. 그러나 그녀 남편은 그녀가 교회에는 가려고 한다고 말하였다. 나는 뒤에 그녀가 실제로 교회에 갔다는 것을 알았는데, 그러나 나는 앰비언트와 내가 그녀와 같이 가지 않았음을 즉시 선언해 두는 바이다. 「벨트라피오」의 저자께서 그의 초대장 속에서 언급했던 산책으로 나를 인도해 간 것은 교회의 종소리가 멀리서 들려올 때였다. 나는 우리가 어딜 갔었는지 또는 무엇을 보았는지 하는 것은 말하지 않겠다. 우리는 목초지와 잡목림과 공원을 벗어나지 않았고, 풀을 뜯는 노새들이나 양들이 호흡하는 것과 꼭 같은 달콤한 대기를 호흡하였으며, 양들의 부드러운 털들은 영국적인 것들을 막 익히기 시작하는 그때 초기의 나에게는, 작고 조밀한 풍경이라는 전체 구조의 한 부분에 지나지 않는 것처럼 보였고, 그 풍경은 마치 큰 가위로 수확을 다 마쳐놓은 것처럼 보였다. 모든 것들이 마크 앰비언트 씨를 찾아온 방문객에겐 스스로를 드러내려는 표정으로 가득 차 있는 것 같았는데, 모든 것들이란 우리 둘이, 잔디가 깔린 진입로와 그림으로 된 간판을 가졌으며 이엉으로 지붕을 잇고 회칠을 한 여인숙의 전면에 자리한 말쑥하고 작은 장방형의 연못을 거닐 때 그 모든 초록 색조 가운데에서 '눈에 띄는 현저한 것'이었던 밭장다리를 한 큰 거위들처럼 보잘것없는 길가의 짐승들에서부터, 저택의 박공이나 첨탑을 여기저기 삐죽이 드러내게 하거나 멀리서도 서로의 옆모습을 의식하면서 사이 좋게 서 있는 것처럼 보이는 키 큰 숲의 꼭대기에 이르는 것들이었다. 나는 생울타리들을 칭찬하였고, 희미한 빛깔의 히스 풀을 뽑아 봤으며, 또 들판을 가로지르는 실오라기 같은 소로들이 얼마나 아름답다고 생각하는지를 말하기 위해 멈추어 섰는데, 그 들판의 소로들은 미세한 나뭇결의 비스듬한 나이테들처럼 하나의 반들반들한 울타리 디딤계단에서 다른 하나로 이어져 있었다.

앰비언트는 매우 사근사근하였고, 주변 경치에 대한 그의 문학적 향기 넘치는 언급들에 내가 기뻐한 만큼이나 그도 나의 말들을 즐거이 경청하였다. 우리는 울타리 계단에 앉아서 담배를 피우면서 청명한 영국의 날씨 속에서 여러 이야기들을 화제로 삼았다. 우리는 지름

길을 택해 한두 개의 공원을 가로질렀는데 그 곳에는 고사리류들이 짙게 자라고 있었고, 앰비언트는 입구에서 만난 늙은 아주머니에게 고개를 숙여 아는 체를 하였다. 우리는 숲이 지나치게 무성한 곳은 우회하였고, 그 숲들은 우리가 지나갈 때 여기저기서 부스럭거리는 소리가 났으며, 마침내 우리는 히스가 무성한 언덕 위에 두 다리를 뻗고 앉았는데 그 곳은 태양이 그렇게 뜨겁지 않았지만 땅바닥도 그렇게 서늘하지는 않았으며, 발 아래로는 시골풍경이 짙푸른 안개 속에 펼쳐져 있었다. 물론 나는 앰비언트에게 그의 새 소설에 대해 내가 어떻게 생각하고 있는가를 이야기하였는데, 나는 그 전날 밤 침대에 들기 전에 그 첫장을 샅샅이 읽어 놓은 터였다.

우리가 두 발을 하늘로 향하게 하고 엎드려 있는 동안 내가 화제를 180도 바꾸어 다시 그의 작품에 관한 이야기로 되돌아가자 그는, "저는 이 작품을 저의 최고의 작품으로 만들 수 있다는 희망을 가지고 있습니다"하고 말했다. "적어도 내 글을 좋아하지 않는 사람은 ― 내 생각에 그러한 사람이 많이 있는데 ― 아마 이 작품을 가장 싫어할 겁니다." 이는 그가 자신의 작품을 읽지 않는 사람에 관해 언급하는 것을 들은 처음이었는데 ― 이들 계층은 아마도 이 사람의 의식 한쪽을 언제나 무겁게 억누르는 듯하였다. 마크 앰비언트처럼 문학을 위해서 태어난 듯한 사람도 분명히 정상적인 정도의 과민함, 즉 성급함을 가지고 있음이 틀림없을 것이다. 예술적 자아는, 어떤 경우에는 터무니없이 과도하게 성장할 수도 있지만, 그의 기질의 경우에 있어서는, 분명하고 명확한 모습으로 똑바로 서 있음에 틀림없다. 그러므로 나는 그가 그를 비방하는 사람에 관해 생각해 보지 않는다거나 혹은 그를 칭찬하는 사람의 숫자(여태까지는 그는 자신이 대중적인 인기가 있다고 잘못 생각하려야 할 수가 없었을 것이다)에 관해 어떤 착각을 하고 있다고는 말하지 않겠다. 그러나 나는 적어도 그에게 적대적인 평판이, 내가 뒤에 알아차리게 될 기회가 있었지만, 그를 별로 속타게 만들지는 않는다는 것, 또 그는 자신이 여러 사람에게 역겹게 거슬리게 되는 것을 당연하다고 생각하는 태도를 가지고 있다는 것, 또 그가 신문들에 관해서는—그런데 이들 신문들은「벨트라피오」의 저자에 관해서는 언제나 우둔했다고 할 수 있는데—거의 화제로 삼지 않는다는 것 등등은 확실히 말할 수 있겠다. 물론 그는 그것들—신문들—에 관해서는 밤낮으로 생각을 해봤을 것이다. 내가 말하고 싶은 단 한 가지는 그가 그 사실을 겉으로 드러내지 않는다는 것과 동시에 또 그가 신문을 경계하는 사람 같아 보이지도 않았다는 점이다. 덧붙이자면, 그가 그때 쓰고 있던 것을 그의 최고의 작품으로 만들려는 희망은 오직 부분적으로만 달성되었다는 것이다. 그 뒤에 나온 것들의 부분적인 아름다움에도 불구하고 의심할 여지 없이 최고작이라는 지위는「벨트라피오」에 속해 있다. 그러나 나는 확신하건대, 내가 이야기하고 있는 그때에는 그는 실패하리라는 생각은 갖고 있지 않았다. 그는 자신의 생각을 사랑했고, 그 생각들은 사실이지 훌륭했으며, 모든 예술가에게 있어서 그렇듯이, 창작행위는 즐거움 못지 않은 만큼의 괴로움이겠지만, 나는 그가 그의 작품을 매일 조금씩 자라게 해서 머리 속에 그리고 있는 큰 계획을 채워나가고 있다는 것을 알고 있었다. "나는 여태까지보다 더욱 진실되기를 원하지요" 하고 그는, 손을 그의 머리 뒤로 깍지 끼고서 등을 기대어 편히 앉으면서 말했다. "나는 삶 그 자체의 인상을 전하려고 합니다. 아니, 사람은 자신이 원하는 대로 이야기해도 좋지요. 나는 언제나 지나치게 각색을 하고, 부드럽게 하거나 모를 둥글게 하거나 끝을 접어 올렸지요. 실제 삶과는 다르게 그것들을 바꾸어놓았어요. 나는 낡아빠진 관습들의 노예였어요."

"노예라니요, 앰비언트 씨? 당신은 이 시대의 가장 자유로운 상상력의 소유자이십니다!"

"내가 했던 몇몇 일들이 더욱더 나를 부끄럽게 합니다. 예컨대「기니스트렐라」에서의 그 두 여인의 화해 같은 것 말이에요. 그건 실제로 일어날 수가 없는 일이지요. 그 같은 일은 수치스러워요. 그것을 생각할 때마다 낯이 뜨거워집니다! 이번의 새 작업은 정말 좋은 그릇이 되어야만 하고, 실재하는 것들을 가장 순수하게 증류시킨 것으로 그 그릇을 채워야 합니다. 아, 그릇을 만드는 것 — 그릇을 만들기 위한 쇠붙이의 망치질은 얼마나 성가신 일인지! 나는 그것을 매우 곱고 부드럽게 망치질해야만 합니다. 하루에 한두 인치 이상 더 일을 할 수가 없지요. 그리고 한 방울의 증류액도 새나가지 않도록 아주 조심스레 작업해야 합니다. 삶이 실제로 행하고 있는 것들을 바라보노라면, 삶의 그 특이하고 날랜 재주를 언제나 따라잡을지 항상 절망합니다. 삶, 그것은 넉살도 좋지요. 삶이 노리는 효과의 단지 50분의 1만이라도 우리가 노려볼 수 있다면! 우리가 그것을 믿게 되는 데만도 오랜 시간이 걸려요. 당신도 그걸 미처 모를 거요. 인생을 한 40년 정도는 지켜보아야 인생이 하고 있는 것의 반 정도라도 발견합니다! 그러므로 한 사람의 초기 작품들은 필연코 썩어빠진 잡동사니를 포함하기 마련이지요. 그리고 한편에는 좀더 진실되라고 자신에게 빈정거리는 태도와 더불어 그 사람이 목격하게 되는 것이 있고, 다른 한편에서는 그의 냉소적인 태도에 눈을 동그랗게 뜨는 일반인들이 있으니, 그 같은 상황에는 예술가 자신이 어느 누구보다도 더 잘 이해하고 있는 우스꽝스러운 요소가 있어요. 물론 작가는 일반인들에게 신경을 써서는 안 되지요." 마크 앰비언트는 계속 이야기하였고, 그가 말하는 동안 나의 생각은 그의 별난 누이가 말했던 그의 숙녀 같은 부인에게로 되돌아가 있었다.

"당신의 의미의 갱도를 깊이 파놓고 사람들이 그 속을 들여다볼 수 있는 유리는 잘 닦아놓는 것 — 그것이 당신의 작품이 이룩하고 있는 것이지요" 하고 그녀가 말했던 것을 나는 기억한다.

"오, 유리를 닦는다는 것 ─ 그것이 작품 제작의 괴로움이지요!" 하고 그는 외치며 몸을 벌떡 일으켜 세웠다.

"표면에 도달하려는 노력을 ─ 만약 당신이 그 표면이 필요하다고 생각한다면 ─ 어떤 사람들은 통 하지 않아요. 그들에게는 다행스럽지만요! 이봐요, 젊은 친구, 만약 당신이 내가 꿈꾸고 있는 그 표면을 볼 수만 있다면 ─ 내가 부득이 만족해야만 하는 그 표면과 비교해서 말이오. 인생은 예술을 위해서는 진정코 너무 짧아오 ─ 우리는 우리의 껍질을 완전히 굳게 할 수 있을 시간도 갖지 못했어요. 단단하고 빛나게 말이오 ─ 단단하고 빛나게! ─ 그 고약한 것이 때로는 굳지도 않은 채 빛이 나기도 한단 말이오. 내가 그것을 주먹으로 두드려도, 그것은 제 소리를 내지 않아요. 내가 차선의 말을 골랐던 보기 흉한 무기력한 부분들이 있는데, 왜냐하면 아무리 해도 최선의 말이 생각나지 않았기 때문이지. 내가 때로 얼마나 멍청한지 당신이 알기만 한다면! 그것들은 내게 마치 미인의 이마 위에 있는 여드름이나 헌데처럼 보여요!"

"그것 참 매우 안됐군요…… 매우 안됐어요" 하고, 나는 할 수 있는 한 진지하게 말했다.

"안됐다고요? 그건 내가 알고 있는 최고의 사회적 범죄요. 그것은 ─ 절대적으로 그것은 ─ 진심으로 말하건대 일류가 되어야만 합니다. 만약 내가 일류가 되지 않으면 교수형에 처해져야 한다는 것을 알았더라면, 나는 어떻게든 최상의 말들을 골랐을 거요. 최상의 것을 고를 수 없는 사람은 ─ 그들 중에는 그것을 보고도 알아채지 못하는 사람이 있는데 ─ 그들의 붓을 꺾을 것이고, 그렇게 되면 우리는 이 허섭스레기들의 홍수 속에 빠지지 않을 것이오!"

나는 우리들 사이에 오갔던 모든 이야기를 반복하려고 시도하거나, 혹은 내가 마크 앰비언트와 같이 지냈던 모든 순간마다 왜 그가 점점 더 모든 사물을 예술가의 관점에서만 관찰하며 모든 삶을 문학의 재료로써만 느낀다는 것을 드러내려고 했는지 설명하려고 하지도 않겠다. 내게, 마크와 같은 태도를 취하는 것은 사물을 느낄 수 있는 좋지 않은 방법이라고 말할 사람도 있을 것이며, 나는 내가 한 말을 옹호하는 데도 관심이 없으니 — 왜냐하면 마크만큼 우리를 느끼게 만드는 그 어떤 취향에 대해서도 입을 댈 여지는 있다고 덧붙일 여백밖에는 갖고 있지 못하기 때문이다. 만약 마크 앰비언트가, 위에서 내가 시사했던 것처럼, '그 모든 삶'과 상상적 접촉을 실제로 가졌었다면, 나로서는 그의 배후의 생각을 부러워한다. 여하튼 우리가 돌아왔을 때쯤 내가 앞서 말한 바 있던 친근감을 얻었던 것은 바로 그에 대한 이와 같은 인상을 받음으로써였다. 집으로 향해 가기 위해 일어서기 전에 그는, 그의 부인이 한때 — 혹은 아마도 한 번 이상 — 그에게, 돌시노가 「벨트라피오」를 읽는 것을 그가 좋아하는지 물었던 것에 대해 이야기를 하였다.

나는 그가 그 순간에 이 말이 내게 전하였던 모든 의미를 의식하지 못하였을 것이며 — 또한 말할 필요도 없이 그가 무엇이라 대답했었는지 듣고 싶은 나의 극단적인 호기심도 의식하지 못하였으리라 생각한다. 그는 돌시노가 스무 살만 되면 그의 모든 작품을 읽게 되기를 매우 바라고 있다고 대답하였는데, 그의 아들이 아버지가 이루어놓은 것을 알게 되기를 원한다는 것이다. 스무 살 전에는 읽어도 소용없는데—그가 이해하지 못하리라는 이유 때문이었다.

"그렇다면 그것들을 숨겨놓는 게 어떨까요. 서랍 속에 넣어서 잠가놓는 것 말예요?" 하고 앰비언트 부인은 물었다.

"아니, 안 되오. 우리는 단순히 그애에게 그것들이 어린애들을 위한 것이 아니라고만 말해 두면 되오. 만약 당신이 그애를 바르게 키우기만 한다면, 그애는 그걸 만지지 않을 거요."

이 말에 앰비언트 부인은 그애가 열다섯쯤의 나이가 되면 그렇게 말해 주는 것이 매우 어색하게 될 것이라고 대답했었고, 나는 앰비언트에게 그렇다면 젊은이들이 소설을 읽지 않아야 하는 것이 그의 일반적인 의견인지를 물었다.

"좋은 것들이라면 — 결코 읽지 말아야 해요!" 하고 그는 말했다. 나는 그와는 다른 견해를 가지고 있었던 것이 생각나는데, 왜냐하면 나로서는 그것이 그들에게 나쁘다고는 확신할 수가 없다고 말했던 — 만약 그 소설들이 충분히 '좋기만' 하다면 — 것이 기억나기 때문이다. "그들에게 나쁘다고 말하는 게 아니에요!" 하고 앰비언트는 말했다. "내 생각으로는 소설에 대해서 매우 나쁘다는 것이지요." 그의 부인의 태도에 대한 그 같은 우회적이고 뜻밖의 언급에 뒤이어 집으로 향하는 도중에 더 노골적인 이야기가 나왔다. "우리 둘 사이의 차이는 세상을 보는 두 개의 뚜렷한 방식 사이의 대립이라고 할 수 있는데, 그것들은 유사 이래 결코 서로 사이 좋게 지내거나 공통의 살림을 꾸리는 데 성공한 적이 없지요. 그것들은 갖은 종류의 명칭하에 있는데, 나의 처는 아마 당신에게 그것이 기독교도와 이교도 사이의 차이라 말할 거요. 내가 이교도일 수도 있으나 그러나 나는 그 명칭을 좋아하지 않아요 — 그것은 너무 분파적인 것처럼 들려요. 그녀는 여하튼 나를 고대 그리스인과 비슷하다고 생각하지요. 그것은 삶을 최대한 이용하는 것과 가장 덜 이용하는 것의 차이로서 — 덜 이용하는 것은 다른 시대 다른 장소에서 더 나은 삶을 얻게 된다는 것입니다. 남아 있는 그 나머지 하나마저도 이용한다는 것은 죄악일까요? 그리고 우리는 현재뿐만 아니라 미래에 있어서도 설득당하지 않으면 안 되는가요? 아마도 내가 아름다움을 너무 좋아하는지도 몰라요. 나는 아름다움을 즐기며, 그것을 숭배하며, 계속 그것에 관해 생각하며, 그것을 창작하려고 애쓰며, 번성하게 만들기를 원합니다. 내 처는 아름다움에 대해 지나치게 생각해서는 안 된다고 주장하지요. 그녀는 언제나 그것을 두려워하고 — 언제나 경계를 게을리 하지 않아요. 나는 그녀가 등 뒤에 무엇을 숨기고 있는지 모르겠어요. 그리고 그녀 자신도 역시 아름답지 않아요! 그녀가 사랑스럽다고 생각지 않으세요? 그녀는 여하튼 내가 그녀와 결혼했을 때는 아름다웠어요. 그 당시에는 나는 내가 말한 우리들의 의견의 차이를 인식하지 못했어요 — 나는 그것 모두가 같은 것이 된다고 생각했어요. 결국에는 사람들이 그렇다고 말해왔듯이 종국에 가서는 말입니다. 아마도 결국에는 그렇게 되겠지요. 나는 종국이 어떠할지는 잘 모릅니다. 더구나, 나는 있는 그대로의 사물을 보기 좋아하지요. 그것이 바로 내 소설 속에서 내가 보여주려고 애쓰는 방식이기도 하고요. 그러나 당신은 있는 그대로의 사물에 관해 앰비언트 부인에게 말해서는 안 됩니다. 그녀는 있는 그대로의 그것들에 대해 지독한 두려움을 가지고 있어요."

"그녀는 돌시노 때문에 그것들을 무서워하겠지요" 하고 나는 말했는데, 잠시 후에 나는 내가 그처럼 변명하는 듯한 위치에 — 앰비언트 양 덕분에 — 있게 된 것에 대해 깜짝 놀랐으며, 그리고 지금까지도 마크가 도대체 내가 그것에 관해 뭘 알고 그런 말을 하는지 모르겠다는 태도를 나타내지 않았던 데 대해 놀라고 있다. 그러나 그는 그 같은 태도를 보이지 않았고, 그냥 나를 감동시킬 만큼 부드럽게 말하기를 "아니, 그 어떤 것도 그애를 다치게 하지는 못해요!"라고 하였다. 그는 우리가 그의 집 대문에 도착할 때까지 그의 부인에 관해 더 많은 이야기를 하였으며, 만약 그가 수다스러운 게 아닌가 하는 생각이 든다면 아마도, 그가 예술적 기질이라는 재능 못지 않게 수다라는 약간의 약점도 가지고 있음을 인정하지 않을 수 없을 것이다. 그러나 나는 즉시 그가 여태까지 내가 알고 있는 한에서는 거의 불평은 하지 않았다는 것을 덧붙이겠다. "그녀는 나를 부도덕하다고 생각하는데—그것이 바로 핵심이라고 할 수 있지요" 하고 그는 우리가 집 밖에서 잠시 멈추는 사이 말했으며, 그리고 그의 손을 대문의 쇠창살 하나에다가 얹었다. 그러는 동안 그의 지각 있고 표정이 풍부하고 민감한 두 눈은—나는 그것이 보통의 영국인 훨씬 이상의 이방인다운 눈이라고 생각하기 시작했는데—이제 분명히 나를 아주 절친한 친구로서 바라보면서, 다음과 같은 그의 말에 동조하였다. "곰곰이 생각해 보면 그건 아주 이상해요. 그리고 그 속에는 내가 밝혀내고 싶은 더할 나위 없는 우스꽝스러움도 있고요. 그녀는 아주 좋은 여성으로 행실이 나무랄 데가 없으며 정직하고 영리하며, 많은 것들에 대한 분별심도 갖추고 있습니다. 그러나 소설에 대한 그녀의 생각은—한두 번 그것을 내게 설명하였으며 그리고 설명으로서는 그다지 잘못되지도 않았는데—너무나 엉터리 없는 것이어서 내 얼굴이 달아오를 정도예요. 그것은 너무나 공허하고 불성실하고 거짓된 것으로, 진정한 삶은 가려지고 무시되며, 너무나 얼버무려지고 훼손되어서 정말 낯 뜨거울 지경입니다. 그것은 전체 사물을 보는 두 개의 전혀 다른 방식입니다" 하고 그는 대문을 열면서 말했다. "그것들은 서로 화해할 수가 없어!" 하고 한숨을 쉬며 그는 말했다. 우리는 집 쪽으로 다가갔는데, 그러나 문에서 반쯤 다가간 곳의 통로 위에 멈추어서는 내게 말하였다. "이 집으로 들어가려 한다면 미리 알아두어야 할 것이 있어요. 알아두는 것이 당신의 실망을 덜어줄 겁니다. 여기엔 예술에 대한 증오—문학에 대한 증오가 있어요!" 나는 기분 좋은 빛깔을 띠고 있으며 약간 구부러져 있는 그 매혹적인 저택을 쳐다보았으며, 그리고 그 같은 사악한 격정이 그 집에 도사리고 있을지도 모르지만 그 곳에서 그것을 발견하게 되리라고는 결코 기대하지 않았노라고 웃음을 지으며 대답했다. "아니, 그건 결국은 별문제는 되지 않아요" 하고 그는 웃으며 말했는데, 그 말을 듣는 것이 나는 기뻤다. 왜냐하면 내가 그를 너무 자극시킨 것에 대해 내 자신을 꾸짖는 중이었기 때문이다.

비록 내가 그를 자극시키기는 했어도 그것은 곧 가라앉았는데 왜냐하면 점심시간에는 그는 유쾌한 기분이 되었기 때문이다. 그러나 그가 말했듯이 그와 그의 부인 사이의 차이점이 화해할 수 없는 것이라는 점을 고려해 볼 때 그것은 좀 이상한 유쾌함이었다. 그는 그의 태도나 미소, 타고난 친절함으로 그 중대한 문제를 삶의 일상적인 관심사로 격하시켜 버리는 솜씨가 있었으며, 그리고 이 말을 덧붙이지 않을 수 없는데, 앰비언트 부인도 그가 일을 그같이 처리하는 것에 기꺼이 동조하고 있었다는 것이다. 나는 앰비언트 양이 내게 이야기해 주었던 그 고정된 관념에 대한 더 많은 실례들을 발견하려고 식탁에서 앰비언트 부인을 지켜보았다. 왜냐하면 그녀의 시누이와 남편의 일치된 폭로에 비추어 본다면 그녀는 아주 특이한 사람으로 생각되었기 때문이다. 나는 이 여주인의 광신적인 기질을 드러내주는 표시는 전보다 더 현저하지는 않았다는 것을 이야기하지 않을 수 없다. 그녀의 변하지 않는 묵종의 태도, 점점 가늘어지는 듯한 정확한 단음절어 등이 차갑고 가는 불꽃처럼 보이기 시작한 것은 잠시 시간이 지난 후였다. 분명히 처음에 그녀는 격정이라고는 거의 지니지 않은 여성처럼 보였다. 그러나 만약 그녀가 격정을 지녔다면 그것은 무교양의 격정일 것이다. 그녀는 아마도 — 왜냐하면 내 생각에 모든 위대한 원리에는 수호신들이 있기 마련이므로 — 예절의 천사일지도 몰랐다. 분명히 마크 앰비언트는 10년 전에는 그녀가 어떤 천사인지 물어보지도 않은 채 그냥 그녀가 천사이리라고 이해하였었다. 그가 그녀의 아름다움에 주목해 보라고 요구한 것은 아주 옳았었다. 왜 그가 그녀와 결혼했을까 하는 이유를 더듬어보는 데 있어, 나는 전보다 훨씬 더 그녀가, 신체상으로 말한다면, 훌륭하게 가꾸어진 인간식물이라는 것, 또 그녀가 그에게 많은 생각들과 이미지들을 제공했음에 틀림없으리라는 것을 알았다. 더 이상 그린 듯한 눈썹을 갖거나 더 이상 정원 같거나 더 이상 절묘한 색깔이나 모양의 꽃잎을 갖기는 불가능하였다.

만약 내가, 우리가 산보할 동안 내게 이야기했던 모든 것을 앰비언트가 저녁 식탁에서 모조리 잊어버린 듯이 보이는 데 대해 그를 약간 위선자라고 생각하는 마음이 들었더라면 나는 그와 같은 판단을 즉시 취소시켰을 것이다. 왜냐하면 그것은 그의 부인이 그들의 어린애에 관해 전한 좋은 소식이 그가 갑작스럽게 행복해 하는 태도의 충분한 이유가 되었으리라고 생각하였기 때문이다. 그 같은 태도는 또한 부분적으로는 그의 앞에 앉아 있는 아름다운 부인에 대해 내게 불평을 한 데 대한 어떤 죄책감 같은 것에서부터 나왔을 것인데 — 말하자면 그가 결국은 그처럼 비참한 상태는 아니라는 것을 보여주고 싶어서였을지도 모른다. 돌시노는 계속해서 나아졌으며, 그리고 저녁 식사 후에는 아래층으로 내려와도 좋다는 것이 허락되었다. 우리가 식사를 마치고 일어서자마자 앰비언트는 살며시 빠져나갔는데 분명히 그애에게 가기 위해서였다. 그리고 내가 이 사실을 목격하자마자 나는 그의 부인도 동시에 사라졌다는 것을 알게 되었다. 앰비언트 양과 나는 둘 다 거의 동시에 부인의 드레스 끝자락이 문 밖으로 재빨리 사라지는 것을 우연히 보았는데 — 그것은 그 젊은 처녀로 하여금 마치 내가 이제 그 곳의 모든 비밀을 알게 되었기나 하다는 듯이 내게로 웃음을 지어 보이게 만들었다. 나는 그녀와 함께 안뜰로 나섰으며, 우리는 그 저택의 서쪽 벽에 기대어 있는 오래 된 참한 벤치 위에 앉았다. 그 곳은 6월의 일요일 오후 한때를 위해서는 완벽한 장소였으며, 그 곳을 더욱 아름다운 곳으로 만든 것은 부분적으로는 그 곳의 고풍스런 해시계 때문인 듯하였다. 그것은 우리들 앞에서 솟아올라, 작고 복잡하게 화초들이 얽혀 있는 화단의 한가운데에 자리를 잡고서 매시간들을 아주 천천히 가리키고는 그 시간들을 여유와 담소를 위한 확실한 시간으로 만들어주었다. 안뜰은 가득한 오후의 햇살 속에 한창때에 이르렀고, 키 큰 밤나무들이 마치 그 뜰의 모범이라도 되는 양 조용히 서 있었으며, 그리고 우리들 뒤쪽과 위쪽으로는 여러 철에 걸쳐 피는 장미가 벽돌 담장의 빛 바랜 거친 돌에 매달려서는 그 장면의 전체 특징을 친근하고도 절묘한 향기로 나타내었다. 그 곳은 내게는 천재의 모든 면이 격려 받는 장소요, 항의나 방해에 부딪칠 장소는 아닌 것처럼 보였다. 앰비언트 양은 그녀 오빠와의 산책이 재미있었는지, 둘이서 여러 가지 이야기를 나누었는지를 내게 물었다.

나는 비록 우리가 앰비언트 양에 관해서는 이야기하지 않았다는 것을 기억하였지만, "네, 거의 모든 일들에 관해서지요" 하고 웃으면서 대답했다.

"그의 이론들 중 어떤 것들은 매우 특이하다고 생각지 않으세요?"

"아니, 내가 그 모두에 동감한다고 생각하는데요." 나는 앰비언트 양을 대화의 상대로서 접대한다는 면에서는 종잡을 수 없는 유별난 편이었을 것이다.

"당신은 예술이 전부라고 생각하세요?" 그녀는 잠시 후 물었다.

"예술에 대해, 물론 그렇게 생각하지요!"

"당신은 아름다움이 모두라고 생각합니까?"

"그것이 모두인지는 잘 모르겠으나, 그러나 그것은 매우 즐거운 것이지요."

"물론 한 여성으로서 그것이 어느 정도까지 가야 하는지는 알기가 어려워요" 하고 그녀는 말했다. "나는 삶에 매력을 주는 모든 것을 흠모합니다. 나는 형식에 매우 민감하지요. 그러나 때로 나는 한 발짝 물러서는데—내 말이 무슨 말인지 모르시겠어요?—나는 어디에 발을 디뎌야 할지 알 수가 없어요. 나는 오직 결국 조용히 지내기를 원합니다"하고, 앰비언트 양은 그녀가 원하는 지점에 아직 도달하지 못했음을 나타내주는 듯한, 억눌린 갈망의 어조로 계속 말하였다. "그리고 사람은 여하튼 선량해야만 돼요, 그렇지 않아요?"하고 그녀는 물었는데, 그녀의 억양은 나의 대답이 그녀를 위해 이 어려운 질문을 해결해 줄 것이라는 확신을 나타내고 있었다. 그 대답을 독창적인 것으로 만들기는 매우 어려웠으며, 그리고 유감스럽지만, 나는 염치 없는 상투적인 문구의 대답으로 그녀의 나에 대한 신뢰감에 보답을 하고 말았다. 더구나 나는 나의 대답에다가, 꼭 같이 참신하지 못하고 아마도 재치는 더 결여된 질문을 덧붙였던 것을 기억하는데, 그 질문은 그녀의 물음이 교회에 가는 것을 의미하지 않았는지 하는 것이었다. 왜냐하면 교회에 간다는 것이야말로 선량할 수 있는 명백한 방법이었기 때문이었다. 그녀는 그 날 아침에 교회에 가는 의무를 마쳤다고 대답했으며, 또 일요일 오후의 그녀에게는 최고의 미덕은 일주일 동안 받은 편지에 답장을 쓰는 것에 있다고 대답하였다. 그리고 그녀는 불쑥 내게 말하기를, "돌시노가 나아진다는 말은 잘못된 것이에요. 내가 그애를 보았는데 전혀 괜찮지가 못하더군요"라고 하였다.

"그애 어머니는 분명 그걸 알고 있겠지요, 그렇잖아요?"하고 내가 말을 건넸다. 그녀는 잠시 동안 큰 너도밤나무들 중 하나의 잎들을 세고 있는 것처럼 보였다. "대부분의 문제에 있어서, 어떤 상황이 주어졌을 때, 올케가 어떤 행동을 하리라는 것은 쉽게 말할 수 있어요. 그러나 이 일에 관해서는 이상한 요소들이 작용하고 있어요."

"이상한 요소라니요? 그애의 체질상의 요소?"

"아니에요, 제가 의미하는 것은 제 올케의 감정상의 요소들이에요."

"물론 애정의 요소나 근심의 요소겠지요. 그것이 왜 이상하다는 거죠?"

그녀는 나의 말을 되받았다. "애정의 요소나 근심의 요소들. 그녀는 매우 근심에 차 있답니다."

앰비언트 양은 나를 막연히 불안하게 했으며 — 거의 나를 놀라게 만들었는데, 나는 그녀가 가서 편지나 썼으면 좋겠다는 생각이 들었다. "그애 아버지가 보러 갔을 거요" 하고 나는 말하고 또 다음과 같이 덧붙였다. "만약 잘못되었다면 의사를 부르러 보내겠지요."

"의사는 오늘 아침에 이 곳에 왔었어야 해요. 그는 두 마일밖에 떨어져 있지 않은걸요."

나는 이 모든 것이 아마도 앰비언트 양의 인생관이라는 일반적인 비극의 오직 일부에 지나지 않으리라 생각했다. 그러나 나는 왜 그녀가 그녀 올케에게 의사를 부르러 보내는 것과 같은 꼭 해야 할 일을 요구하지 않았는지 물었다. 그녀는 아주 의미심장한 웃음을 띠며 말하기를 내가 자신과 베아트리체의 관계에 관해 거의 모르고 있음이 틀림없다고 하였다. 그러나 나는 다음과 같이 덧붙임으로써 그녀를 공정하게 평해야겠는데, 그녀는 마크에게는 틀림없이 놀랄 만한 것이 그녀 올케에게는 놀라지 않아야 하는 충분한 이유가 된다고 계속해서 말함으로써 그녀를 내가 조금 더 잘 이해할 수 있도록 만들었다는 것이다. 그는 언제나 그애에 대해서는 과민하였으며, 그들은 천성이 서로 반대되는 견해를 가지도록 운명지어져 있었기 때문에, 베아트리체가 할 수 있는 유일한 것은 낙관적인 체하는 것뿐이었다. 나는 그가 그들의 돌시노에 대한 처신에 관해서 내게 이야기해 주었던 것을 기억하는데 — 그들 사이에서 그애는 죽게 되리라는 것이었다. 그러나 나는 이것을 앰비언트 양에게는 말하지 않았다. 이는 바로 그때 그녀의 오빠가 그애를 안은 채로 집 쪽에서 나타났기 때문에 더욱더 그렇기도 하였다. 그의 바로 뒤에는 그의 부인이 심각하고 창백한 표정으로 따라오고 있었다. 그애의 얼굴은 앰비언트의 어깨 너머로 자기 어머니 쪽으로 향해 있었다. 우리는 그들을 맞으러 일어섰으며, 그들이 가까이 다가오자 돌시노는 얼굴을 이쪽으로 돌렸다. 나는 그의 예쁜 작은 얼굴에서 나를 알아본다는 미소를 발견하였고, 당분간은 그 미소에 아마도 아주 흡족하였을 것이었다. 그러나 앰비언트 양은 그와는 다른 인상을 받았으며, 그리고 나는 서둘러 다음과 같이 말하겠는데, 모성애적인 어떤 것이 들어 있는 그녀의 재빠른 민감성이, 겉으로 나타난 가장에도 불구하고 그녀 내부에는 진상을 친절히 알리려는 강한 충동이 차 있음을 입증해 주고 있었다는 것이다. "저래 가지고는 안 돼. 저래서는 안 돼요" 하고 그녀는 소리를 죽여 내게 말했다. "의사 건에 관해 마크에게 말해야겠어요."

그애는 창백하였으나, 그에게서 발견할 수 있는 가장 큰 차이점은 그 전날보다 훨씬 더 예뻐 보인다는 점이었다. 그는 나들이 옷을 — 벨벳천으로 된 한 벌과 진홍색의 허리 장식띠 — 입었고 마치 작은 병약한 왕자와 같아 보였는데, 너무 어려서 겸손한 체 군다는 것이 무엇인지조차 알지 못하고 신하들에게 친근하게 웃음 짓는 것 같았다.

"그애를 내려요, 마크. 애가 불편하겠어요." 앰비언트 부인이 말했다.

"이제 내려 서보련, 애야?" 하고 그의 아버지가 물었다.

"네, 전 아주 괜찮은걸요." 그애가 대답했다.

마크는 그애를 땅 위에 내려놓았다. 그애는 빛나고 뾰족한 슬리퍼를 신었는데, 그 위에는 아주 큰 나비 매듭이 매어져 있었다. "우리 앰비언트 군, 이제 좀 어때요?" "네, 저는 아주 좋아요" 하고 돌시노는 대답했다. 그 말이 채 끝나기도 전에 그의 어머니가 그애를 붙들고서는, 그녀의 무릎께에 안고서, 앰비언트 양과 내가 앉아 있던 벤치 위에 자리를 잡고 앉았다. 앰비언트 양은 그녀 오빠에게 뭔가 말을 건네었고, 그 때문에 두 사람은 같이 안뜰 쪽으로 걸어가버렸다. 나와 앰비언트 부인이 남게 되었으나, 그때 하인 하나가 의자 두 개를 내왔기 때문에 나는 그녀 곁 벤치에 앉지 않아도 되었다. 우리의 대화는 활발하지 않았으며, 그리고 나는, 내가 그녀에게 친절하려고 애쓰는 데는 일종의 위선도 있을 것이라는 생각이 들었다. 나는 그녀를 싫어하지는 않았으며—오히려 그녀를 칭찬했다. 그러나 나는 내가 그녀와는, 뭔가 말할 수는 없지만, 서로 다르다는 점을 알았다. 그리고 나는 그 이후에 그것을 분명히 알게 되었고 또 내가 이미 암시한 바 있던 사실인, 그 가련한 여성이 나를 좋아하지 않는다는 것을 어렴풋이 느끼게 되었다. 물론 이것은 별로 고무적인 것은 못 되었다. 그녀는 나를 주제넘고 타락한 젊은 친구라고까지 생각하였으며, 심술궂은 신께서 그녀 부부의 조용한 잔디밭에 그녀 남편의 최악의 성벽을 만족시켜 주기 위해 떨어뜨려 놓은 자라고 생각하였다. 그녀는 말을 전해준 앰비언트 양에게, 자신은 그녀 남편이 한 방문객을 그처럼 좋아한 때를 달리 알지 못한다고 말하는 영예를 내게 베풀어주었다. 그리고 그녀는 분명 나와의 교제에 대한 그녀 남편의 평가로써 나의 사악한 영향력을 재는 것이었다. 나는 이 모든 것에 대해 예민하지는 않지만 충분히 알 수는 있을 만큼 의식을 하고 있었다. 그러나 나는 비록 그 같은 나의 의식이 나의 잡담은 억눌렀을지 몰라도, 그 아름다운 모자가 뜰의 장미를 배경으로 서로 꼭 붙들고는 아마도 내가 가까운 시일 내에는 다시 보지 못할 것 같은 그런 광경을 만들었다는 것은 말해야만 되겠다. 내 생각에 그때 나는 자유로이 집 안으로 들어가 편지를 쓰거나, 객실에 앉아 있거나, 내 방으로 올라가 잠시 낮잠을 자거나 할 수 있었다. 그러나 나의 자유시간을 이용해서 내가 한 유일한 것은 여전히 내 의자에 머물면서 혼잣말로 레이놀즈(조슈아 레이놀즈 경. 1723~1792. 영국의 초상화가. 그의 시대의 거의 모든 유명인들의 초상을 그림) 경이 있었더라면 그의 날랜 손이 마크 앰비언트의 부인과 아들을 그림으로 그려놓았을지도 모른다고 말하는 것이 고작이었다. 나는 내가 계속 돌시노를 쳐다보고 있다는 것을 알았고, 돌시노도 나를 뒤돌아 쳐다보았으며, 그것만 해도 나를 그 자리에 붙들어두기에 충분한 것이었다. 나를 쳐다볼 때 그애는 미소를 지었고, 나는 사람을 보고 그처럼 미소를 짓는 애를 버린다는 것은 절대적으로 있을 수 없는 일이라는 생각이 들었다. 그애의 눈은 이리저리 움직이는 것이 아니라 나의 눈에 고정되어 있었는데, 그건 마치 그의 천성 속의 눈뜨기 시작하는 작은 것들 중에, 내게 무언가를 이야기하고 싶은 욕망이 들어 있기나 한 듯하였다. 만약 내가 그애를 내 무릎 위로 데려올 수만 있었더라면 아마도 그애는 어떻게든 그것이 무엇인지 이야기했을지도 모른다. 그러나 그애 어머니에게 그애를 내게 넘겨달라고 이야기한다는 것은 너무나 미묘한 문제였을 것이며, 그 일요일 오후에 내가 잠시 동안만이라도 돌시노를 내 손으로 안아보지 못한 것이 끊임없는 후회로 여전히 남아 있다. 그애는 자기가 아주 건강한 기분이 들며 더없이 행복하다고 말했었다. 그러나 비록 그애가 예쁜 머리를 어머니의 가슴에 기대고 작고 붉은 비단결 같은 다리를 그녀의 무릎에 달랑거리게 하고 있었지만, 나는 그애의 건강이 좋아 보인다는 생각이 들지는 않았다. 그애는 걸어 다니려고도 하지 않고, 다리를 가늘게 흔들고 있는 것에 만족하고 있었으며, 내게 활기 없는 천사 같은 애라는 생각이 들게 했다.

　마크는 그의 누이와 함께 우리 있는 곳으로 되돌아왔다. 앰비언트 양은 그녀에게 온 편지를 살펴봐야 한다는 말을 남기고는 집 안으로 들어갔다. 마크는 다가와서 그의 부인 앞에 서서는 그애를 내려다보았는데, 그애는 즉시 그의 손을 붙들었으며 그가 그 곳에 있을 동안 죽 붙들고 있었다. "내 생각에 앨링엄이 이애를 살펴봐야 할 것 같소" 하고 앰비언트는 말했다. "가서 그를 데려와야 될 것 같소."

　"그건 그웬돌렌이 말했던 것 같은데요, 제 생각에 애가 아플 때는 그게 그렇게 이상한 생각이라고 할 수는 없어요" 하고 앰비언트 부인은 상냥하게 대답하였다.

"전 아프지 않아요, 아빠. 이제 훨씬 나아진걸요." 하고 돌시노가 말하였다.

"그게 정말이냐, 아니면 단지 듣기 좋으라고 그 말을 하느냐? 넌 남을 기분좋게 하는 것에 유별난 생각을 가지고 있구나, 애야."

그애는 자신의 특징을 지적하면서 또 책망하는 듯한 이 말에 대해 잠시 생각해 보는 듯하였다. 그리고는 그의 이리저리 두리번거리는 크게 뜬 눈이 그를 쳐다보고 있는 내 눈과 마주쳤고, 그애는 "아저씨께서도 제가 남에게 듣기 좋게만 말한다고 생각하세요?" 하고 물으며 미소를 지어 보였는데, 그 미소 속에는 그 나이에서 오는 솔직함과 그의 아버지로 하여금 내 쪽으로 고개를 돌리고서 웃으면서 말없이 표정만으로 "이애 사랑스럽지 않아요?" 하고 묻게 만드는 뭔가가 있었다.

"그렇다면 좀 뛰어다녀라도 보지, 그렇게 기운이 난다는 느낌이 들면, 애야." 하고 앰비언트는 계속 말했고, 그사이 그애는 팔을 흔들고 있었다.

"어머니가 절 꼭 붙들고 있어서 그래요!"

"그렇겠지. 가까이서 보니 네 어머니가 어떻게 널 붙들고 있는지 알 만하구나!" 앰비언트는 부인의 얼굴을 쳐다보며 외쳤다.

그녀는 아름다운 눈을 들어 그를 바라보았는데, 그 말을 인정한다는 표정도, 그렇지 않다는 표정도 나타내지 않았으며, 잠시 후에는 다음과 같이 말하였다. "원하신다면 앨링엄 의사를 부르러 가세요. 그렇게 하는 것이 좋을 것 같은 생각이 드네요. 마차를 타고 가야 할걸요."

"그녀는 나를 떼어버리려고 저렇게 말해요." 앰비언트는 웃으면서 내게 말하고는 의사를 부르러 가버렸다.

나는 앰비언트 부인과 그 곳에 남아 있었는데, 우리 사이의 대화는 이어지기보다는 끊기는 편이 더 많았다. 그애의 고정된 듯한 작은 얼굴은 여전히 내게 그 곳에 머물러 있으라고 간청하는 듯하였고, 잠시 후에 그것은 또 다른 표정을 띠었는데, 그것은 아주 묘해서 뭐라고 형언하기 어려운 것이었다. 물론 나는 단순히 어린애의 사려분별심의 타고난 결핍의 결과일지도 모를 어떤 행위에 대해 얼토당토않은 이유를 대려고 한다는 비난에 내 스스로를 노출시키고 있을 것이며, 실제로 그 같은 고집스러움의 가시적인 결과는, 내가 그 문제를 가볍게 보아 넘긴다는 것은 너무나 유감스럽다는 생각이 든 것이었다. 내가 말할 수 있는 전부는, 내가 완벽한 성실성을 가지고 행동했다는 것과 돌시노의 호의적인 작은 눈빛이 점점 나의 영감의 불을 활활 타오르게 만들었다는 점이다. 그 불이 타오르도록 도운 것은 다른 주위의 영향들이었는데 — 그 조용하고 뭔가를 암시하는 듯한 구석진 뜰, 완벽한 기회(만약 그것이 그 영감을 위한 기회가 아니라면 그것은 그 어떤 것을 위한 기회도 아닐 것이었다), 그리고 그애의 눈으로부터 나와서 그애에게 다음과 같이 말하도록 만드는 것 같은 간청하는 듯한 눈빛 등이었다: "나를 안고, 그리고 가슴에 나를 — 나와 같은 이 가련한 한 생명을 말이에요 — 꼭 누르고 있는 저 어머니는 당신에게는 결핍된 것처럼 보이는 종류의 민감성을 실제로 가지고 있지요. 만약 당신이 끈기 있게, 그리고 공손하게 그것을 찾기만 한다면 말입니다. 어떻게 어머니가 그것을 안 가지고 있을 수가 있으며, 만약 그것이 어머니에게 어느 정도이든 없다면, 어떻게 내가 그것을 이만큼(왜냐하면 낯선 신사분이시여, 내게는 그것이 가득 차 있어요) 가지고 있는 것이 가능하겠어요? 나는 아버지의 아들입니다만, 또한 어머니의 아들이기도 한데, 그 두 분 사이의 차이는 유감스럽기 짝이 없어요!" 그래서 앰비언트 부인과 그녀 남편을 화해시킬 수 있을 것 같은 가능성, 그들 사이의 크나큰 부조화를 끝장 낼 수 있을 것 같은 환상이 내 눈앞에 나타나 보였다. 물론 그 같은 생각은 어리석은 것이었는데, 왜냐하면 나는 그들 사이의 틈이 이미 바닥 모를 심연이 되어버렸다고 하는 — 체험에서 우러난 그 쓰라린 마음으로 이야기하던 — 그의 말을 들었던 참이 아닌가? 그럼에도 불구하고 마크가 우리를 떠난 지 15분쯤 후에, 나는 그의 부인에게, 그 전날 밤 남편의 저술을 '불쾌한' 것으로 생각한다고 하던 그녀의 말을 잊어버릴 수가 없다고 말했다. 그 말을 들어서 너무나 유감스러웠고, 그 말에 대해 계속 생각하는 중이며, 그녀의 마음을 바꾸는 것이 불가능한지 궁금하다고 이야기하였다. 앰비언트 부인은 내게 차가운 눈길을 보냈는데 — 아마도 내게 남의 일에 상관치 말라고 충고하는 듯하였다. 내가 그 말없는 충고를 받아들였더라면 좋았겠으나, 나는 그렇게 하지 않았다. 나는 계속해서 말하기를 그처럼 아름다운 많은 작품들이 그녀에게 소용이 없다는 것은 지극히 애석한 것처럼 보인다고 하였다.

"애석할 건 없어요" 하고 그녀는 말했다. "나는 그것들이 아름답다는 걸 알고 있어요."

"아빠의 책을 좋아하지 않으세요?" 하고 돌시노는 내 쪽을 여전히 쳐다보면서 그의 어머니에게 물었다. 그리고 그는 내게 "그것들을 제게 읽어주지 않으시겠어요, 미국 아저씨?"라고 덧붙였다.

"그보다는 내가 아는 이야기를 해줄게" 하고 나는 말했다. "재미있는 이야기들을 알고 있지."

"언제 얘기해 주시겠어요……내일요?"

"내일이라, 그것 좋지, 네가 좋다면 말이야."

이 말에 앰비언트 부인은 잠자코 있었다. 그녀의 남편은 산책 중에, 내게 하루 더 머물라고 이야기했었는데, 그애에게 한 나의 약속이 하루 더 머물겠다는 승낙의 뜻을 내포한 것이었다. 그리고 그것은 그녀에게는 별로 달갑지 않은 것일 수도 있었다. 분명히 이 사실은 그 다음에 내가 말할 것에 대해 나를 더 조심스럽도록 만들어야 했으나, 내가 지금 말할 수 있는 전부는 그렇지 못했다는 것이다. 나는 곧, 내가 그 전날 저녁 그녀 곁에서 물러난 후, 그리고 그녀가 남편의 저술들에 대해 내가 이미 인용한 적이 있던 수식어를 붙였던 것을 들은 이후, 내 방에 올라가자마자 그가 내게 고맙게도 빌려줬던 그의 새 책 교정쇄들을 들고 앉아서 정독했던 것을 기억해 냈다. 나는 거의 오전 세시경까지 넋을 잃고 그것에 몰두했었고 ― 두 번을 거푸 읽었다. "그것을 아직 보지 않으셨다고 말씀하셨는데, 그건 정말 애석한 일입니다. 그것들을 읽어보시도록 간절히 권합니다. 정말 보기 드문 것들이지요. 틀림없이 그것들이 당신의 생각을 바뀌게 하리라 확신합니다. 그것들은 정말 그분을 눈부신 빛 속에 위치하게 만들지요. 그분의 최상의 것들이 그 속에 모두 들어 있습니다. 이렇게 말씀드리는 것은 지나치게 무례한 말이라고 생각합니다만, 그러나 죄송하지만 꼭 한번 읽어보세요!"

"그것들을 읽으세요, 엄마." 돌시노는 되풀이해서 말하였다. "그것들을 읽으세요!"

그녀는 고개를 수그려 입맞춤함으로써 그애의 입을 막았다. "물론 그이가 그 작품을 위해 무한히 애썼음을 저도 알아요." 이 말을 마치자 그녀는 더 이상 이야기를 안했으며, 생각에 잠긴 듯이 눈을 땅으로 향한 채 앉아 있었다. 이 마지막 말의 어조는 내게 더 이상 그녀에게 공세를 취할 생각이 들지 않게 만들었으며, 나는 그녀 남편이 의사가 집에 없음을 발견했으면 어쩌나 하는 걱정의 말을 한 후에 일어서서는 안뜰을 잠시 산책하였다. 10분 후 내가 돌아왔을 때, 그녀는 여전히 그 자리에서 애를 쳐다보며 있었고, 그애는 그녀 무릎에 쓰러져서 잠들어 있었다. 내가 가까이 가자 그녀는 손가락을 입술에 대어 보였으며, 잠시 후에는 그애를 안은 채로 일어서서는 애를 2층으로 데려가는 것이 낫겠다고 혼잣말로 이야기했다. 내가 그애를 데려다주겠노라

「벨트라피오」의 저자(著者)

고 제의하고는 그애를 안으려고 손을 내밀었다. 그러나 그녀는 고맙다고 말하고는 몸을 돌려버렸는데, 그 아이를 팔에 안고 애의 머리는 그녀 어깨에 기대게 한 채로였다. "저도 힘이 세답니다"하고 그녀는 집 안으로 들어가면서 말했는데, 그녀의 가늘고 나긋나긋한 몸은 그 애의 무게 때문에 뒤로 젖혀져 있었다. 그래서 나는 돌시노에게 손도 대지 못했다.

나는 앰비언트의 서재로 갔는데, 그의 책들을 혼자서 훑어볼 수 있는 조용한 시간을 갖게 되어 기뻤다. 창문들은 뜰로 향해 열려 있었고, 영국 여름의 온화한, 눈부신 햇살이 주는 고요함이 방을 가득 채우고 있었는데, 그 방의 매력의 일부라고 할 수 있는 풍부하고 어둑한 분위기는 전혀 몰아내지 않은 채로였으며, 그리고 그 같은 매력은, 낡은 모로코산의 가죽이 진기한 학식의 향기를 내뿜는 빽빽하게 들어찬 책꽂이에 어려 있었고 또 메달들과 판화, 그리고 세밀화들이 낡은 나사천의 표면에 매달려 있는 더 밝은 공간들 속에도 어려 있었다. 그 장소에는 색채와 고요함 둘 다 있었다. 나는 그 곳이 작업하기에 완벽한 방이라는 생각이 들었으며, 만약 그것이 내가 앉아서 글을 쓸 수 있는 내 방이라면 나도 「벨트라피오」의 저자만큼이나 잘 쓰게 될지는 알 수 없는 일이라고 혼잣말로 중얼거리기까지 했다. 이 저명한 분은 아직 나타나지 않았고, 나는 그의 귀중한 물건들을 자유로이 샅샅이 살펴보았다. 마침내 나는 내 눈길을 잠시 끄는 책 한 권을 빼내어서 그것을 훑어보기 위해 창문가의 훌륭한 낡은 가죽으로 된 의자에 자리 잡고 앉았다. 나는 이렇게 한 반 시간쯤 몰두해 있었는데—오후의 한창때가 기울어갈 동안—그때 나는 그 방에 누군가의 인기척을 느끼게 되었고, 내가 보던 4절판 책에서 눈을 들어서는, 앰비언트 부인이, 그 전날 그녀의 출현을 나타내던—혹은 그것을 숨겨주던—것과 꼭 같이 소리 없이 문을 밀어서 열고는, 문턱을 넘어서 들어와 있다는 것을 알게 되었다. 나를 보자마자 그녀는 멈추었다. 그녀는 나를 발견하리라고는 기대하지 않았던 것 같았다. 그러나 그녀는 잠시 동안 주저했을 뿐이다. 그녀는 곧장 그녀 남편의 집필용 책상으로, 마치 무언가를 찾고 있는 듯, 다가왔다. 나는 일어서서 혹시 도와드릴 일이 있는지 물어보았다. 그녀는 잠시 둘러보더니, 내가 무엇인지 알아본 한 두루마리 종이 뭉치에 손을 대었는데, 그것은 아침에 내가 내 방으로부터 내려오자마자 그 곳에 두었던 것이었다.

"이게 바로 그 새 책인가요?" 그녀는 그것을 들어올리며 물었다.

"소중한 주석이 붙은 바로 그 교정본이지요."

"당신의 충고대로 해보려고 해요." 그리고 그녀는 그 작은 꾸러미를 팔 아래에 끼었다. 나는 그녀에게 진심으로 축하를 하는 내 말대로 그녀가 그 책을 읽게 된 나의 승리를—그것을 승리라고 과감히 한 번 불러보겠는데—농담의 주제로 삼기까지 해보았다. 그러나 그녀는 매우 엄숙하였으며, 앞서 들어올 때와 마찬가지로, 웃음도 띠지 않은 채로 나로부터 몸을 돌려 가버렸다. 그런 연후에 나는 그 4절판 책을 다시 들고 앉았으며, 앰비언트 부인이 정말 이상한 여성이라는 생각이 들었다. 그리고 나의 승리 또한 갑자기 공허해 보였다. 적절히 웃어야 할 곳에서 웃을 수 없는 여성이라면 마크 앰비언트를 결코 이해하지 못할 것이리라. 마침내 그가 의사를 데리고 돌아왔다. "그분이 집에 계시지 않았어요." 마크는 말하였다. "그래서 내가 그를 데리러 갔어요—그가 있다고 한 곳에 말입니다. 그 곳에서도 그가 떠나버려, 그를 뒤따라 두세 곳을 들렀고, 그래서 이렇게 늦었지요." 의사는 이제 앰비언트 부인과 함께 있었고, 그애를 살펴보고 있었으며, 그 집을 떠나기 전에 마크를 한 번 더 만나고 가게 되어 있었다. 나의 주인께서는, 10분쯤 지나서, 새 책의 교정본이 책상 위에서 없어진 것을 목격하였고, 그것이 어떻게 된 것이냐는 그의 물음에 내가 부인께서 그것을 읽으려고 가져갔다고 대답했을 때, 그는 순간적으로 놀라서 얼굴이 거의 창백하게 변했다. "왜 그녀가 갑자기 그처럼 호기심을 갖게 되었을까?" 하고 그는 외쳤다. 그리고 나는 그 알 수 없는 일의 원인이 바로 나라고 그에게 말하지 않을 수 없었다. 내가 그녀에게 남편이 할 수 있는 바를 정말 알아야 한다고 확신시켰던 것이 마음에 꺼림칙했던 것이다. "내가 할 수 있는 것에 관해서라고요? 그것에 대해 그녀는 오직 의심할 뿐이지요!" 웃으면서 앰비엔트는 말하였다. 그러나 그는 나의 쓸데없는 참견을 매우 너그럽게 받아들였으며, 교정한 것이 적혀 있으며 복사해 놓지도 않은 그 교정쇄를 그녀가 태워버리지나 않을까 아주 걱정된다고 덧붙이는 것으로 만족하였다. 의사는 그 애의 방에 오래 머물러 있었고, 그가 내려오기 전에 나는 내 방으로 물러가서는, 저녁 식사 때까지 그 곳에 머물러 있었다. 저녁 식사 때 객실에 들어가자마자 나는 앰비엔트 양이 그 전날 저녁처럼 그 방에 있음을 발견하였다.

"돌시노에 관한 제 말이 맞았어요." 그녀는 나를 보자마자 기묘하고 약간 의기양양한 표정으로 말했다. "그애는 정말 많이 아파요."

"많이 아프다고요! 아니, 아까 4시경 그애를 보았을 때는 아주 상태가 좋았는데요."

"최악의 상태로 변했어요 ― 갑작스레 그리고 신속히 말이에요 ― 그리고 의사가 여기 왔을 때, 그는 디프테리아 증세가 있다는 걸 발견했어요. 의사는 내 말대로 아침에 불러왔어야 했고, 그애를 뜰로 데리고 나가지 말았어야 했어요."

"아니, 아가씨, 그애는 안뜰에 있을 때 아주 행복해 했는데요." 나는 깜짝 놀라서 물었다.

"그애는 어느 곳에서나 행복할 것입니다. 지금도 아마 틀림없이 행복해 할 겁니다. 그의 작고 가련한 목이 그 같은 상태에서……." 그녀는 그녀 오빠가 들어오자 목소리를 낮추었으며, 마크는 우리에게 앰비언트 부인이 물론 식사에 오지 않을 것임을 알려주었다. 돌시노가 디프테리아 증세를 보이는 것은 사실이나, 지금은 아주 평온해졌으며, 그애 어머니가 그애를 열심으로 지켜보고 있다는 것이었다. 마크는, 그애 어머니는 완벽한 간호사이고 또 의사도 열시에 다시 오게 되어 있다고 말하였다. 저녁 식사는 그다지 유쾌하지 못했다. 앰비언트는 걱정스럽고 놀란 듯하였으며, 그의 누이는 빵을 조금씩 갉아먹고, 그리고 포도주를 홀짝거리며 마시는 바로 그 몸가짐에서 나타나는, "당신한테 그렇다고 말했다"는 듯이 취하는 무언의 태도로 나를 매우 성가시게 하였다. 나는 그녀가 이야기하는 어떤 것도 부정하고 싶은 생각이 없었으며, 그리고 그 사건에서 자신의 말이 옳다는 게 입증됨으로써 느끼는 그녀의 만족감이 가련한 돌시노의 목을 낫게 해줄 수 있는지는 알 수 없었다. 사실 그 이후의 상황이 입증하였듯이, 앰비언트 양은 예언자적 특질을 갖고 있었으며, 그렇기 때문에 아마도 예언자적인 왜곡을 할 권리도 가지고 있었을 것이다. 그녀의 오빠는 너무나 정신이 팔려 있어서, 나는 내가 그 곳에 있는 것이 실례라는 느낌이 들었고, 그 다음날까지 머무리라 약속했던 것이 후회되었다. 나는 마크에게 그 날 아침 내가 떠났더라면 좋았으리라고 이야기했는데, 그 말에 그는 오히려, 만약 내가 다음날을 같이 지내게 된다면 조바심내고 있는 그에게 큰 위안이 되리라고 대답하였다. 조바심은 가련한 그에게 이미 시작되었으며, 저녁 식사 후 우리가 담배를 피우며 그의 서재에 앉아 있는 동안 의사가 타고 오는 마차 바퀴소리 같은 것을 들을 때면 그는 언제나 문께로 달려갔다. 우리와 같이 그 방에 있던 앰비언트 양은 그러한 순간이면 내게 의미 있는 시선을 보냈다. 그녀는 우리에게 오기 전에 그애 안부를 알아보러 2층으로 올라갔었다. 그애 어머니와 간호사는 그애가 그런 대로 괜찮다고 이야기하였으나, 앰비언트 양은 그애의 열이 높고 증세가 매우 심각하다는 것을 발견했다. 의사는 10시에 집에 왔으며, 나는 마크로부터 그애가 지금은 별다른 위험이 없다는 이야기를 듣고는 침실로 가버렸다. 의사는 밤을 지낼 수 있는 모든 대비를 해주었으며, 그리고 다음날 아침 일찍 다시 오기로 되어 있었다.

나는 다음날 아침 8시에 방을 나섰으며, 아래층으로 내려왔을 때 그 집의 열린 문을 통해서 앰비언트 부인이 안뜰로 통하는 제일 앞쪽 문에 서서 그 의사와 이야기하고 있는 것을 보았다. 그녀는 흰 실내복을 입고 있었으나, 그녀의 빛나는 머리카락은 머리 그물 속에 단정하게 감싸여 있었고, 아침의 상쾌함 속에서 밤새 애를 돌본 그녀는 그녀 시누이가 말하던 것과 꼭 같은 '전형적인 숙녀' 처럼 보였다. 내 생각으로는 그녀의 출현이 나를 안심시켰어야 했으나, 나는 여전히 불안하고 초조하였으며, 나는 그녀를 만나게 되면 돌시노에 관해 물어보아야 하기 때문에 그녀를 만나는 것을 피했다. 그러나 그럼에도 여전히 그애가 어떻게 되었을까 알고 싶어 안절부절못하였다. 그리고 나는 앰비언트 부인이 나를 발견하지 못하였기 때문에 우회하여 뜰 안으로 들어가서 멀리 떨어진 뜰 문에 멈추어 서서는 막 떠나려는 의사를 손짓해 불렀다. 앰비언트 부인은 의사가 마차에 타기 전에 집 안으로 들어가버렸다.

"실례합니다. ……저는 이 집의 손님으로서 그애 소식이 매우 궁금합니다만."

뚱뚱하고 빈틈 없어 보이는 그 의사는 머리부터 발끝까지 나를 살피고는 말하였다. "유감스럽지만 저는 그애를 보지 못했어요."

"그애를 못 보았다고요?"

"내가 마차에서 내렸을 때 앰비언트 부인께서 내려와서는 그애가 밤새 잠을 못 잔 끝에 이제 아주 곤히 잠들어서 그애를 깨우기를 원치 않는다고 이야기하더군요. 나는 그애를 깨우지 않은 채 애를 보겠노라고 부인을 안심시켰으나 그녀는 그애가 이제 아주 괜찮아서 그녀 자신이 돌볼 수 있다고 하더군요."

"고맙습니다. 다시 오실 건가요?"

"아니에요, 다시 오면 내 목을 매달지요!" 하고 앨링엄 의사는 소리를 질렀는데, 분명 화가 나 있는 듯하였다. 그리고 그는 채찍으로 말을 몰아갔다.

나는 뜰로 되돌아 들어갔으며, 5분 후에는 앰비언트 양이 나를 맞으러 집에서 나왔다. 그녀는 아침 식사가 좀더 있어야 준비될 것이기 때문에, 의사가 가버리기 전에 의사를 만나기 원한다고 설명하였다. 나는 의사가 이미 왔다가 가버렸으며, 의사가 왜 그냥 가는지에 대해 내게 이야기했던 그대로를 그녀에게 다시 말해 주었다. 이 말에 앰비언트 양은 매우 심각해졌으며 — 정말 매우 심각했다 — 눈을 크게 뜨고는 벤치에 앉아 팔꿈치를 팔짱 낀 손으로 붙들었다. 그녀는 몇 마디 짧은 고함을 질렀으며, 정말 어찌할 바를 모르겠다고 털어놓고는 마침내 내게, 자신이 알고 있는 그녀 조카의 가장 최근 소식을 이야기하였다. 그녀는 아주 늦게까지 자지 않고 있었으며 — 나나 마크보다도 더 늦게 — 자러 가기 전에 그애 방문을 노크하였고, 그 문은 노크소리에 간호사가 열어주었다. 사람 좋은 이 간호사는 그녀를 들여보냈고 그녀는 돌시노가, 조용하나 얼굴이 상기되고 '부자연스럽게' 되어 침대 곁에 앉아 있는 그의 어머니와 같이 있는 것을 발견하였다. "그녀는 그애의 손을 한 손으로 쥐고 있었고" 하고 앰비언트 양은 말하였다. "그리고 다른 손으로는 — 어떻게 생각하세요? — 바로 마크의 새 책 교정쇄들을 들고 있었어요! 그녀는 그것들을 열중해서 읽고 있었어요. 이처럼 희한한 이야기를 들어본 적 있으세요? 그녀가 결코 용납하지 않는 작가의 작품을 읽기에는 그처럼 이상한 시간에 말이에요!" 너무 흥분하여 앰비언트 양은 그 같은 상소리를 지껄였으며 나는 그녀의 이야기에 너무 큰 인상을 받은 나머지 뒤에 그녀의 말을 회고해 볼 때에야 비로소 그녀의 상소리를 알아채었다. 앰비언트 부인은 손가락을 입술에 갖다 댄 채 책에서 눈을 들었으며 — 나는 그녀가 그 날 오후 내게 말을 걸었던 때의 그 몸짓을 상기해 보았고 — 비록 그 간호사가 막 쉬러 가려던 참이었음에도 불구하고, 그녀의 시누이에게 애보는 일을 나누어 떠맡아주도록 요청하지 않았다. 그러나 분명 돌시노의 상태는 전혀 안심할 만한 것이 못 되었다 — 그애의 가련한 작은 숨쉬기는 거의 고통스러워 보였다. 그리고 의사로 하여금 그애에게 접근하는 것을 거부한 베아트리체를 정당화시켜 줄 수 있는 어떠한 변화가 그 몇 시간 내에 일어날 수 있었겠는가? 바로 이것이 앰비언트 양이 한 이야기의 취지였으며 — 적어도 앰비언트 양 자신을 위해서는 그랬다. 그러나 나로 봐서는, 그 시간은 앰비언트 부인이 자신이 한 번도 그 가치를 인정하지 않았으며, 그녀가 별로 좋아하지도 않는 젊은 미국인에 의해 우연히 추천된 데 지나지 않던 소설가에 대해 자세히 조사해 보기에는 아주 어울리지 않는 시간이었다는 점이다. 나는 밤의 고요한 시간, 간호사가 나간 후에, 한 천재가 쓴 페이지를 넘기며 그것의 마법과도 같은 불길한 영향력과 씨름하면서 병실에 앉아 있는 그녀를 머리 속에 그려보았다.

나는 마크 앰비언트에 대한 나의 방문의 — 그 이후로 몇 시간밖에 지속되지 않은 — 나머지 상황을 아주 간략하게 이야기하고, 그 뒤 그와의 사귐에 대해 단 세 마디만을 덧붙이지 않으면 안 되겠다. 그와의 교제는 5년 동안 — 그가 죽을 때까지 — 지속되었는데 흥미와 만족과, 또한 슬픔으로 가득 차 있었다. 이와 관련해서 꼭 말해야 할 것은 그에게서 내가 하나의 비밀을 알아내었다는 점이다. 비록 내가 절대적으로 확신할 수는 없지만, 그는 결코 그것을 꿈에도 예상해 보지 않앉으리라고 나는 믿는다. 만약 그가 그것을 예상했었다면, 그가 취했던 방침, 즉 그 문제에 있어서 그의 절대적인 거부의 방침은 엄청난 의지의 노력을 나타내주는 것이다. 나는 이제 그 비밀을 밝히고 그것이 받아야 할 응분의 평가를 받도록 하겠다. 왜냐하면 이제 그도 저 세상에 갔고, 유명한 요절자들 중의 한 사람으로 언급되기 시작하였으며, 그의 부인도 그보다 일찍 죽었기 때문이며, 또한 그 이후 가끔씩 만났던 앰비언트 양도 그녀의 그 자수품들과 그 태도, 마법적인 눈길들과 기이한 그 직관적인 힘들과 함께 한 수녀원으로 은둔해 버렸고, 들리는 소문에 의하면 그 곳에 아주 틀어박혀서 이 세상과 완전히 담을 쌓아버렸기 때문이다.

마크는 그의 누이동생과 내가 그 곳에 한동안 앉아 있은 후에 아침식사를 하러 들어왔다. 그는 말없이 나와 악수를 나누고, 그의 누이에게 키스를 하였으며 편지와 신문들을 펼쳐 보았고 그리고는 커피를 마시는 체하였다. 그러나 나는 그의 이러한 움직임들이 기계적이라는 것을 알아챘으며, 그래서 갑자기 그가 그의 앞에 있는 모든 것들을 밀쳐버리고 머리를 두 손으로 감싼 채 팔꿈치를 테이블에 놓고, 테이블보를 이상한 눈으로 응시하며 앉아 있는 것을 보았을 때 거의 놀라지 않았다.

"왜 그래요, 오빠?" 하고 앰비언트 양은 커피 주전자 뒤에서 그를 살피며 물었다.

그는 아무 대답도 하지 않았으나, 다소 난폭하게 일어서서 창문께로 성큼 걸어갔다. 그의 누이와 나는 똑같은 충동에 의해 일어섰으며, 좀 놀란 듯한 표정을 서로 교환했고 그러는 동안 그는 잠시 뜰을 내다보았다. "도대체 무엇이 베아트리체를 사로잡고 있는 거야?" 그는 마침내 외쳤고, 거의 초췌한 얼굴을 이쪽으로 돌렸다. 그리고 그는 우리 둘을 번갈아 쳐다보았다. 그의 호소는 그의 누이뿐 아니라 내게로도 향했다.

앰비언트 양은 어깨를 으쓱하였다. "가엾은 마크, 베아트리체는 언제나 — 베아트리체는!"

"그녀는 그애와 함께 스스로를 가두어버렸어 — 문에 빗장을 걸고 — 내가 그애에게 가까이 가는 것을 거부하는군!" 앰비언트는 계속 말하였다.

"그녀는 한 시간 전에 의사가 그애를 보는 것도 거절했어요!" 앰비언트 양은 배우들이 무대 위에서 말하듯이 힘주어 이야기하였다.

"의사가 그애를 진찰하는 것을 거부했다고? 맙소사, 문을 부수고 들어가야겠어!" 그리고 마크는 주먹으로 테이블을 쳤으며, 그 바람에 모든 아침 식사용 그릇들이 소리를 내었다.

나는 앰비언트 양에게, 올라가서 그녀 올케와 대화를 가질 수 있도록 애써보라고 권했으며, 마크를 뜰로 데리고 나갔다. "당신은 지금 너무 과민해 있습니다. 그리고 아마 부인의 판단이 옳을지도 모릅니다" 하고 나는 그에게 말했다. "여성들은 압니다 — 여성들은 그 같은 상황에서는 비길 데 없는 존재가 되지요. 어머니를 믿으세요 — 헌신적인 어머니를 말입니다, 친구여!" 이러한 말로써 나는 그를 달래고 위로하려고 애썼으며, 믿어지지 않겠지만 여러 개비의 담배의 도움을 빌려 나는 그를 거의 한 시간가량 뜰을 이리저리 거닐면서 이야기하게 하거나 적어도 나의 재치 있는 재잘거림에 귀를 기울이게 만드는 데 성공했다. 이러고 있을 즈음에 앰비언트 양이 가슴에 손을 댄 채 우리에게로 매우 빠른 걸음으로 되돌아왔다.

"의사를 부르세요, 마크. 지금 즉시 의사를 부르러 가세요!"

"그애가 죽어가고 있어? ……애를 죽였어?" 가엾은 앰비언트는 피우던 담배를 던져버리면서 외쳤다.

"그녀가 어떤 짓을 했는지 모르겠어요! 그러나 그녀는 겁에 질려 있고, 이제 그녀도 의사를 원해요."

"의사가 다시 오느니 목을 매달겠다던데요" 하고 나는 알려주지 않을 수 없다는 생각으로 말했다.

"바로 그래요. 그렇기 때문에 마크가 직접 가야지 사람을 보내서는 안 돼요. 그를 직접 만나서 애의 목숨이 달려 있다고 이야기해요. 마차는 시켜서 이미 준비되어 있어요."

"그애를 구하러? 내가 그애를 구해야겠어, 오 하나님!" 하고 앰비언트는 외치고는 큰 걸음으로 잔디밭을 가로질러 달려갔다.

그가 가고 나자 나는 내가 그를 대신해 지원을 했었어야 할 것이라는 생각이 들었으며, 같은 취지의 말을 앰비언트 양에게 하였다. 그러나 그녀는 내 팔을 재빨리 잡아 나를 제지하였고, 그러는 사이 우리는 이륜 마차의 바퀴들이 문으로부터 멀어지는 소리를 들었다. "그는 떠났어요. ……그는 떠났어. ……이제 나도 생각해 볼 수 있겠어요! 그를 보내버리려고 그랬지요. 내가 생각할 동안에요. 내가 생각해 볼 동안 말입니다!"

"무엇에 대해 생각해 보는 중에 말이오, 앰비언트 양?"

"이 지붕 밑에서 일어났던 망측한 일에 관해서 말이에요!"

그녀의 태도는 언제나 재난의 예언자와 같은 것이었기 때문에 나의 제일 첫 충동은 뭔가 크게 과장되었으리라는 것을 감안해야 하리라고 믿고 싶은 것이었다. 그러나 곧 나는 그녀의 감정이 진짜라는 것을 알았다. "돌시노가 죽어가고 있다면 그렇다면…… 그애가 죽은 게 아닐까요?"

"그를 구하기는 이미 늦었어요. 그애 어머니가 그애를 죽게 했어요! 당신이 동정심 있고 상상력이 있기 때문에 그것을 당신에게 말하는 거예요" 하고 앰비언트 양은 덧붙였으며, 내가 놀란 표정을 나타내는 것을 제지하였다. "바로 당신의 그 동정심과 상상력이 마크의 새

책을 그녀가 읽도록 만들었지요!"

"그것과 무슨 상관이 있습니까? 이해할 수가 없어요. 당신의 비난은 터무니없군요."

"나는 그걸 모두 알아요. 나는 어리석지 않아요" 하고 앰비언트 양은 나의 어조의 거친 것에는 주의를 기울이지 않고 계속하였다. "그녀를 꼼짝 못하게 만든 것은 바로 그 책이에요. 그녀를 결심하게 한 것이 바로 그것입니다!"

"결심하게 했다고요? 그녀가 그애를 죽였다는 말씀이세요?" 나는 떨리는 목소리로 물었다.

"그녀가 그애를 희생시켰어요. 그녀는 그애가 살아날 수 있도록 만드는 어떤 짓도 하지 않기로 결심했어요. 그렇지 않다면 왜 그녀가 틀어박혔으며, 또 왜 의사를 돌려보냈을까요? 그 책이 그녀에게 공포감을 주었고 그녀는 그애를 구하기로 — 그애에게 책의 영향이 미치는 것을 막기로 결심했지요. 그애는 새벽 두시경 위독해졌어요. 나는 이를 간호사에게서 들었어요. 간호사는 앰비언트 부인에게서 떠나 있었는데, 앰비언트 부인은 잠시 동안 그녀를 다시 불러들였지요. 돌시노는 훨씬 더 위독해졌지만 앰비언트 부인은 간호사에게 들어가 자도록 고집했고, 그 이후 그녀는 그애와 단둘이 있었지요."

"당신은 그녀가 무자비하다는 — 제정신이 아니라는 말씀이십니까?"

"그녀는 그애를 두 팔로 안고 — 그녀의 가슴에 끌어당겨 안고 있었고, 쳐다보고 있지는 않았습니다. 그리고 그애에게 아무 약도 주지 않았어요. 의사가 지시했던 것은 아무것도 하지 않았어요. 모든 약들이 그 곳에 손도 대지 않은 채 있었답니다. 정직한 성품이어서 그 약들을 없애버리지도 않은 채 말입니다!"

나는 놀람과 흥분에 압도되어서 가까운 벤치 위에 털썩 주저앉았다. 나는 앰비언트 양의 올케에 대한 비난만큼이나, 사건을 전해주는 그녀 자신의 그 끔찍한 명석함에 압도되었다. 그녀의 이야기는 놀랄 정도로 논리가 정연하였고 그녀의 이야기 속에서 나 자신이 그애 죽음의 원인에 아주 가까운 것으로 나타나는 것을 보는 것은 끔찍하였다. "당신은 아주 이상한 여성이군요. 아주 이상한 말씀을 하시는군요."

"당신은 항의가 필요하다고 생각하십니다만 — 그러나 당신은 내 말을 믿을 준비가 되어 있어요. 당신은 저의 올케에 대한 인상을 이미 받았으며, 그녀가 어떤 짓을 하리라는 것도 이미 추측했을 텐데요."

나는 이 말에 내가 앰비언트 양에게 어떤 시인을 했던가에 대해 지금 말해야 하리라고는 생각하지 않으며, 그녀는 내게 지난 반시간 동안 베아트리체에게 감정의 격변이 있었다는 것, 그녀 자신이 저지른 일에 대해서 그녀가 엄청나게 놀랐다는 것, 그녀의 놀람이 그녀도 모르는 사이에 표정에 나타났다는 것, 그리고 그녀가 지금은 그애를 구하기 위해서라면 어떤 일이라도 하겠다고 한다는 등의 이야기를 계속해서 해주었다. "그녀가 그애를 구하게 되도록 기원해 봅시다!" 하고 나는 말하였고, 시계를 들여다보며 가련한 앰비언트가 갔다 오는 시간을 재어보려고 하였다. 그때 앰비언트 양도 그 특이한 어조로 똑같이 "그렇게 되도록 희망해 봅시다!"라고 외쳤다. 내가 그녀에게 그녀 자신은 할 일이 없는지와, 그녀가 올케와 같이 있어야 하는 것이 아닌지를 물었을 때, 그녀는 "당신이 가보고 판단하는 것이 좋겠어요. 그녀는 마치 상처 입은 암호랑이 같아요!"라고 대답하였다. 나는 그 이후 6개월이 지나기까지 앰비언트 부인을 다시 보지 못하였고, 그러므로 암호랑이 같다던 그 비유의 사실 여부를 확인해 보지 못하였다. 6개월 이후에 보니 그녀는 다시 전형적인 숙녀였다. "이 이후로 그녀는 남편에게 더 나아지겠지요." 나는 앰비언트 양이 이같이 말하던 것을 기억하며, 그것은 그녀 오빠에 대해 와락 솟구치는 동정심에(내 쪽에서의) 호응해서 한 말이었다. 내가 그 집에 서른여섯 시간 정도밖에 머물지 않았으나, 이 젊은 여성은 내게 남다른 신뢰감을 보여주었고, 그런 까닭에 내가 그녀에게 친구로서 요구할 어떤 것이 있었다. 나는 그녀가 내게 말했던 것을 그녀 오빠에게는 말하지 않을 것이며, 그가 그의 부인의 행동에 대해 나름대로의 의견을 가질 수 있도록 내버려 두겠다는 서약을 그녀에게서 받아내었다. 그녀는, 그 집안에는 그녀가 새로운 괴로움을 더하지 않아도 이미 불행으로 가득 차 있다는 것과, 앰비언트 부인의 행동이 그녀의 남편에게는 질투심에 따른 과도한 애착으로 설명될 수 있으리라는 것에 나와 생각을 같이하였다. 가련한 마크는 우리가 기대했던 것보다는 훨씬 빨리 의사를 데리고 돌아왔으며, 그러나 우리는 5분 후에 그들의 도착이 너무 늦었다는 것도 알게 되었다. 불쌍한 어린 돌시노는 살아 있을 때보다는 죽음 속에서 더욱더 절묘하게 아름다웠다. 앰비언트 부인의 슬픔은 미친 듯한 것이었다. 그녀는 실성해서 헛소리를 지껄였다. 마크의 슬픔—이 점에 대해서는 더 이야기하지 않겠다. 그것은 그가 흔히 말하듯 '충분하니 이제 그만'이었다. 앰비언트 양은 그녀의 비밀을 입 밖에 내지 않았으나—나는 이미 그것이 일리가 있다고 말한 적이 있다—그것은 마치 그녀가 범죄 행위에 참가한 것처럼 그녀의 양심을 아프게 했으며, 그리고 내 생각으로는 그 점이, 그녀가 궁극적으로 수녀원으로 은둔해 버린 것과 관계가 있는 것 같다. 그리고 양심에 관해 한마디 덧붙인다면, 독자들은 내가 앰비언트 부인의 생각을 바꾸려고 노력했던 데 대한 나의 회한을 판단할 수 있는 위치에 있을 것이다. 나는 그녀 아들의 죽음이 어느 정도는 그녀의 생각을 바꾸게 했음을 이야기해야만 하겠다. 그 새 책이 출판되었을 때—그것은 오랫동안 지체되었다—그녀는 그 작품집을 읽어보았으며, 그리고 그녀 남편이 내게 말하기를 그녀가 죽기 수개월 전—그녀는 아들을 잃고 난 후 빠른 속도로 쇠약해지고, 폐결핵에 감염되어서는 휴양지 멘토네에서 숨을 거두었는데—최후의 수주일 동안 그녀는 「벨트라피오」도 잠깐씩 읽어보기까지 했다는 것이었다.

4
브룩스미스
Brooksmith

. . . .

최경도

브룩스미스 작품해설

1891년에 발표된 제임스의 단편 「브룩스미스 Brooksmith」는 제임스의 문학에 자주 나타나는 주제인 예술 또는 예술적 삶에 대한 사회의 무지와 몰이해를 다루고 있는 작품이다. 작품의 중심 인물인 브룩스미스는 은퇴한 외교관인 오포드 씨의 집에서 일을 돕고 있는 인물이지만, 그는 누구보다 섬세한 감각과 상상력을 구비하고 오포드 씨의 집에서 일상적으로 벌어지는 사교 모임에 섞여 스스로의 교양과 인생에 대한 안목을 높이려 하고 있다.

그러나 유일하게 브룩스미스의 존재를 인정했고 그에게 예술적 삶을 영위하도록 했던 오포드 씨의 죽음은 일순간에 브룩스미스의 몰락을 가져오게 하였다. 왜냐하면 밀도 있는 삶을 지향하며 언제나 드높은 이상을 추구한 브룩스미스의 태도는 이를 이해하지 못하는 사람들 — 넓게 본다면 세상 그 자체가 되지만 — 에 의하여 거부되고, 그는 단지 생업에만 종사할 수밖에 없는 환경으로 몰려나기 때문이다. 따라서 브룩스미스에게 있어서 자신의 후견인인 오포드 씨의 죽음은 곧 그의 생각을 펼칠 현실적 공간의 소멸을 의미한다. 이와 동시에 그와 같은 인물에게 합당한 일자리를 부여하지 못하는 우리의 현실은 개인의 깊은 내면을 십사리 이해하려 들지 않는 사회의 집단적 죄악으로 규정할 수 있다. 브룩스미스의 왜소한 신장이 시사하듯 그가 추구하는 일은 세상에 드러나지 않지만, 그가 겪는 고통은 개인적 차원에 한정되지 않고 사회 전체의 결함으로 확대된다. 결국 브룩스미스의 삶과 죽음은 자신이 안주하지 못하는 세상으로 태어난 그와 같이 섬세한 사고와 이상을 지닌 다른 많은 사람들의 비극으로 간주되는 것이다.

브룩스미스

　이미 고인이 된 올리버 오포드 씨의 친구들이었던 우리는 이제 모두 흩어져 있었지만, 어쩌다 만나게 될 때면 서로간에 은밀한 경외감을 의식하게 된다고 나는 믿었다. "그렇군요. 당신도 아카디아를 방문했던 적이 있었지요"라고 말하면서 우리는 즐거운 마음으로 당시를 회상했다. 맨스필드가에 위치한 그 집을 지날 때면 나는 바로 그곳이 아카디아였음을 기억한다. 지금은 어떤 사람이 그 집을 소유하고 있는지 모를뿐더러 알고 싶지도 않지만, 만일 벨을 누른다고 한들 브룩스미스가 나와 문을 열어주는 행운이 더 이상 기다리지 않는다는 것은 분명하였다. 그 누구보다 호감을 주었고 독신 남성들 가운데서 가장 흠모할 만한 인물이었던 오포드 씨는 은퇴한 외교관이었다. 그는 자신의 연금으로 여생을 보내었고, 몸이 쇠약했던 나머지 벽난로 옆에 칩거한 채 연중 어느 날이든 오후가 되면 늘 그 곳에서 브룩스미스가 안내하는 방문객을 맞이하곤 하였다. 브룩스미스는 오포드 씨 집의 모든 일을 맡고 있는 하인이자 그의 가장 절친한 친구였는데, 그들의 관계는 적어도 나에게는 마치 신하가 재상을 대면하는 것과 다를 바 없이 보였다. 공직기간의 모두를 외국에서 보냈던 오포드 씨는 어떤 사람의 눈에도 가장 유쾌한 영국인으로 보였지만, 나는 그가 자신의 조국을 위하여 탁월한 봉사를 수행했다고 생각하였다. 이와 동시에 나는 그가 남들에 의하여 언제나 많은 흠모를 — 그러한 흠모 따위를 달갑게 여기지 않는 사람들로부터조차 — 받아왔다고 여겼다. 결과적으로 오포드 씨와 같은 부류의 인물들은 자신들이 수행하지 못했던 꺼림칙한 일들로 말미암아 작위나 보상을 받지 못하였고, 단지 유익한 보상이란 우리가 그를 방문하는 일에 불과하였다.

실상 우리는 쉴 새 없이 오포드 씨를 만나러 갔지만, 우리가 베푼 이 같은 특별한 영예에 그가 감복하지 않았다면 그것은 우리의 정성의 부족으로 치부할 수는 없을 것이다. 그런데 한 번만이라도 그를 방문했던 사람이라면 다음의 방문은 필연적이었고, 또한 그 한 번의 방문만으로도 사람들은 오포드 씨로부터 깊은 인상을 받지 않을 수 없었다. 따라서 그를 찾는 사람들은 뜨내기가 아닌 고정 방문객이었고, 행복한 사교 모임이 응당 그렇듯이, 이들은 상호간에서뿐만 아니라 오포드 씨와 실로 돈독한 관계를 맺게 되었다. 나는 아래로 건너편의 뿌연 집들이 만들어내는 지극히 런던풍의 광경에서부터 높다란 창문에 쳐진 흰색 커튼의 틈새는 물론, 언젠가 오후 주춤거리다 마치 꽃이라도 꺾듯 찻잔을 집어올리는 브룩스미스에게 나의 찻잔을 건네준 정확한 지점에 이르기까지 그 집의 구석구석을 생생히 기억하고 있었다. 오포드 씨의 거실로 말하자면 그것은 브룩스미스가 가꾸는 정원이자 그가 직접 가지를 치고 어루만진 인간화단인 셈이었다. 우리가 모두 그 곳에서 화창한 꽃처럼 만발하여 각자의 처소에서 무럭무럭 자라나고 있었다면 그것은 전적으로 브룩스미스의 보살핌 때문이었다고 말할 수 있으리라.

적지 않은 사람들이 실제로 본 적은 없을지라도 사교 모임의 관행에 대하여 많은 이야기를 들어오지만, 그들은 사교 생활이라는 우아한 형태가 바로 자신들의 언어인 영어가 통용되는 곳에서 시들어버린다는 사실을 알고서 낙담에 빠지게 된다. 여기에 대한 통상적인 설명은 그러한 사교 모임에 참석한 여성들이 언어가 갖는 암시적 장벽을 뚫고 매끄러운 대화를 이끌어나갈 기술을 연마하지 못한 점에 기인한다. 그렇지만 오포드 씨에 대한 나의 애정 어린, 그리고 경건한 기억은 사교 모임에 대한 이러한 추론을 여지없이 무너뜨리고 마는데, 실제 그의 집에서의 모임은 은연중에 다른 장소에서의 모임과 차이를 돋보이게 하였다. 그가 만년의 상당 부분을 보내었던 장소인 청황색의 담배 연기가 스민 거실이야말로 명성에 걸맞은 분위기를 만들었지만, 그것이 여성들의 은근한 압력 때문이라고 말하는 것은 전혀 온당치 않다. 이 흠잡을 데 없는 신사는 여성들의 특징으로만 여겨지고 있던 희생정신을 능히 발휘하였던 것이다. 그는 다분히 자신의 신체적 쇠약의 탓으로 돌릴 수도 있겠지만 사람들이 자기를 집에서 만나려 한다면 가급적 외출을 하지 않는 것을 철칙으로 삼고 있었다. 간단히 말하면 오포드 씨는 사교의 문외한들이 뒤늦게 깨닫는 사실, 흔히 말하듯 자신의 입장을 고수한다는 것이 무엇인지를 인식하고 있었는데 이는 그가 집에서 찾아오는 손님들을 대기한다는 사교의 명제를 터득하였음을 일컫는다. 결과적으로 벽난로 곁에 머무르는 것이 그의 습관을 대변하게 되고 말았다. 따지고 본다면 벽난로 곁을 떠나야 될 이 유는 어디 있겠는가? 비록 좋은 의미는 아닐지언정 벽난로 곁에서 칩거한다는 것은 곧 런던에서 찾을 수 있는 최상의 즐거움으로 간주되기 때문에, 그것을 포기하지 못하는 일단의 무리들이 — 이제는 실로 어쩌다 찾는 부부들로 그 숫자가 줄어들었지만 — 우아한 구세기의 벽난로 선반 주위를 맴돌게 되었던 것이다. 그러나 이 벽난로 선반으로 말하자면 오포드 씨의 뛰어난 수집품이었던 정교한 초상화를 제외하고는 그 집에서 구비된 장식 가운데 단연 으뜸이었다. 오포드 씨는 부유하지도 않았으며, 그가 받는 연금과 평생 동안 살았던 구식 가옥을 제외하고 아무런 재산이 없었다.

　조금은 불편한 마음으로 오늘의 상황과 비교해 본다면, 그 당시 오포드 씨의 집을 찾았던 우리들 모두가 얼마나 세심한 배려를 받았던가를 다시 생각하게 되고, 이따금 나는 그러한 세심한 배려의 비법이 무엇이었는지 혼자 묻곤 하였다. 그러나 그때는 누구나 그러한 느낌을 당연한 것으로 받아들였음이 사실이다. 왜냐하면 지극히 좋다는 것이란 언제나 예상 밖으로 간주되기보다는 그대로 수용되는 특징을 가지고 있기 때문이다. 나는 우리 모두가 행복했다는 사실을 느끼기는 했어도 그것이 어떻게 가능하게 되었는지에 대하여 고려해 보지 않았다. 그렇지만 당연히 제기되어야 할 의문이 생겨났고 그러한 의문에 대하여 해답을 줄 사람이 아무도 남아 있지 않다는 사실은 기이한 생각이 들 만큼 분명히 여겨졌다. 물론 오포드 씨 자신이 이에 대한 해답을 던진 것이나 다름없지만, 그는 여성의 힘을 빌리지 않고서도 (많은 숙녀들이 그의 초대를 받지 못해 안달을 하였고, 오포드 씨가 이들의 요구를 다소간 수용했다는 점을 차치하고라도) 고급 사교 모임을 만들어내었던 것이다. 그러나 일견 사교 모임에 대하여 광적으로 보이는 그의 태도일지라도 그 속에는 하나의 방법, 즉 성공의 법칙이 내재해 있다고 짐작할 수 있다. 다시 말하면 오포드 씨는 결코 단순한 요행으로 자신의 성공을 이룩하지는 않았다. 그의 모든 행동에는 일종의 예술과도 같은 점이 있었지만 그것이 어떻게 겉으로 드러나지 않았던 것일까? 사실인즉 그러한 경지에 대하여 말하자면 불가사의한 예술가란 대체 무엇을 의미하는 것일까? 요전날 이러한 의문에 대하여 궁리를 하던 중 나는 스스로의 답변에 실마리를 풀게 되었다. 나의 머리 속에 되살아난 그때의 상황, 즉 청명한 날의 햇살처럼 자연스럽게 느껴지곤 하던 당시의 매우 경이적인 상황에 대한 기억이 떠오른 것이다.

　그 당시의 모임에 대하여 말하자면, 우리는 한 번도 무리를 지어본 적도 없거니와, 함께 모였을 때의 숫자가 너무 많거나 적었던 적도 없이 언제나 다감히 친교를 나눌 수 있는 사람들만 있었고, 어쩌다 부류가 다른 사람이 온 적도 없었다고 기억한다. 또한 언제나 그 곳을 들락거리면서도 끈적대며 눌러앉아 늦도록 머물렀던 적도 없었고, 서먹한 느낌 때문에 즉흥적인 언동을 한 적도 없었던 것은 대체 어떤 이유에서였을까? 우리는 마음이 내키면 자리에 앉거나 서성거리다 만나고 싶은 사람들을 대면하고 그러다 자리를 떠나기도 하였으며, 또한 마음이 변하면 사람들이 둘러 모여 있는 곳으로 가거나 안락한 소파에 홀로 앉아 있는 사람과 격의 없는 대화를 나누기도 했던 것은 어째서 가능했을까? 그 곳에 놓여 있던 소파는 모두 무척이나 안온했고, 그 장소에서 일어났던 일들은 우리를 행복감에 젖게 하였다. 동시에 사람들은 스스럼없이 대화를 나누었고 이를 듣는 사람 역시 진지한 태도였다. 그리고 서로간에 주고받던 화제 또한 잇달아 나오는 정찬의 한 코스처럼 순식간에 준비되어 정연히 사람들 앞에 제시되던 이유는 어디에 있었을까? 마치 품격 있는 장소에서의 서비스가 완벽한 것처럼, 그 곳에서 화제의 결핍이란 생각조차 해볼 수 없었다. 이러한 일련의 연상은 나로 하여금 필연적으로 그러한 불가사의한 현상의 근저에는 바로 브룩스미스가 있었다는 사실을 상기하게 만들었다. 오포드 씨 집의 사교 모임이 비록 브룩스미스에 의하여 창시되지는 않았지만 적어도 그가 이 모임을 지속시켰다는 것은 엄연한 사실이었다. 한마디로 말하면 브룩스미스는 바로 예술가와 같은 존재였던 것이다.

 그 당시 우리는 명확히 말하지는 않았지만 은밀히 이러한 사실을 직감하였으며, 질서 있고 부족감이 없는 하나의 공동체로서 어떠한 아부 근성도 배지 않았던 브룩스미스의 공명정대한 태도를 높이 인정했다. 실로 천박함이란 전혀 없던 브룩스미스의 손길은 비할 데 없이 섬세하였지만, 그러한 섬세함은 나의 손이 희미한 가로등 빛을 안고 맨 처음 그 집의 문을 열었을 때 드러난 집 안 내부의 광경에서 — 이것은 이후 반복된 현상이었지만 — 분명히 나타났다. 즉각적으로 나는 브룩스미스가 수많은 직업학교를 거쳤음에도 불구하고 한치의 오만도 없이 자신의 직무를 수행하였고, 언제나 정연하고 인간적인 자세로 일관하고 있음을 간파하였다. 나중에 서너 차례 오포드 씨와 이야기를 나누게 되었을 때, 그는 껄껄대며 브룩스미스를 '사관생도'라고 부르곤 하였다. 그러나 기억컨대 나는 오포드 씨가 그에게 합당한 대우를 베풀지 못하였다고 탓한 적은 없었다. 브룩스미스를 완벽히 이해하고 그에게 정성을 쏟았던 나의 오랜 친구인 오포드 씨는 내가 말하려고 하는 바와 같이 그가 직업학교에서 배출된 거장들 가운데 한 사람이 아니라는 점을 분명히 인정하였고, 이러한 사실은 의심할 나위 없이 직업시장에서 자신의 가치가 처음 결정되었을 때 브룩스미스 자신이 통렬히 느꼈을 것이다. 일반적으로 말하자면 브룩스미스와 같은 신분에 있는 인물들의 가치는 신장의 크기로 측정되며, 그는 어림 잡아 5피트 2인치 정도의 신장만 구비하였다. 물론 그는 이러한 조항이 불합리하다는 점을 인정하였고, 자신의 직분과 신장 사이에 영속적인 관계가 존재한다는 사실을 가슴 깊이 묻어두었다고 나는 확신했다. 만일 자신이 오포드 씨의 입장이었다면 그는 분명히 피고용인으로부터 결핍된 부분을 발견했을 테지만, 이 점에 있어서 그의 고용자의 관용적인 태도는 브룩스미스로 하여금 감사의 마음을 품게 하여 결국 그가 스스로 감사히 체득한 인생 체험의 일부가 되었다.

    나는 오포드 씨가, "하인들에 관하여 말하자면, 그들이 나와 함께 보름 정도만 지내게 되면 평생을 함께 할 수도 있지"라고 말했던 일을 기억하고 있다. 말하자면 브룩스미스는 오포드 씨의 집에서 자신이 "여보게", "이 사람아"와 같은 말로 호칭되는 상황을 익혀나가야만 했던 것은 처음 보름 동안의 일이었다. 그러한 시험기간은 브룩스미스에게 생소하고 쉽게 적응되지 않는 일이었음에 틀림없지만, 그는 분명히 자신의 감정을 가라앉히고 순화된 마음으로 그 과정을 통과했을 것이다. 이러한 사실은 어느 정도 그의 용모에도 나타나 있었다. 즉 그의 마르고 당찬 체구와 세상에서 이탈된 듯한 하얀 얼굴, 그리고 특색 있게 잘 빗은 머리카락 등은 자신의 직분에 대한 책임감을 말해 주고 있는 듯하였으며, 이것은 다른 사람들로 하여금 마치 고급 식기류를 쓸 때 느끼는 격상된 품격을 갖도록 하였다. 이러한 인상은 그의 작지만 뚜렷하고 호기심 어린 눈빛과 남의 눈에 띄지 않게 다듬은 턱수염에서도 엿볼 수 있었다. 노신사인 오포드 씨는 브룩스미스에 대하여 이렇게 말하였다. "그 친구는 나를 다소 광적인 존재로 생각할지 모르지만 나는 그를 잘 이끌어왔다네. 그렇기 때문에 그는 이제 이 장소는 물론 여기에 모인 사람들을 좋아하게 되었어." 나는 브룩스미스의 특징이 사려 깊고 수줍은 듯하면서도 세련된 언동에 있다는 점을 알고 난 다음 오포드 씨의 말을 충분히 이해하게 되었다. 그렇지만 언젠가 오포드 씨가, "그 친구가 좋아하는 일이란 사람들이 나누는 대화에 섞이는 일이지"라고 말했을 때 다소 당황했던 기억도 있었다. 나는 브룩스미스가 자신에게 그러한 자유를 한 번도 허용한 적이 없다는 사실을 알고 있었지만, 순간적으로 오포드 씨가 한 말에는 실제 이상의 강렬한 참여의 욕구가 브룩스미스의 내부에 깃들여 있다고 느꼈다. 브룩스미스는 합당한 구실을 대거나 자신의 업무와 필요성을 이유로 끊임없이 우리들의 모임에 참가하여 인생에 대한 안목을 높이려 했다. 언젠가 그는 층계 끝에서 나를 배웅하면서, "선생님, 이것이 바로 진정한 교육이겠지요"라는 말을 건네었다. 나는 그때 그의 말과 어조를 인생 행로가 순탄치 못한 브룩스미스의 운명에 대한 암시, 다시 말하면 장면이 급속히 바뀌는 연극의 시작 같은 느낌으로 늘 기억하였다. 사실인즉 사교 모임에 섞여 대화를 나누는 것도 교육임에 틀림없지만, 봉사 계급에 속하는 서른다섯 나이의 이 예민한 젊은이에게 무엇 때문에 그러한 교육이 계속되어야 하는 것일까?

불가피한 실정이긴 하지만 어떤 인물에 대한 찬사와 매력조차 인생에서의 한정된 시간과 신체적 쇠약 때문에 때가 되면 시들해지고, 이후 사람들의 관심은 친교 관계와 영속적인 무엇에 의존하기 마련이다. 그리고 한편으로 자신이 남들을 위하여 무엇인가를 행사하여 은연중에 즐거움을 베푸는 기술에 언제나 정도 이상으로(물론 과장이 되지만) 탐닉하기도 한다. 오포드 씨로 말하자면 비록 마음이 내키지 않는다고 할지언정 누군가 그에 대한 봉사를 기꺼이 하려 한다면 일부러라도 그 사람에게 어떤 일을 하게 하는 능력을 겸비하고 있었다. 설령 당신이 어느 쪽도 좋아하지 않는다면 (드문 일이기는 하나 그럴 가능성은 상존한다) 다른 의도가 개입되겠지만, 이럴 경우 브룩스미스와 같은 인물은 일이 극단적으로 전개되는 것을 충분히 막을 수 있다. 이러한 점이 브룩스미스가 중재자의 입장을 취하는 방식인데, 그는 다른 사람들이 오포드 씨에게 호의를 베푸는 과정에서 발생되는 오해나 문제를 나서서 해결해 버린다. 이상하게 보일는지는 모르지만 이러한 목적 때문에 브룩스미스는 오포드 씨의 집에서 자주 사용되는 언어인 불어에 대하여 상당한 통찰력을 구비하고 있었다. 대부분의 외국인들에게 습관적인 사실이 되었다는 점을 차치하고라도, 오포드 씨의 집을 줄곧 방문하거나 서신을 들고 오는(브룩스미스가 언제나 알고 있듯이 그러한 서신들은 다소 심각한 관심사를 담고 있을 때도 있었지만) 사람들이 상당수 있었고 그럴 경우 불어는 그 집의 주인이 우선 사용하는 언어가 되어버렸다. 나는 오해라는 단어에 상응하는 온갖 어휘가 불어에 담겨 있는지는 모르나, 그 어휘에 대한 모든 설명이 가능하리만큼 브룩스미스는 조금의 어려움도 없이 자신의 일을 처리하였다. 오포드 씨가 몽테뉴와 생시몽의 저작의 일부를 발췌하여 브룩스미스에게 읽어주곤 했던 일을 나는 기억하고 있지만, 실상 혼자 있을 때면—정확히 말해 그들 둘만이 있을 때면—오포드 씨는 쉴 틈 없이 독서를 했고 브룩스미스는 언제나 그 주변을 서성거렸다. 이 경우 아마도 사람들은 오포드 씨의 하인이 자신의 주인을 '정상이 아닌' 줄로 생각하고 있다고 말할지 모르지만, 아무튼 나는 그가 몽테뉴에 대하여 무슨 생각을 하고 있는지 확실히 알 길은 없어도 적어도 생시몽을 흠모하고 있다고 확신하였다. 문학에 대한 어떤 느낌이 그가 항상 이리저리 손에 들다 서가에 도로 꽂아두는 대가의 저작을 건드리는 것만으로 적지 않은 영향을 끼쳤음에 틀림없다.

이따금 오포드 씨의 집에서 어떤 일화나 인용문을 놓고서 활발한 토론이 진행될 때면, 나는 브룩스미스가 벽난로나 커튼을 손질하거나, 아니면 등불을 켜고 차를 따르는 일 따위로 분주하다고 할지라도 반드시 어떤 구실을 대고 그 장소에 머물며 토론의 결말이 날 때까지 지켜보고 있음을 목격하였다. 그의 목적이 화제를 파악하는 데 있는 것이라면 누군가 그에게 그 장소를 떠나도록 한다는 것은 매우 분별없는 행위가 되는 셈이었다. 언젠가 같은 장소에서 상당히 많은 사람들이 모였을 때, 손님들의 시중을 들고 있던 브룩스미스를 도와주며 그에게 나지막한 목소리로 당치도 않은 질문을 건넨 시종에게 브룩스미스가 던진 냉엄하고 딱딱한 시선(이것은 찰나적으로 포착되었지만)을 나는 결코 잊지 못할 것이다. 그것은 지금까지 관찰한 브룩스미스의 태도 가운데서 유일하게 기억되는 냉엄한 표정이었기 때문에 나는 처음에 대체 무슨 일이 생겼는지 궁금해 하였다. 그러다 나는 오포드 씨가 아마도 이전에 한 번도 공개적인 자리에서 말한 적이 없던 매우 진기한 일화—목격자에 의하여 전해졌던 내용이지만—를 진술하고 있었음을 알게 되었는데, 그것은 바이런 경의 이탈리아에서의 생활과 관련된 일이었다. 여기서 그때 진술된 이야기를 다시 재현할 의 도는 추호도 없지만, 아무튼 그 당시 브룩스미스는 시종이 자기에 게 건넨 말로 말미암아 오포드 씨의 말을 놓치게 될지도 모를 절박한 상황에 있었던 것이다. 그러므로 만일 내가 그 당시 오포드 씨의 말을 재현하려 한다면 나와 함께 그 말에 귀를 기울였던 브룩스미스를 언급하지 않을 수 없을 만큼 그때의 인상은 강하게 남아 있었다.

오포드 씨 집의 문이 처음으로 굳게 잠긴 그 날은 결과적으로 지금 진술하고 있는 이야기의 전개에 있어 암울한 날짜로 기록되어 버렸다. 그 날은 억수같이 비가 내려 내 우산이 흠뻑 젖었지만 브룩스미스는 마치 이층에 있는 접견실로 가기 위한 예비과정이나 되는 듯이 정확히 나의 우산을 받아 쥐었다. 그는 우산을 한쪽으로 치우지 않고 양손으로 곧추세워 양탄자 위로 물방울을 떨어뜨리고 있었고, 언제나 그의 곁을 떠나지 않는 강한 책임감의 표현인 깊이 있고 예리한 눈빛으로 나를 쳐다보고 있음을 알았다. 순간적으로 나는 그 눈빛이 무엇을 의미하고 있는지를 알게 되었던 것이다. 그것은 이미 서로간에 질문을 던지고 이에 대한 답변을 할 필요가 없을 만큼 우리 사이가 가까웠기 때문이었다. 잠정적이기는 하지만 노신사인 오포드 씨가 처음으로 자신의 집에 방문객들을 받지 않는다는 사실을 알았을 때 나는, "이제 일이 어떻게 될까? 얼마나 많은 사람들이 타격을 받게 될까?" 하고 우울한 마음으로 중얼거렸다.

"저 자신도 그러한 사람들 가운데 포함되겠지요, 선생님!" 하고 브룩스미스가 금방 답변을 했지만, 그 말은 곧 종말을 예고하는 것이었다.

그 후 오포드 씨가 다시 아래층으로 내려왔을 때 나는 어떤 마술이 깨어졌음을 직감하였다. 여기에 대한 가장 분명한 증거는 실로 처음으로 우리의 대화가 방향을 잃게 되었다는 사실에 있었다. 마치 길 잃은 아이처럼 겁먹은 것 같은 우리의 대화는 이리저리 비틀거리다 마침내 보호자의 손길을 놓치게 되었다. 다시 모습을 드러낸 오포드 씨는 나에게, "가장 말하기 어려운 사실은 이제야말로 나의 건강에 대해서 언급을 해야 된다는 점인데 이것이 바로 모든 것의 종말이 아니겠나"라고 입을 열었지만, 나는 그의 말이 어떤 변화의 표시임을 깨달았다. 그 이유는 여태껏 그는 조금이라도 자신의 신상에 관해서 말한 적이 없었기 때문이다. 한마디로 우리가 지금까지 나누었던 대화는 공동의 관심사였지 개인에 국한되지 않았으므로 그가 자신의 이야기를 한다는 사실만으로 우리 사이의 자연스러움을 앗아갈 수 있었다. 오포드 씨가 이러한 형태로 자신의 신상에 대한 언급을 하였다는 것은 이제 자신의 주의력이 완전히 흐트러진 브룩스미스에게 하나의 고통이 되었는데, 그는 자신의 주인의 건강에 대하여 누구보다 세심한 생각을 한 듯하였다. 물론 브룩스미스가 더욱 분주히 거실을 들락거리는 광경이 보이기도 하였지만, 나는 그가 과거의 영화가 끝이 났다고 깊이 의식하고 있음을 알 수 있었다. 그는 나와 상의하여 어떤 형태로든 원래의 상태를 회복하려는 나름의 책임감을 나타내려고 하였다. 그러나 두번째로 — 첫번째 경우는 며칠만 계속되었지만 — 우리의 노신사가 방문객을 받지 않는다는 사실을 브룩스미스가 말해야 되었을 때, 나는 그가 막연한 심정으로 "제가 계속 여기에 있어야 될까요, 선생님?"이라고 하는 말을 들을 것만 같았다. 실상 이러한 표현은 가을이 다가와 거실에 있는 벽난로의 불을 지피는 것이 좋겠다고 생각했다면 그가 나에게 다시 물었을지 모를 말이었다.

 브룩스미스는 자신의 방문객들 — 우리 사이의 대화로 본다면 '우리들의' 방문객에 해당되겠지만 — 이 예상하는 상황에 대하여 일종의 철학적 체념을 하게 되었다. 자신의 느낌으로 그는 결코 주인을 대신하여 방문객을 맞이할 수 있는 존재로 생각하지 않았지만, 마치 종

교의 마력처럼 습성에 젖어 그 곳을 찾던 우리의 친구들을 위하여 브
룩스미스는 성스러운 관습에 요구되는 희생을 기꺼이 감수하였던 것
이다. 그는 적어도 방문객들이 분위기를 파악할 수 있을 때까지 그들
을 위하여 보다 헌신적인 행동을 취하였다. 생각건대 나는 그가 자신
의 인생에서 유일하게 자신의 행동 반경을 축소하고, 다른 사람들에
대한 의도적인 공감을 줄이고 조금씩 주변을 정리해 가며, 보다 순수
히 자신의 직분으로 되돌아갔던 관행을 바꾸어야 되는 새로운 상황
을 염두에 두고 있음을 알았다. 그는 인생의 마지막 국면에 도달한 오
포드 씨가 자신으로 하여금 어떤 관대한 선택을 하도록 한 사실을 인
정했음은 의심할 나위가 없었다.

마침내 오포드 씨 집의 문이 열려 있을 때보다 잠겨 있을 때의 횟수
가 훨씬 많아졌음을 우리 모두가 알게 되는 상황에 이르렀다. 그렇지
만 그 집의 문이 굳게 잠겨 있을 때조차 브룩스미스는 나에게 문 사이
를 지나 내부로 들어갈 수 있게 해주었으므로, 실제 나는 한 번도 방문
을 거절당하지는 않았다. 단지 달라진 점이란 나의 방문 상대가 브룩
스미스가 되었다는 사실이었고, 우리의 만남은 복도에 있는 낯익은
층계의 발치에서 이루어졌다. 그럴 때면 우리는 자리에 앉지도 못했
지만 — 적어도 브룩스미스는 그랬다 — 나의 방문은 오직 한 가지 관
심에만 집중되었다. 또한 언제나 거의 할말이 없는 듯한 분위기가 감
돌았으며, 마지막에 가서야 어쩔 수 없다는 듯이 새로운 이야기를 시
작하곤 했다. 그러나 이것은 언제나 새로운 관심을 유발하였고 나에
게 생각할 대목을 가져다 주었다. 나의 가슴을 짓누르는 생각은 언제
나 똑같은 것이었지만, 그것은 "새로운 상황은 인정한다 할지라도 과
연 브룩스미스는 어떻게 될까?" 하는 데 모아졌다. 그러나 이러한 의
문에 대하여 내 스스로가 내린 답변마저 여전히 석연치 못한 느낌을
남겼다. 문제의 핵심은 과연 오포드 씨가 그에게 무엇을 베풀어줄 수

있을까 하는 데에 있었다. 물론 오포드 씨는 사교의 터전을 물려주지는 못할 테지만, 그러나 사교란 이제 브룩스미스의 의식에서 떠날 수 없는 존재가 되어버렸다. 이와 함께 나는 브룩스미스가 여태껏 한 번도 창백한 고뇌라고 일컬을 증상, 즉 자신의 처지를 두고 근심을 띠는 증상을 겪은 적이 없다는 사실을 언급하지 않을 수 없다. 오히려 그는 '위대했던 영광의 그림자'가 자신의 눈앞에서 사라져가는 인물에 걸맞은 다소 창백하면서도 지극히 암담한 태도를 띠고 있었다. 그러면서도 브룩스미스는 이같이 암울한 상황에서도 오랫동안 지속되었고 사람들의 칭송을 받아왔던 오포드 씨 집에서의 모임을 마무리 짓는 인물로서 엄숙한 사명을 부여받고 있었는데, 이것은 그 사교 모임에 대하여 그가 일종의 책임자 또는 청산인의 책무를 갖게 되었음을 뜻하였다. 그럼에도 불구하고 그가 드러내는 행동양식은 전적으로 우리들의 불확실한 미래를 증거하는 듯하였다. 그 당시 나는 경제적 형편이 넉넉지 못하였기 때문에 빈민가에 위치한 방이 둘 딸린 집에 거처를 정하고 시중을 들 사람조차 두지 못하였다. 설령 수입이 허용했다 할지라도 나는 오포드 씨를 본떠 브룩스미스에게, "여보게, 내가 자네를 고용하겠네"라는 말을 건네볼 용기도 없었을 것이다. 나와 브룩스미스 사이의 모든 관계는 직접적인 표현보다는 지나칠 정도의 함축적 표현에 의존하고 있던 관계로, 작금의 상황에서 기분이 고양되어야 할 처지는 오히려 내가 되어버렸다. 그 이유는 브룩스미스의 모든 태도에서 그가 나를 염두에 두고 있다는 묵시적 확신이 담겨 있었기 때문이다.

 우리의 모임에서 언제나 가장 헌신적 인물 가운데 한 사람은 다름 아닌 케넌 부인이었다. 어느 날 브룩스미스는 나에게 최근 들어 더욱 악화된 그녀의 건강에도 불구하고 그 부인이 직접 그에게 무엇인가를 물어왔다는 말을 전했다. 여기에 응답하며 나는 그녀야말로 어떤 사람보다 브룩스미스에 대하여 강한 인상을 가졌을 것이라고 언급하였다. 브룩스미스는 잠시 침묵을 지키다 분명한 어조로(그의 억양을 한 치라도 흉내 낸다는 것은 불가능하였다), "제가 그 부인을 만나보겠습니다"라고 대답했다. 그런 다음 케넌 부인을 직접 만나러 갔을 때 나는 그 곳에서 브룩스미스가 잠시나마 일을 거들었다는 사실을 발견했다. 농담조였지만 진솔한 마음으로 내가 그 부인에게 사태의 종말이 오더라도 우리들 가운데 몇몇은 한마음으로 뭉쳐 브룩스미스를 구원해야 된다고 말하자, 그녀는 약간 실망스러운 표정으로 "공동회관에서 말인가요?"라고 대답하였다. 그러자 나는 브룩스미스 자신이 묵시적인 찬동을 했을지도 모를 표정으로 그녀를 쳐다본 다음, "그렇지요, 말하자면 오포드 동맹이라고나 할까요"라고 응수하였다. 물론 내가 한 말의 의도는 예술에 대한 사랑 그 자체를 위해서라도 우리는 브룩스미스처럼 특별한 재능을 구비하고 많은 경험을 축적한 인물이 결코 사장되어서는 안 된다는 점에 있었다. 나의 생각은 만일 우리가 카드의 마술처럼 무엇을 구사할 수 있다면 ─ "브룩스미스는 과거에 하던 대로 집안의 일정한 장소에서 오후 네시부터 일곱시까지 계속하여 방문객들을 맞이할 테고, 그렇게 되면 다소 시간이 바뀌더라도 우리의 모임은 이전처럼 지속되는 것이지요"라고 내가 말했지만 ─ 우리들 대다수는 결속을 유지하게 될 수 있으리라는 기대였다.

이후 여러 차례 브룩스미스는 나를 오포드 씨 집의 이층으로 안내하였고 ─ 언제나 그가 먼저 제의했지만 ─ 우리의 옛 친구는 손수건으로 자신의 머리를 질끈 묶은 채 침대에 누워 진기한 꽃무늬가 박힌, 눈에 환히 들어오는 무늬로 짠 소매 넓은 재킷을 입고 있었다. 그러한 모습은 마치 임종을 맞이한 볼테르처럼 보였지만, 그는 십여 분 동안 이제는 볼품 없이 숫자가 줄어버린 우리의 모임을 응시하였다. 실로 그러한 모습은 매번 나에게 마치 왕이 잠자리에 들기 전에 베풀어지는 마지막 연회에라도 참석하는 것처럼 보였다. 이럴 때면 우리의 친구는 마치 왕처럼 자신의 고통에 대한 변덕스러움을 보여주었고, 자신의 후계자에 대하여 조금의 관심도 — 이런 경우에 대비하여 헌법이라도 마련된 양 — 보여주지 않았다. 그는 우아한 태도로 우리들이 속으로 느끼는 고통을 매끄럽게 회피해 갔으며, 비록 농담이기는 하여도 — 그것은 당당한 자제심이 스며 있었기 때문에 어떤 대목은 너무나 쉽게 받아들였지만 — 우리에게 부담을 줄 어떤 언급도 하지 않았다. 이따금 브룩스미스의 입장에서도 당당함이 엿보였음을 고백하지 않을 수 없다. 그러나 그는 애처로울 만큼 사교적 태도로, "누구든 나한테 눈길만 마주쳐보라지. 가만두지 않을 테니까"라고 말할 듯한 자세로 자못 위엄을 띠고서 나를 노려보는 것이었다. 그에게 견디기 어려운 일은 오포드 씨가 그에게 무엇인가를 말하려 한다는 점이 아니라, 자신이 상대의 말에 응수할 수 없다는 사실에 있었다. 그가 스스로 견지하고 있는 대화의 개념이란 상대방이 그에게 느긋한 마음으로 말을 건네도록 하는 데 있었다. 예를 들자면, 케넌 부인을 처음 만나러 갔을 때 그는 상대를 위하여 침묵을 감수하는 미덕을 발휘하였던 것이다. 만일 다른 사람에게 적절히 봉사한다는 일이 음성의 표현으로 간주된다면 브룩스미스와 같은 인물을 고용하는 사람들의 언변이란 대체 무슨 의미를 가질 것인가? 그럴 경우 근본적 차이점이란 언어의 절제를 모르는 고용인들의 둔감성에서 나타나게 되지만, 서글프게도 그들 가운데 많은 사람들은 상황도 파악하지 못한 채 자신들의 아둔함을 더욱 돋보이게 한다. 브룩스미스는 자신과 고용인 사이에 존재하는 이 같은 근본적 차이를 빈틈 없이 지각하고 있었고 그것은 무엇보다 그의 양심에서 드러났다.

그러나 다른 범속한 사람과 다를 바 없이 오포드 씨가 작고했을 때 — 이층에 있던 하인장처럼 영원한 침묵으로 잠적하였을 때 — 사태는 어떻게 되었던가? 예상했던 상황이 벌어지고 난 다음 며칠 동안 브 룩스미스의 형편은 상상할 수 있는 일이었지만, 그는 장례식에 있었 던 많은 일들에 대하여 입을 다물어버렸다. 그 날 늦게서야 모든 일이 마무리되자 나는 이전에 하던 대로 고인의 집의 문을 두드렸다. 물론 세상을 떠난 오포드 씨를 다시 만날 수는 없지만 나는 문자 그대로 브 룩스미스를 방문하려고 온 것이었다. 비록 나의 말에는 애매함이 감 돌았지만 그에게 내가 해줄 수 있는 일이 있을는지 묻고 싶었다. 브룩 스미스를 고용해 보려던 나의 무모한 꿈은 그를 불러들일 만큼 나의 형편이 넉넉하지 못하였기 때문에 허사가 되어버렸다. 따라서 그에 게 베풀 수 있는 일이란 고작 다른 일자리를 찾을 수 있도록 힘이라도 써본다는 것이지만, 그의 마음이 이처럼 순식간에 다른 곳으로 움직 일 수 있으리라는 생각은 차라리 조심성 없는 태도인지 모른다. 나는 그가 자신의 인생을 다른 형태로 — 주인과 사별할 경우 흔히 생기는 대로 작은 가게라도 차린다는 것과 분명히 다르지만 — 바꿀 수 있기 를 바랐으나 이는 끔찍한 결과가 될 수도 있었다. 왜냐하면 그는 응당 새로이 어떤 일이라도 추진해야 되겠지만, 어떻게 내가 그를 찾아가 몇 실링을 지불하고 계산대에서 잔돈 몇 푼을 받을 수 있겠는가? 아무 튼 그때 오포드 씨의 집을 찾아갔던 이유는 단지 브룩스미스를 북돋 우려는 의도에서였고, 그는 이를 감사히 여기며 극도의 자제심을 발 휘하여 사태를 담담히 받아들였다. 브룩스미스는 내가 그를 도와줄 형편이 못 된다는 점과 또한 그러한 사정을 자신이 잘 알고 있음을 내 가 눈치 채고 있다는 것까지 파악하고 있었다. 우리는 이미 철거되어 버린 복도의 층계 발치에서 — 그 곳은 그와 여러 가지 일들을 상의하 곤 했던 장소였지만 — 마음을 가라앉히고 당면한 현실에 대하여 의 견을 나누었다. 많은 세간들이 집 밖으로 옮겨지게끔 포장되어 있던 주방을 향하여 내가 발걸음을 옮길 수 있도록 그가 잠시 몸을 움직였을 때, 유언 집행인들이 이미 집 안을 정리하고 있는 모습이 선명히 나의 눈에 들어왔다.

　여기서 브룩스미스는 두 가지 분명한 사실을 진술하였다. 한 가지는 그가 그 날 밤 영원히 그 집을 떠나야 된다는 것이었고(어떤 이유에서인지 모르나 하인들은 언제나 밤에 떠나는 듯이 보였다), 다른 한 가지는 — 그는 다소 머뭇거리며 마지막에 가서야 언급했지만 — 작고한 주인이 자기에게 80파운드나 되는 유산을 남겨주었다는 사실을 이미 알게 되었다고 하였다. "정말 다행이네" 하고 내가 말하자 브룩스미스는, "그처럼 저를 생각해 주시니 과연 그분다운 행동이지요"라고 기뻐했다. 이 말이 우리 사이에 교환된 화제의 전부였지만 나는 오포드 씨의 유산에 대하여 그가 어떤 판단을 내렸는지 전혀 알 길이 없었다. 80파운드란 언제나 80파운드의 값어치만 해당될 뿐이지만 지금껏 어떤 사람도 나에게 그와 같은 액수를 남겨준 일이 없을 만큼 적은 액수는 아니었다. 그렇지만 브룩스미스를 생각해 보니 이전과 똑같은 실망감이 느껴졌다. 애초에 내가 기대한 바가 무엇이었는지 모르지만 하여튼 나는 실망을 하게 되었다. 80파운드라면 작은 가게라도 차릴 수 있을는지 모르지만 — 매우 작은 규모의 가게가 되겠지만 — 거듭 말하거니와 나는 그러한 생각을 감히 해볼 수 없었다. 나는 약간의 저금이라도 해두었는지 그에게 물어보았지만 나의 친구는, "아닙니다, 선생님. 저는 줄곧 돌보아온 일이 있었으니까요"라고 응답했다. 나는 그가 돌보아왔던 일이 무엇인지 물어보지는 않았다. 그것은 전적으로 그가 상관할 일이니까. 나는 마치 브룩스미스가 보존해야 될 훌륭한 고가(古家)라도 있는 양 그의 말에 찬동한다는 표정을 지었지만, 그의 태도에는 앞으로 더욱 큰 희생이라도 따를 듯한 암시가 비쳤다.

　"이제 방향을 바꾸어 다른 일자리를 구해야 되겠지요. 제 주변을 둘러보고서 말이지요." 이 말을 한 다음 브룩스미스는 깊은 생각에 잠긴 채 비감한 어조로, "선생님이 저를 위하여 무엇인가 알아보실 수가 있다면……"이라고 덧붙였다.

브룩스미스가 이 말을 끝맺도록 내버려두지 못했던 이유는 그의 비장한 태도에서 너무나 벅찬 의미가 느껴졌기 때문이다. 내가 그를 도와줄 위치에 있다고 가정하는 것은 나의 의식에서 그에 대한 부담을 덜어주게 되므로 브룩스미스는 이러한 수고를 자청했을는지 모른다. 그러나 실제에 있어서 내가 그러한 도움을 베풀 위치에 있지 못하다는 사실은 그에게 고통스러운 일이었다. 나는 그가 앞으로 어디에서 무엇을 하든 고인이 된 우리의 옛 친구를 가슴 깊이 그리워할 것이라는 점과, 그러한 그리움은 그가 누구보다 오랜 세월을 고인과 함께 지내왔기 때문에 더욱 클 것이라고 예상하며 몇 마디를 덧붙였다. 이러한 말은 그에게 지금 내가 하고 있는 이야기 전체의 핵심으로 두고 두고 기억될 만큼 감동적인 고백을 하게 만들었다.

"아, 그렇지요, 선생님. 당신에게도 슬프겠죠. 실로 가슴 아픈 일이니까요. 그리고 이 곳을 찾던 수많은 신사 숙녀들에게도 마찬가지겠지요. 그러나 굳이 말한다면 저한테는 그 누구보다 더욱 암담한 느낌입니다. 왜냐하면 이 집을 떠난다는 것은 모든 것을 상실하는 셈이 되니까요. 저한테 있어서는, 선생님" 하며 그는 울음을 머금은 채 말을 이었다. "그분은 전부였죠. 제 말뜻을 아신다면 말이죠. 감히 말씀드리건대 선생님에게는 지금과 똑같지는 않을지라도 다른 분들이라도 계시지 않습니까. 선생님에게는 사교의 즐거움이 항시 존재하니까요. 지난날의 일을 돌이켜보면 선생님은 똑같은 사교의 특권을 지닌 신사 숙녀분들과 자유롭게 지낼 수 있다고 단언하겠지만, 저는 그렇지 못합니다. 혼자서만 사교를 간직해야 되니까요. 오포드 씨는 실로 유일하게 저에게 사교를 터준 분이었기 때문에 이제 어떤 사람도 이를 대신할 수 없지요. 선생님은 이전에 즐기던 대화로 되돌아갈 수도 있지만 저는 일터밖에는 갈 데가 없습니다." 브룩스미스는 자신의 말을 아이로니컬하게 과장하거나 극적인 비통함을 섞지도 않고 단지 현관문의 손잡이에 손을 걸친 채 무감각한 표정으로 더듬거리듯 뇌까렸다. 그는 내가 밖으로 나갈 수 있도록 손잡이를 돌린 다음, "선생님, 이제 이 집을 떠나게 되면 어쩔 수 없겠지요"라는 말을 덧붙였다.

"이 사람아" 하고 나는 오포드 씨의 말을 흉내 내며 솟구치는 감정으로 응답했다. "여보게, 나한테 맡겨보게. 우리가 자네를 돌보아주겠네. 자네를 위하여 우리 모두가 돌파구를 열어볼 테니."

"그분과 똑같은 사람을 찾아주신다면 괜찮겠죠. 그러나 이 세상에 그분과 견줄 만한 사람은 아무도 없지요." 그는 나와 헤어지며 이 말을 했다.

브룩스미스는 나한테 자신의 주소 — 그에 관한 소식을 들을 수 있는 장소 — 를 알려주었지만, 오랫동안 나는 그것을 이용할 기회를 찾지 못했다. 사람들에게 그가 매우 까다로운 인물로 판명된 것이 물론 주요 이유였지만. 한마디로 말해 그와 오포드 씨를 알아왔던 사람들은 그를 고용하려 들지 않았지만, 나로서는 알지도 못하는 사람들 틈바구니에 그를 밀어넣고 싶지 않았다. 나는 많은 옛 친구들에게 그에 관한 이야기를 해보았지만 그들 모두가 기묘하고 복합적인 감정에 사로잡혀 있음을 느낄 수 있었다. 더욱이나 그들이 브룩스미스가 "잘못 길들여졌다"는 생각을 품고 있다는 사실도 알았지만 이는 어찌해볼 도리가 없었다. 쉽게 말하자면, 그들이 이 문제를 생각하게 될 때는 자신들이 과거 브룩스미스를 오포드 씨 집의 모임에서 너무나 자주 대면하였기 때문에 이제 그를 하인으로 고용한다는 생각에는 어떤 당혹감, 즉 숨길 수 없는 어색함이 수반되었던 것이다. 이들 가운데 많은 사람들은 넌지시 또는 직접적으로, 아니면 나를 통하여 브룩스미스와의 면담을 요청하였지만, 그에게 단순히 면담 일정을 잡아준다는 일은 내가 바라는 바가 아니었다. 그는 피고용인의 외모에 대하여 매우 까다로운 안목을 가지고 있는 사람들의 관점에서 볼 때 매우 키가 작은 인물이었다. 그러나 어떻든 어느 외교관저에서 사람을 찾고 있다는 소식을 듣고서 나는 그를 위하여 짤막한 서신을 써주었다. 물론 내가 원했던 것은 무엇인가 거창한 것보다는 인간적인 분위기가 밴 장소이긴 했지만. 며칠이 지난 후 나는 브룩스미스로부터 소식을 듣게 되었는데, 얼마 동안 판단을 유보한 다음 관리의 아내는 한 번도 숙녀를 섬겨보지 못했던 사람을 하인으로 고용할 수 없다는 결정을 그에게 통고하였다는 것이다. 그가 보내온 짧은 서신에는 "차라리 숙녀가 없었더라면 좋았을 텐데요"라는 구절이 덧붙어 있었다.

  한 주일이 지난 후 나를 찾아온 브룩스미스는 하이드 파크 북쪽의 베이워터에 거주하는 사람들(그들은 런던에서 상당히 큰 구역을 점유하고 있었다) 사이에 그가 '끼어들게' 되었다고 말했다. "외람된 말이지만 그 구역은 여기보다는 못하겠지요"하고 그는 체념하듯 말했다. "그렇지만 그 곳에서도 활기찬 대화가 전개되고 있었지요. 비록 매일 저녁은 아니었지만. 사실인즉 이 곳 맨스필드가를 벗어나면 선택의 여지란 거의 없지요." 그래도 약간의 선택이 그에게 허용된 듯이 보였다. 왜냐하면 이듬해 어느 날, 시골에 살고 있는 나의 사촌 — 명확한 나이는 알 길이 없었지만 이 숙녀는 나에게 알려지지 않은 집안이자 체스터 광장에 살고 있던 그녀의 친구들과 함께 시내에서 보름 정도를 보내고 있는 중이었다 — 을 만나러 갔을 때 나는 뜻밖에, 그리고 감사하게도 그 집의 문을 연 사람이 바로 브룩스미스임을 발견했기 때문이다. 바깥에서 대화를 나누면서, 나는 그가 그냥 지내기에는 많은 사람들이 너무나 무미건조하다고 느끼고 있음을 알았다. 즉 비록 그가 말하지는 않았지만 자신이 일상적으로 대면하고 있는 사람들이 천박하다는 생각에 이른 것을 나는 감지하였다. 만일 나의 사촌이 그 집안의 친구가 아니었다면 나는 그가 자신을 고용하고 있는 사람들에 대하여 어떤 판단을 내릴지 알 수 없었지만, 아무튼 그는 여기서 더 이상의 언급은 자제하였다.

그러나 실제로 더 이상의 언급이 필요하지 않게 되었다. 왜냐하면 지금 말하고 있는 이 숙녀의 방문이 끝날 무렵, 그녀의 친구들은 나를 저녁 식사에 초대하는 영광을 베풀어주었고 나는 이를 기꺼이 수락함으로써 직접 그 곳 사람들을 판단하는 기회가 있었기 때문이다. 집안의 파티로서는 다소 큰 규모였지만 나는 자리에 앉아 있는 사람들보다 오히려 브룩스미스를 더욱 생각하게 되었다고 고백하지 않을 수 없다. 그 곳에 있는 사람들은 깊이 있는 대화를 이끌어내지 못하였고, 모두가 범속하고 가망 없는, 다시 말해 어쩔 수 없는 유형의 인물군에 속했던 것이다. 여기서 내가 목격한 것이란 떠들썩한 일상적 현실과 체면치레, 그리고 번지르르한 공기가 감도는 세계였다. 그것은 자기만족적이고 물질적이며 또한 편협한 세계인 동시에, 조야하게 번쩍대는 금제 식기류와 무겁기 짝이 없는 질서 및 깊이 없는 대화가 지배하는 곳이었다. 그렇기 때문에 바이런과 같은 시인에 대한 화제는 한마디도 나올 수 없었다. 식사를 하는 가운데 브룩스미스에게 나의 시선을 유도할 어떤 일도 생겨나지 않았고, 설령 내가 와인잔을 엎지른다 하여도 그는 나에게 눈길조차 보내지 않으리라는 확신이 들었다. 우리 사이에는 일찍이 지적 공감대가 형성되었기 때문에 각자 사교적 책임감을 느끼고 있었다. 간단히 말하자면, 우리는 이전까지 아카디아의 세계에서 함께 지내왔지만 지금은 비천한 현실을 동시에 목격하게 되었던 것이다. 두말할 나위 없이 우리는 눈앞에 전개된 현실에 수치심을 느꼈다. 나중에 내가 그 집을 나설 때 브룩스미스는 외투를 건네주었지만, 우리는 맨스필드가에서 최초로 만난 이래 처음으로 서로간에 아무런 말도 없이 헤어졌다. 나는 그의 모습이 여위었고 수척해졌다고 생각하였으며, 그가 새로이 찾은 일자리가 이전의 장소와 다를 바 없이 '인간적' 구석이 없음을 확인했다. 그 곳에는 다량의 술과 고기가 있었지만 서로간에 마음을 교류할 긴밀한 정서는 존재하지 않았던 것이다. 아마도 지금의 일자리를 수락하기 전에 그가 던졌을지도 모를 질문은 "제 아래 하인의 숫자가 얼마나 되지요?"가 아니라, "얼마나 밀도 있는 대화가 오갈 수 있을까요?"였겠지만.

이후 다시 그 집을 찾아갔을 때 — 고백컨대 얼마간의 시간이 지나서였지만 — 나는 브룩스미스가 아닌 인물, 즉 분명히 자신의 직분에 맞는 일자리를 여태껏 한 번도 놓쳐본 적이 없는 행운을 누린 어떤 인물이 그의 뒤를 이어 새로이 고용되었음을 알았다. 설마 자기보다 더욱 큰 신장을 가진 사람이 있으랴 하는 표정을 지으며 그 사람은 세 명의 아래 하인은 물론 다른 몇몇 방문객들의 머리 위를 굽어보는 것이었다. 그는 나에게 마치 브룩스미스가 이미 세상을 떠난 듯한 느낌을 갖도록 만들었지만, "그 사람에 대한 소식은 전혀 알 바가 없지요"라는 대답이 나올까 두려워 나는 질문을 던질 수 없었다. 나는 오포드 씨가 작고한 다음 브룩스미스가 나에게 건네주었던 주소로 짤막한 서신을 보내었지만 아무런 답장도 받지 못했다. 그리고 여섯 달이 지난 후, 나는 자신을 브룩스미스의 친척으로 소개하는 한 방문객을 맞게 되었다. 나이 들고 초라한 행색을 한 이 여자는 나에게 브룩스미스가 실직을 해 있으며 더욱이나 건강이 악화되었다는 소식과 함께, 그녀에게 부탁하기를 나를 찾아가 요청하여 만일 잠시만이라도 그를 방문해 주는 은혜를 베풀어준다면 이를 일생 일대의 영광으로 삼을 것이라는 등의 말을 전하였다.

브룩스미스가 보낸 여자가 그의 새로운 주소를 건네주었기 때문에 다음날 나는 집을 나섰고, 궁핍하고 칙칙한 공기가 감도는 런던의 한 모퉁이인 매릴본에 위치한 좁고 지저분한 거리에 나의 친구가 살고 있음을 알았다. 내가 안내된 방은 염색과 세탁업을 하는 사람이 들어 있는 작은 가옥의 위층에 있었고, 그 점포의 앞에는 아이들이 끼는 장갑과 색깔이 바랜 숄 따위가 널려 있었다. 그 곳에는 갓난아이를 키우는지 몰라도 남루한 생활의 언저리가 엿보였고, 더러운 리넨을 삶을 때처럼 뜨겁고 축축한 냄새가 진동하였다. 브룩스미스는 무릎 위에 담요를 두른 채 깨끗하고 작은 창문 곁에 앉아 있었으며, 뻣뻣하고 희푸르스름한 커튼 뒤로 나타난 모습으로 보아 건너편에 있는 행상인과 철판공, 그리고 작고 지저분한 술집을 주시하고 있는 것처럼 보였다. 그 동안 병을 치른 탓인지 그는 요양 중에 있었고, 그의 어머니가 나를 찾아왔던 나이 든 여자와 함께 간호를 하고 있었다. 온화하고 겸손하기 이를 데 없는 그의 어머니에게 나는 호감이 갔지만, 곁에 있는 여자는 별로 탐탁치 않은 인상이었다. 아마도 그 이유는 내가 부당하게도 건너편에 있는 술집의 인상과 그녀를 동일시한 데 있겠지만(실제로 술집과 똑같을 만큼 칙칙한 인상이 그녀에게 엿보였다), 그녀의 은밀한 눈길이 마치 집어삼킬 듯 나의 손놀림을 구석구석 지켜보는 것도 마음에 걸렸다. 아무튼 내가 느낀 부자유스러움이란 편안한 마음으로 브룩스미스와 마주할 수 없는 데서 온 것인지도 모른다. 그 사이 여러 차례 방문이 열렸고 수상한 낯빛을 한 늙은 여자들이 방 안으로 고개를 들이밀었다 슬며시 몸을 빼기도 하였다. 나는 그들이 누군지도 몰랐지만 브룩스미스는 가련하게도 남의 동정이나 엿보는 술 취한 표정의 낯선 여자들에 둘러싸여 지내는 듯이 보였다.

그는 넋 나간 표정이었고 몸은 극도로 쇠약해졌으며, 나를 보자 당황한 기색이 역력하였다. 우리 사이에는 과거 맨스필드가에서 있었던 일은 전혀 언급되지 않았다. 그러나 그가 일익을 담당했던 지난날의 사교 모임의 음영이 지금의 상황과 너무나 대조가 되어 나의 눈앞에 어른거렸다. 브룩스미스는 나에게 자신의 건강이 호전되고 있다고 장담하였지만, 그의 어머니는 다만 기운이 북돋아질 수만 있다면 건강이 회복되리라고 말했다. 곁에 있던 여자가 여기에 동조를 했지만, 나는 그녀 자신이라면 이 경우 어떻게 해야 되는지 분명히 알 것이라고 확신하였다. 다시 만난 옛 친구 앞에서 나는 자신이 너그러워짐을 느꼈다. 그 이유는 베이즈워터와 벨그라비아 등과 같은 문화의 중심 구역에서 능히 구할 수 있는 기품 있는 일자리 — 아침 기도와 더불어 그 곳의 어디엔가 존재하는 안락하고 군건한, 그리고 안정된 잠자리가 보장되는 — 를 스스로 거부하게 만든 그의 경솔함을 책망할 수 있는 절호의 기회를 내 자신이 포기했기 때문이다. 아마도 여기에 대한 브룩스미스의 설명은 세속적이고 감상적인 데 있겠지만, 그는 아침 기도 따위는 바라지 않고 대신 누군가의 정겨운 친구가 되기를 원했을 것이다. 나는 그를 나무랄 형편은 되지 못했지만 이러한 에피소드를 슬쩍 회피한 데서 그가 자신의 일을 나와 상의할 의사가 없음을 깨달았다. 더욱이나 이상하게도 나를 다시 만나려고 한 그의 의도는 자신도 알지 못하는 쾌감 때문이라고 느껴졌다. 그는 자신에게 일어난 이러한 파행적 행위를 눈감아 줄 수 있는 나의 능력조차 믿지 않으려 했으며, 자신의 일을 설명할 의도가 없이 언젠가는 그의 행동이 모든 것을 말해 주리라는 암시를 보냈다. 이윽고 내가 작별을 고하자 그는 만감이 어린 눈매로 잠시 나를 응시했다. 그 눈매는 나에게, "방 안으로 머리를 기웃거리는 늙은 여자들이 득실대는 이러한 장소에서 제가 어떻게 소중했던 과거를 이야기할 수 있겠어요? 저를 찾아주신 데 참으로 감사 드립니다. 그러나 이것은 제 생각이 아니고 당신을 찾아갔던 그 여자의 판단이었지요. 우리는 모든 일들을 이야기했지만 이제 끝난 일이지요. 당신은 더 이상 저에게 관용을 베풀지는 않으실 테죠. 저의 마지막을 보실 필요가 없으니까요"라는 암시를 전달했다. 다음날 나는 편지를 보내며 그에게 얼마간의 돈을 보내었지만 그로부터 아무런 소식이 없었다.

　그를 방문한 지 꼬박 일 년이 지난 어느 날 바깥에서 식사를 하던 중, 나는 우리가 앉은 좌석의 뒤에서 어른거리고 있는 몇 사람의 하인들 가운데 브룩스미스가 있음을 알게 되었다. 그 집의 문을 열어주었던 사람은 브룩스미스가 아니었고, 나 역시 복도켠에 서 있는 한 무리의 하인들 사이에서 그를 식별하지 못했던 것이다. 나는 그의 눈과 마주치려고 했지만 그는 나에게 전혀 그런 기회를 주지 않았다. 그러다 그가 접시를 건네었을 때 나는 들을 수 있게끔 감사의 말을 하려고 애쓴 것이 고작이었다. 나는 그에게 당혹감을 주지 않으려고 다른 사람들과 함께 두 차례나 요리를 들었지만, 음식이 어떻게 만들어졌는지 살필 경황이 없었고 다만 요리를 들었다는 사실만 기억했을 따름이었다. 그는 꽤나 건강이 좋아 보였지만 전보다 훨씬 나이가 들어 보였으며, 어디에 내놓아도 손색이 없을 만큼 윤택 있고 감정을 잘 드러내지 않는 순수한 영국 하인의 표정을 띠고 있었다. 나는 낙담하였고, 만일 이전에 그를 알지 못했더라면 안색만 보고서 그가 만사에 지친 궁색 한 운명의 인물을 가장 특징적으로 보여주는 예가 될 것이라고 생각했다. 나는 그가 퇴행적 인물로 속물 계층에 편입되어, 전성기가 지난 낯선 숙녀처럼 집요히 자신만의 '처소'를 고집하며 어디엔가 자기를 몰입시키고 있다고 혼자서 말했다. 이와 함께 나는 그가 단지 그 날 저녁의 모임 때문에 고용되었을지 모른다고 추측했는데, 이는 그가 단순한 웨이터가 되어 일을 찾아 '바깥으로' 나서는 흰색의 조끼 부대에 동참했음을 일컫는다. 이러한 사실은 브룩스미스가 볼품 없이 속화되었음을 시사하므로 실로 애처롭기 짝이 없는 일이었다. 그가 이제 시적인 삶을 찾기 위한 투쟁을 포기했다는 것은 하인장으로서의 자신의 직책을 돈벌이 수단과 바꾸었다는 뜻이리라. 브룩스미스가 상실한 것이 자신의 일에 상응하는 정신적 보상이었다면 지금의 그에게 보상이란 어디에 존재하는 것일까? 그것은 와인잔의 바닥에 희미하게 비치는 것일까, 아니면 늘상 찾는 사람이 그의 손에 건네주는 오 실링(아니면 그 무엇이든)의 지폐에 있는 것일까? 나는 그가 더 이상의 하향 국면을 회피하긴 했지만 자신의 직업에서 불안정한 국면을 맞고 있다고 생각하였다. 그가 런던 사회와 맺은 관계는 어느 때보다 더욱 피상적이었지만, 그 관계는 더욱 다양한 일면도 있었다. 아무튼 집 밖으로 나서며 나는 런던의 가로변에 있는 벽면에 홈이라도 새길 듯이 수직 자세로 꼿꼿이 서서 그 날 모임의 종료를 매끄럽게 하는 네댓 명의 하인들 사이에서 열심히 브룩스미스를 찾아보았지만 끝내 그를 발견하지는 못했다. 나는 하인들 가운데 한 사람에게 혹시 브룩스미스가 집 안에 있는지 물어보았지만 즉각, "방금 떠났습니다, 선생님. 제가 대신 해드릴 일이라도 있나요?"라는 답변을 들었을 뿐이었다. "그에게 나의 안부나 전해주게"라고 하고 싶었지만 나는 말을 꺼내지 못했다. 그가 나를 만남으로써 자신을 혐오하게 될까 두려웠지만 다시 대면할 기회를 갖지 못했다.

이후 여러 번 바깥에서 식사를 하게 될 때면 나는 브룩스미스를 찾아보았고, 또한 그를 만날 기회를 확대할 목적으로 일부러 사람들의 초대에 응하기도 하였지만 언제나 허사였다. 횟수를 거듭하며 그와 같이 일시적 직종에 있는 다른 많은 사람들을 만나게 되면서, 나는 마침내 브룩스미스가 언제나 손님들의 명단을 미리 입수하여 연회장소에 나타나지 않음으로써 결과적으로 나의 입장을 곤란하지 않게 하였다는 나름의 이론을 확립하였다. 그러다 나는 모든 희망을 포기하고 말았는데, 삼 년이 지날 무렵 어느 날 언젠가 나를 찾아왔던 나이 든 여자의 방문을 받게 되었다. 그녀는 이전보다 더욱 궁색하게 보였으며 여전히 음울한 인상이었고, 자신이 감당하지 못하는 곤란과 궁핍을 겪고 있다고 하였다. 그녀의 말에 따르면, 자신의 여동생이었던 브룩스미스의 어머니는 벌써 일 년 전에 세상을 떠났고, 그로부터 석 달 후 그녀의 조카도 어디론가 사라졌다는 것이다. 브룩스미스는 그녀의 고통이 시작된 이후부터 — 그것이 무엇이었는지 나는 알지 못했지만 — 계속하여 약간의 도움을 주어왔지만, 지금의 그녀에게는 저당 잡힐 페티코트 한 벌조차 남아 있지 않다고 하였다. 자신의 고통이 시작되기 전에 끔찍이 자기를 따른 조카딸도 있었지만 그 아이는 이제 그녀를 가장 부끄러운 존재로 여긴다는 것이다. 대략 이러한 말들이 그녀가 늘어놓은 것이었지만, 나에게 있어 가장 중요하고 애련한 사실은 브룩스미스가 마침내 스스로의 운명을 회피하였다는 점에 있었다. 그는 어느 날 저녁 여느 때처럼 켄싱턴가 너머에 있는 대규모 파티에 나가 일을 도우려고 그녀가 직접 만든 흰색 조끼를 입고 밖으로 나간 이래 다시는 돌아오지 않았다는 것이다. 뿐만 아니라, 그녀는 그가 어떤 파티든 다시는 모습을 드러내지 않았다는 사실도 덧붙였다. 결국 브룩스미스가 살아 있다는 흔적도 뚜렷하지 않았으며, 자신이 입었던 흰색 조끼의 흐릿한 빛마저도 어디론가 사라진 그의 모습을 밝혀주지 못한 것이다. 그가 현실적으로 택한 운명에 대하여 나름대로의 생각을 가지고 있던 나는 이러한 소식에 날카로운 충격을 받았다. 나를 찾아온 그의 나이 든 친척은 즉각 최악의 경우를 상정했다. 나는 그가 어디론가 사람의 손이 미치지 않는 곳으로 잠행했을 것이며, 특유의 방식으로 심사숙고한 다음 불멸의 신이 점지해 놓은 운명의 접시를 바꾸려 했으리라 믿었다. 나를 찾아온 우울한 방문객의 말처럼 그는 한 번도 이전의 활기를 회복하지는 못했지만. 다행히 나는 그녀의 기분을 약간 북돋운 채 돌려보낼 수 있었지만 눈앞에 그려본 것은 희미한 브룩스미스의 유령뿐이었다. 그는 분명히 자신의 가치를 알지 못하는 사람들에 의하여 존재가 상실되었을 것이다.

5
진짜
The Real Thing

여경우

진짜 작품해설

 이 작품의 화자 "나"는 화가이다. 어느 날 잘생기고 사교적인 타입의 모나크 부부가 모델로 써달라고 화가의 화실에 찾아온다. 화가는 부탁받은 삽화의 모델로 그들이 '진짜 The real thing'라고 생각하여 모델로 쓰기로 한다. 청탁받은 상류 사회를 다룬 삽화를 그들을 모델로 시험 삼아 몇 장 그려본 화가는 그들이 '진짜'라는 사실 때문에 오히려 자신의 상상력을 제한한다는 사실을 발견하게 된다. 그래서 못생기긴 했어도 직업 모델이 자신의 상상력에 훨씬 도움이 되며, 상류 사회의 분위기에 '진짜'로 어울리는 그들 부부는 '진짜' 모델로서는 적당치 않다는 결론에 도달, 그들을 모델로 쓰지 않기로 한다. 이에 그들은 생활난을 타개하기 위해 화실의 심부름꾼이 되기를 자청하는 아이로니컬한 상황으로 변한다. 그러나 화가는 약간의 돈을 쥐어주고 그들을 떠나 보내는 것으로 이야기는 끝난다.
 이 작품에서 제임스는 모나크 부부가 삽화의 내용인 상류 사회의 분위기에 '진짜'로 어울린다고 생각했다. 그러나 '진짜'는 예술가의 상상력을 지나치게 제한, 예술을 창조하기보답 오히려 복사하는 일에 불과하므로 '참된 예술은 허구를 통해서 오히려 참된 리얼리티를 재현'할 수 있다는 그의 소설론을 펼치고 있다. 모나크 부부는 '진짜'이기 때문에 오히려 모델로서는 적절치 못했다. 그러나 아이로니컬하게도 그들의 "추억"이 하나의 훌륭한 소설의 소재로 재창조된 것에 화자는 만족하고 있다.

진짜

1

"어떤 신사와 숙녀 한 분이 오셨습니다, 선생님." 초인종이 울리자 언제나 그랬듯이 문지기 아내가 내게 일러주었다. 그 당시 종종 그랬듯이 (소망은 사고의 아버지가 되는 법이라) 곧 그들이 초상화를 부탁하러 온 것일 거라는 생각이 들었다. 역시 이번에도 손님은 초상화를 부탁하러 온 것이었다. 그러나 내가 바라는 바의 손님은 아니었다. 그들은 초상화를 주문하러 온 것은 아니었던 것이다. 그렇지만 난 그런 기미를 처음에는 전연 눈치채지 못했다. 신사는 약 50세 가량으로 키가 크고 곧은 체격에, 약간 반백의 콧수염을 길렀고 멋지게 어울리는 산책용 외투를 걸치고 있었다. 난 이런 그의 특징을 직업적인 눈으로 살펴보았다. 그렇다고 해서 이발사나 ― 더욱이 재단사의 시각으로 보았다는 뜻은 아니다. 대부분의 유명인사들이 만일 종종 뛰어난 점을 가지고 있다면, 나는 그를 유명인사로 착각했을 것이다. 앞모습이 번지르르한 사람은, 말하자면, 결코 유명인사일 리가 없다는 것을 나는 얼마 동안 진리로 여기고 있었다. 숙녀를 힐끗 쳐다보니 이 역설적인 말이 생각났다. 그녀 역시 너무 뛰어나서 유명인사가 될 수는 없었다. 더욱이 이런 두 유명인사를 함께 만나기란 거의 불가능한 일이다.

그 부부는 아무도 먼저 말을 꺼내지 않았다. 그들은 다만 상대방이 입을 뗄 기회를 주려는 듯이 서로 쳐다보기만 할 뿐이었다. 그들은 눈에 띄게 수줍어하며 내가 그들을 맞이하고 받아들이기를 기다리고 있었다. 나중에 내가 알게 된 일이지만, 이런 태도는 그들이 취할 수 있는 가장 실질적인 행동이었다. 그들의 이런 당황하는 태도로 나는 그들이 방문하게 된 이유를 짐작할 수 있었다. 사람들은 화폭 위에 자신들의 모습을 재현하는 이 바보 같은 일을 부탁한다는 말을 매우 싫어한다. 그래서 그들은 망설이게 되는 것이다. 난 이런 경우를 종종 보아왔다. 하지만 새로 온 방문객의 망설임은 좀 지나친 데가 있는 것 같았다. 신사 쪽에서 "제 아내의 초상화를 부탁 드리고 싶습니다"라든지, 아니면 부인 쪽에서 "남편의 초상화를 부탁하고 싶습니다"라고 말할 수도 있는 일인데. 아마도 그들은 부부간이 아닐 수도 있다. 사실 그렇게 되면 일은 더 난처해진다. 두 사람은 같이 초상화를 그려 받기를 원할지도 모른다. 그런 경우라면 제3자를 대동해서 그 말을 꺼내도록 했어야 할 것이다.

"리베트 씨의 소개로 왔습니다." 마침내 부인이 미소를 지으며 말했다. 그 미소는 그녀가 젊었을 때 분명 아름다웠을 것이라는 것을 드러내고 있었다. 뿐만 아니라 뭐랄까, 퇴색된 그림을 젖은 걸레로 닦는 것 같다고나 할까? 뭐 그런 희미한 미소였다. 그녀는 함께 온 남편처럼 어느 정도 키도 크고 자세도 꼿꼿했으며 남편보다 약 열 살 정도는 젊어 보였다. 그녀의 얼굴은 한 번도 분명한 표정을 지어본 적이 없는 여자처럼 슬픈 표정이었다. 즉 그녀의 그늘진 타원형의 얼굴은 마치 오랫동안 대기에 노출되어 표면이 마멸된 듯 황량하게 보였다. 시간의 손길은 그녀의 얼굴을 마음대로 주물렀고, 그 결과 표정이 없는 얼굴이 되고 말았다. 그녀의 몸매는 호리호리하고 체격이 꼿꼿했다. 그녀는 주름이 늘어지고 호주머니와 단추가 달린 청색 천으로 된 옷을 멋지게 차려 입고 있었는데, 남편과 같은 양복사에게 옷을 맞춘 것이 확실했다.

 이들 부부에게는 부유하면서도 절약하는 분위기가 있었다. 아니 사실은 그들은 경제 형편에 비해서는 꽤 사치스러운 차림이었다. 만약 그들이 나에게 온 것도 사치스러움의 하나라면, 그만큼 나도 그림 값을 신중하게 생각해야 마땅할 것이다.

 "네, 그렇습니까? 크라우드 리베트 씨가 나를 추천했다는 말씀입니까?" 내가 물었다. 마음속으로 그는 풍경화 전문이니까 그래보았자 손해 볼 것은 없다고 생각했으나 정말 고마운 일이라는 말을 덧붙였다.

 부인이 남편을 뚫어지게 바라보자, 남편은 방 안 주위를 휙 둘러보았다. 그리고 마룻바닥을 잠시 바라보다가 코밑 수염을 만지작거리면서 온화한 표정으로 나를 보며 말했다.

 "그분은 선생님이 가장 적임자라고 말씀하셨어요."

 "그렇게 되려고 애를 쓰지요, 초상화 때문에 오실 때면 말입니다."

 "예, 우리들이 온 것은 그런 이유 때문입니다." 부인이 열을 올리며 말했다.

 "두 분이 함께 말입니까?"

 손님들은 서로 쳐다보았다. "만약 '저'도 그려 받을 수 있다면 요금은 두 배가 되겠지요?" 신사가 더듬거리며 말했다.

 "아, 그럼요. 한 사람보다 두 사람의 가격이 더 비쌉니다."

 "될 수 있는 대로 돈을 받을 수 있으면 좋겠어요." 남편이 솔직히 말했다.

 "정말 고마우신 말씀입니다." 그처럼 보기 드문 호의에 감사하며 내가 대답했다. 왜냐하면 화가에게 돈벌이가 된다는 뜻으로 내가 해석했기 때문이었다.

 부인의 표정이 이상했다. "사실은 삽화 모델 이야기예요―리베트 씨 말로는 당신이 모델을 쓸 거라 하시던데요."

"모델로 쓴다고요?" 나도 역시 당황했다.

"이 사람을 그리는 것입니다." 신사가 얼굴을 붉히며 말했다.

그때에야 비로소 나는 리베트 씨가 나에게 베푼 일을 알 수 있었다. 그는 그 부부에게 내가 잡지, 이야기책과 유행을 소개하는 삽화를 흑백으로 그리고 있어서 모델을 늘 많이 쓰고 있다는 이야기를 해준 것이다. 이 말은 사실이지만, 더 분명한 사실은 ─ 내가 솔직히 말하건대, 희망을 가지고 있기만 하면 성공한다고 생각했기 때문인지 혹은 희망을 가지고 있어도 아무것도 되지 않는지 그 점은 독자의 상상에 맡기고 싶다 ─ 돈벌이가 되냐 안 되냐는 별개 문제로 하고서도, 나는 위대한 초상화가로 널리 명성을 갖고 싶은 생각을 떨쳐버릴 수가 없었다는 점이다.

나는 돈벌이 위주로 삽화를 그렸다. 그러나 나는 이름을 후세에 남기게 될 다른 예술분야 ─ 나에겐 최고로 흥미 있는 ─ 일에 매달리고 있었다. 또한 그 일로 돈벌이를 기대해도 부끄러울 것은 없었지만 지금 내 앞에 나타난 두 사람의 손님이 돈을 치르지 않는 그림의 모델이 되려 한다고 말했을 때, 돈을 벌 희망이 사라져버려 나는 실망했다. 왜냐하면 화가의 감각으로 나는 즉시 그들을 '보았기' 때문이다. 나는 그들이 어떤 형태인지 이미 파악했고, 이미 어떻게 그림을 그릴까라는 것도 마음에 새겨두었다. 나중에 생각해 보니, 그들 마음에 썩 들 결정은 아닌 것 같았다.

"아, 당신들은……당신들은, 저……?" 나는 놀라움을 억누르며 말을 했다. 나는 '모델'이라는 지저분한 말을 꺼낼 수가 없었다. 이 말은 두 사람에게는 어울리지 않아 보였기 때문이었다.

"우리에게 경력은 별로 없어요." 부인이 말했다.

"무엇인가 좀 해야 할 형편이라, 같은 일을 하시는 화가라면 우리를 필요로 할 수 있을 거라고 생각했지요." 그녀의 남편이 불쑥 말했다.

자기들은 아는 화가도 없고 — 리베트 씨는 물론 풍경화가이지만 인물화도 종종 그린다고, 아마 나도 기억할 것이라고 말하면서 — 만의 하나라도 좋은 기회가 있을지도 모른다고 생각해서 리베트 씨를 먼저 찾아갔다고 남편이 덧붙여 말했다. 그들은 몇 년 전 스케치 여행 중이던 리베트 씨를 노포크 시(역주 : 미국 버지니아 주 동남부에 있는 항구 도시로 공군 및 해군 기지가 있다.) 어디에서 만난 적이 있다고 했다.
"우리들도 그림은 약간 그리곤 했지요." 부인이 넌지시 말했다.
"난처합니다만, 우리는 정말 무언가 꼭 해야 할 처지랍니다." 그녀 남편이 계속 말했다.
"물론 우리들은 그렇게 젊은 편은 아닙니다." 그녀가 희미한 미소를 지으며 인정했다.

자신들에 관해서 내가 좀더 많이 아는 게 좋겠다는 말을 하면서 남편은 새 지갑에서 — 그들이 지니고 있는 물건은 모두 새것이었다 — 명함 한 장을 뽑아 나에게 건네주었다. '소령 모나크'라는 글자가 새겨져 있었다. 비록 이 글자들이 주는 인상이 강하긴 했지만, 나는 더 이상 그들에 대해 알 수는 없었다. 손님은 곧 말을 덧붙였다. "저는 군에서 제대한 후 재산을 잃는 불운을 겪었지요. 사실 우리들의 재산이라는 것이 몇 푼 되지도 않았지만."
"항상 애를 써야 하지요 — 너무 고생스러워서." 모나크 부인이 말했다.

그들은 분명히 자기들이 신사계급이라 허풍을 치며 뻐기지 않으려고 애썼다. 신사계급이라는 것이 자기네들에게 손해가 된다는 것을 스스로 인정하고 있다는 느낌이 들었다. 그와 동시에 그들은 다른 사람에게 내세울 장점을 갖고 있다는 자신감을 — 이것은 그들이 겪는 역경에 유일한 위로가 되는데 — 마음속에 간직하고 있다는 것도 나는 알아차렸다. 그들은 장점을 갖고 있었지만, 예를 들면, 그것은 응접실을 돋보이게 해주는 것과 같이 매우 사교적인 것이었다. 그러나 응접실이라는 것은 그들이 없어도 아름다운 그림이고, 또한 응당 그림같이 아름다워야 한다.

자기들의 나이에 관하여 아내가 언급하자 모나크 소령은 말했다. "물론 우리가 내세울 수 있다고 생각하는 것은 오히려 몸매지요. 이 나이에도 우리들은 아주 멋진 자세를 취할 수 있습니다." 그 순간 나는 몸매가 정말로 그들의 장점이라는 사실을 알게 되었다. 그가 말한 '물론' 이라는 말은 쓸데없는 말은 아니고 그 의문을 밝혀주었다. "아내의 몸매는 최고지요." 만찬 후에 체면 차리지 않고 웃으며 말하는 어조로 그는 아내를 향해 고개를 끄덕이며 계속 말했다. 마치 우리들이 실지로 포도주를 마시며 앉아 담소를 나누는 자리에 앉아 있는 것처럼. 나는 그렇다고 해서 소령 자신의 몸매가 그의 아내에 못지않다는 말을 하지 않을 수 없었다. 그랬더니 그는 다시 말했다. "우리들은 만일 당신이 우리 같은 사람들을 쓰신다면 우리도 그런 사람이 될 수 있을 것이라는 생각을 했지요. 아내는 특히 ─ 이야기책 속에 나오는 귀부인으로 말입니다."

그 말이 너무 재미있어서, 즐거움을 더 갖고 싶어, 나는 그들의 입장이 되어보려고 애를 썼다. 그리고 사람을 비평해서는 안 될 사교적 모임이 아니면 만날 수 없는 이 사람들을 마치 무슨 동물이나 하인을 대하듯 육체적인 평가를 하고 있는 나 자신을 돌아보고 곤혹스러움을 느꼈다. 그러나 나는 얼마 후 공정하게 모나크 부인을 바라보고 신념에 찬 탄성을 질렀다. "아, 그렇습니다, 책 속에 나오는 귀부인 같군요!" 그녀는 특이하게도 보기 흉한 삽화같이 보였다.

"좋으시다면 한 번 서 보여 드리죠." 소령이 말했다. 그리고 그는 진짜 우아한 자세로 내 앞에 몸을 일으켜 세웠다.

나는 한눈에 그의 자태를 볼 수 있었다. 키가 6피트 2인치 정도인 그는 완벽한 신사였다. 현재 회원모집 중에 있는 클럽의 간판이 될 남자를 필요로 한다면 그를 채용해서 사람들의 눈에 잘 띄는 진열 창문에 세워둔다면 대단한 돈벌이가 될 정도였다. 나한테 오게 되어서 그들은 천직을 놓쳐버린 것 같다는 생각이 불현듯 떠올랐다. 그들은 광고목적에 출연한다면 더 좋았을 것이다. 물론 자세히는 모르지만, 그들이 누군가의 돈벌이에 알맞을 것이라는 것을 나는 알 수 있었다. 물론 자기 자신의 돈벌이와 관계가 있다는 뜻은 아니다. 그들은 조끼 제조공, 호텔 문지기, 혹은 비누 노점상들에게 필요한 사람이라는 느낌이 들었다. "우리는 항상 이 제품을 사용함"이라는 표식을 그들 가슴에 핀으로 꽂아놓으면 광고 효과가 최고일 것이라 생각하고, 그들이 호텔의 식탁에 앉아 있는 멋진 모습도 상상해 보았다.

　모나크 부인은 조용히 앉아 있었다. 그것은 자만심에서가 아닌 부끄러움 때문이었다. 그러자 곧 그녀의 남편이 그녀에게 말했다. "여보, 일어서서 당신의 멋진 모습을 보여드리지 그래!" 그녀는 남편 충고에 따랐으나, 그것을 보여주기 위해 일부러 일어설 필요는 없었다. 그녀는 화실 끝까지 걸어갔다가 얼굴을 붉히며 다시 돌아왔다. 남편에게 가 있는 그녀의 시선은 안절부절못하고 간청하는 듯했다. 파리에서 우연히 경험한 어렴풋한 한 사건이 떠올랐다. 연극 연출을 맡기로 한 어떤 극작가 친구와 그 곳에 같이 있을 때였는데, 한 여배우가 역할을 맡게 해달라고 그 친구를 찾아온 일이 있었다. 그녀는 지금 모나크 부인이 하는 것과 똑같이 그 친구 앞을 왔다갔다했다. 모나크 부인도 그 여배우처럼 잘했지만, 나는 박수를 자제했다. 이렇게 보수가 형편없는 일에 그런 사람들이 흥미를 갖는다는 것은 매우 별난 일이었다. 그녀는 연봉 만 파운드의 수입은 되는 것 같았다. 그녀 남편은 그녀를 아주 적당한 단어로 묘사했는데, 그녀는 근본적으로, 당시 사용하고 있는 런던 통어(通語)로 본질적 · 전형적으로 '스마트' 하다는 것이었다. 그녀의 자세는 같은 논법으로, 두드러지고 나무랄 데 없이 '훌륭한' 것이었다. 그만한 나이의 여자로서는 허리가 놀랄 정도로 가늘었으며, 더욱이 그녀는 정통적인 자세로 팔꿈치를 굽히고 있었다. 고개를 들어올린 자세도 각도가 관습적이긴 했지만, 왜 그녀는 내 화실을 찾아왔을까? 큰 상점에서 웃옷들을 시험 삼아 한 번씩 입어 보이는 일이 틀림없이 어울릴 텐데. 나는 내 손님들의 생활이 어려울 뿐만 아니라 '예술적'인 취향이 있을 것 같아 겁을 집어먹었다. '예술적'이라는 것은 사실 머리 아픈 문제였다. 그녀가 다시 자리에 앉자 나는 고맙다는 말을 하고, 화가가 모델에게서 제일 먼저 염두에 두는 것은 자세를 취하는 재능이라고 말해 주었다.

"오, 아내는 그렇게 할 수 있어요." 모나크 소령이 말했다. 그리고 익살스럽게 말을 덧붙였다. "항상 그녀를 조용히 있게 했었지요."

"저는 성가실 정도로 잘 참지 못하는 사람은 아니죠, 그렇죠?" 그녀가 타조처럼 널찍한 남편의 가슴에 머리를 묻는 모습을 보니 눈물이 쏟아질 것만 같았다.

그 넓은 가슴의 주인공이 나에게 대답했다. "이 자리에서 말씀드려도 될 것 같습니다만 — 왜냐하면 우리들은 아주 사무적이어야 하기 때문이니까요, 그렇지 않습니까? 제가 그녀와 결혼했을 때 그녀는 아름다운 조각품으로 알려졌었지요."

"아니, 여보!" 모나크 부인이 안쓰러운 듯이 말했다.

"물론 저로서도 어느 정도의 표현은 해야지요." 내가 말을 받았다.

"아무렴요!" 나는 이 정도로 의견이 일치됨을 한 번도 들어본 적이 없었다.

"그리고 곧잘 이 일은 굉장히 사람을 지치게 합니다."

"오, 우리들은 결코 지치는 법은 없어요." 그들이 열을 올리며 소리쳤다.

"연습 삼아 이런 일을 해보신 적이 있습니까?"

그들은 멈칫하며 서로 얼굴을 쳐다봤다. "사진은 찍었지요—굉장히 많은 사진을." 모나크 부인이 말했다.

"아내가 한 말은 사람들이 직접 우리를 찍었다는 뜻입니다." 소령이 덧붙였다.

"알 만합니다. 두 분께서 그렇게 잘생기셨으니."

"그들 생각이 어땠는지는 모르지요. 하지만 사람들은 언제나 우리들을 따라다녔답니다."

"사진은 무료로 얻었죠." 모나크 부인이 웃으며 말했다.

"사진을 몇 장 가지고 올걸 그랬지, 여보." 남편이 말했다.

"몇 장 남아 있는지 확실히 모르겠는데. 우리들은 많은 사진들을 줘버렸지요." 그녀가 나에게 설명했다.

"친필로 서명 같은 것을 해서 말입니다." 소령이 말했다.

"사진관에 가면 구할 수 있을까요?" 아무런 악의가 없는 농담조로 내가 물었다.

"예, 그래요, 아내 사진을 사진관에서 팔곤 했답니다."

"이제는 아니고요." 모나크 부인이 마룻바닥에 눈길을 주며 말했다.

2

나는 그들이 증정용의 사진에 쓰곤 하던 '서명 같은 것'이 어떤 모양이었을까 상상할 수 있었으며 그들의 필체가 달필일 거라고 굳게 믿었다. 그들에 관계된 모든 것을 내가 그렇게 빨리 확신하다니 참 신기한 일이었다. 이제 그들은 단 몇 푼의 돈이라도 벌어야 할 정도로 가난하다지만, 그들은 결코 경제적으로 풍족해 본 적이 없었을 것이다.

그들이 가진 뛰어난 용모가 그들의 밑천이었고, 그들은 즐거운 마음으로 이 밑천을 충분히 이용했던 것이다. 그들은 20년간이나 시골의 별장을 계속 방문했기 때문에 온화함과 매우 이지적인 침착함이 얼굴에 잘 나타나 있었다.

모나크 부인이 양지바른 거실에서 여기저기에 널려 있는 잡지도 읽지 않고 무심코 계속 앉아 있는 모습이나, 운동 삼아 멋진 옷을 입고 비에 젖은 관목 숲 사이를 산책하는 그녀 모습을 쉽게 상상할 수 있었다. 소령이 사냥터에서 사냥물의 숨은 장소를 발견하고 다른 사람과 협력해서 사냥물을 쏘고 있는 모습이나 그 날의 사냥감 이야기를 하기 위해 덥게 옷을 입고 밤늦은 시간에 끽연실에 모여드는 모습 등도 떠올랐다. 나는 그들의 각반과 방수옷, 세련된 트위드(역주 : 올이 성긴 모방 옷감으로서 스코틀랜드 특산품)와 무릎 덮개, 지팡이 뭉치와 낚시도구와 우산 등을 상상했다. 시골역 플랫폼에 그들의 하인들이 정확한 시간에 마중 나와 서 있는 모습과 그들의 빼곡하게 찬 다양한 짐보따리도 상상할 수 있었다.

그들은 팁을 충분히 주지 않았지만 호감을 샀고, 자기들은 아무 일도 하지 않았지만 환영을 받았다. 그들은 어느 곳에나 잘 어울렸고, 키, 피부 색깔, 몸매에 대한 사람들의 일반적인 취향을 만족시켰다. 그들은 현명하고 고상하게도 그 사실을 알고 있었다. 그 결과, 그들은 스스로의 자긍심을 지켰고, 일을 엉성하게 해치우지 않았다. 즉 그들은 철저했으며 명랑하고 바르게 산 것이었다. 그것이 그들의 신조였다. 활동을 좋아하는 경향을 가진 사람들은 어떤 신조를 가지고 있어야만 했다. 무료함과 지루함만이 가득한 집에서라도 그들은 생활의 즐거움을 기대할 수 있을 것이라고 나는 느꼈다. 그 당시에는 무슨 일인가 생겼을 것이다. 그런데 지금은 어떤 사정으로, 얼마 되지도 않던 수입도 줄어들어 최악의 상태가 되었고, 그들은 용돈이라도 벌지 않으면 안 될 처지에 빠지고 말았다. 친구들은 그들에게 호감을 가지고 있었지만, 생활비까지 보태주려고는 하지 않았던 것 같다. 그들은 사람들에게 신용을 받을 만한 옷차림, 태도, 인품은 갖추고 있었다. 신용을 받고 있다고는 하지만 그들의 호주머니는 대체로 비어 있어 쨍그렁하고 동전 한 닢 떨어지는 소리도 드물었다. 신용을 얻기 위해서는 어떻게든 그 소리가 들려야 하는데도 말이다. 그들이 나에게 요구했던 것은 쨍그랑 하는 소리가 나도록 돈을 채워달라는 것이었다. 다행히 그들 사이에는 자식들이 없었는데, 나는 그 사실을 곧 알게 되었다. 그들은 아마도 우리들과의 거래를 비밀로 해두고 싶은 눈치였다. 이것은 '스타일'이라는 점에서만 이용해 달라고 말했기 때문에 얼굴을 그리게 되면 그들의 얼굴이 알려지게 되는 위험이 따르기 때문이었으리라.

나는 그들이 마음에 들었다. 그들의 친구들이 그랬던 것처럼 그들이 매우 단순하다는 느낌이 들었다. 그들을 이용할 수 있다면 나로서는 그들을 반대할 이유가 없었다. 하지만 어쨌든 그들의 완전무결함에도 불구하고 나는 그들을 신용할 수 없었다. 결국 그들은 아마추어에 불과했으며, 아마추어를 싫어하는 내 고집스러운 성격은 일종의 정열 때문이었다. 그것과 결부된 또 하나의 고집이 있었다. 태어날 때부터 실물보다도 재현된 것을 좋아하는 경향이다. 실물은 표현이 부족하기 쉬운 결점이 있다. 나는 재현된 사실을 좋아했는데, 그런 경우에는 한 가지 사실은 확실했기 때문이다. 진짜냐 아니냐는 부차적인 것으로 거의 언제나 무익한 질문이고, 오히려 고려해 보아야 할 일이 있다. 머리에 먼저 떠오르는 것은 내가 벌써부터 사용하고 있는 두서너 명의 모델이다. 그 중에서도 킬 번 출신으로 발이 매우 크고 알파카(역주:남미산 가축 또는 그 털) 모직옷을 입은 젊은 청년은 수년간 나의 삽화의 모델이 되기 위해 정규적으로 내 화실을 들락거렸는데, 그 청년은—아마 부끄러운 일 같지만—여전히 나를 만족시키고 있다. 손님들에게 솔직하게 나의 이런 입장을 설명했지만 그들은 내가 짐작한 것보다 대비책을 더 많이 강구해 놓았다. 그들은 그들의 기회를 논리적으로 생각해 두었는데, 그것은 크라우드 리베트 씨가 그들에게 당대 작가 한 사람의 작품을 호화판 전집으로 출판할 계획이 있음을 말해 주었기 때문이다. 이 사람은 소설가 중에서 그리 흔한 작가가 아니다. 그는 오랫동안 저속한 일반 대중으로부터 무시당해 오다가 세심한 사람(필립 빈센트 씨를 언급할 필요가 있을까?)으로부터 굉장한 평가를 받게 되었는데, 만년에 이르러서야 빛을 보기 시작하고 마침내 높은 평가를 받게 되었다. 이런 평가는 일반 사람들 편에서 본다면 속죄의 어떤 의미가 있었다. 심미안을 가진 한 출판인이 계획한 그 전집 준비는 사실상 상당한 보상행위인 셈이었다. 그 전집을 장식하게 될 목판화로 된 삽화는 영국 미술이 독자적인 영국 문단의 대표자들에 대한 경의의 표시였다. 모나크 소령 내외는 나에게 내가 하고 있는 담당 분야에 그들을 써줄 것이라는 희망을 가지고 있음을 고백했다. 그들은 내가 이 전집 중 첫 권인, '러틀랜드 램제이' 삽화를 맡기로 된 것을 알고 있었다. 하지만 나는 그들에게 내가 나머지 책들을 맡는 일에 참여하는 것은—첫 권은 시험 삼아 하는 것이었다—내가 내놓을 작품이 얼마나 만족스러우냐에 달려 있다고 분명히 말해 주어야만 했다. 만일 그 만족이 충분치 못하면 내 고용주들은 체면을 가리지 않고 나와의 계약을 취소할 것이다. 그래서 그때가 나에게는 위기의 순간이며, 나는 당연히 특별한 준비를 하여, 필요하다면 새로운 인물을 찾아보고 가장 좋은 형(型)을 구하려던 참이었다. 하지만 나는 모든 역할을 잘해 낼 수 있는 두세 명의 좋은 모델을 확정하고 싶었다.

"우리들은 자주 특별한 옷을 입어야 하나요?" 모나크 부인이 시무룩한 표정으로 물었다.

"아무렴요, 그 일이 전체의 반을 차지하는데."

"그러면 의상은 우리가 직접 가져와야 합니까?"

"아닙니다, 저에겐 의상이 많이 있습니다. 모델이란 화가의 지시대로 입기도 하고 벗기도 하는 겁니다."

"의상은 같은가요?"

"같다고? 무슨 뜻인가요?"

모나크 부인은 남편을 다시 쳐다보았다.

"아, 이 사람은 그냥 궁금해서 한 소리입니다." 남편이 설명했다. "의상은 같이 사용하는지 말입니다." 나는 그렇다고 솔직히 말해야만 했었다. 그리고 나는 그 의상 중에서 몇 점은 — 나는 기름때 묻은 구세대의 뻣쩍이는 진짜 옷을 많이 가지고 있었다 — 백 년 전에 실제로 살아온 사람들이 입었으며, 그 사라진 세상에서 모나크 부부와 형(型)이 별로 동떨어지지 않은 인물들, 즉 짧은 바지에 가발을 쓰던 시대의 사람들이 입었던 것이라고 말했다. 모나크 부부는 놀라운 표정을 지었다. "몸에 맞는 거라면 아무거나 입겠어요."

"아, 그 점은 내가 적절히 조처하겠습니다. 그림으로는 어떤 의상도 맞도록 할 수 있으니까요."

"저에게는 현대물이 맞지 않을까 생각합니다. 원하시는 대로 입고 오겠어요." 모나크 부인이 말했다.

"이 사람은 집에 옷이 많이 있습니다. 그 옷들은 현대의 것에 맞지 않을까 생각하고 있습니다." 남편이 말했다.

"그래요, 당신에게 딱 들어맞는 장면이 떠오릅니다." 정말이지 나는 진부한 이야기 줄거리를 적당히 엮어 맞춘 통속소설 — 지루하고 따분하기 때문에 나는 본문을 읽지도 않고 삽화를 그리려고 애쓴 소설 — 을 머리에 떠올려볼 수 있었다. 그 훌륭한 부인은 그런 소설들의 무미건조한 영역을 메우는 데 도움이 될 수 있을 것이다. 그러나 나는 이런 종류의 일 — 매일 반복되는 기계적인 일 — 을 위해서는 이미 모델이 정해져 있다는 사실을 말할 수밖에 없었다. 더욱이 그 모델은 지금으로서는 부족한 점이 없다는 사실도 말하지 않으면 안 되었다.

"우리들은 작중인물의 누군가와 닮지 않았을까 하고 생각한 것뿐입니다." 모나크 부인이 일어서면서 온순하게 말했다.

그녀의 남편도 역시 일어섰다. 그는 일어서서 슬픈 눈초리로 나를 보고 서 있었으나, 이러한 훌륭한 남성이 그런 얼굴 모습을 짓는 것이 가슴 아팠다. "때로는 그러한 사람을 쓰는 것이 도움이, 저, 도움이……?" 그는 망설였다. 그가 의미하는 바를 내가 말로 표현하도록 도와주기를 바라는 눈치였다. 그러나 그럴 수도 없었던 것이, 나는 무슨 말인지 몰랐다. 그러자 그가 어색하게 말을 꺼냈다. "진짜 실물의 신사나 숙녀 말입니다." 나는 전적으로 동의할 마음이어서, 그 말에는 일리가 있음을 인정했다. 이 말에 소령은 슬픔을 꾹 누르고 다음과 같은 말을 하게 되었다. "무척 어려운 일입니다 — 우리들은 백방으로 노력해 보았습니다." 말을 하지 않고 슬픔을 꾹 참는 것은 잘 전염되는 법, 부인은 이를 참을 수 없었던 것이었다. 내가 그 사실을 알기도 전에 모나크 부인은 다시 소파 위에 주저앉으며 울음을 터뜨렸다. 그녀의 남편은 그녀 옆에 앉아, 그녀의 한쪽 손을 잡았다. 그러자 그녀는 재빨리 다른 손으로 눈물을 닦았는데, 그녀가 나를 쳐다보자 나는 당혹감을 금할 수 없었다.

"그놈의 일자리! 지원해서, 기다리고, 기도하지 않은 일자리가 없답니다. 우리의 형편이 정말로 나빠진 것은 처음이라는 생각이 드실 것입니다. 비서직과 같은 그런 종류의 일들 말입니까? 차라리 귀족계급을 달라는 편이 나을 겁니다. 저는 어떤 일이라도 할 생각입니다. 우편 배달원이나 석탄 운반인처럼 힘도 강합니다. 금빛 수를 놓은 모자를 쓰고 잡화상 앞에서 사륜 승용차의 문을 열어주는 일도 마다 않겠습니다. 역 근처를 서성거리다가 여행용 가방도 운반하고, 우편 배

달부 일도 할 참입니다. 그러나 사람들은 저를 거들떠보지도 않는군요. 이미 세상에는 저 자신과 같이 유능한 수천 명의 사람들이 있습니다. 포도주를 마시며 사냥꾼을 고용했던 신사들이 가난한 거지 신세가 되어 있으니.”

내가 할 수 있는 한 그들의 기운을 돋우어주자, 손님들은 마침내 일어섰다. 나는 시험 삼아 한 시간 정도의 시간을 내어 그려보기로 했다. 우리들이 그 문제를 협의하고 있을 때 문이 열리고 미스 첨이 젖은 우산을 가지고 들어섰다. 그녀는 마이다 베일까지 버스를 타고, 그 다음 반 마일 가량은 걸어와야 했다. 그녀는 어색할 정도로 얼굴이 불그스름하고, 빗물에 약간 젖은 것 같았다. 나는 그녀가 방에 들어올 때마다 그녀 자신은 이것이라고 특별히 내세울 것이 없는 평범한 아가씨인데도 모델로 쓰면 훌륭하게 보이는 것은 아주 불가사의라는 생각이 든다. 그녀는 단지 볼품없이 미약한 미스 첨일 뿐이었지만, 로맨스에 나오는 풍만한 여주인공이었다. 그녀는 주근깨투성이의 연약한 도회지 흉내를 내는 여자였지만 정숙한 귀부인에서 여자 양치기에 이르는 모든 역할을 다 해낼 수 있었다. 그녀의 멋진 그 모습에서 좋은 목소리나 긴 머리털을 상상할 수도 있었다. 그것이 그녀의 재능이었던 것이다. 그녀는 철자법을 모르고 맥주는 즐겼지만 두세 가지의 장점이 있었고, 연습, 요령, 상식, 별난 감수성을 가지고 있었다. 또한 그녀는 연극을 사랑하는 일곱 자매가 있었으며 영어의 에이치 발음에는 조금도 주의하지 않았다(역주 : 런던의 하급인들은 에이치 발음을 하지 않는 버릇이 있음). 내 손님들의 눈에 띈 것은 그녀의 우산이 습기에 차 있다는 것이었다. 그리고 한 점 나무랄 데 없이 완벽하게 그들은 그 우산을 힐끗 쳐다보고는 움찔했다. 그들이 도착한 이래 줄곧 비가 내리고 있었던 것이었다.

“흠뻑 젖었어요. 버스 안에는 사람들로 뒤범벅이었고요. 선생님이

기차역 근처에 사시면 좋을 텐데." 미스 첨이 말했다. 가능한 한 빨리 준비를 하라고 하자, 그녀는 늘 옷을 갈아입는 방으로 들어갔다. 그러나 이 방을 나가기 전에 그녀는 이번 역할이 무엇인지 물었다.

"러시아 공주인데, 모르고 있어요?" 내가 대답했다. "검정 벨벳 의상을 입은 황금빛 눈동자를 가진 공주지요. 『칩사이드』지(誌)에 나오는 긴 이야기 속에 등장하지요."

"황금빛 눈동자라니요? 아이 좋아!" 미스 첨이 소리치자, 내 손님들은 그녀가 탈의실로 들어갈 때까지 강렬하게 그녀를 바라보았다. 그녀가 늦게 올 때는 내가 작업할 마음의 여유를 갖기도 전에 항상 먼저 준비를 끝냈다. 나는 손님들을 일부러 조금 붙들어놓았다. 그것은 그들이 그녀를 본 뒤에 자신들이 앞으로 일을 어떻게 해야 할지에 대해서 짐작할 수 있게 하기 위한 것이었다. 나는 그녀는 내가 생각하고 있는 훌륭한 모델관에 딱 들어맞으며, 매우 총명한 여자라는 말을 덧붙였다.

"저 여자가 러시아 공주로 보이십니까?" 모나크 소령이 놀라면서 물었다.

"예, 내가 그린다면."

"아, 그림으로 재현했을 때의 이야기입니까!" 그는 날카롭게 말했다.

"요구할 수 있는 것은 그 정도가 최선이랍니다. 재현할 수 없는 사람도 많지요."

"자, 보세요. 여기에 한 귀부인이 있잖습니까?" 설득력 있는 웃음을 띠며 그는 아내와 팔짱을 끼었다. "이미 이 사람은 완성된 귀부인이죠!"

"말하자면, 나는 러시아 공주 같은 사람은 아닙니다." 모나크 부인은 약간 쌀쌀맞게 항의조로 말했다. 아마 몇 사람인가 러시아 공주를 알고 있어 좋게 생각하지 않았을 것이다.

미스 첨이라면 이런 귀찮은 일은 말하지 않았을 텐데. 이것은 성가신 일이라는 생각이 났다. 미스 첨이 검정 벨벳 가운을 입고 돌아왔다. 그 가운은 꽤 바랜 빛깔이었을 뿐만 아니라 그녀의 어깨가 야위어서 약간 흘러내리고 있었다. 붉게 물든 손에는 일본 부채를 들고 있었다. 지금 그리게 될 장면에서 그녀는 누군가의 머리 너머를 보고 있어야 한다고 내가 주의를 주었다. "누구의 머리인지 그건 잊었지만 아무래도 좋다. 어쨌든 머리 너머로 보아다오."

"차라리 난로 너머를 보는 것이 낫겠어요." 이런 말을 하고, 미스 첨은 난로 가에 자리를 잡고 자세를 잡더니 꼿꼿한 자태를 취했다. 그녀는 고개를 약간 뒤로 젖히고, 부채를 조금 앞으로 기울였다. 그리고 최소한 나의 호의적인 눈에는 그녀는 훌륭한 귀부인이었고, 매력적이며, 더욱이 이국풍의 위험스러운 여인으로 비쳤다. 이런 모습의 그녀를 놓아둔 채 나는 모나크 부부와 같이 아래층으로 내려갔다.

"그 정도의 일이라면 저도 할 수 있을 것 같아요." 모나크 부인이 말했다.

"아, 그 아가씨가 별 볼일 없는 존재라고 생각하시는군요. 하지만 예술이라는 것의 연금술적인 힘을 고려해 보셔야죠."

하지만 그들은 자신들이 진짜라는 그 과시할 만한 이점 때문에 눈에 보일 정도로 마음이 편해진 상태로 돌아갔다. 미스 첨이 천박하다고 그들은 진저리를 쳤을 것이라는 상상을 할 수 있었다. 그녀는 내가 돌아와서 그 부부가 원하는 것을 이야기해 주자 아주 우스꽝스러워했다.

"글쎄, 그 여인이 모델 노릇을 할 수 있다면 저는 경리장부나 만지겠어요." 내 모델이 말했다.

"그 여인은 귀부인 같은데." 나는 악의 없이 화를 내면서 말했다.

"그만큼 선생님께서는 더 나쁘신 거죠. 그 여인은 포즈를 잘 취할 수 없다는 뜻이잖아요."

"상류 사교계를 다룬 소설에는 맞을 거요."

"그렇지요. 꼭 맞을 거예요." 내 모델이 익살스럽게 말했다. "그 여인 없이도 그 책들은 충분히 저속하지 않은가요?" 나는 종종 미스 첨에게 격의 없이 그런 소설을 비난하곤 했던 것이다.

3

내가 모나크 부인을 처음으로 시험 삼아 모델로 써본 것은 상류 사교계의 소설 중 한 작품의 수수께끼 같은 부분의 삽화를 그릴 때였다. 남편이 필요하다면 도움이 될까 해서 그녀와 같이 왔다. 대체로 그가 아내와 같이 오기를 좋아한다는 것은 확실했다. 처음에 나는 그가 미풍양속을 지키기 위해서, 또는 질투가 나서 간섭하려는 것이 아닌가 이상히 여겼다. 그런 생각은 도저히 참을 수가 없는 것이어서, 만약 그 사실이 확증되었다면 우리의 친분도 서둘러 끝이 나고 말았을 것이다. 그러나 곧 나는 그것이 별다른 뜻이 없으며, 그가 아내를 따라오는 것은 — 모델로 쓰일 기대감의 뜻도 있었겠지만 — 단지 그에게는 이렇다 할 일거리가 없기 때문이라는 것을 알았다. 그들이 서로 떨어져 있을 때 그에게는 할 일이 없었다. 그리고 그들은 결코 떨어져 있어본 적도 없었다. 난처한 처지에서는 서로의 긴밀한 결합이야말로 그들의 주된 위안거리였고, 그 결합에는 단 한 곳의 약점도 없음을 나는 곧바로 알아보았다. 그것은 이상적인 결혼이었고, 결혼을 망설이는 자에게는 용기요, 비관론자에게는 풀기 어려운 문제였다. 그들이 사는 곳은 변변찮은 곳이었는데 — 그 점이 그들에게서 유일하게 직업에 정말 걸맞은 것이라고 생각했던 사실이 나중에 기억됨 — 나는 소령이 혼자 남아 있는 한심스러운 셋방을 머리에 그려볼 수 있었다. 그는 아내와 함께라면 그래도 인내심을 갖고 그 방에 앉아 있을 수 있었으나, 아내가 없는 그 방에는 앉아 있을 수 없었다.

그는 아주 요령이 많아서, 자신이 별 쓸모가 없을 때에는 구태여 마음에 들려고 애를 쓰지도 않았다. 내가 작업에 너무 열중하여 말을 할 수 없을 때에는 그는 마냥 앉아서 기다렸다. 그렇지만 나는 그의 이야기를 듣기 좋아했다—그의 이야기는, 방해가 되지 않을 때에는, 내 작업을 덜 기계적이고 덜 특별한 것으로 해주었다. 그의 이야기를 듣는 것은 외출의 흥분과 집 안에 머무를 때의 경제성을 모두 충족시켜 주었다. 단 한 가지 방해는—이 훌륭한 부부가 알던 사람들을 나는 아무도 알지 못했다는 점이다. 우리가 서로 교분을 가지는 동안 도대체 내가 알고 있는 사람들이 누구인지 그는 무척 의아했으리라고 나는 생각한다. 그가 손으로 더듬어 보아도 전혀 알아낼 수가 없었으므로, 우리들의 이야기는 술술 잘 이어갈 수 없었다. 가죽과 나아가서는 술 — 마구 제조업자와 짧은 바지 제조업자, 그리고 좋은 붉은 포도주를 싸게 구입하는 법 — '편리한 열차'와 작은 새의 습성 같은 것이 우리의 화제였다. '열차'나 '새'에 관한 소령의 지식은 놀랄 만한 것이어서 전혀 이야기할 수 없을 것 같은 역장과 조류학자의 이야기를 그럭저럭 함께 엮어 충분히 이야기할 수 있을 정도였다. 그는 고급스러운 것을 화제로 삼을 수 없을 때에는 보다 소박한 것에 대해서는 쾌활하게 이야기할 수 있는 사람이라서 상류사회에서의 추억담이 쓸데없는 것이라는 것을 알게 되면 나와 대화 가능한 화제로 아무런 어려움 없이 대화 수준을 낮출 수 있었다.

아주 쉽사리 사람들을 실망시킬 수 있는 사람인데도 남을 즐겁게 해주려는 바람이 그렇게도 열성적인 것은 가슴 뭉클한 일이었다. 그는 난롯불을 돌봐주었고, 내가 부탁하지 않았는데도 난로의 통기(通

氣)조절장치에 대한 의견을 말했다. 그리고 내 화실의 가구배치가 대부분 제대로 되어 있지 않다고 말한 적도 있었다. 내가 부유하기만 하다면 그가 와서 살림하는 법을 가르쳐주면, 급료를 주고 싶다고 말했던 기억이 난다. 때로 그는 무심코 한숨을 내쉬곤 했는데, 그 뜻은 아마 다음과 같은 것이리라. "내게 실내장식도 변변치 않은 이런 낡은 판잣집이라도 주어보시지, 그럼 무언가 해 보여 드리지요!" 내가 그를 모델로 쓰려고 할 때면 그는 혼자 왔는데, 그것은 여자들이 남자보다 더 용기가 있다는 실례였다. 그의 아내는 이층 방의 고독을 견뎌낼 수 있었고, 대체로 더 신중해서, 여러 가지 대수롭지 않은 자제를 보임으로써, 우리의 관계는 눈에 띄게 직업적인 예의에 맞게 유지되어야 하며, 사교적인 관계로 바뀌어서는 안 된다는 것을 잘 알고 있음을 나타내었다. 그녀는 자신과 소령이 고용된 것이지 서로 교제를 원하는 것은 아니라는 것을 명백히 하기를 바랐고, 나를 제자리를 지키는 윗사람으로 인정할 수는 있었을지라도 자기와 대등하게 교제하기에 아주 좋은 인물이라고는 결코 생각하지 않았다.

그녀는 온몸을 다 바쳐 대단한 집중력을 보이며, 마치 사진사의 렌즈 앞에 앉은 사람처럼 한 시간 동안 거의 꼼짝 않고 있을 수 있었다. 그녀가 사진을 많이 찍었다는 것은 알 수 있었지만, 어쨌든 사진 찍는 목적에는 어울리게 했을 꼼짝 않는 그 버릇 자체는 삽화를 그리는 내 목적에는 어울리지 않았다. 처음에 나는 그녀의 귀부인 같은 모습에 감격했고 신체의 선을 화폭에 담으며, 그 선이 대단히 훌륭하여 그림이 쉽게 술술 잘 풀려가고 있다는 것을 알고 기뻐했다. 그러나 여러 번 그리던 중에 그녀가 어쩔 수 없을 만큼 지나치게 경직되어 있다는 생각이 들기 시작했다. 아무리 애를 써봐도 내가 그린 그림은 사진, 아니면 사진의 복사판같이 보였다. 그녀의 모습에는 다양성이 없었고 성격 자체가 변화에 대한 감각이 없었다. 사람들은 그것이 나의 책임이며 단지 포즈를 취하는 방법 여하에 따라 변할 수 있다고 생각할는지 모른다. 그렇지만 나는 가능한 모든 포즈를 취하게 해보았으나 결과는 매한가지였다. 어떤 각도에서 그려보아도 그녀는 귀부인임에 틀림없으나, 언제나 똑같은 귀부인인 것이다. 진짜이기는 하나, 항상 똑같은 존재였다. 나는 진짜입니다라고 자신만만하게 시치미를 떼고 있기 때문에 어떤 때는 화가 나는 일도 있었다. 자기들이 진짜라는 것이 그리는 쪽에서는 행운이라고 말하는 듯한 태도를 두 사람은 넌지시 취하고 있는 것이다. 나는 할 수 없이 변화를 준다 — 그런 일은 예컨대 미스 첨 같으면 멋지게 해주겠지 — 그것은 체념하고 부인을 닮은 인물상을 찾아내려고 노력해 보았다. 그러자 이번에는 아무리 주의 깊게 그려보아도 언제나 키가 너무 큰 여자가 되어버려 매력적인 부인을 7피트나 되는 키다리로 그려버리고 만다는 딱한 결과가 된다. 나 자신이 키가 큰 편이 아니기 때문인지 모르지만 이만큼 키 큰 여자는 도무지 나에게는 매력 있는 여자로 생각되지 않았다.

소령의 경우에는 사정이 더욱 나빴다. 아무리 연구를 해봐도 그의 키는 너무 작아, 근육이 억센 거인을 그리는 이외에는 도움이 되지 않았다. 나는 원래 다양성과 유연성을 좋아하며, 독특한 개성이 되는, 우연히 나타나는 인간적인 사건들을 소중히 여겼다. 나는 엄밀하게 성격묘사를 하고 싶었고, 동일한 형의 인물을 되풀이하는 위험에 빠지는 것이야말로 가장 혐오스러웠기 때문이다.

그 문제로 몇몇 친구들과 말다툼도 했다. 누구든지 어떤 형에 빠질 위험은 있으며 그 형이 아름답기만 하다면 — 라파엘과 레오나르도의 경우처럼 — 노예 상태도 장점일 뿐이라고 그들이 주장했기 때문에 나는 그들과 절교했다. 나는 레오나르도도 라파엘도 아니고 — 단지 젊고 건방진 현대의 젊은 화가에 지나지 않을지도 모른다. 그렇지만 나는 성격을 제일 먼저 생각해야 한다고 주장하였다. 그 특정한 형태의 인물이라도 쉽게 개성을 가질 수 있는 일이라고 그들이 주장한 다면, 나는 피상적인 답이 되었을는지 모르겠지만, "성격이라니 누구 것 말이냐?"라고 반박했을 것이다. 만약에 어떤 사람의 성격이 누구에게든지 있는 공통적인 것이라고 한다면 그것은 아무런 특성이 없는 것과 마찬가지가 아닐까?

모나크 부인을 열댓 번 그린 후에 미스 첨 같은 모델의 가치는 정말 특정의 형을 갖지 않는 것이라는 것을 뼈아프게 깨달았다. 아울러 또 한 가지 그녀가 진기하고 설명할 수 없는 모방의 재주를 가지고 있다는 사실을 한 번 더 확신하게 되었다. 그녀의 평상시 겉모습은 멋진 공연을 해달라는 요청이 있을 때에만 끌어올릴 수 있는 막과 같았다. 이 공연은 단순히 암시적이었지만, 현명한 사람에게는 뚜렷한 의미를 전달할 수 있는 선명하게 아름다운 연기였다. 가끔 그녀는 평범하게 보였지만 그 모습이 지루할 정도로 아름답다는 생각이 들었다. 그녀를 모델로 그린 인물은 어느 것이나 지루할 정도로 ('바보같이 어리석게'라는 표현을 곧잘 쓰곤 했지만) 정숙하게 되어버린다고 하는 비난을 그녀에게 퍼부은 일이 있었다. 이 말을 듣고 그녀는 아주 분개했다. 서로 공통점이 없는 여러 인물의 모델이 될 수 있다고 믿는 것이 그녀의 자랑거리였다. 때문에 내가 그런 말을 해서 그녀의 인기를 떨어뜨리는 결과를 가져온다며 나를 비난하곤 했다.

새로운 손님인 모나크 부부의 계속되는 방문으로 그녀의 평판이 점점 떨어졌다. 미스 첨은 오라는 곳이 많아서 일거리에 궁한 적은 결코 없었으므로, 가끔 그녀를 모델로 쓰는 것은 연기하고, 모나크 부부를 보다 편한 마음으로 그려볼 수 있게 되었다. 진짜를 그리는 것은 처음에는 확실히 즐거웠다. 모나크 소령의 바지 입은 모습을 그리는 것도 그러했다. 그들 두 사람은, 그림 속의 소령 자신이 덩치 큰 남자의 모습으로 나타나긴 했지만, 진짜였다. 부인의 한 가닥 한 가닥 잘 말아올린 뒷머리와, 특히 그녀의 꽉 조인 코르셋 특유의 '우아하게' 팽팽해진 몸매를 그리는 것은 즐거운 일이었다. 특히 그녀는 얼굴을 약간 돌리거나 초점이 흐려질 때 잘 어울렸다. 그녀의 시선은 귀부인 같았고 옆모습이 우아했다. 똑바로 서 있을 땐 그녀는 궁정화가들이 왕비나 공주를 그릴 때 취하게 하는 자연스런 자세를 취했다. 그 때문에 나는 이러한 그녀의 특징을 살리기 위해서 『칩사이드』지 편집장으로 하여금 '버킹엄 궁 이야기' 같은 진짜 왕실 로맨스를 출판하게 할 수 없을까 하고 궁리하게 했다. 하지만 때때로 이 진짜와 가짜가 만나게 되었다. 이 말은 약속을 지키거나 내가 해야 할 일이 많을 때 약속 날짜를 따로 정하러 오는 미스 첨이 질투를 느끼는 경쟁자들과 마주친다는 뜻이다. 모나크 부부로서는 마주치는 것이 아니었다. 왜냐하면 그들은 그녀를 단지 하녀 정도로 취급했기 때문이었다. 일부러 콧대 높은 체한 것이 아니라 단지 직업적으로 모델간에 친밀하게 지내는 법을 아직 몰랐기 때문이었을 것이다. 그렇게 생각되는 것은 그들이 그렇게 하려고 했든지, 아니면 최소한 소령이라도 그러고 싶었으리라는 생각이 들었다. 그들은 버스 이야기를 할 수 없었다. 늘 걸어다녔기 때문이다. 다른 화제를 꺼내볼 수도 없었다. 그들은 '편리한 열차'나 값싼 붉은 포도주에 관심이 없었던 것이다. 게다가 그들은 막연히 그녀가 그들에게 재미를 느끼며, 마음속으로 그들이 뭐든지 아는 체한다고 조롱하는 것을 느꼈음에 분명했다.

 그녀는 기회가 있다면 경멸을 숨겨둘 그런 여자는 아니었다. 반면에 모나크 부인은 그녀가 단정하다고 생각하지 않았다. 아니면 왜 그녀가 힘들여 말했겠는가? — 모나크 부인에게는 이례적인 일이었는데 — 자신이 지저분한 여자들을 좋아하지 않는다고 말이다.

 어느 날 나의 젊은 아가씨가 화실의 다른 모델들과 우연히 자리를 같이하게 되었을 때 — 그녀는 편리한 시간에 잡담하러 들르곤 했다

― 나는 그 아가씨에게 미안하지만 차를 마시게 해달라고 부탁하였다. 그 일은 그녀에게 익숙한 일이며, 내 살림살이에 일손이 부족해서 종종 부탁하던 일이었다. 그들은 포즈 취하길 그만두고 ― 도자기를 깨는 일도 있었지만 ― 내 식기류를 만지길 좋아했다. 자기들도 보혜 미안이 된 듯한 기분이 들기 때문이다. 이런 일이 있은 후 내가 미스 첨을 다시 만났을 때 그녀가 불평을 늘어놓아 무척 놀랐다 ― 차 준비 같은 일로 자신에게 창피를 주었다며 나를 비난한 것이다. 어떤 때는 그런 일을 부탁해도 화도 내지 않고 몸을 아끼지 않고 기꺼이 응했는데 말이다. 멍하니 침묵만 지키고 있던 모나크 부인에게 과장된 웃음으로 크림과 설탕을 넣을 것인가 물어보면서, 그녀는 요사스럽게 간사함을 보이며 일을 즐기고 있는 것 같았다. 그녀는 마치 자신도 진짜로 보이기를 원하는 것처럼 억양을 높여 말을 해서, 마침내 다른 손님들이 화를 내지는 않을까 나는 걱정하게 되었다.

아, 그들은 그러지 않으려고 결심을 굳게 하고 있었으며, 그들의 이런 감동적인 인내는 엄청난 가난에 쪼들리고 있다는 증거였다. 그들은 내가 자신들을 쓸 준비가 될 때까지 불평 없이 몇 시간이고 기다리곤 했다. 그들은 혹시나 내가 쓰지나 않을까 기대하고 왔다가 그냥 가더라도 유쾌한 마음으로 떠나곤 했다. 나는 그들이 얼마나 위풍당당하게 돌아가는지 보기 위하여 문간까지 그들을 배웅하곤 했다. 나는 그들에게 다른 일자리를 구해주려고 노력하여 ― 몇몇 화가에게 부탁하는 소개장을 써주었다. 그러나 그들은 내가 이해할 만한 이유를 대며 '받아' 들이지 않았다. 그러한 실망을 겪은 후로 그들이 나에게 무게를 더해 의지하려는 것 같아 나는 걱정스러웠다. 영광스럽게도 자기들을 살리는 것은 나뿐이라고 생각하고 있는 것 같다. 그들은 화가들의 눈에 들 만큼 낭만적이 아니었으며, 그 당시에 펜화로 진지하게 작업하는 화가는 몇 되지 않았다. 그 밖에 내가 언급했던 그 훌륭한 일을 그들은 탐내고 있었다. 뿐만 아니라 그들은 그 큰일을 목적으로 마음속으로 남 모르게 자신들이야말로 우리의 뛰어난 소설가의 삽화에는 안성맞춤이라고 마음을 굳게 먹고 있었다. 그들은 내가 이 일에는 의상 효과나 과거 시대의 겉치레적인 장식 같은 것은 전혀 쓰지 않을 것이며, 모든 것이 지금 세상의 풍속대로 풍자적이며 어쩌면 고상한 것이 될 것이라고 믿고 있었다. 만일 이 화가가 이 작업에 우리를 모델로 쓴다면 우리는 장기간 계속 일하게 되는 것이니까 장래는 안정될 것이다. 이것이 그들의 생각이었다.

어느 날 모나크 부인이 남편 없이 혼자 와서 ─ 그는 시내에 볼일이 있어 오지 못했다는 설명을 늘어놓았다. 그녀가 습관적으로 느긋하게 위엄 있는 태도로 앉아 있을 때, 문을 두드리는 소리가 들렸다. 일거리가 없는 어느 모델의 간곡한 호소일 거라는 직감이 들었다. 곧 이어 한 젊은이가 들어왔다. 나는 그가 외국인임을 금방 알 수 있었다. 사실 그는 내 이름 이외에는 영어라곤 전혀 모르는 이탈리아인으로 밝혀졌는데, 내 이름을 다른 이름으로 착각할 만한 그런 식으로 발음했다. 당시에 나는 이탈리아에 가본 적도 없고, 이탈리아어에도 능숙하지 못했다. 그러나 이탈리아 사람은 모두 그렇지만 그도 말에만 의존할 정도로 의사전달 수단이 궁한 것은 아니었다. 그는 손짓으로 자신은 내 앞에 있는 귀부인이 하고 있는 바로 그 일거리를 찾고 있다는 의사를 전달했다. 통속적인 태도이지만 천하다는 느낌은 들지 않았다.

나는 처음 이 젊은이로부터 특별한 인상을 받지 않았기 때문에, 일을 계속하면서 관심을 갖거나 격려해 주는 기미는 보여주지 않았다. 그러나 그는 한 발자국도 물러서지 않았으며 ─ 집요하지는 않으나, 순진하면서도 좀 뻔뻔스러운, 말 못하는 개의 충직성 같은 표정을 지었는데, 충실한 하인이 ─ 아마 수년간 하인 노릇을 했을 것인데 ─ 부당하게 의심을 받고 있는 듯한 태도였다. 갑자기 바로 이 태도와 표정이 그림이 될 것 같다는 생각이 떠올랐다. 그래서 나는 일을 마칠 때까지 앉아 기다려달라고 부탁했다. 그가 내 말에 순응하는 방식이나, 그가 머리를 뒤로 젖혀 화실 이곳 저곳을 경탄에 잠겨 둘러보는 모습 등은 그림의 소잿거리가 됨을 나는 일을 하면서도 지켜보았다. 그는 마치 베드로 성당에서 성호를 긋는 듯한 모습이었다. 일을 마치기 전에 나는 중얼거렸다. "이 젊은이, 돈 한푼 없는 오렌지 행상이지만, 보물단지야."

  모나크 부인이 물러가려 하자 그는 문을 열어주려고 번갯불처럼 방을 지나, 베아트리체에 반한 젊은 단테처럼 황홀하고 순수한 마음으로 그녀를 바라보며 문간에 서 있었다. 그런 상황에서 전형적인 영국 하인들의 무표정한 얼굴이 좋다고 생각한 적은 한 번도 없었으므로, 나는 그가 하인의 자질이 있으며 — 하인이 한 사람 필요했지만 그런 일만으로 따로 급료를 줄 여유는 없었다 — 그림 모델로서도 자질이 있다는 생각이 들었다. 한마디로 해서 나는 그가 일인 이역을 한다는 조건으로 이 명랑하고 모험심이 많은 이탈리아 청년을 고용하기로 작정했다. 그는 나의 제의에 기꺼이 응했으며, 그런 경우에 내가 경솔했다고 후회할 일은 없었다 — 사실 나는 그에 대해서 아는 것이 별로 없었다. 그는 별로 단정하진 않지만 나의 마음을 잘 꿰뚫어보는 능력이 있었다. 또 놀랄 만한 감각을 가지고 있어서 포즈를 취하는 요령도 잘 알고 있었다. 그것은 노력에 의해 터득된 것이 아니고 타고난 것이었다. 이런 그의 감각으로 그는 문간으로 가서, 문패에 씌어진 내 이름의 철자를 읽었다. 이런 그의 감각은 다행스러운 본능의 일부분이었던 것이다. 그는 밖에서 높다란 북쪽 창문 모양만을 보고, 이 곳은 당연히 화실이며, 또한 화실이라면 화가가 살고 있으리라는 것을 짐작만 했을 뿐 다른 소개장 같은 것은 가지고 있지도 않았다. 그는 다른 이동행상인처럼 돈벌이를 하러 이곳 저곳 떠돌다가 영국까지 오게 되었으며, 동업자와 함께 조그마한 녹색의 손수레를 끌고 값싼 아이스크림 장사를 시작했는데, 아이스크림은 녹아버리고 동업자는 행렬 도중에 없어져버렸다는 것이다. 이 젊은이는 꼭 조이는 붉은 줄무늬 바지를 입고 있었으며, 이름은 오론테라고 했다. 안색은 나빴지만 살결은 흰색이었고, 내가 가진 몇 점의 옷을 입히자 영국인처럼 보였다. 그는 미스 첨만큼이나 잘 응해주어, 내가 부탁을 하면 이탈리아인처럼 포즈를 취해주는 재치도 있었다.

4

모나크 부인이 남편과 함께 돌아와서 오론테가 모델대(臺) 위에 앉아 있는 것을 보자, 그녀의 얼굴이 약간 경련을 일으키는 것 같았다. 뼈대 없는 거지 같은 모습의 인간에게서 그녀의 위풍당당한 남편에게 경쟁상대자가 있음을 인정해야 한다는 것은 이상한 일이었다. 위험을 먼저 냄새 맡은 것은 그녀였다. 왜냐하면 남편은 속담에도 있듯이 멍한 상태였다. 그러나 오론테는 허둥대며 차를 끓여주었고—그런 이상한 일은 해본 적이 없었으므로—내가 마침내 '하인 고용'으로 인해 나를 좀더 낮게 평가한다고 생각했다. 그들은 내가 고용한 하인을 모델로 해서 그린 몇 점의 그림을 보았는데, 모나크 부인은 그를 모델로 해서 그린 그림이라는 생각이 들지 않았다고 넌지시 이야기했다. "자, 우리를 모델로 해서 그린 그림을 좀 보세요." 그녀가 승리자인 듯한 미소를 지으며 나를 깨우쳤다. 그러자 나는 이것이 바로 그들 부부의 결점이라는 것을 깨달았다. 모나크 부부를 그릴 때면 나는 어떻게 해서라도 그들로부터 벗어나서, 내가 재현하고자 하는 인물 속으로 들어가려고 애를 썼다. 그러나 번번이 실패였다. 나는 내 그림의 모델이 누구인지 알게 되기를 바라지 않았다. 미스 첨은 내 그림에서 구별이 되지 않았고, 모나크 부인은 미스 첨이 천박하기 때문에 내가 그녀의 모습을 내 그림에서 적당히 감추고 있다고 생각하였다. 반면에 실제로 자신의 모습이 그림 속에 숨어 있다고 한다면 그것은 천국에 오른 사자의 모습이 보이지 않는 것과 같이 그만큼 더 화가로서는 다행한 일인 것이다.

이즈음에 계획된 전집의 제1권인 '러틀랜드 램제이' 일에 약간 진척이 있었다. 말하자면 수십 점의 그림을, 그 중 몇 점은 소령과 그의 아내의 도움으로 그려, 출판사에 보내 승인을 구했다. 내가 출판사와 맺은 계약은, 이미 언급한 대로, 제1권은 내 생각대로 그 책 전체를 내 책임하에 일을 한다는 것이었다. 그러나 내가 그 전집의 나머지 권도 계속 맡게 될지는 미정이었다. 솔직히 말해서 진짜가 가까운 곳에 있다는 것은 마음 편할 때도 있었다. '러틀랜드 램제이'에는 진짜와 비슷한 인물이 있었기 때문이다. 소령 같은 꼿꼿한 인물과 모나크 부인 같은 상류인사도 등장하고 있었다. 전원주택 생활도 상당히 들어 있었고—사실은 예리한 필치로 공상적·풍자적으로 일반화한 묘사였지만—니커보커스 바지와 주름치마를 입은 인물이 꽤 많이 나온다. 작업을 시작하기에 앞서 두세 가지 정해놓은 일이 있었다. 예를 들어 주인공의 정확한 외모, 여주인공의 피부에 나타난 독특한 윤기와 용모 같은 것이었다. 저자가 물론 나에게 실마리를 주었지만, 화가인 내가 해석할 여지도 남아 있었다. 나는 모나크 부부에게 사정을 밝히고, 솔직하게 내가 당면한 사정과 곤란함을 이야기한 뒤 양자택일하게 했다. "아, 저이로 결정하지요!" 모나크 부인은 남편을 바라보면서 상냥하게 말했다. "내 아내보다 달리 좋은 사람이 어디 있을까요?" 소령은 이제 우리 사이에 허용되던 편안한 마음으로 솔직하게 물었다.

나는 이 말에 대답하지 않았으며—다만 내 모델들에게 포즈를 취하게 했다. 마음은 편치 않았고, 얼마간 신경이 쓰였다. 나는 이 의문점을 해결하지 않고 그대로 두었다. 그 책은 커다란 화폭과 같아서, 기타 인물들도 많았으며, 나는 처음에는 주인공 및 여주인공과 아무 관계가 없는 몇몇 에피소드부터 그려나가기 시작했다. 그들의 인물설정을 일단 해놓고 나면 끝까지 그렇게 끌고 나가야 할 것이다— 나로서는 주인공인 청년을 어떤 곳에서 7피트, 다른 곳에서는 5피트 9인치로 키를 조정할 수 없었다. 비록 소령이 자신은 어느 누구에게도 지지 않을 만큼 젊어 보인다고 여러 번 말했지만, 나는 어느 편인가 하면 대체로 키는 후자 쪽을 하는 편이 좋겠다는 생각을 가지고 있었다. 그의 몸매를 조정해서 그리는 것도 아주 가능한 일이어서, 그의 나이를 알아내기란 어려운 일이었다. 자연스러운 감정을 가진 오론테가 나와 같이 있은 지 한 달이 지나고, 그의 타고난 풍부한 재능이 곧 우리의 앞으로의 교분에 넘을 수 없는 장애가 되리라고 그에게 몇 번이나 이르고 난 후에, 나는 그가 주인공을 맡을 만한 재능이 있음을 깨닫게 되었다. 그는 5피트 7인치밖에 되지 않았지만 나머지 부족한 2인치의 키는 잠재하고 있었다. 처음에 나는 그를 비밀리에 모델로 써보았다. 왜냐하면 그러한 선택에 대하여 내 모델들이 내릴 판단이 정말로 약간 두려웠기 때문이었다. 만일 그들이 미스 첨을 쓰는 것을 나의 실패라고 생각한다면 진짜와는 거리가 먼 이탈리아 출신의 노점상인을 써서 상류층 자녀들이 다니는 사립학교 출신의 주인공을 그린다면 그들이 뭐라고 생각할지?

만일 내가 그들을 약간 두려워하고 있었다면 그들이 나에게 위협적인 자세로 딱 버티고 앉아 압력을 가하는 입장을 취해서는 아니었다. 그들이 진정으로 감상적일 정도로 격식을 갖추고 수수께끼같이 항상 새롭게 나의 강력한 원조를 기대했기 때문이다. 그러므로 잭 홀리가 귀국했을 때 나는 무척 기뻐했다. 그는 언제나 나의 좋은 상담역이었기 때문이다. 그 자신은 그림을 잘 그리지 못했으나 다른 사람의 그림을 적절하게 비평하는 능력은 그를 따라갈 사람이 없었다. 그는 신선한 비평적 안목을 넓히기 위해 1년간 영국을 떠나 외국에 — 어딘지 기억은 나지 않으나 — 다녀왔다. 나는 그러한 비평관은 어떤 것이든 상당히 두려워했지만, 아무튼 오래 전부터 알고 지내는 사이였다. 그가 영국을 떠나 있은 몇 개월 동안, 공허감이 나의 생활에 파고들었다. 1년 정도 그의 공격을 받지 않은 셈이다.

그는 신선한 비평 안목을 갖고 귀국했지만, 똑같은 그 낡은 검정색 벨벳천 상의를 입고 있었다. 그가 내 화실에서 보냈던 첫날 저녁에 우리는 새벽 한두 시까지 담배를 피우며 이야기를 나누었다. 그 자신은 이제 그림을 그리지 않았고, 다만 비평적인 심미안은 갖추고 있었으므로 내 보잘것없는 작품을 보이는 데는 다시없는 좋은 기회였다. 그는 『칩사이드』지에 쓰기 위해 그린 것을 보고 싶어했다. 그러나 내가 보여주자 그는 실망했다. 그가 책상다리를 하고 내 장의자에 기대앉아 내가 최근에 그린 그림을 보면서 담배연기와 함께 입술 사이로 두세 번 토해냈던 의미심장한 신음소리는 최소한 실망 바로 그것인 것 같았다.

"자네, 어찌 된 일인가?" 내가 물었다.

"자네야말로 무슨 일이지?"

"홀린 기분이 드는 것뿐이야."

"정말 그런 것 같군. 자네 정신에 이상이 생겼어. 왜 이런 새 변덕이 생겼지?"

그는 눈에 띄는 경멸적인 표정으로 그림 한 점을 집어 나에게 던졌다. 그것은 내가 가끔 우아한 모나크 부부를 함께 모델로 한 작품이었다. 좋지 않느냐고 물었더니, 내가 도달 목표로 삼고 있다고 항상 그에게 말하곤 했던 것에 비하면 그림은 몹시 서툰 것 같은 인상이 든다고 했다. 하지만 나는 이 비평을 반박하지 않았다. 그의 속마음을 정확하게 알고 싶었기 때문이었다. 그림 속의 두 인물은 지나치게 크게 보였으나, 그가 의미했던 것은 크기와는 관계없는 다른 것이라고 생각했다. 왜냐하면 그가 어떻게 생각하든 내가 그런 효과를 내려는 의도였을 것이기 때문이다. 저번에 그가 영광스럽게도 내가 언젠가는 대가가 될 것이라고 칭찬해 주었을 때와 매우 똑같은 묘사를 하기 위해 애를 쓴다고 나는 주장했다. "글쎄, 어딘지 모르지만 나사가 풀린 것 같아." 그가 대답했다. "잠깐 기다려주게, 곧 찾아낼 테니." 그가 덧붙였다. 나는 기대하면서 기다리고 있었다. 그런 신선한 비평의 안목을 가진 자가 어디에 있으려고? 하지만 그는 마침내 "모르겠는데 — 인물의 미(美)가 마음에 들지 않아"라는 분명치 않은 말밖에는 하지 않았다. 기술(技術)의 문제, 화필의 놀림이나 명암의 신비 같은 것 외에는 나와 논의하려던 적이 한 번도 없었던 비평가로서는 만족스럽지 않은 말이었다.

"자네가 들여다보던 내 그림에 등장하는 인물의 미는 꽤 균형이 잡히고 아름답다고 생각하는데."

"아, 틀렸어."

"새로운 모델을 써서 그렸는데."

"그런 것 같군. 그 사람들, 틀렸어."

"정말 그런가?"

"틀림없어. 그들은 멍청이들이야."

"결국 내가 멍청이란 말이야? 내가 다루는 방식에 따라 무엇이든지 될 수 있으니까."

"자네는 안 되겠어 — 그 사람들로서는. 도대체 누구지?"

내가 필요한 만큼 설명을 해주자, 그는 비정하게 결론을 내렸다. "그런 사람들은 문지기를 시키면 좋겠군."

"자네는 그들을 본 적도 없지 않은가? 정말 멋진 사람들이라네." 나는 급히 그들을 변호했다.

"본 적이 없다고? 아니, 자네 최근 작품들이 그들 때문에 풍비박산이 되지 않았나. 그만하면 나는 그들이 어떤 사람들인지 충분히 알게 된 것이지."

"아무도 그들을 나쁘게 평가하지 않던데,『칩사이드』지측 관계자도 만족하고 있었지."

"모두들 멍청이로구먼.『칩사이드』지에서 일하는 놈들은 멍청이 중에서도 첫째 가는 멍청이지. 자, 요즈음 일반 대중들에 대해서는 달콤한 환상일랑 털끝만큼도 갖지 말게. 특히 출판업자와 편집자들에게는 말이야. 자네가 그림을 그리는 것은 그런 족속들을 위해서가 아니야—그림을 알아보는 사람들을 위한 것이지. 그러니 자신을 위하여 똑바로 나갈 수 없다면 나를 봐서라도 똑바로 나가달라고. 자네가 늘 시도하려던 어떤 뛰어난 경험이 있었지. 그것은 정말 옳은 일이었어. 하지만 이런 허튼 짓은 그런 게 아니야." 그 뒤 내가 홀리에게 '러틀랜드 램제이' 와 내가 계속해서 맡을 가능성이 있는 책에 대해 이야기하자 그는 원래의 배가 돌아가지 않으면 물밑으로 배가 침몰할 것이라고 경고했다. 나는 이 경고를 잊은 것은 아니지만 모나크 부부를 밖으로 쫓아내지는 않았다. 그들이 진절머리가 났지만, 다소 도움이 되었기 때문에 마음에 들지 않는다고 쫓아내는 것은 고약한 일이라고 생각했던 것이다. 당시를 돌이켜 보니 그들은 나의 생활에 꽤 파고들었던 것 같다. 내 작업에 방해를 주지 않기 위해 벨벳천으로 된 장의자에 벽을 등지고 앉아, 대부분의 시간을 나의 화실에서 보내는 그들의 모습이 눈앞에 선하다. 그럴 때엔 마치 참을성 있게 궁정의 대기실에 앉아 있는 한 쌍의 시종을 연상케 했다. 겨울 혹한기의 몇 주 동안 그들이 그 자리를 지킨 것은 그들의 난방비를 절약할 수 있었기 때문이라고 나는 확신한다. 그들의 신선함도 빛을 잃어가자, 나는 그들이 동정의 대상이라는 느낌을 갖지 않을 수 없었다. 미스 첨이 오게 되면 그들은 돌아갔고, '러틀랜드 램제이'의 일이 꽤 진척이 된 후로 미스 첨은 자주 화실에 들렀다. 그들은 내가 그녀를 그 책 속의 하류층 생활 모델로 쓰길 원할 것이라고 생각한다는 것을 용케도 암시했으며, 그들이 작업결과를 살펴보고도 — 그림은 화실 이곳 저곳에 놓여 있었다 — 그것이 최상류층 생활만을 취급하고 있다는 사실을 눈치채지 못했기 때문에, 나는 그들이 멋대로 생각하도록 내버려두었다. 모처럼 그들은 현대의 유수한 걸작들을 엿보면서도 내용은 옳게 파악하지 못했던 것이다. 나는 그때까지도 잭 홀리의 경고에도 불구하고 때때로 그들을 한 시간 정도 썼다. 혹한기가 지나면 필요할 경우 그들을 해고해도 될 시기가 오게 될 것이다. 홀리는 그들을 알게 되었고 — 내 방 난로 가에서 만났다 — 그들이 우스운 한 쌍이라고 생각했다. 화가인 것을 알자 그들은 그에게 접근하기 위해, 또한 자신들이 진짜임을 그에게도 보여주고자 애를 썼다. 하지만 그는 넓은 방 저편에 있는 그들을 마치 몇 마일 밖에 있는 것처럼 건너다보았다. 그들은 그가 이 나라의 사회구조 속에서 가장 반대를 했던 모든 것의 축소판이었던 것이다. 인습적이고 검은 에나멜 가죽을 좋아하고, 대화의 흐름을 막아 버리는 큰 소리를 지르는 그런 사람은 화가의 화실에서는 쓸모 없다는 것이었다. 화실은 그림을 감상하는 법을 배우는 곳인데, 어떻게 깃털처럼 나약한 부부를 꿰뚫어볼 수 있느냐는 것이었다.

그들과 계속 관계를 맺는 일에서 제일 불편한 것은 키는 작지만 재주 많은 우리 집 하인이 '러틀랜드 램제이'에서 부탁받은 내 작업의 모델 노릇을 시작했다는 것을 처음에는 부끄러워 분명히 이야기할 수 없었다는 점이다. 그들은 내가 아주 별나서 — 이즈음에는 그들은 예술가에게는 별난 점이 있다는 것을 인정할 자세가 되어 있었다 —

멋있는 턱수염을 기르고 신원이 확실한 사람을 쓸 수 있음에도 외국인 부랑자를 골라 뽑은 거라고 생각하고 있었다. 그러나 내가 오론테를 유능한 모델로 높게 평가하는 것을 그들은 한참 지나서야 알게 되었다. 그들은 그가 포즈를 취하고 있는 모습을 여러 번 보았지만 손풍금인가 무엇인가를 모델로 사용했을 거라고 지레 짐작하고 있었던 것 같다. 그들이 짐작 못한 것이 몇 가지 있었다. 그 중 하나는 그 책 속에서 마부 한 사람이 잠시 등장하는 인상적인 장면인데, 그 지체 낮은 인물 역할로 모나크 소령을 써보려는 생각이 나의 머리를 스치고 지나갔다는 점이다. 나는 이 계획을 계속 미루었는데, 그에게 마부의 제복을 입으라고 부탁하기가 싫었고, 게다가 그에게 맞는 제복을 구하기도 쉽지 않았기 때문이다. 드디어 늦겨울 어느 날 내가 그들에게 경멸당하고 있던 오론테와 작업을 같이하고 있었는데, 그는 이해도 빨랐고, 나의 작업도 착착 잘 진전되어 가고 있었다. 바로 그때 모나크 부부가 별뜻 없이 사교적인 웃음을 띠며, 마치 전원주택 방문객처럼 들어왔다(그즈음에는 웃을 일도 점점 적어졌다). 그들은 마치 예배를 본 후에 공원을 지나오다가 이제 막 점심을 같이하자는 초대를 마지못해 받아들인 것 같은, 늘 풍기던 인상을 주었다. 점심식사는 끝난 뒤였지만, 그들은 잠시 차 마시는 시간은 가질 수 있었다—나는 그들이 차를 마시고 싶어한다는 것을 알고 있었다. 하지만 나의 흥분의 열기는 계속 오르고 있었다. 내 모델이 차를 끓이고 있는 동안, 일몰이 가까워옴에 따라 내 열정이 식어, 작업을 중단하게 할 수는 없었다. 그래서 나는 모나크 부인에게 차를 좀 준비해 달라고 요청했다. 그러자 갑자기 그녀는 얼굴에 홍조를 띠었다. 그녀가 눈길을 잠시 남편 쪽으로 돌리자, 그들은 아무 소리 없이 암암리에 서로의 의사를 탐색한 듯했다. 그들의 어리석음은 바로 그 다음 순간에 끝났다. 소령의 명랑하고 현명함도 그 어리석음에 종지부를 찍었다. 그래서 그들의 상처 입은 자존심을, 덧붙여 이야기를 하자면, 동정하기는커녕, 나는 기회를 이용하여 내가 할 수 있는 한 완벽한 교훈을 그들에게 주고 싶어졌다. 그들은 함께 부산을 떨며 찻잔과 접시를 꺼내고 찻주전자에 물을 끓였다. 나는 마치 그들이 내 하인의 시중을 드는 것 같은 느낌을 가졌다. 차가 준비되었을 때 "그에게도 한 잔 주시지요—피곤할 텐데요." 내가 말했다. 이 부탁에 모나크 부인이 그가 서 있는 데로 한 잔을 갖다 주었고, 그는 파티장에서 마치 오페라 모자(역주: 스프링 장치가 되어 있어 쉽게 접을 수 있음)를 팔꿈치로 끼고 있는 모습으로 그 잔을 받았다.

그러자 그녀가 나를 위해 엄청난 수고를 했으며—일종의 고상함으로 그렇게 했을 것이다—무언가 보상해 주지 않으면 안 된다는 생각이 들었다. 그 일이 있은 후 그녀를 만날 때마다 어떤 보상으로 해주어야 할 것인가 궁금했다. 그렇다고 해서 그들을 기쁘게 해주기 위해 잘못된 일을 계속할 수는 없었다. 아, 그들을 모델로 해서 그린 그림, 그것은 잘못된 것으로—홀리만이 그런 말을 한 건 아니었다. '러틀랜드 램제이'의 삽화를 출판사에 제출하고서 나는 홀리의 충고보다 더 따끔한 경고를 받았다. 내가 일을 맡은 출판사의 미술 담당 고문은 내 삽화 중 많은 것이 기대에 미치지 못한다는 의견을 피력했다. 그 삽화들 중 대부분이 모나크 부부를 모델로 그린 그림이었다. 기대했던 수준이 무엇이었느냐는 질문까지 하지 않고서도, 나는 이런 정도로는 제2권 이후의 일은 맡을 수 없으리라는 사실에 부닥치게 되었다. 절망감에 휩싸여 나는 미스 첨을 모델로 필사적인 노력을 했다—나는 그녀에게 여러 가지 포즈를 취하게 했다. 나는 공공연히 오론테를 내 주인공으로 채택했다는 말을 전했다. 뿐만 아니라, 어느 날 아침 소령이 자기가 일주일 전에 시작했던 『칩사이드』지에 쓸 인물 모델 노릇을 끝내기 위해 필요하지 않은지 알아보기 위해 화실에 들렀을 때 내가 계획을 변경했으며—그 일에 내 하인을 쓰겠다는 말까지 했다.

그 말을 듣자 소령은 창백해진 얼굴로 나를 쳐다보며 서 있었다. "그가 당신이 생각하는 영국 신사의 전형입니까?" 그가 질문했다.

나는 실망과 초조를 금할 수 없었으며, 내 일을 계속 진행시켜 나가고 싶어 짜증 섞인 말투로 대답했다. "무슨 말씀입니까? 소령님 — 당신 때문에 내가 파산하는 것은 싫소."

내가 한 그 말은 끔찍한 것이었다. 그는 멍하니 서 있다가, 얼마 후 한마디 말도 없이 화실을 빠져나갔다. '이제 이것으로 다시 만날 일은 없겠지.' 이런 생각을 하며 나는 안도의 한숨을 깊게 쉬었다. 나 자신이 일거리를 잃을 위험에 직면하고 있다는 말은 분명하게 그에게 말하지 않았지만 우리가 협력한 일이 실패로 끝났는데도 그가 거기서 아무런 교훈을 감지하기 못했기 때문에 나는 화가 났다. 즉 가짜이면서 진짜로 믿게 할 수 있는 예술세계에서는 가장 품위 있는 신사, 숙녀도 그림이 되지 않는다는 교훈 말이다.

그들에게 사례를 남기지 않고 지불했는데도 그들은 또다시 나를 찾아왔다. 그리고 3일 후 부부가 함께 다시 나타났으며, 다른 사정을 모두 감안한다 해도, 부부가 다시 나타난 그 사실에는 어딘가 처량한 느낌이 들었다. 다시 나를 찾은 것은 달리 할 수 있는 일이 아무것도 없다는 증거로밖에 나는 생각할 수 없었다. 그들은 우울한 기분으로 이 문제를 풀려고 서로 의논한 끝에 자기들이 내가 맡은 전집 작업에 참여 못한다는 나쁜 소식을 참았던 것이다. 그들이 『칩사이드』지 일에조차 도움이 되지 않는 것이라면 그들에게 무슨 일을 하게 하는 것이 좋을까 나도 알 수가 없었다. 그래서 처음에 나의 무례를 용서하고 예의 바르게 마지막 이별을 알리려고 온 것으로 생각했다. 말다툼 따위를 할 시간이 없었기 때문에 나는 한편 안심했다. 왜냐하면 나는 내 다른 두 모델 — 미스 첨과 오론테 — 을 짝지어 포즈를 취하게 하고 이번에야말로 칭찬을 받을 것 같은 그림을 그리기에 열중해 있었기 때문이다. 이렇게 두 모델을 짝지은 것은 아티미셔가 겉치레로 어려운 곡을 연주하고 있는 동안, 연주에 마음이 없는 러틀랜드 램제이가 그녀의 귀에 놀랄 만한 말을 속삭이게 한다는 장면에서 힌트를 얻은 것이다.

미스 첨이 피아노를 치고 있는 장면은 이전에도 그린 일이 있었지만 그것은 그녀가 매우 낭만적인 우아함을 발휘할 수 있는 자세였다. 나는 두 사람을 매우 잘 조화시키고 싶었다. 다행히 작은 체구의 이탈리아 청년은 나의 이미지에 썩 잘 어울렸다. 피아노 옆에서 두 사람은 생기 넘치는 자세를 취하고 있었고 피아노는 뚜껑이 열린 채였다. 그것은 청춘의 사랑을 표현하는 매력적인 구도였다. 나는 이 순간을 잘 포착해서 화폭에 옮기기만 하면 되었던 것이다. 모나크 부부는 선 채로 이 장면을 바라보고 있었고 나는 어깨 너머로 그들에게 인사했다.

그들은 아무런 반응이 없었지만 나는 상대가 가만히 있는 것에 익숙해 있어서 그대로 일을 계속했다. '이것' 이야말로 이상적이라는 느낌으로 가슴이 설레었지만 아직도 모나크 부부를 떼어버리지 못했다는 사실에 조금은 당황했다.

곧 모나크 부인의 부드러운 목소리가 옆에서 — 아니 머리 위에서라고 하는 편이 더 정확하겠지 — 들려왔다. "저분의 머리를 조금 더 잘 매만져놓고 싶은데요." 눈을 들어 올려다보니 부인은 등을 돌리고 있는 미스 첨을 기묘하게 응시하고 있었다. "제가 고쳐도 괜찮겠습니까?" 나는 그녀의 말을 듣고 순간적으로 튀어 일어났다. 부인이 미스 첨에게 뭔가 해를 끼치는 것은 아닌가라는 본능적인 생각 때문이었다. 그렇지만 부인은 일생 잊을 수 없을 것 같은 눈으로 이쪽을 바라보고 나를 진정시켰으며 — 고백하건대, 나는 '그 눈길'이라면 그림으로 그리고 싶다는 생각이 들었다 — 곧 미스 첨에게 다가갔다. 부인은 미스 첨의 어깨에 한 손을 얹고 그녀에게 허리를 굽혀 부드럽게 말을 걸었다. 미스 첨은 부인의 의도를 알아차리고 기쁘게 부인의 의사표시에 응했다. 부인이 흐트러진 미스 첨의 머리카락을 재빠르게 곱게 매만져주자 젊은 모델의 머리는 훨씬 더 매력을 갖게 되었다.

그것은 내가 보았던 중에서 가장 훌륭한 행위였다. 그러고 나서 부인은 낮게 한숨을 쉬며 뭔가 할 일을 찾는 듯이 주위를 둘러보았다. 화구상자에 떨어진 더러운 천 조각을 발견하자 그녀는 고상하게 허리를 굽혀 그것을 주워 들었다.

한편 소령도 무슨 일이 없을까 하고 눈을 두리번거리더니 화실의 맞은편 끝에 가서 아직 설거지가 안 된 아침식사 그릇을 발견했다. "어때요, 이것을 치워드릴까요?" 그는 억제할 수 없이 떨리는 목소리로 말했다. 나는 쑥스러울 것 같아 겁이 났지만 웃으면서 그렇게 하라고 했다. 다음 십 분간 내가 작업을 하고 있는 사이 그릇이 가볍게 부딪치고, 스푼과 컵이 달그락거리는 소리가 났다.

부인도 남편을 도와서, 그들은 내 식기를 씻어서 정리했다. 그러고 나서 그들은 내 식기 보관실로 들어갔으며, 나는 나중에 알았지만 그들이 내 칼도 닦아놓았고, 또한 몇 장 안 되는 내 접시를 일찍이 그런 일이 없을 정도로 반짝반짝하게 닦아놓았다. 그들이 이런 일까지 하고 무언(無言)중에 무엇을 나에게 호소하려는 것인가를 깨닫자 눈앞의 그림은 순간 희미해지고 빙글빙글 돌기 시작했다는 것을 여기서 고백하지 않을 수 없다. 그들은 패배는 인정하더라도 그들의 숙명은 받아들일 수 없었던 것이다. 그들은 가짜를 진짜보다 훨씬 더 귀중하게 만드는 그 심술궂고 잔혹한 법칙에 당황하며 항복은 했지만 굶어죽기를 원하지는 않았다.

내 하인들이 모델이 된다면, 모델이 하인이 되더라도 좋은 것이다. 역할을 바꾸어 다른 이들이 신사 숙녀의 모델이 되고 자신들이 하인의 일을 해도 좋다는 것이다. 여하튼 그들은 화실에 남고 싶은 것이다.

즉 그것은 자기들을 내쫓지 말아달라는 강력한 무언의 호소였다. "어떤 일이라도 할 테니 우리들을 써주세요." 그들은 이렇게 말하고 싶은 것에 틀림없었다.

나는 화필을 놓아버렸다. 오늘의 일은 엉망이 되어버렸다. 나는 무슨 일인지 모르고 멍하니 서 있는 모델들을 돌아가게 했다. 그 후 소령 부부를 앞에 하고 나는 서먹서먹한 감을 느꼈다. 그는 자신들의 간청을 한마디로 정리했다. "네, 어떻습니까. '우리'가 당신을 위해서 일하게 해주세요, 안 되나요?" 나는 그렇게 할 수가 없었다 ― 더러운 것을 씻고 있는 그들을 보는 일 같은 것은 참을 수 없었기 때문이다. 하지만 호의를 베푸는 체하며 일주일간만 일하게 하기로 했다. 그러고 나서 나는 약간의 돈을 쥐어주고 떠나게 했다. 그 후 그들을 보지 못했다. 결국 전집의 남은 부분의 일거리도 받을 수 있게 되었지만, 내 친구 홀리는 소령 부부가 나에게 영원히 지워지지 않는 깊은 손해를 끼쳤고, 그 결과 이류 정도의 일밖에 할 수 없게 되어버렸다고 되풀이하여 말하곤 한다. 그 말이 사실이라 하더라도 두 사람에 대한 추억을 생각한다면 나는 그 희생을 결코 후회하지 않는다.

6
사자들을 위한 제단
The Altar of the Dead

원유경

사자들을 위한 제단 작품해설

　　이 작품은 죽은 이들을 위한 만가(輓歌)라고 할 수 있다. 스트랜섬은 살아 남은 자들이 죽은 이들을 쉽게 잊어버리는 행위를 저속하고 잔인한 풍토라고 생각한다. 그들을 잊는 것은 그들을 두 번 죽이는 셈이다. 스트랜섬은 젊은 시절에 잃은 약혼녀 메리 앤트림을 비롯하여 절친했던 사자(死者)들과 계속 정신적인 교감을 맺고자 제단을 세우게 된다. 어느 날 메리 앤트림의 묘지를 향한 늘상적인 순례를 마치고 돌아오다 우연히 들른 교회에서, 스트랜섬은 넋을 잃을 정도로 누군가를 추모하는 한 여인의 모습에 감동한다. 죽은 이들을 향한 정성이라는 공통된 관심에서 출발된 그 여인과 스트랜섬의 관계는 추도미사를 함께 치르는 파트너가 되면서 자연스럽게 가까워진다. 스트랜섬의 제단에서 모든 죽은 이들을 위한 촛불이 오를 수 있으나, 단 한 사람만이 예외이다. 스트랜섬과 가장 절친했으나, 결국 그를 배신한 액튼 헤이그이다. 그런데 그 여인이 바로 액튼 헤이그를 위해 미사를 올리고 있었다는 사실을 뒤늦게 깨닫고, 배신당한 느낌에서 그녀와 결별하게 된다. 그녀 역시 스트랜섬 대신 액튼 헤이그를 택한다. 그 후 병에 시달리던 스트랜섬은 오랜만에 교회를 찾아가 명상하다가 메리 앤트림이 강림하는 듯한 환상 속에서 천상의 환희를 맛보고, 그로 인해 자신의 파트너가 액튼 헤이그를 추모하는 데서 느꼈을 감정을 깨닫게 된다. 이제 스트랜섬은 액튼 헤이그를 용서할 수 있으며, 그를 자신의 제단에서 내쫓으려고 한 것이 자신의 파트너에게 잔인했다는 것을 깨닫는다. 그녀 역시 죽은 액튼 헤이그보다 살아 있는 스트랜섬이 더 소중함을 깨닫게 되고, 교회를 찾아온 두 사람은 오랜만에 해후를 하게 된다. 그러나 안타깝게도 서로의 소중함을 인식한 순간 스트랜섬에게 죽음의 그림자가 임박한다.
　　작품의 주제는 삶과 죽음의 아이러니라 할 수 있다. 이 작품은 죽은 이들을 위한 만가로서 죽은 이들에 대한 추억의 소중함과 살아 남은 이들의 삶의 소중함을 일깨우고 있다. 헨리 제임스의 이 단편소설은 저속하고 물질적인 풍토에 의해 늘 잊혀져 버리고 마는 삶과 죽음의 영속성, 부단한 삶의 단면들의 의미에 대한 섬세한 스케치라 하겠다.

사자(死者)들을 위한 제단

1

 가엾은 스트랜섬은 하찮은 기념일들을 무척 싫어했다. 그리고 그런 날들이 거창한 것인 양 보일 때는 더 싫어했다. 기념일을 축하하든 그대로 보내든 그에게는 모두 고통스럽기만 했는데, 단지 한 기념일만은 그의 삶에서 중요한 위치를 차지하고 있었다. 그는 나름대로의 방식으로 매년 메리 앤트림의 기일(忌日)을 지켜왔다. 오히려 이 행사가 그를 지켜왔다고 하는 것이 보다 온당할지도 모른다. 이 행사는 최소한 어떤 다른 일에 빠지지 않도록 효과적으로 그를 지켜왔던 것이다. 이 행사는 시간이 흐름에 따라 느슨해질 수는 있어도 결코 놓아주지 않는 그런 힘으로 그를 꽉 쥐고 있었다. 결혼에 대해서는 전부터 할 말이 거의 없었다. 그는 자신의 신부가 되도록 약정되어 있던 여자와 신혼의 포옹 한번 못해보았다. 그녀는 결혼식 날짜가 결정된 후에 악성 열병으로 죽었고, 그는 자신의 인생을 가득 채워주기로 약속되어 있던 애정을 충분히 맛보기도 전에 그것을 잃어버렸던 것이다.
 그러나 그의 삶에서 그 축복이 완전히 사라져버릴 수 있었다고 말하는 것은 틀린 것이리라. 그의 삶은 여전히 창백한 혼령에 의해 지배되고 있었다. 그는 여전히 그 절대적 존재에 의해 지배되고 있었다. 그는 정열적인 인물이 못 되었고, 최근에도 사람을 잃었다는 기분 이상으로 강렬해진 기분을 느껴본 적이 없었다. 그는 사제나 제단의 도움 없이도 계속 독신으로 남아 있었다. 그는 세상에서 많은 일을 해왔다. 잊어버린다는 것 한 가지만 제외하고는 거의 모든 일을 해왔다. 그는 결코, 결코 잊어버린 적이 없었다. 그는 그 밖에 자신의 존재에서 자리를 차지할 만한 것이면 무엇이든 그 속으로 집어넣으려고 애써 왔지만, 그의 존재는 여주인이 영원히 자리를 비운 집으로 남겨져 있었다. 그가 특히 고집스레 지켜온 12월 말일에 그녀의 자리는 더욱 비어 있었다. 어떤 계획을 세워 그 날을 지킨 것은 아니었고 그의 용기가 밀고 나갔을 뿐이다. 그의 순례지는 멀었고 그는 긴 산책을 해야 했다. 그녀는 런던 교외의 한 장소 — 원래는 자연의 품속이었지만 최근 점점 생기를 하나씩 잃어가고 있는 한 장소 — 에 묻혀 있었던 것이다. 사실상 그가 그 곳에 서 있는 동안에 그 장소는 그의 눈에 좀처럼 들어오지 않았다. 그의 눈은 다른 심상, 다른 빛을 보고 있었다. 그것은 확실한 미래였던가? 믿어지지 않는 과거였던가? 대답이 무엇이든 간에 그것은 현실로부터의 무한한 도피였다.

그에게 다른 기념일들이 없기는 했지만, 다른 추억거리가 없었던 것은 아니다. 조지 스트랜섬이 55세가 되었을 무렵 그의 추억거리는 무척 늘어났다. 그의 인생에는 메리 앤트림의 혼령 이외의 다른 혼령들도 있었다. 그는 다른 사람들보다 더 많은 이들을 잃은 것은 아니었지만 그들을 더 많이 생각했고, 죽음을 더 가까이서 본 것은 아니었지만 보다 깊이 느꼈던 것이다. 그는 차차 자신의 '사자(死者)'들을 열거해 보는 습관을 갖게 되었다. 사자들을 위해 무엇인가를 해야만 한다는 생각이 그에게 일찍감치 떠올랐었다. 그에게 사자들은 그저 갑자기 벙어리가 된 데 불과한 것처럼, 그저 단순화하고 강렬해진 본질, 의식적인 부재, 의미심장한 인내로써 그대로 남아 있었다. 그들의 모든 감각이 소멸되어 버리고 모든 소리가 멈춰버렸을 때도, 그들의 연옥은 여전히 지상에 있는 것 같았다. 가엾은 그들은 요구하는 것이 너무 없으므로 받는 것도 너무나 없었으며, 삶의 심한 대접으로 인해 매일 다시 죽었다. 그들에게는 어떤 제대로 된 예배, 약속된 장소, 명예, 은신처, 안전, 그 어느 것도 전혀 주어지지 않았다. 관대하지 못한 사람들도 살아 있는 사람은 돌봐주지만, 소위 가장 관대하다는 사람들조차 죽은 사람들에게는 아무것도 주지 않았다. 따라서 조지 스트랜섬 편에서 해가 갈수록 최소한 자기만이라도 무엇인가 해야겠다는 결심, 즉 자기 자신의 사자들을 위해 뭔가 해야겠다는 결심, 나무랄 데 없이 위대한 자비를 베풀겠다는 결심이 커갔던 것이다. 모든 사람들에게는 자신의 사자가 있으며, 모든 사람들에게는 그 자비를 베풀 만한 영혼이라는 풍부한 자원이 있는 것이다.

    그들을 가장 잘 대변해 주었던 것이 메리 앤트림이었다는 것은 말할 나위도 없다. 어쨌든 세월이 흐름에 따라 그는 이 연금 수혜가 연기된 자들, 그가 늘 상념 속에서 '타자(他者)들'이라고 불러왔던 사람들과 자신이 정기적으로 교감을 나누고 있음을 깨닫게 되었다. 그는 그들에게 시간을 할애하였고, 자비를 베풀 것을 계획했다. 어떻게 시작되었는지는 그도 아마 확실히 말할 수는 없었을 것이지만, 어쨌든 제단이 하나 생겼다. 모든 사람이 접할 수 있고 촛불을 계속 켜놓으며 은밀한 의식에 봉헌되고 그의 정신적 공간에서 자라난 그런 제단이 생기게 되었던 것이다. 그는 예부터 다소 당혹스럽게 자신에게 종교가 있는지 의아해 했었다. 그러면서 알고 지내는 다른 사람들이 자신에게 바라는 그런 종교는 결코 갖지 않았다고 만족스럽게 확신하고 있었다. 점차 그에게 이 문제가 명확해졌다. 초창기에 의식적으로 스스로에게 고취시킨 종교는 그저 '사자'들의 종교였다는 것이 그에게 명백해졌던 것이다. 그것은 그의 취향에 맞았고, 그의 영혼을 만족시켜 주었으며, 그의 신앙심이 발휘될 수 있게 해주었다. 그것은 성대한 예배, 장엄하고 훌륭한 의식(儀式)을 좋아하는 그의 마음을 충족시켜 주었다. 그가 참배하는 사당은 그 어떤 것보다 더 장식되었으며, 제식은 더 장중했다. 이런 것에 대해 그는 사자들이 자신들을 필요로 하는 사람에게는 다가올 수 있다는 생각을 했을 뿐, 다른 상상은 하지 않았다. 가장 가난한 사람들도 그 같은 영혼의 신전은 세울 수 있다. 촛불을 타오르게 하고, 향을 피우고, 사진과 꽃으로 가득 채울 수 있는 것이다. 그들을 모시는 비용은, 흔한 말로, 전적으로 관대한 마음이면 되는 것이다.

2

그는 올해 기념일 전야에 그 같은 범주의 기분과 무관하지 않은 어떤 감정을 갖게 되었다. 바쁜 하루를 마감하며 집으로 걸어오다가 그는 런던 거리에서 몇몇 사람이 모여들어 있는, 상업적인 미소로 권태로운 갈색 대기를 밝히는 상점 진열대의 특수효과에 이끌려 걸음을 멈추었다. 그것은 보석상의 쇼 윈도였는데, 다이아몬드와 사파이어가 유리창 저쪽 편에서 들여다보고 있는 대부분의 꾀죄죄한 행인들보다 자신들이 얼마나 더 '가치가 있는가'를 아는 데서 오는 기쁨으로 고음(高音)처럼 순간 스쳐가는 웃음을 웃고 있는 듯했다. 스트랜섬은 상상 속에서 메리 앤트림의 하얀 목에 진주 목걸이를 걸어줄 만큼의 시간 동안 멈춰 서 있었다. 그리고 알 듯한 목소리에 의해 한순간 더 머물렀다. 그의 옆에는 입을 우물거리는 한 노파가 있었고, 그 노파 저편에 한 여인을 팔로 감싼 한 신사가 있었다. 바로 전의 목소리는 그 사람, 바로 폴 크레스튼의 목소리였다. 그는 진열대 안의 어떤 귀중품에 대해 그 여인과 얘기하고 있었다. 스트랜섬이 그를 알아보자마자 노파가 비켜섰다. 그러나 이렇게 기회가 왔는데도 그는 뭔가 이상한 느낌이 들어 친구의 팔에 손을 대려다가 말았다. 잠깐 동안이었다. 한 가지 생각이 불현듯 떠오를 만큼의 시간이었다. 크레스튼 부인이 죽지 않았던가? 그 모호성은 두 사람이 서로 기대면서 그녀 남편의 목소리가 잠시 중단됨으로써 해결되었다. 크레스튼은 다른 것을 보려고 그가 있는 쪽으로 한 발자국 옮기다가 흘낏 그를 보고는 깜짝 놀라 소리쳤다. 그 행동은 우선 스트랜섬으로 하여금 몇 달 전의 전혀 다른 얼굴, 이 가엾은 자가 지난번 마지막으로 보여주었던 전혀 다른 얼굴, 함께 서 있던 파헤쳐진 무덤 위로 숙여진 얼룩지고 수척했던 얼굴을 되돌아보게 했다. 고통스러워하던 그 사람이 이제는 애도하고 있지 않았다. 그는 옛 친구와 악수하기 위해 동반자의 팔에서 자신의 팔을 풀었다. 스트랜섬이 그 여자에게 잠정적으로 모자를 살짝 치켜올리자, 그는 상점의 강한 불빛 속에서 미소 짓는 동시에 얼굴을 붉혔다. 그녀가 예쁘다는 것을 깨달으면서 스트랜섬은 놀라운 사실에 입을 벌리게 되었다. "이봐, 내 아내를 소개하지."

크레스튼은 얼굴을 붉히고 말을 더듬었지만, 우리는 예의 바른 사회에 사는 만큼, 그 사실은 우리 친구에게 한낱 충격스런 기억으로 물러앉고 말았다. 그들은 거기 서서 웃으며 얘기를 나누었다. 스트랜섬은 즉각 충격을 털어버리고 혼자만의 상념 속으로 빠져들었다. 그는 자신이 찌푸리는 것을 느꼈고, 자신이 예의를 과장되게 지키고는 있지만 상당히 약해지고 있다는 사실을 의식하고 있었다. 그 새로운 여인은 크레스튼 부인을 연기하기 위해 고용된 배우인가? 죽은 크레스튼 부인은 한 사람을 제외하고 그 어떤 여인들보다 그에게 더욱 생생했었다. 지금 이 여인은 보석상 윈도처럼 사람들 앞에서 빛나는 얼굴을 하고 있고, 끔찍한 성격을 그대로 드러내는 행복해 하는 솔직성으로 인해 얼굴이 천박하고 조심성 없어 보였다. 이 같은 폴 크레스튼의 부인의 성격은, 스트랜섬이 그런 식으로 파악했으리라는 것을 크레스튼이 알고 있으리라고 판단되기 때문에, 소름 끼치는 것이었다. 그 행복한 한 쌍은 막 미국에서 도착했으며, 스트랜섬은 이 말을 듣지 않아도 그 부인의 국적을 추측해 낼 수가 있었다. 어쨌든 그것은 그녀 남편의 뒤죽박죽된 진심으로도 감추지 못할 어리석은 분위기를 심화시켰다. 스트랜섬은 가엾은 크레스튼이 여전히 아내를 잃은 슬픔 속에 있을 때, 소위 약간의 기분전환이라는 것을 위해 바다를 건너갔다는 얘기를 들은 바 있었다. 정말 그는 약간의 기분전환을 찾아내었고, 그것을 가지고 돌아왔던 것이다. 저기 서서 그가 앞니를 드러내 보이면서 안 그러려고 해도 꼭 자의식을 느끼고 있는 바보처럼 보이는 것이 그 약간의 기분전환이었다. 그들은 상점에 들어가려던 참이라고 크레스튼 부인이 말했다. 그녀는 스트랜섬에게 함께 가서 결정 내리는 것을 도와달라고 부탁했다. 그는 시계를 열어보며 이미 약속 시간에 늦었다고 말하면서 인사를 했다. 그들이 헤어질 때 그녀는 "당장 나를 만나러 오는 것을 잊지 마세요"라고 안개 속으로 소리를 질렀다. 크레스튼은 그런 말을 하지 않을 만큼은 섬세했고, 스트랜섬은 그녀가 사방으로 그런 소리를 울려퍼지게 하는 것이 크레스튼의 어딘가에 상처를 내주기를 바랐다.

그는 걸어가면서 결코 그녀에게 가까이 가지 않겠다고 결심했다. 그녀도 아마 인간이겠지만, 크레스튼은 조심성 없이 그녀를 내보여서는 안 되는데. 정말 그녀를 결코 내보여서는 안 되었다. 그는 위조범이나 살인자처럼 조심했어야만 했다. 그러면 고국에 있는 사람들은 지나간 일을 들춰내지 않았을 것이다. 이 여자는 외국에서나 단지 공적인 자리에서의 아내면 되었다. 그가 좀더 제대로 신경을 썼더라면 그녀를 그렇게 비교되게 내보이지는 않았을 것이다. 그 같은 생각이 조지 스트랜섬이 보인 첫번째 반응이었다. 그러나 그 날 밤 혼자 앉아 있을 때 ― 그는 늘 혼자서 보내는 시간이 있었다 ― 비난은 사라지고 동정만이 남았다. 그는 케이트 크레스튼과 저녁시간을 보낼 수가 있었다. 그녀가 모든 것을 바친 남자는 그러지 못했지만. 그는 그녀를 20년간 알고 지내왔으며, 그녀는 그가 아마도 끝까지 신의를 지켰을 유일한 여자였다. 그녀는 매우 영리하고 온정이 많고 매력적이었다. 그녀의 집은 세상에서 가장 편안했고, 그녀의 우정은 매우 확고한 것이었다. 아무런 사건도 일으킴이 없이 그는 그녀를 사랑했었고, 아무런 사건도 일으킴이 없이 모든 사람들이 그녀를 사랑했으며, 그녀는 달이 조류를 일으키는 것처럼 자주 정열을 보였다. 물론 그녀는 그녀 남편에게 과분한 아내였지만, 그녀의 남편은 결코 그런 생각을 해본 적이 없었다. 그리고 그 밖의 모든 사람들이(크레스튼은 물론이고) 그 사실을 알아차리지 못하게 하는 교묘한 기술 때문에 그녀는 더 훌륭하였다. 여기 그녀가 일생을 바쳤고, 생명까지 포기한 한 남자가 있다. 그녀는 그와의 결혼에서 생긴 아이를 출산하다가 죽지 않았던가. 무덤 위의 풀이 푸른빛을 띠기도 전에, 그녀는 그에게 오랜 가정부 이외의 어떤 의미도 갖지 못하는 운명으로 전락했다. 그것의 천박함, 꼴사나움은 스트랜섬의 눈시울을 뜨겁게 했다. 그 날 밤 섬세함이라고는 하나도 없는 이 세상에서 혼자만이 고개를 들고 다닐 권리가 있다는 기분이 그를 끈질기게 따라다녔다. 식후에 담배를 피우는 동안 그는 무릎에 책을 놓고 있었지만 그의 시선은 글자에 있지 않았다. 그의 시선은 몰려드는 사물의 공허 속에서 케이트 크레스튼의 두 눈을 본 것 같았다. 그는 그녀의 두 눈의 슬픈 침묵을 들여다보았던 것이다. 그녀의 지각 있는 영혼은, 그가 그녀를 생각하게 되리라는 사실을 알고 그에게 온 것 같았다. 그는 죽은 여인의 감긴 두 눈이 어떻게 여전히 살아 있을 수 있는지, 조용한 전등불이 켜진 방에서 죽은 지 오랜 후에, 어떻게 죽은 여인의 두 눈이 다시 떠질 수 있는 것인지에 대해 생각해 보았다. 그 두 눈은 살아 남은 표정을 담고 있었다. 위대한 시인들이 시에 인용했던 것처럼 여전히 살아 남은 듯한 표정을 지니고 있었던 것이다.

　신문이 그의 의자 옆에 놓여 있었다. 저녁때 온 것을 하인들이 가져다 놓았던 것이다. 그는 기사 내용에 대해 별다른 생각 없이 기계적으로 접어서 떨어뜨렸었다. 그는 침실에 들기 전에 그것을 집어들었다. 그런데 이번에는 한 굵은 글자로 나온 다섯 단어에 사로잡히고 말았다. 그 단어는 그를 깜짝 놀라게 하였다. 불 앞에서 그는 10년 전 그의 가장 절친한 친구였으며, 그가 절친한 친구라는 그 높은 위치에서 밀려나자 그 자리는 늘 공석으로 남게 된 그 당사자, '바스상급훈작사 액튼 헤이그 경의 죽음'을 응시하며 서 있었다. 절교 후 그를 전혀 보지 못한 것은 아니었지만, 최근 수년간은 본 적이 없었다. 불 앞에 서서 그는 그에게 일어난 일을 읽으면서 냉정해졌다. 액튼 헤이그는 웨스트우드 아일랜드의 총독으로 승진되어 그 직책을 맡기 직전에 이 추방지의 쓸쓸한 영광 속에서 독뱀에 물려 그 후유증으로 죽었던 것이다. 그의 생애는 신문에 의해 여남은 줄로 압축되었다. 그리고 그 기사를 꼼꼼히 읽어보는 조지 스트랜섬에게는, 그들이 끔찍할 정도로 떠들썩했던 엄청난 사건에 공동으로 연루되면서, 당시 갑자기 불명예를 뒤집어쓰게 되었던 그들의 언쟁 사건에 대해 아무런 언급도 없다는 데서 오는 안도감 정도의 감정만 일어났을 뿐이다. 스트랜섬은 일찍이 가까웠던 유일한 사람이며 거의 숭배까지 했던 대학 시절의 친구이자, 후에 그가 열정적인 신의를 보낸 당사자였던 인물로부터 철저하게 모욕을 받았다고 느꼈었다. 이 일은 너무 알려져서 그는 그것을 다른 사람에게 말한 적이 없으며, 너무 알려져서 철저히 간과해 버렸었다. 그 일은 그에게 우정이 완전히 끝나버렸다는 변화를 가져왔으며, 변화라고는 그것뿐이었다. 충격은 사적인 것, 너무나도 사적인 것이었지만, 헤이그가 취한 행위는 사람들 앞에서였다. 오늘에 와서 이 모든 것은, 단지 조지 스트랜섬이 그를 그저 '헤이그'로 생각하면서 얼마나 자신이 차디찬 돌과 같아질 수 있는가를 정확히 측정해 보도록 하기 위해 일어났던 일 같았다. 그는 갑자기 지독할 정도로 냉정해진 채 잠자리에 들었다.

3

다음날 오후, 거대한 잿빛 교외에서 그는 긴 산책으로 피로해졌음을 느꼈다. 끔찍한 묘지에서만 그는 한 시간을 서 있었다. 돌아오면서 본능적으로 그는 우회로를 택했는데, 그 길은 손님을 찾아 돌아다니는 마부도 없이 인적이 끊긴 길이었다. 그는 모퉁이에 멈춰 서서 황량함을 측정해 보았다. 그리고 그는 짙어지는 황혼 속에서 거리의 불빛 덕분에 낮보다는 밤이 덜 음산한 런던 지역의 한 군데에 와 있음을 깨달았다. 낮에는 아무것도 없지만, 밤에는 불이 켜지는 곳이었다. 조지 스트랜섬은 불빛이 그 자체로 좋다고 느껴지는 분위기 속에 있었다. 등불이 뭔가를 비춰주어서가 아니라 단지 밝게 타오를 수 있어서였다. 그러나 놀랍게도 잠시 후 등불은 그에게 뭔가를 비춰주었다. 나지막한 계단을 올라서면 높은 아치 모양의 출입구가 있는데, 그 깊숙한 부분에서 — 그것은 희미한 현관 모양을 하고 있었다 — 그가 지나가는 순간 들어올려진 커튼 사이로 저쪽 끝에 촛불들이 켜진 어두운 회랑이 흘깃 보였다. 그는 멈춰 서서 올려다보고는 그 장소가 교회임을 알아차렸다. 지쳤으니 그 곳에서 휴식을 취해도 되겠다는 생각이 재빨리 떠올랐다. 그리하여 잠시 후 그는 가죽 커튼을 밀치고 들어섰다. 그것은 오래 된 종파의 교회였는데 어떤 의식이 치러지고 있었다. 아마 사자들을 위한 예배였을 것이다. 중앙 제단에는 여전히 촛불이 타오르고 있었다. 이것은 그가 늘 좋아했던 광경이었고, 그는 안도감을 느끼며 의자에 푹 주저앉았다. 교회가 있다는 것은 그에게 감동적일 뿐 아니라 훌륭한 것으로 생각되었다.

이 중앙 제단은 거의 비어 있었고 다른 제단들은 희미했다. 교회지기가 발을 끌며 다니고 있었고 한 노파가 기침을 했지만, 스트랜섬이 보기에 짙은 달콤한 대기 속에 어떤 환대의 분위기가 있는 것 같았다. 그것은 단지 향냄새였을까? 아니면 뭔가 보다 큰 의미였을까? 그는 어쨌든 거대한 회색 교외를 떠나 따스한 중심에 더 가까이 다가왔던 것이다. 그는 마침내 근처에 있는 유일한 참배자와 교감 같은 것까지 느끼면서 자신이 방해자라는 기분을 곧 떨쳐버렸다. 애도의 슬픔이 채 가시지 않은 듯한 한 음침한 여인의 존재, 그는 그녀의 등만을 볼 수 있었을 뿐이다. 그녀는 그로부터 과히 떨어지지 않은 곳에서 기도에 몰두해 있었다. 그는 자신도 그녀처럼 저 심연까지 가라앉을 수 있기를, 그녀만큼 미동도 않은 채 모든 것을 잊고 엎드려 있을 수 있기를 바랐다. 잠시 후 그는 자리를 고쳐 앉았다. 그녀를 그렇게 주시하는 것은 무례한 것 같았다. 그러나 스트랜섬은 곧 이어 사색에 빠져들어 빛의 바다 위를 표류하고 있었다. 이 같은 경우가 좀더 많았더라면, 그는 마음속에 세운 위대한 독창적 유형의 범접할 수 없는 사당을 더욱 자주 의식했을 것이다. 그 사당은 막연하게 장엄한 교회의 모습으로 시작되었지만, 그 메아리는 더욱 분명한 음향으로 변했다. 그 음향이 지금 울려퍼지고 있었고, 그 사당은 불꽃과 끝없는 의미가 타오르는 신비의 광휘로써 그에게 나타났다. 그가 거기 앉아 있을 때 그것은 그의 고유한 제단이 되었고, 별빛 같은 촛불들은 그의 고유한 서약이 되었다. 그는 그것들을 세어보고, 이름 붙이고, 분류했다. 그것은 그의 사자들에 대한 침묵 속의 점호였다. 그들은 함께 광대하고 강렬한 광휘를 이루었다. 그 같은 광휘 속에서 그의 상념에서 나온 회당은 너무나 희미해서, 그것이 사라져갈 때 그는 스스로에게 어떤 구체적 행위, 어떤 공개적인 예배에서 참된 위안을 발견할 수는 없을까 자문해 보았다.
 멀리서 그 검은 옷의 여인이 계속 엎드려 있는 동안 이 같은 생각이 그를 잠시 사로잡았다. 그는 조용히 자신의 착상에 기쁨을 느꼈고, 그 착상은 마침내 그로 하여금 어떤 계획에 대한 갑작스런 흥분 속에서 벌떡 일어나게 했다. 그는 특별한 참배에 바쳐진 곳을 제외한 모든 회당마다 멈춰 보면서 통로를 따라 조용히 거닐었다. 그가 가장 오래 서 있었던 곳은 등불도 없고 아무 용도로도 쓰이지 않고 있는 밝고 깊숙한 곳이었다. 그는 자신의 관대함으로 그 곳을 금빛으로 치장한다는 생각을 품기에 충분한 시간만큼 그 곳에 서 있었다. 그는 그것을 어떤 다른 의식(儀式)에서 가져와서도 안 되었고, 세속적인 어떤 것과 연관시켜서도 안 되었다. 그는 자신에게 주어지는 대로, 그저 그것을 받아서 불의 산과 같은 화려한 걸작으로 만들 것이었다. 신성한 교회 안에서 일 년 내내 성스럽게 돌보아지고, 언제든지 그의 의식을 치를 준비가 되어 있도록 할 것이었다. 거기에는 어려움이 있겠지만, 처음부터 그것들은 극복될 수 있을 것으로 보였다. 거의 아무 관련도 없는 사람들에게조차 그 일은 해볼 만한 일이 될 것이다. 그는 모든 것을 미리 예상해 보았다. 일을 쉬고 있을 때와 황혼 무렵에, 그 장소는 그를 얼마나 환히 비춰줄 것인가, 어느 때고 간에, 그리고 특히 냉정한 세계에서 그 장소는 얼마나 그를 풍성하게 해줄 것인가를 미리 상상해 보았다. 그는 물러가기 전에 처음 앉았던 장소로 다시 돌아가다가, 이제 문 쪽으로 가고 있는 아까 기도하던 그 여인과 마주쳤다. 그녀는 그를 재빨리 스쳐갔고 그는 그녀의 창백한 얼굴, 무의식적이고 거의 시력을 잃은 듯한 눈을 단지 흘낏 보았을 뿐이다. 그 순간 그녀는 수척하면서도 아름다워 보였다.
 이것이 그가 스스로 세울 수 있으리라고 깨닫게 된, 보다 공적이지만 분명 은밀한 의식(儀式)의 시작이었다. 그것은 오랜 시일이 걸렸다.

일 년이나 걸렸다. 과정과 결과 모두 — 아는 사람에게는 — 그의 성의를 생생하게 보여주는 것이었다. 그가 즉각 알고 지내고자 노력했으며, 그들의 호기심과 공감을 교묘하게 얻어냈던 온화한 성직자들, 그의 기이한 자비심에 대한 동의를 결국 얻어냈고 아량에 대한 교환조건으로 사용권을 부탁했던 그 성직자들을 제외하고는 사실 아무도 모르고 있었다. 물론 스트랜섬은 탐색을 시작한 초기 단계에 주교를 면회해야 했었다. 주교는 기분 좋게 인정 있는 사람이었으며, 거의 기뻐하기까지 했다. 어쨌든 관계자들의 태도가 그의 자비심에 대해 자비로워진 순간부터 성공은 눈앞에 놓이게 된 것이었다. 형식적이고 관습적인 예배에 바쳐진 제단과 그 제단을 반쯤 둥글게 둘러싼 신성한 외곽은 멋지게 보존될 것이었다. 스트랜섬이 마음속으로 작정해 둔 것은 촛불의 개수와 자신의 의도를 자유로이 만끽한다는 사실뿐이었다. 그 의도가 완전히 성취되었을 때, 그 기쁨은 그가 원래 바랄 수 있었던 것보다 훨씬 커졌다. 멀리 있을 때면 그 성취에 대해 생각하기를 좋아했고, 가까이 있을 때 또한 그 성취를 새삼 확인해 보기를 좋아했다. 사실 그가 그 곳에 가는 것은 순례자의 인내 같은 것과 유사했다. 그러나 그가 자신의 제사에 바친 시간은 다른 관심 분야를 배신하는 것이 아니라 오히려 더 기여하는 것이라 생각했다. 어떤 새로운 필연적 의미가 인생에 부여되면, 짐을 잔뜩 진 인생조차도 훨씬 수월해지는 법이다.

그가 몇 시간씩 사라지곤 한다는 사실을 알고는 있는 사람들, 그의 행동을 무모한 모험 같은 것으로 저속하게 해석해 내는 사람들은, 아마도 인생이 새로이 부여된 필연적 의미에 의해 얼마나 수월해질 수 있는가를 전혀 이해하지 못할 것이다. 이 무모한 모험은 깊은 바다 속 동굴보다도 더 조용한 심연으로 뛰어드는 것과 같았으며, 그 습관은 일이 년이 지날 무렵 정말 버리기 힘든 것이 되었다. 이제 그의 사자

(死者)들은 정말로 취소해 버릴 수 없는 그들만의 무엇인가를 갖게 되었다. 그리고 그는 다른 사람들이 추도하는 사람들이 그가 이루어놓은 것의 보호를 받으며 기념될 수 있는 것과 마찬가지로, 경우에 따라 자신이 추도하는 사람들이 다른 사람들의 사자(死者)가 될 수도 있으리라고 생각하기를 좋아했다. 그가 깔아놓은 카펫 위에 무릎 꿇은 사람은 누구든지 간에 그에게는 자신이 의도한 정신에 따라 행동하는 것처럼 보였다. 그의 촛불은 하나하나마다 이름이 붙여져 있었고, 때때로 새 촛불이 켜졌다. 그는 그러기 위해 그 모든 것을 위한 공간이 늘 있어야 한다는 데 원칙적으로 동의했다. 지나가거나 머뭇거렸던 사람들은, 제단에 매혹된 것이 틀림없는 한 나이 많은 남자가 당황한 듯 또는 조는 듯이 앉아 있는 것과, 갑자기 활기를 띠기 시작한 가장 눈부신 한 제단을 보았을 뿐이다. 그러나 그 장소에서 이 신비스럽고 변덕스런 참배자가 갖는 만족감의 반은, 그 곳에서 인연, 애정, 투쟁, 순종, 정복 같은 것들, 그런 것이 있다면 대인관계의 시작과 끝이라는 이 정표가 있는 모험이 가득한 여행의 기록, 즉 자신의 인생의 세월들을 발견했다는 것이었다. 그는 대체로 자신의 생애의 일부로서의 과거를 별로 좋아하지 않았다. 다른 시간, 다른 장소에서는 대체로 과거를 생각한다는 것이 측은하고, 과거를 고친다는 것은 불가능한 것처럼 여겨졌었다. 그러나 이때만은 그는 치료받기 시작한 아픔에 스스로 순응하게 될 때의 긍정적인 기쁨 같은 것으로 과거를 받아들였다. 그 순간만큼은 인생의 병이 시간의 치료를 받기 시작하는 것이며, 이 순간들은 물론 그에게 진리가 가장 절실히 느껴지는 시간들이었다. 그 곳에는 그가 처음으로 죽음을 알게 되었던 날이 적혀 있었고, 잇달아 죽음과 조우하게 된 단계들이 촛불로 각각 표시되어 있었던 것이다.

지금 불꽃들은 탁해지고 있었다. 스트랜섬이 날마다 누군가가 죽는 우리 생애의 어두운 골짜기에 들어선 탓이었다. 케이트 크레스튼이 그녀의 흰 불꽃을 번쩍인 것은 바로 어제였다. 그러나 이미 더 어린 별들이 가는 초 끝에서 타오르고 있었다. 그의 관심이 별로 크지 않았던 여러 사람들도 이 무리 속에 들어섬으로써 그에게 바짝 다가왔다. 그는 모여든 양 떼들을 지키는 목동 같은 기분을 느낄 정도로, 똑같아 보이는 양 떼에서 차이를 구별해 내는 목동의 시야 같은 것으로 촛불들을 하나씩 하나씩 들여다보곤 했다. 그는 자신의 초들을 불꽃의 색깔까지 구분할 수 있었으며, 위치를 모두 바꾸어놓아도 여전히 구분해 낼 수가 있었다. 다른 사람들의 상상 속에서 그 초들은 다른 것들을 상징했을 것이다. 그 초들이 예전에 침묵되었어야 했던 무엇인가를 상징하는 것이 그가 원하는 전부였다. 그러나 그는 각각의 초가 지닌 개인적 음조와 그 초가 전체 조화에 기여하는 독특한 방식을 강하게 의식하고 있었다. 그는 자신이 어떤 친구들이 지금 죽기를, 살아 있을 때 가능했던 것보다 죽은 후에 이런 식으로 훨씬 더 매력적인 관계를 맺게 되기를 바라고 있음을 깨닫곤 했다. 지구의 긴 곡선에 의하여 떨어져 있는 사람들에 대해서, 그 같은 관계는 개선일 수밖에 없었다. 죽음은 그들을 즉각 그에게 가까이 데려다 놓았던 것이다. 물론 성운(星雲)에는 빈자리가 있었다. 스트랜섬은 자신이 아직 죽지 않았으니 죽은 흉내를 내고 있을 뿐이라는 것을 알고 있었고, 그의 눈앞에서 거대한 불명료함 속으로 사라져가는 모든 인물들이 다 그의 추도를 받을 자격이 주어지는 것이 아니었기 때문이다. 죽음에는 이상한 축성(祝聖) 같은 것이 있기는 하지만, 그러나 어떤 인물들은 기억되기보다 잊혀짐으로써 더 축성받는다. 빛나는 페이지에서 가장 큰 공백은 그가 끈질기게 없애려고 노력한 액튼 헤이그에 대한 기억이었다. 그의 제단에서 액튼 헤이그를 위한 촛불은 결코 타오를 수 없었다.

4

해마다 묘지에서 걸어오는 날이면, 처음 생각이 떠오른 날 그랬던 것처럼 그는 교회로 갔다. 이러다가 일 년이 지난 후, 그는 자신의 제단에 최소한 자기만큼이나 자주 드나드는 참배자가 있다는 사실에 주목하기 시작했다. 교회에는 다른 독실한 신자들의 왕래가 있었고, 그들이 가버린 후에도 그들은 막연하게 또는 구체적으로 그의 뇌리에 인식되곤 했다. 그러나 이 끊임없는 존재는 그가 도착했을 때마다 늘 발견될 수 있었고, 그가 떠날 때 여전히 그 곳을 차지하고 있었다. 그는 처음에 그녀의 정체가 누구인지 너무나 신속하게 떠올라 깜짝 놀랐다. 2년 전 그의 기념일 날 열심히 절하는 것을 보았던 여인, 흘낏 스쳐가며 보았던 비극적인 얼굴의 주인공이었다. 지나간 세월을 돌이켜볼 때, 그녀에 대한 기억은 스스로 의아할 정도로 신선했다. 물론 그는 그녀에게 별다른 인상을 주지 못했다. 처음에는 그랬다고 하는 게 낫겠다. 그녀가 일을 처리하는 방식으로 보아, 그가 같은 범주의 일로 방문하고 있음을 서서히 그녀가 알아차리게 되었음을 암시해 주는 때가 왔던 것이다. 그녀는 자신의 목적을 위해 그의 제단을 이용했다 — 그녀는 늘 슬프고 외로워 보였지만, 그는 그녀가 그녀 자신의 사자를 위해 제단을 사용하기를 바랄 수 있을 뿐이었다. 그의 편에는 방해, 배신, 다른 교제 및 임무의 요구가 있었다. 그러나 몇 달이 흘러도, 돌아올 때마다 그는 그녀를 발견하곤 했다. 그는 자기가 자신에게 부여한 만족과 거의 같은 정도를 그녀에게도 부여해 주었다는 생각에서 기쁨을 찾아내게 되었다. 그들이 너무 자주 나란히 참배를 하게 되자 그는 의식을 치르면서 그들이 함께 나이 들어갈 가능성이 너무나

크다는 확신을 할 수 있었으면 하고 바라는 순간도 있었다. 그녀는 그보다 젊었지만, 그녀의 사자는 최소한 그의 초만큼은 되는 것 같았다. 그녀는 아무런 색도, 소리도, 단점도 없었고, 그가 내심으로 결론지은 또 다른 하나는 그녀가 아무런 재산도 가지고 있지 않으리라는 것이었다. 그녀는 늘 검은 옷을 입었고, 슬픔이 연이어 따라다니는 것이 확실했다. 너무나 많은 상실이 늘 따라다니는 사람들은 결국 가난하지 않다. 그들은 포기한 너무나 많은 것이 있으므로 절대적으로 부유하다. 그러나 그녀는 늘 어떤 자세로든 뜻하지 않은 아름다운 선을 이루곤 했는데, 이 헌신적이고 무관심한 여인의 분위기는 어쨌든 그녀가 다양한 걱정거리를 지니고 있음을 스트랜섬에게 전달해 주었다.

그는 음악을 무척 좋아했는데, 그것을 즐길 시간이 좀처럼 없었다. 그러나 대체로 평일의 소음이 토요일 오후에 감싸여 조용해졌을 때면, 영광스러운 것들이 있다는 생각이 그에게 되돌아오곤 했다. 게다가 이를 상기시켜 주고 나란히 연주회에 함께 앉아 있곤 하는 친구들도 있었다. 이러던 어느 겨울 오후에 세인트 제임스 홀에서 좌석에 앉은 후 그는 교회에서 자주 보았던 그 여인이 자기 옆자리에 있으며, 이번에 자신이 어쩌다가 혼자 온 것처럼 그녀 역시 분명히 혼자 왔다는 사실을 알게 되었다. 그녀는 처음에 프로그램을 생각하는 데 너무 몰두하여서 그를 알아차리지 못했으나, 마침내 그녀가 그를 쳐다보았을 때, 그는 이 기회를 이용하여 아는 분 같다는 말로 인사를 건넸다. 그녀는 "아 그래요, 당신을 알아요"라고 말하며 미소 지었다. 그러나 오랫동안 아는 사이였음을 이렇게 인정하면서도, 그가 그녀의 미소를 본 것은 처음이었다. 그 미소로 인해 두 사람은 여태까지 만나는 동안 알게 된 것보다 갑자기 더욱 잘 아는 사이가 된 듯했다. 그는 그녀가 매우 예쁘다는 사실을 '알아차리지' 못했었다고 생각했다. 그 날 밤 후에 — 식사하러 나가는 길에 이륜마차를 타고 흔들거리고 있을 때 — 그는 그녀가 매우 재미있다는 사실도 알아차리지 못했었다고 덧붙였다. 다음날 아침, 일을 하던 중에 그는 매우 갑작스럽게, 그리고 당치 않게, 옛날부터 받았던 그녀에 대한 인상은 마침내 바다에 도달한 구불구불한 강과 같다고 생각했다.

사실 그 날 하루 종일 그의 일은 두 사람 사이에서 일어났던 것에 대한 느낌으로 다소 흐려졌다. 대단한 것은 아니었지만 그 느낌은 중요한 것이었다. 그들은 함께 베토벤과 슈만의 음악을 들었다. 그들은 음악이 끊긴 사이에 이야기를 나누었고, 이야기가 끝나자 함께 문까지 가서 그는 모셔다드려도 될지 그녀에게 물었다. 그녀는 감사하다는 인사를 하고는 우산을 집어들어 다시 만나는 문제에 대해 아무런 언급도 없이 군중 속으로 사라져버렸으며, 그는 한가할 때면 그들이 자주 만났던 그 장소에 대해서 한마디도 나누지 않았다는 것이 때로는 당연하게, 때로는 기이한 것으로 생각되었다. 그녀는 그가 말을 거는 것을 허용하지 않았을 수도 있었다. 그러나 그랬더라면 그는 그녀를 교양 없는 여자라고 판단했을 것이다. 그들을 정말로 연결시킬 수 있는 것이 전혀 없었을 때, 그들이 어떤 면에서 오랜 친구라고 스스럼없이 생각할 수 있었다는 것은 이상했다. 그들 사이는 어쨌든 그들이 말로 표현할 수 없는 그 어떤 것이었다. 사실 그들 사이가 친구라는 생각은 그녀가 재빨리 피해버림으로써 완전한 것이 못 되었다. 따라서 그의 마음속에 그것을 좀더 제대로 시험해 보고 싶다는 엉뚱한 욕망이 커갔다. 어떤 사소한 기회라도 생기지 않으면 그 같은 시험은 단지 교회에서 그녀를 다시 만나는 것뿐이었다. 혼자 남겨졌더라도 그는 그녀가 거기에 있는지 보고 싶은 호기심 때문에 바로 다음날 오후 그는 교회로 갔었을 것이다. 그러나 실제로 가겠다고 마음먹은 후에 그는 결국 혼자 남겨지지 않는다는 사실을 깨달았다. 그는 자신의 사자들이 좀처럼 그를 혼자 놓아두지 않는다는 사실을 절실히 깨달았던 것이다. 그는 단지 그들을 위해 ― 그 밖의 그 어느 것도 아니고 단지 그들을 위해서 교회에 갔다.

　이 생각에 그는 열흘이나 떨어져 있었다. 그는 그 장소를 자신의 제사를 제외한 그 어느 것과 연관시키는 것을 싫어했으며, 자신을 흔들리게 하는 호기심을 언뜻 내비치게 되는 것을 싫어했다. 매일 또는 매시간 수월하게 할 수 있는 참배의 습관처럼 간단한 문제를 복잡하게 얽는 것은 불합리했다. 그러나 그것은 저절로 얽혔다. 그는 서운했으며 실망했다. 오래 지속되던 행복한 마법이 깨진 것 같았고, 그는 친근한 안정을 잃은 것 같았다. 그러나 마침내 그는 이 혼란된 동기에 대해 갖게 되는 두려움을 영원히 떨쳐버릴 수 있는지 자문해 보았다. 평소보다 과히 길지도 짧지도 않은 기간이 지난 후 그는 연주회의 그 여인이 있든지 없든지 좀처럼 신경 쓰지 않으리라는 분명한 확신을 지니고 교회에 들어섰다. 이렇게 무관심을 내세워도 그는 그녀를 본 이후 처음으로 이번에는 그녀가 그 자리에 없다는 사실에 즉각 주목하지 않을 수 없었다. 이제 그는 주저하지 않고 그녀를 기다렸다. 그러나 그녀는 오지 않았다. 여전히 그녀를 그리워하며 자리를 떴을 때 그는 불경스럽게도, 그리고 공감이 가게도 서운해 하고 있었다. 그녀의 부재가 그 혼란을 더 얽히게 만든다면 그것은 모두 그녀 자신의 탓이었다. 또 한 해가 저물어갈 무렵, 그것은 정말 얽혀 있었다. 그러나 그때쯤 그는 더 이상 신경 쓰지 않았다. 그를 망설이게 했던 것은 단지 그의 섬세한 의식이었던 것이다. 석 달에 세 번 그는 교회에 갔으나 그녀를 보지 못했다. 그는 이런 일이 없어도 자신의 긴장이 사라져버렸다는 것을 보여줄 수 있다고 느꼈다. 그러나 그가 그녀의 모습을 설명하면 금방 누구를 말하는지 알아차렸을 교회지기에게 그녀가 다른 시각에 나타나는지 어떤지 물어보지 않았던 것은, 말과 달리 무관심 때문이 아니라 순화된 섬세함 때문이었다. 그의 섬세함은 어느 때고 간에 그녀에 대해 물어보는 것을 막아주었고, 연주회에서 그로 하여금 그렇게 자유롭게 그녀에게 공손할 수 있게 한 것도 바로 그 섬세함이라는 미덕이었다.

이 다행스런 미덕은 이제 다시 한 번 그에게 기여하여, 마침내 그녀가 그의 시선에 잡혔을 때 — 네번째 시도 후였다 — 그는 매우 단호하게 그녀가 물러가기를 기다릴 것을 미리 결정지을 수 있었다. 그는 그녀가 나가자마자 길에서 그녀를 따라가 그녀와 얼마간 동행해도 좋은지 물어보았다. 그녀가 조용히 허락하여 그는 그녀가 볼일이 있다는 근처의 어떤 이웃집까지 갔다. 그녀는 그 집이 자신이 사는 곳이 아님을 그에게 알렸다. 그녀는 나이 든 숙모와 빈민가와 다를 바 없는 곳에서 살고 있으며 숙모를 위해 단조로운 일을 고정적으로 열심히 해드리고 있다고 말했다. 상복을 입은 그녀는 갓 피어난 청춘은 아니었으나, 그녀의 사라져버린 생기는 무엇인가를 남기고 있었는데, 스트랜섬이 보기에 그 생기가 비극적으로 희생되었으리라는 증거를 보여주는 듯했다. 그녀는 그로 하여금 아무런 구애도 받지 않고 어떤 확신이건 할 수 있게 해주었다. 그녀는 이혼한 백작부인일 수도 있었고 — 하프를 가르치는 노처녀일 수도 있었다.

5

여전히 오랫동안 교회 이외의 장소에서 만난 적은 없지만, 그들은 결국 만날 때마다 함께 산책하는 사이가 되었다. 그는 그녀에게 자신을 방문해 달라고 요청한 적이 없었다. 그리고 그녀는 그를 영접할 적절한 장소를 갖지 못한 것처럼 그녀의 친구를 초대한 적이 없었다. 그녀는 런던 사회에 대해 그가 알고 있는 만큼 잘 알고 있었다. 그러나 그들은 의논한 바 없는데도 본능적으로 남의 눈을 피하고자 사교계의 도표에 잘 나와 있지 않은 장소를 찾아다녔다. 돌아오는 길에 그녀는 늘 같은 장소에서 그를 떠나게 했다. 그녀는 쉰다는 핑계로 교외의 상점 진열대의 우울한 물건들을 그와 함께 바라보았다. 그가 그녀에게 한 말 중 그녀가 훌륭하게 이해하지 못한 것은 하나도 없었다. 오랜 세월 동안 그녀가 그의 이름을 말해 본 적이 없었던 것처럼 그는 그녀의 이름을 모르고 있었다. 그러나 중요한 것은 이름이 아니라 그들의 완벽한 행위와 공통된 필요였다.

이 같은 것들이 그들의 모든 관계를 너무 비개성적인 것으로 만들어서 그들에게는 정상적인 우정에서 발견되는 규칙이나 이유 같은 것이 전혀 없었다. 그들은 세속적인 교제에서 배려할 필요가 있다고 생각되는 그런 것들에 관심을 두지 않았다. 어느 날 그들은 — 누가 먼저 그것을 표현했는지 알지 못했다 — 서로에 대해 관심이 없다는 생각을 결국 버리게 되었다. 그들은 이러한 생각에 매우 친숙해졌고, 서로 신뢰하는 데 있어 새 출발을 기하는 것처럼 그 생각에 집중했다. 그들과 전적으로 다른 어떤 것들에 대해 함께 깊이 느끼는 것이 안전하지 못하다면, 무엇이 안전할 것인가? 진지한 사람들이 자신의 신앙의 신비에 대해 언급하는 것만큼 가볍지 않게, 또는 빈번하지 않게, 근거가 없지 않게, 또는 감정이 없지는 않게, 그러나 무엇인가가 우연히 그 분위기를 따스하게 했을 때, 그들은 그들의 '사자'의 이름을 부를 수 있을 정도로 가까워졌다. 그들은 어쨌든 자신의 생각을 말로 표현할 정도는 되었다고 느꼈다. '그들'이라는 단어면 충분했다. 그것은 함부로 쓸 수 없는 단어였다. 그것은 그 자체의 위엄을 갖추고 있었다. 만일 그들이 얘기하는 가운데 그 단어를 사용하는 것을 들었다면, 당신은 그들을 집안의 수호신들을 점잖게 언급하고 있는 옛날의 한 쌍의 이교도로 여겼을 것이다. 그들은 — 최소한 스트랜섬은 — 어떻게 해서 서로를 믿게 되었는지 알지 못했다. 상대방이 그 곳에 무슨 이유로 왔는가 하는 의문이 있었다 해도, 멋지게도 저절로 상대방을 믿게 되었던 것이다. 결국 어떤 신앙이든 전파의 본능이 있는 것이며, 사람은 추종자가 있다는 상상 속에서 즉각 기쁨을 얻으리라는 것은 아름다운 만큼 당연한 것이기도 했다. 그 추종이 한 사람의 추종이었을 뿐이라 해도 충분했다. 그러나 물론 그녀의 빚은 그보다 훨씬 컸다. 왜냐하면 그녀는 그에게 단지 한 참배자를 준 반면에, 그는 그녀에게 화려한 신전을 주었기 때문이다. 한 번 그녀는 그의 목록이 길어서 동정한다고 말한 적이 있었다 — 그녀는 거의 그만큼이나 자주 그의 초를 세웠다 — 그러자 그는 그녀의 목록의 길이는 어떤지 궁금해졌다. 그는 전에, 특히 때때로 새로운 촛불이 세워질 때면 그들의 상실이 일치하는 데 대해 의아해 했었다. 우연한 기회에 이 같은 의아함을 표현하게 되자, 그녀는 그가 아직까지 모르고 있었다는 데 놀란 것처럼 대답했다. "아, 저는 많으면 많을수록 좋아요. 아무리 많아도 괜찮아요. 수백 개, 수만 개라도 좋아요. 불꽃이 거대한 산 같으면 좋겠어요."

물론 그때 그는 번뜩 깨달았다. "당신의 사자는 단지 한 사람뿐이군요."

이에 그녀는 전에 없이 주춤했다. "단지 한 사람뿐이에요." 그녀는 숨겼던 비밀을 이제 그가 알아버린 것처럼 얼굴을 붉히며 대답했다. 그러자 그는 그 어느 때보다 자신이 아는 것이 없다고 느끼게 되었고, 단 한 가지 경험이 다른 모든 경험들을 아무것도 아닌 것으로 만들어 버리는 그런 인생을 복원한다는 게 너무나 어렵다고 느끼게 되었다. 그 자신의 인생은 한가운데가 텅 빈 채 그 근처만 꽉 채워져 있었다. 이 일이 있은 이후 그녀는 자신의 고백을 후회하는 것 같았다. 비록 그녀가 말한 순간 그녀의 당황 속에 자부심이 있었기는 했지만. 그녀는 그에게 그의 사자가 더 크고, 더 귀중한 재산이며, 선택의 기회가 있었다면 누구든 그쪽을 선택했을 것이라고 선언했다. 그녀는 그의 침묵을 채우는 반향들 가운데 일부를 완벽하게 상상할 수 있다고 단언했다. 그는 그녀가 그럴 수 없음을 알고 있었다. 한 사람이 사랑하거나 미워했던 상대와 갖는 관계는 다른 사람들이 결코 알 수 없는 것이다. 그러나 이런 것이 그들이 함께 경건함 속에서 나이 들어간다는 사실에 영향을 주지는 않았다. 그녀는 그 경건함의 특징이었다. 때로 연주회에서 만나거나 전시회에 함께 갈 약속을 하곤 했던 서로 꽤 친해진 단계에서조차도 그녀는 다른 어떤 것의 특징이 될 수는 없었다. 일어난 일 가운데 특기할 것은 그의 추도예배가 최상의 것이 되었다는 것이었다. 친구들은 하나 둘 사라져서, 마침내 그가 방문할 집보다 그의 제단 위의 상징들이 더 많게 되었다. 그녀는 누구보다도 계속 남아 있는 친구였지만, 나머지 다른 친구들에게 알려져 있지 않았다. 한 번 새로운 별 — 그들은 이런 식으로 불렀는데 — 을 발견했을 때, 그녀는 회당이 마침내 꽉 찼다는 표현을 썼다.

"아, 아니오. 그러기에는 부족한 중요한 것이 하나 있소. 회당은 그 앞에서 다른 모든 초들이 창백해질 하나의 초가 세워질 때까지는 꽉 차지 못할 거요. 그 초는 가장 큰 것이 될 거요"라고 스트랜섬이 대답했다.

그녀의 온화한 호기심이 그에게 쏠렸다. "무슨 초를 말하는 건가요?"

"나 자신의 초를 말하는 거요."

그는 오랜 시간이 흐른 후 그가 본 적이 없는 잡지에 그녀가 끝내 밝히지 않은 어떤 필명으로 글을 기고하여 돈을 번다는 사실을 알게 되었다. 그녀는 그가 읽을 수 없는 것과 그녀가 쓸 수 없는 것을 너무나 잘 알고 있었다. 그녀는 그에게 그들의 좋은 관계에 크게 도움이 되는 무관심을 키우도록 성공적으로 가르쳤다. 그녀의 보이지 않는 근면은 그에게 편리했다. 그것은 그녀의 자랑스런 불분명한 삶의 고귀함, 그녀의 조그만 보수 받는 예술, 그녀의 조그만 불가해한 집에 놓인 만족감, 그가 가질 수 있었던 그녀에 대한 만족감에 더 도움이 되었다. 그녀는 쇠약한 친척과 함께 희미한 교외의 세계 속에 침몰되어 있다가 먼 장소에서 그를 위해 표면으로 떠올랐다. 그녀는 정말로 그의 제단의 여사제였고, 그는 영국을 떠날 때마다 제단을 그녀에게 맡겼다. 그녀는 그에게 여자가 남자보다 종교적 정신을 더욱더 지니고 있음을 새삼 증명해 주었다. 그는 자신의 신의가 그녀의 것과 비교하면 창백하고 희미하다고 느꼈다. 그는 종종 그녀에게 자신이 살아 있을 기간이 너무 짧기 때문에, 그녀가 더 오래 살 수 있다는 것이 좋고, 그가 떠나게 될 때 그녀가 신전을 지켜주리라는 생각을 하면 너무 기쁘다고 말했다. 그는 그것에 대비해 원대한 계획, 즉 신전을 위축되지 않는 상태로 지속시킬 돈을 물려준다는 계획을 세웠고, 물론 그녀에게 그 계획을 말해 주었다. 이 기금의 유용에 대해 그는 그녀를 감독자로 지정할 것이며, 그녀는 기분이 나면 그를 위해서도 초를 켜줄 수 있을 것이다.

그러자 그녀가 진지하게 물었다. "그러면 나를 위해서는 누가 초를 켜줄까요?"

6

그녀는 늘 상복을 입고 있었다. 그러나 그가 가장 오랜 부재 끝에 돌아온 날 그녀의 모습은 즉각 최근에 상을 당했음을 말해 주었다. 그들은 이번에는 그녀가 교회를 떠나가려고 할 때 만났으므로, 그는 교회에 들어가는 것을 미루고 즉각 돌아서서 그녀와 함께 거닐 것을 제안했다. 그녀는 생각해 보더니 말했다. "지금은 들어가시고, 한 시간 후에 만나러 오세요." 그는 막다른 길에 텅 빈 주머니처럼 황량한, 그녀가 살고 있는 거리의 조그만 광경을 잘 알고 있었다. 그 곳에는 불화한 부부처럼 반쯤 떨어져 있으나 확고하게 결합되어 있는 초라한 작은 집 두 채가 있었다. 그러나 그는 거리가 시작되는 곳까지 자주 가기는 했지만 그 너머는 간 적이 없었다. 그녀의 숙모가 죽었다. 그는 즉각 그것을 짐작했고 상황이 많이 달라졌다는 것도 즉각 짐작했다. 그러나 그녀가 처음으로 그녀의 주소를 말해 주었을 때, 그는 그녀가 떠나자마자, 이 갑작스러운 너그러움에 상당히 흥분되었다. 요컨대 그녀는 그렇게 빨리 사귈 수 있는 사람이 아니었다. 그가 그녀의 이름을 아는 데 여러 달이 걸렸고, 주소를 아는 데는 여러 해가 걸렸다. 이번 재회에 그녀가 그에게 상당히 더 나이 들어 보였다면, 도대체 그 자신은 그녀에게 어떻게 보였을까? 그녀는 그가 이미 오래 전에 도달했던 인생의 시기, 오랜 이별 후에 만났을 때 시계 문자판 같은 친구의 주름진 얼굴이 우리가 잊고자 노력해 온 시간을 말해 주는 그런 인생의 시기에 도달해 있었다. 그는 기다림이 끝나갈 무렵 수년간 늘 멈춰 섰던 모퉁이를 돌아서면서, 자신이 무엇을 기대하는지 말할 수가 없었다. 단지 멈춰 서지 않는다는 것만으로도 감정이 용솟음칠 충분한 이유가 되었다. 어쨌든 그것은 사건이었다. 그들이 오래 서로 알고 지내는 동안 사건이라고는 없었다. 5분 후 희미하고도 우아한 그녀의 조그만 거실에서 이것은 더 커졌다. 그녀는 떨리는 목소리로 인사말을 건넸는데, 이는 그녀가 반가워하는 정도를 보여주는 것이었다. 그는 뭔가 특별한 것을 위해 왔다는 이상한 기분이 들었다. 그들이 오래 전에 장엄한 당연지사가 되어버린 어떤 중요한 점에서 일치했다는 사실을 제외하면, 문자 그대로 두 사람 사이에 특별한 것이라고는 하나도 없기 때문에 이상했다. 사실 그녀가 "이제 아무 때고 오실 수 있어요"라고 말한 후에, 그가 그 곳에 온 목적이 이미 끝난 것 같았다. 그는 그렇게 달라진 것이 그녀의 숙모의 죽음 때문인지 물어보았다. 이에 그녀는 대답했다. "숙모님은 내가 당신을 알고 지내는 것을 모르고 계셨어요. 그녀가 알게 되는 것을 내가 원치 않았어요." 아름다울 정도로 뚜렷한 그녀의 솔직함 — 그녀의 희미해진 아름다움은 여름의 황혼과도 같았다 — 은 그녀의 대답을 기만이라는 이미지로부터 서로 떼어놓았다. 그녀의 대답은 그에게 깊은 위선의 기록으로 느껴질 수도 있었다. 그러나 그녀는 늘 그에게 숭고한 이유라는 기분을 주었었다. 방의 조그만 만족감 속에서, 그리고 구슬 달린 벨벳과 둥글게 주름진 커튼 속에서 그가 주변을 둘러보았을 때 사망한 숙모는 여전히 존재했다. 그리고 '사자'를 모시기는 하지만, 그는 자신이 그 숙모를 분명 애도하고 있지는 않다는 것을 깨달았다. 그러나 그녀가 그의 긴 목록에 없다 해도, 그녀 조카의 짧은 목록에는 들어갈 것이다. 스트랜섬은 곧 조카에게 이제 최소한 그들이 함께 드나드는 장소에 그녀가 또 다른 추도할 대상을 갖게 되었다고 말해 주었다.

"그래요. 또 하나 생겼어요. 숙모는 내게 친절하셨는데. 그것이 달라진 점이죠."

그는 일어나기에 앞서, 꽤 의아해 하며 달라진 점이 꽤 클 것이고, 그를 들어오게 한 것 이외의 다른 것들에도 달라진 점이 있을 것이라고 판단했다. 그것은 그를 다소 오싹하게 했다. 그들은 있는 그대로 함께 행복했던 것이다. 그는 어쨌든 그녀가 이제 덜 한정된 재산을 갖게 되었다는 암시, 그녀 숙모의 자그마한 재산이 그녀에게 돌아오게 되어, 전에는 두 사람을 충족시켜야 했던 것을 단지 한 사람이 쓰게 되었다는 암시를 그녀에게서 얻어낼 수가 있었다. 이것은 스트랜섬에게는 기쁨이었다. 왜냐하면 여태까지 그가 그녀에게 선물을 제공한다든지 느긋하게 손을 떼고 있는 것 모두가 똑같이 불가능했던 것이다. 그런 식으로 그녀 곁에 있는 것, 즉 자신은 풍족하면서도 넘쳐흐르게 할 수는 없는 것 — 두드러지게 틀린 음정이 되었을 행위 — 은 너무나 추했다. 그녀의 나아진 형편조차도 어떤 의미에서는 그녀의 앞날의 외로움을 연장하는 것 같았다. 그것은 단지 그들의 작은 제식을 위해 그녀가 더욱더 오래 살게 도와줄 따름일 것이다. 그가 시작은 해놓고 이제 떠나게 되리라고 지친 듯이 느끼기 시작할 때는 더욱 그랬다. 그들이 창백한 응접실에 잠시 앉아 있을 때 그녀가 일어섰다. "이것은 내 방이 아니에요. 내 방으로 가지요." 좁은 복도만 건너가니 매우 다른 분위기였다. 그녀가 소위 그녀의 말대로 두번째 방의 문을 닫았을 때, 그는 마침내 그녀를 정말로 소유한 것처럼 느꼈다. 그 방은 삶의 생기가 넘쳐흘렀다. 그 방은 의미가 담긴 듯했고, 짙은 붉은 색의 벽에는 유물과 유품이 두드러져 보였다. 이것들은 소품들이었다 — 사진, 수채화, 액자에 넣은 글귀들, 향내 나는 말린 꽃, 그러나 그는 그것들이 공통된 의미를 지니고 있다는 것을 한눈에 알 수 있었다. 그녀가 생활하고 작업한 곳이 바로 여기였으며, 그녀는 방의 경관을 바꾸지 않겠다고 이미 그에게 말했었다. 그는 물품들에서 그녀에 관한 설명을 읽어보았다. 장소와 시간에 관한 일반적인 것이었다. 그러나 잠시 후 그는 그것들 가운데서 한 신사의 조그만 초상을 발견했다. 멀리서 안경을 쓰지 않은 채로는 그의 시선은 막연한 호기심을 느낄 정도로만 관심을 가졌다. 곧 충동이 그를 가까이 가게 했으며, 다음 순간 그는 대경실색한 채 그에게서 어떤 음향이 깨져버린 기분으로 사진을 응시하였다. 그녀에게 "액튼 헤이그!"라고 헐떡거리며 말하면서 돌아섰을 때, 그는 자신이 창백해진 얼굴을 그녀에게 보이고 있음을 더욱 의식했다.

그녀의 놀라움도 그만큼 컸다. "그를 알고 있었어요?"

"그는 내 젊은 시절 내내, 내 장년기가 시작되던 무렵의 친구였소.

그런데 그를 알고 있었소?"

이 말에 그녀는 얼굴이 붉어졌고 잠시 대답을 못했다. 그녀의 시선은 그 방의 모든 것을 감싸는 듯이 둘러보았고, "그를 알고 있었냐고요?"라고 반문할 때 그녀의 입술에 이상한 아이러니가 스치고 지나갔다.

방이 배의 선실처럼 들어올려지는 기분을 느끼는 가운데, 그제서야 스트랜섬은 이 방이 그를 추도하는 기념관이며, 그녀의 최근 몇 년간은 모두 그에게 향해져 있었고, 그가 세웠던 사당이 이 용도에 열정적으로 돌려졌던 것임을 깨달았다.

그녀가 그의 제단에서 매일 무릎을 꿇었던 것은 모두 액튼 헤이그를 위해서였던 것이다. 이 모든 진열해 놓은 것에 그가 존재하고 있을 때, 봉헌된 촛불은 무슨 소용이 있었던 것일까? 이 깨달음이 우리 친구의 면상을 호되게 내려쳐서 그는 의자에 털썩 주저앉은 채 조용히 있었다. 그는 재빨리 그녀가 자신이 받은 충격의 영향으로 동요되었음을 느꼈다. 그러나 그녀가 그의 옆에 놓인 소파에 푹 주저앉아 그의 팔에 손을 얹었을 때, 그는 그 즉시 그녀가 화를 내고 싶은 만큼 화를 내지는 않을 것임을 알았다.

7

그는 그 순간 두 가지를 알게 되었다. 하나는 그녀가 그렇게 오랫동안이나 그의 상당한 친분관계나 그의 심했던 언쟁에 대해 전혀 알지 못하고 있었다는 것이고, 또 하나는 정말 이상하게도 이렇게 모르고 있었는데도 그녀는 그 자리에서 그가 망연자실해 하는 이유를 댔던 것이다. 그는 즉각 외쳤었다. "우리가 모르고 있었다는 게 얼마나 이상합니까!"

그녀는 파리하게 웃었는데, 스트랜섬에게 그 미소는 사실 자체보다도 더 이상해 보였다. "나는 그의 얘기를 결코 한 적이 없었거든요."

그는 방을 다시 한 번 둘러보았다. "당신의 인생이 그 사람으로 가득했는데, 왜?"

"나 또한 그 질문을 당신에게 해서는 안 될까요? 당신의 인생 또한 그 사람으로 가득 차지 않았던가요?"

"그를 안다는 멋진 경험이 있었던 사람이면 누구든지 그렇겠지요. 나는 그에 대해 결코 얘기한 적이 없소." 스트랜섬은 잠시 후에 덧붙였다. "왜냐하면 그가 여러 해 전에 잊을 수 없는 잘못을 저질렀기 때문이오." 그녀는 조용했다. 그녀의 손님은 주변에 그의 존재의 충분한 영향이 감도는 가운데 그녀가 아무런 항의의 말도 하지 않는 데 거의 놀라고 있었다. 그녀는 그의 말을 받아들였다. 그는 그녀가 어떤 식으로 그의 말을 받아들이는지 보려고 시선을 다시 그녀에게 던졌다. 그녀는 눈물이 솟구치며, 보기 드물게 사랑스럽게 그의 손을 잡으려고 손을 내뻗는 중이었다. 기억과 경의의 그 조그만 방에서 그녀가 너무나 미묘하고 온화하게 액튼 헤이그로부터의 가해가 가능하다는 사실을 전달하는 것을 보는 것보다 더 멋진 것은 없는 듯했다. 시계가 정적 속에서 째깍거렸다. 아마도 헤이그가 그 시계를 그녀에게 주었던 모양이었다. 그리고 그는 그녀로 하여금 자신의 손을 부드럽게 잡고 있도록 놔두었는데, 그러한 그녀의 태도는 그의 새로운 고통뿐 아니라 거의 옛 고통에 대한 책임까지도 자신이 떠맡는 듯했다. 스트랜섬은 잠시 후 폭발했다. "세상에, 그자는 당신을 이용했던 게 틀림없어."

그녀는 이 말에 그의 손을 놓고 일어섰다. 그녀는 방을 가로질러 가 그가 들여다보다가 살짝 밀쳐놓았던 조그만 사진을 제대로 놓았다. 그리고는 그녀의 희미한 쾌활함을 회복하며 그에게 돌아서면서 "나는 그를 용서했어요"라고 말했다.

"당신이 한 일을 알고 있소. 수년간 당신이 한 일을 알고 있다는 말이오"라고 스트랜섬이 말했다. 잠시 그들은 그 모든 것을 뚫고 두 눈에 함께 오랫동안 추도예배를 해온 관계를 반영한 채 서로를 바라보았다. 그는 기분에 이 짧은 사건이 그 앞의 여인을 위해 거대하고 절대적으로 발가벗은 고백을 해준 것같이 느껴졌다. 그녀는 갑자기 얼굴이 붉어지고 자리를 다시 고쳐 앉으면서 그가 무엇을 파악했는지 안 것 같았다. 그는 일어나서는 "당신은 그를 무척 사랑했던 게로군요"라고 외쳤다.

"여자들은 남자들과 달라요. 그들은 고통을 받게 하는 상대조차 사랑할 수 있어요."

"여자들은 멋지군요. 그러나 나는 당신에게 나 역시 그를 용서했다고 장담할 수 있소."

"그렇게 이상한 일에 대해 내가 좀더 일찍 알았더라면, 나는 당신을 여기에 오게 하지는 않았을 거예요."

"그래서 마지막까지 서로 모른 채 계속 지낼 수 있도록 말이오?"

"마지막이라는 게 뭘 의미하죠?" 그녀가 여전히 웃으며 말했다.

이 말에 그는 그녀에게 미소지을 수 있었다. "알게 될 거요 — 그것이 올 때."

그녀는 그것에 대해 생각했다. "이것이 아마 나을 거예요. 하지만 우리는 옛날 그대로도 좋았는데요."

그는 그녀에게 질문을 던졌다. "그가 내 얘기를 한 적이 없었소?"

더 열심히 생각하면서, 그녀는 아무 대답도 하지 않았다. 그러자 그는 그 자신이 그 끔찍한 친구에 대해 얼마나 자주 얘기했었는가 물어봤으면 그녀가 더 적절하게 답변을 했을 것이라는 사실을 깨달았다. 갑자기 그녀의 얼굴에 훨씬 밝은 빛이 확 퍼졌고, 흥분된 생각이 호소하는 듯 그녀의 입 밖으로 튀어나왔다. "당신은 그를 용서하셨죠?"

"안했다면 내가 어떻게 여기에서 머뭇거리고 있을 수 있겠소?"

그녀는 이 말의 심오하지만 무심코 나온 아이러니에 눈에 띄게 움찔했다. 그러면서도 그녀는 재빨리 숨가쁘게 말했다.

"그렇다면 당신 제단 위의 촛불 가운데—?"

"액튼 헤이그를 위한 촛불 같은 건 없소."

그녀는 와르르 무너지는 듯한 기분으로 그를 응시했다.

"하지만 그가 당신의 사자 중의 하나라면?"

"그는 세상의 사자 중의 하나이고, 당신이 원한다면—당신의 사자 중의 하나요. 그러나 그는 내 사자 중의 하나는 아니오. 나를 소유한 채 죽은 사자들만이 내 사자요. 그들은 살아서 내 것이었으므로 죽어서도 나의 것인 게요."

"그러면 그도 살아서 당신 것이 아니었나요? 잠시 중단되기는 했지만. 그를 용서했다면, 그에게로 돌아간 거잖아요. 우리가 한때 사랑했던 사람들은……"

"우리를 가장 가슴 아프게 할 수 있는 자들이오." 스트랜섬이 끼어들었다.

"그건 사실이 아니에요. 당신은 그를 용서하지 않았군요." 그녀는 그를 놀라게 할 정도로 열정적으로 부르짖었다.

그는 여느 때보다 더욱 뚫어지게 그녀를 바라보았다.

"그가 당신에게 무엇을 한 게요?"

"모든 것을요!" 그러자 갑자기 그녀는 작별인사를 건네며 손을 내밀었다. "안녕히 가세요."

그는 그 남자의 사망기사를 읽은 그 날 밤 그랬듯이 냉정해졌다. "우리가 더 이상 만나지 말자는 말이오?"

"우리가 만나던 식으로는 안 돼요—거기에서는 안 돼요!"

그는 그들의 위대한 관계가 이렇게 끊어지는 것에, 그녀가 그렇게 의미심장하게 발성한 단어 속에 울려퍼지고 있는 그 절교에 소스라치게 놀랐다. "하지만 변한 게 무엇이오 ― 당신에게?"

그녀는 그와 알고 지내게 된 이후 처음으로 스스로를 놀랄 정도로 엄격하게 만드는 모진 고통 속에서 기다렸다. "당신이 전에도 이해를 못했었는데 지금은 어떻게 이해할 수 있죠?"

"전에는 단지 몰랐기 때문에 이해하지 못했던 거요. 이제 알게 된 이상, 나는 수년간 내가 무엇과 함께 살고 있었는지 이해하게 된 거요." 스트랜섬이 매우 점잖게 계속했다.

그녀는 이 점잖음을 인정하여 더욱 관대한 기분으로 그를 바라보았다. "그러면 나 자신에 관한 이 새로운 사실을 알고 나서도 계속 그대로 지내라고 당신에게 어떻게 요구할 수 있겠어요?"

"나는 복합적인 의미로 내 제단을 세웠소." 스트랜섬이 말을 시작했으나, 그녀가 재빨리 막았다.

"당신은 당신의 제단을 세웠고, 나는 제단 하나를 무척 원하고 있을 때 이미 멋지게 준비된 제단을 발견한 것이지요. 나는 전부터 그것이 죽음에 봉헌된 것임을 알았기 때문에 감사히 제단을 사용했고, 늘 당신에게 감사를 보여드렸지요. 나는 오래 전에 나의 사자가 많지 않다고 얘기했었어요. 당신의 것은 많았지요. 그러나 당신이 그들을 위해 한 모든 것은 내 참배에 비하면 대단한 것이 못 되었어요. 당신은 각각의 사자를 위해 커다란 촛불을 놓았고 ― 나는 단 하나의 사자를 위해 촛불을 함께 모았던 겁니다!"

"우리는 그저 다른 의도를 갖고 있었던 겁니다. 당신 말대로 나는 그것을 너무나 잘 알고 있었어요. 그런데 당신이 그 의도를 계속 지니지 않을 이유를 모르겠군요."

"그건 당신이 관대하기 때문이지요 ― 당신은 상상하고 생각할 수가 있기 때문이에요. 하지만 마술은 깨졌어요."

그의 저항에도 불구하고 가엾은 스트랜섬에게 그것은 정말인 것 같았다. 전망은 그의 눈앞에서 잿빛으로 공허하게 펼쳐졌다. 그러나 그가 할 수 있는 말은 "당신이 포기하기 전에 노력하기를 바라요"라는 것뿐이었다. "당신이 그를 안다는 사실을 알았더라면, 나는 그가 자기 초를 갖는 것을 당연히 여겼을 거예요." 그녀가 즉각 대답했다. "당신 말대로 변한 것은, 그것을 알게 되자마자 그가 자기 초를 갖지 못했다는 것을 내가 깨달은 거지요. 그것이 내 태도를 결정한 거예요." 그녀는 어떻게 표현할지 생각하면서 멈추고는 간단히, "모두 잘못된 거예요"라고 말했다.

"한번 다시 오시오." 그가 간청했다.

"그의 초를 켜주시겠어요?" 그녀가 물었다.

그는 기다렸지만, 그것은 단지 무례하게 들릴까 봐였지, 그의 기분이 흔들려서 그런 것은 아니었다. "그럴 수 없소!" 그는 마침내 선언했다.

그는 나가달라는 그녀의 말을 받아들였다. 게다가 그 앞에 전개된 모든 것의 흥분 속에서, 고독 속에서만 그럴 수 있지만, 정신을 차릴 필요를 느꼈다. 그러나 그는 여전히 머뭇거렸다 — 그녀가 혹시 타협을 시사하지 않을까, 입장을 누그러뜨리지 않을까 보려고 머뭇거렸다. 그러나 그는 단지 그녀의 슬퍼하는 커다란 두 눈만을 보았다. 그녀의 눈 속에서 그는 그녀가 그 누구보다도 그를 측은해 한다는 것을 읽었다. 이는 그로 하여금 "어쨌든 최소한 여기서 당신을 만날 수는 있겠지요"라고 말하게 했다.

"아, 그래요. 원하시면 오세요. 그러나 그런다고 나아질 것 같지는 않군요."

그는 별로 나아질 것이 없으리라는 것을 알고 있으므로 다시 한 번

방을 둘러보았다. 그는 또한 괴로웠고 더욱더 추워지는 기분을 느꼈다. 그는 오한이 든 것 같았지만, 떨지 않도록 노력해야 했다. 그리고는 그는 슬프게 대답했다. "당신 편에서 노력할 수 없다면 — 내 편에서 노력해야 되겠지." 그녀는 그와 함께 복도로, 그리고 현관으로 나왔다. 여기서 그는 그녀에게 자신의 머리로는 좀처럼 대답할 수 없으리라고 생각되는 질문을 했다.

"왜 당신은 전에 나를 여기 오게 하지 않았었소?"

"숙모님이 당신을 보게 되었을 테니까요. 그러면 나는 당신을 어떻게 알게 되었는지 얘기해야 했구요."

"그러면 그러지 못하게 할 이유라도 있었소?"

"다른 설명이 필요했을 겁니다. 어쨌든 그럴 위험이 있었지요."

"당신이 매일 밤 교회에 간다는 것을 그녀는 분명 알고 있었겠죠?" 스트랜섬이 이의를 제기했다.

"왜 가는지는 모르고 있었죠."

"그러면 그녀는 나에 대해 전혀 얘기 들은 바가 없었겠군요?"

"제가 잘 속인다고 생각하시겠지요? 하지만 저는 말할 필요가 없었어요."

그는 이제 현관 계단에 서 있었다. 집주인은 그를 내보내고 문을 반쯤 닫은 채 있었다. 열린 사이로 그는 그녀의 테가 둘러진 얼굴을 보았다. 그는 최후의 호소를 했다. "그가 당신에게 무슨 짓을 했던 거요?"

"그 얘기가 나왔을 거예요 — 그녀가 당신에게 말했을 거예요. 그 두려움이 마음속에 남아 있었지요 — 그것이 제 이유입니다." 그리고 그녀는 문을 닫아버렸다.

8

그는 무자비하게 그녀를 포기했었다 — 물론 그것이 그가 했던 일이다. 스트랜섬은 한가할 때 고독 속에서 그 모든 것을 이해했다. 맞지 않는 조각들을 차차 끼워 맞추면서, 백 개의 불분명한 점들을 하나씩 다루면서. 그녀는, 그녀의 요즘의 친구와 액튼 헤이그와의 관계가 끝난 후에야, 헤이그를 알게 되었다. 분명히 사실상 오랜 후였다. 그리고 그의 지난 세월에 대해서 그가 전달해도 좋다고 판단한 것만을 그녀가 알게 되었으리라는 것은 너무도 당연했다. 부드럽게 다 얘기해 주고 싶은 순간에도 말하는 것을 억제했을 사건들이 있다는 것은 이해가 쉽게 되는 일이다. 한 남자의 생애에 있어서 많은 사실들에 관해 세상의 눈에 흔히 알려져 있는 바가 많다. 그러나 이 여인은 공적인 일들에서 동떨어진 채 살고 있었다. 그녀에게 완전하게 분명한 시간이라고는 자신의 드라마가 동트던 무렵을 따라가보는 시간이었을 것이다. 남자의 경우 그녀의 입장에 놓이게 되면 과거를 '조사해' 보았을 것이다 — 옛 신문을 들춰보기라도 했을 것이다. 사실 그녀의 회상 속의 파트너와 그녀와의 오랜 접촉 속에서 불씨가 될 만한 사건이 전혀 없었다는 것은 놀랄 만한 일이었다. 그러나 그 점을 따질 수는 없다. 사실상 사건이 일어난 것이니까. 단지 방어가 잘되어 있었다는 것뿐이다. 그녀는 헤이그가 그녀에게 준 것을 받아들였던 것이며, 그의 다른 관계에 대해 그녀가 전혀 모르고 있는 것은, 위대한 대가에게 맡겨질 수 있을 만한 것이었다고 스트랜섬이 생각할 만한 이유가 충분한 그 조형성의 윤곽을 더 공고히 했을 뿐이다.

이 윤곽이 잠시 동안 우리의 친구가 보았던 전부였다. 그는 자신이 수년간 그 같은 멋진 관계를 유지해 온 여인이 세상의 모든 남자 가운데 하필 액튼 헤이그가 만들어냈다고 할 수 있는 여인이라는 사실이 떠오를 때마다 되풀이해서 숨을 죽였다. 오늘 그녀가 그 곳에 앉아 있기는 했지만, 그녀는 지울 수 없이 그로 각인되어 있었다. 스트랜섬은 그녀가 자애롭고 잘못이 없다고 생각하고는 있었지만, 소위 속았다는 기분을 완전히 떨쳐버릴 수가 없었다. 스트랜섬만큼이나 모르고 있었지만, 그녀는 그를 굉장히 속였던 것이다. 최근의 이 모든 과거가 기이하게 잘못 사용된 시간으로서 그에게 되돌아왔다. 최소한 그런 것이 그의 처음의 생각이었다. 어느 정도 시간이 흐른 후에 그는 자신이 더욱 분열되고 그 결과로 더욱 혼란될 뿐이라는 것을 깨달았다. 그는 그녀가 줄 것을 거부한 진실을 상상하고, 회상하고, 재구성해 보고, 스스로 이해했다. 그 결과는 그녀를 운명에 더욱 젖어버린 여인으로 보이게 하는 것이었다. 그는 모든 것이 이상해 보였지만, 그녀의 영혼이 자신의 영혼보다 훨씬 더 숭고하다고 느꼈다. 그녀가 아마도, 아니 확실히 그보다 더 학대받은 존재였다고 할 수 있을 정도로. 학대받을 때면 여자가 늘 남자보다 더 학대받는 법이다. 그리고 그녀가 모면할 수 있었던 그 최소한의 고통이 그가 견뎌내야 했던 최대한의 고통보다 더 클 때가 있었다. 그는 이 희귀한 인물이 최소한의 고통도 피하려고 하지 않았으리라는 것을 확신하고 있었다. 그는 그 같은 굴복 — 그 같은 굴종을 생각하고는 두려웠다. 그녀는 상처를 숭엄한 고양(高揚)으로 바꾸어놓을 정도로, 강력한 손에 의해 주조(鑄造)되었던 것이다. 그 친구는 그의 추한 모든 것들이 급류에 씻겨 내려가도록 하기 위해서 그저 죽기만 하면 되었던 것이다. 무슨 일이 일어났었는지 추측해 봤자 소용이 없었다. 그러나 가장 확실한 것은 그녀가 스스로를 비난하는 것으로 끝맺었다는 것이었다. 그녀는 그를 모든 점에서 용서했으며, 그녀의 모든 상처를 숭배했다. 그 친구가 덕을 보았던 열정이 간조 후에 다시 밀려들어 왔던 것이며, 이제 영원히 만조에서 멈춘 부드러움의 조류는 너무 깊어 측정할 수도 없었다. 스트랜섬은 자신이 그를 용서했다고 열심히 생각했지만, 그녀가 이룬 기적을 그는 좀처럼 이루지 못했던 것이다. 그의 용서는 침묵이었지만, 그녀의 용서는 단지 발성되지 않은 음향이었던 것이다. 그녀가 그의 제단을 위해 요구했던 촛불 하나가 큰 소리로 그의 침묵을 깨버렸을 것이다. 반면 교회의 모든 촛불들도 그녀에게는 너무나 큰 정적이었다.

그녀가 달라졌다고 한 말은 옳았다 ― 그녀는 변화에 대해 진실을 말했었다. 즉 스트랜섬은 곧 자신이 비딱하게, 그러나 날카롭게 질투하고 있음을 알게 되었다. 그의 조류는 간조였으며 만조가 아니었다. 그리고 그가 액튼 헤이그를 용서했다면, 그 용서한다는 동기의 용수철은 부러져 있었다. 그녀가 구체적인 징표, 그녀의 죽은 애인을 거기서 다른 이들과 대등하게 만들 징표를 간청한다는 사실은, 그에게 너무나 훌륭하게 양보를 한 것이었다. 그는 자신을 냉정하다고 생각한 적은 없었지만, 엄청난 조항을 요구하면 쉽게 그를 냉정하게 만들 수 있었다. 그는 이 조항의 주변을 돌고 돌았으나 점점 멀어져갔다. 그는 그 문제를 보면 볼수록 더욱더 용납할 수가 없는 것 같았다. 동시에 그는 자신의 거절을 가져온 결과에 대해 아무런 환상도 가지고 있지 않았다. 그는 그것이 불화를 조장할 것이라는 것을 너무나 잘 알고 있었다. 그는 그녀를 일주일간 혼자 내버려두었다. 그러나 결국 그가 다시 방문하였을 때 이 확신은 잔인하게도 확인되고 말았다. 그 동안 그는 교회를 멀리했었다. 그리고 그는 그녀에게서 새로이 확인을 받지 않아도 그녀가 교회에 오지 않았다는 사실을 알고 있었다. 변화는 그만하면 철저했다. 변화는 그녀의 삶을 무너뜨렸던 것이다. 사실 그것은 그의 삶도 무너뜨렸다. 왜냐하면 그의 사당의 모든 불꽃들이 그에게는 갑자기 꺼져버린 것처럼 보였던 것이다. 상당한 무관심이 그를 엄습했다. 그 무관심의 무게는 그 자체로 고통이었다. 그는 그 충격 속에서, 자신의 추도미사가 멈춰버린 시계처럼 중단될 때까지, 그것이 자신에게 무엇을 의미하는지 모르고 있었다. 그는 또한 자신이 얼마나 큰 확신을 가지고, 이제 실패로 돌아간 그 마지막 추도미사에 의존하고 있었는지 모르고 있었다. 치명적인 기만은 바로 이 같은 포기 속에서 모든 미래가 무너지고 말았다는 사실이었다.

   그녀가 없는 최근의 나날은 그녀가 무엇을 해낼 수 있었는가를 그에게 확인해 주었다. 그녀가 원한을 가진다거나 심지어는 화를 낼 것이라고는 상상도 할 수 없었기에 더욱더 그러했다. 그녀가 그를 저버린 것은 분노 때문이 아니었고, 단지 엄연한 현실, 삶의 엄격한 논리에 대한 복종이었던 것이다. 작고한 그녀의 숙모의 대화가, 깨진 피아노의 음조처럼 남아 있는 그 방에서, 그녀와 함께 앉아 있을 때, 이것은 그에게 절실하게 느껴졌다. 그녀는 그로 하여금 그들이 얼마나 서로 소원해졌는가를 잊게 하려고 애썼다. 그러나 그들이 포기해 버린 것 앞에서 그녀를 아쉬워하지 않기란 불가능했다. 그녀가 그에게서 받았던 것보다 그가 그녀에게서 훨씬 더 많은 것을 받았었다. 그는 그녀와 다시 논쟁을 하며 이제 그 제단은 그녀 혼자 가질 수 있다고 말해 주었다. 그러나 그녀는 애원하는 듯한 슬픔 속에서 불가능한 것, 꺼져버린 것에 대해 쓸데없이 말을 더 하지 말라고 간청하면서 고개를 저었을 뿐이었다. 그가 시작한 추도의 의식이 실제로는 그녀의 개인적인 필요와 관련시켜 볼 때 고의적인 배척이 된다는 것을 그가 깨달을 수는 없었을까? 그녀는 일어난 일에 대해 아무런 회한도 없었다. 그녀가 모르고 있는 한 모든 게 다 괜찮았는데, 이제는 단지 그녀가 너무 많이 알게 되었다는 것이며, 그들의 눈이 떠진 순간부터 그들은 그저 따르기만 하면 되는 것이었다. 물론 그렇게 오랫동안 함께 지냈던 것은 충분히 행복이었다. 그녀는 온화하고 감사해 했고 체념하고 있었다. 그러나 이것은 단지 깊숙한 곳의 확고함을 보여주는 형식일 뿐이었다. 그는 다시는 두번째 방의 문턱을 넘어서지 못할 것임을 알고 있었다. 그리고 그는 이것만으로도 그를 어느 정도까지 낯선 이로 만들고, 그의 방문에 어느 정도까지 의식적인 뻣뻣함을 부여할지를 알고 있었다. 그는 다시 그 상기시키는 것들의 우물 속에 빠지는 것도 싫어했겠지만, 공허한 대안(代案) 또한 즐길 수가 없었다.

그녀와 서너 번 만난 후, 결국 그녀 집에 왔던 것이 그들의 친분관계를 저하시키는 끔찍한 결과를 가져왔다는 생각이 그를 엄습했다. 그는 그들이 그저 함께 걷고 함께 추도했을 때, 그녀를 더 잘 알았었고 더욱 마음껏 그녀를 좋아했었다. 지금 그들은 단지 그런 척하는 것뿐이지만, 전에는 고상하고 진지했었다. 그들은 다시 산책을 시도하기 시작했지만, 단지 서투른 흉내라는 것이 드러났다. 왜냐하면 이런 것들은 처음부터 시작이든 끝이든 그들의 교회 방문과 연관되어 있었기 때문이었다. 그들은 교회를 나서면서 산책하러 가거나, 돌아오면서 쉬러 들어가거나 했었다. 게다가 스트랜섬은 이제 비틀거렸고, 전처럼 걸을 수가 없었다. 그것의 생략은 모든 것을 거짓으로 만들었고, 그들의 인생을 끔찍하게 토막내 버렸다. 우리의 친구는 자신의 항의를 신비화한다거나 자신의 곤경을 비밀로 하는 일 없이, 솔직하고 일률적이었다. 그녀의 답변은 어떤 것이었든지 간에 늘 한결같았다. 즉 그가 곤경에 대해 얘기하면, 그녀 자신은 곤경 속에서 얼마나 위안을 받는가를 판단해 보도록 그를 은근히 이끄는 것이었다. 사실 그는 불평함으로써 위안을 찾을 수도 없었다. 그들에게 일어난 일에 대한 모든 암시는 단지 그들의 고통의 장본인을 더욱더 생각나게 만들기 때문이었다. 액튼 헤이그는 그들 사이에 있었고, 그것이 문제의 핵심이었다. 그리고 서로 얼굴을 마주 대하고 있을 때만큼 그들 사이에 그의 존재가 부각되는 때도 없었다. 그때 스트랜섬은 여전히 그를 추방시키고 싶어하는 한편, 그를 받아들이는 것을 포함하는 편안함을 추구하고 싶은 이상한 기분을 느꼈다. 그는 자신이 알고 있는 것에 깊이 당황하는 한편, 자신이 정말로 아는 것은 없지 않을까 하는 생각에 더욱 고통받았다. 그의 옛 친구를 비난한다거나 그의 동반자에게 그들의 언쟁에 관한 이야기를 하는 것은 끔찍할 정도로 저속할 것임을 너무나 잘 알고는 있었지만, 그녀의 깊은 자제심이 그에게 시작할 틈을 주지 않으리라는 것과 그보다 훨씬 더 큰 관용의 효과를 가지리라는 것은 그를 여전히 괴롭혔다.

그는 자신에게 도전하고, 자신을 비난하고, 그녀가 어떤 곤경을 겪었는지 신경을 쓸 정도로 그녀를 사랑하고 있는지 자신에게 물어보았다. 그는 결코 한순간도 자신이 그녀와 사랑하고 있다고 인정한 적이 없었다. 따라서 자신이 질투하고 있다는 사실을 발견하는 것보다 그를 더 놀라게 할 수 있는 것은 아무것도 없었다. 질투가 아니면 그 밖에 무엇이, 자신을 고통스럽게 하는 것을 상세히 알고 싶어하는 쓰라린 마음을 일으키겠는가? 사실 그는 오늘 그런 쓰라린 마음을 일으킬 수 있는 유일한 사람인 그녀가 자신에게 그런 마음을 갖도록 하지는 결코 않으리라는 것을 너무나 잘 알고 있었다. 그녀는 그가 우울한 눈으로 그녀를 바라보도록 놔두었다. 그저 미묘한 자비의 미소를 지으면서, 그리고 그녀의 비밀을 드러낼 단어나, 문자 그대로 그의 고통받을 권리를 부인하는 것처럼 보일 단어 모두 좀처럼 입 밖에 내지 않으면서, 그녀는 아무런 말도 하지 않았고 아무런 판단도 내리지 않았다. 그녀는 옛 상징으로의 복귀 가능성을 제외한 모든 것을 받아들였다. 스트랜섬은 그 상징들이 그녀에게도 생생할 정도로 개별적이었으며, 특별한 시간 또는 특별한 특성, 즉 그녀의 사슬에 있어서 특별한 고리들을 의미했었다는 사실을 알아차렸다. 그는 자신의 불성실한 친구에 대해 탄원한다는 것이 그 자체로 금지되어 있다는 데서 자신의 어려움이 나온다는 점을 스스로에게 분명히 했다. 그리고 그 탄원이 그녀로부터 왔다는 것이 그것을 따라다니는 악이었다. 그는 자신이 사적인 관계가 없는 관대한 목소리에는 귀를 기울였을 것이라고 확신했다. 그는 이런 옹호인에게는 순순히 따랐을 것이다. 추상적인 정의감으로 말하면서, 헤이그와 전혀 안면이 없지만 그의 거부를 알고 "아, 그저 가장 좋았던 점을 상상하고 그를 동정하고 그의 입장을 고려하십시오"라고 말할 상상력을 갖추었을 그런 옹호인에게는. 또 다른 그의 간악한 행위를 발견했다는 측면에서 그를 고려하는 것 역시 그를 동정하는 것이 아니라 그를 찬양하는 것이었다. 스트랜섬은 생각하면 할수록 더욱더, 헤이그와의 이 관계가 어떤 것이든 간에 단지 다소간 섬세하게 실행된 속임수였다고 이해하게 되었다. 그것이 어디서 모든 사람이 보고 있는 삶에 들어왔던 것일까? 만일 그것이 명예로운 것들의 정직성을 갖고 있었다면 왜 그것에 대해 들어본 바가 없었던 것일까? 스트랜섬은 어떤 비행이 있었다고 확신할 정도로, 그의 일반적 성격까지는 아니라도 그의 다른 인연들, 다른 의무들, 다른 정세들에 대해 충분히 알고 있었다. 이런저런 방식으로 이 인물은 차갑게 포기되었던 것이다. 그것이 처음뿐 아니라 마지막에도 역시 그를 여전히 빼버리고 빼버려야 하는 이유였던 것이다.

9

그러나 이것은 해결이 아니었다. 그가 그녀에게 다시 한 번 자신의 계획, 즉 그녀가 마침내 그를 위해 해주어야 하는 모든 것에 대해 얘기한 후에는 특히 그러했다. 일전에 그는 얘기를 꺼냈었고, 그녀는 예의 바르지만 마지못해 하는 분위기, 그의 죽음에 관한 문제를 가지고 질

사자들을 위한 제단

질 끝기 싫어하는 분위기가 가미되었을 뿐 솔직하게 대답했었다. 그 때 그녀는 실질적으로 그 책임을 받아들였고, 그로 하여금 그녀가 자신의 사당의 궁극적인 수호자가 되리라는 것을 믿을 수 있다고 느끼게 했었다. 두 사람 사이에 그런 일이 있었기에 그는 그녀에게 나이 든 자신을 저버리지 말아달라고 호소한 것이다. 그녀는 지금 빛나는 차가움과 자기 입장을 내세울 것을 삼가는 평소의 태도로 듣고 있었다. 그녀의 반대는, 그가 버려졌다는 느낌에서 오는 온정을 담고 있어 더욱 부드러웠다. 그러나 그녀의 입장은 계속 마찬가지였고, 말로 나오지 않는다고 해서 잘 안 들리는 것이 아니었다. 그는 내심으로는 자신의 엄숙한 신뢰가 그녀에게 줄 수 있었던 만족감을 잃게 된 것을 자기보다 그녀 쪽에서 더욱더 절실히 느끼고 있을 것이라고 확신하고 있었지만. 그들 모두 풍요로운 미래를 아쉬워했다. 그러나 결국 그 미래가 전적으로 그녀의 것이 되기로 되어 있었던 까닭에 그녀가 가장 아쉬워했다. 그녀가 그 상실을 순순히 받아들이는 것을 보고 그는 그녀가 다른 어떤 것보다도 액튼 헤이그에 관한 생각을 선호한다는 것을 충분히 인식할 수 있었다. 그는 "도대체 그녀는 왜 나보다 액튼 헤이그를 더 좋아하는 것일까?"라고 중얼거리면서 다소 냉혹하게 웃을 수 있을 만큼의 유머는 가지고 있었다. 그 이유는 정말로 이해할 만한 것들이었다. 그러나 그의 분석 능력조차도 초조함을 계속 남아 있게 했으며, 이 초조함은 아마도 그에게 닥친 가장 큰 불행이었을 것이다. 지금까지 그로 하여금 그토록 포기를 원하게 만들었던 것은 없었다. 그는 물론 이 무렵쯤에 단념하는 나이에 충분히 이르러 있었으나, 모든 것을 포기할 때라는 생각이 아직까지는 생생하지 않았던 것이다.

 실제로, 6개월이 지나갈 무렵 그는 한때 너무나 매혹적이었고 위안이 되었던 그 우정을 포기했었다. 그가 겪는 상실은 두 얼굴을 지니고 있었다. 그 우정을 심화시켜 보려고 그가 마지막 시도를 하였을 때 그에게 향해진 상실의 얼굴은 가장 바라보고 싶지 않은 얼굴이었다. 이 것은 그가 스스로 가한 상실이었다. 다른 얼굴은 그가 견뎌내고 있는 상실이었다. 그녀가 결코 말로 표현한 적이 없는 조건들을 그는 고독 속에서 혼자 중얼거리곤 했다. "하나만 더, 하나만 더 — 하나만 더." 틀림없이 그는 쓰러지고 있었다. 그는 일을 하다가 종종 허공을 응시 하고 그 공허함에 목소리를 부여하고 있는 자신을 포착할 때면 자신 이 쓰러지고 있음을 느꼈다. 그가 매우 약하고 아프다는 데에는 그 밖 에도 증거가 충분히 있었다. 그의 초조함은 우울의 형태를 취하였고, 그의 우울은 자신의 건강이 매우 쇠퇴했다는 확신의 형태를 취하였 다. 게다가 그의 제단은 더 이상 존재하지 않았다. 그의 꿈속에서 그 의 회당은 거대한 검은 동굴이었다. 모든 불빛은 꺼졌다 — 그의 모든 사자들은 다시 한 번 죽었던 것이다. 그는 처음에는 그 촛불들을 꺼트 리는 것이 어떻게 그의 최근의 동반자의 손에 달려 있는지 정확하게 이해할 수가 없었다. 왜냐하면 그것들이 생겨나게 된 것은 그녀를 위 해서도 아니고, 그녀에 의해서도 아니었기 때문이다. 그러자 그는 근 본적으로 자신의 영혼에 부활이 있었던 것이며, 자신의 영혼의 대기 속에서는 이제 그 촛불들이 호흡을 할 수가 없다는 사실을 이해했다. 초들은 기계적으로 타오르겠지만, 그것들은 각기 그 광채를 잃었던 것이다. 교회는 진공 상태가 되었다. 그 없어서는 안 될 매체를 이루 었던 것은 그의 존재, 그녀의 존재, 그리고 그들 공동의 존재였다. 뭔 가 하나가 잘못되었다면 모든 것이 잘못되는 것이다 — 그녀의 침묵 이 선율을 망쳐놓았던 것이다.

그러다가 석 달이 지났을 때, 그는 너무나 외로워서 돌아갔다. 그의 '사자들'은 수년간 그에게 최고의 동반자였으므로, 아마 그로 하여금 자신을 위해 뭔가 더 해놓지 않은 채 그들을 저버리게 하지는 않을 것 이라고 생각하면서. 초들은 그가 놓아둔 그대로 그 곳에서 길고 밝은 불꽃을 태우고 있었다. 그는 이미 작은 것들을 큰 것과 비교하고 싶은 마음이 들 때면, 이 밝은 불꽃 무리들을 인생이라는 바다의 가장자리에 서 있는 일련의 등대에 비유하곤 했었다. 그 곳에 앉아 있으면서 잠시 후에 여전히 촛불들이 미덕을 갖추고 있다는 느낌이 들자 다소 위안이 되었다. 그는 더욱더 쉽게 피곤해졌고, 이제는 늘 마차를 타고 다녔다. 그의 마음의 활동은 약했고, 그에게 상상력의 작용에서 나오는 확신을 전혀 주지 못했다. 그럼에도 불구하고 그는 여러 차례 다시 돌아왔다. 그러면서 마침내 6개월 동안에 그는 그 장소를 새삼스럽게 자주, 그리고 초조한 기분으로 드나들었다. 겨울에 교회는 난방이 되지 않았고, 그는 추운 데 나가는 것이 금지되어 있었다. 그러나 그의 사당의 불꽃은 그가 몸을 쬘 수 있을 정도의 어떤 힘이 있었다. 그는 앉아서 자리에 없는 자신의 동료를 자신이 무엇으로 전락시킨 것인지, 지금 자리에 없는 이 시간들을 그녀는 무엇을 하며 보내고 있는지 궁금해 했다. 다른 교회들도 있었고, 다른 제단, 다른 초들도 있었다. 이런저런 방식으로 그녀의 충심 어린 추도는 여전히 지속될 것이다. 그는 그녀에게서 그녀의 의식(儀式)을 완전히 박탈할 수는 없었던 것이다. 그는 그렇게 결론 내렸지만, 전혀 만족스럽지가 않았다. 왜냐하면 그는 그녀가 그녀의 욕구를 충족시켜 준다고 말했던 거대한 불빛과 같은 것을 다른 데서 찾아볼 수 없다는 것을 매우 잘 알고 있었던 것이다. 점차 그에게 거대한 불빛과 같은 것이 그의 마음에서 커지게 되고, 그의 경건한 실천이 더욱 규칙적으로 되어감에 따라 그는 그녀의 어둠을 상상해 보면서 더욱 심한 고통을 느끼게 되었다. 왜냐하면 요즘의 몇 주만큼 그의 의식(儀式)이 현실감이 있었던 적이 없었고, 그가 모아놓은 일행들이 그에게 그렇게 반응을 보이는 듯하고, 심지어 그를 초대하는 듯이 보였던 적이 없었기 때문이었다. 그는 커다란 촛대에 몰두했다. 그것은 더욱더, 그가 처음부터 그랬으면 하고 바랐던 것,

즉 어린아이 마음속의 천국의 환영만큼 눈부신 것이 되어가고 있었
다. 그는 빛의 들판에서 방황했다. 그는 큰 초들 사이에서, 이 줄에서
저 줄로, 불꽃에서 불꽃으로, 이름에서 이름으로, 한 분명한 상징, 한
구원된 영혼의 하얀 강렬함에서 다른 영혼의 그것으로 옮겨 다녔다.
그의 깊은 이상한 본능이 만끽한 것은 그의 영혼들을 구원했다는 조
용한 기분이었다. 이것은 어떤 막연한 신학적 의미의 구원도 아니고,
불확실한 세계의 축복도 아니었다. 그들은 신앙이나 사업이 할 수 있
었던 것보다 훨씬 훌륭하게 구원되었다. 그들은 떠나가기가 싫은 따
스한 세계, 즉 인간이 기억을 해준다는 현실성 · 영속성 · 확실성 때
문에 구원되었던 것이다.

 이 무렵 그는 모든 친구들을 저 세상으로 보내고 혼자 살아 있었다.
마지막의 똑바로 타오르는 불꽃은 3년 된 것이었고 목록에 더 오를 사
람은 없었다. 그는 되풀이해서 점호를 해보았다. 그것은 그에게 촘촘
하고 완벽해 보였다. 어디에 다른 이름을 끼워넣어야 할 것인가? 다른
반대가 없다면 그 이름은 어느 열, 어느 장소에 위치하게 될 것인가?
그는 진지성이 결여된 것을 매우 의식하면서, 그 위치를 결정짓는 것
이 어려울 것이라고 생각했다. 게다가 끝없는 개인의 생애를 읽으면
읽을수록, 텅 빈 외곽을 만지고 침묵과 놀면서 그의 조그만 군단과 마
주 대하면 대할수록, 그는 자신이 결코 낯선 이를 데려온 적이 없었다
는 사실을 더욱더 깨닫게 되었다. 그는 위대한 온정과 아량을 지니고
있었다 — 그의 온정과 아량이 무한하기까지 한 경우들도 있었다 —
그러나 바닥에 존경심이 없었다면 그의 헌신은 도대체 무엇이었겠는
가? 그러나 그는 자신의 경직성에 스스로 놀라고 있었다. 겨울이 끝날
무렵, 그것에 대한 책임이 그의 생각에서 수위를 차지하고 있었다.
'하나만 더'라는 간청, 그 후렴은 그에게 친근한 것이 되었다. 그저 피
로한 데서, 대칭이 하나만을 더 요구하게 될 때 그는 기꺼이 그 대칭을

충족시키고 싶은 그 날이 왔다. 대칭은 조화였고, 조화에 대한 생각이 그를 따라다니기 시작했다. 그는 물론 조화가 전부라고 스스로에게 얘기했다. 그는 상상 속에서 다른 열로 재배치시키고, 다른 병치, 대조를 만들어보면서 자신의 구성을 조각 내었다. 그는 이 촛불 저 촛불을 옮겼고, 공간을 바꿔보았으며, 보기 흉한 간격이 생기는 것을 없앴다. 미묘하고 복합적인 관계, 앞뒤로 연관된 도식이 있었다. 그리고 쓸쓸히 방황하고 있거나 액튼 헤이그의 초상과 함께 앉아 있을 그 여인이 민감하게 느꼈을 공백을 흘낏 본 듯한 순간들도 있었다. 결국 이런 식으로 그는 총체적인 것, 이상적인 것의 개념을 얻게 되었는데, 그것에는 한 사람을 위한 한 확실한 기회가 남아 있었다. "그것을 완성하기 위해, 하나만 더, 하나만 더, 하나만"이라는 생각이 그의 머리 속에서 계속 울렸다. 그는 자기 역시 그 '타자들'의 한 사람이 되어야 할 날이 가까워지고 있다고 느꼈으므로, 그의 생각에는 이상한 혼란이 왔다. '타자들'은 단지 살아 있는 사람에게만 중요한데, 이 경우에 '타자들'이 그에게 무슨 상관일까? 제단을 유지시킨다는 그의 특별한 꿈이 사라져버렸는데, '사자' 중의 한 사람으로라도 그의 제단이 그에게 무슨 상관일까? 그의 불들이 모두 꺼져버린다면, 조화는 그 경우와 무슨 관계가 있을까? 그가 바랐던 것은 제도화한 것이었다. 그는 다른 어떤 구실을 대서 그것을 영속시킬 수도 있었지만, 그의 특별한 의미는 사라져버렸을 것이다. 이 의미는 그것을 이해한 다른 한 사람의 인생과 함께 지속될 수 있었을 것이었다.

    3월에 그는 병을 앓았고, 보름간을 침대에 누워 보냈다. 약간 회복되었을 때 그는 그 동안 일어났던 두 가지 일을 보고받았다. 하나는 하인들이 이름을 모르는 한 부인이(그녀는 이름을 남기지 않았다) 그의 근황을 물어보러 세 번이나 들렀다는 것이고, 또 하나는 그가 잠이 들었을 때와 정신이 분명 혼미해졌을 때 반복해서 "하나만 더 — 하나만"

이라고 중얼거렸다는 것이었다. 그는 스스로 외출할 수 있다는 것을 알게 되자마자, 주치의가 외출을 허용하기도 전에 마차를 타고 그의 근황을 물어보러 왔던 여인을 만나러 갔다. 그녀는 집에 없었다. 그러나 그녀의 부재는 그에게 다시 힘이 빠지기 전에 교회까지 가보는 기회를 제공해 주었다. 그는 교회에 혼자 들어섰다. 그는 효과적인 거절이라고 생각되는 행복한 태도로 하인이나 간호사의 동반을 거절했었다. 그는 지금 이 착한 사람들이 무슨 생각을 하는지 너무나 잘 알고 있었다. 그들은 그의 은밀한 관계, 그를 수년간 끌어당겼던 자석을 발견했고, 물론 이상한 단어들에다가 자기들 나름의 의미를 부여해서는 그 단어들을 그에게 반복했었다. 그 이름 모를 여인은 그의 숨겨둔 연인이었다 — 그가 점잖지 못하게 서둘러 그녀와 재회하려는 것보다 그 사실을 더 분명하게 하는 것은 없었다. 그는 머리를 손 위에 떨구면서 제단 앞에서 털썩 무릎을 꿇었다. 쇠약함, 인생의 피로가 그를 사로잡았다. 그가 보기에 그는 위대한 굴복을 위해 온 것 같았다. 처음에 그는 어떻게 떠나갈 것인지를 스스로 물어보았다. 그러다가 힘에 대한 신념이 약해지면서 움직이려는 그 욕망이 서서히 그를 떠나갔다. 그는 늘 그랬듯이 몰두하러 왔던 것이다. 방황할 불꽃의 들판이 여전히 그 곳에 있었다. 이번만은 방황하면서 결코 돌아오지 않을 것이다. 그는 자신의 '사자들'에게 자신을 내주었던 것이며, 그것은 좋았다. 이번에는 그의 '사자들'이 그를 지켜줄 것이다. 그는 무릎을 일으킬 수가 없었다. 그는 결코 다시는 일어서지 못할 것이라고 생각했다. 그가 할 수 있는 것이라고는 얼굴을 들어 그의 촛불들에 시선을 고정시키는 것뿐이었다. 그것들은 여느 때와 달리 이상하게 멋져 보였으나, 늘 그를 가장 끌어당기던 촛불은 전례 없는 광채를 발하고 있었다. 그것은 성가대의 핵심적인 목소리였으며, 광휘의 타오르는 심장이었고, 이번 경우에 그것은 확대되는 것, 거대한 불꽃의 날개를 펼치는 것 같았다. 제단 전체가 타올랐다 — 현혹시키듯이 눈부시게. 그러나 거대한 빛의 근원은 나머지들보다 더 명확하게 타오르면서 어떤 형태를 이루고 있었는데, 그 형태는 인간의 아름다움과 인간의 자비였으며, 메리 앤트림의 요원한 얼굴이었다. 그녀는 하늘의 영광으로부터 그에게 미소지었다 — 그녀는 그를 데려가기 위해서 그녀와 함께 영광을 가져왔던 것이다. 그는 순순히 따르며 머리를 숙였다. 동시에 또 다른 파도가 그에게 밀려왔다. 그것은 기쁨의, 고통으로의 신속한 변화인가? 어쨌든 그는 기쁨 속에서 질책의 힘을 가진 어떤 지식이 전달된 것처럼 자신의 파문은 얼굴이 뜨겁게 달아오르는 것을 느꼈다. 그것은 갑자기 그로 하여금 자신의 환희와 자신이 다른 사람에게 줄 것을 거부했던 희열을 대조해 보게 만들었던 것이다. 이 불멸의 열정의 숨결이 바로 다른 사람이 간청했던 전부였다. 메리 앤트림의 강림은, 액튼 헤이그의 강림에 대한 커다란 후회 섞인 흥분과 함께 그의 영혼을 열어주었던 것이다. 스트랜섬은 그녀의 두 눈에 담긴 의미를 읽은 것 같았다.

잠시 후 그는 삶의 원천이 빠져나가는 것처럼 느끼게 만드는 절망 속에서 주위를 둘러보았다. 교회는 비어 있었고 — 그는 혼자였다. 그러나 그는 무엇인가가 이뤄지기를, 마지막 호소를 하기를 원했다. 이 생각은 그에게 노력을 해볼 힘을 주었다. 그는 벤치의 등받이로 몸을 지탱하면서 돌아서는 자세로 일어섰다. 그의 뒤에는 엎드린 한 형체, 그가 전에 보았던 형체, 슬픔 속에서인지 기도하면서인지 고개를 숙인 채 깊이 애도하고 있는 한 여인이 있었다. 그는 일전에 — 그 곳에 처음으로 들어왔을 때 — 그녀를 보았었다. 그는 지금 자기가 그녀를 보았다는 것을 그녀가 알아차린 것 같을 때까지 그녀를 다시 바라보면서 약간 비틀거렸다. 그녀는 고개를 들었고 그의 두 눈을 바라보았다. 그의 오랜 추도미사의 파트너가 돌아왔던 것이다. 그녀는 즉각 의

아해 하면서 겁에 질린 표정으로 그를 건너다보았다. 그는 자기가 그녀를 두려워하게 만든 것을 깨달았다. 그러자 그녀는 재빨리 일어서면서 그에게 두 손을 내밀며 곧바로 다가왔다.

"그러면 당신은 올 수 있었던 거군요? 신이 당신을 보내신 거요!" 그는 행복하게 미소지으며 중얼거렸다.

"당신은 무척 몸이 안 좋군요 ─ 당신은 여기 와서는 안 돼요." 그녀는 근심 어린 대답을 하며 다그쳤다.

"나 역시 신이 보낸 것 같소. 내가 왔을 때는 몸이 안 좋았지만, 당신을 보니 기적이 일어났소." 그가 그녀의 손을 잡자, 그는 몸의 균형이 유지되고 생기가 돌았다.

"당신에게 할말이 있소."

"말하지 마세요!" 그녀는 부드럽게 간청했다. "내가 당신에게 말하게 해줘요. 오늘 오후 기적에 의해, 가장 달콤한 기적에 의해, 우리에게 서로 다른 점이 있다는 기분이 내게서 사라졌어요. 나는 밖에 있었어요 ─ 생각에 잠겨 혼자 거닐다가 즉석에서 뭔가 심정의 변화가 일어났을 때 이 근처에 있게 된 거예요. 그게 내 고백이에요. 바로 그거예요. 돌아가는 것, 즉각 돌아가는 것 ─ 이 생각이 나에게 날개를 달아주었지요. 나는 갑자기 뭔가를 본 것 같았어요. 그 모든 것이 가능해진 것 같았어요. 나는 당신 자신이 온 이유와 같은 이유로 여기에 올 수 있었던 거예요. 그거면 충분했어요. 그래서 나는 여기 있는 겁니다. 그것은 나 자신을 위한 게 아니에요 ─ 그것은 끝났어요. 나는 여기에 그들을 위해 있는 거예요." 그리고 숨차하면서, 자신의 나지막하고 급한 설명에 끝없이 마음이 편해져, 그녀는 그 모든 광휘가 비쳐진 눈으로 그들 제단의 장대한 장경을 바라보았다.

"그들은 당신을 위해 여기 있소." 스트랜섬이 말했다. "그들은 오늘 밤 여느 때와 다른 방식으로 존재하는 것이오. 그들은 당신을 대변하고 있소. 모르겠소? 빛의 열정으로 말이오. 그들은 천사들의 합창대처럼 노래하고 있소. 그들이 하는 말이 안 들리오? — 그들은 당신이 내게 부탁했던 바로 그것을 제공하고 있소."

"그 얘기는 하지 마세요 — 생각하지도 마세요. 잊어버리세요!" 그녀는 숨죽인 듯한 탄원하는 목소리로 말했다. 그리고 그녀의 눈에서 불안이 깊어지는 동안 그녀는 한 손을 풀어 그를 좀더 잘 부축하고 그가 의자에 푹 주저앉게 도와주고자 팔을 그에게 둘렀다.

그는 그녀에게 의존하여 그대로 몸을 맡겼다. 그는 벤치에 털썩 앉았고, 그녀는 어깨에 그의 팔을 놓아둔 채 그의 옆에 무릎을 꿇고 앉았다. 그는 자신의 사당을 바라보면서 잠시 그대로 있었다. "그들은 배열에 틈이 있다고 하는군요 — 가득 차지 않았다고, 완전하지 않다고 말하는군요. 하나만 더." 그는 부드럽게 말을 계속했다. "그것이 당신이 원한 것이 아니었소? 그렇소, 하나만 더, 하나만 더."

"아, 더 이상 필요 없어요 — 더 이상은요!" 그녀는 숨가쁘게 새로이 그녀를 급습하는 공포를 느끼며 외쳤다. "그렇소. 하나만 더." 그는 그대로 반복했다. "하나만!" 이와 함께 그의 머리가 그녀의 어깨 위로 떨구어졌다. 그녀는 그가 기운이 쇠하여 기절했다고 생각했다. 그러나 어둑어둑해지는 교회에 그와 단둘이만 남은 그녀에게 무슨 일이 일어날지 모른다는 커다란 공포가 엄습해 왔다. 그의 얼굴이 죽은 사람처럼 창백했기 때문이었다.

7
융단 속의 무늬
The Figure in the Carpet

．
．
．
．
．
．
．
．

윤기한

융단 속의 무늬 작품해설

약 1만 4천 단어로 된 1896년의 작품으로서 제임스의 자전적인 요소와 문학 비평 주제를 담고 있다.

비평가 조지 코빅이 휴 베리커의 신작소설 서평을 이 작품에서 '나'인 비평가에게 부탁한다. '나'는 어느 파티 석상에서 '비평가의 서평이 으레 듣는 허튼 소리'라는 베리커의 말을 듣게 된다. 베리커는 '자기 작품에 숨겨둔 융단 속의 무늬를 찾아내는 비평가가 없다'고도 말한다. '나'는 그의 작품을 다시 읽어보았으나 무늬를 찾는 일에 실패한다. 그러나 코빅은 그 숨겨진 무늬를 찾고 자기 아내에게만 알려주었는데 신혼여행 중 마차사고로 죽는다. 그의 아내 궨덜런은 이류 비평가 드레이튼 딘과 재혼한다. 그리고 베리커가 로마에서 열병으로 죽는다. 이어 궨덜런도 둘째 아이를 낳다가 죽는다. '나'는 딘이 자기 아내로부터 무늬에 관한 정보를 얻었는가를 물었으나 그렇지 않다는 대답만을 듣게 된다.

문학에 대한 사회의 자세를 예리하게 관찰한 제임스의 문학관을 나타내고 있는 이 작품은 신중한가 하면 환상적일 때도 있는 문학비평의 애매성을 비평하고 있다. 융단 속의 무늬는 과연 무엇인가? 그 무늬를 밝혀내는 일은 누가 해야 하는가?

이 작품은 예술의 본질에 대한 인식문제를 다룬 작품으로 독자가 자기 작품을 어떻게 읽어야 할 것인가를 충고하고 있다. 제임스는 '비평적·분석적인 이해력이 부족한 독자들 때문에 쓰여진 것이다'라고 말한 바도 있다.

따라서 예술가의 정신이나 형식, 그리고 편견이나 논리가 얼마나 잘 다듬어져 있는가를 알아보도록 권유하고 있는 작중의 작가 베리커가 연출하는 드라마이며, 제임스가 마련한 하나의 테스트이다.

융단 속의 무늬

1

그 무렵 나는 몇 가지 글을 써서 얼마 안 되는 원고료를 벌고 있었다 —그래서 어쩌면 내 단골 출판사가 인정해 주는 이상으로 내게 글 재주가 있을지도 모른다고 생각하기 시작한 때도 있었다. 그러나 내가 지금까지 겪어온 과정을 조금이라도 어림쳐 본다면(앞으로는 아직도 오래 걸릴 것이라서 안절부절못하는 게 내 버릇인데) 내 진짜 인생은 조지 코빅이 허둥지둥 걱정스러운 얼굴로 내게 도움을 청하러 온 그 날 저녁에서야 비로소 시작된 것이라 생각된다. 그즈음 코빅은 나보다 일을 더 많이 하고 있었고 벌이도 나보다 나았다. 그래서 그에게는 너무 재주가 넘쳐흘러서 때로는 글을 쓰기에 좋은 기회를 많이 놓쳐버리는 것이라고 나는 생각했다. 그러나 그 날 저녁에는 그가 한 번도 실수 없이 사람들에게 친절했었다고 분명히 말해 주고 싶은 마음뿐이었다. 어쨌든 그는 우리가 애써 쓴 글을 실어주는 문예지로서 일주일의 중간 날짜에 발행되기 때문에 그렇게 불러오는 『미들』이라는 신문에 자기가 쓰기로 되어 있던 서평을 대신 써주지 않겠느냐고 내게 부탁해 왔기에 그 말을 듣고 나는 거의 뛸 듯이 기뻤다. 그리고 그는 끈으로 단단히 묶은 서평용 소설을 내 테이블 위에 내려놓았다. 드디어 기회가 왔구나 싶어 와락 덤벼들었다—즉 나는 그 소설의 첫권을 얼른 달려들다시피 움켜잡았다 — 그리고 그가 부탁하는 내용을 간곡히 설명하는데도 그것은 마이동풍에 지나지 않았다. 나야말로 그 서평을 하는 데 있어서 분명한 적격자라는 사실 이외에 도대체 무슨 설명이 더 필요하겠는가? 나는 휴 베리커의 소설에 대해서 전에도 몇 번 글을 쓴 적은 있지만 『미들』에다가 한마디도 그에 관한 말을 내본 적이 없다. 이 신문에서 내가 지금까지 다룬 것은 대체로 여류작가나 시원찮은 시인들이었다. 그런데 지금 여기 놓인 이 책은 베리커의 신작소설 서평용으로 미리 나온 것이다. 그리고 베리커의 평가를 좋게 하든지 나쁘게 하든지 간에 이후 나에 대한 평가가 어떻게 될 것이냐 하는 것이 바로 이 책에 달려 있었다. 나는 즉석에서 그것을 분명히 알았다. 더구나 지금까지 베리커의 소설은 손에 넣기만 하면 언제나 곧장 읽어왔지만, 특히 이번 작품을 꼭 읽어두고 싶은 생각이 든 데에는 특별한 이유가 따로 있었던 것이다. 왜냐하면 다음 일요일에 브리지스 저택에서 있을 파티에 초대를 받아 이에 응하기로 해놓고 있던 참이고 제인 여사의 편지에 베리커 씨도 그 곳에 오기로 되어 있다는 전갈이 있었기 때문이다. 그처럼 유명한 사람을 만난다는 사실에 가슴 설렐 만큼 그때 나는 젊었다. 그리고 그 사람을 만나게 되면 그의 '최신작'을 읽어서 익히 알고 있다는 것을 표시하지 않으면 안 되겠다고 생각할 만큼 나는 순진하기도 했었다.

코빅은 그 작품의 서평을 해주겠다고 약속을 해놓고도 그 책을 읽어볼 겨를조차 없었던 것이다. 왜냐하면 그는 그 날 밤에 파리행 야간열차를 타지 않으면 안 되는 소식을 듣고서 — 그가 서둘러 심사숙고한 뒤에 판단한 것이기는 하지만 — 아주 허둥대고 있었기 때문이다. 코빅은 궨덜런 엄에게 도움이 필요하면 언제고 날 듯이 달려가겠노라는 편지를 보냈었는데 그것을 받고서 그녀가 전보로 답장을 해왔던 것이다. 궤덜런 엄에 관해서는 나도 이미 알고 있었다. 한 번도 그녀를 만나본 적은 없지만 내 나름대로 생각하는 바가 있었다. 즉 대체적으로 보아서 그녀의 어머니가 죽기만 하면 코빅이 그녀와 결혼할 속셈이었던 것 같다. 그러한 그녀의 어머니가 이제야 코빅의 소망을 이루어줄 것 같은 상태에 놓이게 된 것이다. 좋은 기후나 '특별치료법'을 찾아다니다가 엄청난 잘못을 저지르고 해외에서 귀국하자마자 그의 어머니가 갑자기 쓰러지고 말았다. 그녀의 딸은 달리 도움받을 입장도 못 되고 놀라기만 해서 서둘러 영국으로 달려가고 싶은 생각뿐이었으나 조금이라도 위험을 당하지나 않을까 주저하면서 생각다 못해 내 친구 코빅의 구원을 받아들였던 것이다. 그런데 그 친구의 모습을 보기만 하면 엄 여사가 병상에서 벌떡 일어나리라고 나는 마음속으로 은근히 자신하고 있었다. 그러나 그 친구의 자신감은 별로 숨길 게 없이 당당한 것이었다. 여하튼 그 친구는 나와 분명히 다른 신념으로 가득 차 있었으며 어쨌든 나와는 뚜렷이 구분될 만큼 다른 신념을 가지고 있었다. 그는 내게 궨덜런의 사진을 보여준 적이 있는데 그녀가 예쁘지는 않지만 대단히 재미있는 사람일 것이라는 자기의견도 말했다. 그녀는 열아홉 살 때에 『깊은 곳에서』라는 세 권짜리 소설을 출판했는데 그 소설에 관하여 코빅이 『미들』에서 정말 훌륭하게 논평한 바 있다. 그는 내가 지금 열의를 가지고 일을 떠맡은 것에 크게 고마움을 표시하고 그 일을 하게 된 잡지사도 자기 못지 않게 고마워할 것이라고 말했다. 그런데 막상 끝에 가서는 그가 출입문에 한쪽 손을 얹은 채 "물론 자네는 잘 해내겠지 뭐" 하고 말했다. 그리고는 조금은 의아스러워하는 내 표정을 보고는 "멍청한 짓은 하지 않을 것이라고 믿는단 말일세"라고 그는 덧붙였다.

"멍청한 짓이라니 — 베리커에 관해서야 그렇게 할 수 있나! 그 사람이야말로 엄청나게 재능이 있는 작가라는 것 이외에 무슨 딴소리를 하겠나?"

"글쎄, 그게 바로 멍청한 짓이 아니고 뭔가? 아니, 도대체 '엄청나게 재능이 있다'는 게 무슨 말인가? 제발 그 사람의 실체를 잘 파악하도록 해보게나. 우리가 서로 의논해서 일의 결말을 내야 하는 것인 만큼 이것으로 해서 베리커가 엉망이 되지 않게 하게나. 할 수만 있다면 내가 그 사람의 작품을 평가해 온 것처럼 그렇게 서평을 해주면 좋겠는데 말이야."

나는 그 순간 그의 의도하는 바가 궁금해졌다. "그럼 자네 말은 단연코 발군의 걸작이라든가 하는 — 그런 말을 쓰라는 것인가?"

그랬더니 코빅은 거의 불평에 찬 듯한 목소리로 말했다. "아, 이보게나. 뭐 그렇게 작가들의 키재기를 시킬 것까지는 없네. 그렇게 하다 보면 예술의 비평으로서는 유치한 것이 아니겠는가! 그러나 베리커의 작품을 읽으면 참으로 희한한 즐거움을 맛보게 된단 말이야. 그런 느낌은 말이야." — 그는 잠시 생각에 잠겼다가 — "뭐라고 할까, 말할 수 없는 느낌이란 말일세."

나는 또다시 갈피를 잡지 못했다. "느낌이라니? 아니, 무슨 느낌이란 말인가?"

"여보게, 그게 바로 내가 자네한테 써주기를 부탁하는 것 아닌가!"

그가 꽝하고 문을 닫기도 전에 나는 이미 책을 손에 들고서 그렇게 써줄까 하는 마음을 먹기 시작하였다. 그 날 밤을 거의 새우다시피 하면서 나는 베리커의 소설을 다 읽었다. 코빅도 그 이상은 하지 못했을 것이다. 베리커는 정말 대단히 재능 있는 사람이었다 — 나는 그런 생각을 버리지 않았지만 그가 가장 출중한 작가라고는 조금도 생각지 않았다. 그래서 출중하다는 말은 하지 않았다. 그리고 내딴에는 이 글이 코빅이 말한 바 예술비평에 있어서 유치하다는 말을 들을 정도에서는 벗어났다는 생각에 자랑스러웠다. 출판사 사람들도 "그거 아주 잘되었군요"라고 분명하게 밝혀주었다. 그래서 이번 호의 잡지가 나왔을 때 나는 이 일로 해서 그 위대한 작가와도 만날 수 있는 바탕이 마련된 것이라고 생각했다. 하루 이틀 동안은 그런 자신에 차 있었다—그런데 얼마 안 있어 그 자신감이 뚝 떨어져버렸다. 나는 베리커가 내 서평을 맛을 보듯이 재미있게 읽어주고 있는 모습을 마음속에 그려 보기도 하였지만 그러나 혹시라도 코빅이 이것을 만족스럽게 생각하지 않는다면 당사자인 베리커 자신은 어떻게 생각하게 될까 하는 걱정을 하게 되었던 것이다. 찬미자가 열기를 냈는데도 저자의 욕구에는 하찮은 것이 되는 수도 있지 않나 하고 정말 곰곰이 생각해 보았다. 어쨌든 코빅이 파리에서 나한테 편지를 했는데 조금은 언짢아하는 기색이 있었다. 엄 여사가 건강을 회복하고 있기도 하지만 자기가 베리커로부터 받은 느낌을 내가 한마디도 하지 않았다는 것이다.

2

브리지스 저택을 방문했던 일로 해서 나는 이전보다 훨씬 더 심오한 것에 눈을 돌리게 되었다. 그 저택에서 만난 휴 베리커는 전혀 모가 나지 않은 대인관계가 좋은 사람이었기 때문에 사소한 것에도 신경을 쓰면서 경계심을 가졌던 나로서는 상상력의 빈곤을 스스로 부끄러워하지 않을 수 없었다. 그는 기분이 썩 좋았었는데 그렇다 하더라도 그가 내 서평을 읽었기 때문에 그런 것은 아니었다. 사실 일요일 아침에 나는 그가 아직 그 서평을 읽지 않았다는 확신을 갖게 되었다. 『미들』이 발행된 지 사흘이 지났는데 방 안의 금빛 도금을 한 탁자 위에는 마치 정거장의 매점 모습을 보여주듯이 정기간행물이 빈틈 없이 꽉차 있고 그 정원에 이『미들』이 화려한 꽃처럼 피어 있는 것을 나는 분명히 확인하였다. 베리커를 직접 만나본 인상으로는 그 사람이 내 서평을 꼭 읽어주었으면 좋겠다는 생각이 들었고 이런 생각을 은밀히 솜씨 있게 성취하기 위해서 아무도 눈치채지 않게 슬그머니 그 잡지를 사람들의 눈에 잘 띄게끔 옮겨놓았다. 이처럼 내가 교묘히 책략을 쓴 결과가 어떻게 될 것인가를 지켜보면서 걱정을 했다. 그러나 점심때까지 아무리 살피고 있어도 결국은 헛수고였다.

그 뒤에 우리 모두가 떼를 지어 함께 산책을 했을 때 또다시 약간의 꾀를 부려보지 않은 것은 아니었지만 나는 반 시간가량을 그 위대한 작가의 곁에 있었는데 그가 그토록 붙임성 있는 사람이었기 때문에, 내가 그의 작품에 대한 서평에서 그를 남달리 높이 평가했던 사실을 그가 결코 몰라서는 안 되겠다는 희망이 더욱더 강렬해졌다. 그런데 그는 자기에 대한 정당한 평가를 간절히 바라고 있는 것 같지도 않았다. 오히려 그 반대로 그가 말하는 데에 있어서 조그만치도 불평하며 투덜대는 소리를 아직은 듣지 못했다 ― 경험이 적은 나로서도 이미 그런 말투쯤은 알아들을 만한 귀를 가지고 있었다. 요즈음 그는 전보다 더욱 인정을 받았다. 그래서 『미들』에서 우리가 흔히 말해 왔다시피 그렇게 유명해졌기 때문에 그가 마음놓고 지껄여댈 수 있는 모습을 보는 것도 즐거운 일이었다. 물론 그가 인기 있는 작가는 아니었다. 그러나 그의 기분이 그렇게 좋아진 근거 중의 하나는 틀림없이 그의 성공이 인기라는 것과는 무관하기 때문인 것으로 나는 판단했다. 그럼에도 불구하고 어느 의미에서 그는 요즈음 잘 팔리는 작가가 되었으며 그래서 비평가들이 최소한 막바지 힘을 다해서 그를 따라잡으려고 애를 쓰고 있었다. 우리도 마침내 그가 얼마나 재주 많은 작가인가를 알아냈으며 그래서 그 사람도 지금껏 지켜왔던 자신의 신비성을 상실하고 말았으나 이것을 참고 있지 않을 수밖에 없었다. 나는 그 사람 옆에 붙어 걸으면서 그를 둘러싸고 있던 베일을 벗기는 데 내가 얼마나 관여했는가를 그에게 알려주고 싶은 유혹에 크게 빠지기도

하였다. 그런데 그 순간 하마터면 그런 말을 해버렸을는지도 모르는데 때마침 우리와 동행 중인 여자들 가운데 한 사람이 느닷없이 그 사람의 반대쪽 바로 옆자리로 다가와서는 비교적 제멋대로 그 사람에게 하소연하듯이 말을 걸었던 것이다. 그렇게 어처구니없는 짓을 당해서 대단히 낭패스러워 나도 갑자기 맥이 풀렸고 그 방자한 행동이 내 자신을 겨냥한 처사가 아닌가 하는 생각이 들 정도였다.

나 자신으로서는 기회를 보아서 그에게 한두 마디 적절히 해주고 싶은 말이 입가에서 맴돌았다. 그러나 얼마 뒤에 그런 말을 지껄이지 않은 것이 잘한 일이구나 하는 생각이 들었다. 왜냐하면 우리가 산책을 하고 돌아와 차를 마시러 모였을 때 우리와 함께 산책하러 나가지 않았던 제인 여사가 팔을 아주 길게 뻗쳐 『미들』을 흔들어대고 있는 모습을 내가 보았기 때문이다. 그녀는 한가해서 이 신문을 집어들고 보다가 아주 재미있는 것을 발견하고 몹시 기뻐했던 것이다. 그래서 남자에게 있어서 실책이 되는 것이 여자에게 있어서는 경사가 되는 수도 있는 것처럼 나로서는 아무래도 할 수 없었던 것을 그녀가 실제로 내 대신 해준 것으로 알았다. "꼭 말씀드려야 할 멋진 일들이 좀 있답니다"라고 그녀가 분명히 말하는 것을 나는 들었는데 그녀는 벽난로 옆에 있는 부부에게 그 신문을 억지로 떠맡기다시피 해서 그들을 적이 당황하게 만들었다. 그때에 우리와 산책을 하고 나서 옷을 갈아입으러 이층에 올라가려다가 다시 모습을 나타낸 휴 베리커를 보자 그녀는 그 부부한테서 신문을 빼앗듯이 날쌔게 잡아채 가지고는 그에게 말했다. "평소에 이런 것을 거들떠보지 않으신다는 걸 알고 있어요. 하지만 좀 읽어보시기에 정말 좋은 기회가 아닌가 싶어요. 그러니 읽어보셔야 해요. 이 글 쓴 사람 정말 당신을 아주 잘 파악했네요. 내가 늘 느끼고 있는 것을 잘도 알아냈더군요, 정말." 그렇게 말한 제인 여사의 눈에는 자기가 늘 느껴왔던 것을 알려주고 싶어하는 눈치가 분명히 나타났다. 그러나 그녀는 자기가 그렇게는 말해 줄 수 없었다고 덧붙였다. 신문에 그 서평을 쓴 사람은 아주 멋지게 그 글을 썼다는 것이다. "거길 읽어보세요. 거기 말예요. 제가 줄을 쳐놓은 곳 말예요. 그 사람이 하는 말 얼마나 근사해요." 그녀는 내 글 가운데 가장 빛나는 몇 군데를 그에게 하나하나 짚어주었으며 그래서 내가 조금이라도 낯간지러워했다면 베리커 자신도 당연히 그러했을 것이다. 제인 여사가 우리 모두가 있는 앞에서 큰 소리로 그 서평의 일부를 읽어주고 싶다고 말했을 때 베리커의 얼굴에는 정말 멋쩍어하는 표정이 나타났다. 그는 제인 여사가 쥐고 있는 그 신문을 아주 다정스럽게 받아들고 그녀가 읽어주려는 것을 못하게 했는데 그 방법이 어쨌든 내 마음에 들었다. 그는 그 신문을 이층으로 가져가 옷을 갈아입으면서 대충 훑어보겠다는 것이었다. 반 시간이나 지나서 그는 자기 방으로 올라갔다―그가 자기 방으로 올라갔을 때 그 신문을 손에 쥐고 있는 것을 나는 보았다. 그 순간에 나는 제인 여사를 즐겁게 해줄 생각으로 그 서평의 필자가 바로 나라고 말해 주었다. 틀림없이 그녀에게 즐거움을 주었다고 판단되었다. 그러나 내가 기대했던 만큼 그렇게 즐겁지는 않았던 모양이다. 그 필자가 '오로지 나'라고 해도 그것이 그토록 대단한 것은 아닌 것 같은 눈치였다. 이렇게 되니까 내 자신에게 빛을 더해주기는커녕 그 글의 빛을 오히려 감소시킨 결과밖에 되지 않았다. 그 귀부인께서는 아주 유별나서 금방이라도 눈물을 흘리기 쉬운 사람이다. 그러나 그건 상관없는 일이다. 내가 마음을 쓰는 것은 오로지 한 가지뿐이었다. 베리커가 이층에 있는 자기 침실의 난로 옆에서 그 서평을 읽고 어떻게 생각할 것인가 하는 것만이 걱정거리였다.

저녁 식사를 하는 자리에서 나는 그가 내 서평을 읽은 기미가 나타날까 하고 기다렸고 그의 눈에 어느 만큼은 기뻐하는 빛이 떠오르리라는 공상도 해보았다. 그러나 유감스럽게도 제인 여사가 그것을 확인할 기회를 주지 않았다. 나는 그녀가 식탁에 둘러앉은 사람들에게 의기양양하게 소리치면서 자기가 앞서 한 말이 틀리지 안잖느냐고 사람들에게 물어주기를 마음속으로 바라 마지않았다. 모인 사람들은 많았다 — 밖에서 따로 온 사람들도 있었다. 그러나 식탁이 그토록 길게 보인 적이 없을 만큼 여러 사람이 모여 있다 보니 제인 여사가 아무리 신나게 자랑을 하려고 해도 그 소리가 들리지 않을 수밖에 없지 않나 싶었다. 실제로 이렇게 기다란 식탁에서는 나도 역시 의기양양해질 수 없다는 생각을 하고 있었다. 그때 마침 내 옆에 손님으로 앉아 있던 귀엽게 생긴 여인 — 미스 포일이라는 여자로 교구목사의 누이동생이며 몸가짐이 좋아서 오히려 조화가 안 되는 듯한 인상을 주는 사람 — 이 다행히도 입을 열 생각이 들어 남달리 용기를 내어 자기 자리의 건너편에 앉아 있는 베리커에게 말을 걸어주었다. 베리커는 그녀와 비스듬히 마주 앉아 있었기 때문에 그가 그녀의 말에 대꾸를 할 때면 그 두 사람이 식탁 위에서 비스듬히 몸을 앞으로 내밀고 이야기를 주고받는 듯한 모습이었다. 그녀는 아주 꾸밈 없는 태도로 앞서 있었던 제인 여사의 '찬사'를 자기도 읽어보았는데 그것을 어떻게 생각하느냐고 물었다 — 그러나 그녀의 오른쪽에 앉아 있는 나와의 관련성을 그녀는 물론 알고 있지 않았다. 그래서 내가 그의 대답을 들으려고 귀를 기울였더니 그가 입에 빵을 잔뜩 집어넣은 채 유쾌한 듯이 대꾸하는 것이었다. "아, 바로 그렇습니다 — 언제나 듣는 허튼 소리지요!" 나는 그 말에 어안이 벙벙했다.

그렇게 말하면서 베리커가 흘깃 바라보는 것을 나는 알았지만 미스 포일이 놀라서 그에게 되묻는 바람에 다행히도 그 사람과 눈이 마주치지는 않았다. "선생님을 정당하게 평가하지 않았다는 말씀이신가요?" 하고 그녀가 아주 멋진 말을 했다.

베리커는 큰 소리로 웃었다. 그래서 나도 똑같이 따라 웃을 수 있어서 다행이었다. "매력 있는 글이긴 하더군요."라고 그는 가볍게 우리한테 대답해 주었다.

미스 포일은 식탁보의 중간까지 턱을 내밀면서 거침없이 정곡을 찔러 말했다. "아, 속이 참 깊으시군요!"

"속이 깊기로는 대양과 같지요! 다만 모르는 체하고 싶을 뿐입니다만 그 필자는 알지 못하고 있는 것이지요……." 그러나 바로 이 순간에 요리가 그의 어깨 너머로 돌려졌고, 그래서 우리는 그가 요리를 자기 접시에 덜어놓는 동안 기다리지 않을 수 없었다.

"모른다는 게 무엇인가요?"라고 내 옆사람은 계속해서 물었다.

"아무것도 모르고 있는 것이지요."

"어머나! 정말 얼마나 어처구니없을까요!"

"아니지요, 조금도." 베리커는 다시금 웃으면서 말했다. "아무도 모르는걸요."

그의 건너편에 있는 부인이 그에게 말을 걸어왔고, 그래서 미스 포일은 의자에 풀썩 주저앉으며 내게 말머리를 돌렸다. "아무도 아는 게 없다는군요!" 하고 그녀는 자못 재미있다는 듯이 말했다. 그 말에 대꾸해서 나는 이렇게 말했다. "나도 지금껏 흔히 그렇게 생각해 왔지만 그래도 그런 생각이 드는 것은 그토록 훌륭한 심미안이 바로 내 자신에게만 있다는 사실을 입증하고 싶은 생각이 조금은 있었기 때문이다." 그렇다고 해서 그 서평이 내가 쓴 것이라고 말하지는 않았다. 그러고 나서 나는 식탁 맨 끝의 주인자리에 앉아 있는 제인 여사는 베리커가 한 말을 듣지 못했다는 것을 알게 되었다.

나는 만찬이 끝난 뒤에 오히려 그 사람을 피했다. 사실을 말하자면 문득 그가 지독하게 잘난 체한다는 생각이 들었고 그러한 의외의 사실을 알게 된 것이 견딜 수 없는 괴로움이 되었기 때문이다. 그에 대한 나의 작지만 예리한 연구가 '언제나 듣는 허튼 소리' 라니! 칭찬하는 말을 한두 마디 유보했다고 해서 그토록 화가 났다는 것인가? 나는 그가 침착한 사람이라고 생각해 왔고 실제로 그는 상당히 침착했었다. 그렇지만 그런 겉보기는 아주 열심히 닦아서 번득이는 유리처럼 평온한 그 밑에 감싸여 있는 허울 좋은 그의 싸구려 허영심에 지나지 않았다. 나는 정말 화가 치밀어오르는 것을 어찌할 수 없었다. 그래도 한 가닥 위안이 되는 것은 행여 어느 누구든 아무것도 모른다면 조지 코빅 역시 나와 마찬가지로 아무것도 모르고 있지 않나 하는 생각이었다. 그러나 이런 생각으로 위안을 해보았지만 그것으로 충분하지는 않았다. 부인네들이 뿔뿔이 흩어진 뒤에 적절히 옷을 갈아입고 ― 얼룩덜룩한 실내용 윗저고리를 입고 콧노래라도 하면서 ― 흡연실로 갈 만한 기분이 나지는 않았다. 나는 약간 낙심한 채 침실로 향했다. 그런데 복도에서 옷을 갈아입으러 이층에 올라갔다가 자기 방에서 나오는 베리커 씨와 딱 마주쳤다. 그 사람이야말로 콧노래를 부르며 얼룩덜룩한 윗저고리를 입고 있었는데 나를 보자마자 그는 법석을 떨기 시작했다.

"여보게, 젊은 양반." 그는 큰 소리로 말했다. "자네를 여기서 찾아내게 되어 매우 기쁘네! 만찬 자리에서 미스 포일한테 내가 한 말이 아주 뜻하지도 않게 자네에게 심한 상처를 입혔는지도 모르겠네. 겨우 반 시간 전에서야 제인 여사로부터 들어서 알았네만 『미들』에 실린 그 짤막한 신간소개의 집필자가 자네였더군."

"아니요, 괜찮습니다"라고 나는 단호하게 말했다. 그러나 그는 내가 입은 상처를 친절하게 어루만져주듯이 한 손을 내 어깨에 얹고 내 방 앞까지 함께 걸어와 주었다. 그리고서는 내가 잠을 자려고 올라왔다는 말을 듣자마자 잠깐이나마 방 안에 들어가서 내가 쓴 글에 대해서 자기가 비평한 것을 서너 마디라도 설명해 줄 수 있게 해달라고 요청했다. 내가 마음 상해 있다는 것을 그가 진정으로 걱정하는 것은 분명했다. 그래서 그가 그토록 염려해 주는 뜻을 알게 되어 내게는 모든 것이 갑자기 딴판이 되고 말았다. 내 값싼 서평은 허공 속으로 날아가 버렸고 그 글에서 내가 아무리 훌륭한 말을 했어도 그가 이 곳에 있기 때문에 생기는 광채 옆에서는 그런 말이 아무 보잘것없는 것이 되고 말았다. 지금도 여전히 그가 긴 털 양탄자 위에서 난로의 불빛을 받으며 그 얼룩덜룩한 윗저고리를 입은 채 내 젊음을 동정해 주고 싶어하는 마음을 쓰고 있는 그의 마냥 환하고 맑고 깨끗한 얼굴을 생생하게 보는 것만 같다. 그가 처음에 무엇을 말하려고 했는지를 나는 알지 못한다. 그러나 생각건대 내가 안심하는 모습을 보고서 그의 마음이 움직여 흥분한 나머지 그 마음속 저 깊은 곳에 있던 말까지 입 밖으로 튀어나왔는지도 모른다. 이렇게 그가 내게 해준 말은 뒤에 가서 알게 되었지만 그가 지금껏 아무에게도 말해 주지 않았던 그 무엇인가를 내게 말해 주었다는 것이다. 나는 그 뒤로 늘 그의 입을 열게 했던 그 너그러운 마음씨를 공정하다고 평가해 왔다. 그가 그런 아량을 베푼 것은 자기보다 못한 위치에 있는 문인을, 더구나 바로 자기를 칭찬해 마지않는 평론가를 무의식 중에 냉대하고 만 자기 행동에 대한 양심의 가책에 지나지 않는 행동이었다. 그러한 것을 보상해 주기 위해서 그는 완전히 대등한 입장에서, 그리고 우리 두 사람이 다 같이 가장 찬미해 마지않는 것에 대해서 나한테 이야기를 해주었던 것이다. 시간과 장소와 뜻밖의 만남이 깊은 인상을 심어주었다. 그 사람으로서도 이번보다 더 강력하게 인상을 남길 수 있었던 일은 별로 없었을 것이다.

3

"그것을 자네에게 어떻게 설명해야 할지 나도 정말 모르겠다네" 하고 그는 말했다. "그러나 내 책을 소개해 준 자네의 글에서 짜릿한 지적 흥취가 풍겼던 것은 분명한 사실이었네. 자네에게는 정말 남달리 영민한 두뇌가 있어. 그렇게 머리가 좋은 것을 보니 나로서는 아주 오래 전부터 들어온 이야기로 믿어주기 바라네만 — 순간적으로 아까와 같은 기분에서 — 저 착한 부인과 얘기를 하면서 자네가 그렇게 당연히 싫어할 말을 지껄이고 말았다네. 나는 신문에 나온 글을 아까처럼 억지로 내 눈앞에다 들이밀지 않으면 읽지를 않네 — 그렇게 억지로 떠맡기다시피 해서 읽게 하는 것은 언제나 가장 좋은 친구이잖는가! 물론 전에도 이따금 그렇게 해서 읽은 적이 있었지 — 10년 전만 해도 말이야. 아마 그때의 평자들은 대체로 지금 사람들보다 훨씬 멍청한 글을 썼던 것 같아. 여하튼 내가 늘 감탄해 온 것이지만 그들이 내 작품의 작지만 가장 중요한 점을 완전히 놓쳐버리고 말았단 말이야. 그들이 내 등을 토닥거리며 작품을 칭찬할 때나 내 정강이를 걷어차듯 비방할 때나 훌륭한 글을 썼으면서도 그 중요한 점을 정말 틀림없이 놓쳐버렸단 말일세. 그 뒤에도 어쩌다 그런 글을 잠깐이라도 보게 되면 언제나 평자들은 여전히 총을 쏘아대듯이 흥분해서 써놓고 있더군 — 그런데도 여전히 요점을 못 찾아내고 있단 말일세. 그나마 아주 멋지게 빗나가고 있네. 자네도 역시 그것을 놓치고 있네, 이 사람아. 그것도 아주 확실히 말이야. 자네는 굉장히 똑똑한 사람이고, 자네가 쓴 서평도 대단히 훌륭하지만 그 요점을 빠뜨리고 있다는 사실만은 조그만치도 다를 게 없네. 자네처럼 새로이 떠오르는 젊은 사람들과 만나면 나야말로 정말 실패자가 아닌가, 하는 생각을 많이 하게 된다네" 하고 말하며 베리커는 웃었다.

나는 강렬한 관심을 가지고 귀를 기울여 들었다. 그가 하는 말을 들으면서 나의 관심은 더욱더 강렬해졌다. "선생께서 실패자라니요 — 천만의 말씀이십니다. 그렇다면 선생께서 말씀하시는 그 '조그마한 요점'이라는 것은 무엇이란 말인가요?"

"이렇게 오랜 세월 마냥 고생하면서 글을 써왔는데 이제 자네에게 모든 것을 털어놓지 않으면 안 된다는 것인가?" 그가 이처럼 상냥하게 — 우스꽝스러울 만큼 과장해서 — 나무랐기 때문에 그 무렵 아직 젊은 나이에 열렬한 진리 탐구자였던 나로서는 머리털 끝까지 새빨갛게 달아오르는 것 같았다. 나는 언제나와 마찬가지로 깜깜부지 상태에 있으며 어떤 점에서는 내 자신의 우둔함에 익숙해져 버렸다. 그러나 그 순간에 베리커가 기분 좋게 말하는 소리를 듣고 나 자신뿐만 아니라 어쩌면 그 사람에게까지도 내가 세상에서 보기 드문 바보로 생각되었다. 그래서 하마터면 "아, 예, 그렇고말고요. 제발 말씀하지 마십시오. 저의 명예를 위해서나 그 문학적 기교의 명예를 위해서도 말씀하지 마십시오!"라고 크게 소리를 지를 뻔했다. 그때에 그는 자기가 내 생각을 이미 읽어냈고 언젠가는 우리가 서로 보상을 해주게 될 날이 있을 것이라는 생각을 스스로 하고 있다는 걸 보여주는 태도로 말을 계속했다. "내 조그마한 요점이라고 말했는데 — 뭐라고 부를까? 특별히 그것이 있었기 때문에 내가 지금까지 책을 써왔던 것이라고나 할까. 어느 작가에게나 그런 종류의 특별한 것, 즉 자기로 하여금 일에 전념하는 것, 성취하려는 노력이 없으면 전혀 쓸 마음이 내키지 않는 것, 작가가 가지고 있는 정열의 정열 바로 그것, 작가에게 있어서 예술의 불꽃이 가장 강렬하게 타오르는 사업의 일부라고나 할까? 글쎄, 바로 그런 것이지!"

나는 잠시 생각에 잠겼다 — 즉 나는 경원해 마지않는 입장에서 숨을 헐떡거리며 그의 뒤를 쫓아가기에 바빴다. 나는 그 순간 그에게 매혹되어 있었던 것이다 — 그렇게 쉽사리 매료되었느냐고 하겠지만 그러나 나로서도 결코 그에 대해서 방심하지는 않을 참이었다. "선생께서 쓰신 글은 확실히 훌륭합니다. 그러나 쓰신 내용이 아주 분명하게 나타나 있지는 않더군요."

"조금이라도 깨닫게 되면 자네만은 확실히 알게 될 것이 틀림없네." 내 대화의 상대자인 베리커에게 충만해 있던 화제의 매력에 나 자신은 물론 그 사람까지도 강렬하게 감동해 버린 것을 나는 알았다. 그는 말을 계속했다. "여하튼 내 생각을 말할 수 있다면 이런 것일세. 즉 내 작품 속에는 한 가지 의도가 있는데 그것이 없으면 내가 하는 일이 모두가 아무 쓸모 없는 것이 되고 말걸세. 그것은 더없이 훌륭하고 충실한 작품 전체의 의도 바로 그것이라네. 그래서 그렇게 겨냥한 목표가 잘 들어맞았으면 내가 끈기 있게 연구개발해서 얻은 승리가 아닌가 하고 생각하네. 그런 말은 누군가 다른 사람이 해주어야 하는 것인데 아무도 그런 말을 해주지 않는단 말이야. 바로 그래서 지금 우리가 이렇게 이야기하고 있는 것이지. 그것은 내 조그만 수법인데 내가 쓴 책 전체에 걸쳐 있고 그래서 그에 비하여 다른 것은 모두가 작품의 표면만 가지고 노닥거리는 것에 지나지 않지. 내 작품에 관해서 말하자면 그 질서나 형식이나 짜임새가 완전무결하게 표현된 것이 혹시 이 방면에서 일찍이 비결을 전수받은 사람에게는 어느 날엔가 알려지게 되겠지. 그렇기 때문에 그것을 비평가가 찾아야 하는 것은 당연하지. 그래야 한다는 게 내 생각인데," 나를 찾아온 베리커가 웃으면서 말을 덧붙였다. "그것이야말로 비평가가 할 일이란 생각이 든단 말이야."

이것은 정말 우리 비평가들의 책임인 것 같다. "그것은 조그만 트릭이라고 말씀하셨던가요?"

"그렇게 말한 것은 내가 조금은 겸손하고 싶어서일 뿐이네. 사실은 그게 더할 나위 없이 정성들여 꾸민 것이라네."

"그래서 그 계책이 마음먹은 대로 성취되었다고 생각하십니까?"

"내가 그 일을 수행한 방식이 평생에 걸쳐 조금은 잘한 것이라고 생각하네."

　나는 잠시 숨을 돌렸다. "그런데 말입니다―아주 조그만큼이라도 ―비평가를 도와주어야 한다고 생각지는 않으시는지요?"

　"비평가를 돕는다? 내가 글씨 하나하나를 쓰면서 달리 무슨 일을 했겠나? 바로 그게 도와준 것 아닌가? 비평가의 커다랗고 멍청한 얼굴에다 대고 내가 의도하고 있는 바를 큰 소리로 외쳐대 왔단 말일세!" 이렇게 말해 놓고서 베리커 씨는 또다시 웃으면서 내 자신의 외모를 빗대어서 그렇게 한 말이 아니라는 것을 보여주려는 듯이 내 어깨에 손을 얹어놓았다.

　"그러나 아까도 비결을 이미 터득한 사람에 관해서 말씀하셨습니다. 그렇기 때문에 그 길에 도통하여 비결을 전수받는 일을 꼭 해야만 된다는 것이겠네요."

　"그럼 비평이란 그게 아니면 도대체 무엇이라고 생각하나?" 나는 그 말을 듣고서 또다시 얼굴이 붉어지지 않았는가 싶었다. 그러나 나는 그런 부끄러움을 달래기 위해서 그가 희망을 주는 말을 한 것이 어딘가 모르게 보통 사람은 이해하기 어려운 점이 있다는 것을 되풀이해서 말했다. "그것은 다만 자네가 아직도 그 일부마저 어렴풋이 보지 못했기 때문일세"라고 그가 대꾸했다. "한 번 그것을 흘깃 보기만 해도 문제가 되어 있는 그 내용은 모두가 실제 자네에게 제대로 보일 걸세. 내게는 그것이 마치 이 난로의 굴뚝을 쌓은 대리석처럼 아주 뚜렷하게 보인다네. 그뿐만 아니라 비평가란 자네가 방금 전에 말한 것과 같은 보통 사람이 결코 아니잖는가. 만일 보통 사람이라면 자기 이웃집 정원에 제멋대로 들어와서 대체 무엇을 하겠다는 건가? 자네만 해도 결코 보통 사람은 아니지. 그리고 자네와 같은 비평가들이 존재하는 이유는 바로 장난꾸러기들처럼 교묘한 재주를 가졌다는 데 있어. 만약에 내가 한 큰일에 비밀스러운 것이 있다면 그런 사실에도 불구하고 그것이 오로지 비밀스러울 뿐이기 때문에 그런 것이라네 ―
놀랄 만한 사건으로 말미암아 이상하게도 그렇게 된 것일세. 나로서
는 처음부터 그것을 그렇게 비밀스럽게 만들려는 생각이 조그만치도
없었을 뿐만 아니라 이렇게 뜻밖의 사건으로까지 번지리라고는 꿈에
도 생각지 않았네. 만일 그런 생각을 가졌다면 미리 그렇게 글을 써나
갈 마음을 갖지는 않았어야 했지. 그게 사실이었기 때문에 나는 조금
씩이나마 알게 되었을 뿐이고 그러는 동안에 내 작품을 완성했던 것
일세."

"그래서 지금은 그것이 꽤 마음에 드시겠군요?" 하고 나는 당돌하
게 물었다.

"내 작품 말인가?"

"선생의 비밀 말입니다. 그거야 똑같은 것이겠습니다만."

"자네가 그렇게 짐작하는 것이 바로 내가 아까부터 말해 왔듯이 자
네 머리가 좋다는 증거일세!"라고 베리커가 대답했다. 나는 이 대답에
용기를 얻어 그 비밀을 남에게 넘겨주게 되면 분명히 가슴 아프지 않
겠느냐고 말했더니 정말 그에게 있어서 지금 이 비밀이야말로 인생
의 가장 큰 즐거움이라는 것을 솔직히 털어놓았다. "과연 이것이 사람
들에게 간파될 것인지 어떨지를 알아보기 위해 살고 있다시피 하고
있다네." 그는 장난 삼아 나한테 도전해 오도록 부추기는 눈초리로 나
를 바라보았다. 그의 눈 깊숙한 곳으로부터 무엇인가 나타나는 것 같
았다. "그러나 나는 걱정할 필요가 없는 것 같네 ― 그것이 간파될 턱
이 없으니까 말이야."

"이렇게 감정이 자극을 받은 적이 없을 만큼 저를 흥분시키는군요.
말씀을 듣고 보니 죽어도 그 비밀을 알아내고 싶은 마음이 듭니다"라
고 단호하게 말하고는 물어보았다. "거기에는 무엇인가 심오한 의미
라도 들어 있습니까?"

이렇게 묻자 그의 표정에 실망의 빛이 드리워졌다 — 그는 잘 자라는 인사라도 하려는 듯이 악수의 손을 내밀며 말했다. "아, 이 사람아, 그것을 값싼 신문용어로 말할 수야 없는 것일세!"

나는 물론 그에게 지독하게 괴팍스러운 점이 있으리라는 것을 알고 있었다. 그러나 우리가 이야기를 나누고 보니 그가 얼마나 까다로운 사람인가를 어느 정도 알게 된 느낌이 들었다. 나는 아직도 만족할 만큼 이야기를 들은 것은 아니었다 — 그래서 나는 그가 내민 손을 마냥 붙잡고 있었다. "그렇다면 그런 표현은 사용하지 않겠습니다"라고 나는 말했다. "언젠가 결국에는 그 비밀을 제가 발견해서 그것을 신문기사로 공표하게 될 텐데요. 그렇게 되면 그런 표현을 사용하지 않고서는 정말 글을 쓰기가 어렵지 않나 싶습니다. 그러나 한편으로는 그 어려움을 서둘러 풀기 위해서라도 누구에겐가는 실마리가 될 만한 것을 일러주실 수 없습니까?" 그렇게 말을 하고 나니까 훨씬 더 마음이 편해진 느낌이 들었다.

"내가 마냥 명료하게 쓰려고 노력하기 때문에 그 모두가 실마리를 잡게 해주는 것일세 — 페이지마다, 문장마다, 글자 하나하나가 모두 실마리가 된다는 말일세. 그것은 새장 속의 새, 낚시의 미끼, 쥐덫의 치즈와 같은 것이네. 그처럼 아주 확실한 미끼란 말일세. 내 작품 어느 것에나 그 미끼가 꼭 들어 있지. 마치 자네의 발이 자네 구두에 꽉 들어맞아 있는 것처럼 말이야. 그래서 문장 한 줄 한 줄이 그 미끼에 따라 결정되고 말 한마디 한마디가 선정되는 것이지. 세세한 데까지 마음을 써서 점 하나라도 신중하게 찍는다네."

나는 머리를 긁었다. "그것은 문체 속에 있는 것인가요, 아니면 사상 속에 있나요? 형식을 만드는 요소인가요, 아니면 감정을 불러일으키는 요소인가요?"

그는 다시금 부드럽게 내 손을 흔들었다. 내가 얼마나 미욱한 질문을 하였는가, 그리고 얼마나 하찮은 구별을 했는가 하고 생각했다. "여보게, 잘 자게나 — 그런 것 가지고 걱정은 말게. 결국에는 자네도 여느 친구처럼 할 테니까 말이야."

"그런데 조금이라도 지성이 나타나면 그것을 망쳐버리게 됩니까?" 나는 여전히 그를 붙잡고 물었다.

그는 망설였다. "글쎄, 자네의 몸 속에도 심장이 있지 않은가? 그것이 형식을 만드는 요소인가, 아니면 감정을 불러일으키는 요소인가? 지금껏 내 작품에 있어서 어느 누구도 말한 적이 없다고 내가 주장하는 것이 있는데, 그것이 곧 생명체라는 것이라네."

"그렇군요 — 그것이 무엇인가 생명에 관한 사상이라고 할까, 일종의 철학이란 말씀이시군요. 그렇지 않다면," 나는 어쩌면 훨씬 더 잘 어울릴 것 같은 생각이 떠올라 열심히 덧붙여 말했다.

"선생께서 문체를 가지고 하고 계시는, 무언가 언어로 추구하고 계신 어떤 종류의 게임이겠군요. 혹시 P라는 글자를 선호하셔서 그러는 것은 아닌지 모르겠습니다!" 나는 불경스러울 만큼 당돌하게 느닷없이 질문했다. "예를 들자면 파파, 포테이토, 푸룬과 같은 — 그런 종류의 말을 애용하신다는 말씀인가요?" 그는 적당히 아량을 베풀면서 내가 지적했던 글자가 맞지 않는 것이라고만 말했다. 그러나 그의 즐거워하던 표정은 사라지고 말았다. 나는 그가 싫증을 느끼고 있는 것을 알 수 있었다. 그럼에도 불구하고 내가 절대적으로 알아두어야 할 또 다른 그 무엇이 있었다. "선생께서 펜을 잡고 손수 그것을 분명하게 써놓을 수 있는 것입니까? — 즉 그것에다 이름을 붙이고 말로 표현하고 명확하게 형식을 갖춘 문장으로 나타낼 수 있는 것입니까?"

"오." 그는 격렬에 가까울 만큼 크게 한숨을 쉬고 말했다. "만일 내가 자네들 같은 처지에서 글을 쓰게 된다면야!"

"그렇게만 된다면 선생께서 큰일을 해주실 만하지요, 말할 것도 없이. 그런데도 선생께서 손수 하시지 못하는 것을 안하고 있다 해서 왜 저희들을 경멸하시는 겁니까?"

"못한다고?" 그의 눈이 휘둥그레졌다. "20권이나 되는 작품 속에다 내가 그것을 해놓았지 않았나? 내게는 내 나름대로 하는 방법이 있다네." 그는 계속해서 말했다. "자네들이야말로 자네들 방식으로 하고 있는 것이고."

"우리가 하는 비평은 정말 엄청나게 힘든 것이지요." 나는 힘 없이 의견을 말했다.

"내가 하는 것도 마찬가지라네. 우리는 각자 자기 방식을 선택하는 것일세. 강제당하는 게 전혀 아닐세. 밑에 내려가서 담배라도 한 대 피우지 않겠나?"

"아닙니다. 이 일을 좀더 잘 생각해 보고 싶습니다."

"그러면 내일 아침에 자네가 내 정체를 파헤친 이야기를 해주겠나?"

"제가 할 수 있는지 어떤지 알아보겠습니다. 밤새도록 생각해 보겠습니다. 그러나 꼭 한마디만 더 해주십시오." 나는 덧붙여 말했다. 우리는 방을 나왔다 — 나는 또다시 그와 함께 복도를 몇 발짝 걸었다. "선생께서 말씀하시는 이 특별한 '전체적 의도'라는 것 말입니다 — 선생께서 생각하시는 것을 가장 선명하게 설명해 주는 것으로 짐작합니다만 — 그러면 그것이 일반적으로 말하는 일종의 숨겨진 보물이라고 하는 것인가요?"

그의 얼굴이 환하게 밝아졌다. "그럼, 그렇게 말할 수 있지. 그렇지만 내가 그렇게 말할 만한 것은 못 되는 것 같네."

"농담이시겠지요!" 나는 웃었다. "그것을 엄청나게 자랑하고 계시면서요, 선생께서도 알고 계신 대로 말입니다."

"글쎄, 내가 자네한테 그렇게 이야기하려는 것은 아니었네. 그러나 그것은 분명히 내 정신적 기쁨임에는 틀림없다네!"
"그렇게 말씀하시는 것은 그것이 틀림없이 아주 희한하고 아주 위대한 아름다움이라는 말씀이시겠지요?"
그는 다시금 잠시 동안 기다렸다가 말했다. "그것은 세상에서 가장 멋있는 것이라네!" 우리는 걸음을 멈추고 이야기를 하고 있었는데 이렇게 말해 놓고 그는 그 자리를 떴다. 그러나 내가 헤어지기를 자못 서운해 하면서 그의 뒷모습을 바라보고 있으려니까 그는 복도의 끝에까지 걸어가서 뒤돌아보고 어쩔 줄 몰라하는 내 얼굴에 눈길을 주었다. 그가 나를 열심히 바라보았는데 정말 걱정스러워서 그렇게 한 것이라고 나는 생각했지만 그는 고개를 저으며, 그리고 손가락을 옆으로 흔들며 "그만두게 — 그만두는 게 좋겠어!" 하고 말했다.
이렇게 말해 주는 것이 도전은 아니었다 — 그것은 아무래도 아버지의 충고와 같은 것이었다. 만일 바로 가까이에 그의 책을 한 권이라도 가지고 있었더라면 내가 앞서 했던 충실한 행동을 되풀이할 참이었다 — 나는 그의 작품을 읽느라고 그 날 밤을 거의 새우다시피 했을 것이었다. 새벽 3시경에 잠도 자지 않은 채 더구나 그가 제인 여사에게는 정녕 없어서는 안 될 사람이라는 것을 기억하면서 나는 촛불을 켜들고 서재에 몰래 내려가보았다. 하지만 아무리 찾아보아도 그 집안에는 그의 글이 단 한 줄도 보이지 않았던 것이다.

4

런던으로 돌아온 나는 정신 없이 그의 전 작품을 수집하였다. 그리고는 순서에 따라 한 작품씩 해명의 불빛에 비춰보았다. 이렇게 하다 보니 미친 듯한 한 달이 후딱 지나고 말았으며 그 동안에 몇 가지 일이 생겼다. 그 가운데 한 가지 마지막에 일어난 일은 성급히 말한다면 내가 베리커의 충고에 따라서 행동했다는 것이다. 즉 나는 그 어리석은 시도를 포기해 버린 것이다. 나는 사실상 그 일에서 아무것도 얻어낸 것이 없다. 그저 완전히 손해만 보고 말았다. 베리커 자신도 말했던 것처럼 나는 언제나 그의 작품을 좋아해왔는데 이제 내가 새롭게 이해하고 헛된 선입견으로 가득 찼던 결과는 내가 그의 작품을 좋아한다는 것마저 손상을 입고 말았다는 사실일 따름이다. 나는 그의 작품에 들어 있는 전체적인 의도를 철저히 규명해 내지 못했을 뿐만 아니라 내가 이전에는 재미있게 읽어냈던 다른 부수적 의도마저 내 자신이 놓쳐버리고 말았다. 그의 작품에는 이제 내가 일찍이 느꼈던 매력 같은 것이 남아 있지도 않았다. 그 작품의 의도를 찾는 일에 화가 나서 그의 소설에 대해서 지녔던 내 호의적인 생각이 사라져버렸다. 그의 작품을 읽어서 더 많은 즐거움을 얻는 대신에 오히려 그 즐거움이 더욱 줄어들고 말았다. 왜냐하면 작가가 암시해 준 것을 내가 끝까지 추구해 낼 수 없다는 것을 알게 된 순간부터 나는 물론 그렇게 이해하기 어려운 작품에 관한 내 지식을 직업적으로 이용하지 않는 것이 비평가의 명예라는 점을 느꼈기 때문이다. 나는 전혀 알 수 없었다—어느 누구도 알지 못했다. 그러고 보니 창피한 노릇이었다. 그래도 그것은 참을 수 있었다—이제는 그저 그의 작품에 대해서 화가 날 따름이다. 결국은 몹시 싫증이 나서 그의 작품을 읽고 싶지도 않았으며 또한 심술궂은 생각으로 그렇게 한 것임을 인정하는데— 내가 이처럼 혼란에 빠져든 것은 베리커가 나를 바보로 취급했기 때문이라고 생각했다. 숨겨진 보배라고 하는 것은 기분 나쁜 농담이었으며 작품 전체의 의도라는 것도 터무니없이 겉으로만 그럴싸하게 꾸민 것이라는 생각이 들었다.

그러나 무엇보다도 더 중요한 것은 내가 베리커를 만났었다는 사실을 조지 코빅에게 말해 주었고 그래서 내가 일러준 소식에 그가 엄청나게 충격을 받았다는 사실이다. 그는 마침내 영국으로 돌아왔으나 공교롭게도 엄 여사마저 생기를 되찾은 상태로 돌아왔으며 그래서 아직까지도 그의 결혼문제가 전혀 거론되지 못할 것임을 알 수 있었다. 내가 브리지스의 저택에서 듣고 온 이야기 때문에 코빅이 굉장히 동요된 모습을 보였다. 내가 한 그 이야기는 그가 처음부터 베리커의 작품에는 눈에 띄는 것 이상의 무엇인가가 있다고 생각했는데 바로 그러한 생각에 완전히 들어맞는 것이었다. 눈에 띈다는 것은 바로 그렇게 뚜렷이 눈에 띄게 하기 위해서 활자로 인쇄된 책이 역부러 발명된 것이라고 말하자 그는 그 당장에 내가 실패를 당했기 때문에 엉뚱한 화풀이를 하는 것이라고 나를 나무랐다. 우리는 늘 이런 입씨름을 하면서도 그토록 즐거워했다. 베리커가 내게 말해 준 것은 사실 코빅 그 사람이 내가 서평을 할 때 이야기해 주기를 바랐던 바로 그것이었다. 마침내 내가 지금껏 도와주었던 대로 그에게 그런 이야기를 그 자신이 틀림없이 할 수 있을 것이 아니냐고 넌지시 물어보았더니 금세 그는 그러기 전에 자기가 반드시 이해해 두어야 할 일이 더 있다는 것을 솔직히 인정하는 것이었다. 만일 그가 새로 나온 작품의 서평을 했더라면 그 작가의 예술 속 깊이에는 분명히 이해되어야 할 그 무엇이 있다는 말을 해두고 싶었다는 것이다. 나는 그 서평에서 전혀 그런 눈치조차도 채지 못했다. 마찬가지로 작가인 베리커도 기뻐하지 않은 것은 조금도 이상할 게 없다. 나는 코빅에게 작가의 지극히 미묘한 기술이라고 그가 말한 것이 실제로 무엇이라고 생각하는지를 물어보았다. 그랬더니 영락없이 얼굴을 붉히면서 "일반 대중은 알 수 없는 것이야 — 속물들이 볼 만한 책이 아니란 말일세!"라고 그는 대답했다. 그는 이미 무엇인가 실마리를 잡았던 것이다. 그는 이 실마리를 힘껏 잡아당겨 그 진상을 뽑아내 보겠다고 말했다. 그는 끈질기게 나를 유도신문하면서 베리커가 숨김없이 털어놓은 진기한 이야기를 꼬치꼬치 캐물었고 내가 어느 누구보다도 행운아라고 덧붙였다. 그래도 조금만 더 지혜를 짜내서 적어도 이런 것만이라도 이야기해 주면 좋겠다고 말하면서 대여섯 가지 질문을 했다. 그러나 다른 한편으로는 너무 몽땅 털어놓지 않기를 바랐다 — 왜냐하면 앞으로 듣게 될 이야기의 재미를 망쳐버릴 것이기 때문이라고도 말했다. 내가 코빅과 만났던 그 순간에 있어서 내 흥미도 완전히 실패작이 된 것은 아니었으나 앞으로 그렇게 되리라는 예측은 하고 있으며 그리고 코빅도 내가 그렇게 알고 있다는 것을 알아차리고 있었다. 내 입장에서도 마찬가지로 그의 심중을 꿰뚫고 있었기에 그가 무엇보다도 먼저 내 이야기를 궨덜런 쪽으로 몰아가려는 의도를 가지고 있다는 것을 알아차렸다.

그런데 놀랍게도 코빅과 만나서 이야기를 나누었던 바로 그 날 나는 휴 베리커로부터 간단한 편지를 받았다. 베리커는 어느 잡지에선가 내 서명이 들어 있는 서평을 우연하게나마 보게 되어 브리지스 저택에서 우리가 만났던 일을 되새기게 되었다고 말했다.

"자네의 서평을 읽고 매우 즐거웠네. 그래서 그 덕분에 자네의 침실 난로 가에서 그처럼 활발하게 이야기를 주고받았던 것이 생각나더군. 그 결과 그 날 밤에 내가 한 말이 자네에게 무언가 큰 짐을 지워준 것이 아닌가 하고 내 무모했던 행위를 헤아려보기 시작한다네. 이제 한때의 흥분도 가라앉고 보니 어떻게 해서 늘 하던 버릇도 아닐 만큼 내가 그토록 마음의 동요를 갖게 되었는지 상상도 할 수가 없네. 지금껏 아무리 기분이 부풀어올랐어도 나는 그 작은 비밀의 사실만은 결코 입 밖에 낸 적이 없었고 이제부터도 그 비밀을 두 번 다시 결코 지껄이지 않을 것일세. 우연찮게 내 게임에 간직해 두었던 이상으로 자네에게 의외로 숨김없이 털어놓고 말았기 때문에 나는 내 게임에 걸고 있는 — 말하자면 승부에 대한 — 흥미를 상당히 손상당하고 있는 것을 알고 있다네. 요컨대 자네가 이해해 줄 수 있다면 나는 오히려 내 즐거움을 망쳐놓고 말았다고 하겠네. 사실 나는 자네들처럼 머리가 좋은 사람들이 묘책이라고 부르는 것을 어느 누구에게도 넘겨주고 싶지 않다네. 그야 물론 내 이기적인 걱정거리고 그래서 자네가 그것을 곧이곧대로 받아들일지는 모르겠네. 하지만 자네가 행여 내 기분을 맞추어줄 마음이 내키면 그때 내가 자네에게 밝혀주었던 것을 다른 사람에게 되풀이해서 일러주지 않기 바라네. 내가 정신나간 사람이라고 생각되어도 — 할 수 없다네. 그러나 왜 그런가 하는 이유는 어느 사람에게도 말하지 말아주기 바라네."

이와 같은 편지에 잇따라 그 이튿날 내가 한 일은 되도록 일찍 베리커 씨의 집으로 곧장 마차를 몰고 간 것이었다. 그 당시 그는 켄싱턴 광장에 있는 진짜 고풍스러운 집들 중 어느 한 집에서 살고 있었다. 그는 금방 나를 맞아들였는데 집 안에 들어서자마자 나는 아직도 내게 그를 쾌활하게 해줄 힘이 남아 있다는 것을 알았다. 그는 내 얼굴을 보고서 웃어제꼈다. 틀림없이 내 얼굴에 마음이 흔들리는 표정이 나타났던 모양이다. 내가 경솔한 짓을 했었구나 하고 나는 크게 후회하고 있었던 것이다. "사실 어떤 사람에게 이미 이야기해 버리고 말았습니다." 나는 숨가쁘게 말했다. "그래서 그 사람은 지금쯤 또 다른 사람에게 이야기해 주었을 게 틀림없습니다! 게다가 그 사람은 여자랍니다."

"자네가 이야기해 준 사람 말인가?"

"아닙니다. 다른 사람이지요. 정말 그 여자에게 틀림없이 이야기했을 것입니다."

"아무 일도 없을 것일세. 그 여자한테는 — 아니, 내게도 마찬가지일세. 여자로서는 결코 찾아낼 수 없을 테니까."

"아닙니다. 그래도 그녀는 사방에 그 말을 해버리겠지요. 선생께서 바라지 않으시는 바로 그런 일을 해버릴 겁니다."

베리커는 잠시 생각에 잠겼으나 내가 걱정한 만큼 그렇게 당황하는 기색은 없었다. 행여 잘못된 일이 생긴다 해도 그럴 수밖에 없다고 생각하는 것 같았다. "아무 상관 없네—걱정하지 말게나."

"최선을 다하겠습니다. 약속하지요. 저한테 말씀해 주신 것이 더 이상 확대되지 않도록 말입니다."

"그것 정말 고맙네. 할 수 있는 데까지 해주게나."

"그 동안에라도." 나는 말을 계속했다. "조지 코빅이 그 비결을 손에 넣게 되면 그 사람으로서는 사실 무언가 일을 하게 될지도 모릅니다."

"그렇게 되면 훌륭한 일이 많이 생기겠지."

나는 코빅이 머리가 좋고 베리커를 찬양해 마지않으며 내가 들려준 이야기에 굉장히 관심을 나타내더라는 말을 그에게 해주었다. 그리고 우리 두 사람이 각기 해놓은 평가에 나타난 차이에 관해서는 많은 이야기를 하지 않고 다만 이 내 친구가 대부분의 다른 사람들보다 더 많은 것을 이미 알아낼 소신을 가지고 있다고 말했다. 브리지스 저택에서 내가 그랬던 것처럼 코빅도 지금 꽤나 흥분되어 있었다. 더구나 그는 젊은 여인과 사랑에 빠져 있었다. 어쩌면 그 두 사람이 하나가 되어 수수께끼를 풀게 될지도 모른다.

베리커는 이러한 사실에 충격을 받은 것 같았다. "그 두 사람이 결혼할 참이라는 말인가?"

"아마 바로 그렇게 될 것입니다."

"그것도 도움이 될 것일세"라고 그는 수긍했다. "하지만 그러려면 시간이 있어야 하지!"

나 자신이 새로운 수수께끼풀이 싸움을 시도했지만 어려움이 많다는 것을 나는 고백했다. 그랬더니 그는 전과 마찬가지로 "그만두게,

그만두는 것이 좋겠네!"라고 충고의 말을 되풀이하는 것이었다. 그는 분명히 내가 이와 같이 무모한 짓을 할 만큼 지적인 능력을 갖추었다고는 생각지 않는 것 같았다. 나는 그의 집에서 반 시간가량 머물렀고 그 동안 줄곧 그는 매우 너그러웠으나 나로서는 그가 불안정한 변덕꾸러기라고 단정하지 않을 수 없었다. 한동안 기분이 내켜서 그는 나와 마음놓고 이야기를 했다가 그것을 후회하는 기분이 되었고 이제는 또다시 기분이 바뀌어 무관심하게 되어버렸다. 이렇게 전반적으로 변덕스러웠기 때문에 그 비결의 주체에 관한 한 거기에는 대단한 것이 없다는 것을 믿게 되었다. 그래도 나로서는 그 문제에 관하여 몇 가지 질문을 해보았더니 그가 대답을 해주기는 했지만 초조해 하는 것이 분명했다. 우리 눈에는 완전히 공백상태인 것이 그에게 있어서는 의심할 여지 없이 분명하게 보이는 것이 틀림없었다. 어쩌면 그것은 무엇인가 작품의 기본적인 계획이었던 것으로 짐작되었다. 무언가 페르시아의 융단 속에 감추어진 복잡한 무늬와 같은 것이라고 짐작되었다. 내가 이렇게 비유해서 물어보았더니 그는 내 말을 크게 인정하면서 자기도 역시 달리 비유를 해서 "그것이 바로 내 진주를 꿰어 매단 줄이란 말일세"라고 말했다. 그가 내게 편지를 보낸 이유는 우리와 같은 서평자들에게 조그만큼이라도 도움을 주고 싶지 않아서였다는 것이다 — 우리 서평자들이 우둔하기가 너무나 완벽할 정도라서 손을 댈 수 없다고 생각했기 때문인 것이다. 그가 그렇게 생각하는 것은 습관이 되어 있어서 혹시라도 작품의 마력이 풀려야 한다면 그것은 그 자체의 힘으로 자연스럽게 풀려야 한다고 생각했음이 틀림없다. 그 마지막 만났던 때 — 나는 결코 두 번 다시 그 사람과 이야기해 볼 기회를 갖지 못했기 때문에 — 그는 자기만의 즐거움을 어느 정도 안전하게 간직하고 있는 사람으로 지금도 내 머리 속에 떠오른다. 나는 베리커의 집을 나와 걸어서 돌아오는 길에 도대체 그 자신만이 가졌다는 은밀한 비결을 어디서 입수했을까 하고 불현듯 궁금해졌다.

5

베리커로부터 받은 편지에서 그가 내게 경고해 준 것을 조지 코빅에게 말했는데 그는 자기의 세심한 마음 씀씀이를 의심하는 것은 거의 모욕과 같은 것이라고 생각하는 듯했다. 그는 금세 궨덜런에게 그 이야기를 해주고 말았던 것이다. 하지만 그녀가 열렬한 반응을 보였고 그 반응 자체가 그 일을 두 사람만의 비밀로 하자는 하나의 맹세가 되었다. 그들은 이제 그 문제에 열중하게 되었고 그것은 그들에게 무척이나 귀중한 오락이 되어서 아무래도 여느 사람들과 함께 즐길 수는 없는 것이었다. 그 두 사람은 즐거움을 만끽하겠다는 베리커의 고상한 생각에 본능적으로 매달린 것처럼 보였다. 그러나 그들이 아무리 지적인 자존심을 가지고 있다 해도 자기들이 손대고 있는 문제에 내가 밝혀줄 일이 더 있을 것이기 때문에 그에 대해서 무관심할 수는 없었다. 그들이야말로 정녕 '예술적 기질'의 소유자이며 내 동료인 코빅이 예술이라는 문제에 그처럼 열중하는 것을 보고 나는 새삼 놀랐다. 그는 그것을 문학이라고 부르고 또한 생명이라고도 부르지만 그것은 오로지 한 가지를 말하는 것이다. 그가 말하고 있는 것에는 이제 역시 궨덜런을 대변하는 말로 이해해야 될 것이 있는 것 같았고 궨덜런의 어머니 엄 여사의 병세가 호전되어 궨덜런이 약간의 여유를 갖게 되자마자 그는 나를 그녀에게 소개하려고 했다. 코빅과는 내가 8월의 어느 일요일에 첼시에 있는 어떤 혼잡스런 집을 함께 찾아간 적이 있는데 코빅에게는 함께 어울려 이야기를 주고받을 여자친구가 있다는 것을 새삼스레 부러워했던 것을 나는 잊지 않고 있다. 내가 그에게 결코 말할 수 없는 것을 그는 그녀에게 말할 수 있었다. 그녀에게는 정말 유머 감각이 전혀 없었고 머리를 한쪽으로 갸우뚱하게 기울인 채 애교를 떨고 있는 그녀의 모습이 뭐라고 할까 좀 흔들어주고 싶은 그런 사람 중의 하나였다. 그러면서도 독학으로 헝가리어를 배운 여자로서 어쩌면 코빅과는 헝가리어로 대화를 했는지도 모른다. 그런데 그의 친구인 내게는 놀랍게 영어로는 말을 하지 않았다. 나중에 코빅이 나한테 말해 준 바에 따르면 내가 베리커를 만나서 들었던 이야기를 자세하게 말해 주지 않으려는 뜻이 분명해 보였기 때문에 그녀의 마음이 싸늘해졌다는 것이다. 베리커가 그렇게 말해 주었던 이야기에 대해서 나로서도 여러 가지로 생각해 보고 또 생각해 보았던 것을 느낀 그대로 말해 주었다. 그러나 지금껏 헛수고만 하고 아무 데도 쓸모가 없지 않느냐는, 이제 체념할 수밖에 없다는 느낌이 든다. 거기에다 그들이 중요성까지 덧붙이기 때문에 화가 나고 잘될 것인가 하는 내 의구심만 지독하게 더 나빠지는 것이었다.

그렇게까지 말하는 것은 심술궂은 짓인지도 모른다. 그런데 어쩌면 내게 오로지 분통만 안겨준 그런 일을 남들이 아주 심심풀이로 즐기고 있는 것을 보니까 정말 그때의 내 기분은 수모를 당한 느낌이었다. 나는 이제 열외자가 되어 추운 바깥에서 떨고 있는데 그들은 저녁 난로 가의 램프 아래에서 내가 나팔을 불어대며 시작한 사냥에 열중해 있는 것이다. 그들도 내가 했던 것을 똑같이 하고 있는데 다만 좀더 신중하고도 붙임성 있게 — 그 저자의 책을 처음부터 다시 읽어나가는 일을 하고 있는 것이다. 서두를 필요가 전혀 없다고 코빅이 말했다 — 왜냐하면 장래가 유망하고 매력이 솟아나기만 하니까. 그들은 고전을 읽듯이 그의 책을 한 장 한 장 열심히 읽을 것이며 속으로 천천히 깊이 들이마셔 그 책의 저자를 여러 가지로 몸 속에 가라앉혀 놓을 참이라는 것이다. 만일 그들이 서로 사랑하는 사이가 아니었더라면 그렇게까지 긴장하지 않았을지도 모른다는 생각이 들었다. 보잘것없는 베리커의 작품이 지니고 있는 내밀한 의미가 그 두 젊은이에게 함께 어울려 이마를 맞댈 무한한 기회를 주었던 것이다. 그럼에도 불구하고 그 속에 들어 있는 문제를 풀어나가는 데 있어서 코빅은 특별한 재능을 가지고 있었고 남달리 강인한 자기의 인내심을 차분히 나타내 주기도 했다. 만일 그가 살아 있었다면 보다 눈부신 솜씨를 보여주었을 것이며 더욱 풍부한 결실을 맺었을 것이라고 생각한다. 베리커의 말에 따르면 그에게는 적어도 장난꾸러기 같은 예민한 재주가 있었기 때문이라는 것이다. 코빅과 나는 처음부터 의견이 맞지 않았지만 이윽고 나는 손가락 하나 까딱하지 않고 있어도 그의 영광에 좋지 않은 시간이 닥쳐올 것이라는 것을 알게 되었다. 그 사람도 내가 그렇게 했듯이 엉뚱한 냄새를 좇느라 잡을 것도 놓치고 말 게다— 그는 새로운 해명의 빛을 보고 손뼉을 치며 기뻐하겠지만 책장을 넘기면서 그 바람에 빛이 사라지고 마는 것을 알게 될 것이다. 그래서 나는 코빅에게 그가 행여 셰익스피어의 신비로운 속성에 관해서 이러쿵저러쿵 허튼 소리나 해대는 미치광이에 지나지 않는다고 말해 주었다. 이 말에 대해서 그가 대꾸하기를 혹시 셰익스피어가 자신이 신비로움을 지니고 있다는 말을 우리에게 해준다면 코빅도 금방 그 말을 받아들이겠다는 것이다. 그러나 이 경우에 모든 사정이 달랐다 — 우리에게는 베리커라고 하는 시시한 친구의 말밖에 들은 게 없다. 베리커 씨의 말을 그가 그처럼 중요하게 여기는 것을 보고 있으니 내 정신이 나가는 것 같다고 나는 대답했다. 그랬더니 그는 혹시나 내가 베리커 씨의 말을 거짓말로 생각하는지를 알고 싶어했다. 나는 내 자신이 실망한 끝에 반갑지 않은 감정의 반동도 있고 그것을 거짓말이라고까지 단언할 각오가 되어 있지는 않았던 것으로 생각되었지만 그 반대의 경우가 입증될 때까지는 그것을 믿는다는 것이 너무나 제멋에 겨운 상상으로밖에 간주되지 않을 수 없다고 주장했다. 그런데 솔직히 말하지만 나는 내 감정을 전혀 나타내지 않았다 — 그때에 나는 내가 느낀 것마저 전혀 알지 못했던 것이다. 미스 엄의 소설 제목에 있다시피 내 마음속 깊은 곳에 불안과 기대의 감정이 뒤섞여 있었다. 나는 이처럼 당황했던 마음속 깊이 — 거기에서는 내가 늘 지녀왔던 호기심이 불타올랐는데 그 여진이 아직도 잿더미 속에 남아 있기 때문에 — 어쩌면 코빅이 마침내 거기에서 무엇인가를 찾아내고 말 것이라는 강렬한 예감을 갖게 되었던 것이다. 코빅은 자기가 사려분별 없이 경박하게 믿었던 것을 변호하려는 듯이 이 천재작가를 자신이 연구해 오는 동안 옛날부터 이 작가에게는 숨겨진 음악에 어렴풋이 떠도는 가락과 같은 것, 분간하기 어려울 만큼 확 풍기는 향기와 암시 같은 게 있는 것을 눈치챘다고 마냥 주장했다. 그것이야말로 이 작가의 희귀성이며 그의 매력인 것이다. 더구나 그것이 내가 알려준 것과 너무나 완벽하리만큼 잘 맞았다고 덧붙였다.

   나는 그 뒤 이따금 첼시에 있는 작은 집에 찾아가곤 했는데 미스 엄의 부모님 병문안도 하고 동시에 베리커에 관한 소식도 들을 겸해서 그랬던 것인지도 모른다. 코빅이 그 곳에서 보낸 시간이 내 마음에 생생하게 떠오르는데 그때의 그의 모습은 기나긴 겨울 밤을 새우며 등불 밑에서 서양장기판에 눈을 부릅뜨고 말없이 다음 장기의 말을 어떻게 놓을까를 생각하는 그런 사람의 모습이었다. 내 상상력이 부풀어오름에 따라 그 그림 속의 모습은 나를 꽉 붙잡고 놓아주지 않았다. 장기판의 반대쪽에는 보다 희미한 모습의 사람이 있는데 그 어슴푸레하게 보이는 대국자는 기분이 좋은 것 같으나 약간 지루할 만큼 견실하게 대응하고 있다 — 그는 의자에 몸을 기댄 채 두 손을 주머니에 넣고서 그 깨끗하고 잘생긴 얼굴에 미소를 띠우고 있었다. 코빅의 바로 뒤 가까이에 한 젊은 여자가 서 있는데 그녀는 얼굴이 창백하고 지쳐 보이는 인상을 주기 시작했는데 좀더 자세히 살펴보니 오히려 잘 생긴 얼굴을 한 여자였다. 그리고 그녀는 코빅의 어깨에 기댄 채 그가 놓은 장기의 말이 움직이는 것을 꼼짝도 않고 열심히 바라보고 있었다. 코빅은 장기의 말을 하나 집어들고 장기판의 작은 네모꼴 눈금 위에 말을 놓을 태세를 갖추었다. 그런데 그때에 그는 실망하는 긴 한숨을 쉬면서 장기의 말을 제자리에다 되돌려놓았다. 이것을 보고 그 젊은 여자는 간신히, 그러나 근심스러운 듯이 몸을 돌려 그 희미한 모습의 상대방을 아주 세차게 정말 이상하리만큼 오랫동안 넘겨다보았다. 나는 그 사람들이 이 일을 시작했던 초기단계에서 베리커와 좀더 친밀하게 의견을 나누어보았더라면 그들이 하는 일이 잘되어가는 데 보탬이 되지 않았겠느냐고 물어보았었다. 베리커와 만났던 그 특별한 상황은 분명히 그들을 소개할 만한 권리를 마련해 준 것이었을 게다. 코빅은 즉석에서 대답하기를 제물을 바칠 준비를 갖추기 전에는 제단 쪽에 다가가고 싶은 생각이 전혀 없다는 것이었다. 그는 이렇게 사냥하는 재미와 그 영광에 관해서 베리커와 아주 똑같은 생각을 하고 있어서 — 찾고 있는 짐승을 자기 자신의 총으로 쏘아 넘어뜨리겠다는 것이다. 내가 미스 엄도 자기처럼 사격의 명수인가 하고 물었을 때 잠깐 생각하고 난 뒤에 이렇게 말했다. "아닐세, 말하기 부끄럽네만 그녀는 올가미를 놓고 싶어한다네. 어찌하든 베리커를 보고 싶어하지. 또 한 번 올가미를 놓아야 할 필요가 있다고 말하고 있네. 그 문제에 관해서 그녀는 정말 아주 병적일세. 그러나 그녀야말로 정정당당한 방법으로 해야만 되지 — 그리고 그 사람을 절대로 만나지 못하게 해야겠어!" 그는 끝의 말을 힘주어 덧붙였다. 나는 그 문제에 대해서 그들이 아무래도 약간은 말다툼까지 하지 않았나 하고 궁금하게 생각했다 — 그런 의구심은 그가 여러 번 "그녀야말로 믿을 수 없을 만큼 문학적이란 말이야 — 아주 대단하다구"라고 소리 높이 외쳐댔지만 결코 사라지지 않았다. 언젠가 그가 그녀에 관해서 말하면서 그녀가 느끼고 생각하는 것이 굉장히 과장되어 있다고 한 말을 나는 기억하고 있다. "그녀가 그의 비밀을 밝혀내게 되면 그때에는 내가 그 사람 집을 찾아가야 할 게 아닌가, 그렇지? 그렇고말고— 믿어주게나. 그 사람 입으로 직접 '맞았소. 자네가 이번에는 해냈군' 하고 말하도록 시킬 참일세. 그 사람이 내게 승리자의 관을— 비평가의 월계관을 씌워주도록 할 걸세."

그럭저럭 하는 사이에 그는 런던에서 생활했더라면 그 유명한 소설가를 만날 수 있었는데도 기회를 사실상 피해왔다. 그러나 그런 위험성도 베리커가 얼마 동안인가 영국을 떠나 그 곳에 없었기 때문에 사라지고 말았다. 신문이 보도한 바처럼— 베리커는 병 때문에 오랫동안 은거해 온 아내의 건강과 연관된 동기로 남유럽 쪽에 간다는 것이다. 브리지스 저택에서 있었던 사건 이후로 일 년—아니, 그 이상의 세월이 지났지만 나는 그 뒤로 줄곧 그 사람의 얼굴을 본 적이 전혀 없었다. 나는 마음속 깊이 대단히 부끄러워하지 않았나 하는 생각을 한다— 비록 그가 말한 요점은 이미 놓쳐버리고 말았지만 재빨리 내가 예민한 비평가라는 명성을 온몸에 받게 된 것을 그가 감지하는 것이 무척 싫었던 것이다. 이렇게 망설이다 보니 이리저리 끌려다니며 괴로움을 당하게 되었고 그래서 제인 여사의 집에도 발길을 끊었는데 이처럼 내 매너가 좋지 않았지만 그녀는 두 번씩이나 편지를 보내서 그 훌륭한 저택으로 초대해 주는 것이었다. 물론 나는 거절하고 말았다. 언젠가 음악회에서 그녀가 베리커와 함께 있는 것을 보게 되었고 그래서 나는 틀림없이 그 두 사람의 눈에 띄었으리라고 생각했으나 붙잡히지 않고 그 자리를 살짝 빠져나왔다. 이러한 마당에 비를 맞으며 철벅거리고 걸으면서 이렇게밖에 달리는 어찌할 수 없었지 않았나 하고 생각했다. 그렇다 해도 그건 정말 심한 것이었고 잔인하기까지 하다고 혼자 중얼거렸던 것을 기억하고 있다. 그러니 나는 베리커의 작품을 잃어버렸을 뿐만 아니라 그 저자 자신까지도 잃어버리고 만 것이다. 작품이나 저자가 다 같이 내게서 없어지고 말았던 것이다. 내가 가장 애석해 하는 손실이 어떤 것인지, 그것을 나도 알고 있었다. 지금껏 내가 그의 작품에 이끌려왔던 그 이상으로 나는 그 저자에게도 매혹되어 있었던 것이다.

6

베리커가 영국을 떠나고 6개월이 지난 뒤 글을 써서 먹고살던 조지 코빅이 어떤 작품 하나를 쓰기로 계약을 했고, 그 일로 해서 그는 한동안 영국을 벗어나 다소 힘이 드는 여행을 해야만 했는데 그가 그러한 일을 떠맡았다는 것이 내게는 대단한 놀라움이었다. 그의 매형이 유력한 지방 신문의 편집국장이 되었고 이 지방 유력자가 아주 엉뚱하게도 인도에 특파원을 파견하려는 생각을 해냈었다. 이즈음 수도권의 '중앙지'들에 특파원을 파견하는 것이 유행하기 시작했으며 문제의 신문도 같은 계열의 시골 신문만으로써는 너무 오래 되었다고 생각했음이 틀림없다. 코빅에게는 신문의 특파원으로서 큼직한 글을 쓸 재주가 없다는 것을 나는 알고 있었지만 그것은 자기 매형이 맡을 문제이며 코빅은 그 특별한 일에 자기가 능숙한 재주를 갖지 못했다는 사실 때문에 오히려 그 일을 받아들이지 않을 수 없었던 게 정확한 이유가 될 듯싶다. 그는 '중앙지'의 기자들을 뺨칠 정도로 잘해보려는 마음의 태세를 갖추어서 지독하게 딱딱한 글은 쓰지 않으려는 진지한 결심을 했으며 고상한 심미적 취향 같은 것은 깨끗이 버리기로 했다. 지금껏 아무도 그것을 몰랐지만 ─ 그렇게 자기의 감정을 바꾼 근본방침을 완전히 자기 마음속에만 간직했다. 그는 여러 가지 경비에 덧붙여서 형편에 따른 수당도 받기로 되었으며, 으레 돈벌이가 되는 책을 낼 참이어서 내 자신이 그를 도와 언제나 돈벌이를 잘하는 출판사와 그럴듯하게 협상을 성립시킬 수 있다는 것을 알아내기도 했다. 나는 자연히 그가 이렇게 조금이라도 돈을 벌겠다는 욕심을 분명하게 나타내는 것이 퀜덜런 엄과의 결혼 전망과 무관하지 않다고 생각했다. 그들의 결혼에 여자의 어머니가 반대하는 것은 대체로 그에게 재산이 없고 돈 버는 재주가 없기 때문이라는 말을 들었던 것을 나는 잘 알고 있었던 것이다. 그러나 그런 일이 있었기 때문에 때마침 내가 마지막으로 그 사람을 만났을 때 그 젊은 여자인 퀜덜런과 헤어져야 할 문제와 관계가 있는 말을 하자 그는 금세 놀라우리만큼 강한 어조로 말했다. "아니야. 약혼은 전혀 하지 않았단 말이야!"

"그야 표면상은 안했겠지" 하고 나는 대꾸했다. "그녀의 어머니가 자네를 좋아하지 않으니까. 그러나 서로 은밀히 양해하고 있는 것이겠지. 나는 늘 그런 것으로 생각해 왔거든."

"글쎄, 그런 일이 있기는 있었지. 그러나 지금은 달라." 그는 그렇게 밖에 말을 하지 못하고 엄 여사가 아주 놀라우리만큼 기운을 차리고 일어났다는 것에 관해서 조금 이야기를 할 뿐이었다―그가 그런 이야기를 한 것은 내가 생각한 것처럼 그들이 서로 은밀하게 이해를 하고 있다는 것도 의사가 그들을 위해서 한몫 거들어주지 않는다면 별 쓸모가 없다는 교훈을 강조하는 것이었다. 어떤 면에서는 여자 쪽에서 그 사람을 멀리하는 것이 아닌가 하고 내 멋대로 추리해 보기도 했다. 그런데 가령 그가 질투의 기미가 있다 해도 나를 질투하는 일은 있을 수 없는 것이다. 그가 질투를 한다면―그 이상 어리석은 짓은 없을 것이지만―우리 두 사람만을 남겨둔 채 그가 영국을 떠나 멀리 갈 수 없었을 테니까. 그는 떠나기 전 얼마 동안 그 숨겨진 보물에 대해서 전혀 언급하지 않았으며 그가 침묵을 지키고 있었기 때문에 나도 맞대결이나 하듯이 침묵을 지켰으나 그가 왜 침묵했는가를 분명히 알게 되었다. 이제 그의 용기가 꺾이고 말았으며 그의 열정도 나의 전철을 밟아 사라지고 말았던 것이다 — 적어도 이렇게 우울한 모습을 나는 그의 얼굴에서 자세히 살필 수 있었다. 그러나 그는 그 이상의 모습을 보여주지는 못했다. 그는 혹시라도 내가 대성공을 거두게 되면 그것을 분명히 시인해야 할지도 모를 일을 참고 견뎌내기는 힘들다고 느꼈을 게다. 안타깝게도 그가 두려워할 필요는 없었다. 왜냐하면 이때쯤에는 내게서 승리해야 한다는 욕망이 완전히 사라지고 말았기 때문이다. 실제로 나는 그가 좌절하고 만 것을 책망하지 않고 아량이 있다는 것을 보여주었다고 생각한다. 왜냐하면 그가 이 승부를 포기해 버렸구나 하는 생각이 들어 결국 얼마나 내가 그 사람에게 의지해 왔는가를 그 어느 때보다 더 절실히 느끼게 되었기 때문이다. 만일 코빅이 실패했다 해도 나로서도 결코 그것을 알 턱이 없다. 그 사람마저 알지 못한다면 어느 누구라도 소용이 없을 것이라고 생각되었다. 그렇다고 해서 알고 싶어하는 마음이 사그라져버리고 말았다는 것은 전혀 아니다. 오히려 내 호기심은 조금씩 조금씩 다시금 좀쑤시기 시작했을 뿐만 아니라 밤낮을 가리지 않고 나를 마냥 괴롭히기까지 하게 되었다. 물론 이러한 종류의 괴로움은 엉뚱한 질병이나 다를 게 없다고 생각하는 사람들이 있을 게 틀림없다. 그러나 결국 이와 같은 인간 상호 관계에서 왜 내가 그 사람들에 관한 말을 해야 하는 것인지조차도 그 이유를 알지 못한다. 이상하든 이상하지 않든, 어쨌든 내가 하는 이 이야기에 관련이 있는 몇몇 사람들에게 있어서는 문학이 기교의 승부게임이며, 기교는 용기를, 용기는 명예를, 그리고 명예는 정열을, 생명을 의미하는 것이었다. 이러한 승부게임의 테이블 위에 놓인 내기 몫은 특별한 물질로 된 보배이며 우리의 투전기 룰렛은 회전하는 지성이었다. 그러나 우리는 초록빛의 룰렛판을 둘러싸고 몬테카를로의 도박사처럼 무서운 얼굴을 하고 앉아서 아주 골똘히 응시하고 있었다. 다시 그 일을 두고 말한다면 궨딜런 엄은 그 창백한 얼굴과 꼼짝하지 않는 눈초리를 하고 있어서 행운을 잡으려는 도박의 신전에서 누구나 보게 되는 깡마른 부인네들과 아주 똑같은 모습을 하고 있었다. 코빅이 없는 동안에 그녀가 이토록 비슷해졌구나 하는 생각이 생생하게 떠올랐다. 그녀가 문학예술을 위해서 살고 있는 그 모습에는 유별난 것이 있다고도 말할 수 있다. 그녀는 분명히 정열의 포로가 되어 있었고 그래서 그녀 앞에서 나는 정말 열정이 거의 없는 사람으로 느껴졌다. 나는 다시 한 번 그녀의 소설 「저 깊은 곳에」를 읽어보았다. 그것은 그녀가 길을 잃고 헤매던 사막이었다. 그러나 그 사막에서도 역시 그녀는 놀라우리만큼 멋지게 모래 속의 구멍을 파고들었다 — 이 구멍으로부터 훨씬 더 멋들어지게 그녀를 끌어냈던 것은 바로 코빅이다.

　3월 초에 나는 그녀로부터 전보를 받았고 그렇기 때문에 곧 첼시로 달려갔는데 거기에서 그녀가 내게 첫번째로 한 말은 "그 사람이 찾았대요, 그가 알아냈대요!"라는 말이었다.

　그녀가 그처럼 마음속 깊이 감동되었기 때문에 그녀가 한 말이 대단히 중요한 것임을 알 수 있었다. "베리커의 착상을 알아냈다는 말입니까?"

　"베리커의 전체적인 의도를 알아냈다는 거예요. 조지가 봄베이에서 국제전보를 쳤어요."

　그녀는 거기에 있던 전보용지를 펼쳐 보였다. 전보의 내용은 간결했지만 강한 표현이었다. "나는 발견했노라. 엄청난 것이로다." 그것이 전부였고 — 발신인의 서명에 쓰일 비용도 아꼈다. 나도 그녀와 마찬가지로 감동했지만 또한 실망도 하였다. "그 내용이 무엇인가를 일러주지 않았으니 말입니다."

"어떻게 일러줄 수 있었겠어요 — 전보에다가. 편지로 써보내겠지요."

"그렇지만 어떻게 해서 알아냈을까?"

"그게 정말이겠지요? 아, 그걸 보시면 당신도 확실히 알게 될 것입니다. '걸음걸이만 보아도 진짜 여신임을 알다' 라고 버질도 알고 있지 않나요!"

"미스 엄, 나한테 이런 소식을 전해주었으니 당신이 바로 그 '여신'이구려!" — 나는 마냥 상기되어 신명이 났었다. "그렇지만 힌두교의 3대 신 가운데 하나인 비슈누의 신전에서 우리의 여신을 찾아냈다는 것은 얼마나 멋진 일인가! 저토록 색다르고 강력한 유혹의 한가운데에서 또다시 그 일 속으로 뛰어들 수가 있었으니 조지야말로 대단히 기묘한 사람이군요!"

"그분이 그 문제에 뛰어든 게 아닌 것으로 알아요. 6개월 동안이나 싫어서 혼자 있게 내버려두었기 때문에 그 문제 자체가 마치 정글에서 암호랑이가 뛰쳐나오듯이 그 사람에게 달려들었을 뿐이랍니다. 그이는 책을 한 권도 안 가지고 갔어요 — 일부러 말이에요. 정말 그럴 필요가 없었거든요 — 그이는 나와 마찬가지로 책을 몽땅 외우고 있었지요. 그것이 모두 한꺼번에 그 사람의 마음속에 작용했고 그래서 어느 날 어디선가 갑자기 생각지도 않고 있을 때 정말 굉장히 복잡하게 뒤엉킨 그 모두가 정확히 하나로 짝을 맞추었던 것이지요. 융단 속의 무늬가 나타난 것이지요. 그것이 그런 식으로 나타나리라는 것을 그이도 알고 있었구요. 왜 그분이 그 곳에 갔었는지, 그리고 왜 그분이 가는 것을 내가 동의했는지 그 진짜 이유를 — 그 동안 조금도 알지 못하고 계셨지만 — 이제 말씀드려도 괜찮으리라고 생각해요. 사실 변화의 덕분에 그렇게 잘될 것을 우리는 알았어요 — 생각하는 것도 달라지고 경치도 달라지면 없었던 감동도 생기고 요술처럼 멋지게 흔들어대는 일도 생긴다는 생각을 한답니다. 어쨌든 우리는 완전히, 우리는 멋지게 예상을 하고 있었지요. 긴요한 것들은 모두 그의 마음속에 들어 있었고 그래서 새롭고 강렬한 경험으로부터 자극을 받아 그것들이 바로 불을 붙인 것이랍니다." 정녕 그녀 자신에게 불이 붙었다 ― 글자 그대로 그녀의 얼굴이 타오르고 있었다. 나는 무의식의 사고 행위에 관한 것을 무엇인가 입 속에서 중얼거렸고 그녀는 말을 계속했다. "그이는 곧장 집으로 돌아올 겁니다 ― 이렇게 그이가 돌아온다구요."

"베리커를 만나기 위해서라는 말입니까?"

"베리커를 만나기 위해서지요 ― 저도 물론 만나구요. 그러나 생각해 보세요. 그분이 나한테 무엇을 말해 주셔야 할 것인지요!"

나는 머뭇거리며 물었다. "인도에 관해서 말인가요?"

"시시한 말씀 하시네요! 베리커에 관한 것이지요 ― 융단 속의 무늬에 관한 것 말이에요."

"하지만 말씀하시다시피 그거야 틀림없이 편지로 알게 되겠군요."

그녀는 영감을 받은 사람처럼 무언가 생각에 잠겼고 그러자 그녀의 얼굴이 재미있게 생겼다고 오래 전에 코빅이 나한테 한 말이 생각났다. "아마 그게 '굉장한' 것이라면 편지로 쓸 수가 없겠지요."

"그게 정말 굉장한 허튼 소리라도 아마 쓸 수 없겠지요. 편지에다가 쓸 수 없을 만한 것을 잡았다면 그거야 진짜를 붙잡은 것은 아니지요. 베리커 자신이 나한테 한 말로 봐서는 그 '무늬'가 글자 하나하나에 잘 조화되어 있는 것 같습니다."

"글쎄요. 한 시간 전에 조지에게 전보를 쳤지요 ― 두 마디 말로요." 라고 궨덜런이 말했다.

"전보 내용이 무엇인지 물어봐도 괜찮을는지요?"

그녀는 잠시 머뭇거리다가 마침내 그것을 밝혀주었다. "천사처럼 훌륭한 분이시여, 써 보내세요."

"잘하셨습니다!"라고 나는 크게 외쳤다. "나도 확실하게 해놓지요—똑같은 전보를 칠 참이랍니다."

7

내가 친 전보는 그러나 완전히 똑같은 것이 아니었다—'천사처럼 훌륭한 분' 대신에 다른 말을 썼다. 그런데 결국은 내가 쓴 형용사가 한결 더 적절했던 것처럼 생각되었다. 왜냐하면 마침내 우리가 여행 중인 그로부터 편지를 받았을 때 그 편지는 오로지, 그리고 완전히 우리를 애먹이는 것에 지나지 않았기 때문이다. 그는 멋들어진 승리를 획득했고 굉장한 발견을 했노라고 썼다. 그러나 그가 환희의 절정에 빠져 있어서 오히려 그 빛을 잃게 했을 뿐이다—그가 자기의 착상을 최고의 권위자인 베리커에게 이야기해야 했을 때까지도 상세한 것을 전혀 말하지 않았다. 그는 특파원의 임무를 포기했고, 그는 책을 쓰는 일도 그만두었고, 그는 모든 것을 중단하고 당장에 베리커가 머물고 있는 제노바 만 근처의 라팔로에 서둘러 갈 필요가 있었다는 것이다. 나는 그에게 편지를 써서 예멘의 수도 아든에서 그가 받아보게 부쳤다—내 걱정을 덜어줄 답장을 보내달라고 간절히 부탁했다. 이러한 내 편지를 그가 받아본 것은 전보를 보내와서 알게 되었는데 이 전보는 내가 며칠 동안 지루하게 기다리고, 또한 봄베이에 있는 그에게 내가 간결하게 전보를 친 다음에 한참 있다가 받은 것으로 분명히 두 번 띄운 편지의 답장으로 씌어진 것이었다. 그의 전보에 씌어진 몇 마디 말은 귀에 익은 현대 프랑스어였으며 코빅은 자기가 깐깐한 사람이 아니라는 것을 보여주기 위해서 흔히 이 프랑스말을 이용했다. 그런데 어떤 사람들에게는 역효과를 내기 일쑤였지만 그가 전하려는 말은 대체로 다음과 같이 바꿔 설명될 수 있다. "조금만 참으시게. 그 일이 난데없이 자네 앞에 밝혀질 때 자네가 어떤 얼굴을 하는지 보고 싶네!" — 그렇다면 차분히 좌정하고 내가 참고 견뎌야 하는 것이었다. 그러나 나는 분명 차분히 좌정했었다고는 할 수가 없다. 왜냐하면 나는 이즈음 첼시에 있는 그 작은 집과 내 집 사이를 늘 마차로 덜컹거리면서 오갔던 것을 지금도 기억하고 있기 때문이다. 우리, 즉 궨덜런이나 나나 똑같이 조바심을 하고 있었지만 나는 줄곧 궨덜런이 나보다 더 많은 것을 알아내기를 바랐다. 이러고 있는 동안에 우리와 같은 수입밖에 없는 사람들로 쳐서는 전보를 치고 마차를 타고 다니느라 많은 돈을 썼으며 문제의 발견자와 피발견자가 만난 후에 곧 보내올 라 팔로로부터의 소식을 받게 되리라고 나는 기대했다. 그 소식을 기다리는 동안은 일각이 여삼추로 꽤 긴 것 같았다. 그러나 어느 날 늦게 이륜 마차가 현관 앞에 당도하는 소리가 들렸다. 갑자기 요란스럽게 난 그 소리는 무언가 좋은 선물을 줄 것 같은 기미가 생기는 것으로 들렸다. 나는 그 동안 이때나 저때나 하고 마음 조이며 지내왔고 그래서 당장에 창가로 달려갔다 — 그쪽으로 옮겨갔더니 한 젊은 여자가 마차의 발판 위에 서서 열심히 내 집을 올려다보고 있는 모습이 눈에 띄었다. 그녀는 나를 보자 종이 한 장을 마구 흔들어댔는데 그 몸짓에 나는 곧장 밑으로 뛰어 내려갔다. 그런데 그 태도는 멜로드라마 속에서였더라면 사형장의 교수대 밑부분에서 손수건과 형 집행정지의 영장이 마구 휘날리는 듯한 움직임이었다.

"이제 방금 베리커를 만났소 — 한 가지 기록도 잘못된 게 없소. 가슴속에 간직했소. 한 달은 걸리겠소." 그 젊은 여인이 보여준 전보를 거기까지 읽고 있는 동안 마부가 자기 자리에 앉아서 싱긋이 웃고 있었다. 나는 흥분해 있었기 때문에 그에게 팁을 듬뿍 내주었고, 그녀도 역시 흥분해 있어서 그렇게 하는 것을 내버려두고 있었다. 그리고 마부가 떠나고 나서 우리는 근처를 산책하면서 이야기를 주고받았다. 말할 것도 없이 전에도 우리는 충분히 이야기를 주고받았지만 이번에는 이상하리만큼 마음이 들떠 있었다. 우리는 라팔로에서 일어났을 광경을 모두 상상해 보았다. 그는 라팔로를 방문하기 위해서 내 이름을 들먹이면서 허가받는 편지를 썼을 것이다. 그것은 나와 함께 거닐고 있던 그녀보다는 그 곳에 관한 자료를 더 많이 가지고 있던 내가 혼자서 멋대로 상상해 본 것인데, 우리가 함께 걸으면서 역부러 상점의 진열장 앞에서 걸음을 멈추고 이야기를 했지만 함께 그 안을 들여다보지는 않았고 그녀는 내 이야기에만 귀를 기울이고 있는 것 같았다. 우리가 분명히 같은 생각을 하고 있는 것이 한 가지 있었다. 그것은 혹시라도 코빅이 베리커와 좀더 충분한 의견교환을 하기 위해서 계속해서 그 곳에 머문다면 적어도 그렇게 지체함으로써 생기는 앙금을 없애줄 편지 한 장이라도 우리에게 해주어야만 하는 것이었다. 우리는 그가 계속 그 곳에 머무르려는 것을 이해하고 있었지만 그래도 우리는 각자가 그것을 몹시 싫어한다는 것을 알고 있었다고 생각한다. 우리가 분명히 오리라고 생각했던 편지가 도착했다. 그 편지는 괜딜런 앞으로 보낸 것이었다. 그래서 나는 때맞춰 그녀를 찾아가 그녀가 역부러 내게 편지를 가져오는 수고를 덜어주었다. 아주 당연한 것이었지만 그녀는 그 편지를 끝까지 다 읽지 않고 그 중요한 내용을 나한테 구체적으로 되풀이해서 일러주었다. 편지에는 그가 자기들이 결혼한 뒤에 그녀가 알고 싶어하는 것을 확실하게 그녀에게 일러주겠다는 놀라운 말이 씌어 있었다는 것이다.

"제가 자기의 아내가 되었을 때에나 말예요 — 그 전에는 안 된대요"라고 그녀가 설명했다. "그렇다면 말예요 — 우리가 곧장 결혼하지 않으면 안 된다는 말과 같지요! — 안 그래요?" 그녀는 나한테 웃어 보였지만 나는 맥이 확 풀리면서 실망하고 말았다. 이제부터 새로이 지체될 것 같은 예상이 들어 처음에는 내가 놀라고 있는 것마저 알지 못했다. 어쨌든 그가 나한테도 무언가 귀찮은 조건을 떠맡길 것이 틀림없을 것 같았다. 그런데 갑자기 나는 코빅이 떠나기 전에 나한테 말해 준 것을 생각하게 되었는데, 그러는 동안 그녀는 내게 그가 편지에서 한 말을 몇 가지 더 일러주었다. 코빅은 베리커 씨야말로 미칠 정도로 재미있는 분이라는 것을 알았으며 자기가 이 비밀을 차지하고 있다는 사실에 정말로 흥분해 마지않았다는 것이다. 묻혀 있는 보물은 정녕 황금과 보석이었다. 그것이 거기에 있었기에 자기 눈앞에서 자꾸만 불어나는 것처럼 생각되었다. 그것은 모든 시대를 통해서, 그리고 모든 언어를 사용해서 씌어진 가장 훌륭한 문학예술의 꽃 중의 꽃이었던 것이다. 더구나 그것을 직접 대하고 나면 그보다 더 완전무결하게 성취된 예술을 다시는 결코 볼 수가 없었다. 일단 모습을 드러내놓자 그것은 부끄러움을 탈 만큼 눈부신 광채를 지녔다. 그런데 그것을 왜 지금껏 못 보고 지나쳐왔어야 했는가 하는 아주 사소한 이유는 다름 아니라 모든 사람이 감식력을 잃고 부패했으며 모든 감성이 메말라버린 현대의 헤아릴 수 없는 속물성에 있는 것이었다. 그것은 위대하지만 그러나 그만큼 단순하고, 단순하면서도 그만큼 위대해서 그것은 마침내 독특한 경험이었다. 이러한 경험의 매력, 그것이 생생한 동안에 마지막 한 방울까지 쭉 들이켜고자 하는 욕망 때문에 그가 그 근원이 되는 사람과 가까이하고 있는 것이었다고 그렇게 편지에다 넌지시 말해 놓았던 것이다. 궨덜런은 이러한 단편적인 이야기를 내게 가볍게 해주면서 아주 훤한 얼굴로 나 자신보다 더 확실한 장래의 기대에 의기양양해 보였다. 그렇기 때문에 나는 그녀의 결혼문제를 되생각하게 되었는데 그녀가 방금 나를 놀라게 했던 말이 그녀가 그 사람과 약혼했다는 뜻이냐고 물어보지 않을 수가 없었다.

"물론이지요!" 하고 그녀가 대답했다. "모르고 계셨나요?" 그녀는 놀란 것 같았다. 하지만 내가 오히려 더 놀랐다. 왜냐하면 코빅이 한 말과는 완전히 반대였기 때문이다. 그러나 이 말은 하지 않았다. 다만 나는 그녀에게 그러한 이유로 해서 내가 그녀를 별로 믿지 않았고 코빅조차도 믿지 않았으며 거기에다 그녀의 어머니가 그들의 약혼을 막으려고 한 것을 모르지 않았음을 일러두기만 했다. 마음속으로는 그 두 사람의 설명이 맞지 않아서 언짢은 기분이 들었으나 잠시 후에 코빅이 한 설명이 내가 제일 의심하지 않아도 되는 말이라는 생각이 들었다. 이렇게 생각하고 보니 나는 단지 이렇게 자문하지 않을 수 없었다. 그녀가 옛날 이야기를 새로운 이야기처럼 꾸몄거나 아니면 새로운 이야기를 불쑥 내놓았거나 — 그 당장에 즉석 약혼을 했다고 해놓고 자기가 소망한 대로 만족하기를 바랐던 것이 아니냐고. 그녀에게는 내가 갖지 못한 임기응변의 재능이 있음이 틀림없었지만 그녀는 곧 다음과 같이 대꾸했기 때문에 자기 입장을 조금은 더 이해시켜 주었다. "지금까지의 모든 일의 상태로 보아서 엄마가 살아 계신 동안에는 물론 아무것도 하지 말아야 한다고 우리가 생각한 것이지요."

"하지만 이젠 엄마의 승낙을 받지 않아도 될 것이라고 생각하시겠지?"

"아, 그렇게 안 될지도 몰라요!" 그렇다면 어떻게 될 것인가 하고 생각하는데 그녀가 계속해서 말했다. "안됐군요. 엄마는 반갑지는 않지만 그대로 받아들이실 거예요. 사실 아시다시피," 그녀는 크게 웃으면서 덧붙였다. "엄마는 정말 그렇게 해주셔야만 돼요!" — 관심을 가진 모든 사람을 대신해서 그녀의 주장이 강력하다는 것을 충분히 인정했다.

8

　코빅이 영국에 도착하기 전에 내가 영국에 있을 형편이 못 되어 그 사람으로부터 모든 이야기를 들을 수 없게 된 것을 알고서 그보다도 더 애를 태운 적이 없었다. 나는 동생의 급박한 병 때문에 갑자기 독일로 오라는 소식을 받았다. 그런데 동생은 내 충고를 듣지 않고 뮌헨으로 가서 어느 훌륭한 대가의 밑에서 유화의 초상화 기법을 배우고 있었다. 그에게 학자금을 대주었던 가까운 친척이 혹시라도 내 동생이 보다 훌륭한 진리를 찾기로 한다고 그럴듯한 핑계를 대면서 파리로 간다면 학비 송금을 철회하겠노라고 으름장을 놓았다. 웬일인지 몰라도 이 첼튼엄 숙모에게 있어서 파리는 악의 양성소이며 끝없이 깊은 구렁텅이였기 때문이다. 나는 그때에도 이 숙모의 편견을 한탄해 마지않았지만 이제 그 심각한 손상이 눈에 띄게 나타났다 — 즉 첫째로 똑똑하면서도 허약하고 미련했던 동생은 실제 불쌍하게도 폐병을 앓고 있었고, 둘째로는 그 사건으로 해서 나는 파리보다 런던으로부터 더 멀리 떨어진 뮌헨까지 가지 않을 수 없게 되었던 것이다. 이렇게 불안한 몇 주일 동안 내 마음속에 맨 먼저 떠오른 것은 만일 나와 내 동생이 파리에만 있었더라면 내가 단숨에 달려가 코빅을 만날 수 있었지 않았나 하는 생각이었을 성싶다. 실제로 이런 생각은 모든 점에서 전혀 문제가 되지 않았다. 동생이 병에서 회복하게 되면 우리 둘이 할 일은 많지만 동생이 석 달 동안이나 앓고 있었기 때문에 그 동안 나는 동생 곁을 한 번도 떠나지 못했고 그 석 달이 지난 끝에 우리는 영국으로 돌아가는 것을 완전히 금지당할 참이었다. 분위기를 바꿔 전지 요양이라도 해야 할 것으로 생각했는데 동생은 혼자서 그런 변화를 감당할 상태에 있지 않았다. 나는 동생을 이탈리아의 미랜으로 데리고 가 그 곳에서 여름을 함께 보내면서 어떻게 일을 다시 시작할 것인가를 실례를 들어 보여주려고 생각해 보았고 그러면서도 동생에게 결코 보여주지 않으려고 애를 쓰는 또 다른 걱정에 빠져 있었다.

이 모든 일이 이상하게 얽히고 설켜 일어난 일련의 현상 가운데 그 첫번째 일임이 입증되었기 때문에 그 모든 일을 함께 생각해 보면— 그것을 어떻게든 모두 받아들여야 했었는데— 그 일은 물론 인간의 정신을 이롭게 하기 위한 것이지만 인간의 욕망이 아무리 강렬하다 해도 운명이 때로는 이 욕망을 좌우하는 방식임을 내게 상기시켜 준 좋은 예시가 되어준다. 그러나 확실히 이 사건은 사소한 것이긴 하지만 우리가 여기에서 관심을 가지고 보고 있는 비교적 시원찮은 결과보다 더 큰 의미를 지니고 있다—물론 그 결과 역시 어느 정도 존중해서 말해야 할 것이라는 생각이 든다. 어쨌든 사실을 말하자면 내 유배지와 같았던 그 곳에서 얻은 꼴사나운 결과가 이 시각에 바로 그러한 의미로 내 앞에 나타난 것이다. 그때 내가 처음부터 이미 말했다시피 대단한 욕망에 사로잡혀왔던 그 동안의 내 마음은 조지 코빅이 라팔로에서 돌아오기 전에 내게 편지를 보내온 사실에도 불구하고 전혀 편해질 수가 없었고, 그의 편지도 내가 싫어하는 방식으로 씌어 있었다. 오늘에사 내 스스로 고백해야겠는데 분명히 코빅이 내 마음을 진정시키고 싶어서 편지를 보냈지만 실제로는 그런 기능을 전혀 발휘하지 못했으며, 그 뒤에 일어난 일도 그의 편지에 빠져 있는 것을 보완해 줄 만큼 잘 진전되어 주지도 않았다. 그가 그 현장에서 어떤 계간지를 위해 베리커의 작품에 관하여 최종적으로 확인하는 말을 써주기 시작했다고 적혀 있었으며, 이 철저한 연구인 동시에 세상에 내놓을 만한 가치가 있는 유일한 연구가 새로운 빛을 비춰주기로 되어 있고 지금껏 상상도 할 수 없었던 진실을—아, 정말 남 모르게 조용히!—

말하기로 되어 있었다는 것이다. 바꾸어 말하자면 그렇게 해서 융단 속의 무늬를 둘러싼 모양을 하나하나 찾아내고 그것을 갖가지 색조로 재현할 참이었다. 코빅 그 친구에 의하면 그 결과가 지금껏 그려진 문학적 초상화의 최고 걸작이 될 것이고 그래서 자기가 그 걸작을 내 눈앞에 매달아 보여줄 때까지 귀찮은 질문 같은 것은 하지 않는 게 좋지 않겠느냐고 부탁을 해왔다. 그는 내게 경의를 표하고 무상무념 속에 아주 초연하게 앉아 있는 위대한 초상화의 모델과 같은 그 사람을 제쳐놓고 개인적으로 자기가 가장 애써 일을 해주는 나를 감정가로 삼아 그 초상화를 보여주겠노라고 단언했다. 그렇기 때문에 나는 착한 아이가 되어 그 전시회의 준비가 마무리되기 전에는 커튼 밑으로 들여다보지 않으려고 애를 썼다. 아주 꼼짝 않고 앉아 있기만 하면 그만큼 더 많은 즐거움을 갖게 될 것이라고도 했다.

    나는 최선을 다해서 꼼짝도 않고 조용히 앉아 있으려고 했다. 그렇지만 펄쩍 뛰어오르지 않을 수 없는 일이 생겼다. 내가 뮌헨에서 한두 주일 있는 동안 내가 알기로는 코빅이 아직 런던에 도착하기 전이었는데 그 곳의 신문 『타임』에서 안타깝게도 엄 여사가 갑자기 죽었다는 짤막한 기사를 보았던 것이다. 나는 곧 궨덜런에게 편지를 써서 자세한 것을 알려달라고 간청했다. 그랬더니 그녀로부터 자기 어머니가 오랫동안 심장마비의 위협에 시달려왔다는 내용의 답장이 왔다. 그녀가 편지에 쓰지는 않았지만 그녀의 말 가운데서 내가 멋대로 읽어낸 것인데 그녀의 결혼문제, 그리고 내게 조금도 뒤떨어지지 않는 그녀의 열성이라는 점에서 보면 이 어머니의 갑작스런 죽음은 예상보다도 더 빨리, 그리고 노부인이 참아주기를 기다리는 것보다도 더 근본적인 해결을 해준 셈이었다. 정말 솔직히 말해서 그때에 그녀로부터 몇 번인가 편지를 받았기 때문이지만 — 궨덜런이 한 말 가운데서 무언가 이상한 것을 읽게 되었고 또한 그녀가 말하지 않은 것에서도 더욱 심상치 않은 것을 읽게 되었다. 이렇게 펜을 잡고 지나간 세월을 되살리고 보니 당시에 나는 몇 달 동안이나 본의 아니게도 일종의 강요당한 방관자 신세가 되었었던 아주 야릇한 생각이 되살아난다. 나는 마치 내 두 눈으로 보고만 있을 수밖에 달리 살아나갈 방도가 없는 것처럼 생각이 되었는데 사건이 차례로 진행되어 가는 모습을 다만 물끄러미 바라보고만 있을 수밖에 없었던 것 같다. 그 무렵 나는 차라리 휴 베리커에게 편지를 해서 그의 동정심이나마 기대해 볼까 하고 생각한 날도 많이 있었다. 그러나 내가 그렇게까지 형편없이 되어버리지는 않았다는 것을 더욱더 마음속 깊이 생각했고 — 그뿐만 아니라 행여 부탁을 했더라도 그는 정말 당연하게도 나를 내쫓아버렸을 것이다. 엄 여사가 작고함으로써 코빅이 곧장 영국으로 돌아왔고 그 달 안에 그는 '아주 은밀히' — 그가 자기의 평론에서 자신이 찾아낸 것을 세상에 내놓았던 것처럼 그렇게 은밀히 했다고 내가 이해했는데 — 한때 사랑하다가 버리기도 했던 여자와 결혼을 한 것이었다. 덧붙여 말하자면 마지막 '버렸다' 는 말을 내가 쓴 것은 그가 인도에 갔을 때나 봄베이에서 중대한 뉴스를 전했을 때나 두 사람 사이에는 결혼에 관한 적극적인 약속 같은 것이 전혀 없었음을 내가 그 뒤로 점점 확신하게 되었기 때문이다. 그녀가 나한테 정반대의 주장을 하고 있는 순간에도 사실상 아무런 약속을 하지 않았다. 그뿐만 아니라 그는 돌아온 그 날 분명히 그녀와 약혼하게 되었던 것이다. 이 행복한 한 쌍의 부부는 신혼여행을 휴양지인 데번셔의 토키로 갔는데 그 곳에서 무모하고도 안타깝게 코빅은 젊은 신부에게 드라이브를 시켜주고 싶은 생각이 들었다. 그에게는 마차를 몰 만한 재주가 전혀 없었다. 이러한 사실은 옛날에 등을 맞대고 앉는 이륜 마차를 타고 함께 그 곳을 잠시 여행했을 때 내가 절실히 느껴 알고 있었던 것이다. 그는 이륜 마차에 그녀를 태우고 데번셔의 구릉지대를 향해 달려가 그가운데 어떤 구릉인가를 마차로 올라갔었던 것 같다. 그런데 사실은 그의 말이 갑자기 뛰어 달아나는 바람에 마차에 타고 있던 두 사람이 앞쪽으로 세차게 내동댕이쳐지면서 떨어졌고 그때 그는 끔찍하리만큼 심하게 머리를 다쳤다. 그는 현장에서 즉사했고 궨덜런은 그 위기를 면하고 상처 하나 입지 않았다.

이 무참한 비극의 문제, 나와 가장 친했던 친구를 잃었다는 것이 무엇을 의미하는가를 간단히 줄여서 이야기하려고 한다. 그때의 내 마음이 얼마나 비통했고 그것을 참기에 얼마나 힘들었는가 하는 내 시원찮은 이야기를 솔직하게 다 말하겠다. 그 끔찍스러운 소식을 접하고 나서 나는 코빅 여사에게 제일 먼저 보낸 편지의 후기에서 그녀의 남편이 적어도 베리커에 관한 그 위대한 평론만은 써놓지 않았는지를 물어보았다. 내가 재빨리 묻기도 했지만 그녀 역시 재빨리 답장을 보내왔다. 코빅의 평론은 겨우 쓰기 시작되었던 것으로 단지 가슴을 아프게 할 뿐인 단편에 불과했다고 한다. 그녀가 설명하는 바에 의하면 코빅이 그 곳에서 막 그 일을 본격적으로 착수하려고 했을 때 그녀의 어머니가 돌아가시는 바람에 그 일이 중단되었고, 그리고서 그가 귀국한 뒤에는 오히려 그 갑작스러운 재난 때문에 얻은 그들의 기쁨에 열중되어서 그는 일에 손을 대지 못했던 것이다. 평론의 시작 부분 몇 페이지가 그대로 남아 있을 뿐이었다. 그것은 매우 인상적이었고 장래가 기대되는 것이었다. 그러나 그 우상의 실체는 벗겨지지 않았다. 그는 비밀을 찾아내는 그 지적 대작업을 자기 평론의 클라이맥스로 만들어야 했던 것이 분명하다. 그녀는 그 내용 이외에 전혀 다른 말을 하지 않았으며 그녀 자신이 얼마나 알고 있는지에 관해서 내게 밝혀줄 만한 말을 한마디도 내비치지 않았다 — 그러나 그녀는 그 비밀에 관한 지식을 얻기 위해서 비범한 행동까지 서슴지 않았다고 나는 생각했다. 그녀는 이미 그 우상의 실체를 환히 알고 있는지? 이것이야말로 무엇보다도 내가 알고 싶어하는 바로 그것이었다. 가슴 조이며 듣고자 하는 사람을 위해서 그 실체를 밝혀주는 은밀한 의식이 치러졌던 것인가? 그 의식 이외에 다른 어떤 것을 위해서 결혼식이 거행되었던 것인가? 코빅이 없는 동안 그녀와 나 사이에 오갔던 내용을 생각할 때 그녀가 입을 열지 않는 것에 나도 놀랐지만 그렇다고 해서 그때까지는 아직 그녀를 억지로 몰아대고 싶은 생각은 없었다. 그렇기 때문에 얼마 안 있다가였지만 아무런 말도 해주지 않은 그녀에게 미랜에서 다시 한 번 간청하는 편지를 보냈다. 그녀가 계속해서 아무런 말도 해주지 않았기 때문에 약간 두려워하면서도 감히 "비록 사라지고 말았지만 당신이 더없는 기쁨에 젖어 있던 그 며칠 동안에라도 우리가 그처럼 듣고 싶어했던 것에 관해서 무언가 들어놓은 게 있는지요?" 하고 편지에 썼다. 내가 "우리들"이라는 말을 쓴 것은 하나의 조그만 암시였다. 그런데 그녀가 이 조그만 암시를 이해할 수 있었다는 것이 그녀의 편지에 나타나 있었다. "모든 것을 들었어요. 그렇지만 그것을 제 마음속에 간직해 둘랍니다." 라고 그녀는 답장을 보내왔다.

9

나는 그녀에 대해서 마음속으로부터 크게 동정하지 않을 수 없었고 영국으로 돌아오자마자 그녀에게 될 수 있는 대로 모든 친절을 베풀었다. 그녀는 자기 어머니가 돌아가셨기 때문에 생활의 여유를 갖게 되었으며, 그래서 전보다 더 편리한 구역에 옮겨 살고 있었다. 그러나 그녀가 잃은 것도 많고 벌을 받은 고통도 끔찍했다. 그리고 더구나 혹시 그녀가 수수께끼를 풀 묘안을 찾아내거나 문학활동의 단편지식이라도 가지고 있다는 생각을 할 수 있다 하더라도 그것으로 해서 그녀의 슬픔이 가라앉을 것이라고는 결코 생각되지 않았다. 그러나 이상하게도 그녀를 몇 번인가 만나다 보니 이렇게 이상야릇한 일을 어렴풋이나마 알게 되었다는 것을 아무래도 믿지 않을 수가 없었다. 거기에 서둘러 덧붙여 말해 두지만 내가 믿지 않을 수 없는 것, 적어도 상상만이라도 하지 않을 수 없는 것들이 따로 있었다. 그런데 실제 의심스럽기만 할 뿐 그 뒤로 이런 것들을 분명한 것으로 알게 된 적이 있다고는 결코 생각되지 않았다. 그래서 내가 여기에서 언급하고 있는 점에 관해 말하자면 돌아가신 그녀를 추모하여 의심쩍은 것을 좋게 해석해 주려고 생각한다. 상처받고 고독한 그녀가 대단히 세련된 모습으로 이제 깊은 슬픔에 빠져 있지만, 그녀의 기품은 더욱 원숙해 보였고 비통한 마음을 억누르고 있는 그녀는 의심할 나위 없이 단정한 자태를 견지하고 있는데, 그것은 그녀가 비할 데 없이 훌륭한 위품과 아름다움이 가득 찬 인생을 영위하고 있는 모습을 보여준다. 내가 시기를 잘못 택해서 그녀에게 충격을 주었을지도 모른다는 것을 알면서도 보낸 내 간청의 편지에 그 재난이 있은 지 일주일 만에 그녀가 답장을 보내왔는데, 그 편지에는 터놓고 이야기할 수 없는 것이 있었지만, 처음에 나는 어찌해서든지 그 주저함을 바로 극복해야 한다는 것을 설득할 방법을 찾아냈었다. 그렇게 주저한다는 것이 내게 있어서는 확실히 충격과 같은 것이었다 ― 확실히 그것을 생각하면 할수록 그만큼 더 어리둥절해질 뿐이었다. 그런데 그렇다 할지라도 나는 그것이 그녀의 기고만장한 감정인지 미신에 홀린 망설임인지 고상한 충성심에 따라서 그러한 것인지를 해명해 보려고 했다(실제 그렇게 생각한 것이 잘된 순간도 있었다). 동시에 그것 때문에 이처럼 신비롭게 이미 나타난, 그토록 귀중한 베리커의 비밀의 가치가 더욱 커진 것이 분명했다. 비록 어처구니없지만 차라리 고백하는 것이 낫겠는데 코빅 여사가 내게 보여준 뜻밖의 태도는 내 불운한 생각을 단단히 고정시켜

버리고 강박관념으로 바꿔놓아서 나는 항상 그것을 의식하지 않을 수 없게 되었다.

그러나 그녀가 이러한 태도를 취하면 나로서는 한층 더 교묘하게, 더 빈틈 없게 시간을 벌면서 다시 한 번 간청을 새롭게 하는 수밖에 없는 것이었다. 그러는 동안에 많은 추측도 해보았는데 그 중에 한 가지 대단히 흥미진진한 것이 있었다. 코빅이 자기들 두 사람이 깊은 관계를 맺는 데 있어서 최후의 장애가 되는 것이 없어질 때까지 자기의 젊은 연인인 그녀에게는 아무것도 알려주지 않고 있다가 — 그때에 가서야 비로소 비밀을 밝혔던 것이다. 궨딜런도 그에게서 힌트를 얻어 이러한 관계를 새로이 맺게 되는 것을 바탕으로 해서야만 이 비밀을 밝히겠다는 생각이었는가? 융단 속의 무늬를 남편과 아내 — 더할 나위 없이 훌륭하게 결합한 연인들만이 찾아낼 수 있고 묘사할 수 있는 것인가? 이러한 가능성도 있을 것 같은 말을 베리커 자신이 입 밖에 내놓았는데 켄싱턴 광장의 집에서 코빅이 자기가 좋아하는 연인에게 말을 해버렸는지도 모른다고 내가 이야기한 사실이 이제 신비로운 방식으로 머리에 떠올랐다. 베리커가 한 그 말 속에 대단한 것이 별로 없었을지도 모른다. 그러나 그 말에는 내가 원하는 것을 손에 넣기 위해서는 코빅 여사와 내가 결혼해야만 되지 않는가 하고 생각하게 하는 것이 충분히 있었다. (그런데) 그녀가 알고 있는 것을 내가 얻은 고마움에 이만한 대가를 치러야 할 마음의 준비가 되어 있었던가? 아, 그런 생각을 하자니 미쳐버리겠구나! — 내가 이처럼 당황하게 되는 시간에는 적어도 그런 생각까지 하게 되는 것이었다. 그 동안에 그녀가 건네주기를 거절했던 햇불이 그녀의 기억의 침실에서 활활 타오르는 것을 나는 볼 수 있었다 — 그 불길은 그녀의 두 눈에 넘쳐흐르는 빛이 되어 쓸쓸한 그녀의 집에서 번쩍이고 있었던 것이다. 6개월쯤 지났을 무렵 이렇게 따스하게 타오르는 존재가 그녀에게 어떠한 보상을 해

줄 것인가를 충분히 확신하게 되었다. 우리는 몇 번이고 되풀이해서 우리를 서로 만나게 해준 그 사람에 관해서 이야기를 주고받았는데 ― 그의 재능, 그의 성격, 그의 개성적 매력, 그의 확실한 성공, 그가 당한 무시무시한 운명, 그리고 하나의 비평가로서 밴다이크(1599~1644, 네덜란드의 화가)나 벨라스케스(1599~1660, 스페인 궁중화가)와 같은 최고의 문학적 초상화가가 되었어야 할 그 거대한 연구에 나타나 있는 그의 명확한 목적에 관해서까지도 이야기를 했다. 그녀가 나한테 아주 마음을 써서 전달하고자 했던 것은 자신의 옹고집도 있고 죽은 남편에 대한 외경심도 있고 해서 그 비밀을 파헤칠 그녀가 말하는바 '마땅한 사람'이 그것을 파헤치지 못하고 죽어버리고 말았으니 내가 그 비밀에 관해서 말한다는 것은 되지도 않는 소리라는 것이다. 그러나 마침내 그 시기가 당도했다. 어느 날 밤 여느 때보다 오랫동안 그녀와 이야기하고 있었을 때 나는 그녀의 팔을 힘껏 붙잡으면서 말했다. "그러면 결국 그것은 무엇이랍니까?"

그녀는 내가 그러리라고 예상하고는 만반의 태세를 갖추고 있었다. 그녀는 소리 없이 천천히 한참 동안 머리를 가로저었고 아무 말도 하지 않고 있어서 고맙기만 했다. 그러나 이 고마움은 잠시뿐이었고 그녀는 금세 아주 크고 예리하고 냉혹하게 "결코 말하지 않겠어요!"라는 말을 내게 퍼부었다. 평생을 지내오는 동안 이때껏 많은 거절을 당해본 나였지만 면전에서 이처럼 엄청난 거절의 말을 들어본 적이 없다. 나는 그 말을 받아들였고 그 격렬한 일격에 내 두 눈에 눈물이 솟구치는 것을 알았다. 그래서 한동안 우리는 서로의 얼굴을 바라보면서 앉아 있었다. 그 얼마 뒤에 나는 천천히 자리에서 일어났다. 언젠가는 그녀도 나를 받아들이겠지 하는 생각을 해보았지만 이 말을 나는 입 밖에 내지는 않았다. 손에 들고 있던 모자를 만지작거리면서 나는 말했다. "알았습니다. 그러면 제 나름대로 생각해 보지요. 그건 아무것도 아닌걸요 뭐!"
　그녀는 슬며시 웃었는데 그 웃음에는 나에 대한 희미하나마 멸시에 찬 동정심이 서려 있었다. 그러고 나서 그녀는 지금 이 시각에도 내내 귀에 들려오는 듯한 목소리로 말했다. "그건 저의 생명이랍니다!" 잇대어 출입문께에 서 있는 내게 덧붙여 말했다. "당신이 그 사람을 모욕한 거랍니다!"
　"베리커를 말씀하시는 겁니까?"
　"아니에요, 돌아가신 분 말씀이에요." 나는 길에 나와서야 그녀의 비난이 정당했다는 것을 알았다. 그렇다. 그것은 그녀의 생명이었다. 나도 역시 그것을 인정했다. 그러나 그녀의 생명은 그럼에도 불구하고 시간의 경과와 더불어 또 다른 관심을 받아들일 여유를 마련했다. 코빅이 죽고 일 년 반이 지난 뒤 그녀는 자신의 두번째 소설인 『정복당한 자』를 한 권짜리 책으로 출판하였다. 그래서 나는 그 책에서 어떤 모습으로든 비밀을 폭로하는 메아리가 울리거나 아니면 무언가 엿보기 좋아하는 모습이라도 찾게 될까 하는 희망에서 와락 덤벼들다시피 해서 읽었다. 내가 찾아낸 것은 다만 이 책이 그녀가 젊었을 때의 것보다 훨씬 더 잘된 작품이라는 것이며, 그것은 그녀가 전부터 사귀었던 더 좋은 친구 덕분이었음을 보여주는 것이라고 생각될 뿐이었다. 그것은 상당히 복잡한 직물과 같은 소설이라서 그 나름의 무늬를 가진 융단이었다. 그러나 그 무늬는 내가 찾고 있는 무늬가 아니었다. 그 책의 서평을 『미들』에 보내고 나서 금세 놀란 것은 이 책에 관한 신간 소개의 글이 이미 인쇄에 부쳐졌다고 편집실에서 알려주었기 때문이다. 그 신문이 나왔을 때 꽤나 저속할 정도로 극구 칭찬해 마지않는다고 생각된 이 기사가 옛날에 코빅과 어느 만큼 친구였던 드레이튼 딘이 썼을 것이라는 사실을 나는 곧 알았다. 그런데 그가 이 미망인과 알게 된 것은 불과 몇 주일이 되지 않아서였다. 나는 일찌감치 이 책을 구해서 읽었지만 딘은 분명히 나보다 더 일찍 이 책을 입수했었던 모양이다. 그렇지만 그의 글에는 코빅이 허울뿐인 물건을 광채가 나도록 만든 그런 필재가 없었다— 그는 무턱대고 칭찬만 하여 현란한 금빛으로 얼룩지게 했을 뿐이다.

10

여섯 달이 지나서 베리커의 소설 『통행의 권리』가 나왔는데, 미처 알지 못하고 있었지만 그것은 우리가 목숨을 건지듯이 그 문제를 해결해야 할 마지막 기회였다. 그 책은 전적으로 베리커 자신이 외국에서 체재하는 동안에 씌어졌기 때문에 출판되기에 앞서 전과 다름없이 유치한 글로 장황하게 예고되었다. 나는 이번에야말로 어느 누구보다도 일찍 그 책을 입수했다고 우쭐해서 곧장 코빅 여사에게 가지고 갔다. 이렇게 하는 것만이 내가 그 책을 유익하게 사용하는 것이었다. 『미들』에 부득이 찬사의 서평을 싣기로 한다면 나보다 더 재간이 있고 또 심기가 더 안정된 사람에게 돌려주는 게 좋다고 생각했다. "하지만 난 벌써 가지고 있어요"라고 궨덜런이 말했다. "드레이튼 딘이 어제 역부러 가져다 주어서 방금 전에 다 읽었어요."

"어제라구요? 어떻게 해서 그리도 일찍감치 그 책을 구했을까요?"

"그 사람, 무엇이든 일찍 구한답니다. 『미들』에 서평을 싣기로 되어 있지요."

"그 사람—드레이튼 딘이 베리커의 서평을 한다구요?" 나는 내 귀를 의심했다.

"왜, 안 되나요? 이 사람이나 저 사람이나 모르면 마찬가지지요."

나는 멈칫했지만 곧 이렇게 말했다. "당신이 직접 베리커의 작품을 서평하셔야지요."
 "나는 서평을 하지 않아요." 그녀는 웃으며 말했다. "내가 서평을 당하는 편인걸요."
 바로 그때 출입문이 활짝 열렸다. "아, 그렇습니다. 당신의 서평자가 여기 와 있습니다!" 긴 다리에 이마가 넓은 드레이튼 딘이 그 곳에 와 있었다. 그는 『통행의 권리』에 관해서 그녀가 어떻게 생각하고 있는지 알아보고자 해서, 그리고 진기하게도 그것과 연관된 소식을 전해주고자 왔던 것이다. 방금 전에 나온 석간 신문에 그 작품의 저자에 관한 전보기사가 실려 있었는데 그 저자가 로마에서 말라리아열병에 걸려 쓰러져 며칠 동안 앓아누워 있다는 것이다. 처음에는 위험하지 않다고 생각되었었는데 여러 가지 합병증이 생긴 결과 우려할 만한 사태에 이를지도 모르는 변화가 나타났다는 것이다. 그러한 우려는 사실상 아주 가까운 시간 전에 느껴지기 시작했던 것이다.
 이와 같은 소식을 접하고서 나는 깜짝 놀랐는데, 코빅 여사는 공공연히 관심을 보이면서 기본적으로 초연해야 할 태도를 감추지 못하였던 것이다. 그것은 그녀가 이미 완전한 독립을 강구했다는 것을 내게 말해 주는 것이었다. 그녀가 얻은 독립은 그녀가 터득한 지식에 의한 것이며 그 지식은 이제 어떤 것으로도 파괴될 수 없으며 어떤 것으로도 달라질 수 없다. 융단 속의 무늬에 한두 번 비꼬이는 일이 생기는 수가 있다 해도 판결은 실질적으로 선고되었다. 작가는 차라리 무덤으로 들어가는 게 좋을지도 모른다고 그녀는 생각했을 게다. 그녀는 자기야말로 그 작가의 은혜를 입은 상속인이 된 것처럼 이 이상 더 그 작가가 살아줄 필요가 전혀 없다고 생각하는 사람이었다. 이러한 일로 해서 내가 목격한 어느 특정 순간이 머리에 떠올랐다. 코빅이 죽고 난 뒤 그녀가 베리커를 직접 만나고 싶어했던 욕망이 스러져버리지 않았나 하는 생각이 들었다. 그녀는 그 사람을 만나지 않고도 자기가 원하는 것을 얻었기 때문이다. 만일 그것을 손에 넣지 못했다면 그녀는 그토록 엄청난 치욕을 받으면서도 직접 작가 자신을 타진하는 노력을 포기하지는 않았을 것이며, 그런 일은 여자 쪽보다는 남자 쪽에 더 있을 법했는데 남자 쪽인 내 경우에 있어서 그와 같은 치욕감 때문에 그 작가를 만나는 일이 방해를 받지 않았나 하는 확신을 갖게 되었다. 그러나 실제는 그렇지 않았기 때문에 서둘러 덧붙여 일러두지만 내가 이처럼 비위에 거슬리는 비교를 하고 있는데도 불구하고 남자인 내 경우가 애매한 것은 분명하다. 베리커가 어쩌면 지금 이 순간에 그 곳 이탈리아에서 죽어가고 있다는 생각이 들자 비통한 느낌이 파도처럼 밀어닥쳤다. 참으로 변덕스러운 생각이긴 하지만 내가 여전히 그에게 의탁하고 있다는 것이 뼈에 사무칠 만큼 가슴 아프게 생각되었다. 내 마음이 매사에 조심스럽게 나를 억제해 왔기 때문에 그 한 가지 보상으로써 알프스 산맥과 아파니노 산맥이 그 사람과 나를 갈라놓고 말았다. 그러나 이제 그를 만나는 바람이 사그라진다는 생각이 들게 되자 자포자기가 되어 마침내 차라리 그 사람을 만나러 가버릴까 싶기도 했다. 물론 실제로 그런 짓은 전혀 할 수가 없었다. 나는 5분 동안 그 곳에 머물러 있었는데 그 동안 그 두 사람은 베리커의 새 작품에 관해서 이야기를 주고받았으며, 드레이튼 딘이 나에게 그 책에 관한 의견을 타진해 왔을 때 자리에서 일어나면서 휴 베리커를 몹시 싫어하며 그 사람의 작품을 읽을 생각도 없다고 대답해 버렸다. 헤어질 때 문이 닫히고 난 뒤 딘이 거의 틀림없이 나를 대단히 천박한 사람으로 낙인을 찍으리라고 생각했다. 그의 여주인도 그런 사실을 적어도 부인하지는 않을 것으로 생각되었다.

그 뒤로 우리에게 계속해서 생긴 아주 이상한 일들을 보다 간략하게 언급해 두고자 한다. 딘과 내가 만난 뒤 3주가 지나서 베리커가 죽었고 그 해가 다 가기도 전에 그의 아내도 죽었다. 이 가엾은 부인을 나는 한 번도 만나본 적이 없었지만 혹시 그녀가 남편이 죽은 뒤에도 오래 살아서 내가 예의를 갖추어 접근할 수 있었다면 그녀에게 내 부탁을 조금이라도 할 수 있었을 텐데 하고 나는 쓸데없는 추측만 하고 있었다. 그녀가 알고 있었을까? 알고 있다면 일러주었을까? 하지만 여러 가지 이유로 해서 그녀가 아무것도 말해 주지 않았을 것이라는 가상만 잔뜩 하게 되었다. 그러나 이제 그녀가 손에 닿지 않는 곳으로 사라져버렸으니 이것이 곧 내게 정해진 운명이려니 하고 체념하지 않을 수 없다는 느낌이 들었다. 나는 끝이 없는 강박관념의 감방 속에 감금되어 있었고 교도관은 열쇠를 가진 채 자리를 떠버렸다. 마치 지하 감방에 갇힌 포로가 되어 시간의 흐름을 짐작하지 못하는 것처럼 그 뒤에 시간이 얼마나 흘렀는지를 모르지만 그 동안에 코빅 여사는 드레이튼 딘의 아내가 되어 있었다. 일이 이렇게 끝나게 되리라는 것을 나는 감방의 창살을 통해서도 예견한 바 있지만 그 두 사람이 아주 방정맞게 결혼을 서두른 것도 아닌데 우리들 사이의 우정은 오히려 소원해지고 말았다. 그들 두 사람은 다 같이 '대단히 지성이 있는' 사람들이었기 때문에 세상 사람들에게는 잘 어울리는 부부로 생각되었으나, 신부가 그 두 사람의 결합에 기여한바 이해의 재산을 그 어느 누구보다도 잘 평가한 것은 나였다. 하나의 문학적 결합으로서의 결혼이라고 ― 신문이 그 결연관계를 그렇게 묘사했는데 ― 그토록 화려한 남편의 유산을 생전에 받아본 여자가 과거에는 결코 없었다. 나는 당장에 서둘러 이 사건에서 생겨나는 것, 다시 말하면 이 결혼에 의해서 남편에게 특별히 나타날지도 모르는 예고된 징후를 찾기 시작했다. 그 반대쪽인 부인의 결혼선물이 호화찬란한 것을 생각하면 당연히 남편도 그에 맞먹을 만큼의 재산증가가 될 징후를 보여주리라고 나는 기대하고 있었다. 나는 그의 재산이 얼마나 되는지 알고 있었는데 ―『통행의 권리』에 대한 그의 서평에 의해서 그 재산의 총체가 분명하게 알려졌다. 지금 그의 입장은 분명히 내가 있어보지 못한 그런 입장이었기 때문에 나는 매월 그의 서평이 실릴 법한 잡지를 주시하면서 저 불행한 코빅이 미처 발표할 수 없어서 그 발표의 무거운 짐을 자기의 후계자에게 넘겨주었을 비중 큰 메시지가 발표되기를 기다렸다. 과부이자 새로이 아내가 된 그녀는 난로에 불을 다시 지펴서 재혼한 과부만이 부술 수 있는 침묵을 깨뜨린 셈이며, 그래서 코빅이 남 몰래, 그리고 궨덜런도 역시 남 몰래 그 비밀에 관한 지식을 얻고자 마음이 불타올랐듯이 이제는 딘이 그 비밀의 지식에 마음의 불꽃을 태우고 있는 것이다. 그가 불꽃처럼 타오르고 있는 게 틀림없었다. 그러나 웬일인지 그 불은 일반 사람들의 눈에 띄는 불꽃을 피워올리지 않는 것 같았다. 나는 잡지를 모두 자세히 훑어보았지만 헛수고였다. 드레이튼 딘은 혈기 왕성하게 여러 잡지에 글을 써댔지만 내가 열광적으로 찾느라 애를 쓰고 있는 글은 삼가고 있었다. 무수히 많은 문제에 대해서 글을 썼으면서도 베리커에 관한 문제에는 전혀 글을 쓰지 않았다. 그가 가장 자신 있게 쓴 글은 그가 말한바 사람들이 '두려워' 했든가 아니면 빠뜨리고 보지 못한 진실을 폭로한 것이었으나, 이 무렵 내게 있어서 중요하게 여겨졌던 단 한 가지 진실에 대해서는 그는 결코 한마디 말도 하지 않았다. 내가 이 부부를 만난 것은 신문에서 말하는 문단의 모임에서였다. 왜냐하면 내가 충분히 친숙해질 만큼 말해 왔다시피 우리가 행동할 수 있는 둘레가 완전히 그 협소한 문단에 한정되어 있었기 때문이다. 궨덜런은 세번째 소설을 출판하여 문단과의 관계를 지금까지보다 더 깊이 하고 있는데, 나 자신은 그녀의 이번 작품이 직전에 내놓은 작품보다 열등하다는 의견을 분명히 가지고 있었다. 그 작품이 한결 좋지 않다는 것은 그녀가 한결 좋지 않은 사람과 다정하게 사귀고 있기 때문이었는가? 행여 그녀의 비밀이 그녀가 내게 말해 주었듯이 그녀의 생명이었다고 하면 — 사실 하루가 다르게 더해가는 그녀의 신선한 아름다움에는 어쩌면 우아한 자애심으로 능숙하게 고쳐져 있지만 아무래도 자신의 특권을 의식하고 있는 모습이 나타나 있는 것을 똑똑히 알아볼 수 있다시피 — 그 생명의 비밀은 그녀의 작품에 아직은 직접적인 영향을 미치지 못하고 있었다. 그렇기 때문에 사람들은 오로지 — 모든 것이 다 그렇게 — 그 숨겨진 생명의 비밀을 알고 싶어하는 마음으로 더욱더 안달하게 되었다. 그리고 그 비밀은 더욱 우아하고 더욱 정교한 신비로 감싸일 뿐이었다.

11

그런 연유로 해서 나는 그녀의 남편으로부터 결코 눈을 뗄 수가 없었다. 내가 짓궂을 만큼 늘 따라다니다시피 해서 필시 그 사람도 불안했을 것이다. 내가 그 사람을 이야기에 끌어들이기까지도 해보았다. 그가 정말 알지 못하고 있었는가? 그가 그것을 알게 된다는 것은 당연지사가 아닌가? — 그런 의문이 내 머리 속에서 왱왱거리는 것이었다. 물론 그는 알고 있었다. 그렇지 않았더라면 내가 그를 노려보았을 때 그렇게 이상한 눈초리로 나를 되바라보지 못했을 게다. 내가 무엇을 원하고 있는지를 그의 아내가 그에게 말해 주었을 것이며, 그래서 내 무기력을 기분 좋게 즐기고 있었던 것이다. 그는 웃지 않았다 — 웃을 만한 사람이 아니었다. 그가 취하는 방식은 나를 화나게 만드는데, 그가 대화 도중에 말을 끊어 공백이 생기면 그것은 마치 그의 훌렁 벗겨진 이마처럼 커다란 공백이 되고, 나는 내 자신을 함부로 노출시켜야 하는 것이었다. 그러한 확신에 차서 나는 언제나 사람도 없이 드넓은 황야와 같은 그의 이마로부터 고개를 돌리고 마는 일이 생겼다. 그런데 그의 넓게 퍼진 이마와 그의 길게 늘어진 대화의 공백은 말하자면 지형상으로 상호 보완관계에 있는 것으로서 드레이튼 딘이라는 사람에게 발표력이 결여되어 있고 표현형식마저 결핍되어 있음을 다 함께 상징하고 있는 듯했다. 그는 자기가 알고 있는 것마저도 잘 이용할 수 있는 솜씨를 전혀 갖지 못하고 있다. 그에게는 문자 그대로 코빅이 해놓은 일을 이어받을 능력 같은 것이 아예 없다. 나는 더 깊이 파고 들었다─그것이 곧 내가 가질 수 있는 유일한 행복의 세계였기 때문이다. 그런 일이 그에게 감동을 주지 않았을 것임은 틀림없다고 생각했다. 그에게는 관심도 없었고 어떻게 되거나 그는 걱정을 하지 않았다. 그렇다. 정말 내 마음을 즐겁게 하는 것이지만 그는 내가 갖지 못한 그 비밀을 가지고 있으면서도 그것을 즐거워하지 못할 만큼 어리석은 사람으로 믿어진다. 그는 그 비밀을 알기 전에나 알고 난 뒤에도 여전히 어리석었으며 그래서 그런 사실이 그 신비를 감싸고 있던 찬란한 황금빛 영광을 내게 깊이 드리워주었다. 그럼에도 불구하고 물론 나는 그의 아내가 자기의 조건과 부당한 요구를 그에게 강요했을지도 모른다는 생각을 하지 않을 수가 없었다. 무엇보다도 먼저 머리에 떠오르는 것은 베리커의 죽음과 더불어 주요한 동기가 사그라져버렸다고 하는 것이다. 베리커 그 사람은 이제부터 성취될지도 모르는 일에 의해서 아직도 영예를 얻을 수 있는 자리에 있지만─그는 이미 그 일을 옳다고 시인할 자리에는 있지 않다. 아, 정녕 그 사람말고 어느 누가 그런 권한을 가졌단 말인가?

    이 부부에게 두 아이가 태어났다. 그러나 두번째 아이의 출산으로 그 어머니가 생명을 잃고 말았다. 이 충격이 있은 뒤에 나는 다시금 어렴풋이나마 새로운 기회가 다가오는 듯한 생각을 하게 되었다. 마음속으로는 그 기회에 펄쩍 뛰어 달려들고 싶었으나 예의를 지키느라 한동안 때를 기다렸다. 그리하여 그 기다린 보람이 있어 내게 마침내 기회가 찾아왔다. 그의 아내가 죽고 1년이 지났을 무렵 나는 드레이튼 딘을 어느 조그만 클럽의 흡연실에서 만났는데 우리 둘은 다 같이 그 곳의 회원이었다. 그러나 이 곳에서 내가 그 사람을 만났지만—어쩌면 내가 좀체로 그 곳을 드나들지 않았기 때문이었는지 몰라도—몇 달 만의 일이었다. 방에는 아무도 없었고 기회도 좋았다. 나는 지금까지의 문제를 아주 끝내버리고 말기 위해서 그가 오랫동안 찾고 있었던 것으로 생각된 그 우세한 입장을 일부러 그에게 부여했다.

"돌아가신 자네의 부인과는 자네보다 더 오랫동안 알고 지낸 사람으로서"라고 나는 말을 꺼냈다. "일찍부터 내가 마음을 써오고 있는 것을 자네에게 들려주어야겠네. 틀림없이 자네 부인이 조지 코빅한테서 들었을 정보에 관한 것인데, 그것을 밝혀준다면 내 기꺼이 자네의 어떠한 조건이라도 들어주기로 하겠네—여보게, 잘 알다시피 불쌍한 친구 코빅 그 사람이 평생에 가장 행운이 있었던 시간에 휴 베리커로부터 곧장 얻은 그 정보 말일세."

그는 마치 골상학용의 흉상처럼 멍청하니 나를 바라보았다. "정보라구요—?"

"베리커의 비밀 말이야. 이봐요—그분의 작품 전체에 깔려 있는 의도, 진주를 꿰매 단 실끈, 숨겨진 보물, 융단 속의 무늬 말이야."

그의 얼굴이 달아오르기 시작했다—동요의 표정이 나타나기 시작했다.

"베리커의 작품에 전체적인 의도가 있었다구요?"

이번에는 내가 그의 얼굴을 빤히 쳐다볼 차례가 되었다. "그걸 모른다고 말할 참은 아니잖나?" 한순간 나는 그가 나를 놀리고 있다는 생각이 들었다. "자네 부인은 그것을 알고 있었다네. 전부터 내가 말했다시피 자네 부인은 코빅한테서 직접 들었던 것일세. 그런데 코빅은 한없이 찾아 헤맨 끝에, 그리고 베리커 자신도 이것을 매우 기뻐하였다시피 마침내 바로 그 동굴의 입구를 찾아냈던 것이네. 그 입구가 도대체 어디에 있단 말인가? 코빅은 결혼하고 난 뒤에사 말해 주었지 — 단 한 사람에게만 말해 주었어 — 그 사람은 처지가 바뀌어 재혼을 했을 때에 틀림없이 바로 자네에게 말해 주었을 것일세. 자네 부인은 자기에게, 남편이라는 관계에 있는 자네에게 최고의 특권으로서 코빅이 죽고 난 뒤 자기만 간직해 두고 있던 비밀에 관한 지식을 허용했던 것이지. 내가 당연하다고 생각한 게 잘못일까? 나 자신이 알고 있는 것은 그 지식이 한없이 귀중한 것이라고 하는 것뿐일세. 그래서 자네가 이해해 주기를 바라는 것은 만일 이번에 자네가 그 지식을 내게 준다면 내가 영원히 감사해야 할 은혜를 베풀어주는 셈이 된다는 것일세."

마침내 그의 얼굴이 아주 새빨갛게 되었다. 아마도 그는 먼저 내가 제정신이 아니었다고 생각하기 시작했나 보다. 조금씩 조금씩 내가 하는 말을 알아듣게 되었다. 그런데 내 쪽에서 더욱 강렬하게 놀라서 그를 찬찬히 바라보았다. 그랬더니 그가 말했다. "무슨 말씀을 하시는지 전혀 모르겠는데요."

그가 연기를 하고 있는 것은 아니었다 — 엉터리 소리 같지만 그것은 사실이었다. "부인께서 자네한테 정말 아무 이야기도 해주지 않았나—?"

"휴 베리커에 관해서 아무것도 들은 게 없다구요."

나는 망연자실하고 말았다. 방이 빙글빙글 돌아갔다. 그렇게까지 할 정도로 그 비밀이 아주 대단한 것이었구나! "맹세코 그렇단 말인가?"

"절대로 사실입니다. 아니, 도대체 어떻게 된 겁니까?" 그는 볼멘 소리로 투덜댔다.

"뜻밖이군요 — 실망했네. 자네한테서 그 비밀을 듣고 싶었는데 말이야."

"저로서는 그것에 관해서 아는 바가 없지요!" 그는 어색하게 웃었다. "그리고 혹시 알고 있다 해도—."

"그렇다면 나한테 그것을 일러주겠지—아, 그렇지, 그게 일반적인 인정일 테니 말이야. 하지만 나는 자네를 믿네. 알았어— 알고 있어요!" 나는 계속해서 말했지만 모든 것이 수레바퀴처럼 완전히 한 바퀴 돌아버렸기에 내가 엄청나게 잘못 생각하고 있었음을 알게 되었고 안타깝게도 이 친구의 태도를 내가 오관하고 있었던 것이다. 비록 말할 수는 없었지만 내가 알게 된 것은 그의 부인이 그를 비밀을 밝혀줄 만한 사람이라고 생각지 않았다는 것이다. 그래서 그런 사람과 결혼할 만하다고 생각한 여자로서는 이상하다고 여겨졌다. 결국 그녀는 그 사람에게 비밀에 대한 이해력이 있기 때문에 그 사람과 결혼할 수 있었던 것이 아니라는 생각이 들어 그렇게 설명했다. 그녀는 다른 어떤 이유로 해서 그 사람과 결혼했던 것이다.

그는 이제 어느 정도 그 문제를 잘 알게 되었으나 그만큼 더 놀라고 당황하였다. 그리고 그는 잠깐 동안 내 이야기와 자기의 재빠른 기억을 비교 대조해 보는 것이었다. 그가 명상에 잠겼던 끝에 곧 말을 했지만 상당히 힘이 없는 모습이었다. "여태껏 귀띔해 오신 것을 듣는 게 금시초문입니다. 죽은 아내가 휴 베리커에 관하여 어떠한 말도 하지 않은, 그리고 더욱이 입 밖에 낼 수도 없는 지식을 가졌었다고 하는 것은 당신의 오해임이 틀림없다고 생각합니다— 만일 그것이 베리커 문학의 특성과 관계가 있었다면—아내가 확실히 그것이 이용될 수 있기를 바랐을 테니까요."

"그것은 분명히 이용되었네. 자네 부인 스스로가 그것을 이용한 것이라네. 그녀가 내게 직접 말해 주었지. 자기가 그것에 의존해 살고 있다고 말이야."

그렇게 지껄이고 난 순간 나는 내가 말을 잘못한 것을 후회하였다. 그가 새파랗게 질려버렸기 때문에 마치 내가 그 사람을 때렸던 것처럼 느껴졌다.

"아, '살고 있다' 구요—!" 그는 그렇게 중얼거리면서 금방 내게서 얼굴을 돌렸다. 나는 정말 후회스러운 마음이었다. 그래서 그의 어깨에 손을 얹고 말했다. "용서하게. 내가 잘못했네. 자네가 알고 있으려니 생각했는데 실제로 알고 있지 않았군. 내 생각이 옳았더라면 자네한테서 도움을 받을 수 있었을 텐데 말이야. 그리고 자네가 내 희망을 충족시켜 줄 위치에 있는 사람이라고 생각한 데에는 내 나름대로의 이유가 있었다네."

"나름대로의 이유라구요?" 그는 메아리치듯이 되물었다. "이유가 무엇이었습니까?" 나는 그의 얼굴을 지그시 바라보았다. 나는 망설였다. 그리고는 골똘히 생각에 잠겼다. "이쪽으로 와 나와 함께 앉아서 이야기를 하세." 나는 그를 소파가 있는 데로 데리고 가 시가를 하나 더 꺼내 불을 붙였고, 그리고서 베리커가 구름 위로부터 지상에 내려왔던 이야기에서 시작하여 그 뒤에 연쇄적으로 발생한 유별난 사건들을 그에게 자세히 이야기해 주었는데 당초부터 어슴푸레하게 나타났던 비밀의 빛은 아직도 무시된 채 그때까지도 나는 암중 모색만 하고 있었다는 말도 했다. 나는 그에게 지금까지 여기에 자세히 써냈던 것을 그대로 간단하게 이야기해 주었던 것이다. 그는 점차로 주의를 더해가면서 내 말을 귀담아 들었다. 그리고 나도 놀랐지만 그가 감동해서 부르짖는 소리, 간간이 던지는 질문을 듣고 그가 결국에는 자기 부인으로부터 신뢰받을 만한 가치가 없는 사람은 결코 아니었다는 것을 나는 알아차리게 되었다. 그렇게 뜻밖에도 자기 아내가 믿어주지 않았다는 것을 알게 되자 그때 그의 불안감은 크게 영향을 받았다. 그러나 내가 보기에는 이렇게 직접 몰아닥친 충격도 조금씩 가라앉아갔는데 또다시 경탄과 호기심의 파도가 몰려오는 것이었다. 그런데 내가 완벽하게 판단을 내릴 수 있는 것은 이 파도가 끝에 가서는 내 자신이 일찍이 겪은 분노의 절정과 더불어 산산이 부서질 가능성이 있다는 것이다. 오늘 우리 사이에는 충족되지 않은 욕망의 희생자로서 우열의 차가 바늘 끝만큼도 없다고 할 만하다. 가엾게도 그 사람의 현재 상태는 거의 내 위안이 되는 것이다. 그래서 실제로 순간순간 그것이 정말 나의 복수라고 느껴지는 때가 있다.

8
정글의 야수
The Beast in the Jungle

· · · · · · · · ·

장왕록

정글의 야수 작품해설

「정글의 야수(The Beast in the Jungle)」는 제임스의 후기 대표작 「대사들(The Ambassadors)」 직후에 씌어져 1903년에 발표되었다. 극적 사건이 없으면서도 긴박감이 감도는 사건 전개와 함께 '이루지 못한 사랑(unfulfilled love)'과 '살지 않은 삶(unlived life)'의 주제를 다뤘다는 점에서 제임스 후기 작품을 특징짓는 여러 가지 요소를 함께 지니고 있다.

주인공 존 마처는 자신에게 언젠가 특별하면서도 놀라운 일이 일어날 것을 확신하고 일상의 삶에서 스스로를 고립시킨다. 그는 그를 항상 진중하면서도 깊은 사랑으로 감싸는 여인 메이 버트램과 함께 이 '운명'이 어떤 형태로 야수처럼 자신을 덮칠 것인가에 대해 고뇌하며 그녀에게 기댄다. 메이가 병들어 죽고 나서야 그는 자신이 오랫동안 기다려왔던 '정글의 야수'는 바로 스스로의 자만과 이기주의였다는 것을 깨닫는다. '삶의 구경꾼(Spectator of life)'으로만 남아 있던 그는 이제 메이의 무덤에 쓰러져 통한의 눈물을 흘린다.

제임스의 전기작가 레온 에델(Leon Edel)은 이 작품이 다분히 자서전적 요소를 담고 있고, 콘스탄스 페니모어 울슨(Constance Fenimore Woolson)과의 개인적 관계에 근거한다고 시사하고 있다. 어떤 이유에서든 한 인간의 영혼의 여정을 다룬 이 작품을 제임스 스스로는 자신의 최고 걸작품이라고 평했고, 비평가 맥스웰 게이스머스(Maxwell Geismas)는 "헨리 제임스에 대한 제임스의 묘비명(Jamesian epitaph on Henry James)"이라고 단적으로 표현하고 있다.

정글의 야수

1

두 사람이 만났을 때 그를 놀라게 한 그 말이 어떤 계기에서 나왔는지는 그다지 중요한 것이 아니다. 아마도 그것은 그가 아무 생각 없이 한 말 — 여러 해 만에 다시 만난 후 하릴없이 거닐고 있을 때 무심코 한 말에 지나지 않았던 것이다. 그녀가 머물고 있는 저택에 그가 친구들을 따라 방문한 것은 그보다 한두 시간 전의 일이었다. 다른 또 한쪽의 저택에도 그가 입버릇처럼 말하듯 자신의 존재가 묻혀버릴 만큼 손님이 들끓고 있었는데 그 일행이 이쪽 저택의 오찬에 초대된 것이었다.

식사가 끝나자, 이 집 — 웨더엔드장(莊)을 꽤 유명하게 만들고 있는 것들, 즉 이 집의 경관, 오묘한 것들, 저택 본래의 구조라든가, 그림, 조상 전래의 가보류, 온갖 종류의 뛰어난 미술공예품 따위를 둘러본다는 당초의 목적에 따라 사람들은 제각각 흩어졌다. 큰방들이 수없이 많았는데, 손님들은 마음대로 돌아다녀도 좋았고 이 그룹의 주축을 이룬 사람들로부터 떨어져나가 뒤에 남아도 좋았다. 진정으로 관심이 있는 사람들은 이해가 잘 안 가는 것들에 대한 감상이나 평가에 열중할 수도 있었다. 구석 쪽에 놓인 것들 앞에서는 손을 무릎에 대고 몸을 앞으로 내밀며 신나서 기어이 무슨 냄새라도 맡으려는 듯이 고개를 끄덕이고 있는 사람들이 가끔씩 눈에 띄었다. 두 사람인 경우에는 그들의 탄성이 함께 어우러지거나 그보다도 더 의미심장한 침묵에 함께 빠져들거나 하므로 이 자리의 분위기에는 널리 광고하기 전에 '구경이나' 해보려는 사람들이 미리 둘러보면서 원하는 것에 대하여 꿈을 가져보거나 체념하거나 하는 것과 유사한 데가 있다고 마처는 생각했다. 하기야 웨더엔드장에서 뭔가를 입수하려고 꿈을 꾼다는 것은 터무니없는 착상이고 그런 암시 속에서 존 마처는 지나치게 유식한 사람들에 대해서도 무식한 사람들에 대해서와 거의 마찬가지로 유쾌한 기분이 들지 않았다. 그는 큰방들이 각기 가지고 있는 시(詩)와 역사의 무게에 압도되므로 좀 안정을 하기 위해서는 사람들로부터 떠나 혼자가 될 필요가 있을 정도였다. 그렇긴 하지만 그의 이 충동은 동료들 몇 사람이 그렇듯이 찬장 냄새를 맡고 좋아하는 개의 동작과는 달랐다. 이렇게 하여 혼자 떨어진 일이 이윽고 그를 전혀 예상 밖의 결과로 인도하게 되었다.

단적으로, 그 10월의 오후 동안에 그는 메이 버트램과 더욱 가까운 만남을 갖게 된 것이다. 두 사람이 퍽 긴 테이블에서 멀리 떨어져 앉아 있었을 때는 그녀의 얼굴은 전에 본 기억은 있지만 또렷이 누구라고 생각이 나지 않아 단지 약간 호감이 가는 얼굴이라는 데에 지나지 않았다. 그것은 마치 전편이 없어지고 후편만 남은 책 같은 인상을 그에게 주었다. 무엇인가의 계속이라는 것은 알고 있었고 환영할 수 있는 것이기도 했지만 도대체 무엇의 계속인지를 알 수가 없었다. 그녀로부터 이렇다 할 직접적인 신호가 있었던 것은 아니지만 그녀 쪽에서는 전후의 연결을 놓치지 않고 있다는 것을 그는 깨달았다. 그러나 그가 손을 내밀지 않는 한 그녀가 놓치지 않고 있는 것을 그에게 돌려줄 생각이 있는 것 같지 않았다. 그가 눈치챈 것은 그것뿐만 아니라 그 밖에도 몇 가지 더 있었다. 두 사람이 우연히 같이 다니던 무리 속에서 얼굴을 맞대었을 때에도 그의 기억으로는 과거에 어떤 접촉이 있었다 하더라도 그것은 대수로운 의미가 있는 것이 아니었다. 만일 이전의 접촉이 별로 의미 없는 것이었다면 왜 지금 그녀에게서 받는 인상이 의미 깊게 보이는지 그로서는 잘 알 수 없었다. 그러나 이 문제에 대한 해답은 결국 순간 순간을 살아가는 데 있어서 무슨 일이건 되어가는 형세에 맡기는 수밖에 없다는 점일 것이다. 확실한 이유는 말할 수 없었으나 이 저택 안에서의 이 젊은 여성의 신분은 가난한 친척일 것이라는 짐작이 갔다. 이 여자는 이 저택에 짧은 기간 머물고 있는 것이 아니라 어느 정도 이 집안의 일원이며 급료를 받고 일하고 있는 고용인에 가깝다는 것도 알았다. 다른 일과 아울러 때에 따라서는 안내담당을 맡고 귀찮은 사람들을 접대하거나, 저택의 건축 날짜며, 가구의 양식, 화가의 이름, 유령이 출몰하는 장소 따위에 대한 질문에 대답을 해줌으로써 이 집에서 받고 있는 보호에 대한 보답을 하고 있는 것이 아닐까? 그렇다고 해서 방문객들로부터 몇 실링의 팁을 감지덕지 받을 사람처럼 보이지는 않았다. 전보다는 나이가 훨씬 더 들었지만 눈에 띄게 잘생긴 그에게로 마침내 그녀가 다가온 것은 불과 두 시간 전이었다. 그가 그녀의 신상에 대해 다른 사람들 전부에 대해서보다도 더 열심히 상상을 한 결과, 다른 사람들로서는 도저히 생각해 내치도 못할, 그녀에 대한 진상을 꿰뚫어 보았기 때문인지도 모른다. 그녀가 그 곳에 있는 것은 다른 누구보다도 고통스러운 조건을 짊어지고서 있는 것이었다. 이런저런 일로 고통을 받아온 결과 그녀는 그 곳에 있는 것이었다. 그에게 그녀에 대한 기억이 있는 것처럼 그녀 쪽에서도 그를 기억하고 있었다―다만 그녀가 그를 훨씬 잘 기억하고 있는 것이 다를 뿐이었다.

이렇게 해서 마침내 그들이 말을 주고받게 된 것은 벽난로 위쪽에 걸린 초상화로 해서 한층 돋보이는 한 방에서 다른 사람들은 다 나가버리고 둘만 남았을 때였다. 그리고 멋진 것은 그들이 말을 주고받기도 전에 이미 이렇게 단둘이 뒤에 남아서 이야기를 나누도록 묵계가 되어 있었다는 것이다. 이 웨더엔드장에는 남들보다 뒤에 남아서까지 볼 만한 것들이 거의 없다는 것도 또 다른 매력이었다. 저물어가는 가을 해가 높은 창으로 비쳐드는 광경, 일몰 전의 불그레한 햇빛이 낮게 드리운 어두운 구름을 뚫고 갑자기 비쳐들어 그 기다란 광선이 낡은 벽면이나 황금빛 색실로 무늬를 짜넣은 오랜 양탄자 위에 노니는 광경도 좋았다. 그러나 무엇보다도 그의 마음을 끈 것은 그에게 다가왔을 때의 그녀의 모습이었다. 그것은 저는 좀더 단순한 사람들을 상대하기 위해 나타났으니 만일 당신이 무슨 일이든 예사스러운 일로 저와의 대화를 원하신다면 응하는 것도 제가 보통 하는 일의 하나라고 생각해 주시면 되는 것이에요, 라고 말하고 있는 것처럼 보였다. 그러나 그녀의 목소리를 듣는 순간 공백은 순식간에 메워지고 잃어버렸던 고리가 연결되었다. 그녀의 태도에서 느껴졌던 비아냥거림도 그 위력을 잃은 듯싶었다. 그래서 이 기회를 놓칠세라 그는 선수를 쳤다. "몇 년 전에 로마에서 만난 적이 있었지요. 잘 기억하고 있습니다."

그녀는 실망스럽게 고백했다. 그가 기억하고 있을 리가 없다고 생각했다는 것이었다. 그래서 그는 자기가 얼마나 잘 기억하고 있는가를 증명하려고 생각나는 대로 예를 들어 열거하기 시작했다. 바야흐로 그가 독점하고 있는 그녀의 얼굴과 목소리에 기적이 일어났다. 그녀에게서 받은 인상은 점등부(点燈夫)의 손에 들린 횃불이 길게 이어진 가로등에 하나하나 가스 등불을 켜나가는 것을 연상시켰다. 마처는 그 조명이 밝다고 자랑스럽게 생각했으나 모든 것을 정확하게 기억하려고 조급해 한 나머지 오히려 대부분이 틀렸다고 그녀가 그에게 지적하자, 그는 더한층 마음에 들었다. "그건 로마가 아니라 나폴리에서였어요. 그리고 8년 전이 아니라 벌써 거의 10년이나 전 일인걸요. 그때 저와 함께 있었던 사람은 저의 숙부와 숙모가 아니라 어머니와 오빠였어요. 그리고 당신과 함께 계셨던 분들도 펨블 씨 가족이 아니고 보이어 씨 가족이었어요. 당신은 그 가족분들과 로마에서 함께 오셨던 거예요." 이 점에 대한 그녀의 주장은 그를 다소 혼란시켰으나 그녀에게는 금방 제시할 수 있는 증거가 있었다. "저는 보이어 씨 부부라면 잘 알고 있었지만, 펨블 씨 부부에 대해서는 모르고 있었어요, 소문은 들은 적이 있지만요. 우리를 소개시켜 주신 분은 당신과 함께 오신 친구분들이었어요. 심한 폭우를 만나 차를 동굴 속으로 몰아넣어 피신한 그 사건이 일어난 것은 시저 궁전이 아니라 폼페이에서였지요. 중요한 발견물을 보러 갔을 때의 일이었어요."

그는 그녀의 보충 설명을 받아들이며 그녀가 그가 한 말을 정정하는 것을 즐겼다. 그녀의 지적에 의하여 그의 말이 그렇게 정정되고 있다는 사실은 그가 그녀에 대해 기억하는 것이 별로 없다는 것을 가리키는 것이었다. 그로서는 이렇게 과거사가 모두 정확히 밝혀진다면 그 뒤에 남는 것이 없어지므로 그것이 오히려 아쉽게 느껴지는 것이었다. 그 후에도 두 사람은 그 방에 함께 머물렀다. 그녀는 그녀의 직책을 소홀히 하고—그것은 그가 명민한 것을 안 순간부터 그녀는 안내 담당으로서의 권리를 상실했기 때문이었다—또 두 사람 모두 이 저택의 일은 잊어버리면서까지 그들은 아직도 한두 가지 되살아날 기억이 있지 않을까 하고 기다렸다. 결국 두 사람이 각자 갖고 있는 기억을 트럼프 패처럼 테이블에 늘어놓는 데는 그다지 시간도 걸리지 않았다. 분명한 것은 그 트럼프 패가 운 나쁘게도 완전히 갖추어진 것이 아니었다는 것이었다. 과거를 아무리 더듬고 들추어내더라도 당연한 일이지만 과거에서 실제로 있었던 이상의 일을 끄집어낼 수는 없었다. 그 과거 속에서 두 사람은 우연히 만났던 것이었다. 그녀가 20세, 그가 25세 때였다. 하지만 이렇게 생각을 떠올려봐도 그 이상 나온 것이 없다는 것이 정말 이상하다고 두 사람은 마음속으로 서로 주고받는 듯이 생각되었다. 기회를 놓쳤다는 생각을 담은 눈길을 두 사람은 주고받았다. 만약에 그때의 그 먼 이국에서의 만남이 그렇게 시시할 정도로 빈약한 것이 아니었다면 지금의 이 재회는 훨씬 더 좋았을 성싶었다. 두 사람 사이에는 기껏해야 여남은 개밖에 안 될 하찮은 추억거리밖에 없었다. 젊은 시절의 무분별성, 세상물정을 모르는 단순함과 무지로 인한 어리석음 정도였다. 작은 가능성의 싹도 없지는 않았으나 너무도 땅속 깊이 묻혀 있어서—너무 깊어서(그렇게 볼 수밖에 없지 않은가) 이렇게 세월이 흘러버려서는 싹틀 이유도 없었다.

　마처는 무언가 그녀에게 도움이 되는 일을 해주었어야 했는데 하고 생각할 뿐이었다. 이를테면 나폴리 만에서 전복한 배에서 그녀를 구출해 냈다든가, 나폴리 거리에서 그녀가 마차를 타고 가다가 작은 칼을 든 거지에게 날치기당한 화장품 백을 되찾아주었다든가, 아니면 차라리 그가 열병에 걸려서 홀로 호텔에 누워 있을 때 그녀가 찾아와서 간병을 해주며 가족에게 보낼 편지의 대필을 했다든가, 회복기에 접어든 그를 마차에 태워 데리고 갔다고 해도 나쁘지 않았을 것이다. 그렇다면 지금 그들의 상황에 꼭 있어야 하는데도 빠져버린 것이 무엇인가 발견할 수 있었을 것이다. 그러나 지금의 이 만남에도 버리기 아까운 어려운 것이 없지 않아 있었다. 그래서 두 사람은 그들이 공통적으로 아는 몇 사람이 없는 것도 아닌데 왜 그렇게 오랫동안 서로 회피하거나 한 듯이 재회할 수 없었던 것일까 하며 별수도 없는 일을 가지고 몇 분 동안 더 이야기를 주고받았다. '재회'라는 말이 사용된 것은 아니었으나 다른 손님들과의 합류를 조금씩 더 연기하고 있는 것 자체가 두 사람이 이 재회를 헛되이 하고 싶지 않다고 여기고 있는 증거였다. 여태까지 못 만나고 있었던 이유를 둘이서 이것저것 생각하고 있노라니 얼마나 서로에 대해서 모르고 있었던가 하는 것이 도리어 명백해지는 것이었다. 일순간 마처는 마음속에 통증을 느끼기까지 했다. 그 동안 일절 교제가 없었기 때문에 그녀를 옛 친구처럼 대하는 것은 소용없는 일이었다. 그럼에도 불구하고 그는 그녀가 옛 친구로 적합했을 것이라고 보는 것이었다. 그는 새로운 친구들은 충분히 있었다. 예컨대 저쪽 저택에서 그를 둘러쌌던 사람들은 모두 그의 친구들이었다. 그녀를 새로운 친구로서 만난 것이라면 그는 별로 마음에도 두지 않았을 것이다. 가능하다면 뭔가를 꾸며내어 로맨틱하거나 절박한 일이 예전에 두 사람 사이에 있었다고 그녀에게도 믿게 만들고 싶은 심정이었다. 사실 그는 뭔가 도움이 될 일이 없을까 하고 상상 속에서 — 시간의 흐름에 거스르듯이 — 탐색의 손을 뻗으려고까지 했다. 만일 그것이 발견되지 않는다면 재출발의 초안과도 같은 이 해후도 처량하게 유산으로 끝날 수밖에 없을 것이다. 이것으로 헤어진다면 두 번 다시 — 세번째라고 말해야겠지만 — 기회는 없을 것이었다. 이전에는 그들이 시도했더라도 잘되지 않았을 수도 있었다. 그런데 나중에 생각하니, 이것이 바로 전환점이었는데, 다른 모든 일이 실패로 끝나더라도 그녀는 이번의 만남을 살리려고 마음을 굳혔다. 그녀가 말을 하기 시작하자 그 말은 그녀가 지금까지 의식적으로 말하기를 삼가고 있던 것들, 가능하면 언급하지 않고 끝내고 싶었던 말들이라는 것을 알 수 있었다. 3, 4분쯤 지나자 그녀가 왜 그토록 망설였던가 그녀의 신중성을 이해할 수 있어서 그는 매우 감동했다. 어쨌든 그녀가 드디어 꺼낸 말로 시계가 밝아져서, 빠져 있던 고리가 — 미련하게도 놓쳐버렸다는 것이 애당초 이상한 일이지만 — 연결되었다.

"그때 당신이 저에게 하신 말씀 중에 잊을 수 없는 것이 있었어요. 그 때문에 그 후에도 여러 번 당신에 대해 생각했답니다. 무척 더운 날이었는데 바닷바람으로 더위를 식히려고 나폴리 만을 건너 소렌토까지 갔었지요. 제가 말씀드리는 것은 거기서 돌아오는 길에 배의 차양 그늘에 앉아서 시원한 바람을 쏘이고 있을 때 당신이 저에게 하신 말쏨이에요. 잊으셨어요?"

그는 잊어버리고 있었는데 부끄럽다기보다는 오히려 놀라웠다. 어떤 '달콤한' 말을 생각나게 하려는 속된 마음을 그녀에게서 찾아볼 수 없는 것이 너무나 좋았다. 여자의 허영심은 그런 말을 언제까지고 기억하고 있는 법인데, 그녀는 그가 그녀에게 찬사를 하거나 과오를 인정하라고 요구하고 있는 것이 아니었다. 다른 여자, 그것도 전혀 다른 부류의 여자였다면 바보스레 구혼했던 일을 생각나게 하는 것은 아닌가 하고 겁을 냈을지도 모른다. 따라서 그가 "하긴 내가 잊어버린 것 같습니다"라고 말하게 되었을 때 그는 자기가 잊어버려서 이익보다는 손해를 보았다는 기분이었다. 그는 그녀가 꺼낸 말에 순식간에 흥미가 느껴졌다. "생각해 내려고 애써 보아도 영 생각이 나지 않는군요. 하지만 소렌토에 간 날의 일은 기억하고 있습니다."

"글쎄요, 그것도 별로 믿어지지가 않는군요." 약간 사이를 두었다가 메이 버트램은 말했다.

"그리고 당신이 생각해 내주셨으면 하고 제가 원하고 있는지도 잘 모르겠어요. 사람을 10년 전의 그 자신에게로 돌아가게 한다는 건 무서운 일이니까요. 만약 당신이 옛날의 당신으로부터 떨어져나가 살아오셨다면 그 편이 훨씬 나아요." 그녀는 미소지었다.

"당신이 과거와 떨어져 살지 않았다면 내가 왜 그래야 합니까?" 그는 물었다.

"제가 옛날의 나 자신으로부터 떨어져 살아오지 않았다는 말씀인가요?"

"아뇨, 옛날의 나로부터란 뜻입니다. 물론 난 바보였겠지요." 마처는 말을 이었다. "하지만 당신이 어떤 생각을 하고 있었는지 알게 된 이상 아무것도 모르고 있기보다는 내가 얼마나 바보였던가를 당신 입에서 듣고 싶습니다."

그러나 그녀는 아직도 망설이고 있었다. "하지만 만약 당신이 옛날과는 전혀 다른 사람이 되셨다면……?"

"그렇다면 더더구나 제가 알아도 무방하겠지요. 게다가 아마도 나는 별로 달라지지 않았을 것입니다."

"그럴지도 모르죠." 그녀는 덧붙여 말했다. "하지만 그렇다고 한다면 스스로 생각이 나실 게 아니겠어요? 물론 당신에 대한 저의 인상은 아까 당신이 말씀하신 그런 심한 것은 절대로 아니에요." 그녀는 설명했다. "제가 당신을 바보라고 생각했었다면 제가 방금 화제에 올린 것을 마음속에 간직하고 있지 않았겠지요. 당신 자신에 관한 것이었어요." 그녀는 말하고는 이제는 그도 생각이 나겠지 하는 듯이 기다렸다. 그러나 그가 의아한 듯이 바라볼 뿐, 알아차린 기색을 전혀 나타내지 않음을 보자 그녀는 뒤로 물러설 수가 없게 되었다. "그 일은 이미 일어났나요?"

그때였다. 여전히 그녀를 물끄러미 바라보던 그의 머리에 한줄기 빛이 비쳐들었다. 그렇다면 그것 말이구나 하는 깨달음과 함께 그의 얼굴에 천천히 혈색이 번졌다. "내가 당신에게 말했단 말입니까……?" 그러나 지금 그에게 떠오른 생각이 틀린 것은 아닐까. 스스로 비밀을 누설해 버리는 게 되는 것이 아닐까. 그는 말을 더듬거렸다.

"그것은 당신의 신상에 관한 일이었으니까 당신을 잊지 않는 한 그것을 기억하는 것은 당연하지요. 그렇기 때문에 여쭈어보는 거예요." 그녀는 미소지었다. "그때 말씀하신 일이 그 후 일어났는가를 말이에요."

이로써 확실해졌다. 그는 놀란 나머지 어쩔 줄 몰라 몹시 당혹감을 느꼈다. 그러자 이런 말을 꺼낸 것이 잘못이었다고 그녀가 그를 딱하게 여기고 있는 것을 그도 느낄 수 있었다. 그녀가 꺼낸 말은 과연 크게 놀랄 만한 말이긴 했지만 잘못은 아니라고 생각하기까지 그리 시간은 걸리지 않았다. 최초의 가벼운 충격이 지나버리자 묘하게도 그녀가 기억해 준 것이 되레 기쁘게 여겨지기 시작했다. 그러고 보면 그녀는 이 세상에서 그 일을 기억해 준 유일한 타인인 것이다. 그녀에게 비밀을 털어놓았다고 하는 사실을 왠지 그 자신은 어느덧 잊어버리고 있었는데 그녀 쪽에서는 이 오랜 세월 동안 계속 그 비밀을 지켜오고 있었던 것이다. 그런 일이 전혀 없었던 것처럼 그 후 한 번도 그들의 만남이 이루어지지 않았던 것도 당연한 것이다.

"당신이 하신 말의 뜻을 알겠습니다." 마침내 그는 말했다. "다만 참 묘한 일입니다만 그토록 내 속마음을 털어놓고도 그 후 까맣게 잊고 있었다는 사실이 말입니다."

"저말고도 그 얘기를 하신 상대가 많이 있기 때문이라는 말씀인가요?"

"아무한테도 그런 말은 하지 않았어요. 그 이래 단 한 사람한테도."

"그렇다면 알고 있는 건 저뿐인가요?"

"이 세상에 당신 한 사람뿐이죠."

"그건요." 그녀는 재빨리 응답했다. "저도 다른 사람한테 누설한 적이 없어요. 당신이 저에게 말씀하신 걸 다른 사람에게 말한 적은 단 한 번도 없었어요." 그녀는 그를 바라보았고 그는 그녀를 진심으로 믿었다. 두 사람은 눈길을 마주쳤는데 그에게는 추호의 의심도 없었다.

"전 앞으로도 절대로 말하지 않을 거예요."

그녀는 조금 지나치다 싶을 만큼 진지한 태도로 말을 함으로써 혹시 이 여자가 나를 비웃고 있는 것은 아닐까 하는 그의 불안을 없애주었다. 왠지 이 사건 전체가—그녀가 주도권을 장악한 순간부터—그에게 있어서 하나의 새로운 사치가 되었다. 그녀가 조롱하는 듯한 태도를 취하지 않는다면 그것은 동정적으로 봐주는 것이 분명하다. 그리고 그런 동정적인 태도야말로 오랜 세월 동안 그가 아무에게서도 얻지 못하고 있던 것이다. 지금 같으면 도저히 그런 말을 꺼내지 못하 겠지만 우연히 오래 전에 말해 두었던 덕분에 오묘하게도 덕이 되었 을지도 모르겠다고 그는 느꼈다. "그럼 제발 다른 사람한테는 아무 말 도 하지 말아주시오. 우리 둘이만 아는 지금 이대로가 좋으니까요."

"전 괜찮아요." 그녀는 웃으며 말했다. "당신이 그게 좋다고 하신 다면요." 그녀는 다시 말을 이었다. "그러시다면 지금도 예전과 똑같 은 느낌을 갖고 계시는군요?"

놀란 일이었지만 그녀가 진정으로 관심을 가져주고 있다는 사실은 믿지 않을 수가 없었다. 오랫동안 자신이 큼직하리만큼 고독한 사람 으로만 알고 있었는데 사실은 조금도 고독하지 않은 것이다. 따지고 보면 그 소렌토의 배 위에서부터 지금까지 단 한 시간도 고독하지 않 았던 것이다. 지금 그녀를 보면서 고독했던 사람은 그녀 쪽이라는 것, 그것도 바로 그 자신이 품격을 못 지킨, 성실성의 결핍 때문에 그렇게 되었다는 것을 그는 알게 된 것 같았다. 그가 그런 말을 그녀에게 했다 는 것은 곧 그녀에게 무언가를 요구한 것이 아니고 무엇이겠는가? 그 녀 쪽은 친절한 마음으로 그것을 그에게 주었는데 그는 다시 만날 기 회가 없었기 때문이라고는 하나 적어도 기억에 담아둠으로써 그녀에 게 감사를 표해도 시원치 않을 것을 그것조차 하지 않았던 것이다. 그 녀에게 요구한 것은 처음에는 단지 웃지 말아달라는 것뿐이었다. 고 맙게도 그녀는 10년간이나 그렇게 해준데다가 지금도 웃고 있지는 않 았다. 그러고 보면, 그는 지금이라도 보상하는 의미에서 그녀에게 무 한한 그리움을 나타내야 할 것이다. 그러기 위해서만이라도, 자기가 예전에 그녀에게 어떻게 말했나를 확인할 필요가 있었다. "정확하게 말해서 내가 어떤 식으로 설명했던가요……?"

"당신이 느끼고 계신 것에 대해서 말인가요? 글쎄요, 지극히 간단한 얘기였어요. 자신이 뭔지 모를, 세상에도 희귀한, 경이롭고 굉장한 그 무엇을 위해 특별히 선택되어 있다는 생각을 아주 어릴 때부터 마음속 깊이 간직하고 계셨다는 것이었어요. 그리고 그 무엇인가는 조만간에 일어나리라는 것, 그것에 대해서는 확실한 예감과 확신을 갖고 계시다는 것, 필시 그것은 당신을 압도할 것이라는 그런 얘기였어요."

"그런 얘기가 지극히 간단하다는 겁니까?" 존 마쳐는 말했다.

그녀는 잠시 생각한 다음 말했다. "그야 말씀을 듣고 있는 동안에 제가 그것을 이해할 수 있는 것처럼 생각되었기 때문일 거예요."

"이해하신다구요?" 그는 진지하게 물었다.

그녀는 부드러운 시선으로 다시 한 번 그를 응시했다. "지금도 그걸 믿고 계세요?"

"아!" 그는 당혹해서 말했다. 간단하게 말할 수 있는 얘기가 아니었다.

"그것이 무엇이건, 아직은 일어나지 않았어요." 그녀는 분명히 말했다.

그녀 말에 완전히 굴복하면서 그는 고개를 저었다. "네, 아직 일어나지 않았어요. 내가 무언가를 한다는 뜻이 아니고 이 세상에서 무언가를 성취하여 유명해진다든가, 남의 칭찬을 받는다든가, 그런 것이 아닙니다. 나는 그런 바보는 아니니까요. 하긴 차라리 그랬더라면 더 좋았을까."

"그냥 앉아서 당할 수밖에 없는 그런 것인가요?"

"글쎄요, 기다린다는 것이 더 적합한 표현이겠지요—내 인생길에 어디선가 갑자기 튀어나와 나와 마주쳐 그것과 직면해야 할 것입니다. 어쩌면 나는 그 자리에서 꼼짝 못하고 의식을 잃고 죽어버릴지도 몰라요. 아니면 그것은 내 세계의 뿌리를 덮쳐 모든 것을 바꿔버려, 그 결과가 어떻게 되든 나를 그 결과에 맡겨버리는 것뿐일지도 모르고요."

이 말을 다 듣고 나서도 그녀의 눈빛에서는 조소의 그림자 같은 건

찾아볼 수 없었다.

"어쩌면 당신이 말씀하시는 건 많은 사람들이 알고 있는, 사랑에 빠질지도 모른다는 예감, 혹은 그 위험의 예감에 불과한 것은 아닌가요?"

존 마처는 의문을 느꼈다. "그때도 같은 질문을 하셨던가요?"

"아니에요. 그때는 지금처럼 허물 없이 얘기할 수 없었는걸요. 지금 생각난 질문이에요."

"그렇게 생각하시는 것도 당연합니다." 그는 잠시 후에 말했다. "내게도 그렇게 생각되지 않는 건 아닙니다. 나를 기다리는 운명이 그것에 불과한지도 몰라요." 그는 말을 이었다. "하지만 만약 그렇다면, 지금 나는 이미 알고 있어야 할 텐데요."

"사랑에 빠진 일이 있으니까 그렇다는 말씀인가요?" 이 말에 대해 그가 대꾸하지 않고 그녀를 응시하자, 그녀는 계속해서 말했다. "사랑에 빠지긴 했지만 별다른 이변도 아니고 대단한 사건도 아니었단 말씀이시군요."

"보시다시피 나는 이렇게 멀쩡히 여기 있으니 그것이 적어도 나를 압도하진 않았다는 것 아니겠어요?"

"그럼, 그건 사랑이 아니었던 거예요." 메이 버트램이 말했다.

"글쎄, 난 그것이 사랑이라고 생각했지요. 그렇게 생각했었고, 지금 이때까지요. 그것은 기분 좋고, 즐겁고, 또 비참했어요." 그는 설명했다. "하지만 그건 이상하지는 않았어요. 나는 나의 사랑이 이상하리라고 생각했는데요."

"완전히 혼자만의 것을—다른 아무도 지금까지 알 수 없었고 또 지금도 아는 이가 없는 그런 것을 바라고 계시는 것 같은데, 그렇습니까?"

"내 쪽에서 '바란다' 는 그런 것이 아닙니다. 정말이지 난 아무것도 바라고 있지 않아요. 그것은 단지 나를 떠나지 않는 불안감입니다—매일 함께 지내야 하는."

이렇게 명확히 조리 있게 말하니 그는 이 문제가 한층 더 강하게 다가오는 것을 알 수 있었다. 설사 그녀가 지금까지 관심을 갖지 않았다 하더라도 지금 이렇게 되면 관심을 갖지 않을 수 없을 것이다. "그건 어떤 폭력이 다가오는 느낌인가요?"

분명히 그는 지금 다시금 얘기하고 싶어졌다. "실제로 그것이 일어날 때 그것이 반드시 폭력적인 형태를 취하리라고는 생각지 않습니다. 자연스러우면서도 어느 모로 보나 확실한 것이라고 생각합니다. 나는 단순히 바로 '그것' 이라고만 생각하는데 '그것' 은 으레 자연스러운 모습으로 나타날 거예요."

"그렇다면 왜 이상한 것을 기대한다고 하셨죠?"

마처는 생각해 보았다. "이상한 건 아니겠지요 — 내겐 그렇단 말이오."

"그럼, 누구에게 이상한 건가요?"

"글쎄요." 그는 마침내 웃으면서 대답했다. "이를테면, 당신에게 그럴 겁니다."

"어머, 그럼 제가 그 자리에 있게 되나요?"

"그렇구말구요. 당신은 이 일을 알고 있으니까 이미 참여하고 있는 겁니다."

"그래요?" 그녀는 생각에 잠겼다. "하지만 제가 말씀드린 것은 제가 그 일이 일어날 때 있게 되는가 하는 것이었어요."

그 말이 나오자 잠시 동안 들떴던 기분이 스러지고 두 사람은 무거운 기분에 빠져들었다. 오랫동안 서로 마주 본 시선이 두 사람을 결합시키는 것 같았다. "그건 오로지 당신에게 달려 있어요. 당신이 나와 함께 지켜봐 준다면 말입니다."

"두려움을 느끼고 계시나요?"

"지금에 와서 나를 떠나지는 말아주시오." 그는 말을 이었다.

"두려워하고 계시나요?" 그녀는 되풀이해 물었다.

"당신은 아예 내가 정신이 돌았다고 생각하세요?" 그는 대답하는 대신 추궁했다. "해를 끼치지 않을 정신이상자 정도로밖에 안 보입니까?"

"아뇨." 메이 버트램이 말했다. "저는 당신을 이해해요. 당신을 믿고 있어요."

"그것은 이 오래 되고 가엾은 나의 강박관념 내지 고정관념이 장차 현실화할 가능성이 어느 정도 있다고 느끼시는 건가요?"

"어느 정도 있구말구요."

"그럼, 당신이 함께 지켜봐 주시는 거죠?"

그녀는 망설이다가 세번째로 같은 질문을 했다. "두려움을 느끼고 계시나요?"

"두려워하고 있다고 내가 말했던가요……나폴리에서?"

"아뇨, 그런 말씀은 안하셨어요."

"그렇다면 나도 모르겠어요. 하지만 알고 싶어지네요." 존 마처는 말했다. "내가 두려워하고 있다고 생각하면 그렇게 말씀하세요. 당신이 함께 지켜봐 주시면 알게 될 겁니다."

"그럼, 좋아요." 이때 두 사람은 방을 가로질러 문 앞까지 와 있었는데 방에서 나가기 전에 자기들의 합의를 마무리 짓듯이 멈추어 섰다. "함께 지켜봐 드릴게요." 메이 버트램이 말했다.

2

그녀가 '알고 있었다'는 것, 즉 알고 있으면서도 핀잔도 주지 않고 남에게 말하지도 않았다는 사실은 얼마 지나지 않아 두 사람 사이를 단단히 연결하는 역할을 하게 되었다. 웨더엔드에서 그 오후에 두 사람이 만난 다음 1년 동안에 둘이 만나는 기회가 거듭됨에 따라 그 유대는 더욱더 분명하게 되었다. 그러한 기회가 자주 생기게 한 사건은 그녀의 어머니가 돌아가신 후 그녀를 돌보아주었던 그녀의 연로한 대고모의 죽음이었다. 그 사람은 그 저택 후계자의 모친으로, 미망인이었으나 위압적인 태도와 엄격한 기질 덕분에 그 대저택에서 지고(至高)의 지위를 지켜내고 있었던 것이었다. 본인의 죽음으로 인해 이 큰 인물은 폐위(廢位)되었고, 그 후 많은 변화가 수반되었으며, 특히 메이 버트램의 신상에 커다란 변화를 가져오게 되었다. 마처는 노련한 관찰력으로 이 젊은 여성 속에 식객 신세로서의 상처받은 자존심이 도사리고 있다는 것을 처음부터 간파하고 있었다. 그러므로 이제 미스 버트램이 런던에 자그마한 집을 가질 수 있게 되어 그 상처의 아픔도 많이 누그러졌을 것이라 생각하니 마처는 근래에 없이 편안한 마음이 되었다. 그 대고모의 지극히 치밀한 유언 덕택에 그녀는 이럭저럭 그런 사치가 허용될 만한 액수의 유산을 얻은 것이었다. 무척 시간이 걸렸으나, 이에 관련된 모든 문제가 해결 났을 때 그녀는 드디어 집을 장만하는 즐거운 문제를 고려하는 중이라고 그에게 알려왔다. 그녀는 그 노부인을 따라 몇 번인가 런던에 왔었고, 그도 손님 접대를 위해 웨더엔드장을 많이 이용하고 있는 친구들을 다시 방문한 일도 있었기 때문에 두 사람은 그때까지 몇 번 만났었다. 이 친구들은 그를 다시 웨더엔드로 데려가 주었으므로, 그는 다른 사람들을 떠나서 미스 버트램과 둘만의 조용한 시간을 가질 수 있었다. 그는 런던에서도 대고모로부터 짧은 휴가를 얻도록 몇 번 그녀를 설득하는 데에 성공했었다. 그런 경우, 두 사람은 함께 내셔널 갤러리나 사우스 켄진턴 박물관을 찾아가 생생한 추억을 자아내는 것들에 둘러싸여서 이탈리아에 대해 이런저런 이야기를 주고받았다. 하지만 이제는 처음 만났을 때처럼 젊은 시절이나 잘 기억나지 않는 일을 생각해 내려고 애쓰지 않았다. 추억은 웨더엔드에서 만났던 그 첫날에 이미 그 역할을 충분히 수행했던 것이다. 마처가 느끼는 바로는 두 사람은 이미 강의 상류에서 방황하고 있는 것이 아니라 두 사람이 탄 보트가 강 복판으로 훌쩍 밀려나가 강물의 흐름을 따라 내려가기 시작하고 있는 것이었다.

두 사람은 문자 그대로 함께 떠돌고 있었다. 남자에게 이것은 실로 신기한 사태였다. 이 행운의 원인이 그녀가 기억해 주었다고 하는 문혀 있던 보물에 비할 수 있는 일이라는 것도 그만큼 신기한 일이었다. 그는 그 작은 보물을 맨손으로 캐올려 햇볕 아래 꺼냈다―두 사람의 신중성이며 저마다의 생활이 있는 탓에 아무래도 희미한 빛으로밖에 되지 않았지만―이 빛이 닿는 범위에서 꺼낸 귀중한 것은 원래 스스로 묻어놓았으면서 묘하게도 숨긴 장소에 대해서는 오랫동안 잊고 있었던 것이다. 그 숨긴 장소를 우연히 발견한다고 하는 드물게 보는 행운이 그를 다른 여러 가지 문제에 대해서는 무관심하게 만들었다. 장래의 즐거움과 감미로움에 몰두하고 싶은 기분에 들떠 있지 않았다면 기억의 상실이라는 이 기묘한 사태에 좀더 생각을 돌렸으리라는 것은 확실했다. 그러나 바로 그렇게 해서 기억을 상실한 덕분에 감미로운 미래는 신선함을 보존하고 있을 수 있었던 것이다. 누가 '알아야 한다'는 것은 그의 계획엔 결코 들어 있지 않았다. 누구에게 이야기할 생각은 조금도 없었다. 이야기하는 것은 있을 수 없는 일이었다. 다만 세상 사람들의 냉랭한 비웃음을 살 뿐인 일일 테니까. 하지만 자기도 깨닫지 못하는 동안에 신비스런 운명의 손이 늦기 전에 그의 입을 열게 만들고 있었다는 것을 알게 된 이상, 이것을 운명의 보상이라 생각하고 여기에서 가능한 한 이익을 얻었으면 좋겠다고 그는 생각했다. 적합한 인물이 알고 있어준다는 것은, 비밀을 간직하고 사는 괴로움을 내성적인 그로서는 상상도 못했을 정도로 가라앉혀 주었다. 메이 버트램은 분명히 적합하고 옳았다. 왜냐하면 — 그녀는 거기에 있었으니까 그녀가 알고 있다는 사실이 모든 것을 해결했다. 만일 그녀가 옳지 않았다면 그는 지금까지 그것을 알고도 남았을 것이다. 틀림없이 그가 놓여 있는 상황에서는 그녀를 단지 그가 마음을 터놓고 이야기한 사람으로만 간주할 수 없는 그녀가 그의 곤경에 관심을 가져준다는 사실 — 오로지 그 사실 — 그를 우스꽝스러운 괴짜로 여기지 않는 너그러움, 상냥스러움, 동정심, 진지함만 있다고 생각하게 될지도 몰랐다. 결국 그녀가 그에게 있어 가치가 있는 것은 자기로 하여금 항상 각별한 아낌을 받고 있다는 기분이 들게 해주기 때문이라는 것을 깨닫자, 그녀에게도 자기 생활이 있어서 여러 가지 일들이 일어날 수 있을 테니까, 친구로서는 그런 일들을 고려해야 하는 것을 잊지 않도록 조심했다. 이에 관련해서 꽤 보기 드문 일이 그에게 일어났다 — 그것은 그의 의식이 한 극단에서 다른 극단으로 갑작스럽게 이행을 하게 되며 생긴 일이었다.

언제쯤부터인지도 모를 정도로 긴 세월 동안, 그는 자기를 지극히 사심이 없는 사람이라고 생각하고 있었다. 그에게만 지워진 무거운 짐을 한결같이 아주 묵묵히 지고 계속 긴장하면서도 그것이 그의 생활에 미치게 되는 영향에 대해서는 다른 사람들이 눈치채지 않도록 신경 쓰며, 요구받으면 남에게는 후하게 해줄지언정 자기 쪽에서는 결코 봐줄 것을 요구하지 않는 사람으로 여기고 있었다. 불안에 사로잡힌 사나이를 보는 것 같은 기분 나쁜 생각을 남들에게 보여서 그들 마음을 어지럽히는 일은 한 적이 없었다. 그렇지만 다른 사람들이 어쩐지 안정되지 않는 기분이라고 말하는 소리를 들으면 그는 어떤 순간에는 아주 특수한 유혹을 느끼기도 했었다. 만일 그들의 불안이 지금까지 평생에 단 한 시간도 안정이라는 것을 몰랐던 그의 불안과 같은 정도의 것이라면 그들도 그러한 기분을 알고 있다고 말할 수 있을 것이다. 하지만 그래도 그의 쪽에서 남을 불안하게 만들 마음은 없었다. 그는 사람들의 이야기에 정중하게 귀를 기울였다. 다소 활기가 없다는 흠은 있을지 모르나 그가 지극히 예의 바른 사람인 것은 이런 이유에서였다. 또 이 탐욕스런 세상에서 그가 자기를 고상하게도 — 사실 어쩌면 숭고할 정도로 — 이기심이 없는 사람이라고 간주할 수 있었던 것도 같은 이유에서였다. 여기서 중요한 것은 그가 자신의 그러한 특성을 높이 평가하고 있어서 그 때문에 자기가 지금 그 특성을 잃을 위험이 있다는 것을 깨닫고 있다는 사실, 그리고 그것에 대해서 크게 경계할 것을 스스로에게 맹세했다는 사실이다. 그럼에도 불구하고 아주 조금은 이기적이 되어도 무방하다는 생각도 충분히 있었다. 왜냐하면 이처럼 매력적인 기회는 이제껏 없었기 때문이었다. '아주 조금'이란, 즉 미스 버트램이 그에게 허용해 주는 한도까지라는 것이었다. 결코 이쪽에서 강요는 하지 않으며, 그녀를 헤아려주고, 최고의 배려를 그녀에게 해줄 것이다. 그녀가 책임지는 실무상의 문제나 여러 가지 필요, 나아가서는 그녀의 특별한 버릇에 이르기까지 — 그런 명칭까지도 그는 붙이고 있었다 — 두 사람의 교제에 침투해 오는 것들을 항목별로 분류하는 일도 그는 깔끔히 할 것이다. 물론 이러한 것은 그가 두 사람의 교제를 당연한 것으로 받아들이고 있는 증거였다. 이 교제에 대해서는 더 이상 손을 댈 필요가 없었다. 그것은 이미 존재하고 있는 것이었다. 그 웨더엔드의 가을빛 속에서 그녀가 처음으로 날카로운 질문을 그에게 던졌을 때 그것은 갑자기 모습을 나타낸 것이다. 이처럼 확실한 기초 위에 다시 현실적인 형식이 가해졌어야 한다면 결혼이라는 형식밖에 없었을 것이다. 그러나 고약하게도 그 기초 자체가 결혼을 문제 삼고 있지 않았다. 즉 그가 지니고 있는 확신, 고정관념은 여자를 향해 권할 수 있는 특권이 못 되었다. 더구나 그 결과야말로 그에게 중대사였다. 앞으로 다가올 세월의 구석이나 모퉁이에는 정글 속에 숨어 있는 야수처럼, 무엇인가가 숨어서 그를 기다리고 있었다. 그 야수가 그를 죽이게 될 것인지 아니면 그쪽이 살해될 운명에 있는지는 별로 의미 없었다. 분명한 점은 그것이 반드시 습격해 오리라는 것이었다. 그리고 명백히 알아두어야 할 것은 인정이 있는 사나이라면 호랑이 사냥에는 여자를 데려가지 않는다는 사실이었다. 호랑이 사냥이라는 것이 자신의 장래를 상상할 때 그가 떠올리는 궁극적인 이미지였다.

그러나 가끔씩 불규칙한 만남밖에 갖지 못했던 처음 얼마 동안은 둘이서 이런 견해를 주고받는 일은 없었다. 그것은 그가 이 화제를 줄곧 기대하고 있는 것도 아니고 사실 그런 화제를 입에 올리는 것을 좋아하지도 않는다는 것을 주의 깊게 그녀에게 알려놓았던 결과였다. 그런 장래에 대한 시각은 꼽추의 혹 같은 것이었다. 그 혹에 대해 이야기를 하든 안하든, 그 혹 때문에 매순간 차이가 생겼다. 아무리 발버둥쳐도 꼽추 특유의 표정은 늘 있기 마련이었다. 그는 그런 표정을 갖고 있었고 그녀는 그런 그를 지키고 있었다. 하지만 보통 무엇인가를 지켜보는 데는 잠자코 있는 것이 상책이다. 그래서 두 사람은 주로 침묵 속에서 운명을 지켜보게 되었다. 그러나 그와 동시에 너무 긴장하거나 심각한 태세를 갖추는 것도 바람직한 일이 못 되었다. 자기가 남의 눈에 그렇게 긴장하고 심각해 보이리라는 것은 그에게도 상상이 갔다. 중요한 것은 그 이야기를 알고 있는 유일한 사람에게 자연스럽고 여유 있게 대하는 것이었다. 그 사람에게는 그 화제를 피하는 것 같은 태도를 취하기보다는 오히려 자진해서 그 일에 대해 언급하거나 혹은 일부러 언급하는 듯이 보이지 말고 차라리 말하기를 피한다는 식으로 행동하여 이 문제를 현학적이고 불길한 것으로 만들기보다는 좀더 친근한, 경우에 따라서는 우스꽝스러운 것으로 만들어놓는 것이었다. 예를 들면, 그가 미스 버트램에게 보낸 편지에 오랫동안 운명의 손에 맡겨져 있다고 여기고 있던 대사건이란 당신이 런던에 집을 사게 된 일이었는지도 모르겠습니다, 아무튼 이것은 내게도 크게 영향을 주는 일이니까요, 라고 유쾌하게 적었을 때 그는 의심할 나위도 없이 이런 익살스런 기분을 보존해 두려는 마음을 갖고 있었다. 그 이후 그 화제를 꺼낼 필요는 거의 없었으므로 이것이 그 일에 대한 최초의 언급이었다. 그러나 그녀가 그 답장에서 근황 보고를 한 데 이어서, 그토록 특수한 긴장감을 생기게 했던 상황의 절정이 이런 시시한 일이라는 것에 그녀는 결코 만족할 수 없다고 써보냈을 때, 어쩌면 그녀 쪽에서 그에게 생길 특수한 일에 대해 그 자신이 기대하고 있는 것보다 더 규모가 크게 마음속에 그리고 있는 것은 아닐까 하고 그는 생각했다. 어쨌든 그녀가 항상 그의 생활을 지켜보고, 그녀가 알고 있는 그 일에 비추어서 판단이나 평가를 내리고 있다는 것을 그는 시간이 흐름에 따라 서서히 의식하게 되었다. 두 사람 사이에서는 그 일이 세월이 흐름에 따라 신성시되어 이제 그에 관한 '참다운 진실'이라는 이름으로만 불리게 되고 있었다. 원래 그 명칭은 그가 그 일을 언급할 때 나름대로 쓰던 것이었는데 그녀도 어느새 쓰게 되어서, 얼마 후 뒤돌아보니, 도대체 언제부터 그녀가, 말하자면, 그와 가까운 사고방식을 갖게 되었는지, 그리고 다정하게 얘기를 들어준다는 아름다운 태도에서, 그를 믿어준다는 더 아름다운 태도로 바뀌었는지 확실히 알 수가 없었다.

당신은 나를 아무런 해를 끼치지 않는 정신병자 정도로밖에 생각지 않고 있겠지요 라고 그가 힐책하듯이 말하는 일은 자주 있었다. 이것은 무척 광범위한 표현이었으므로 결국 그에게는 두 사람의 우정을 표현하는 가장 편한 정의가 되었다. 그녀가 보기에 그는 확실히 좀 기이한 데가 있었으나 그래도 그녀는 그런 그가 좋아서 남이야 뭐라 하든 사실상 그의 친절하고 현명한 시중꾼이 되었다. 그것은 보수는 없었지만 그런 대로 재미있는 일이었고, 달리 가까운 친척도 없으므로, 그의 시중을 들었다 해서 평판이 떨어지는 일도 없었다. 물론 세상 사람들은 그를 이상한 사람으로 여겼지만 그녀만은 그가 어떤 점에서, 또 무엇보다도 그가 왜 색다른가를 알고 있었다. 그렇기 때문에 그녀는 베일의 주름을 잘 접어서 남의 눈을 외면할 수도 있었던 것이다. 두 사람에게 그것은 명랑한 일이라고 간주할 수밖에 없었으므로, 그녀는 다른 일과 마찬가지로 그의 명랑함에도 장단을 맞추었다. 그렇다고는 하나, 자기가 어느 정도 그녀를 믿게 만들 수 있었느냐는 점에 관한 그의 통찰의 정확성에 대해서는 그녀는 결코 오류를 범하지 않는 교묘한 수법으로 이제까지 보증해 주고 있었다. 적어도 그녀 쪽은 그의 인생의 비밀에 대해 '당신의 참다운 진실'이라고 부르는 것 외에는 입 밖에 내지 않았고, 그것이 곧 그녀 자신의 인생의 비밀이기라도 한 것처럼 여기게 만드는 훌륭한 수법을 사실상 터득하고 있었다. 그녀로부터 줄곧 조절당하고 있다는 기분이 드는 것은 결국 그 점이었다. 조절당하고 있다고밖에 말할 수가 없었다. 그가 자기 자신에 대해 후한 것 이상으로 그녀는 그에게 후했다. 그 이유는 그녀 쪽이 더 전망 좋은 위치를 차지하고 있어서 세상의 보통 길로부터의 그의 불행한 일탈을 그가 채 따라가지 못할 정도로 먼 곳까지 내다볼 수 있기 때문이었다. 남에게 말할 수 없는 이유 때문에 자기가 이루지 못하고 있는 중요한 사항의 하나하나를 본인인 그는 알고 있었지만 그녀는 그것뿐만이 아니라 그가 어떻게 보이는지도 알고 있었다. 그녀는 이 외에도 만일 그가 정신적으로 그렇게 무거운 짐을 지고 있지 않았더라면 얼마만한 일을 수행할 수 있었을지 이해했고, 그렇기 때문에 원래 머리 좋은 그가 현재 얼마나 재능을 발휘하지 못하고 있는지를 입증해 주었다. 무엇보다도 그녀는 그가 세상 사람에게 보이고 있는 여러 가지 모습 — 정부 관계의 사소한 직무라든가, 부모에게서 물려받은 얼마간의 재산이며, 장서며, 시골에 있는 정원의 관리 문제, 혹은 서로 초대하는 사이인 런던의 친구들에 대한 배려 등과 그것들의 근저에 엄연히 존재하며, 모든 행동이나 적어도 행동이라고 불릴 수 있는 모든 것들을 일련의 가짜 행동으로 만들어버리는, 세상을 초월한 마음과의 사이에 있는 차이의 비밀을 알고 있었다. 그 결과, 그는 사교적인 애매한 웃음을 띤 가면을 쓰고 눈구멍으로는 그 가면의 모습과는 조금도 어울리지 않는 표정을 한 눈으로 내다보고 있었다. 어리석은 세상 사람들은 세월이 흐른 지금도 아직 이 일에 대해 그 절반도 눈치 채지 못하고 있었다. 눈치챈 사람은 메이 버트램 한 사람뿐이었다. 그녀는 무어라 형언하기 힘든 수법을 써서 그의 눈을 정면으로 응시하면서 동시에 — 혹은 번갈아 보는지는 모르지만 — 그의 어깨 너머로 들여다보듯이 가면 구멍으로 밖을 내다보는 그의 시선에 자기의 시선을 겹치는 기발한 행동을 해냈다.

그러므로 두 사람이 함께 나이를 더해가는 동안 그녀는 그와 함께 지켜보며, 이 교제가 그녀 자신의 생활에도 형태를 주고 색채를 더하도록 했다. 그녀가 세상에 보이고 있는 여러 가지 모습 밑에도 세상을 초월한 마음이 어느 사이엔지 들어앉게 되어, 사회적인 의미에서의 행동은 그녀 자신의 눈으로 볼 때 참다운 자기를 속이는 것이 되었다. 한결같이 참다운 자기의 표현으로 여길 수 있는 것은 단 하나였는데, 그녀는 아무에게도, 특히 존 마처에게는 솔직하게 그것을 드러내 보일 수가 없었다. 그녀의 태도 전체가 그것을 분명히 말해 주고 있는 것이나 다름없었지만, 그에게 있어서 그런 인식 따위는 의식에서 몰아낼 필요가 있는 많은 것들 중의 하나에 불과한 것 같았다. 더욱이 만일 그녀도 그와 마찬가지로 두 사람의 참다운 진실을 위해 희생을 치러야 한다면, 그 대가로서 자기는 더 신속하고 더 자연스러운 것을 얻고 있다고 그녀가 느끼고 있을 가능성도 배제하지 않아도 좋을 것이다. 그들이 런던에서 보낸 이 오랜 시기에는 두 사람이 함께 있을 때 제삼자의 귀를 쫑긋거리게 할 만한 특별한 이야기는 무엇 하나 나오지 않았지만, 한편 그 참된 진실이 언제 어느 때라도 대화의 표면에 떠올라 올 가능성도 있었다. 그럴 때에 만일 제삼자가 듣고 있었다면, 저들은 대체 무슨 이야기를 하고 있는 것일까 하고 의아하게 여겼을 것이다. 다행히 세상이란 우둔한 것이라고 두 사람은 진작에 결정짓고 있었다. 그래서 그들에겐 자유로이 행동할 여지가 있다는 것이 그들의 입버릇이었다. 그러나 이런 상태가 갑자기 신선한 것으로 바뀔 때도 있었다. 그것은 대체로 그녀가 한 말의 영향에 의한 것이었다. 그녀는 같은 말을 틀림없이 여러 번 되풀이해서 하긴 했지만 간격을 충분히 두고서 말했다. "우리를 구제하고 있는 것은 우리 두 사람이 아주 전형적으로 평범한 모습의 사람들이라는 점이에요. 즉 서로의 우정이 매일의 — 혹은 거의 매일의 — 습관으로 되어 있는 남녀라는 모습에 들어맞는 거죠." 예를 들면 이런 말도 그녀가 자주 하는 말이었다. 물론 그녀는 그때그때에 따라서 이런 말을 다른 방향으로 발전시키는 것이었다. 특히 우리가 주의를 기울일 필요가 있는 것은 어느 날 오후 그녀의 생일을 축하하려고 그가 방문했을 때 그녀가 취해 보인 변화이다. 이 해의 생일은 일요일이었는데, 이 계절에는 짙은 안개 때문에 밖은 언제나 어두웠다. 그는 매년 습관으로 되어 있는 선물을 들고 찾아왔다. 이미 그녀와 오래 교제해 왔으므로, 여러 가지 사소한 습관들이 생겨나 있었다. 그녀의 생일에 선물을 하는 것은, 자기가 진짜 이기주의에 빠져 있지 않다는 것을 스스로에게 증명하는 것 중의 하나였다. 대개 그 선물은 조그만 액세서리에 불과했지만 항상 고급품으로, 그는 자기가 치를 수 있다고 생각하는 한도 이상의 액수를 지불하도록 생일 때마다 신경을 쓰고 있었다. "우리의 습관이 적어도 당신을 구제하고 있다고는 생각지 않으세요? 왜냐하면 결국 당신은 그 덕분에 세상의 속된 사람들 눈엔 다른 사람과 똑같이 보이니까요. 남자들의 첫째 가는 특징이 뭔 줄 아세요? 따분한 여자와 지루한 시간을 끝없이 보낼 수 있는 능력이에요. 따분해 하지 않는다곤 말 못하지만 따분한 걸 싫어하지도 않고 피하지도 않으니까 결국 마찬가지 아니에요? 바로 제가 당신의 따분한 여자, 신이 주시는 일용할 양식의 일부지요. 무엇보다도 이것이 당신의 흔적을 감추어주는 거예요."

"당신의 흔적을 감추는 건 뭘까요?" 그의 따분한 여성으로부터 대개 이 정도로 즐거움을 누리고 있는 마처가 물었다. "당신이 세상 사람들과의 관계에서 여러모로 나를 구원해 주고 있다는 게 무슨 뜻인지 물론 나도 압니다— 전부터 그 점에 대해서는 알고 있었지요. 다만 당신을 구제하는 건 대체 무엇일까요? 나는 곧잘 그 점에 대해서 생각해요."

그녀는 자신도 역시 그런 생각을 하지만, 단 생각하는 방식이 다르다는 표정을 보이며 말했다. "다른 사람들과의 관계에 있어서라는 뜻인가요?"

"당신은 내게 깊이 관계해 주고 있으니까요— 그건 내가 당신한테 깊이 관계하고 있는 결과이지만, 깊은 관계란, 즉 내가 당신을 대단히 존경하고 있어서 당신이 나를 위해 해준 일들을 모두 한시도 잊지 않고 있다는 걸 말합니다. 이것이 공평하다고 할 수 있을까 하고 나는 이따금씩 자문을 합니다. 즉 여기까지 당신을 끌어들여 놓고, 만일 이렇게 말해도 괜찮다면 당신의 관심을 이렇게 끌어놓고 이래도 공평하다고 말할 수 있을까 하고 생각하는 겁니다. 당신이 다른 일을 할 틈도 없지 않나 하는 생각이 들어서요."

"관심을 갖는 이외에 다른 일이라니요?" 그녀는 물었다. "글쎄, 도대체 다른 무슨 일에 흥미를 가질 수 있겠어요? 이미 오래 전에 결정한 대로 쭉 함께 '감시'를 해왔습니다만 감시를 하려면 그 일에 열중해야지요."

"그래요. 확실히 그 말이 맞아요." 존 마처는 말했다. "만일 당신한테 호기심이 없다면 — 하지만 이렇게 시간이 흘러가니까 당신 자신도 그 호기심이 별로 보답을 받지 못하고 있다는 생각이 들 때도 있겠지요?"

메이 버트램은 잠시 입을 다물고 있다가 말했다. "혹시 당신 자신이 그렇게 느끼고 계시기 때문에 그렇게 물으시는 건가요? 즉 당신이 이렇게 오랫동안 기다려야 하기 때문에 그런 질문을 하셨냐구요."

아, 그는 그녀가 말하고자 하는 뜻을 잘 알았다. "좀처럼 일어날 기색이 없는 일을 기다리며, 야수가 습격해 오기를 기다려야 하기 때문이라는 뜻이군요? 아뇨, 나는 이전과 똑같은 생각을 갖고 있습니다. 그건 내게 선택권이 있는 일이 아닙니다. 내가 멋대로 바꿀 수 있는 것도 아닙니다. 변경 따위는 있을 수 없는 일이에요. 그것은 인력이 미치지 못하는 신들의 수중에 있는 것이에요. 인간은 운명의 법칙이 행하는 대로 되는 겁니다. 말하자면 이런 형편이에요. 운명이 어떤 형식을 취하느냐, 어떤 식으로 모습을 나타내오느냐, 그것은 운명 그 자체의 문제겠지요."

"그래요." 미스 버트램은 대답했다. "물론 운명은 반드시 다가오는 것이고, 지금까지도 항상 독자적인 형식과 출현 방식으로 찾아왔었어요. 다만 당신의 경우는 그 형식이나 출현 방식이 퍽 예외적일 수 있는 것이어서 당신 독자적인 것이라고 말해도 좋을 거예요."

이 말의 무엇인가가 마음에 걸리는 것을 느끼고 그는 미심쩍은 듯이 그녀를 보았다.

"당신은 '그럴 수 있는 것이어서'라고 말씀했나요? 마치 마음속으로 의심하기 시작한 것 같군요."

"그랬나요!" 하고 그녀는 애매하게 항의했다.

그는 계속해서 말했다. "마치 이제 새삼스럽게 일은 무슨 일, 아무 일도 일어나지 않을 것이라고 믿고 있는 것같이 말이오."
 그녀는 천천히, 그러나 무슨 생각을 하고 있는지 헤아리기 어려운 표정으로 고개를 저었다.
 "제 생각과는 전혀 다른 말씀이군요."
 그는 그녀를 응시한 채로 말했다. "그럼 도대체 어떻게 된 겁니까?"
 "그것은……." 그녀는 또 잠시 입을 다물었다가 말했다. "제게 문제되고 있는 것은 당신이 말하듯 소위 저의 호기심이 충분히 보답받게 되리라는 확신이 전보다 한층 더 강해지고 있다는 점이에요."
 이제 그들은 진지한 기분을 숨기려고 하지 않았다. 그는 의자에서 일어나서 회피할 수 없는 화제를 가지고 해마다 방문해 온 이 작은 객실을 다시 한 바퀴 돌았다. 이 방에서 그는 두 사람의 친교를, 말하자면 온갖 종류의 소스를 곁들여서 맛보아 왔던 것이다. 이 방의 물건은 모든 것이 자기 집 물건같이 정들었으며, 회계 사무소의 책상들이 여러 대에 걸친 서기들의 팔꿈치에 문질려서 닳아 있듯이 이 곳의 카펫은 그의 들뜬 발걸음에 닳아 있었다. 그의 여러 가지 예민한 기분은 수년에 걸쳐 이 곳에서 음미되어 왔다. 이 곳에는 그의 중년기의 모든 역사가 씌어져 있었다. 상대가 지금 한 말에 강하게 영향을 받아 그는 자기가 왜 평소보다 한층 더 이런 일을 의식하게 되었는지를 알았다. 그 예민해진 의식이 그의 발을 다시 한 번 그녀 앞에 멈추어 서게 했다. "혹시, 당신은 겁이 난 게 아닙니까?"
 "겁이 난 게 아니냐고요?" 그녀가 같은 말을 되풀이했을 때 그는 자신의 질문이 상대방의 안색을 약간 변하게 한 듯한 기분이 들었다. 그래서 자기가 상대방의 아픈 곳을 건드린 것은 아닌가 싶어 상냥한 목소리로 설명했다. "기억하고 있는지 모르지만 이 질문은 오래 전에 당신이 나한테 했던 것입니다 ― 웨더엔드에서의 그 첫날에 말이지요."

"예, 물론 알고말고요. 당신은 모르겠다고 대답하셨어요. 저더러 직접 확인하도록 하라고도 말씀하셨어요. 그 이후 오랜 시간이 흘렀는데도 우리는 이 이야기를 통 화제에 올리지 않았어요."

"정말 그렇군요." 마처가 말을 받았다. "마치 아무렇게나 취급하기엔 너무 조심스러운 화제라서 그렇다는 듯이 말이죠. 추궁당하면 내가 정말로 두려워하고 있다는 걸 알게 될지도 모른다는 듯이. 왜냐하면, 만일 그렇다면 우리들이 어찌할 바를 모르지 않겠소. 안 그래요?"

그녀는 이 질문에는 당장 대답하지 않았다. "겁내고 계시는 게 아닌가 하고 생각한 시기도 있었어요. 하지만 그건……." 그녀는 덧붙였다. "우리가 거의 무슨 일이든 다 생각해 본 시기가 있었다는 것뿐이에요."

"모든 일이라. 아아!" 마처는 오랫동안 언제나 두 사람의 상상 속에 있던 얼굴이 전에 없이 또렷이 나타난 것을 보고 반쯤 헐떡이듯이 나직한 신음소리를 냈다. 그 얼굴은 늘 말하는 야수의 번들거리는 눈처럼 예측할 수 없을 때에 불쑥 나타나서는 이쪽을 노려보는 것이었다. 그가 아무리 그것에 이미 익숙해 있다 해도, 그 눈길은 지금도 아직 그의 존재 깊숙한 곳에서 한숨을 끌어낼 만한 힘을 가지고 있었다. 지금까지 둘이서 생각해 온 모든 것들이 왈칵 밀어닥쳤다. 과거는 불모의 공론에 불과했던 것처럼 보였다. 지금 이 방에 가득 차 있는 것은 바로 그러한 불모의 공론인 것이다. 모두가 단순화하여 버리고 단지 이 결정의 상태만 남아 있었다. 그 상태 역시 그것을 둘러싼 허공 속에 간신히 떠 있어 보일 뿐이었다. 당초에 있었던 두려움도 — 그것이 두려움이었다고 치고서 하는 얘기지만 — 불모의 황야 속에 사라져버리고 없었다. 그는 계속해서 말했다. "그러나 지금은 겁내고 있지 않다는 걸 아시겠지요."

"제가 이해한 범위에서는 위험에 익숙해진다는 점에서 당신은 거의 전례가 없는 일을 해내신 분이에요. 이렇게 오랫동안 위험과 밀접하게 마주하고 계셨기 때문에 위험에 대한 감각을 잃어버리신 거예요. 위험이 존재한다는 것은 알고 있어도 무관심해져 버린 거라고요. 예전처럼 어둠 속에서 휘파람을 불어야 참을 수 있던 시기도 지났어요. 위험이라는 것이 어떤 것인지를 생각하면," 메이 버트램은 말을 이었다. "당신 태도는 그리 간단하게 흉내낼 수 있는 것이 아니에요."

존 마처는 희미하게 미소지었다. "영웅적이기라도 하다는 말씀인가요?"

"확실히 그렇다고 할 수 있죠."

물론 그도 정말 그렇게 말하고 싶었다. "그럼 내가 용기 있는 사람이란 말인가요?"

"제게 있어서 당신은 그렇게 돼야 할 분이었어요."

그러나 그에겐 아직 의문이 남았다. "하지만 말입니다. 용감한 남자라면 자기가 겁내고 있는 것 — 혹은 겁내지 않는 것 — 을 알고 있지 않을까요? 아시다시피 나는 그걸 모르고 있어요. 똑똑히 보이지가 않는 거예요. 지목을 할 수가 없어요. 알고 있는 건 내가 위험에 처해 있다는 사실뿐이오."

"그건 그렇지만, 위험에 처해 있다는 것 — 그렇게 직접적으로, 또 그렇게 가깝게. 밀접해요. 그것만으로도 충분해요."

"그 말은 말하자면 우리들 감시의 결말 및 결론으로서, 내가 겁내지 않고 있나는 걸 당신한테 납득시키기에 충분하다는 뜻인가요?"

"당신은 겁내고 있지 않아요. 하지만 그것이 우리가 해온 감시의 결말은 아니에요. 당신이 하신 감시의 결말은 아니라는 말이죠. 당신에게는 아직 앞으로 보셔야 할 일이 많이 있어요."

"그렇다면 당신도 마찬가지 아닌가요?" 하고 그는 물었다. 그녀가 뭔가 숨기고 있다는 느낌이 오늘은 내내 들었었는데 아직도 사라지지 않고 있었다. 이런 인상을 받은 것은 처음이라 실로 획기적인 일이었다. 그녀가 처음에는 대답하려 하지 않았기 때문에 이 문제는 한층 더 확실한 것이 되었다. 그녀의 대답이 없었으므로 그는 말을 이었다. "뭔가 내가 모르는 일을 알고 계시는군요." 그러자 그의 목소리가 용기 있는 사람치고는 조금 떨렸다. "무슨 일이 일어나려는지 당신은 알고 계시는군요." 그녀의 침묵과 표정은 고백하고 있는 거나 마찬가지여서 그의 확신은 깊어졌다. "알고 있으면서도 내게 말하는 걸 두려워하고 있군요. 너무 나쁜 것이라 내가 알게 될까 봐 두려워하고 있군요."

이것은 모두 진실인지 몰랐다. 왜냐하면 그녀는 자기 주위에 몰래 그어놓았던 마법의 선을 뜻밖에 그가 뛰어넘기라도 한 것 같은 얼굴을 보였기 때문이다. 그러나 결국 그녀도 그다지 걱정을 안하고 있었을지도 모른다. 그리고 여기서 진정한 클라이맥스는 그 자신도 걱정할 필요가 없다는 것이었다. "당신은 절대로 모르실 거예요."

3

그렇다고 해도 앞에서도 말한 바와 같이 그것은 역시 획기적인 날이었다. 그 후 두 사람 사이에는 꽤 긴 시간의 간격이 있긴 했지만, 이 날의 결과나 회상이라고 간주될 수 있는 성질을 띤 일들이 몇 번이나 되풀이되어 일어났기 때문이다. 그 직접적인 결과는 각기 질문에 대한 집요함이 도리어 감소했다는 것이었다. 거의 반동이 생겼다고 말해도 좋았다. 그 화제는 그 자체의 무게 때문에 그들의 대화의 범위 밖으로 떨어진 것처럼 보였다. 더욱이 그 일에 대해 말한다면, 마처는 때때로 품는 자기의 이기심에 대한 경계심에 엄습당하고 있는 듯도 보였다. 그는 이기적이 아닌 것이 중요하다는 의식을 항상, 또 대체로 훌륭히 유지해 왔었다고 느끼고 있었다. 비록 그 점에서 죄를 저질러버리는 일이 있었다 해도 반드시 서둘러 저울추를 반대 방향으로 이동시켰던 것은 사실이었다. 계절이 허용했을 때 그는 자기 과오의 대가로 종종 그의 친구를 오페라에 안내했다. 그녀의 마음이 한 곳으로만 기우는 것을 그가 바라지 않는다는 것을 나타내려고, 한 달 동안에 12번이나 그녀를 극장에 데려가는 일도 드물지 않았다. 그런 경우 그는 그녀를 집까지 바래다주는데, 그의 말을 빌리자면, 그 날 밤의 마무리를 하기 위해 종종 안으로 들어갔고, 그를 위해 마련된 조촐하지만 늘 정성 어린 식사를 하면서 그의 의도를 한층 더 분명하게 했다. 그의 의도는 줄곧 자기에 대한 일만 상대에게 강요하기를 피함으로써 명백해진다고 그는 생각했다. 이를테면 그녀 집에는 피아노가 있었는데 두 사람 다 피아노를 칠 줄 알았기 때문에 금방 듣고 온 오페라의 몇 절을 함께 쳐보는 시간에 그의 의도는 명료해진다고 생각했다. 그러나 그녀의 지난번 생일에 그가 한 질문에 아직 대답하지 않았다는 것을 그녀에게 상기시켰던 때도 우연히 그런 경우였다. "당신을 구제하고 있는 것은 무엇일까요?" 보통 사람의 유형과는 다르게 보이는 위험에서 그녀를 구제해 주고 있는 것은 무엇인가를 그는 물었던 것이다. 만일 그가 가장 중요한 점에서 대개의 남자와 같은 행동을 함으로써 ─ 즉 자기와 비슷한 수준의 여자와 표면적으로 그럴듯한 연관을 맺고 인생에 대한 해답을 찾음으로써 그녀가 말했듯이 세상으로부터 주목받는 일을 사실상 모면하고 있는 것이라면 ─ 그럼 그녀는 어떻게 세상의 주목을 면하고 있는 것일까. 또 두 사람이 이제껏 친근하게 지낸 것만으로도 많건 적건 남의 눈에 띄고 있었다고 할 수 있는데 그녀는 어떻게 남의 소문거리가 안 되고 있는가.

"남의 입에 오르내린 적이 없다고 말씀드린 적은 없어요." 메이 버트램이 대답했다.

"아니, 그렇다면 당신은 '구제' 되고 있는 것이 아닌 셈이군요."

"제게 그것은 문제가 아니었어요. 당신에게 여자친구가 있다면, 제게도……" 하고 그녀는 말했다. "남자친구가 있다는 것이니까요."

"그것이 당신을 안전하게 해준다는 말씀입니까?"

아, 할말은 늘 무척이나 많은 듯했다! "당신이 그 덕분에 인간적인 사람으로 보인다면 — 지금 그런 면에서 말하고 있는 것이니까 — 저도 인간적인 사람이 되어도 무방하지 않겠어요?"

"나는 말입니다" 하고 마처는 되받았다. "인간적이라는 것은 당신이 무언가를 위해서 살고 있는 것을 보여주는 일이라고 생각해요. 나나 나의 비밀을 위해서만 사는 것이 아니고 말입니다."

메이 버트램은 미소지었다. "그렇다고 해서 그것이 제가 당신을 위해서 살고 있는 것이 아닌 것처럼 보여주는 일이라고도 생각지 않아요. 문제는 당신과 저의 친밀함이에요."

그녀가 말하는 뜻을 알자 그는 웃었다.

"그건 그래요. 하지만 당신 말대로 내가 세상 사람들 눈에 지극히 보통으로 보인다면, 당신 역시 그렇다는 것이 됩니다. 당신은 내가 보통 사람으로 통하도록 도움을 주고 있죠. 그러니까 내가 보통 사람이라면, 당신도 평판을 위태롭게 할 염려는 없다는 생각인가 보죠?"

그녀는 다시 대답을 망설였으나 이내 또렷하게 말했다. "그래요. 당신이 다른 사람과 같은 보통 사람으로 통하도록 도와드리는 것 — 제가 관심을 갖는 것은 그 점이에요."

이 말에 그는 아낌없이 감사하려고 신경을 썼다. "정말 친절하고 아름답게 저를 대해주는군요. 도대체 어떻게 보답을 해야 좋을까요?"

그녀는 선택할 만한 방법들이 여러 가지 있는 듯이 마지막으로 잠시 진지하게 생각에 잠겼다. 그리고 그녀는 선택을 했다. "앞으로도 이대로 지내주세요."

결국 원래의 상태로 두 사람 관계는 되돌아갔고, 그것도 상당히 오래 계속되었으므로, 다시 이 관계의 깊은 바닥을 탐색해 보아야 할 날이 오는 것은 피할 수 없는 일이었다. 이 관계의 심연 위에는 선회하는 바람을 받으면 흔들릴 정도로 가볍긴 해도 충분히 견고한 다리가 계속 걸려 있었다. 두 사람의 용기를 유지하기 위해서는 가끔씩 측연(測鉛)을 내려 수심을 재보아야 했다. 그리고 그녀가 말로는 할 수 없는 생각을 마음속에 숨기고 있다는 그의 비난 — 최근에 가장 충실한 대화가 끝나기 직전에 그가 했던 말 — 에 대해 그녀가 조금도 항변할 필요를 느끼는 기색이 없었기 때문에 이젠 더욱 분명한 차이가 생기고 있었던 것이다. 그녀는 뭔가 '알고 있다', 그것도 그에게는 말할 수 없을 만큼 나쁜 것을 알고 있다는 생각이 그의 마음속에 떠올랐다. 너무 나쁜 일이라서 내가 알게 될까 봐 두려워하고 있군요, 라고 예전에 그가 말했을 때 그녀의 대답이 참으로 애매해서 이 일은 이대로 내버려 둘 수 없는 일이라는 생각이 들기도 했지만 마처의 특수한 감수성 때문에 두 번 다시 언급할 마음이 나지 않을 만큼 무섭게도 보였던 것이다. 그는 멀찌감치서 그 주위를 맴돌았고, 거리는 넓어졌다 좁아졌다 했다. 결국 그보다 그녀가 더 잘 알 수 있는 것이 아무것도 없다는 그의 생각도 그 거리에 별 변화를 생기게 하지는 않았다. 그가 접근할 수 없는 정보통을 그녀가 가지고 있을 까닭이 없었다 — 물론 그녀 쪽이 더 섬세한 신경을 가지고 있을지는 모르지만. 여자란 자기가 관심을 가지고 있는 것에 대해서는 섬세한 신경을 쓰게 마련이다. 그녀들은 다른 사람에 관한 경우 종종 본인도 이해 못하는 일까지 알아내버린다. 그녀들의 신경, 감수성, 상상력이 안내자나 계시자 역할을 해주는 것이다. 메이 버트램이 훌륭한 것은 그녀가 그의 특수한 사정에 이처럼 열중해 주었다는 점이었다. 그는 이상하게도 전에는 조금도 느낀 적이 없었는데, 최근에는 그 어떤 파국에 의해서 — 물론 막바지의 파국은 아닐지라도 — 그녀를 잃지나 않을까 하는 두려움이 깊어졌다. 그녀가 갑자기 전보다 한층 더 그에게 도움이 되어 보이기도 했고, 그녀의 건강 상태가 어쩐지 신통치 않아 보이는 탓이기도 했다. 이 두 상태는 우연히 동시에 일어났고 지금껏 없었던 새로운 것이었다. 그가 안고 있던 복잡한 사정은 이제까지는 별것 아닌 일이었지만 이 위기에 직면하자 전에 없이 그의 주위를 빈틈없이 에워싸고 다가오는 듯이 보였고, 어쩌면 자기를 기다리고 있는 그것이 이미 보고 들을 수 있는, 혹은 만지거나 손에 닿을 수 있는 범위에까지 와 있는 것은 아닐까, 혹은 자기가 그것의 직접적인 지배를 받고 있는 것은 아닐까 하고 그에게 자문하게 만들 정도였다. 이 일은 그에 관한 이제까지의 모든 묘사가 나타내고 있는 그의 초연한 마음, 오늘날까지 잘 가꾸어 온 그의 내면의 특징을 잘 나타내는 것이었다.

와야만 할 시간이 드디어 다가왔고, 심각한 혈액병이 생기지 않았나 그녀가 고백했을 때에는 그도 왠지 변화의 어두운 전조와 충격의 오한을 느꼈다. 그는 사태의 악화와 불길한 일을 상상하기 시작했는데, 무엇보다도 그녀의 위기가 그에게도 개인적 상실의 위기라고 생각되기 시작했다. 그렇게 생각함으로써 그는 위안이 되는 마음의 평정을 어느 정도 되찾을 수 있었다. 그런 생각을 통해 지금 그가 제일 먼저 마음에 두고 있는 것은 그녀 자신이 받아야 할 고통이라는 것이 확실해졌기 때문이다. "만약에 보지도 못하고 알지도 못한 채 죽어야 한다면……?" 병의 초기 단계에서 그녀에게 이런 질문을 했다면 잔혹했을 것이다. 그러나 이것은 곧 그에게 있어서도 걱정스러운 의문이 되었다. 이 가능성을 생각할 때가 그녀가 가장 가엾게 여겨지는 때였다. 그리고 만일 그녀가 '알고 있다'고 하더라도 — 무언가 신비적인,

무조건적인 직관 같은 것을 그녀가 가지고 있다는 의미이지만—그 것으로 사태가 호전되기는커녕 도리어 나빠질 뿐인 것이다. 왜냐하 면 애초에 그의 호기심을 나누어 가진 것이 그녀 인생의 기반이 되고 있었기 때문이다. 그녀는 반드시 보게 되어 있는 것을 보기 위해서 살 아온 것이다. 그 보아야 할 것을, 그것이 성취되기도 전에 체념해야 한 다면 얼마나 그녀의 마음이 괴로울까. 이렇게 생각하니 그의 동정심 이 촉발되었는데, 생각하면 할수록 시간이 흐름에 따라 자기가 점점 불안해져 가는 것을 알 수 있었다. 시간은 그에게 있어 이상하리만큼 확실한 속도로 지나갔다. 시간의 경과는 그에게 많은 불편을 가져오 게 할 우려가 있었으나 그것과는 달리 전혀 뜻밖에 그의 인생—이것 도 인생이라 할 수 있다고 치고—에 있어서 거의 처음이라고 해도 좋 을 놀라움을 가져오게 했다. 그녀는 전과는 달리 지금은 줄곧 집에 있 었다. 그녀를 만나려면 집을 방문할 수밖에 없었다. 두 사람이 좋아하 는 런던에는 그들이 예전에 만나지 않았던 장소라고는 남아 있지 않 을 정도였지만 지금은 그녀가 만나줄 곳이 그 집밖에 없었다. 그녀는 언제나 불 옆의 깊숙한 구석 의자에 앉아 있었는데 점차 그 곳을 떠나 지도 못하게 되었다. 어느 날 평소보다 시간의 간격을 길게 두었다가 찾아가보니, 생각했던 것보다 갑자기 그녀가 훨씬 늙어 보여서 그는 깜짝 놀랐다. 그러나 그 갑작스러움은 실은 자기 쪽의 문제라는 것을 그는 곧 깨달았다. 즉 그가 갑자기 깨달았다는 사실인 것이다. 그녀가 늙어 보이는 것은 이토록 긴 세월이 흘렀으니까 당연하게, 그녀가 실 제로 늙었든가, 혹은 그에 가깝기 때문이었다. 그것은 물론 그녀의 상 대방 쪽에 더 잘 적용되는 말이었다. 그녀가 늙었든가, 그에 가까운 상 태라 한다면 존 마처도 물론 그런 것이다. 그러나 이 진실을 그가 깨닫 게 된 것은 그녀가 스스로를 본으로 삼아 가르쳐주었기 때문이지, 그 가 자신의 늙음에 대해 깨달은 것은 아니었다. 그가 놀란 것은 이때부터 시작되었다. 한번 시작되니 놀라는 횟수는 늘어나기만 하고 더욱 연달아 밀어닥치는 것이었다. 놀라움의 씨가 이제는 놀랄 만한 일이 없다고 생각되는 인생의 황혼기에 이르러서 비로소 싹이 트게끔 빽빽이 뿌려진 채 희한한 방법으로 어딘가에 간직되어 있었던 것 같았다.

그 대사건이란 이 매력적인 여성, 이 훌륭한 친구가 그의 곁을 떠나가는 걸 보아야 한다는 불운, 그가 본격적으로 의심하고 있는 것을 깨달은 것도—사실, 그런 순간이 있었던 것이다. 마음속으로 그러한 가능성에 직면했던 이때만큼 그가 이렇게 노골적으로 찬양한 적은 없었다. 그런데도 불구하고 그 오랫동안의 수수께끼의 답이 비록 제아무리 훌륭한 사람일지라도 이 사람이 그의 신변에서 사라질 뿐이라는 것이라면, 기대에 어긋난다고 쳐도 너무 어그러진다고 그가 생각한 것도 틀림없는 사실이었다. 과거의 그의 생활 태도에 비추어 보면 그것은 체면의 실추를 의미했으므로, 그러한 그림자 밑에서는 그의 존재는 아주 끔찍한 실패로 돌아갈 수밖에 없을 것이다. 그의 인생을 성공으로 바꿔줄 것의 출현을 실로 오랜 기간에 걸쳐 기다려야 했던 것은 틀림없지만, 그래도 그는 자기 인생을 실패라고는 생각지 않았다. 그가 기다리고 있던 것은 전혀 다른 것이었고, 이런 것을 기다리고 있었던 것은 아니었다. 그러나 자기가, 혹은 적어도 그의 친구가 얼마나 오랫동안 기다렸던가를 생각하면 그의 신념도 성급하게 숨이 차왔다. 그녀 쪽은 허무하게 기다렸다고 기록되게 될 것이다. 이런 사실이 그에게 영향을 미쳤다. 처음 한동안은 그러한 생각을 재미있어할 정도의 기분밖에 없었기 때문에 더욱 그랬다. 그녀의 병이 악화됨에 따라 그 생각은 심각해져 갔다. 그 결과가 불러일으킨 마음의 상태도 그를 놀라게 만든 것의 하나였다. 그는 자신의 외관에서 또렷이 볼 수 있는 추한 변화가 생기기라도 한 것처럼 찬찬히 자신의 마음을 응시하게 되었다. 이것은 다시 다음의 놀라움으로 이어져갔다— 그야말로 실로 섬뜩한 의식, 만일 그에게 용기가 있다면 확실한 형태를 취했을지도 모르는 의문에 관한 무서운 의식이었다. 도대체 이 모든 것은 무엇을 의미하는 것일까? 그녀, 그녀 자신과 그 맥빠지는 기다림, 다가올 죽음, 그러한 모든 것들이 주는 무언의 경고는 무엇을 뜻하는 것일까—일이 이 마당에 이르러서는 이미 완전히 늦어버렸다. 어쩔 수 없을 정도로 시기가 뒤늦었다는 것을 뜻하고 있는 것이 아니라 한다면. 그는 그 색다른 의식의 어떠한 단계에 있어서도 일찍이 이 같은 수정(修正)의 속삭임을 스스로에게 인정한 일은 없었다. 바로 2, 3개월 전까지는 내 신상에 일어나게 되기까지에는 아직 충분한 시간 여유가 있다—나에게 시간이 있다고 생각했는지 어떤지는 별문제로 치고—는 것에 확신을 가질 수 없게 될 만큼의 자신의 신념을 스스로 배신하는 일은 단 한 번도 없었다. 그러나 이미 그에겐 충분히 말할 만한 시간이 없었으며, 설사 있다고 해도 극히 짧다는 것은 명백했다. 이윽고 사태가 진전함에 따라 그를 따라다녔던 고정관념 쪽에서도 이 일은 고려에 넣지 않을 수 없게 되었다. 그리고 그가 오늘까지 그 길게 뻗은 그림자 밑에서 살아온 그 거대하고도 막연한 것 쪽에서도 그 실체를 나타내기 위한 시간 여유가 이제 거의 없다는 것이 더욱더 명백해진 것도 그 추정을 고려하는 데는 도움이 되지 못했다. 그가 숙명을 만나는 것이 이 세상의 '시간' 속에서의 일이라면, 숙명 쪽에서 행동을 일으키는 것도 똑같이 '시간' 속에서의 일일 것이었다. 이미 젊지 않다는 자각은 곧 자기가 늙었다는 것을 자각하는 일이며, 다시 그것은 자기가 쇠약해졌다는 것의 자각으로 진전하고, 나아가서는 또 하나의 자각으로 바뀌어갔다. 모든 것이 서로 관련되고 있는 것이다. 그 거대하고 막연한 것과 그 자신과는 같은 불가분의 법칙에 따르고 있는 것이었다. 그러므로 가능성 그 자체가 낡고 신들의 비밀이 흐려져서 혹시 흔적도 없이 사라져버리게 된다면, 그때가 그것이야말로 패배인 것이다. 파산이나 명예 실추, 형틀이나 교수대에 앉혀지게 되는 것은 패배가 아니다. 아무것도 아니라는 것이 패배인 것이다. 어느덧 어두운 골짜기로 빠져 들어가버린 그는 손으로 더듬으며 갈팡질팡 생각했다. 아무리 무서운 파국을 당할지라도, 앞으로 어떠한 불명예나 불길한 일에 관계되게 될지라도 그것은 상관없었다 ― 그것을 참아내지 못할 정도로는 아직 늙지 않았으니까 ― 만일 그 파국이 그가 그 그림자에 위협받으면서도 평생토록 유지해 온 대결의 자세에 어울리는 것이기만 하다면 이제 그에게 남은 욕망은 한 가지였다 ― 그는 이제껏 그의 인생에서 '속지는' 않았기를 바랐다.

4

봄도 아직 이른 그 해의 어느 날 오후, 그녀는 그가 이러한 불안감을 아주 솔직하게 털어놓는 것을 그녀 나름대로의 방식으로 들어주었다. 오후 늦게 방문했었는데 아직 밤이 깊지 않아서, 가을의 회색 시간보다도 더 사람을 애절하게 하는, 4월의 저물어가는 상쾌한 긴 광선 속에 그녀는 모습을 드러냈다. 일주일가량 따뜻한 날이 이어져서 그 해의 봄은 일찍 오기로 되어 있었던 모양이었다. 메이 버트램은 이 해에 들어서 처음으로 난로에 불을 지피지 않고 앉아 있었다. 그 때문에 그녀를 포함한 이 자리의 정경에는 평온하고 완결된 모양, 즉 한 점의 흐트러짐도 없는 질서와 싸늘하고 무의미한 분위기에서, 이 방에 불이 지펴지는 일은 이제 두 번 다시 없을 것을 깨닫고 있는 낌새가 있는 것처럼 마처에게는 느껴졌다. 마처로서는 그 이유를 명확하게 댈 수는 없었으나, 그 느낌은 그녀의 모습에서도 강하게 왔다. 바늘 끝으로 새긴 듯한 수많은 잔주름이 모이고 있었지만 얼굴 색은 밀랍처럼 희고, 부드럽게 주름잡은 흰 의상에는, 원래 섬세한 색조이던 것이 세월에 연마되어 다시 한 번 세련의 깊이를 더한 연녹색 스카프로 강조되고 있었다. 그 모습은 조용하고 정묘(精妙)하긴 하나 수수께끼를 가득히 품은 스핑크스, 그것도 머리 부분만이 아니라 몸 전체에 은가루를 살짝 뒤집어쓴 스핑크스로 보였다. 그러나 그녀는 스핑크스임과 동시에 흰 꽃잎과 초록색 잎사귀가 달린 백합꽃이기도 했는데, 그것도 비록 약간 굽고 희미한 주름들이 복잡하게 모여 있었지만, 어떤 종 모양의 투명한 유리그릇 속에서 먼지나 얼룩도 없이, 놀랄 정도로 실물같이 만들어져 변함없이 간직된 조화(造花)로 된 백합이었다. 그녀의 방들에는 언제나 광택이 날 정도로 세련된 완벽한 살림 솜씨가 배어 있었으나, 지금은 마치 모든 일이 마무리되어 짐을 꾸린 듯 치워져버려서 그녀로서는 더 이상 할 일이 아무것도 없어 다만 팔짱을 낀 채 앉아 있을 수밖에 없는 듯했다. 마처가 보기에 그녀는 이 곳을 '떠나' 버린 듯했다. 즉 그녀의 일은 끝났으며, 이제 그녀는 깊은 못 저쪽 기슭에서, 혹은 이미 도달한 안식의 섬에서 이쪽으로 말을 걸어오고 있는 것 같아 그는 자신이 버림을 받았다는 야릇한 느낌을 받았다. 그토록 오랫동안 그와 함께 공동의 의문점에 대한 답을 지켜보아 왔다면, 시계(視界)에 모습을 나타내어 제 이름을 갖추었을 것이 틀림없는데, 그렇다면 그녀의 임무는 사실상 끝난 것일까? 여러 달 전에, 그는 그녀가 자신에게 무엇인가 숨기고 있다고 말했을 때, 그것은 사실상 이 일을 묻고 있었던 셈이었다. 그 이후 이 점에 대해서는 더 이상의 추궁은 하지 않았는데, 그것은 그런 추궁을 하다가는 두 사람 사이에 의견의 불일치, 어쩌면 불화까지 생길지 모른다는 막연한 불안을 느꼈기 때문이었다. 지금에 와서 그는 신경과민이 되어 있었다. 이상한 것은 의심을 품고부터 소심한 마음이 생겼다는 사실이었다. 즉 확신이 있는 동안은 신경과민이 되지 않았다는 말이다. 만일 잘못된 말을 하면 그걸로 인해 무엇인가 머리 위에 떨어져올 우려가 있었다. 그것은 적어도 긴장을 풀어줄지도 모른다고 그는 혼자 생각했다. 하지만 잘못된 말은 하고 싶지 않았다. 그러면 모두가 추하게 변해버릴지도 몰랐다. 자기에게 부족한 지식이 저쪽에서 떨어져와 주는 것은 바람직한 일이었지만, 떨어지는 것이 가능했다 친다면, 스스로의 당당한 무게로 자연히 떨어져주기를 바랐다. 만일 그녀가 그를 저버린다고 한다면 그녀 쪽에서 작별의 말을 해야 하는 것이다. 당신은 무엇을 알고 있는가, 라고 그녀에게 직접 따져 묻지 않았던 것은 이런 이유에서였다. 그러나 또 한편, 이 방문을 끝마치기 전에 다른 측면에서 이 문제에 접근하여 다음과 같이 질문한 것도 같은 이유에서였다.

"지금에 와서 내게 최악의 일이 일어난다면 그게 뭐라고 생각하십니까?"

그는 과거에도 종종 같은 말을 묻곤 했었다. 두 사람은 이 문제에 대한 지대한 관심과 회피가 기묘하게 교체되는 불규칙한 리듬을 따르고 있어서, 어느 순간 의견을 나누었는가 하면 다음 순간에는 열이 식어버려 그러한 의견이 파도에 쓸려버린 모래 위의 무늬처럼 사라져가는 것을 그냥 팔짱을 끼고 바라보곤 했었다. 그전부터 있던 오래된 화제라도 잠시 냉각기간이나 반동기(反動期) 같은 것을 두고 꺼내면 신선한 맛이 되살아난다는 것이 그들 대화의 특색이었다. 그래서 그녀는 이 질문에 대해서도 이번이 처음인 양 다시 참을성 있게 대답하였다.

"네, 물론 저도 몇 번인가 생각한 적은 있었어요. 다만, 예전에는 언제나 이거다 하고 결정하는 일이 무척 어렵게 여겨지더군요. 여러 가지 무서운 일들을 생각해 보았지만 그 중에서 한 가지만 고른다는 것이 어려웠어요. 당신도 분명히 그러셨을 거예요."

"그래요! 그 이외의 것은 아무것도 하지 않은 것 같은 기분이 들 정돕니다. 내가 무서운 일만 생각하며 일생을 허비한 것 같은 생각이 드는 겁니다. 여러 번에 걸쳐 당신에게 이야기한 것도 많지만 이야기 못한 것도 많이 있습니다."

"너무나 무서운 일이기 때문인가요?"

"그렇습니다. 너무나, 너무나 무서운 일이오. 그 중의 몇 가지는 말이지요."

그녀는 한동안 그를 물끄러미 바라보았다. 시선이 마주치며 그녀의 맑은 눈동자에 정면으로 응시를 당하니 그 눈에는 지금도 젊었을 때와 다름없는 아름다움이 엿보여서 그는 적이 어색한 기분이 들었다. 다만 그 아름다움에는 묘하게 차가운 빛이 있었다. 그것이 이 계절과 시각 특유의 창백하고 냉랭한 아름다움의 원인이라고는 말할 수 없을지라도 그 결과의 일부라고는 할 수 있을 것 같았다. "그렇다고는 해도," 하고 그녀는 겨우 입을 열었다. "무서운 것 가운데는 우리가 화제로 삼은 것도 있어요."

이러한 배경 속에서 그 사람이 '무서운 것' 운운하는 소리를 들으니 이상한 분위기가 또다시 짙어졌다. 그러나 그녀는 몇 분 후에 한층 더 이상한 행동으로 나왔던 것이다. 물론 그것이 얼마나 이상한가 하는 것은 나중에야 겨우 알게 되었지만, 그 징조는 벌써부터 희미하게나마 싹트고 있었다. 그리고 보면 그녀의 눈동자가 젊었을 시절의 빛을 되찾은 것도 그 징조 가운데 하나였다. 그러나 그녀가 말한 것에 대해서는 그도 인정하지 않을 수가 없었다.

"예, 물론 무척 대담한 말을 주고받은 때도 있었으니까요."

그는 자신이 마치 모든 일이 끝나버린 듯한 말투로 이야기하고 있다는 것을 깨달았다. 그렇다. 그는 이제 끝나주었으면 하는 생각을 하고 있는 것이었다. 그 종말은 틀림없이 더욱더 그의 친구 어깨에 덮쳐오고 있는 것이었다.

그런데 그녀는 잔잔한 미소를 띠었다.
"'대담한'이라고 말씀하셨나요?"
그것은 묘하게 빈정거리는 느낌을 주었다.
"아직도 더 대담한 일을 할 수 있다고 말씀하시는 건가요?"
물끄러미 그를 응시하는 그녀는 쇠약하고 늙었으면서도 여전히 매력적이었으나, 어쩐지 이야기의 줄기를 놓쳐버린 것처럼 보였다. "우리가 대담한 지경에까지 갔었다고 당신은 생각하세요?"
"난 그것이 당신이 말하고자 하는 요점인 줄 알았는데. 말하자면 우리는 대개의 일에 정면으로 대항했다고 말이오."
"우리 서로도 말인가요?" 그녀는 아직도 미소를 짓고 있었다. "하지만 당신 말씀이 맞아요. 우린 함께 굉장한 일들을 여러 가지 상상했었으니까요. 때로는 굉장히 무서운 일들도. 하지만 그 가운데는 말하지 않고 있었던 것도 있답니다."
"그렇다면 최악의 것 ─ 그건 아직 우리가 직면하고 있지 않지요. 당신이 그것을 무엇이라고 생각하고 계신지 안다면, 나로서도 직면할 수 있을 거라고 생각합니다. 나는 말이죠," 하고 그가 설명했다. "그런 걸 생각할 힘이 이젠 없어져버린 것 같은 생각이 들어요."
그렇게 말하자 그는 자기 얼굴도 자기 목소리처럼 무력해 보일까 생각했다. "힘을 다 써버린 겁니다."
"그렇다면 어째서 제 힘은 아직 남아 있다고 생각하시는 거죠?" 그녀가 물었다.
"당신은 다르다는 증거를 몇 가지 내게 보여주셨기 때문이지요. 하지만 말입니다. 그건 당신이 생각하거나 상상하거나 비교하거나 할 문제가 아닌 겁니다. 이미 선택의 문제가 아니라는 말입니다." 그는 마침내 입에 올리고 말았다. "내가 모르는 뭔가를 당신은 알고 있소. 전에도 그런 징조를 보인 적이 있었어요."

이 마지막 말이 그녀에게 강한 영향을 주었다는 것을 금방 알 수 있었다. 그녀는 딱 잘라 말했다. "어떤 징조도 보여드린 적이 없어요."

그는 고개를 저었다. "숨겨도 소용없어요."

"아, 세상에!"

메이 버트램은 숨겨도 소용이 없다는 말에 소리를 질렀다. 그것은 억누른 신음소리에 가까웠다.

"몇 달인가 전에, 내가 알까 봐 겁내고 있는 게 있는 모양이지요 하고 내가 말했을 때 당신은 인정했어요. 그때 당신은 내게는 알 힘이 없으니까 알게 될 날은 오지 않을 거라고 말했지요. 사실 난 지금도 안다고 말은 못하고 있습니다. 하지만 역시 당신한테는 숨기고 있는 것이 있었던 겁니다. 지금 생각하니 잘 알겠습니다만, 그것은 모든 가능성 중에서 결국 최악이라고 당신이 판단하신 것, 그리고 지금도 아직 그렇게 생각하고 계실 것이 틀림없습니다. 당신한테 부탁하는 이유는 그 점입니다." 그는 계속했다.

"지금 내가 겁내고 있는 것은 무지뿐입니다. 아는 것은 겁나지 않습니다." 그녀는 그래도 한동안 말이 없었다.

"당신의 얼굴이나 이 방의 분위기에서 나는 당신이 손을 떼셨다는 걸 잘 압니다. 당신은 끝을 내버렸어요. 당신 몫의 경험을 이미 다 한 겁니다. 나를 운명의 손에 넘겨버리는 거군요." 그가 말했다.

그녀는 흰옷을 입고 의자에 앉아서 결심을 강요당하고 있는 듯한 모습으로 꼼짝도 않은 채 듣고 있었다. 그녀의 태도는 그가 말하고 있는 것을 인정하는 것이나 다름이 없었으나, 내부에서는 양보하지 않으려고 하는 굳은 의지가 남아 있어서 전면 항복으로 볼 수는 없었다. "그것이 최악의 것이라고 할 수 있겠죠." 그녀는 겨우 입을 열었다. "제가 아직 한 번도 말씀드린 적이 없는 것을 말입니다."

이것은 한순간 그를 침묵시켰다. "우리가 주고받은 어떤 무서운 것보다도 더 심한 건가요?"

"더 심해요. 그래야 당신이 최악이라고 부르시는 것에 충분히 걸맞지 않겠어요?"

마처는 생각해 보았다. "틀림없이 그렇군요. 만일 당신이 나처럼 모든 손실과 치욕이 내포된 그 무엇을 생각하고 있다면 말이오."

"만일 그 일이 현실적으로 일어난다면 그렇게 되겠지요."

메이 버트램은 말했다. "하지만 잊으시면 안 돼요. 지금 얘기하고 있는 것은 제 생각에 지나지 않으니까요."

"당신의 확신이라고 해야 옳겠죠"라고 마처는 말했다. "나에게는 그것만으로 충분해요. 당신의 확신이라면 뭐든지 옳다고 생각하고 있으니까요. 그런 상태니까 그런 확신이 있으면서 거기 대해 아무 실마리도 주지 않는다는 것은 나를 저버린다는 뜻이 되는 겁니다."

"아니에요. 당치도 않아요." 그녀는 말했다. "모르세요? 전 당신과 함께 있어요. 지금도요."

그것을 더욱 분명하게 이해시키려는 듯이 그녀는 의자에서 일어나 — 최근에는 좀처럼 그런 위험은 범하지 않았는데 — 주름이 넉넉하게 잡힌 부드러운 옷을 입은, 희고 가녀린 모습을 보였다. "당신을 저버리다니요."

이것은 쇠약해진 체력을 무릅쓰고서 하는 참으로 인정과 동정으로 가득 찬 태도였다. 그를 안심시키려고 하는 그녀의 마음은 다행히 성공했기 망정이지 그렇지 않았더라면 그는 감동한 나머지 기쁘게 받아들이기보다는 되레 고통스럽게 느꼈을지도 몰랐다. 그러나 그의 앞에 서 있는 동안에도 그녀 눈동자의 차가운 매력은 전신으로 퍼져 나가 드디어는 한순간 젊음을 되찾았나 싶을 정도였다. 그 일로 그녀를 불쌍히 여길 수는 없었다. 그로서는 그녀가 지금도 여전히 그를 도울 힘이 있다고 표시하는 것을 그대로 받아들이는 수밖에 없었다. 그녀의 빛은 언제 어느 때 사라질지 몰랐다. 그렇다면 더더욱 그것을 가능한 한 이용하지 않으면 안 되었다. 그가 가장 알고 싶어하고 있는 서너 가지 일들이 눈앞에 강렬하게 떠올랐다가 사라졌다. 그러나 정작 그의 입을 통해 나온 것은 다른 질문들이었다.

"그럼 내가 의식적으로 괴로워하게 될 것인지 알려주시죠!"

그녀는 즉시 고개를 저었다. "절대로 그렇게는 되지 않아요."

이것은 그가 그녀에게 인정하고 있는 권위를 확인하는 일이어서 그는 크게 감명을 받았다.

"그보다 더 좋은 일이 있을까요? 당신은 그것을 최악이라고 말씀하시는 겁니까?"

"그보다 더 좋은 것은 없다고 생각하시나요?" 그녀가 되물었다.

그녀가 무언가 매우 특수한 것을 생각하고 있는 것처럼 보여 그는 또다시 강한 의혹에 사로잡혔으나, 희미하게 보인 구제의 가능성은 아직 사라지지 않고 있었다.

"그렇게 생각해선 안 됩니까? 실제로 모른다면 그럴 수도 있죠." 그가 이렇게 말을 마치자 두 사람은 그 일에 대해 깊이 생각하는 듯이 침묵 속에 시선을 주고받고 있었는데, 구제의 가능성은 한층 더 밝기를 더하여 그가 그녀에게서 노리는 그 무엇이 그녀 얼굴에 넘칠 정도로 나타났다. 그것을 응시하는 동안에 갑자기 그의 얼굴은 이마까지 빨개지며 모든 일의 이치를 한꺼번에 깨닫게 하는 인식의 강한 힘에 감동되어 그는 숨을 죽였다. 그가 숨을 죽인 기척은 주위를 가득 채웠다. 이윽고 그는 또렷하게 말했다.

"알았습니다. 만일 내가 괴로워하지 않았으면 하는 뜻이라면!"

그러나 그녀의 얼굴에는 의문이 떠올랐다. "무얼 아셨다는 건가요?"

"당신이 말씀하신 의미를요. 당신이 전부터 말씀하고 계시던 일의 의미 말입니다."

그녀는 다시 한 번 고개를 내저었다. "제가 지금 말하고 있는 것은 지금까지 말해 온 것과는 달라요. 딴 일이에요."

"무슨 새로운 일입니까?"

그녀는 이 질문에 약간 망설였다. "그래요, 새로운 일이에요. 당신이 생각하고 계시는 그런 일이 아니에요. 당신이 무엇을 생각하고 계시는지 전 알고 있어요."

그 말을 듣자 그는 휴우 하고 한숨을 내쉬었다. 다만 그녀의 정정 쪽이 틀렸을 가능성은 있었다.

"내가 아주 미련한 인간은 아니라는 말입니까?" 그는 떨리는 목소리로 조금은 고집스럽게 물었다. "모든 것이 다 실수는 아니라는 말 아닙니까?"

"실수라고요?" 그녀는 측은하게 여겨지는 듯이 그 말을 되풀이하였다. 그런 가능성은 그녀에게 있어서도 견딜 수 없는 일이라는 것을 알 수 있었다. 그리고 만일 그가 고통을 느끼지 않아도 된다고 보증을 해준다면, 지금 그녀의 마음에 있는 것은 당연히 그 같은 가능성일 까닭이 없었다. "아아, 천만에요." 그녀는 딱 잘라 말했다. "그런 것이 아니에요. 당신이 옳았어요."

그래도 그는 여전히 그녀가 이런 말을 하는 것은 이렇듯 집요하게 추궁당하여 그를 위안하지 않을 수 없게 되어서 그러는 것이 아닐까 하는 의심을 떨쳐버릴 수 없었다. 만일 자기의 인생사가 기껏해야 아주 진부한 것이었다는 것만큼 괴로운 일은 없을 것이다.

"내가 참기 힘들 정도의 바보였다는 것을 깨닫지 않게끔 진실을 말해 주고 있는 거겠지요? 내가 허무한 상상을 하면서 분별 없는 환상에 젖어 살아온 건 아니겠죠? 오랫동안 기다린 끝에 눈앞에서 문이 닫혀 버리는 그런 결과는 없겠죠?"

그녀는 또 고개를 내저었다. "어떤 경우를 생각해도 그런 일은 있을 수가 없어요. 무슨 일이 있어도 현실인 단 한 가지. 문은 닫혀 있지 않아요. 열려 있어요." 메이 버트램은 말했다.

"그럼 무언가가 일어난다는 거군요?"

그녀는 그 싸늘하고도 부드러운 시선을 그에게 돌린 채로 잠시 동안 또다시 입을 다물고 있었다. "결코 늦지 않았어요." 그녀는 미끄러지는 듯한 발걸음으로 그와의 거리를 좁히고, 아직 못다 한 얘기가 가슴에 남아 있다는 태도로 잠시 동안 그의 곁에 섰다. 그녀의 움직임은 말을 하려고 결심은 하면서도 말하기를 주저하고 있는 가슴속의 생각을 더 미묘한 방법으로 강조하고 있는 듯이도 보였다. 그는 불기가 없는, 약간의 장식품밖에 놓여 있지 않은 난로 곁에 서 있었다. 작지만 완벽한 프랑스제 낡은 시계와 담홍색의 드레스덴 구이의 자기 두 점, 장식품은 그것뿐이었다. 그녀는 한쪽 손으로 난로 선반을 붙잡으면서 그의 질문에 대한 답을 미루고 있었는데, 그것은 몸을 지탱하기 위해서임과 동시에 마음을 잡기 위해서인 것처럼 보였다. 그러나 그녀는 언제까지나 그를 기다리게 할 뿐이었다. 그녀의 행동과 태도에서, 이 사람에겐 아직 나에게 줄 것이 남아 있다는 느낌이 갑자기 아름답고도 선명하게 다가왔다. 그녀의 수척한 얼굴은 그에게 주고자 하는 그 무엇으로 부드럽게 빛나고 있었다. 그것은 그녀의 표정에 은의 백색 광택과도 같은 빛을 주고 있었다. 그녀가 옳다는 것에는 의심의 여지가 없었다. 왜냐하면 그녀의 얼굴에 지금 나타나고 있는 것이야말로 진실이기 때문이다. 이상하기도 하고 이치에 안 맞는 일이기도 했지만, 둘이 서로 두렵게 주고받은 말은 아직 사라지지도 않았는데, 그녀는 그 똑같은 것을 극히 온화한 것으로서 제시하고 있는 듯이 보였다. 그것은 그를 당혹하게 만들기는 했지만, 그런 만큼 한층 더 그녀의 계시(啓示)가 고마워서 그 얼굴을 넋을 잃고 바라볼 뿐이었다. 그녀는 여전히 몇 분 동안 침묵한 채 빛나는 얼굴을 그에게 돌리고 그와의 접촉을 표나지 않게 더해왔고, 그는 한결같이 배려 깊게, 그러나 기대에 찬 눈으로 그녀를 응시했다. 그러나 그가 기대한 것은 일어나지 않았다. 대신 다른 일이 일어났는데, 처음에는 단지 그녀가 눈을 감았을 뿐이라고 생각했다. 그와 동시에 그녀는 천천히 눈에 띌 듯 말 듯하게 몸을 떨더니, 그가 유심히 지켜보고 있었는데도 불구하고 — 전보다 더 유심히 주시했는데 — 몸을 돌려 본래의 의자로 돌아가 있었다. 그녀가 말하고자 하던 것은 그것으로 끝이 나고 말았지만 그로서는 잊어버릴 수가 없었다.

"그래, 말을 하지 않으려는 거요?"

그녀는 본래의 자리로 돌아가는 도중에 난로 가까이의 벨을 누르고 이상하게 창백한 얼굴로 의자에 몸을 묻고 있었다. "저, 몸이 아주 안 좋은 것 같아요."

"얘기해 줄 수 없을 정도로 아픈 겁니까?"

어쩌면 그녀가 그에게 광명을 주지 못한 채 죽는 것이 아닐까 하는 두려움이 예리하게 마음을 찔러 저도 모르게 입에 올릴 뻔했다. 겨우 그것은 억제했지만, 그녀는 그의 두려움을 읽은 듯한 대답을 했다.

"모르시겠어요? 지금 같으면."

"지금 같으면, 이라니요?"

이 짧은 시간 동안에 그 어떤 차이가 생기기라도 했다는 듯한 투가 아닌가. 그러나 벨소리를 듣고 하녀가 이미 오고 있었다.

"나는 아는 게 없어요."

그는 자기가 이때 실로 언짢은 성급함을 보인 게 틀림없다고 생각하지 않을 수 없었다. 심한 실망을 맛보았기 때문에 이젠 이런 문제와는 손을 끊었다는 식의 성급함을 보인 게 틀림없었다.

"아아." 하고 메이 버트램은 소리를 냈다.

"아픕니까?" 하녀가 그녀에게 다가갈 때 그는 물었다. "아녜요." 메이 버트램이 대답했다. 하녀는 그녀를 방으로 데려가려고 그녀의 몸에 팔을 두르면서 그를 쳐다보았다. 그 눈은 메이 버트램의 말을 부정하고 있었다. 그러나 그것을 무시하고 그는 다시 한 번 자신의 궁금증을 드러냈다.

"그럼, 대체 무슨 일이 일어났나요?"

하녀의 도움을 받아 그녀는 다시 한 번 일어섰다. 돌아가지 않을 수 없다고 느끼면서 그는 넋나간 사람처럼 모자와 장갑을 찾아들고 문 앞까지 갔다. 그러나 여전히 그녀의 대답을 기다렸다.

"일어나기로 되어 있던 일 말이었지요." 그녀가 말했다.

5

그 이튿날 그는 다시 한 번 찾아갔으나 그녀는 면회할 수 있는 상태가 아니었다. 두 사람이 오래 사귀어오는 중에 이런 경우는 처음 있는 일이었다. 되돌아오면서 그는 좌절감을 느꼈고, 분노에 가까운 기분마저 맛보았다 ― 적어도 두 사람의 습관이 이 같은 중단을 본 것은, 드디어 종말에 접어든 것이나 다름없다고 느끼면서 그는 혼자 여기저기 돌아다니면서 여러 가지 생각에 잠겼는데, 특히 가장 참을 수 없는 생각에 빠져들었다. 그녀는 죽어가고 있는 것이다. 그녀를 잃을 날이 올 것이다. 그녀가 죽으면 자신의 인생도 끝나는 것이다. 그는 길을 잃고 들어간 공원 안에서 문득 걸음을 멈추자 눈앞에 집요하게 떠오르는 상념을 노려보았다. 그녀의 곁을 떠나자 또다시 상념에 시달렸다. 그녀 곁에 있으면 그녀의 말을 믿을 수가 있었는데, 쓸쓸한 고독을 맛보자 가장 가까이 있으면서 비참하나마 따뜻함을 주고, 가장 풍부하여 싸늘한 고뇌를 맛보지 않아도 되는 그 설명에 매달렸다. 그녀는 그를 구하기 위해 속인 것이다, 그에게 편안함을 맛볼 수 있는 것을 주기 위해서. 그에게 일어나기로 되어 있던 일이란, 결국 지금 일어나려고 하고 있는 일이 아니고 무엇이겠는가. 그녀가 죽어가고 있는 것, 그녀의 죽음, 그 결과로서 그의 고독 — 그것이야말로 그의 마음속에서 '정글'의 야수로서 그려온 것, 지금까지는 신들밖에 몰랐던 일인 것이다. 헤어질 때 그녀는 그 일에 대해 확언을 주었는데, 그녀는 틀림없이 그것을 의미했을 것이다. 예의 그 일은 해괴한 것은 아니었던 것이다. 보기 드문 탁월한 운명, 단 한 방으로 사람을 쏘아 넘어뜨려서 사람을 불멸화(不滅化)하는 그런 운명이 아니라, 보통 흔히 있는 비운의 각인이 찍힌 운명에 불과했던 것이다. 그러나 지금의 마처는 흔히 있는 비운으로 충분하다고 생각했다. 그것도 그의 필요를 충족시켜 기다리고 기다린 끝의 성취로서 긍지를 버리고 그것을 받아들일 것이다. 황혼 속에서 그는 벤치에 걸터앉았다. 바보는 아니었다. 그녀가 말한 것과 같이 일어나야 할 일은 역시 있었던 것이다. 종국적으로 생긴 일은 거기에 도달하기까지 그가 걸어야 했던 긴 여정에 충분히 어울리는 것이라는 사실이 벤치에서 일어서기 직전에 분명히 느껴졌다. 미결의 상태를 그와 나누어 가지고 그 결과를 보기 위해 자신의 모든 것을 내던져 자신의 인생마저 바치면서 그녀는 그 길을 한 걸음 한 걸음 그와 함께 걸어온 것이다. 그가 살아올 수 있었던 것도 그녀의 도움이 있었기 때문이었다. 그런 그녀를 남겨두고 간다는 것은 곧 고통스럽고 뼈저리게 그녀를 잃어버리는 것이다. 이보다 더 심각한 타격이 있을 수 있겠는가?

그 답은 며칠 안에 알게 되었다. 그 이유는, 그녀가 한동안 그를 가까이하지 않고 있던 동안 용태를 물어보려고 날마다 찾아갔지만 그때마다 허탕치고 돌아오는 지경이어서 불안하고 비참한 생각을 가졌었다. 하지만 가까스로 그 시련의 날들도 끝이 나 그녀가 언제나 그를 맞아주던 방에 다시 안내되었기 때문이다. 두 사람의 과거의 절반이 거기에 있다는 것을 이제는 의식하는 것조차 허무한 그 방에, 그녀는 다소의 위험을 무릅쓰고 나타난 것이었다. 더구나 그의 강박관념을 점검하고, 오랫동안에 걸친 고민을 끝내기를 바라고 있다는 것이 역력히 드러나 보이는 그녀의 상냥함에는, 이제 그에게 도움이 되는 것은 거의 없었다. 그것은 분명히 그녀의 소원이었고, 손을 내밀 여력이 있는 동안에, 스스로의 마음의 평화를 위해서 그녀가 하고자 하는 것이었다. 그녀의 의자 곁에 앉자, 그는 그녀의 상태에 마음이 쏠려 모든 것이 이젠 아무래도 좋다는 기분이 들었다. 따라서 그가 인사를 하고 떠나기 전에 그를 도로 붙잡아, 언젠가 그녀가 한 마지막 말을 다시 꺼낸 것은 그녀 쪽이었다. 그녀는 두 사람의 관심사를 깨끗이 정리해 두고 싶다는 소망을 밝혔다.

"아시는지 어떤지는 확신을 가질 수 없지만, 당신은 이제 이 이상 기다리실 건 아무것도 없어요. 일은 이미 일어나버렸으니까요."

아, 그는 얼마나 놀라 그녀를 바라보았는지! "정말입니까?"

"정말이에요."

"일전에 말씀하신 그 '일어나게 되어 있던 일'이 말입니까?"

"우리가 젊었던 시절부터 감시하기 시작했던 그 일이 말이에요."

이렇게 다시 한 번 그녀를 직접 만나보니 믿을 수가 있었다. 그녀의 말은 반론할 길이 없는 것이었다.

"이름과 날짜를 제대로 갖춘, 현실적이고 확실한 사건이었다고 말씀하시는 겁니까?"

"현실적이고 확실했어요. 이름은 어떤지 잘 모르지만, 아마 날짜는 분명했어요."

그는 또다시 어떻게 해야 좋을지 난처해지고 말았다. "그러나 그것은 밤의 어둠 속으로 왔다가 그냥 지나쳐간 것일까요?"

메이 버트램은 이상한 미소를 띠었다. "아뇨, 그냥 지나쳐가진 않았어요!"

"그렇지만 내 쪽에서 깨닫지 못하고 그쪽도 나를 건드리지 않았다고 한다면?"

"아아, 당신이 깨닫지 못하셨다는 것이" 하고 그녀는 한순간 그 말을 논하는 데 망설임을 보였다. "당신이 깨닫지 못하셨다는 것이 바로 이상한 일 중에도 이상한 일, 경이(驚異) 중의 경이인 것이에요." 그녀는 거의 병든 아이 같은 낮은 목소리이긴 했으나, 드디어 이 모든 것의 종말에 이르러 무당처럼 단도직입적인 태도로 말했다. 자기가 알고 있는 것을 자각하고 있다는 태도가 분명하게 보이고 있었다. 그것이 그에게 미친 영향에는, 그를 오늘까지 지배해 온 법칙과 걸맞은 그 무엇이 있었다. 그래서 그 법칙은 당연히 그녀의 목소리를 빌려서 나오는 것이었다. "그것은 당신을 틀림없이 건드렸어요." 그녀는 말을 계속했다. "그 임무를 수행했어요. 당신을 완전히 자기 것으로 만든 거예요."

"내가 깨닫지 못하고 있는 동안에 그렇게 완전하게 말입니까?"

"당신이 깨닫지 못하고 계신 동안에 완전하게 말이에요." 그녀 쪽으로 몸을 내밀었을 때 그는 그녀 의자의 팔걸이에 손을 얹고 있었는데, 희미한 미소를 줄곧 띠면서 그녀는 자기 손을 그 위에 포갰다. "제가 알고 있으면 그것으로 충분해요."

"아아!" 그는 혼란을 느끼고, 그녀가 최근에 자주 그랬던 것처럼 한숨을 내쉬었다.

"제가 오래 전에 말씀드린 것은 정말이었어요. 지금에 와선 당신은 결코 모르시겠지요. 그렇지만 만족하셔야 돼요. 그 일은 틀림없이 당신한테 일어났으니까요." 메이 버트램은 말했다.

"그렇지만 무슨 일이 일어났다는 겁니까?"

"당신이라는 사람을 특별히 골라내 두었던 운명이 말이에요. 당신의 법칙을 증명하는 것이에요. 그것이 행동을 한 거예요." 그렇게 말하고 나서 그녀는 대담하게 덧붙였다. "그것이 그게 아니었다는 것을 알 수 있어서 저는 너무 기쁘게 생각하고 있답니다."

그는 그녀를 계속 응시하고 있었으나, 그녀를 포함해서 모든 것이 자기의 이해 범주 밖에 존재한다고 느꼈다. 또다시 깊이 추궁하고 싶었으나 지금은 그녀가 주는 것만을 그것이 마치 계시나 되는 것처럼 정중하게 말없이 받아들이는 수밖에 없으며, 그 이상의 행동을 한다는 것은 상대방의 쇠약을 허점으로 이용하는 짓이라고 생각하지 않을 수 없었다. 그가 입을 연 것은, 이윽고 찾아올 고독의 맛을 미리 음미한 후의 일이었다.

"그것이 그게 '아니었다는 것'을 알고 기쁘다고 하시는 것은, 더 나쁜 일일 수 있었기 때문인가요?"

그녀는 시선을 돌려 자기 앞을 물끄러미 응시하며, 그대로의 자세로 이윽고 대답했다.

"우리가 어떤 것을 겁내고 있었는지 알고 계실 것 아니에요."

"그렇다면, 그건 우리가 한 번도 걱정한 적이 없는 일이군요?" 그가 물었다.

이 말을 듣고 그녀는 천천히 뒤를 돌아보았다.

"우린 무척 여러 가지 일들을 상상했지만, 이렇게 앉아서 그 일에 대해 얘기를 나누게 되리라고는 상상도 못했던 일 아니에요?"

그것도 상상한 적이 있다는 것을 입증하려고 잠시 시도했지만 두 사람의 무수한 상상은 차갑고 짙은 안개 속에 녹아버린 것처럼 보였고, 사고력도 상실되었다. "그럼 우리가 이렇게 얘기할 수 없을 가능성도 있었습니까?"

"네, 그래요." 그녀는 상대를 이해시키려고 할 수 있는 데까지 말을 했다. "이쪽에서는 못했을 가능성은 있어요. 우리는 이미 저쪽 편에 와 있습니다만." 그녀가 말했다.

가엾은 마처는 대꾸했다. "나에게는 이쪽 저쪽이 다 같게 여겨집니다만." 그러나 그것을 부정하며 그녀가 설레설레 고개를 젓는 것을 보자 그가 말을 이었다. "우리는 저쪽 편으로 건너가지 못했을지도 모른다는 말이군요."

"우리가 지금 있는 곳까지 건너올 수 없었으리라고 말씀하신 건가요? 맞아요. 하지만 지금은 이미 이곳에 있는 거예요." 그녀는 힘 없이 강조했다.

"그렇다면 그것은 아무 도움도 되어주지 못하지 않습니까!" 하고 그녀의 친구는 솔직하게 비평했다.

"가능한 한의 도움은 되어주고 있어요. 그것은 이미 존재하지 않는다는 것으로 크게 우리를 도와주고 있는 거예요. 이미 끝나버린 거예요. 이미 과거가 되어버린 거예요." 라고 메이 버트램은 말했다. "전에는……." 그러나 거기서 말이 끊어졌다.

그녀를 지치게 하지 않으려고 그는 이미 일어서고 있었지만, 알고 싶다는 욕구를 물리치기는 어려웠다. 그의 광명이 사라져버렸다는 것 외에는 결국 아무것도 그녀는 말해 주지 않았다 — 그런 것이라면 그녀가 말해 주지 않아도 충분히 알고 있었다. "전에는……?" 그는 뜻도 없이 그녀의 말을 되풀이했다.

"전에는, 그것은 언제나 앞으로 찾아올 일이었던 거예요. 그래서 그것은 언제나 가까이에 존재하고 있었던 거예요."

"지금은 무슨 일이 일어나건 상관없습니다! 게다가……." 하고 마처는 덧붙였다. "당신 말처럼 '가까이에 존재하고 있는' 편이 좋았던 것으로 생각해요. 당신이 없는데다가 그것까지 존재하지 않는 것보다는."

"아아, 제가 없어진다는 것은!" 그렇게 말하고 그녀는 창백한 두 손으로 그런 일은 아무것도 아니라는 시늉을 했다.

모든 것이 사라져 없어지면 두 사람의 인생에서 그가 그녀 앞에 서는 것도 이것이 마지막이다 — 이 끝없는 늪 속에 빠져드는 느낌 외에 증명된 것이라고는 아무것도 없는데, 그런 무서운 의식이 그에겐 있었다. 그것은 거의 견디기 힘들 정도로 그를 덮쳐왔다. 그리고 그 무게가 입에 담을 수 있는 항의의 마지막 남은 앙금을 그의 가슴속에서 짜냈다.

"당신을 믿고는 있습니다. 하지만 내가 이해하고 있는 척 연극을 하기 시작할 수는 없어요. 내게 있어서는 아무것도 끝나지 않았어요. 나 자신이 이 세상을 마칠 때까지는 — 될 수 있는 대로 빨리 그렇게 되기를 빕니다만 — 앞으로도 아무것도 끝이 나지는 않을 겁니다. 하지만 말이죠." 하고 그는 말을 이었다. "당신이 주장하시는 것처럼 내가 내 몫의 과자를 마지막 한 조각까지 먹어버렸다 하더라도 말입니다, 내가 전혀 느낄 수 없었던 것이, 사실은 내 몫으로 배당되어 있었다는 일이 있을 수 있을까요?"

아까만큼의 솔직함은 없었지만, 그래도 그녀는 조용히 응했다. "당신은 자신이 '느끼는' 것을 별로 심각하지 않게 생각하고 계세요. 당신은 운명 때문에 고통받게끔 되어 있었지만, 그건 반드시 그걸 안다는 것을 의미하는 건 아니에요."

"도대체 어떻게 그런 일이 있을 수 있을까요 — 운명을 아는 것이 고통이나 다를 것이 없는데."

그녀는 한순간 말없이 그를 쳐다보고 있었다. "아아, 당신은 모르고 계세요."

"나는 운명을 만나 고통을 당하겠습니다." 존 마처는 말했다.

"제발 그런 짓은 하지 말아주세요!"

"적어도 그 일만은 하지 않을 수 없습니다."

"그러지 말아주세요!" 메이 버트램은 또다시 말했다.

그녀의 쇠약에도 불구하고 그녀의 말투에는 특수한 울림이 있어서, 그는 한순간 흠칫하며 눈을 크게 떴다. 지금까지 숨어 있던 빛이 시계(視界)에 퍼뜩 비친 듯한 기분이 들었다. 어둠이 재차 그것을 가렸으나, 그보다 먼저 빛은 어떤 생각을 가져오게 하고 있었다. "내게는 그런 권리가 없기 때문이라고 말씀하시는 겁니까?"

"알려고 하지 말아주세요 — 그럴 필요가 없으니까요." 그녀는 사려 깊게 말했다. "알 필요 같은 것 없어요. 왜냐하면 알아서는 안 되니까요."

"알아선 안 된다고요?" 대체 그녀는 무엇을 말하려 하고 있는 것일까!

"네, 너무 견디기 힘들기 때문이에요."

"견디기 힘들다고요?" 그는 다시 힘주어 물었으나 그 당혹의 어둠도 다음 순간에는 갑자기 활짝 밝아졌다. 그 빛에 비추어 보니 그녀의 말은 — 그 수척한 얼굴에도 같은 빛이 있었다 — 만일 그 어떤 의미가 있는 것이라면 모든 것을 의미하고 있는 듯이 보였다. 그녀에게 있어서 안다는 것은 어떤 것이었는가 하는 생각이 그를 왈칵 덮쳐, 하나의 질문이 입을 뚫고 나왔다. "그렇다면 당신은 그 때문에 죽으려 하고 있는 겁니까?"

그녀는 물끄러미 그를 응시했다. 처음에는 그가 어느 정도 이해하고 있는지를 측정하는 듯한 매서운 눈초리를 하고 있었으나, 무엇인가 그녀의 동정심을 자극하는 것을 보았거나, 혹은 그와 같은 것을 볼까 봐 두려워했던 것이리라. "전 당신을 위해 아직 더 살았으면 해요. 만일 가능하다면 말이에요." 그녀는 잠시 눈을 감고 있었는데, 그것은 자기 내부로 들어가서 살기 위한 마지막 노력을 시도하고 있는 듯이 보였다. "하지만 그럴 수가 없군요!!" 눈을 들어 그에게 작별을 고하면서 그녀는 그렇게 말했다.

사실, 그녀는 너무나 급하다고 여겨지는 속도로 사는 것이 불가능하게 되어갔다. 이 이후 그로서는 죽을 운명에 가깝게 다가선 그녀의 모습을 볼 수밖에 없었다. 그 이상한 대화로써 두 사람은 영원히 헤어진 것이었다. 그녀의 고통의 방은 엄격하게 통제되어 그의 접근을 거부하고 있었다. 그리고 의사나 간호사들, 혹은 틀림없이 그녀가 유산으로 '남길' 것에 대한 생각에 이끌리어 모여든 두세 명의 친척들 앞에 나서면, 그가 치켜든 권리 — 이런 경우에는 이렇게 말하는 모양이지만 — 따위는 얼마나 보잘것없는 것에 불과한가를 그도 깨닫지 않을 수가 없었다. 두 사람의 친밀한 교제가 그에게 지금 이상의 권리를 부여해 주지 않았다는 사실은 참으로 묘한 일이라고 생각되었다. 촌수가 먼 팔촌형제뻘인가 뭔가로 지금까지의 인생에서 그녀와는 거의 아무 관계도 없었던 미련한 사나이조차, 그보다는 더 권리를 가지고 있는 것이었다. 그의 인생에 있어서야말로 그녀는 현저하게 눈에 띄는 존재였다. 그토록 없어서는 안 될 존재였다는 사실이 그 무엇보다도 좋은 증거가 아닌가. 이 세상의 풍습이란 참 기묘한 것이지만, 남 앞에 내놓을 수 있는 권리가 없다고 스스로도 생각하지 않을 수 없는 내 운명의 특이함도 정말 이해하기 힘든 것이었다. 한 여자가 그에게 있어서는, 말하자면 전부였을지도 모르는데, 그녀와의 사이에 어떤 관계가 있었다는 것을 사람들에게 인정받을 수는 없었다. 최후의 몇 주간이 이런 상황이었다고 한다면, 광대한 회색 런던의 묘지에서, 그의 친구에게 있어 귀중한 것이었던 그 죽음에 이르러 최후의 의식이 거행되었을 때에는 그 상황이 더욱더 명백해졌다. 장례에 모인 사람의 수는 결코 많지 않았는데도, 설사 천 명의 회중(會衆)이 있었다 하더라도 마처만큼 고인과 인연이 먼 사람은 없다는 듯한 취급을 받았다. 요컨대 메이 버트램이 그에게 쏟아준 관심으로부터 앞으로 이익이 얻어질 가능성은 놀랄 정도로 적다는 사실을 그는 이때부터 직면하게 되었다. 자기가 무엇을 기대하고 있었는지 잘 몰랐지만, 이 이중의 상실이라고 할 만한 것을 예측하고 있지 못했던 것만은 확실했다. 그에 대한 그녀의 관심이 상실되었다는 것뿐만이 아닌 것이었다. 사랑하는 사람을 잃은 사나이로서 영예나 존엄, 혹은 적어도 예절 정도는 기대해도 좋으련만, 왠지 잘 모르는 이유에서 그러한 것은 전혀 주어지지 않았다. 사회의 측면에서 보면, 분명하게 사랑하는 사람을 잃은 몸이라고는 도저히 말할 수 없다는 식이었다. 그 표적이나 증거가 아직 부족한데다가 그의 인격을 증명할 방도도 없고, 부족한 부분을 보충할 가망성도 없다는 느낌인 것이다. 처음 몇 주일쯤은 차라리 과감한 행동으로 나가서 자신의 상실을 공언하면 사람들이 수상쩍게 여길 것이므로, 그 결과 사람들의 의문에 대해 마음껏 반론을 공포할 수 있지 않을까 하고 생각한 적도 몇 번인가 있었다. 그러나 더 무력한 초조감에 시달리는 순간이 그에게 곧 잇따라 왔다. 과거를 뒤돌아보고 이것저것 생각해도 양심에는 한 점 흐린 구석도 없는 대신, 눈에 바라보이는 한 아무것도 존재하지 않는 빈 지평을 보고, 좀더 이전에 행동을 보였어야 했던 것은 아닐까 하는 의문을 스스로 느끼고 있음을 깨달았다.

사실 그는 여러 가지 의문을 품었지만 이 마지막에 말한 것에는 언제나 또 하나 다른 의문이 따랐다. 그녀의 생존시에, 말하자면 두 사람의 정체를 드러내지 않고 할 수 있는 일이 도대체 있을 수 있었을까? 그녀가 그를 응시하고 있다는 것은 공포할 수 있는 말이 못 되었다. 그런 말을 했다가는 '야수'에 대한 미신도 공포되었을 것이다. 그로서는 지금 입을 다물고 있을 수밖에 없었다. 밀림을 샅샅이 찾아 돌아다녔지만 아무것도 없고, '야수'도 몰래 달아나 자취를 감추어버린 지금에 와서 사람들에게 말해 봤자 다만 터무니없고 무의미하게 들릴 뿐인 것이다. 이 점에 대한 변화, 즉 그의 인생에서 서스펜스의 요소가 소멸되었다는 것은 그에게 놀랄 만한 일이었다. 그것이 가져온 결과를 무엇에 비유하면 좋을지 그로서는 알 수가 없었다. 굳이 말한다면 오랜 세월에 걸쳐 음악의 연주와 감상을 위해서 꾸며지고 사용되어 온 장소에서 갑자기 음악이 중단되든가 금지되는 것 같은 것이었다. 과거의 어느 시기에 베일을 벗고 자기 정체를 나타낼 생각을 했다 하더라도 (그가 그녀에게 한 것은 결국 그런 일이 아닌가) 오늘날 똑같은 짓을 하며 닥치는 대로 사람들을 붙잡고 텅 빈 밀림 이야기를 들려주며, 이제 그 곳은 안전해졌다고 생각한다고 털어놓아 봤자, 사람들은 터무니없는 이야기를 듣고 있는 듯한 얼굴을 할 것이고, 뿐만 아니라 스스로도 그런 이야기를 하고 있는 듯한 기분이 들 것이다. 현재 일의 진상을 말하자면, 가엾은 마처는 야수를 몰아내기 위해 마냥 두들기며 돌아다닌 초원지대를 여전히 헤치며 돌아다니고 있다는 사실이었다. 생물의 기척이라고는 하나도 없고, 짐승의 숨소리도 들리지 않으며, 야수의 보금자리인 듯한 언저리에서도 번쩍이는 사악한 눈길 하나 보이지 않는 곳을 헤매고 있는 그의 모습은 막연하게 '야수'를 찾고 있거나 거의 발작적으로 그리워하고 있는 듯이 보였다. 그는 전보다 더 이상하게 광막해진 듯한 존재 속을 돌아다니며, 이따금 삶의 숲의 바닥 덤불이 다른 곳보다 무성해 보이는 장소를 발견하고는 발작적으로 걸음을 멈추고, 혹시 그것이 이 곳에 숨어 있었던 게 아닐까 하고 동경과 비슷한 심정으로 자문하였다. 그것은 어쨌든 달려들었던 것이다. 적어도 그것에 관하여 그에게 주어졌던 확신의 진실성에 관한 그의 신뢰만은 완전한 것이었다. 이전에 품고 있던 의식에서 현재의 새로운 의식으로의 변화 — 즉 일어나기로 되어 있던 일은 이미 완전히 결정적으로 일어나버린 것이니까. 이제 미래에 대해서는 공포도 희망도 가질 수 없다는 것. 요컨대 이제 앞으로 무슨 일인가 더 생길 일은 없다는 의식으로의 이행(移行)은 완전하고도 최종적인 것이었다. 그는 앞으로는 전혀 다른 종류의 문제, 즉 정체 불명의 과거 운명이 천으로 몸을 싸고 가면을 써서 정체를 숨기고 있는 것을 보아야만 한다는 문제를 안고 살아가야 하는 것이다.

얼굴을 가린 운명이라고 하는 이 환상에 시달리는 일이 그 후에 그의 일이 되었다. 숙명의 정체는 추측할 수 있다는 가능성이 없었다면 그는 사는 일에 동의하지 못했을 것이다. 그녀는 추측하지 말라고 했다. 가능하면 알려고 하지도 말라고 했다. 뿐만 아니라 그에게는 알 능력이 없다는 식의 말투였다. 그러한 그녀의 말이야말로 그에게서 안식을 빼앗는 것이었다. 그렇다고 무슨 일이건 이미 끝나버린 것을 한 번 더 되풀이해 달라고 바라는 것은 아니라고 그는 스스로 공정을 유지하며 말하였다. 정신 없이 잠들어 있는 바람에 사고력을 움직여서 상실된 의식을 회복시키는 일에 실패했다는 말을 듣는 그런 용두사미 같은 일이 되어서는 곤란하다는 것뿐이었다. 그것을 회복시키든가, 아니면 의식 따위와는 영원히 손을 끊어버리는 편이 낫다고 그는 마음속으로 종종 말했다. 결국 이 생각이 그의 유일한 동기가 되어 이것에 굉장한 열의를 쏟게 되었기 때문에 그것에 비하면 다른 정열 따위는 한 번도 그에게 일어난 적이 없었던 것이나 다름이 없었다. 이렇게 하여 의식에서 상실된 몫에 대한 그의 생각은 길 잃은 아이나 납치된 아이의 아버지가 아이를 체념할 수 없는 것과 비슷하게 되었다. 그는 그것을 찾아 집집마다 문을 두드리며 경찰이 심문하듯 쫓아다녔다. 최후에 그가 여행을 떠난 것도 이런 심정에 사로잡혀서 한 일이었다. 그 여행은 가능한 한 긴 여행이 될 것이었다. 지구의 뒤편이라 할지라도, 그에게 줄 수 있는 말이 이보다 적을 수는 없는 일이므로, 아니 어쩌면 도리어 많은 것을 암시해 줄지도 모른다는 가능성이 눈앞에서 아른거렸다. 런던을 떠나기 전에 그는 메이 버트램의 무덤을 찾아갔는데, 싸늘한 교외의 수많은 가로수 길을 지나 묘석이 즐비하게 들어선 황량한 곳에서 찾아냈다. 전에 했던 것과 똑같은 작별을 한 번 더 되풀이할 뿐인 일이었는데도 그는 오랫동안 강렬한 감정에 이끌려 들어가고 있었다. 한 시간 동안이나 떠나갈 힘도 없고, 그렇다고 죽음의 어둠을 꿰뚫어볼 만한 힘도 없이 그는 우뚝 서 있었다. 묘석에 새겨진 그녀의 이름과 명일을 물끄러미 주시하며, 그것들이 은밀히 지키고 있는 사실에 이마를 부딪치고 숨을 죽이며, 그를 불쌍히 여겨 묘석 밑에서 어떤 표시라도 나타나지 않을까 하고 기다렸다. 그러나 묘석에 무릎을 꿇어봐도 소용은 없었다. 돌은 숨기고 있는 것을 밝히려고 하지 않았다. 묘석이 얼굴처럼 보이기 시작했으나, 그것은 그녀의 두 자 이름이 두 개의 눈처럼 보이기 시작한 것에 지나지 않으며, 그 눈은 그를 보아도 그를 알아보지 못하는 것 같았다. 그가 이것이 마지막이라 생각하고 오랫동안 응시했을 때도, 가느다란 빛줄기 하나 나타나지 않았다.

6

그 후 일 년에 걸쳐 그는 나라 밖에 있었다. 아시아의 오지를 찾아가 낭만적이고 흥미로운 고장이며, 지고(至高)의 성지에서 시간을 보냈다. 그러나 어디로 가든 그의 마음에 있는 것은, 그 자신이 터득한 것과 같은 지식을 가진 사람에게는 이 세상이 속되고 허무한 곳이라는 사실이었다. 이 긴 세월에 걸쳐 자신이 살았던 마음의 상태를 돌이켜 보니, 그것은 세련된 색상의 빛으로 빛나는 듯이 보였는데, 그것에 비하면 동방의 빛이라 할지라도 현란하고 조잡하고 얄팍한 것에 지나지 않았다. 그가 다른 모든 것들과 함께 그만의 특이성까지 상실해 버렸다는 것이었다. 바라보는 자신이 평범하니까 바라볼 수 있는 것들도 평범해지는 것은 어쩔 수 없는 일이었다. 그는 지금 군중 속의 한 사람에 지나지 않았다. 남과는 다르다는 의식을 받쳐주는 것이 아무것도 없는 상태에서 그는 먼지 날리는 허공에 떠 있었다. 신들의 사원이나 왕후(王侯)의 묘소 앞에 서 있으면서도 고귀한 연상을 위해 마음이 먼 런던 교외의 아무 특징도 없는 묘석으로 날아가는 수도 종종 있었다. 그 묘석만이 그의 과거에 있던 영광의 목격자라는 사실이, 시공(時空)의 거리가 더해짐에 따라 도리어 뼈저리게 느껴지게 되었다. 그것은 증거 혹은 긍지의 근거로서 지금 그에게 남겨진 유일한 것이었는데, 그것을 떠올리면 고대 이집트 왕들의 영광의 자취도 아무것도 아니었다. 그러고 보면, 그가 귀국한 다음날 이미 그 곳을 방문하게 된 것도 놀랄 만한 일이 못 되었다. 전번과 마찬가지로 거스르기 힘든 힘에 의해 끌려들긴 했지만, 이번에는 그로부터 경과한 세월의 결과로 보아 틀림이 없는, 거의 자신감에 가까운 느낌을 갖고 있었다. 그는 무의식 중에 심경의 변화를 초래하고 있었다. 지상(地上)을 헤매고 돌아다니는 동안에 자신의 황야 주변에서 그 중심부로 들어가버리고 말았다고 말할 수 있을지도 모른다. 위험이 일어날 수 없는 안전지대에 정착해 버려, 자신의 특이성의 소멸도 부득이한 일로써 받아들이고 있었다. 그러한 자기를 다소 미화(美化)시켜, 그 옛날 본 적이 있는 노인들— 지금은 초라하게 늙고 쭈그러졌지만, 그래도 젊었을 땐 몇 번이나 결투한 적이 있고, 여러 명의 왕녀와 사랑하는 사이였다고 소문난 노인들과 자기가 닮은 것처럼 여겼다. 다만, 그런 노인들은 다른 사람에게 있어서도 경탄할 만한 존재였는데, 그의 경우는 자신에게만 그렇게 보이는 것이었다. 그러나 그렇기 때문에 그는 말하자면 본래의 자기 자리로 돌아와서 경이로움을 새롭게 하려고 서두른 것이었다. 그 생각이 그의 발걸음을 빠르게 하여 그 이상 늑장 부리는 것을 막았다. 그의 방문이 빨랐던 것은, 자기의 일부이자, 지금 이 세상에서 그가 소중히 여기는 유일한 것으로부터 이토록 오랫동안 떨어져 있었기 때문이었다.

따라서 그가 그 목적지에 마음의 흥분을 느끼며 당도하여, 모종의 확신을 느끼면서 다시 그 곳에 섰던 것이라고 말해도 거짓은 아니었다. 그 땅 밑에 묻혀 있는 사람은 그의 참으로 흔치 않은 경험을 알고 있는 것이다. 그렇게 생각하니 이상하게도 그 곳은 이제 무표정한 장소라고 여겨지지 않게 되었다. 전에 보였던 비웃는 듯한 모습은 사라지고 그를 따뜻하게 맞아주는 기척이 있었다. 그것은, 우리가 얼마 동안 집을 비웠다가 돌아와 보면 가까운 소유물들이 환영을 하는 듯한 모습을 보이거나, 우리와의 유대를 넌지시 알리는 모습을 보이는 것과도 같았다. 묘지의 땅도, 묘비도, 그리고 잘 가꾸어진 꽃들도 모두가 그의 소유물인 것처럼 보여서, 잠시 동안의 그의 모습은 자기의 소유지를 만족스럽게 바라보는 지주와도 같았다. 무슨 일이 일어났건 그것은 이미 일어나버린 것이다. 이번에는 그 헛된 질문을 들고 온 것은 아니었다. "무슨 일이? 대체 무슨 일이 일어났단 말인가?"라는, 전에 그를 괴롭혔던 물음은 이제 닳아서 사라져버린 거나 다름없었다. 그러나 적어도 이 곳에서 그토록 멀어지는 말은 이제 두 번 다시 안할 생각이었다. 한 달에 한 번은 찾아오기로 하자. 왜냐하면 다른 일은 몰라도 적어도 머리를 들고 있을 수 있는 것은 이 장소의 도움이 있기 때문이니까. 이리하여 참 묘하게도 이 곳이 확실한 근거지가 되었다. 정기적으로 찾아온다는 생각은 실행에 옮겨져서, 결국 그가 가장 충실하게 지키는 습관의 하나가 되었다. 이런 일이 누적된 결과 참 묘한 일이지만, 이제 완전히 단순화해 버린 그의 세계에서는 이 죽음의 동산이 그가 지금도 생(生)을 가장 잘 음미할 수 있는 작은 장소가 되었다. 누구에게 있어서나, 뿐만 아니라 자기 자신에게 있어서도 없는 것이나 다름없는 그가 이 곳에서는 정녕 전부인 것이었다. 그것을 증명하는 사람이 많이 있기는커녕 마처 자신 외엔 누구 하나 증인 따위라곤 있지도 않는데 그래도 펼쳐진 책장처럼 기록을 훑어볼 수 있었다. 그 책장이란 다름 아닌 그의 친구의 묘였는데, 그 곳에는 과거의 사실, 그의 인생의 진실이 기재되어 있었고 자기를 잊어버릴 수 있는 과거의 영역이 있었다. 그는 종종 그렇게 했는데, 그럴 때에는 자기가 흘러간 세월 사이를 동행인의 팔을 끼고 산책하고 있는 듯한 기분이 드는 것이었다. 이상하게도 그 동행인은 자기의 분신, 즉 젊은 날의 그 자신인 것이었다. 더한층 이상한 것은, 그 주위를 빙빙 도는 산책에 또한 인물이 가담하고 있다는 사실이었다. 그 인물은 스스로는 걷지 않고 가만히 있을 뿐이었는데, 눈만은 그의 걸음에 맞추어 움직이며 그의 뒤를 좇는 일을 결코 멈추지 않았다. 그에게 있어서는 그녀가 있는 장소가 자기 위치를 재는, 말하자면 정점(定点)이었다. 간단하게 말하면, 그는 이런 생활 방식에 정착한 것이다 ― 나도 예전에는 살았었다는 의식만이 그 양식이었는데, 단지 몸을 부양하기 위해서만이 아니라 자기의 독자성을 위해서도 그것을 의지했다.

　수개월에 걸쳐서 이 같은 생활 방식으로부터 나름대로의 만족을 얻으면서 그 해는 지나갔다. 만일, 보기엔 극히 사소한 우연이, 인도나 이집트의 그 어떤 인상도 능가하는 힘으로 그를 전혀 다른 방향으로 주지 않았더라면, 그는 틀림없이 이 생활을 아직도 계속해 나갔을 것이다. 그것은 완전한 우연이었다 ― 머리카락 한 올의 방향 차이 정도의 우연이라고 그는 나중에 생각했다. 첫째로, 비록 이 같은 형태는 취하지 않아도 빛은 반드시 다른 형태로 비쳐왔을 것이라고 그는 살아가는 동안에 믿게 되었다. 하긴 그렇게라도 믿는 수밖에는, 오래 살아도 그에겐 할 일이 별로 없었다고 분명하게 말해도 무방할 것이다. 무슨 일이 일어나든 안 일어나든 언젠가는 자기 쪽에서 빛 쪽으로 향하게 되었을 것이라는 확신이 겨우 최후에 이르러서 그의 마음에도 그럭저럭 솟았던 것이다. 어느 가을날에 일어난 사건은, 그의 비참함이 훨씬 이전부터 준비해 놓은 도화선에 성냥을 그어댄 것이나 같은 일이었다. 빛을 얻고 보니 자기 상처의 아픔은 최근에 이르러서도 여전히 그냥 얼버무려지고 있었을 뿐이라는 것을 알았다. 이상한 마약의 힘으로 억제되고는 있었지만 여전히 상처는 쑤시고 있었던 것이다. 약간 건드리기만 해도 피가 흘렀다. 상처에 닿은 것은 한 사나이의 얼굴이었다. 그 얼굴은 오솔길에 낙엽이 두껍게 깔린 어느 잿빛 오후의 묘지에서, 칼날의 번쩍임을 연상케 하는 표정을 띠고 마처의 얼굴과 정면으로 마주 보았다. 그는 깊은 충격을 받고 그 정확한 칼끝에 자신도 모르게 신음했다. 한마디 말도 없이 그를 덮친 이 사나이는, 마처가 그 날 자기의 목적지에 다다랐을 때에는 그리 멀지 않은 묘 앞에서 열성적으로 절을 하고 있던 사나이였다. 그 묘는 분명히 아직 새 무덤이어서 그 곳을 찾은 사나이의 감정이 그대로 노출되어 있는 것도 그 무덤과는 어울렸다. 그것만으로도 그쪽을 보는 것이 조심스러웠는데, 마처는 그 곳에 있는 동안 내내 이 이웃의 존재를 막연하게 의식하고 있었다. 상복을 입은, 분명히 중년인 그 사나이는 밀집된 묘석이며, 묘지에 있게 마련인 주목나무들 사이로 머리 숙이고 등을 계속 이쪽으로 향하고 있었다. 묘비나 주목들은 만지면 소생하는 느낌이 든다는 것이 마처의 지론이었는데, 그것도 이 날만은 도무지 효험을 나타내지 않았다. 가을날의 이 하루는 그에게 있어 근래에 없이 쓸쓸한 것이어서 전에 없이 무거운 마음을 품고, 그는 메이 버트램의 이름이 적힌 나직한 석판(石板) 위에 걸터앉았다. 마치 몸 속 어딘가의 용수철이 별안간 끊어졌든가, 아니면 걸려 있던 주술의 효력이 갑자기 영영 풀어져버리기라도 한 듯이 그는 움직일 힘을 잃고 앉아 있었다. 그럴 수만 있다면, 당장이라도 그를 받아들여줄 것 같은 이 석판 위에 몸을 뉘었을 것이다. 그 곳은 그의 영원한 잠을 받아들일 준비가 되어 있는 것 같았다. 이 넓은 세계의 어디에 그가 잠들어선 안 될 이유가 있겠는가. 그 의문을 가슴에 간직한 채 그는 눈앞을 응시하고 있었다. 누군가 묘지 안에 있는 보도로 그를 지나칠 때, 그가 그 얼굴에서 충격을 발견한 것은 그때였다.

만일 여력이 남아 있다면 그도 그때엔 그렇게 하고 있었겠지만, 저쪽 무덤의 이웃은 이미 그 곳을 떠나 출구로 향하는 길을 걷고 있었다. 이리하여 그 사나이는 마처 쪽으로 다가왔다. 그의 발걸음은 느렸는데 — 채워지지 않은 허기 같은 것이 표정에 나타나 있어서 그것 때문에 한층 더 느려 보였다 — 두 사람은 한순간 정면으로 얼굴을 마주쳤다. 이 사나이가 깊은 상처를 입은 한 인간이라는 것을 마처는 금방 알 수 있었다. 그 인상이 너무나 강렬했기 때문에 거기에 비하면 다른 것들은, 옷이나 나이, 추정이 가능한 성격이나 신분도, 그 아무것도 존재하지 않는 것 같았다. 얼굴에 보이는 깊은 고뇌에 시달린 흔적말고는 아무것도 존재하지 않았다. 그는 그 고뇌를 표면에 나타내고 있었다 — 그것이 중요한 점이었다. 그 사나이를 지나치면서 어떤 충동을 받았다. 그것은 동정을 구하는 신호를 보내려는 것이었는지도 몰랐으나, 아마도 그보다는 상대의 비탄의 정도에 대한 도전의 기분이었을 것이다. 그가 이미 우리의 친구를 의식했을 가능성은 있었다. 그 자신의 감정 상태와는 너무나 동떨어진, 이 자리에 익숙한 마처의 평온함을 깨닫고 마치 노골적인 불협화음을 듣게 된 것 같은 기분을 느꼈는지도 몰랐다. 적어도 마처가 처음에 의식한 것은, 그의 눈앞에 나타난 이 상처받은 정열의 화신(化身) 같은 사나이 쪽에서도 의식하고 있다는 것, 이 자리의 공기를 모독하는 것의 존재를 의식하고 있다는 것이었다. 그가 다음으로 의식한 것은, 처음에는 깜짝 놀라 충격을 느꼈었지만 다음 순간에는 선망하는 마음을 가지고 그 사나이가 지나치는 것을 바라보고 있는 일이었다. 그때 당시는 다만 넋을 잃고 바라볼 뿐이었지만, 이때에 받은 인상의 결과, 지금까지 그에겐 일어난 적도 없을 만큼 이상한 일이 — 그는 다른 일에 대해서도 몇 번인가 이런 표현을 쓴 적은 있지만 — 일어났다. 이 낯선 사나이는 떠나가버렸지만, 눈을 쏘는 듯한 그 비탄의 눈길은 뒷날까지 남아서, 대체 어떻게 된 것일까, 그 표정은 어떤 상처를, 어떤 치유하기 어려운 상처를 나타내고 있는 것일까, 하고 의아해 하는 기분과 함께 연민의 정을 일으키게 했다. 그것을 잃는 일로 그토록 피를 흘리고서도 여전히 살아야 하다니, 대체 그자는 애당초 무엇을 가지고 있었던 것일까?

그것은 — 하고 그는 통한(痛恨)의 마음과 함께 깨달았다 — 존 마처가 가지지 못했던 그 무엇이었다. 존 마처의 메마른 불모의 결말이야말로 그 증거다. 어떠한 정열도 그에게는 닿은 적이 없는 것이다. 왜냐하면, 그것이야말로 정열이라고 하는 그 무엇이니까. 살아 남아 울면서 휘청휘청 돌아다니긴 했지만, 그의 어디에 깊은 상처 같은 것이 있었을까. 이상한 일이 일어났다고 말한 것은, 이 의문에 대한 답이 갑자기 왈칵 그를 덮쳐온 때문이었다. 방금 목격한 얼굴은, 그가 미친 노릇이라고나 할 바보스러운 태도로 완전히 놓쳐버린 것을, 활활 타오르는 불꽃 글씨로 새긴 듯, 선명하게 나타나 있었다. 그가 놓친 것은, 이런 것들을 일련의 불꽃과 바꾸어서 고뇌로 들쑤시는 그의 가슴에 선명하게 낙인했다. 한 여자가 진실로 그녀 자신으로서 사랑받았다면, 그 죽음이 어떤 식으로 애도받는지를 그는 자기의 경험으로써 갖는 것이 아니라 경험 밖의 것으로써 보았던 것이다. 지금도 아직 연기나는 횃불처럼 그의 눈에 새겨져 있는 그 낯선 사나이의 얼굴이 의미하는 것을 그는 이처럼 뼈저리게 깨달았다. 이 지식은 경험의 날개에 실려온 것은 아니었다. 그것은 우연의 무례함과 거만함을 가지고 그와 엇갈리며 그에게 부딪쳐 그를 넘어뜨렸다. 광명은 일단 비치기 시작하자 절정까지 내리쬐며, 그는 잠시 후 그 자리에 우뚝 선 채 밑바닥까지 드러난 자기 인생의 공허를 응시하고 있었다. 그는 그것을 유심히 보면서 고통을 느끼고 숨을 죽였다. 침착성을 잃고 시선을 돌리자 그 눈앞에 자기 인생의 펼쳐진 책장이 전보다 더 예리한 새김 눈금을 보이고 있었다. 그 사나이가 지나치면서 칼을 후려치고 간 것처럼 묘석에 새겨진 이름도 그를 때려눕혔다. 그것은, 그녀야말로 그가 놓친 것이라는 사실을 정면으로 말해 주고 있었다. 그것은 가공할 만한 생각이었으나 그것이 과거의 모든 것에 대한 해답이었다. 그 계시의 끔찍한 선명함에 그는 발 밑의 돌처럼 싸늘해졌다. 모든 것들이 부합되고, 고백하고, 설명하며 그를 압도했다. 무엇보다 더 그를 망연하게 만든 것은 내내 소중히 여겨온 자기의 맹목성이었다. 그를 위해 특별히 준비되어 있던 운명과 그는 정녕 틀림없이 만나고 있었던 것이다 — 운명의 잔은 마지막 한 방울까지 다 들이켜고 있었던 것이다. 그는 이 세상에서 둘도 없는 사나이였다 — 그 몸에 아무 일도 일어나지 않은 유일한 사나이였던 것이다. 참으로 보기 드문 운명인데, 그것이 그의 시련이었던 것이다. 여러 가지 것들이 차례차례로 끼어 맞춰지는 동안, 그는 말하자면 창백한 공포 속에서 그것을 바라보았다. 이전에 그가 이해 못하고 있었을 때 그녀는 그것을 알고 있었던 것이다. 그리고 지금, 그녀는 그 진실을 그에게 통렬히 깨닫게 하고 있는 것이다. 그는 일념으로 기다리고 있었지만, 실은 기다리는 것 자체가 그에게 배당된 운명이었던 것이다 — 이것이 지금, 선명하게 보고 깨달을 수 있는 가공할 만한 진실이었다. 감시를 함께 했던 친구 쪽은 어느 시기에 이것을 간파하고 그 저주받은 운명을 회피할 기회를 그에게 제공해 주었다. 하지만 운명은 결코 회피할 수 있는 것이 아니다. 그의 운명이

드디어 그의 몸에 쏟아져내렸음을 알리던 그 날, 그녀가 마련해 주었던 도망갈 길을 그는 그녀 앞에서 어리석게도 그냥 멍하니 보고 있을 뿐이었다.

　그녀를 사랑하는 것이, 운명을 회피하는 길이 되었을 것이다. 그랬다면, 그렇게 했더라면 그때야말로 그도 삶다운 삶을 살았을 것이다. 그녀는 참다운 삶을 살았던 것이다 — 그것이 어떤 정열을 가지고서였는지 지금 와선 아무도 모르지만 — 왜냐하면 그녀는 그를 그 자신으로서 사랑했으니까. 그런데 그의 쪽에서는 그녀에 대한 것을 이기적인 냉정한 기분으로, 이용가치라는 관점에서 생각한 일밖에 없었다 (이것은 부정하려 해도 부정할 수 없는 사실이다). 그녀가 한 말이 되살아났다. '야수'는 정말로 숨어 있었던 것이다. 그것은 정해진 운명의 시각에 달려들었던 것이다. 그것이 달려든 것은 그 쌀쌀한 4월의 황혼녘, 병에 시달려 야위고 창백하긴 했어도 여전히 아름다움을 간직하고 있어서, 어쩌면 아직 회복할 가능성이 있었을지도 모르는 그녀가 의자에서 일어나 그의 앞에 서서, 그에게 그 상상력을 사용하여 추측해 주기를 바랬던 그때였던 것이다. 그가 추측하지 못했을 때 그것은 달려들었던 것이다. 희망을 포기하고 그녀가 등을 돌린 그때의 일인 것이다. 그 뒤에 그녀 곁을 떠났을 때에는, 운명의 각인은 찍어야 할 곳에 찍혀 있었던 것이다. 그는 자기의 두려움이 정당한 것이었음을 스스로 입증하고 운명을 완성시킨 것이다. 자기가 이루지 못한 채 끝난 운명으로 되어 있었던 것은, 철저하리만큼 모조리 이루지 못했던 것이다. 당신이 아실 날이 오지 않기를 빕니다, 라고 말한 그녀의 말을 떠올리자, 신음소리가 입술 사이로 새어나왔다. 이 각성의 공포 — 이것이 안다는 일인 것이다. 그것에 닿으면 눈물도 얼어붙을 것만 같았다. 그러나 그래도 그는 여전히 눈물 어린 눈으로 그것을 확실하게 주시하려는 시도를 했다. 고통을 맛볼 수 있도록 그것에서 눈을 돌리지 않았다. 때를 놓쳐 괴롭기는 했지만, 적어도 고통에는 얼마간의 인생 맛이 있었다. 그러나 그 고통이 그에게 별안간 구토를 느끼게 했다. 가공스럽게도 그의 운명으로 정해져서 이미 이루어진 것들을, 그는 틀림없이 그 잔혹한 환상 속에서 본 듯한 기분이 들었다. 자기 인생의 '정글'이 보이고 그 곳에 숨은 '야수'가 보였다. 그 거대하고 흉측한 것은 그가 응시하며 확인하는 동안에도 주위의 공기를 진동시키듯이 일어나 그를 겨냥하며 몸을 도사렸다. 눈앞이 캄캄해졌다—야수가 가까이 다가왔다. 그는 환각에 사로잡혀 본능적으로 야수를 피하려고 몸을 돌렸고 고개를 숙인 채 무덤 위에 몸을 던졌다.

헨리제임스 단편집

옮긴이 · 한국 헨리제임스학회

발행인/김정옥
발행처/도서출판 우리책
편집이사/김정옥
영업 부장/이현석

첫판 2쇄 ―2004년 06월 10일 발행
재판 1쇄 ―2011년 03월 10일 발행

도서출판 우리책
서울시 중구 신당3동 373-20
전화번호/(02) 2236-5982
팩시밀리/(02) 2232-5982
등록번호/2002년 10월 7일 제2-36119호

이 책에 실린 글과 그림은, 글로 적힌 저자와 우리책의 동의가 없이는 아무도 이용하실 수 없습니다.

잘못된 책은 서점에서 바꿔줍니다.

책값/12,000원

ISBN 89-90392-07-1 03840

책값/12,000원